谁在敲门

典藏版

上

罗伟章 著

GUANGXI NORMAL UNIVERSITY PRESS
广西师范大学出版社
·桂林·

谁在敲门
SHUI ZAI QIAOMEN

出版统筹：罗财勇
质量总监：余慧敏
责任编辑：梁文春
营销编辑：薛　梅
　　　　　花　昀
责任技编：余吐艳
装帧设计：@吾然设计工作室

图书在版编目（CIP）数据

谁在敲门 : 上下 : 典藏版 / 罗伟章著. --桂林 : 广西师范大学出版社，2023.1（2023.3 重印）
ISBN 978-7-5598-5521-3

Ⅰ. ①谁… Ⅱ. ①罗… Ⅲ. ①长篇小说－中国－当代 Ⅳ. ①I247.5

中国版本图书馆 CIP 数据核字（2022）第 194443 号

广西师范大学出版社出版发行
（广西桂林市五里店路 9 号　邮政编码：541004
网址：http://www.bbtpress.com）
出版人：黄轩庄
全国新华书店经销
广西广大印务有限责任公司印刷
（桂林市临桂区秧塘工业园西城大道北侧广西师范大学出版社集团有限公司创意产业园内　邮政编码：541199）
开本：880 mm × 1 240 mm　1/32
印张：27.875　　字数：640 千
2023 年 1 月第 1 版　　2023 年 3 月第 2 次印刷
印数：3 001~5 000 册　　定价：118.00 元（全 2 册）

目录

第一章

一

有时候，敲门声是人的脸，也是人的心，哪种人敲出哪种声音，就跟哪种人会说出哪种梦话一样。当这个声音响起时，已去胸腔里荡过一下，夹带着气恼、自大和经过掩饰的逆来顺受，传到指骨，传到门，然后才传进屋子，大姐就知道，是兄弟来了。

大姐带着原谅的神情，宽厚地笑了笑，走向门厅。但没开门，只开了鞋柜，扬声问：“几个人？”话犹未了，答言就抢进来：“我送爸爸下来，你说几个人？”于是大姐取出两双拖鞋，摆放齐整了，才把门打开。兄弟弯了腰，在解父亲的鞋带，帮父亲脱了左脚，够着手，将一只拖鞋抓过去，穿在他左脚上，并抱起那只脚，放进门里，再脱右脚，右脚脱了，穿上拖鞋了，父亲的两只脚才算进了屋。大姐把父亲的杨木拐杖立在门边，扶他走向客厅。随后兄弟走过来。兄弟的脸狰得发暗，往塑料凳上坐的时候，把凳子吓得尖叫，滑开足有两尺远，想从他屁股底下逃走。每次来大姐家，鞋子换来换去，都让他感觉受了莫大的屈辱。

何况他今天不想把父亲送来。

是我让他送来的。

父亲跟兄弟住，而兄弟去他岳母的村里起了房子，跟他岳母住了烟火邻居，尽管那名叫拐枣坪的地界，悬在半山，比我们老家燕儿坡，低了二百多米，我也不想去那里给父亲过生；明天是父亲的生日，我这次回来，就是为了明天的事。

我不想去，大姐更不想去，兄弟往拐枣坪一住，就免不了给人倒插门的感觉，是寄人篱下的。也正因此，兄弟巴望我们明天都上他家，闹腾一日，让他自己，也让村坊邻舍，自然还包括他岳母，知道他是主人。谁泼烦去管他这点小心思。当初再三劝他，叫别去那里动土，大姐二姐和幺妹，尤其是大姐，更是劝得苦，结果口水说干也劝不住，大姐只好回过头劝自己，说："早晓得不劝，留着口水养牙！"

大姐的牙不好，暴痛过好几年，只差没踏烂医生的门槛，却是白跑了趟子。俗话说，牙痛不是病，一痛痛死人。有时走在路上，痛起来，要冷水冰，张眼却见不到水，只有牛脚迹里残存的脏水，便也扑下去包一口。可半刻不到，那水又烧得沸腾，又痛。后来听人说偏方，将剧毒药"敌百虫"，用纱布裹了，牙齿噙住，就不痛了。她这样试，果然灵验，却在嘴里咽了唾沫，差点儿没毒死。再后来有一天，大清早，她出门买菜，刚下楼，听见牙帮上窸窸窣窣，知是那痛醒过来了，那是个勤角儿，醒来就开始工作。它的工作就是让你油煎火燎。大姐连忙回身，要去噙"敌百虫"。身子没转过来，见外婆从那边走来，老远，外婆就对她做了个张嘴的动作。她站在原地，听话地把嘴张开。外婆走到近前，将手里的两粒药丸，拍进她嘴里。那药色如焦炭，却春草般清凉。她打个激灵，眼睛遽然一睁。眼前漆黑。愣了些时儿，才明白自己躺在床上，此前是在梦里，也才想起外婆都死好些年了。但外婆留下的气息还在。洁净干燥的气息，让人忆起刮过大风的秋天。外婆的脸很模糊，模糊得看不见，可那弯曲的腰身，长及脚踝的对襟子青衣，还有盘根错节长满老人斑的手，都在黑夜里闪着光。同时，外婆喂药时说的那句话，也灼灼地热在耳畔。

外婆说："今后少说话，留着口水养牙。"

那两粒冥药，治好了大姐的顽症。一段时日，她也听从外婆的指教，不当说的不说，当说的少说。却为兄弟去拐枣坪起房子，说了几大车，且屁用没得，大姐觉得特别的划不着。她哪里还高兴去拐枣坪走动？

今天下午，我进大姐家门，放下背包，洗了把脸，第三个动作，就是给兄弟打电话。我不是跟他商量，只是告诉他，说我回来了，叫他把父亲送到镇上来，也就是送到大姐家来。他说……我没让他说，就把电话挂了。

差不多两个钟头才到。是骑摩托来的。接了电话就起身，只需半点钟，甚至要不了恁久，延迟的个多钟头，兄弟定是在跟弟媳吵架。所谓吵架，是他把嘴闭起来，闭得像针线缝着，再竖起两只耳朵，听弟媳骂。弟媳骂他反正就那些话：没本事，不会挣钱，连自家姊妹都踏谑你。今天还会加上：爸爸分明跟我们住，过生却要去别人家里。

是不是这样，我只是猜，也懒得问。几个月后，兄弟在白马市一家廉价的汽车旅馆，和他一个初中同学上床，竟对那多年未见的女人，讲了我没问的事。不出所料，弟媳就是那样骂他的。但究竟说来，挨骂无非家常便饭，他却讲得声泪俱下。那女人将他搂进怀里，让他尽情尽意地哭。兄弟一点不要自尊，果然哭得一塌糊涂，只差没把他同学叫妈。这话不是我说的，是他同学说的，“春明哥，”她这样叫我，“春晌那天，只差没把我叫妈。要是叫，我会答应的。我绝对是会答应的。可惜他一直没叫出口。”说着，挺了挺大得有些不好意思，因而悄悄躲向腹部的乳房，怜惜地睃我一眼。她知道我们母亲去世那年，春晌很小，我也小。

二

其实，兄弟不想送父亲来，并非找不到借口。

父亲本人也不想来。

每次到大女家，父亲都要生病。他过惯了山里的日子。

九年前（或许是十年前，记不清了），大姐就在回龙镇买了房子，大姐夫那个村支书，也从村里当到了镇上，村里事情多，他会经常回去，但都是车去车来，并不在村里住，他不在的时候，村民有事情要办，有冤屈料理，都是提了烟酒鸡鸭，来镇上找支书反映。大姐基本上不回去，村里有了红白喜事，她才回去帮忙、上礼，事情一结，跟身下山，坐上汽划子，走四十分钟上水船，在南门码头下了，就踩着了镇子的地皮。大姐不相信对所谓老家或者故乡的留恋。女人说什么故乡。现在男人都不要故乡了。哪里舒服，大姐就在哪里住。镇上舒服，她就在镇上住。如此，父亲要看大女，也只能到镇上。

镇上没火烤。父亲年纪大了，除三伏天不烤火，别的时节，多是偎在火塘边。大姐为他开上空调，不行，生上电炉，更不行。他要烤柴火。只有闻到柴火的木头味儿，他才觉得身上暖和。他的生日在旧历四月初二，历书上已经入夏，但大姐家的房子，在滨河路上，河风早来早刮，晚来晚刮，在父亲眼里，每一丝风都没有夏天的消息，甚至也没有春天的消息。

然而，既然都不肯去拐枣坪，从省城回来的三儿子也不肯去，只有他动身了。

父亲的三儿子就是我，春明，许春明。你要是不嫌麻烦，就记住这名字。不想记也没关系。最好别记。你和我一样，没有义务记住任何人的名字，除非这名字与某种德行联系在一起。而许春明是不配的。许春明之所以不配，是因为他嘴上说别记住他，却又把自个儿的名字颠来倒去重复，可见他是一个虚伪的人。你倒是可以记住我父亲。他叫许成祥。父亲的名字表达了某种愿景，或者说某种可能，但现在他老了，事实上早就老了，愿景也许还在那里——那是一种乐观主义疾病，会把人陪伴到死——可能性是彻底没有了。他往后的人生，如同熟透的果子离了枝条，不用眼睛看，也不必懂得牛顿的力学原理，就知道它的去处。对我父亲来说，过的每个生日，都是一股刮向那枚果子的秋风。

因此他不想动，也怕动。

兄弟本可以找这个借口，但知道说了没用，干脆不说。而且我也没给他说的机会。接了我的电话，听弟媳骂了半天，他就牵着父亲的手，出门，出门后让父亲站下，他将锁在阶沿的摩托，推下泥面斜坡，支棱在马路上，回头抱起父亲，像搁袋土豆那样，把父亲在后座搁稳，自己再骑上去，反手接过父亲的拐杖，插进自己后领。当父亲扣起来的十指捂在他肚脐眼的位置，摩托就发动了。他挺着身子，挡住顶头风，在山路上弯来绕去，层层降落，降到平地，方向才明确下来：逆河而上，直到镇子南门码头的滨河路。

这段路上只有一排楼房，大姐家在二单元四楼上。

他的摩托声我们都听见的，大姐还说了声“来了”。接着就听见敲门声，是在心里听见。摩托未停，兄弟的敲门声就在我们心里响起了。我和大姐提前想象着各种版本，结果真正响起时，还是兄弟的那个版本。

没有变化，也没有意外。

大姐和父亲的样子，同样没有意外：大姐扶着父亲，从门厅走向客厅的沙发，父亲趔着腰，手在沙发上搭了，才坐下去。像飘落一片叶子在上面，无声无息。加上他屁股一放，就缩成一团，小得像个孩子。他想坐舒坦些，把背靠住，但沙发宽阔，展开来，能并排睡两个人，要靠住背，只有把腿蜷上去。那更是孩子的坐法了。他是老人，不是孩子，便只是那样，挨着沙发的边儿，斜签着屁股，抬了头四处瞅。

看在眼里的，都是冷冰冰的，他就说：“冷啊，怕是要生过场呢。”

大姐听不来这话。自从住到镇上，父亲每次来她家，不是害头痛，就是害身上痛，萎虚得像稍不经意，就会有个山高水低，可一回到兄弟家里，即刻精精神神。大姐由此断定，父亲的病是装出来的，无非是不想到她家来。

"都啥时候了，"大姐说，"还吵冷，你要把太阳抱在怀头才不冷，可惜太阳不是你一个人的！"父亲听了就笑。他的牙齿差不多掉光了，笑起来露出淡红的舌头，反而看不见嘴，抑或说舌头也像是嘴。

大姐又说："一到我这里就生过场，未必我家是阎罗殿？"

这明显是不满了。父亲不再笑，老老实实的，弓腰坐在那里，胸膛顶住膝盖。

三

快吃晚饭，大姐夫才回来，进屋时在打电话，是叫杨津过来吃饭。

杨津是中街上一个小车司机，以前在秦巴山地跑货运，一路都是深崖峻谷，他婆娘不放心，怕他出意外，也怕他在路上捡野妹子，让他把货车换成了小车，往市区和县城接送客人。他婆娘为人响快，见到我大姐，一口一个姐，把姐拉进她的杂货店，捧出瓜子儿来剥。人熟识了，加上杨津车开得好，大姐夫回村时就找他，短短的路程，车一动就上百块。杨津满心欢喜。去县城通水路，又有几趟班车，陆路生意不好做的，去市区人少，而且同样有班车，生意更不好做，现在能把稳着实挣钱，油费和修理费都有人报销，还有什么话说。于是无论昼夜，不计寒暑，大姐夫随叫随到，那车也因此成了大姐夫的专车，杨津成了他的专职司机。大姐的女儿从外地回来，包括我回来，都是杨津去白马市火车站接。今天就是他把我接到镇上的。

杨津说他已经吃过饭了。

我们便吃。

刚丢下碗，兄弟就要回去。我不想他走，说：“反正明天要来，回去啥呢？”说着去电视柜里拿出象棋。是我几年前回来买的，大姐家没人下棋，便一直放在那里。买棋那次，也是兄弟把父亲送到大姐家，我怕他把父亲一个人留下，就去买了副棋来留他。当时他喜欢下，现在明显没有兴趣。“还是回去，”犹豫了一下，他说，“明天我早些下来。”

说着起身出门。父亲的脸别向门口，有一声没一声交代，叫把摩托开慢些。兄弟是喝过酒的，他经常喝了酒开摩托，好几次都开到了路边的沟里。算他运气，没开进河里，也没栽到山下。出了镇子，沿清溪河下行五里，就爬山。拐枣坪和燕儿坡，都在老君山上，盘山路像根遭遇危险的蚯蚓，胡乱扭曲，扭曲得劲道十足，似能听见扭曲的声音，路边又无护栏，每年都有人死在那条道上，包括大姐的亲家公。

大姐的亲家住在下游的桥头，距镇子一公里左右，亲家公是个打桩匠，兼做泥瓦活，就是仗着有手艺，才搬离老家，去那桥头起了房子，心想做镇上的生意方便些。但也不愿丢了山里的生意。那年五月的一天，他去山上干活，活干完，骑摩托回转，刚过拐枣坪，就不见了形迹，像被路吃了。家里知他当天能够完工，却不见回，心想活是从手上添的，往往是越干越多，一时干不完，也是有的，便没在意，可第二天还不回，就打电话去问，不接，好在知道东家的电话，又问东家，东家说昨天就走了。家人沿路去寻，路上没有，路下才有，是在崖下的乱石窖。那摩托，插立在石缝里，他竟还骑在上面，手不离把，二目怒睁，却是个死人。都说，他不是摔死的，是吓死的：还没落地，在半天云就死了。死前的瞬间，他把自己的手和腿，都变成了铁打的，跟摩托焊接在一起，以为这样就能不死，结果还是死了。

父亲念及，不放心兄弟。

但我知道，他这时候更想的，是和兄弟一起回去。他有一声没一声叫幺儿子的名字，可那声口，更像一个被丢在客人家的孩子叫爸爸。

父亲有七个子女，母亲去世那年，我五岁，兄弟两岁，最小的妹妹不满三个月，妹妹抱养给了别人，兄弟就成了最小的。后来我们都大了，父亲老了，老了的父亲离不得他幺儿子。他想跟幺儿子回去，但不敢说，怕说了大女发气，也怕我不高兴。当兄弟的摩托声远得听不见，他便垂了眼睛，歪着脖子，间或清一声喉咙。

这景象大姐没看见，大姐洗碗去了，如果看见，她又会数落："你就只认你那幺儿是你后人！"大姐夫也没看见，他跟兄弟同时出门，上茶馆打麻将去了。客厅里只有我和父亲。我给父亲递烟，父亲接了，又还给我，说他不抽纸烟，抽叶子烟，语气温柔。说完脸却一浸，又将自己扔进惧怕和哀伤里。可他到底想起我刚回来，便坐正了些，问我妻子，接着问我儿子，还问我岳父岳母。其间，大姐从厨房过来。还在厨房和客厅间的通道，她就蒙着嘴笑，给我使眼色。是叫我看父亲的头发。父亲的头发总也梳不顺。他是个爱干净的人，八十多岁，还天天洗头，洗了头一梳，头发从脑脊隆起，像某个明星的鸡冠头，只是发根稀疏，又满目苍灰，是抽了血的鸡冠。大姐走过来，以含糊的腔调对我说："他还赶个时髦呢。"

接着叹口气："要是留妈在，不晓得是啥样子。"

这是大姐经常想象的事。遇到父亲特别怄人的时候，她还当着父亲的面，说要是老天爷成了心不让我们父母双全，就该留妈，不该留你。

父亲听了，并不恼，只呵呵笑，说："那你们就要多挨好些打了。"

这是实话。我们母亲生前，人称"铁匠"，是说她打孩子像铁匠一样下狠手。她好面子，生怕别人说她儿女没教养，儿女稍有差池，动手就打。

父亲却是慈爱的。但孩子挨打，父亲只敢心痛，不敢劝，因为他也受母亲的辖控。母亲一死，剩下慈爱的父亲，他的儿女，反吃了许多更加不堪的苦头。我们几个小的，包括当年只有八岁的二姐在内，吃的苦不过是挨饿受冻，十二岁的大姐，十七岁的二哥，十九岁的大哥，已能知道香臭，懂得炎凉，就不只苦在身上。家里顶梁柱塌了，外人看觑和谈说的时候，青眼里不免添了白眼，话头里不免添了石头；至于从别人家门前过，小孩子唆使恶狗咬你，那小孩的父母却不闻不问，集体上农家肥，来你家挑猪屎牛粪，少打些度数，克扣些斤两，甚或将你家自留地挖断塄坎，侵占你几块土巴，如此等等，更不消说。

要是母亲在，谁敢！

四

河风从窗外跑过，却丝丝儿也不进屋，像纪律严明秋毫无犯的军队。大姐还是怕父亲冷，关严门窗，打开空调，又去里屋，拿出一床线毯，披在父亲身上。父亲被照顾着，活泛了些，就跟我们一起说我们的母亲。其实，那些话是说过千百遍的，母亲怎样跟邻居侯大娘吵架，怎样生了幺妹不上半个月，就下水田薅秧，怎样生病，怎样躺在床上，怎样强撑着想起来，起不来就指天骂地，怎样坐到火塘边，怎样一口气上不来死了。

对母亲的回忆，大多与她的病和死有关。在这一点上，我们仿佛与父亲达成了默契，尽量不去回忆母亲生龙活虎地活着，母亲那样活着时，父亲只是个影子，待母亲病了，紧跟着死了，他才成为具体的存在，尽管是可怜的存在。世间的慈爱，总给人弓腰驼背的可怜印象。慈爱者大多没有锋芒，别人投过来的，是屎尿是刀枪，都只能受着。我们常常看不起父亲的慈爱。二哥甚至说，父亲的慈爱是假的。幸好是假的，他说，要不然，慈爱真的就一文不值。二哥的意思是，懦弱比暴虐更坏。他还说，爱里要有恨，爱有多深，恨就有多深，恨是爱的根，没有恨的爱，就像不知时令提早下的一场雪，还没沾地就化了。世道就这个样子，只怕睁着眼的金刚，不怕闭着眼的佛。二哥读的书多，举了大堆例子，我只记得他提到花和尚鲁智深，说鲁智深既能搭救翠莲父女，又能拳打镇关西，那才配叫慈爱。

正把母亲说到兴头上，大姐夫回来了。

父亲问他为啥没打牌，大姐夫说，你来了，春明也才回来，我陪你们多坐会儿。大姐就凶他："把话再说好听些嘛，是没找到伙计呢！"大姐夫被戳穿，红了脸，软软地笑着，说："你放屁。"他打牌，都是跟几个固定的人，牌打得大。打小了，他宁愿回来打瞌睡。回龙镇把打小牌叫打"鸡屎牌"，即使手气臭，输了，也不过输一坨鸡屎，臭不死人。大姐夫最厌烦这种打法，也最厌烦这种活法，说那是不死不活的活法。不死不活，其实就是死了。因此牌瘾登堂，他也绝不将就，去跟一群输三二十块就红眼睛闹动静的家伙，在牌桌上混光阴。

大姐夫体胖，往常，只要没喝酒，没打牌，没村民找他，坐下来不到半分钟，他说话的声气就小了，眼睛就合上了，紧跟着鼻息如雷。但今天不同，明儿是父亲的生日，好歹得合计一下。

于是他不去坐那张专供自己打瞌睡的躺椅，也不坐沙发，而是坐到春晌坐过的独凳上，像给村民说事那样，安排明天的事情。

到了父亲这把年纪，生日再怎么操办，也不为过，但去年县里就下了文，禁止随便摆酒席。主要是针对乡镇来的。这些年，乡镇淹在酒席里，打个嗝儿都是酒臭，过生日，生孩子，孩子满月，孩子满周岁，孩子会爬，孩子会走路，孩子会说话，孩子升学，起房子，搬新家，结媳妇，嫁女儿，出院，退休，办丧事……都摆酒。有的人，旧历生日摆了酒，新历生日又摆；有的人，分明病得只剩一丝游气，逢他生日到了，家里人为他办生，办了生不过三几天，又为他办丧。回龙镇有个姓伍的老师，爱写古体诗，他去世后，留下厚厚一本诗集，人家办一次酒宴，他就写一首，其中有《贺林东权二婚》《贺林东权三婚》《贺林东权四婚》，就是说，那个名叫林东权的人，结了四次婚，四次都摆了酒，伍老师也都去了，都写了热情洋溢的赞美诗，“宝镜台前，又见脉脉情丝；香闺枕畔，再闻悄悄软语”“鹊桥三渡风鸾俦，花好月圆满画楼”之类。诗后或注解，或记事，比如《贺林东权二婚》，后面有这样一行：“损半月工资。”《贺林东权四婚》底下，字更多些：“用度需大省俭，早上鸡蛋免去。”

人家摆酒，你得去赶礼，不去就是没人情。你装着不知道是不行的，都是短信或微信通知了，对重点客人还打电话通知，并去当街的路口挂水牌，赶场日子，还敲锣打鼓地游街告示。那些人缘广的，有时一天要吃五六起，甚至十余起，吃得唉声叹气，喊爹叫娘，活生生把一个家吃穷。某些人背不动人情山，干脆跳楼死了算了。这不是夸张，是真有人为这事跳了楼，摔出一身烂骨头，皮子包着看不见罢了。

不死人，县里也不会下禁令。

回龙镇接到文件，先是劝，劝不动，就横街扯出条幅："不要屁股脸的人，办不要屁股脸的酒，不知耻的人去帮忙，不要脸的人去吃酒。"这是货真价实的骂街了。可骂又骂不瘦人，你说我不要脸，我不要就是。我去吃了别人的酒，我不摆酒，送出的礼金就收不回来。另一方面，人家吃了我的酒，人家摆酒我不去，那才真没脸。

见教化无功，镇里只好板起面孔，硬性规定：酒宴超过三桌，都必须先提申请，确有不得不办的理由，也得拿到批条才能办，否则重罚。

从此，就时常有人，腋下夹着报纸裹着的中华烟，或拎着个布袋子，装几瓶好酒在里面，朝镇政府去。到了腊月正月，那条路上更是络绎不绝。这时节闲，主要是打工的回来了，打工的挣了钱，不愁送不起礼金，因此酒宴稠密。

凡进去的，出来时都喜滋滋地捏着批条。

有大姐夫在，我们要给父亲办生，拿批条更简单，但我们没有那打算。

随便办生是忌讳的。我们村有个人，五十九岁那年办了六十岁生，不久便查出胃癌，没查出的时候是个好人，查出了就是个病人，病入膏肓，两个多月就死了。又有个人，办过生去上海看儿子，被车撞得半身不遂。我父亲也是。父亲七十五岁时，兄弟为他办生，招待了三十多桌客人，那天父亲百感交集的，想妻子落气时，他的七个儿女，个个没个人样，村里人量就了他，说一在三在，一亡三亡，没有那死鬼撑持，他许成祥再投胎一回，也没本事拖大那包针，结果不仅拖大了，还为他们定亲结缘，他的三儿子还念了大学，成了公家人，现在他幺儿子又为他办生，远远近近的都来上礼，鞭炮炸得山鸣谷应。父亲想到这些，看到这些，就一把接一把揩眼泪。生日过后第九天，他从坡上回来，刚进屋，雨来了，阶沿边晾着兄弟一双鞋子，被雨飘着，父亲趄身去收，不想脚底一滑，从四步梯子摔到院坝。梯子是石头，院坝也是石头，而他身上是骨头，石头是老石头，骨头也是老骨头，老骨头碰不过老石头，父亲左侧着地，一声闷响，胯骨断了。

自那以后，父亲手上添了拐杖，走路一拐一拐的。

有了这教训，再不敢给他操办生日。

但家人聚一聚是该的。事实上家人也聚不齐整，出门打工的，天远地远，去来一趟，身上就掉层膘，还可能离开几天，回去就被占了窝儿。只好不回。比如今年，大嫂跟她女儿在浙江，二姐一家在湖北，幺妹两口儿在广东，小字辈更是星散各地，别的小字辈倒还有个实在的去处，大哥的儿子四喜，谁也不知在何方落脚，他五分钟前给这个打电话，说在北京，五分钟后给那个打电话，就可能说在海南。

因此真要安排明天的事，也费不了多少唇舌。

按大姐夫的意思，叫大哥二哥和兄弟几家人，明天都来镇上，中午去店里包个席桌。大姐说："二哥本来就在镇上，春明进屋之前，我还在榨油厂碰见他。"大姐夫说："哦，我还以为他回燕儿坡了呢。"大姐诡秘地一笑："他回去做啥子？那个人又没回去。"我听不懂这话，想问，大姐夫却提前拦了："路上说话，草里有人，莫去管人家闲事。"大姐剜了他一眼："你也晓得草里有人？"大姐夫脸色一恼，不言声了。大姐便丢开，说她不愿包席，"只要去店里，都只晓得带个嘴巴来，给钱的不是我们，就是春明。"大姐夫问："那你说咋办？"大姐说："我就在家里煮。"大姐夫嘁了一声："那不一样是你花钱？"大姐说："总花不了恁多。"大姐夫说："那你就煮嘛，只要你不怕麻烦。"

五

事情说定了，又回过头说母亲。大姐夫从没见过我们的母亲。他住在对河的杨侯山。老君山和杨侯山，都属巴山余脉，也可以说是大巴山脉的弃子。每一个词语都需要别的词语去解释，词语成就了世界的个体，也造就了世界的整体：巴山，是大巴山脉的简称，大巴山脉东接神农架，西接摩天岭，是嘉陵江和汉江的分水线，也是四川盆地和汉中盆地的地理界线；至于弃子，解释起来要复杂许多，牵涉到政治、经济和人心，人心几乎不可解释。好在老、杨二山被抛弃的时候，弃子这个词语还没诞生，因此对作为弃子的命运，便浑然不觉，更不自怨自艾，没心没肺的，竟都长到将近三千米。

大姐夫的那个村，叫李家岩，和燕儿坡正对，站在各自的院坝边，能望见对面的房子，也能听见对面的牛叫，星月无光的夜里，对面忽起忽收的鬼火，仿佛近在咫尺。但真要走过去，只恨少生了几条腿。两架山上的人，要是没亲戚往来，也就没什么往来。

我们的母亲，大姐夫的岳母，在他心里无非是燕儿坡的一个土堆，听我们谈了几句，他便二目发饧，歪到躺椅上去。头刚挨了靠枕，嘴鼻就吹起号角。

大姐怒吼一声："要挺瘟床上去挺，莫在这里吵人！"

大姐是想他陪我们说话。

陪我们说，也就是陪她说。大姐夫陪大姐的时候，短促得如烙铁上的水珠。婚后半年就如此。当年，大姐夫家比我们还穷，办不起酒席，就跟大姐相约，两人去新疆，投靠他一个远亲；出发的日子，就算是结婚了。听说新疆的风从国外吹来，新疆的河水又流向国外，禁不住心里荒远，又生出羡慕。但半年过后，大姐独自回来了，回来后绝口不提那边的事，也不解释大姐夫为什么没一起回来。大姐只在娘家歇了一夜，就住到了婆家去。多年以后，我才知道她在婆家受的苦。但当时不知道，当时只以为，她是嫁出去的人了，她又有了一个家，人是不能有两个家的，那会令人失措。我当时就为大姐失措，仅此而已。

大姐回来两年多，大姐夫才现身。他回家的当天，跟母亲和哥哥吵了一架，他把吵这一架，当成对大姐的补偿，随后就把大姐丢下，在村子和镇子之间，奔来跑去。后来当了干部，于是更少在家落脚了。住到镇上后，家就彻底成了他的客栈，即使回家吃饭，也是客栈里的吃法，往往是到了开饭时间，他才突然带回三个五个、七个八个，进屋就招呼："春红，炖个鸡子。"或者："春红，烧几斤牛肉。”大姐一时没个抓拿，但当着客人，又不好拂他，心里喊天叫地，脸上却尽是笑，忙着抹凳备茶，接着往菜市场跑。待啃下一桌子骨头，大姐夫又与那伙人，旋风似的卷出门去了。

六

大姐夫的呼噜扯得山响，大姐那声吼，铡刀似的，齐崭崭把呼噜声切断。大姐夫眼皮一抬，惊惊诧诧地左右看了，才恍然明白这是家里，直起身，见我坐在那里，又是一脸惊诧：“春明啥时候回来的？”惹得大姐一顿臭骂。大姐夫愣怔片刻，被骂得笑了，又坐回到独凳上，给我和父亲递烟。父亲又是把烟接了，又是还回去，说他不抽纸烟，抽叶子烟。却并没裹叶子烟来抽，只是抿嘴咽口水。他是怕大姐说他。叶子烟味儿重，抽一口，那味儿就黏腻腻地往里浸。大姐瞄了父亲一眼，说：“想抽就抽，莫做出那样子。”

言毕把空调关了，将阳台与客厅间的玻璃门推开。

风跑得更急，也便顾不得军纪，湿漉漉地撸进河水的气息。农历四月间，河水里是胀鼓鼓的生命。大姐夫深吸一口，“这才新鲜一下哟！”他说。他怕热，又怕闷。跟人打牌时，缩在一个小间里，因为打得大，输赢来不来就摞成钱砖钱瓦，不担心派出所抓，却担心万万人的舌头，就把门窗闭得死紧，还不停歇地抽烟，他不闷，回到家就闷了。

父亲将身上的线毯理开，从荷包里摸出发黄的塑料包，层层打散，取出旱烟来裹。

烟没裹好，突然流出一串口水。

对自己的这串口水，父亲很诧异，像那不是口水，而是从他嘴里蹦出的一只兔子。待认清是口水，便连忙够着手，扯了茶几上的纸巾，埋头去擦。在老家的时候，包括跟兄弟住到拐枣坪，院坝和家里，鸡呀鸭的，想起来就屁股一翘，也不管是屙在屋当中，还是屙在灶头甚至锅盖上，人要吐口痰，也跟鸡鸭一样自在随心；但父亲从不这样，要吐，就吐到火塘的灰里。来大姐家，他更不会乱吐。大姐家的地板砖，静水明镜，能照出人影子，大姐每天的任务，除了做饭，招待大姐夫随时可能请进家来的客人，就是搂块大布巾子，伏身擦地，那样子，像是把地板抱在怀里擦。父亲哪敢随便吐。

可那串口水，不是他吐的，是自己流出来的。

不打招呼就流出来了。

流得莫名其妙。

流得毫不讲理。

父亲的右拇指被石头砸伤过，厉害地朝后撇，纸巾捉不牢实，地板越擦越脏。大姐扭过颈项，扯着脸，不想看，又偏要看，看不下去，就过来帮忙。也不是帮，是她见不得谁弄脏了她家的地板，脏了，她一定要收拾干净，气儿才顺。大姐绞了大团纸，哗哗地搓。父亲满面羞惭。大姐换了两卷纸，快把地板搓脱皮，才将脏纸收拢，扔到卫生间去。

她刚过来，父亲又流出一串口水。

这下，父亲不仅是诧异了。

他愤愤地骂：“狗日的，这才……”

话没说完，流出一串更加饱满的口水。像水袋子被割了一刀，流得像泻。

父亲愣住了。

我们都愣住了。

大姐夫替父亲害着羞，细声说：“爸爸，你去睡吗？”

父亲说不出话。他怎么也想不到管不住自己的口水，害怕一说话，口水又流出来。

七

我把父亲往床上扶。

大姐家的房子很宽。大姐夫一出手，就把滨河路二单元和三单元的第四层，都买下了，然后在两个单元的隔墙上开了道门，如此，就成了一整套房，站在房间的这头喊那头，光喊是听不见的，要呼喊才行。后来觉得太显眼，怕人谈论，又把隔墙上的门堵了，将三单元的房子卖了。但还是宽。二单元本是两套，隔墙一开，又变成了一套。

晚饭之前，大姐已为父亲铺好床，这时我领他过去，一路摸着墙上的开关。那床上堆山填海的，全是新崭崭的棉絮。不知道为啥要这么多棉絮。大姐将棉絮摞起来，占了半边床，父亲睡空出来的半边。我帮他脱了鞋袜、外套，抬着他不灵便的左腿，像摆一件东西似的，在床上摆放好，拉过被子盖住，再将脚底下的被子往里折，免得透风。父亲个子低，腿残过后，更低，将那被子差不多折过半截，才顶住了他的脚。

我说爸爸，你冷吗？他说冷。我便站到床上去，从几乎顶到天花板的棉絮山，取下一床，搭在他身上。灯光底下，他像躺在一架货车里，这车要是一颠簸，棉絮山倒下，不要把他埋了吗？父亲也微微侧了脸，由低到高地望着那面山，倒露出安心的模样。棉絮山傍窗，可以为他挡风。风其实进不来，窗子关得严丝合缝。父亲是对狭小的空间安心。空间一大，他就惶恐。我说："爸爸，你是哪里不舒服吗？"他说没有不舒服，就是头晕。我说那你睡吧。他说要得。但并没有要睡的样子，轮着眼珠，到处看。

老年人的眼睛，有着婴儿般的好奇，只是不再清亮了，再也映照不出草影和天空了。

我闻到一股淡淡的、类似于树叶干枯的气味。

那是从父亲身上发出的，是时光流逝的气味。

墙角的箱子上，堆了许多杂物，我从中拣出一条毛巾，捂在父亲头上。他说行了，不冷了。我说那你就睡吧。他嗯了一声，问："你弟弟到家没有？"我说这么长时间,早就到了。但还是摸出手机，给春晌打过去。

春晌又在喝酒。手机里传来的声音，也喷出辛辣的酒气。他喝酒，不是在大姐家没喝够，只因弟媳晚饭时煮了腊排骨，剩了两块在那里，他怕放到明天放坏了，就吃了，而在他看来，吃肉不喝酒，就把那肉吃可惜了。

为明天给父亲过生，兄弟两口子一定准备了好些吃的，既然没人去吃，就自己抓紧吃。

当父亲知道春晌是在家里喝酒，放下心来。

然后说："春明，我的儿呢，我是不是要死了？"

八

活着的人言死，任谁听来都不真实，哪怕这个人真的快死。

死只有成为事实，也才成为真实。

在我心里，只记住了母亲的死。

三十多年前那个秋风秋雨的夜晚，在床上躺了个多月的母亲，突然焕发了神采，清清朗朗地在卧室里叫："成祥！成祥！"父亲正端了苞谷糊糊喝，黄不拉叽的苞谷渣，乱哄哄地沾在胡子上，听到喊，也来不及分辨母亲是以怎样的声口在喊，就慌忙脚手，丢下碗，扯把刀，往卧室跑。他以为又是母亲的奶子痛了。

母亲生病的日子，依然给幺妹喂奶，兄弟也时不时趴到病床前，扒开母亲的前襟，扑上去，噙住乌溜溜的奶头咂几口。母亲病过一些日子，就经常嚷奶子痛。她是特别能忍的，这时也不能忍，妈呀娘的乱叫，说有人在吸她奶，吸不出奶，就吸她血，还把她奶头像嚼酸萝卜，嚼得卟欻卟欻响。然而，幺妹正睡着，兄弟也在外面玩，没人吸她。可她偏说有，还曲了双臂，用力推，像是要把吸她的人搡开，前额虚汗直滚。父亲找不到对手，急得转圈，转一阵回到伙房，取了雪亮的菜刀，跑到母亲身边，在她胸前用力挥舞，左一下，右一下，每个回合，都像打了把大×，是要把那不见形迹的家伙杀灭。根本不管用。母亲必定要痛死过去一场，才悠悠地缓过气来。而她那熟葡萄似的奶头上，果真浸出粒粒血珠。

这天，父亲提刀跑进卧室，看见母亲自己坐起来了，并没吵奶子痛。

几十天她都没自己坐起来过。

见了父亲，她欢欢喜喜的，说：“背时的耶，我差点死了，是阎王爷不准我死。阎王爷说，你有大堆儿女，还有娃吊在你奶子上，你没资格死。阎王爷叫我回来，再受些年的苦，把儿女拖大了才能死。”说完脆生生地打哈哈。

这时候我们都进去了。母亲睡的那间屋，傍着山墙，山墙下有水沟路过，屋里又潮湿又阴暗，屋顶一匹亮瓦，久未翻扫，早蒙了尘垢，别说夜里，别说还跑马似的刮着秋风，爆豆似的下着秋雨，就是白天，晒着大太阳，从亮瓦漏下一丝浊光，也只是加剧阴暗的深度。父亲把菜刀放在细脚修身的床头柜上，把柜上的油灯拨亮了些。明显消瘦下去的母亲，坐在床中央，床两头镀铜的铁钩，挂着麻纱蚊帐，灯影恍惚，床和母亲，都像在水里荡漾。

母亲笑盈盈的，对父亲说：“快扶我出去，我去火塘边坐会子。”

父亲正要去扶，身后炸起一声：“砍脑壳的，扶不得！快收拾她躺下，她这是回光返照，把光涵住，还能活，光一散，就活不成了！”

是我们的隔壁邻居侯大娘。

不知道她是啥时候进来的。

侯大娘是母亲的死对头，但母亲害病这些天，她天天过来探望。父亲和哥哥姐姐都不高兴她来，说她是盼着母亲死，过来看，无非是看究竟死没死。因这缘故，往后的很长时间，侯大娘在我眼里，都是黑色的，无论哪个季节，无论她穿多么花哨的衣裳，都是黑色的阴影。她的一举一动都让我害怕，一言一语，都让我觉得大有深意。我疑心她晚上也不睡觉，只披头散发地坐在夜色的深渊里，隔着一层削薄的板壁，向我们母亲下咒语。

直到我长大成人，才觉得事情可能不是那样。

侯大娘没念过一天书，但她心里有世界，小小的燕儿坡，与她心里的世界全不匹配，这让她寂寞。她不想寂寞，就翻波涌浪，要把燕儿坡鼓捣成她的那个世界。她和燕儿坡人，除黄口小儿和眼见就要下世的，没有不吵架的。连哑巴她也寻着吵。哑巴说不成句，却能发声，她就凭想象译出那声音，并照此还回去，比如哑巴说："啊——！"她就译成："我日你妈！"这样骂了，又为哑巴遗憾，也为自己遗憾，因为那哑巴和她都是女的，这种骂法实在大而无当。除跟哑巴吵，还跟畜生吵。不止一回，侯大娘和狗骂架，和猪骂架，和树上的雀儿骂架，骂它们的祖宗八代、前世今生。畜生的前世有什么好的，要是好，就不会转入畜生道了。畜生甘拜下风，见她就躲，弄得她很无趣。

她见不得村子平静，在她看来，平静就是死水一潭，日子就要生蛆长虫。便想方设法，去打探人家的闲事，谁的祖上当过小偷，吸过鸦片，得过梅毒，根根底底都挖出来，说给人听。要是这些久远的故事引不起波澜，她就立足当下，着眼现实，说那某某的媳妇，在松林坡的茅草林里哼哼叽叽的。听的人问：哼叽啥呀？是肚子痛吗？她说晓得的哟！问的人一愣，随后就明白过来。其实并没明白。正是在明白和不明白之间，横着广阔地带。当事人总有一天会知晓的，知晓了就来找侯大娘，要把不明白的问明白，把明白的问得更明白。侯大娘从来就不怕对话，她的策略是，先否认自己说过，再否认你以为明白的意思。对方心里窝火，可能出言不逊。侯大娘正等着这时刻，她一口咬住，咬住了就不丢，于是吵起来。吵他个日出日落、三天五夜，才称了她的心。

不过这办法不能常用，日子久了，人也跟畜生一样，宁愿怕她、躲她。她闲得难过，就把心思多用在我母亲身上。寻母亲吵架，毕竟方便得多，彼此住着邻居，鸡子越界拉泡屎，猫儿钻屋偷块腥，柴草撒落到对方阶沿，还有下雨天从对方门前过，鞋底下掉了块稀泥，如此等等，都可成为吵架的理由。加上逢我母亲那人，你不犯她，她说也有，笑也有，犯了，锣对锣，鼓对鼓，闻到雨气就是雷暴，半点儿也不饶人的。侯大娘真是找对了对手。自从和我母亲厮咬上，侯大娘的脸色滋润了许多，出出进进的，脚下带鼓。

她需要我母亲这个对手，并不想这个对手死去。

诸多迹象表明，我母亲并不理解侯大娘，她只把侯大娘当成对头，方方面面占强，不愿输一口气。那天夜里，坐在床上的母亲听见侯大娘那样说，不要我父亲去扶，自己就下床了。她真的就像在水里，下床后，两条腿一撸一撸的，划着。

父亲见状，连忙把她撑住，出了卧室，进了伙房。

母亲在火塘边坐了一袋烟工夫，死了。

就那么坐着死的。

那段时间，二哥正读一本残破不堪的《三国演义》，为母亲办丧的几天，他也没丢下不读，母亲出殡前夕，他读到第六十三回，“诸葛亮痛哭庞统”，读着读着，把书往腿上一拍：“侯大娘是诸葛亮，妈是庞统，庞统被诸葛亮一激，果然就去送死。妈被侯大娘一激，就硬要出了卧房。妈没有侯大娘精灵。”

这话被大哥听见了。大哥戴着重孝，正往母亲的棺材缝封糯米膏，这时候停下手，恨住二哥。二哥虽也是戴着孝帕，却没个孝子的样子，乱纷纷的事情也不插手帮忙，大哥本就见不惯他，没想到他还说侯大娘比妈精灵。

大哥说：“球莫名堂！”

二哥又低头看书了。

二哥念书时，成绩全区有名，但他初中毕业就辍了学。那时候是推荐升学，想读高中的，给校长送礼，你送了鸡，我送了羊，我就能接到通知书，你送了豆腐，我送了白菜，你就能接到通知书。二哥为人简傲，不愿送礼，父亲就代他去送，送的真是白菜，还是虫咬得孔孔眼眼的那种。校长并不知道，那一花篮白菜，是我们两天的口粮。当然知道了也是一样的结果。辍了学的二哥，经常上街，溜进茶馆听评书，又不知从哪里搜罗来大堆神话演义，多是阴气扑鼻的线装书，周年四季，他有空就躲进英雄豪杰和才子佳人的故事里。

九

在我的亲人当中，我只见过母亲的死。母亲死后十多年，外婆死了，然后是大姨死了，大姨的儿子死了，再后是舅舅死了，舅妈死了——舅妈死了两天，活过来，活了一天半，又死了，这回是真的死了。他们死的时候，我在外地读书，都没亲见，也没参加他们的葬礼。因此，死，在我心里便只是秋风秋雨。

现在还是农历四月初，离秋天还远，便也与死无关。

父亲却说他要死了。

他以悲怆的语气，把问题扔给我：“春明，我的儿呢，我是不是要死了？”

那一刻，我没感觉到父亲要死，只觉出了生的脆弱。

我说：“爸爸你想些啥呀！”说得怒气冲冲，像他的话冒犯了我。

父亲最怕儿女生气。母亲在时，他怕母亲生气，母亲死了，他把儿女带大了，又怕儿女生气。见我生气，他就沉默下来。沉默一会儿，他说：“又把你大姐累一场。”他指的是，我们离开客厅后，大姐一定在抱着布巾子擦地板。这个我也想到了。我本想说：多少年来，那么多道三不着两的客人，她都为他们累了，就不能为你累？但我没说。

对父亲，我从不说亲热的话。说不出口。

父亲抿着嘴，我想是不是又有口水要流出来，心里一紧。结果没有。他望着天花板，然后转过头望我。

我知道他是不想我离开。兄弟不在，他就对我有了依赖。

我暗暗骂着春晌，心想他没走就好了。不得已，我撮过一张塑料矮凳，在父亲床头坐下。凳面印着一枝红玫瑰，花瓣上露珠莹莹，我坐下去的时候，怕糟蹋了花，又怕锥了屁股，禁不住皱了皱眉。父亲见了，说：“你冷不冷啊？”我把衣襟一扇：“冷啥子嘛！”

这样单独跟父亲相处，我是多么不习惯！

不习惯的方式，就是怒气冲冲。

父亲又沉默了一会儿，说：“足球赛开打没得？”

吃晚饭时我说过，今晚九点半有足球赛，父亲知道我爱看。但现在还不到九点。我说：“管他的。”父亲说：“你去看嘛。”我说：“你想睡？”父亲说：“我没事。”我把这含糊的话，理解成他想睡，便做出不情愿的样子，立起身，把父亲的被子又拶了一下，玻璃窗和阳台门又检查了一下，把阳台旁边的厕所门也关了，再问他要不要关灯。他说关，莫浪费电。

我便把灯关了，把门闭了，把父亲留在黑暗中。

十

只大姐一个人坐在沙发上，双手交叉，放于腹部，眼皮子打架。

“哥睡了？”

大姐听见我问，眼睛奋力一睁。她的这个动作，让我看到了在大姐夫身上看到过的东西：莫名的惊诧。那惊诧是一只关起来的动物，会在主人不经意时跑出笼子。这或许只是我的过敏。我多次发现，我不仅是个虚伪的人，还是个疑心很重的人。对许多事物，我已逐渐丧失信任的能力。我深知信任是万物的起源——种子不信任土地，就不会发芽。然而，一棵树分明长得枝繁叶茂，却说它对土地不信任，即使不是背叛，也是矫情。我恰恰得了这种病，尽管我枝不繁，叶也不茂。

大姐睁开眼睛，双手抹脸，把瞌睡抹掉，才回我话：“他有恁早睡的？那不等于要他命？”接着说：“韩副镇长起先在陪县上来的人吃饭，现在饭吃完了，县上的人走了。”

这意思是，大姐夫跟韩副镇长他们打牌去了。

我刚坐下，大姐突然笑起来。笑的是父亲流口水。她问父亲躺上床后流没流，我说没有。她放了心，说：“人老了，硬是变成了小娃儿。”

说不清来由，在这件事情上，我心里有种很深的委屈，大姐的笑更让我觉得委屈，就没附和她，问起她的儿女。

大姐有一儿一女，女儿丽丽，大学毕业后在州城电视台做合同工，儿子李志，两个月前去了福州，进了餐馆学厨艺，那餐馆老板江华，也是回龙镇人，还跟大姐夫同村，二十年前，江华去福州混工地，慢慢做了工头，后来改行做餐饮，已是盘得家大业大。

提到丽丽的时候，大姐说："你想个办法，早些把她转成正式工。"

我这才后悔不该多嘴。

丽丽那合同工，也是我替她找的。她刚读到大四，大姐夫就来电话："赶快给丽丽找事情啰！"他要我找的，是大城市里的事情。村里的事他能决定，就觉得外面的也能，当然不是他，是我，因为我在外面。在大姐夫眼里，占了一方地界，在那地界里就该拳打脚踢。他自己确有那本事，我没有。但我这人，是俗话说的滥好人，不管别人托啥，先都不好拒绝，结果最终被拖进泥潭。大姐夫让我给丽丽找事，我便在省城打听。人家都是一个萝卜一个坑，甚至几个萝卜一个坑。我照实回了，大姐夫就骂，说我没用，"果然没用！"他说。

加上"果然"，是因为之前的好几宗事，我都没为他办成。

有一阵，镇政府招干，是从村干部里提拔，镇领导都倾向于他，可这事要县里决定，县里超出了他的势力范围，但我在省上，省上这张大网撒下去，就把县里罩住了。他是这样想的，于是让我撒网。问题是，我不是在"省上"，是在省城。他不管，三更半夜的打电话催逼。我说我不认识县领导，他就火了，说你每次回来，都被县城的三朋四友请得不落地，你不认识，未必他们也不认识？要是万事都帮不上忙，交朋友还有啥球意思？我只得又挨个去问，四处托人。最终也没能落实。这事让大姐夫很看不上我。

幸亏女儿的事为他办了。

那时候，丽丽已拿了毕业证，同学都已离校，丽丽因谈着男朋友，男朋友跟她同班，两个想在学校多待几天——那是一种特别的感觉，人去楼空，见啥都是伤感。很少有人承认，伤感的时光，正是一生中的幸福时光。当你跟现实碰，就没机会伤感了，你要么沉迷，要么颓废，要么痛苦，要么咬牙坚持，总之是腾不出工夫伤感的。伤感是方向不明的轻愁，恋爱中的男女，正需要这种轻愁。

但大姐夫不是这样看，他把丽丽不马上回家，当成彷徨无主。所以如此，都怪我这个当舅舅的失职。他不知道，自从丽丽上了大四，我就随时扳指头，数着丽丽的毕业时间，数着数着，着了慌，到处找熟人帮忙，也不管别人能不能帮。那段日子，我深刻地理解了什么叫无能。无能的人，就是总想着别人帮你的人。可别人为什么帮你？别人不帮你，你心里就怨，并很可能因此看轻了旧友。到这时候，你就由无能的人，变成了无耻的人。

我差些就沦落到这地步。

说起来也是天无绝人之路，就在丽丽跟她男朋友滞留学校的日子，我去州城开会，碰到一个姓向的大学同学，自然又说起我的外侄女。向同学眼睛一鼓，怪我为啥不早给他讲，他认识州城电视台台长，可以引荐。丽丽学的专业，与电视无关，但向同学说，现在的大学生就业，有几个跟专业有关？专业设在那里，只是为了招生，社会需不需要，有多大需要，谁管？再说能够挑专业的学生，都是有自我要求的理想主义者，绝大多数学生上大学，无非混个文凭，毕业过后，从事的职业是否与专业对口，完全无所谓。我想是这个道理，且州城是新兴城市，四百多万人口，比白马市城区多了四分之三，且出脚就是重庆。于是连忙扭住向同学，求他斡旋，不管他答不答应，就打躬作揖地谢他。他莫测高深地笑了笑，说谢个屁呀，也是我知道了，不知道的话，还不是没法帮你。

又说："只是要花些钱。"

这是当然的，大姐夫也一再强调，需花钱的地方，给他讲。我立即讲了。大姐夫给我卡上打了五万，我心想哪用这么多。卡是随身带着的，我取出一部分，用信封装了，跟着向同学去见人……这让我在州城足足多待了四天。

那些人收钱的情景，至今还让我难过：都是淡然地把信封接过去，像片落叶似的，往身旁的沙发上一撂，又继续跟你说话，全是些不相干的话，离开时，再自自然然地把信封装进包里，像那本来就是他的。后来我又听别的同学讲，向同学做的，就是那门子生意，他成天在各大部门浸润，混得路熟门熟，帮人牵线搭桥，但他先带你见的，都是说不上话的，这些人收了钱，下去再和他分成……

我不敢把这事向大姐和大姐夫透露分毫，事情办了，他们就满意，大姐夫从没怪过我把钱花多了。他是道上走的，知道钱的贵，也知道钱的贱，他常说，火到猪头烂，钱到事情办，钱跟火一样，要能烧，不烧，事情就办不了。

只是我自己丢不下，每次想起，都很难过。

十一

现在大姐却又要我想法把丽丽转为正式工。

我端了水喝，没搭言。

好在大姐也没就女儿的事多说。

她眼下最焦心的，是儿子李志。

熟人提到李志，都背地里感叹，说有钱难买子孙贤。

李志已结婚生女，开始也由父母出资，攀些事做，短短两三年，做了不下十宗，每宗都做不满一个季度，休说赚钱，连本也折了。此外还去他爸跟人合伙开的场子上帮忙，却不仅帮不了忙，还碍手脚。父母断了念想，干脆任由他玩，反而省心。

他乐得这样，便丢心落肠的，既不在镇上寻营生，也不出门打工，回老家种田更是笑话。他的主业是打桌球，打得肚子饥了，就吆三喝六，下馆子去。下馆子全是他请客，且从不点菜，进屋就招呼："弄三百块钱吃的。"老板忙不迭应了，下厨房去，一阵忙碌过后，端上来一盘青椒肉丝，一钵菠菜豆腐汤，再加二三样清炒炝炒的小菜，就这些了，没了。结末他也不算算账，摸出三百块，朝碗底一压，又打桌球去。听说某个水库或堰塘有好鱼，便又三五成群，取了渔具，骑了摩托，往那里赶。鱼弄到手，回到镇上，又去某家馆子，加工来吃。他跟他爸一样，很少在家里吃饭。许多时候，他也不在家里睡，偶尔却又带四五个伙计回来睡，都是袜子多日不洗，闹哄哄地臭一屋。

他妻子青梅从不过问他。每天上午，青梅带着女儿，去桥头的母亲家坐，快吃午饭才回来，下午又带着女儿去逛超市，逛新修的北门码头、巴人广场，要不，就一根钉坐在某家店子前，跟几个和她一样年轻的妇人，嗑瓜子儿，谝闲话，谝到快吃晚饭才回。后来女儿进了幼儿班，她早上把女儿送进学堂，就不见了人影，女儿中午在学堂吃，下午她接了女儿，也是挨到晚饭时分才落屋。父亲摔死后，她时不时地，会把女儿接到娘家吃晚饭，饭吃晏了，就在娘家过夜（今天晚上就是）。在街上跟老公碰了面，她也不打应声。

李志同样不招呼她。要是女儿在她身边，李志会迈开两条粗腿，快步走过去，在女儿团团的脸上拍出啪啪的响声，然后抱起来，举儿下高，亲一下脸，放下了，说声："乖哟，听妈妈的话哟。"便又玩自己的去了。要是女儿没在，李志看见青梅，就像啥也没看见，就像青梅不是他老婆。他们并不是关系不好，就是彼此冷着，没有小夫小妻的缠绵和趣味。

两个月前的某天中午，回龙镇上来了个男子，二十四五岁年纪，着女衣，戴耳环，走路甩摆着两胯，一扭一扭的，两只手则笔直垂放，紧贴裤缝，纹丝不动，只柔柔地翘着兰花指。若不是扁平的胸脯和核桃样的喉结，还不知他是个男人。这人就像长了两条腿的怪物，引来满街人撵着看稀奇。李志挤在人群中，斜脸看了两眼，看不惯，拳头一硬，扑上去就打，把人家打了个半死。大姐夫听人报信，急忙赶到现场，踢了李志几脚，叫他快逃，"狗日的，"大姐夫咬着牙帮，悄声说，"去福州，找你江叔叔。"说着身子一遮，摸出一沓钱，塞进李志的裤兜。

李志溜后，大姐夫叫了救护车，把伤者送往县城。镇上也有卫生院，但地上的人翻着白眼，口鼻流血，嘴角惊风，两腿抽搐，估计卫生院不会接，接了也不能治，不如直接送县城。县第三人民医院院长，是大姐夫的高中同学，便去了三医院。医生说没生命危险，大姐夫才松口气，给福州的江华打电话，说想叫儿子去跟他学厨艺。对方欢喜应承。接着大姐夫给李志打电话，知道他果然在往福州赶，就告诫他："莫给你江叔叔说你闯了祸，就说你是去学厨的！"

那被打的，二十天后出了院，大姐夫不仅担负了全部医药费，还主动给了他两万块营养费、误工费、精神损失费。那人娇滴滴的，对大姐夫说了许多谢言，出县城去了。他不是本县人，是外地来的游客，那天坐了快艇游河，快艇开到回龙镇，见沿河铺展的好一个大镇，就下了船，去街上逛，不想遇到那场事。

李志的那些哥们儿，早把伤者出院离县的信儿传到福州，他就收拾衣物，准备回转。江华很诧异，说你学得好好的，没等出师，咋就要回去？这些天来，李志确实跟着下厨房，且真有学厨的天赋——好吃嘴儿大概都有那天赋。李志不听，坚持要回，江华就和大姐夫联系。大姐夫心想，既然学得不错，不如就势让他学下去，将来回到镇上，开家餐馆，也有个正经营生，到某一天，自己钱的来路窄了，一家人也不至于后手不接，于是说："他没出师，就莫让他走，反正我把人交给你，我只问你！"

大姐夫能这样对江华说话，是因为他对江华有恩。修乡村公路那阵，按设计，有条路要过江家祖坟，江华从福州赶回来，求助于大姐夫，公路不仅没穿江家祖坟，还不从江家祖坟的后面过；祖坟后面修路，是坏风水的。而江家最得意的，就是认为自家祖坟的风水好，他家五弟兄，四个都跳出了农门，两个落脚重庆，现今都当了副科级干部，他虽还在农门里，却落脚福州，生意做得风生水起。

江华把大姐夫的话向李志转达了，把他行李捡了，成天看得死紧，且只给烟抽，给饭吃，给酒喝，不给他一分钱。

可从那以后，李志就再不下厨房去了。

十二

“最近几天，怕是要回来了。”大姐对我说。

原来是李志下了狠招，他拿把剔骨刀，当着江华的面，在自己手臂上一圈一圈割，像下猪蹄子。江华见在眼里，心惊肉跳，又不敢去夺刀，怕他情急之下，下死劲儿割，便跑到一边，给大姐夫报告：“血啊，李书记，血啊，我管不住了啊……”

说到这里，大姐又是一通臭骂，骂大姐夫，也骂李志。骂过李志，把声音低了，说到儿媳青梅：“你一个婆娘家，迟早要把家持业、当家立纪，咋能不管男人？男人都是婆娘管出来的，再不成器的男人，只要婆娘敢管、会管，金银铜铁，土石瓦块，总能抟出个形儿来，可那青梅……”大姐摇摇头，沉吟着。

沉吟一时，又把话转了：“幸好她还安分，不乱来。也是碰到我们这种家庭，要是稍微寒贫些，多时跑了！现在的媳妇子，过不舒坦就跑，今天跟这个男人，明天跟那个男人。中街刘拐子那二媳妇，都跑过四个男人啦！你要跑就跑远些么，她转来转去，就不离了这条河，回龙镇、清坪镇、黄金镇，个把钟头的水路，抬头就是鼻子眼睛，把脸都丢尽了。你说丢脸，她还体面得很呢，有空儿就来回龙镇逛逛，颈项上挂条狗链子，穿得妖妖艳艳，走路乔模乔样。今天中午我还碰见她，她打招呼，老子没答应！”

正说着，隐约听见水声，大姐起身去检查了厨房，又检查了厕所,过来问我:“爸爸上床之前解手没有?”我说没有。大姐说:“该叫他去。人老了,硬是成了小娃儿。”

在我身边,还没见过老成小娃儿的老人,母亲年纪轻轻就死了,岳父岳母又不跟我住,至于父亲,我能见到他的时候,一年无非三几天。

其实大姐见父亲也不多,但她说那话,说得切心切肝,当不是随便说。她这经验,想必只能来自她婆妈。我们母亲死得早,大姐夫父亲死得早。大姐的婆妈,刚上三十就守了寡。跟大姐夫订婚时,大姐除了觉得婆妈阴,别的倒没啥,那年从新疆回来,以媳妇的身份住过去,她才知晓了厉害。婆妈先是嫌她没吹吹打打嫁过去,像那不是男方结不起,是女方嫁不起;接着问她要二娃子。大姐夫有三兄弟,他居中,小名便叫了二娃子。大姐说,你二娃子过一两年就回来。问为啥要过一两年,大姐说,妈你莫问了,反正要到那时候。啪!脸上响了一声。跟着是推搡,扯头发,竹棒子在身上敲。大姐夫的哥哥也过来,虽不动手,却因风吹火,而且是随时准备动手的样子。

当时大姐已怀着丽丽。婆妈到底也顾惜那肚子里装着李家的种,推搡大姐,先捉了衣领,不让她倒地,竹棒也不往肚子上敲,只敲膁二骭,膁二骭无肉,一棒下去,那节骨头就哭起来,眼里一潮一潮地冒着星子。

但大姐说,她不怕身上痛,怕心痛,婆妈来不来就砸一句:“从小没妈的,少人教!”每次这样被骂,大姐都要背了人哭一场,哭死去的母亲,并因此恨她婆妈。

恨,她就把恨说出来。

“我恨你！”她对婆妈说。

“不把我整死，我就恨一生一世！”她又对婆妈说。

大姐从母亲那里，继承了服软不服硬，也继承了口恶，但她说，母亲啥都没给她，就教了她做人的体统，要不然，她就会和婆妈对打。她没那样做，一是怕坏了孩子，二是晓得昼夜有时，长幼有序。她并不少人教。

但有时候说起，大姐为当初没跟婆妈对打一场，还蛮后悔的。婆妈有大儿子帮忙，她打不过，打不过无非被打死，打死算了。人嘛，活一岁是死，活一百岁还是死。反正都有一死，你是天王老子，也逃不过。鸟生羽，兽生毛，黄瓜茄子赤条条，你以为多大个区别，到最后，不是被人吃了，就是被土吃了，总之一句话：死了。

婆妈最后也死了。她活了七十多岁，无病不痛，突然就死了。是夜里起来解手，掉进茅坑淹死的。那茅坑周围，几十年都是黄泥巴土，后来棚子漏雨，修理几回，都扎不住漏，婆妈嫌不好下脚，便请来匠人，嵌了石板。是平平展展的老石板，从后山无主的坟地挖来。灾难就这样酿成了：坟地里的鬼魂生了气，某个鸡不叫狗不咬的三更天，鬼魂潜到茅坑边的竹林，气呼呼地等着她，终于等来，她刚朝下蹲，就一掌推去。她只感到一阵阴风，脚就离了地面。深及腿根的粪水，与鬼魂合谋，见她砸下来，连忙让开，然后迅速合拢，布匹似的将她裹住。她叫都没能叫一声，只扑腾几下，就像夜晚一样安静了。

对婆妈的死，大姐从不谈论。

旁人问起，她只是说：“每个人有每个人的死法，那有啥稀奇的。”

在她婆妈死的前些日子，河下游才死了个人。那人是笑死的。她见不得别人抠痒痒，哪怕抠自己痒痒的人离她百十步远，她见了，也觉得是在抠她痒痒，就笑。后来还见不得猫狗搔痒。再后来，连抓耙之类的物件也见不得，抓耙的样子，仿佛弯曲的指拇。这样笑了几个月，把自己笑枯了，气跟不上来，死了。她才三十四岁。人们谈论着她的死，正如不久以后谈论大姐婆妈的死，谈得多了，才发现死是无法谈论的。所有的谈论，说的都是死之前。真正的死，只告诉你结局。结局一模一样。一模一样的东西，有啥好谈的。

可仔细想来，人们正在谈论和准备谈论的，全都是一模一样的东西。人们以这样的方式，把那些与己有关难以启齿的细节，隐藏起来。

隐藏了自己的，却想知道别人的。尽管别人的许多时候也是自己的，但那最多是自己的影子，一鞭子抽在影子身上，自己并不会疼。所以不断地有人来问大姐。

大姐能说的，早说过无数遍。

如此，她和婆妈更深的关系，就被她那句“我恨你”和“每个人有每个人的死法”，盖了个严实。人们因此得出结论：许春红恨她婆妈，盼她婆妈死，婆妈的那种死法，让她称心如意。实话说，我开始也是这样看的，可有回我听丽丽说，她醒世后，奶奶已经单独住，有时候她妈赶场，给她和弟弟买了粑粑饼饼，回来都是悄悄给他们，给了，又悄悄说：“莫让奶奶看见。”姐弟俩应了，但顾惜奶奶可怜，都要忍嘴留一些，趁妈不在，就飞奔着给奶奶送去，奶奶却说：“乖乖儿呢，你们自己吃，我有了，你们妈赶场回来就给了我的。”说着去拉开碗柜，拿出来让他们看。果然，比给姐弟俩的还多。

这时候，我很想问问大姐：你恨婆妈，为啥又要对她好？又不好在明处,像对她好是很丢面子的事情。婆妈啥时候老成了小娃儿？老成小娃儿的婆妈是个什么样子？你如何跟她相处？我特别想问的是：大姐夫在新疆的两年多，究竟在干些啥？

但这话是不好出口的。

特别是新疆的经历，大姐和大姐夫从不提起。

十三

大姐的心思依旧在儿媳身上。她又说起了儿媳。起句却不是说儿媳，而是骂大姐夫："你哥那糊涂虫！你说青梅，头顶脚踏的，都是我们的，她撑了哪一片天？耘了哪一块地？只带她自家娃儿，你哥却拿工钱给她，每月几大千，天底下有这个道理？"这事我第一次听说。大姐脸都气红了："要是带自家娃娃都要工钱，人怕是要绝种。"

话不是这样说的，大姐也感觉到了，用脸色否定了自己，换了腔调："也是怪我们自己的人不争气呀……李志这一回来，又是花钱的大王，你说不给他吗，他那×样儿，看着又可怜，别人眼里也丢脸。再说我这里扼控了，你哥也要给他。"

这个我是知道的，大姐夫总怪大姐给李志钱，为此还摔过杯子，砸过饭碗，做出多大的阵仗，但李志找他要，他只会越发手松。李志找他爸要钱，都是等在他爸常去的麻将馆，他爸急匆匆赶来时，他的手就伸出去了。这一招忒灵验，几乎没落空过。他倒是不向妻子伸手，因为要不来。“青梅呀，”大姐说，“别看她个个儿不大，灵醒呢，每月白领几大千，为家里买根葱也舍不得！”

我瞄了一眼手机。

瞄过好几眼了。

足球赛早已开打了。

我想去打开电视，又不好冷了大姐，于是说：“你也莫想恁多。青梅不乱来，带孩子也经心，就是个当媳妇的样子了。你说李志乱花钱，不过是花在吃上，他不赌博，更不吸毒，也没像四喜那样，满天下骗。”

这种比较非常管用，大姐笑了。她笑，是因为我说的都是事实。作为清溪河上的水码头，回龙镇三教九流，无所不有，自然也包括赌博和毒品。所谓赌博，不是在茶馆里打麻将、斗地主、牵牛儿，而是买六合彩，进地下钱庄。这些，李志从不去沾。也不沾毒品。

在回龙镇，沾毒品是容易的。

大姐夫来镇上后，跟镇上一个叫何老三的，共同经营挖挖机和采砂船，一应事务由何老三打理，大姐夫只坐收进项。何老三出力多，收入也多一成，但何老三收入再多，也难掩败相。他儿子吸毒。他儿子跟李志年龄相仿，以前也是玩伴，不知从哪刻起，吸上毒了。染上那东西，家里就像来了打砖掠瓦的强盗，纵有泼天富贵，也经不住哄抢。何老三把儿子送进戒毒所，送几次都是白送，就决定自己当医生算了。他的办法，是去老街张铁匠那里，打了副三十多斤的铁链子，把儿子套住，锁进黑屋。

今天下午，我坐杨津的车刚进镇子，岔道口傍岩的砖墙里，便传来一声嗥叫，吓得我手脚冰冷。杨津说，那是何老三的儿子，那家伙肯定活不长了，枯得像根麻秆儿，满头白发；只是劲大，想起来就叫一声，就摇铁链子。何老三怕吵着邻居，把墙加厚了两层，还是恁大声音。

不光何老三的儿子，镇上还有好几个年轻人吸毒，但李志没有，听说有人在酒吧里叫他尝，他决然推了。这就是他的造化了。

至于大哥的儿子四喜，说起来谁都摇头的，不说他罢了。

有了何老三的儿子和大哥的儿子打底，大姐心宽了许多。想一想，李志不仅没那么差，简直还蛮好的。大姐轻爽下来，叹两口气，睡觉去了。明天她还要忙呢。

十四

敲门声响起时，天还没亮。

乡镇是个熟人社会，家家有道门，就是供熟人敲的。无论是回老家燕儿坡，还是住在镇上的大姐家里，特别是在大姐家里，常遇黎明时分有人敲门，甚至半夜三更也敲。逢赶场日子，大姐家的门响得更勤，娘家燕儿坡这边，婆家李家岩那边，那些打着露水赶早场的村民，背了山货来卖，一时又没开市，就把大姐的门敲开，进来闲坐、抽烟，推辞着大姐去为他们做吃的。往往是推辞不掉。大姐和我们母亲一样，进门都是客，不让吃点啥，你饿肚子事小，她心里难受。待人走了，大姐再系了围腰，搂着布巾子擦地板，擦得累了，就骂一声："烦球死人！"经常是话刚出口，敲门声又起，大姐又连忙丢了布巾子，去把门打开，把人往屋里让。

有时候，他们还把买来的或卖不掉的，寄存在大姐家，去街上打几圈牌或办完了杂事再来取。门厅里，堆着花篮口袋，花篮糊满泥土，甚或猪屎牛粪，还可能装着几只猪崽。若有猪崽，则在花篮沿口，纵横牵了绳索，使它们不至于跑出来。虽不跑，也麻烦死了，刚离了母亲，又来到陌生地界，便细脚伶仃的，站在铺了薄薄一层的稻草上，小眼睛低垂着滴溜，滴溜一阵，咕咕叫几声，叫得人心里慌慌的；屎尿也夹不住，渗出来，黄不拉叽地积在地板上。屋子里一股嫩骚臭。大姐就发火了：“把这×扔到大河里头去！”可要是主人老半天没来，她却又找来盆儿，舀了冷饭，汤水兑了，端给猪吃；没有冷饭，就掰菜叶子。猪不敢吃，她就哄劝，猪吃起来，她就笑，并一直陪在身边，对猪说：“不怕，乖……好可怜呵。”

到而今，来大姐家存放东西的倒是少了许多，好些家庭，在镇上都买了房子，有了自己的窝。大姐夫的兄弟没买在回龙镇，买在黄金镇了，黄金镇出产好大豆，他老早就去那里开了豆腐店。但我们兄弟没买房，双方大哥也没买房。我们大哥本来早就能买，因为四喜的缘故，使他几乎成了燕儿坡最穷的人。大姐夫的大哥，是家里有病人，他老婆得过麻风病，对外人说治好了，其实老是悄悄复发，一旦复发，就从村里消失不见，过一阵又才露面；治麻风病并不要自己掏钱，可只要家里有病人，钱就成了火苗上的树叶儿，没烧着，也是等着烧，因此即使手上不穷，心里也穷。

存放东西的少了，敲门声却没见消停。今天并不当场，还是这么早就有人来。

我被敲门声吵醒，才发现自己睡在沙发上。

昨晚我看了两场球赛，第一场看完，有些困了，毕竟坐了大半天车，但舍不得紧接着的第二场，就去大姐为我准备的床铺上，将被盖和枕头，都拿进了客厅。其间从父亲房门外过，站住了听，没听出什么，想扭开门看看，又怕父亲醒着，不陪他说些话，不好离开的，于是没有开门。第二场看完，头一歪就睡了，印象中，电视也没关。但现在是关着的，可能是大姐夫回屋时关了，或者是大姐起夜时关了。

门厅里有声音，以为是大姐，结果是父亲。门钮摸摸索索响着，却一直没能打开，就知道是父亲了。昨夜里，我忘了把拐杖拿到他床边，不用拐杖，他不是不能走，只是每走一步，左手都要在膝盖上使劲儿一搭，把自己往前推。我翻身起来，门却开了。廊道上声控灯刚熄，黑沉沉的，父亲叫："春晌。"外面砰的一声，是在跺脚。灯亮了，站在面前的却不是春晌。当然不会是。对兄弟来说，夜晚到这时候才走了半程，虽然他说过早些下来。

门口的人父亲不认识，他却认识父亲，"你老人家啥时候来的？"那人问，声音响得像在戏台上。父亲回了，正犹豫着是不是该请他进屋，他自己就进来了，且不换鞋。进来后看到客厅深处的我，又问："春明也回来啦？"门口是亮的，客厅是黑的，他竟能从亮处看到黑处。我也不认识他，就喊大姐。大姐已经起床，边疾步出来边穿外衣，"老三啦？"她说。我才知道这就是何老三。大姐夫在卧室里，闷声闷气喊："老三，你坐会子，我马上起来。"何老三跨进几步，"咋不开灯啰？"他对大姐说，"是你春红给不起电费还是咋个哟？"说着熟练地摁下墙上的开关。客厅白得唰的一声。他又朝大姐夫的卧室喊："早班船都拢县城了，你还在挺瘟？"这之后才朝着我笑，小胡子底下，露出满口白牙。

他一点也没有言说中的败相。如果不知道，根本想象不出他家里有个用铁链锁着的儿子。他那响亮清爽的声音，也不像天没亮时的声音。

大姐为他拿了瓶矿泉水，他不取口就喝干了。

这时大姐夫也到了客厅，裸着上身，去裤兜里掏烟。何老三抢先掏出自己的，给我递。他的烟也揣在裤兜里，同样是软盒装，却不像大姐夫的烟扭曲皱巴，而是根根站着。这是个挺括的人。连他身上的烟也是。听说他祖上是回龙码头上的袍哥老大,他那骨相里，还残留着袍哥的江湖气。不过，我一面看见袍哥老大，一面又看见三十多斤重的铁链子，对何老三本人，反倒模糊起来了。只见他腋下夹着个中式皮包，灯影之下，那皮包闪着沉厚的光芒。大姐夫出来后，他把皮包拉开。里面胀鼓鼓的，全是百元钞，用橡皮筋扎着，好几捆。

大姐夫说："莫忙。"在茶几上拿了打火机，把烟点上，领着何老三进了通道。通道右侧，是卫生间和厨房，左侧有两间屋，靠里，是大姐和大姐夫的卧室，靠外是间空屋。两人进了空屋子。几分钟后出来，何老三将包捏住，包是瘪的。大姐夫曾说，何老三每月给他结账，没想到经营挖挖机和采砂船，能挣这么多。何老三又发了一圈烟，笑呵呵地出门。大姐留他吃早饭，他不吃，又叫中午过来喝酒，大姐夫帮他答言："他那里忙，来不了。"

我看到了那几捆钱，父亲也看到了。大姐夫并不忌讳，若忌讳，常年跟他合作的何老三，就不会打算在客厅把钱点给他。但大姐是忌讳的，开始大姐夫说"莫忙"，也是大姐使眼色给他。大姐倒不忌讳我，忌讳父亲。不忌讳我，是觉得我肯定比大姐夫挣得多，忌讳父亲，是觉得家里那些兄弟姊妹，个个都明目鼓眼盯着，个个都没个饱足，你挣一百块，就恨不得你拿出九十块给他用。父亲也会盯着，不帮别人盯，也会帮他幺儿子，他会觉得，你有钱用，他幺儿子没钱用，你就错了，你就做得不对。

十五

何老三出门后，父亲进卫生间洗脸去了，大姐夫说他再睡会儿，回了卧室，大姐便来傍我坐下，指着卧室的方向，细声说："最爱逞强卖富！他那儿在外头显摆，就是跟他学的。丝瓜藤上结不出南瓜，这话硬是没错。"

又说："何老三昨年下半年就没给过我们钱。"

大姐不知道，大姐夫不仅对我说过何老三每月结账，还说这是何老三雷打不动的规矩，该结账那天，下着刀子，他也要来，晚上没能来，次日打早必来，他百财上分明，你无需问明细，一分一厘的昧心钱，他也不沾。

大姐到底是防着我的。

既然她这样讲，我就装着不知道，只哦了一声。

大姐说："你给大哥他们打电话？"我说等会儿吧，天亮明白了再说。

也没怎么等，把何老三给的烟抽完，我就摸出手机。

正要拨，大姐夫出来了，说睡不着，不睡了，见我要给大哥打电话，说你那是长途，我打。打过电话，又摸出烟抽。大姐去厨房，乒乒乓乓地忙了下，过来见烟雾腾腾的，去把推了一半的阳台门推圆，又去拿了件大姐夫的冬衣出来，丢在沙发上，说爸爸洗了脸过来，让他穿上。说着父亲就过来了，还是没用拐杖，左手搭在膝盖上，把自己往前推。大姐笑着说：“那还好看呢！”随后见他洗过头，忙问：“用的啥子水洗头？”父亲说就是水管里的水呀。“为啥不叫我开热水？”大姐怒吼一声。她家用热水，先要打开煤气罐的总闸。“你说怕冷，我看你比哪个都行，冷水洗头都不怕！”大姐吼过了，父亲说：“我怕麻烦你们啦。”这更把大姐惹怒了。父亲这是把她当外人看了。“我晓得，”她说，“你是想故意把自己弄出过场，好回你幺儿子家。你那幺儿家里硬是金窝银窝！你倒是回了金窝银窝，可是外人谈论起来，就是我亏待你，对你不孝。难怪大哥二哥要有那些话说！”

一阵劈头盖脸，训得父亲一声儿不言语，便又像昨夜，无声无息地，挨着沙发边儿坐了。

大姐夫见状，连忙解围，说用电吹风吹一下。

“不吹，”大姐说，“就让他那样！”

大姐夫取来电吹风，大姐劈手夺了：“总共就那几根毛毛儿，经不得吹。”

父亲的头发本就稀疏，被水湿了，像收割过的田地。

大姐把电吹风捡了，急慌慌去卫生间，拿了条干毛巾出来，抱住父亲的头，一阵乱搓。

头发干爽后，又在脑脊隆起，成了鸡冠头。

大姐笑了，父亲也笑。

大姐说：“没跟你笑！”

父亲就不笑了。

早饭是荷包蛋，加了块状的红糖，另有昨晚剩的土豆炖牛肉。

大姐夫去倒酒，问我要喝哪样酒。客厅影墙，花花绿绿地做了整面什锦槅，包装华美的瓶瓶罐罐，鲜衣亮衫地站立着。也有土陶罐，细颈凸肚，与华美同列。全是酒。那什锦槅便相当于大姐夫的博酒架。我不喝。清溪河流域要喝早酒，我离开这条河时，还没学会喝酒，因此没这习惯。于是大姐夫就提过小半瓶苦荞酒，刚好倒了两杯，他一杯，父亲一杯。

父亲吃喝得很香的样子，只是每拈一箸，都朝门口望一眼。

大姐夫说："打了电话的，我叫他们早些来。"

父亲见心思被识破，不好朝门口望了。

大姐说："住在我家里，硬是当坐监。"

父亲连忙否认："格外说！"

"格没格外说，你自己心里明白。"

话出口，大姐哇的一声，笑，笑出眼泪花子，才问："爸爸，你记不记得昨晚上啊？"父亲苦低着脸，不开腔，像做了见不得人的事。大姐说："我半夜起来看你，不敢开灯，怕开了灯又见你流口水。"父亲说："乖儿呢，你爸爸老了。"语气像求饶。

大姐本来还想打趣，也止了，把炖得稀烂的牛肉，往他碗里夹，说："老了？还早呢！妈恁年轻就死了，你要帮妈把岁数活够。"父亲说："我也是那话呢。我给春晌说，我要活足一百岁。"大姐说："为啥是一百不是两百？"父亲张开他那看不见牙齿的嘴，呵呵笑："那不成了他妈个老妖精？"大姐说："老妖精倒不一定要活两百岁，侯大娘现在就像个老妖精。"

十六

侯大娘比我们母亲长九岁，比父亲小一岁，大姐说她像老妖精，是因为她上八十过后，还硬朗得能砍柴，能挑粪，走路风快。母亲去世后，侯大娘一时找不到人吵架，眼睁睁就黑瘦了几圈，紧跟着土地下户，一草一木各归其主，人也散落在各自的田土上忙碌，要寻人吵架，除非去动了人家的物件，比如顺手牵羊摘几个水果，揪几个辣椒，撇几个茄子，而这又不是侯大娘的做派：她只要村里闹热，没想占谁便宜。这该如何是好！

要不是很快娶了儿媳，侯大娘怕是挺不过去。

侯大娘共生了三个小的，两男一女，没想一儿一女都没长圆，就害“撮口风”坏了，只剩了大儿子许利民，娶得个儿媳姓郑，单名一个三字，这带山水儿化音重，郑三叫成了郑三儿。别的不说，首先身份就定下了，郑三儿不是侯大娘的对手；没有对手，有个对象也行，郑三儿会噘嘴巴，会流眼泪，会背后咕哝，这就差强人意了。侯大娘的办法是，噘嘴巴就撕嘴巴，眼泪越流越让它流。郑三儿那嘴，长天白日是乌的，眼睛长天白日是肿的，肿得把狗认成兔子，又把兔子认成羊子。若干年亲眼见过来的，都感慨人的命真硬，人要把人折磨死，真难。有时候，大姐回想起自己在婆妈那里受的苦情，胸脯大起大伏的，可再想想郑三儿，立马就宽心敞怀了。因这缘故，大姐跟郑三儿很要好。

郑三儿被整成那样，却不仅没跳水，没悬梁，没喝敌敌畏，还开枝散叶的，生了儿子，接着又生了女儿，渐渐站稳脚跟，到后来，侯大娘再想治她，已深感力不从心；再后来，儿子儿媳跟两个老的分了家，虽是屋檐接屋檐，还门对门的，可毕竟有了那道门，门是家的脸，脸一拉上，既避风雨，也避闲愁，郑三儿完全可以不睬她的婆妈了。

侯大娘的落寞，石头见了也为她愁。

但侯大娘并没走到尽头：她还有老伴可骂呢。她老伴名叫许成贵，我们叫贵爸，贵爸当过多年队长，又会木匠活，前几年还为人修猪圈，虽是手脚慢，修一个猪圈费了大半月光阴，那主人家，每天为他煮三顿饭，还每天算工钱，悔得肠子青，可毕竟修好了，且活路做得那个细，住人也不寒碜。谁知全没个征兆，他就不行了。听侯大娘说，有天半夜，他起来喝水，也没摔也没碰，无非像往常那样，摸到水缸边，用瓢舀了，咕嘟嘟灌下几口，又回去睡，睡到该起床时，就不行了——并不是生病，而是更慢。是“慢”得不行。他像变了个物种。侯大娘叫他寸丁虫，说他是寸丁虫投胎。他偶尔回击一下。给人的感觉，每句他都在回击，只是因为慢，才成为“偶尔”。现在越发不济了，慢得像是静止，他从床边走向伙房，出脚时，侯大娘挑粪去淋庄稼，爬坡上坎地走几里路，把庄稼淋了，还可能割了半花篮牛草回来，他才走了一半路程。他还比侯大娘小两岁呢。侯大娘头上冒青烟，将粪桶往阶沿一丢，厉声怒骂：“装，我看你狗日的装，你狗日的再装像些！”

十七

侯大娘的好身体，让父亲嫉妒。

“她再强健，”这时候父亲说，“我不数她能干。”

大姐朝我一笑，说：“当着矮人，说不得短话。”又转过头对着父亲：“人家再不能干，挑着六十多斤一担的粪桶，还走得飞叉叉的，你行不行啰？”

“我不摔那一家伙的话……”父亲剜了大姐一眼。

“摔都摔了，就莫说硬气话。”

父亲不言声了，端起酒杯，往嘴巴门口递。

杯子里剥剥乱响，像养着几条鲫鱼。父亲手抖。平时不抖，一端酒杯就抖，越靠近嘴，抖得越不堪。眼见杯子就要飞出去，才到底噙住了，滋啦喝下一口。大姐哀伤地看着，然后说：“爸爸，你晓得杯子为啥子怕近你的嘴？是你的血在怕酒，想把酒推开。你不能喝了。”父亲说：“我这辈子喝过的酒，能灌几亩田，我这骨头是酒泡着的，酒不下去，骨头就痒。”大姐说：“我是把话说在这里的，你不听嘛。你想想你那亲家。”

大姐指的，是兄弟的岳父。那是个酒罐子，得肝癌死的，死前几十天，就坐在家里，成日里搂着自己瘦下去的身子，胖起来的肚子，等死，任谁跟他说话，他都不搭理，似乎要他眼里的每个人都请求他的原谅：原谅你比他的日子多。你的日子多如山上的树叶儿，他却很快就要死了。家里人走路不敢走快，放屁不敢高声，更不敢笑，全做出愁苦样儿，陪他生病。要是不经意把笑露到脸上来，他见了，就认为你的愁苦是装出来的，你巴不得他早死，免得成为拖累。这么一想，心中嫉恨，更不搭理人了。只有春晌，叫声爸爸，他会应，问他病情，他会摇头，摇得很理性，像把一切都看开了，有时还细声细气的，跟春晌拉几句家常。春晌因此很是记岳父的情，岳父死后不久，他便带着父亲，去岳母旁边起了房子，照顾父亲的同时，照顾岳母。可惜他不长脑壳。你认真要照顾岳母，不能把她接到燕儿坡？岳母又不是只有女儿，她还有儿子，你往拐枣坪一住，她儿子当时不吭气，过后会给你好看的。就连岳母本人，日子一久，也要生出咸淡。

父亲见提他亲家，感叹一声：“那是他没出息。”大姐说：“病才不管你有没出息。”父亲说：“没活满一百就死都没出息。”大姐瞋他一眼：“你现在的岁数，就比好多人活得大，论起来你比他们还有出息呢。”父亲笑，笑得整张脸皱巴着。大姐说：“那才欢喜哟！”父亲说：“我欢喜个屁，我要活满一百岁才欢喜。”大姐说：“万一是九十九呢？活九十九走了，你也莫怄气。人家说，上八十岁死都算喜丧，你将来走了，我是不会哭的，我把招呼打在前头。”父亲摇着头：“不行，差一岁都不行。我也不贪多，活满一百就不活了。”

大姐正要驳他，一直没开腔的大姐夫，一筷子头打在大姐手上：“你咋恁笨啰，说恁半天话，你还没明白爸爸的意思？他是想给春晌挣台彩电。县里会给百岁老人奖励一台彩电，你未必不晓得？”父亲再次被揭穿，又无辜又无助的样子。大姐昂着脖子，不转眼地盯住父亲，拖腔拖调地说：“天呢。”赓续口气一转：“就算你挣来了，我们也有份，为啥只该你幺儿子得？”

父亲细声说：“他具体些呀。”

我们那里，“具体”是指手头拮据，生活排摆不开。大姐的火气又来了：“哪个又有多发财？春晌又不是没彩电看，你帮他多挣一台，未必他就多长一层膘？”

接下来，大姐开始数落兄弟。

数落兄弟和四喜，是我们永远的话题，许多时候也构成我们的乐趣。见四喜的时候少，因此多是数落兄弟。弟媳骂他的那些话，“没本事，不会挣钱”，不是没一些儿道理。

父亲听着，瞄了大姐夫一眼。

十八

大姐夫手头，挣钱的活路多。经营挖挖机和采砂船，是他的私活，他还有公家活。

在这条河上，至少在回龙镇，大姐夫是响角儿，虽没能当上镇干部，镇里不少棘手的事情，却要他去料理。那个名叫李家岩的村子，以前是三个村，后来合并，成为一个大村，大姐夫毫无悬念地任了大村的支书。前些年，杨侯山发现了天然气，开采前需拆迁部分住户，镇里新来个书记，名叫冯泉，不把事情交给村上，只叫大姐夫协办，村民看大姐夫眼色。

他在村民中的威信，不是摇旗儿摇出来的。全镇没通乡村公路的时候，他就上下奔走，四处筹资，把李家岩的路凿通了，非但不要村民出一分钱，还为他们挣好处，比如占了村民田地，本来只有五分田，他说，把弯道折算过来，就六分了，算六分！占了村民山林，那林子里只有十棵成材树，村民自己胆胆怯怯报了十一棵，他说，我数过了，是十三棵，那两棵桤木树虽说歪七拱八，也是树嘛！拆迁时量屋基，行道上都是量前不量后，量左不量右，大姐夫前后左右都量。他回到家，往躺椅上一歪就打呼噜，但为村里的事，又可以几天几夜不眨眼。有年杨侯山遭雷劈，发山火，他一个昼夜冲在头里，小腿和脊背都被烧伤，火救下来，却没休息，也没去医院，而是忙着安排受灾户，给他们找住处，筹米粮。

这些，村民都见在眼里的。新来的冯书记不知就里，拍桌子，下狠话，说老子不信收拾不下来一个土皇帝！言毕亲自去李家岩，组织选举，连选五次，除大姐夫，别的人加在一起，也没凑全一个“正”字。县里要工程，要税收，催逼甚急，冯书记只好放下脸，反过来求大姐夫。既然这样，一切好说。大姐夫从不记仇，更不记上级的仇。

那之后半年，出了一件事。

这件事我曾在不同场合提起过，但都隐瞒了与我大姐夫有关。一切隐瞒都是篡改。在这个冬日的午后,温暖的阳光从窗口照进来，再次提起这事，我就不想隐瞒了。

事情并不复杂：一个阴雨天，回龙段的清溪河翻了船，船上二十多人，死了五个。县里规定，矿难船难之类事故性死亡，一次不能超过三个，否则一把手免职。是指乡镇以上一把手，村里的，虽被称为末等官，其实算不上官。到回龙镇不满八个月的冯书记，眼看就丢乌纱帽了，大姐夫硬是让他稳稳当当戴在了头上。出事的河域，虽不属李家岩地界，死的五人，却有三个是李家岩的村民，当县里请来潜水员下河摸尸，县电视台和公安局都来录像，结果只摸出两个，再摸，没了。数天过去，也不见浮尸，于是以“死亡两人，失踪三人”定案。

失踪的三人，刚好都是李家岩的。

是大姐夫做了手脚。他先找了冯书记，然后去对三个遇难者家属说：“水里土里，哪里不是埋，就让他们在河底安身吧，石头一绑，也就是个家了。这事我本来不必对你们讲，丈多深的水，说声捞不出来，啥事情就解决了。”接着递了冯书记的话，对三家许以重金；这重金既是补偿费，也是保密费，但大姐夫并没说出口，乡村人做事，仰仗的不是协议，是意会。这边说妥，再由村里出资，额外给潜水员一万五千块，事先描述了三人的性别、年龄、长相、衣着，吩咐将他们定在水下。原计划定两个就可以了，但想想不行，捞一个出来，那家人敲锣打鼓办着丧事，同村的另外两家，免不了要去帮忙、上礼，情景一现，牵动肚肠，稍不留心就会号出来，便索性绑了三个。

事情过后，冯书记跟我大姐夫，成了死死的朋友。

若干年来，历届镇领导，都是我大姐夫的朋友。这除了关键时刻大姐夫能帮上忙，还因为李家岩从不出一个上访户。整个回龙镇，只有李家岩不出上访户，为领导省了许多麻烦和风险。于公于私，镇领导似乎都没有理由不成为我大姐夫的朋友。

因为是朋友，境内有了挣钱的活路，领导都先问大姐夫要不要去承包。

十九

父亲瞄大姐夫那一眼，大姐夫是见着的，也明白父亲的意思，他喝下一口酒，看着我说：“我手上是有不少活路，我把活路包过来，再转包出去，但我绝不包给自家亲人。不转包，我也不让亲人去我工地上做。两边亲人都不要。亲人仗着是你亲人，做起事来，拖工期，踩假水，总不尽心，问你收钱的时候，脖子却比牛脖子还粗。

找外人就不一样了，一是一，二是二，不得把二说成三，也不得把二说成一。外人把事情给你做得巴巴适适，还对你恭恭敬敬，感山谢水。这好比你给外人拿包烟，外人对你有说不尽的好话，你给亲人拿包烟，他心里却在冒泡：为啥只给一包，不是给一条？——不如不给。”

说这些话时，大姐夫一眼也没看父亲，但分明是说给父亲听的。他要让父亲知道，不是他不提携，是豆腐脑提不起。父亲慢慢儿嚼着嘴里的食物，没言语。大姐夫指陈的事，都是实情，他说不把活路包给亲人，也不让亲人去他工地上做，并非开始就这样，开始他那边哥哥，我们这边大哥、二哥和兄弟，包括我二姐夫和妹夫，都从他手里承揽过，结果都是做得稀里糊涂，弄得他下不了台。他由此得出结论：手里有权的人，最要提防的就是亲人，亲人把你的权力磨成刀尖儿，但结末被那刀尖儿戳伤的，正是你自己。

可他的话也让我不自在起来。我每次回来，他都要甩条烟给我。他烟抽得好，比我抽的高好几个格。有时候，他的那些兄弟伙，包括镇里的干部，知道我回了，会打个堆，吃顿饭，如果我摸出自己抽的那种烟，大姐夫脸上下不来。他该不会觉得他给我一条，我却怪他为啥不给两条吧？我瞟了他一眼，看不出他有特别的表情，但我还是不自在。

昨天下午，我进屋洗了脸，他就把我引进里屋，给我拿烟。打开橱柜，满满当当全是烟，他给了我一条软中华，便把橱柜闭了。分明有整排大重九，还有南京、贵烟、黄鹤楼，全是极品的，为什么不随便再给一条？我当时就是那样想的。

往后的日子里，我还常常想起这件事。包括后来，我去一个特殊的地方看大姐夫，他从我手里接烟时，我又想起这件事。

二十

大姐夫平时说话，只要没外人在，大姐总爱短他，来不来还会骂他几句，今天却例外的既没短，更没骂。但大姐又不想他揪住这话头紧着说，毕竟，她娘家的亲人比婆家的多。她便端了父亲的碗，说爸爸，我去锅里给你添点热汤。父亲把碗抠住，说不要了，我够了。大姐丢了手，又问大姐夫，大姐夫说汤不要，给我取瓶酒来，我再喝半杯。大姐说："春明把筷子都丢冷了，你还喝啥子嘛，要喝中午喝嘛。"大姐夫想了想，将就着说："要得。"言毕把杯里的残酒酌空，拈了块土豆吃了，便站起身。父亲杯子里也剩了些许，他正端了要喝，大姐劈手掠过："手抖成那样子，几滴酒喝得进口？"

说着往桌上一泼，收了碗筷，拿出抹帕，将泼下的酒洇开，轻轻一抹，桌子便光洁可人。这是一张宽面大理石餐桌，云团舒卷，间以艾叶青和海浪纹，是幺妹两口子在广东的石磨厂制好，花高价运回来送他们的。幺妹自小抱养出去，但也是自小就年节走动，跟我们并无任何疏离。

大姐抹桌子时，大姐夫走向门口。

大姐说："你又要跑？"大姐夫说我哪是跑嘛，钱文要来。大姐说："你啥时候跟他联系的？"大姐夫就不答了。对大姐的有些问题，或者说多数问题，大姐夫是不答的，他说如果大姐的每个问题都回答，他就只能当她一个人的支书。

刚去把门拉开一条缝儿，就听见脚步响，那个叫钱文的就来了。

这人个子不高，三十四五岁年纪，左脸发出毛玻璃样的亮光，可能是烧过或烫过。他进屋来，并不跟大姐夫说话，大姐夫也不跟他说话。换过鞋，走向客厅，照样不和任何人打招呼，只径直随了大姐夫，走向那间空屋。

他们在里面交谈，但听不见说啥，有几句说得气狠狠的，是大姐夫的声音，却还是听不见说啥。直到大姐夫喊："春红，拿支笔来。"

大姐在电视柜上找了笔，顺便把旁边一沓窄身便笺拿了，都送进去。大姐出来，坐在凳子上，继续抹桌子。其实已抹干净了，她只是机械地动着手，心神都留在那间空屋里。不一会儿两人出来，钱文的左脸更亮了，也可以说更暗了。照旧是不打招呼，只朝门口走。大姐夫把他送过去。换好鞋，钱文说："李书记你放心呢。"大姐夫说："我有啥子不放心的。"那口气，正表明他并不放心，可放不放心，他都无所谓，他有的是办法把不放心变成放心。

钱文出门时，顺手把门带过去，本是小心翼翼的，却关得像声枪响。至少过了五秒钟，才听见离去的脚步声，像门外的人被那声枪响吓呆了。大姐夫也才往客厅走。大姐起身迎过去，背向我和父亲，细声问："咋说的？"大姐夫伸了根指头，伸一下就缩回去了。我不懂意思，只猜钱文是来借钱，且不是一般借钱，否则也不必做得这么神秘。

大姐夫摸出烟抽，大姐去洗碗。洗了碗过来，见大姐夫又要往躺椅上坐，她便将躺椅一把抽开："今天人多，这东西占地方。"说罢伶脚俐手，搬进了空屋。大姐夫不尴不尬的，对我说："春明你看你大姐，比玉坤书记还凶。"玉坤书记是县委书记，姓张，半年前才从川西某县调来，据说为人强势，开大会时，连副书记他也当着众人骂，而且他点了谁的名，谁就得站起来听他骂。

二十一

这里正说着话，门骤然间啪啪乱响。大姐夫向门口奔。他一听就知是孙女回来了。奔到门口，却故意问："哪个？"外面一个奶声奶气的声音："李豆豆跟……杨青梅。"大姐夫笑得嚁嚁嚁的，"狗东西，不叫妈妈，叫杨青梅。"依旧不开门，说："李豆豆跟杨青梅都是坏人，我不开。"那孩子高喊："李光文才是坏人。"李光文是大姐夫的名字。大姐夫笑得更欢了，随后把门开了，小家伙躲过爷爷，尖叫着往屋里跑。她妈妈在后面呵斥："鞋！"又转身去换鞋，被爷爷捉住，说要打她，却是抱起来，在脸蛋子上亲得噗噗响。

换了鞋过来，呼喊着叫奶奶时，猛然间看见我和她祖外公坐在沙发上，便愣住，歪了脖子，红了脸。孩子生得结实，小小年纪，就面如银盆的。她妈妈进屋问："是哪个哟？认不认得哟？"小家伙不答，抱住妈妈的腿。这时青梅才朝我们笑，说："今天是外公的生，我晓得三舅舅要回来，外公也要下来，就先带她进屋打声招呼再去上学；路上就说好的，要叫人，结果拢了又不敢了。"大姐挤眉弄眼，几分卖弄地看着我和父亲："还行呢，记得是外公的生呢。——吃早饭没得？"青梅说吃过了。随后又叫女儿喊人。豆豆还是不喊，把头埋在妈妈的两腿间。连哄带吓好一阵，才轻轻叫了声祖祖，不叫我。

她明显是这个家庭的中心。她回来之前，父亲是中心，或许我也是，她一回来，我们就都不是了。一代挤着一代。一代人是另一代人的收割机。还没怎么过，第三代人就长这么大了。大哥的孙子，也就是四喜的儿子，都上小学了。父亲老了，我们也在老的路上。我和老家的这些孩子，日渐一日地生疏，从面容到情感，都有了山高水长的远。

豆豆扭着奶奶，在奶奶怀里滚。大姐问她在外婆家吃些啥，看了啥动画片，外婆身体好不好，外婆喜不喜欢她。青梅从母亲家里带回些桃子，洗来用碟子盛了，放在桌上，叫我吃。“外公也吃一个嘛。”她笑嘻嘻地望着她外公说。大姐弯过脸：“明明晓得你外公啃不动！”青梅笑出声：“我就是没见过外公吃果子，想看看他吃。”说着进了里屋。

从里屋出来，换过衣服了，匀过脸了，眼影也打上了，还挂了两个淡金色的耳坠子。她倒是不化妆的好看。她十七岁就嫁给当时十九岁的李志，结婚证也办不了，去年才去补办的。可能是过早做了妻子和母亲的缘故，缺失了一块做姑娘的时光，就时时回望那段时光，孩子三岁多，她自己也像没长大，肉皮儿薄得透明，额际横过蓝色的血管；嘴皮子也薄，不言不语，也显出机灵和亲热来。

化妆过后，机灵和亲热都掩了，反露出空山隐隐的寂寥。

等豆豆吃过一个桃子，青梅便拉她进卫生间，洗了手脸，送到学校去了。

大姐本是要擦地板的，想想今天人多，且是断断续续来，想擦也擦不过来，加上有一大堆活路等着，就忍了一时的脏，忙着去准备中午的大餐。她先去菜市场，拣了鲜鱼、卤鹅、手撕兔、五香干、藤椒鸭舌、麻辣杂碎，又去超市买了香料，沉甸甸地拎回家，在灶上坐了一铫子水，打火烧着，又拿了菜刀出门。是杀鸡去了。她的鸡喂在底楼的楼梯间。这排楼房，底楼是按门市设计的，门市在前面，傍河的方向，鸡喂在后面。前后都有楼梯，后楼底层，留着排水口，下暴雨时排急水用，平时没水，大姐就把鸡喂在里面，铁箅子一拎，把鸡扔进去，再把铁箅子盖上，差不多就暗无天日。

那些鸡，都是村民和大姐的干儿干女送的。

二十二

她有十多个干儿干女。

有个干儿子，名叫广里，比大姐和大姐夫都年长，大姐说，广里来拜寄那天，她把他赶出去，再来，再赶出去。赶了七八回，广里却不气馁。当时他们还住在老家，种着老家的田地，广里就帮大姐做农活。大姐夫当过几年干部后，就不大做农活了，遇犁田耙地的重活路，都是请人；抢种抢收，大姐一个人忙不过来，也是请人。

这年春水发了，该犁田了，大姐夫夜里给人说好，让明天过来帮忙，次日清早，帮忙的扛了犁，牵了牛，去那弯田里，却见已经犁过。是谁犁的，不问也猜出来了。月亮升起时，他下了水田，太阳快露脸，他回去了。大姐叹息一声，但并没因此就答应他。可那段时间，他每天来，默默地使着铁耙，挞着田埂，大姐撵他，他不言声，只闷头干活，大姐就不跟他搭腔，也不请他进屋坐，更不煮饭给他吃。他不管，一刻不歇地干几个钟头，就满腿稀泥、满身盐巴地离去。连续一个礼拜，天天如此。大姐扛不住了，问大姐夫咋办。大姐夫说，这些事你做主。大姐又是叹息一声。

“见我松了口，”有次大姐对我说，“也不是松口，只是轻言细语叫了声广里，他就叶噜噜跑上田埂，跪下磕头，把我叫妈。天呢……”大姐闭着眼，咬着牙，头不停地摆，像忍着剧痛。“你想啊，头磕在地上，头发白了一半，却叫我妈，我听着，像刀儿在剐我肉。”又是闭眼、咬牙、摆头。叫了小半年，才习惯下来。“我数他能干，”大姐指着旁边的大姐夫说，“叫他爸爸，他喂的一声就应了。”大姐夫很自得的样子：“他把你叫妈，叫我爸爸未必我不该答应？”

自从有了这个干儿子，稍微费力的活，大姐就再没干过。搬到镇上后，大姐老家的田地也没荒着，都是广里耕种，收下的高粱、苞谷、红苕、土豆，他自己要一部分，给大姐送来一部分，稻谷和油菜，都是晒干了，全给大姐背来。只要他赶场，就必然给大姐送来够几天的蔬菜。那些蔬菜都是“自己吃的”那种。有人说，农民自己吃的不打农药，卖出去的才打，这是胡扯，虫子和庄稼并生，不打农药，就收不到庄稼，但自己吃的，过了休药期才摘，卖出去的，今天打了药，明天就可能卖，上午打了药，下午也可能卖。城镇人买走那些光鲜的菜棵时，绝想不到，要是几个钟头前去农民的菜地转一圈，药味还刀矛般刺人。养鸡也是，农民留给自己的，让它们吃青草，吃粮食，吃土坷垃，卖出去的，吃饲料，饲料里加了催熟剂，还有防鸡瘟的抗生素，城镇人买回的鸡蛋里，是催熟剂和抗生素，买回的鸡里，也是催熟剂和抗生素。

广里送给大姐的，比他自己吃的还经心。今天早上，大姐没买蔬菜，是因为昨天广里才送来一背篼，大姐放在冰箱里，保着鲜。

认下广里不久，大姐就叮嘱大姐夫，让莫亏待了他。大姐夫说晓得，你没见他现在出气都出得匀净些？

多年来，广里都受着邻居的欺负，那邻居名叫李争社，进出院子的路，是从争社门前过，争社不让过，广里一家就不敢过，只在院坝外的堡坎，搭了楼梯上下，堡坎两丈多高，楼梯长瘦，脚往上一搭，闪得风摆柳。大姐夫曾把争社叫拢，眉毛胡子地刮过，争社认了错，保证今后绝不设卡。人家说话算话，可广里自己却不敢了，争社请他过他也不敢。

现在敢了，不仅敢，还过得昂首挺胸，挑着一担粪，故意走得紧一步、慢一步，粪水乱了节奏，泼泼洒洒往外荡。后来，广里每年给大姐家养一两头猪，腊月将尽，宰杀好了，送到镇上来，说的是白送，可实际上，大姐夫给他的钱，何止买三四头。再后来，广里的儿子捣咕噜似的超生三个，却也没给过一分钱罚款。

单是超生一项，广里拜个干爹就千值万值。

除了广里，别的干儿干女都是留守孩子。那些孩子的爷爷辈，要么忙坡上的活路，要么因为手脚慢，或者生了病，该吃饭时，孩子没饭吃，大姐就叫到她家里吃。吃着吃着，孩子不走了，且越聚越多，一个两个，三个四个，竟结瓜儿似的，添到十多个。大姐边骂，边为他们煮吃的，吃的时候接着骂，说你们这些狗东西，要是不听话，不好生读书，枉费了老子一片心，枉费了老子的柴米油盐！孩子被骂得哭了，大姐又抱在怀里哄，横手揩着他们温嘟嘟的鼻涕眼泪。可是哄不过来，也揩不过来：一个哭，别的便跟着哭，哭声穿梁透屋，歇在院外榕树上的鸟，不知是听着伤心，还是嫌吵，扑啦啦飞走，去梯田下方的林子里歇了。大姐一声断喝，把哭声止住："龟儿子些恁小气，我只不过骂几声，就要飙尿水水？"孩子们静静地流着泪，之后才说为什么哭。一个说"我想我妈"，别的跟着说“我想我妈”“我想我爸爸”。哭声又起，凄凄哀哀，扯心扯肺。

大姐听了，抹着自己的眼泪了，给孩子碗里添肉，也添得分外足些。

这些事，孩子的父母都不知道。但总有知道的那一天，便天南地北的，给大姐打电话来，说娃娃将来有了出息，知道孝顺李书记，孝顺春红姐姐、春红姑姑、春红婆婆，反正尽着各人孩子的辈分，叫着我大姐。“敢不孝顺你们，”那些当父母的发着狠，“老天爷那里由他（她）自己去交代，老子先不先就打断他（她）的腿！”大姐听后，淡淡的，回说：“莫说那些。”后来，那些孩子就拜给了大姐，拜寄过来时，不管辈分了，都叫妈，叫爸爸。

如今，干儿干女都已长大成人，六个考上了大学，一个当了兵，并考上了军校，放假回来，都是拖着拉杆箱，先来大姐家，再回自己家里。

二十三

村民和干儿干女给大姐送鸡，开始都是打整好，洗一洗就能下锅，但后来他们发现，大姐经常去送给别人。杨津家就吃过好多只。大姐把打整好的鸡，去楼下摘片荷叶包了，拿到杨津老婆开的杂货店。

杨津的老婆名叫黄二妹，跟侯大娘的儿媳郑三儿，是同一方人，那里人有两件事闻名，一是个子高，黄二妹有一米七五，郑三儿也不低于一米七；二是，他们把稻草变成草鞋不嫌麻烦，把竹子变成席子也不嫌麻烦，但给人取名字嫌麻烦，家里孩子，都是老大老二老三地叫，有的做得精细些，会各自给个名儿，比如老大叫了张大，老二就叫细张大，再精细一点的，会以娃和妹来区分男孩女孩，大儿子叫大娃，二儿子就叫二娃，大女儿叫大妹，二女儿就叫二妹，以此类推。黄二妹的父母，显然属那里的精细人。

黄二妹二十八九岁年纪，除了高，身子骨还直得像把尺子，脸嘴儿更是长得好，杏眼看人的时候，是巴心巴肝地看，不管你是个农夫、骗匠、屠户、暗娼还是个干部。她漂亮，却没有一般漂亮女人的矜持自怜和风流作态，大姐是打心眼里跟她合得来，吃不过来的鸡，也就很愿意送给她。

当然送给小兰的更多。小兰是二哥的女儿，大姐他们搬到镇上不久，小兰一家也搬来了，开始是租房，不上一年，就买了大房子，紧跟着又买了小货车，方便去城里进原料。小兰的老公朱贵兵，会刷墙粉，这活路累人，但也来钱，平面上的功夫，虽不像写字画画以平尺算价，却也是以平米算的，加上从李家岩搬到镇上的住户，要收拾内墙，大姐夫都介绍给贵兵，别的匠人便插不上手。又过几年，二哥二嫂也来了，不是全搬来，是过些日子就到镇上住一阵，许多时候，要回燕儿坡种庄稼；他们到镇上住，是因为在镇上买了房子，买了房子不住，就像买了车子不开，心里痒，同时也要表明：我们在镇上也是有住处的。二哥二嫂一来，大姐又多把鸡肉送给二哥二嫂。自然也给大哥和兄弟送，但他们都是赶场天才来街上，且家里没冰箱，一次不能送多。再后来，李志结了婚，青梅的父母搬到了桥头，大姐下楼摘荷叶的时候，又会多摘一张。

大姐做这些事，总是不避。她跟大姐夫，各有各的避，又各有各的不避。往外面送鸡，大姐就不避。大姐夫就说她，大姐夫说，何老三的祖上当袍哥老大那些年，手下送的鲜猪、羊腔、牛扇、麂子，家里挂不下，就晾青菜似的，挂到楼房回栏上，把楼扶和栏杆压断，却一个蹄髈也不送人。是怕送人寒了手下弟兄们的心。实在受用不了，就在夜深人静时分，用绳索捆扎了，拿架子车运到河边，扔进波涛里。大姐听后，说："未必那就不寒心？"大姐夫说："扔到河头，河不会说话，送给人，人就到处宣扬，说那某某送了我吃的，表面是在传你好处，心里却是在显摆。"

大姐说："那不跟你一样？"大姐夫没反应过来，大姐说："都爱显摆呀。"大姐夫被堵住，脸红筋涨的："你晓得个狗屁！"

又说："送你东西，是要你珍惜，你送了人，就觉得你不珍惜。你看那电视上，送礼的都爱搭一句：一点穷心，送老爷胡乱赏人。其实哪个愿意你把他送的赏人？"

大姐糊涂起来，一时弄不明白赏人和扔进大河，到底哪种才是不珍惜。

大姐夫说的许多话，做的许多事，大姐都不明白。比如大姐夫对李家岩一个名叫灰狗儿的，特别关照，灰狗儿上街，大姐夫都请他喝酒，不是往家里请，是请进店里，也不陪喝，只帮忙付账。那是个日精捣拐无所不为的赖皮，跟人斗嘴，顶多三句，就嗒一声倒地，痛苦地呻唤，说人家打了他，撞了他，要医药费、营养费。他在街上，多次这样倒在车前，还钻到车底下，横在前后轮之间。车主寻镇上解决，都是被奚落，说你咋恁没出息，他无非就是要个无赖，找你要一二十块钱，又不要你多的，你给他就是嘛！好些车主放出话，说那狗日的再敢，就从他身上轧过去！话虽如此，到底也没有谁那样做。灰狗儿从十八九岁就这样，现今活到五十大几，照旧活得好好的。这么样一个行货子，大姐夫却不仅请他喝酒，还给他拿烟，大姐见不惯，拿出来说，大姐夫又是那句："你晓得个狗屁！"

不过大姐觉得，大姐夫以何老三的祖上作比，怕也不当真那样想。毕竟大姐夫是从苦日子过来的，哪舍得把上好的吃食扔进河水。他多半是不舒服她把鸡肉送给二哥。

大姐夫不喜欢二哥，说他装行。二哥读过了许多书，尽管现在早就不读，但还是旧时的架子，见谁都爱理不理。在大姐夫眼里，简直看不出二哥有啥架子好摆，说你是个读书人，又只是个初中生，在那老君山的燕儿坡，面朝黄土背朝天地做着农民；说你家富，又不富，在街上买套房子，钱都是借的；说你家小的有出息，也算不上，女儿小兰倒说跟老公做着一门好差，儿子洪泉，本事不大，话款得大，经常是枪还没响就嚷着卖麂子皮；他和丽丽是高中同学，后来考了个川南的三本，学的啥也不晓得，毕业后找不到工作，跟着四喜混，帮人推销陈醋，拿了厂家提前支付的四千元工钱，就溜达着到处玩，一瓶醋也不帮人家卖，这种一锤子买卖，做过几起，做不走了，就离开四喜，去了苏州，好在丽丽把自己一个初中同学说给他，让那同学做了他老婆。

其实大姐本人也不喜欢二哥。不是嫌二哥装行，是说他那一家没人情，送了鸡去，连句话也没得，更别说留着喝口水，吃顿饭。二哥二嫂住到镇上后，大姐请过他们无数，却从不见回请。小兰也是，从没请过她大姑。有次大姐向我抱怨，说小兰跟她爹妈一个德行，吃倒泰山不谢土。不回请也罢，还见不得你有钱用，你有钱用或可能有钱用，都得罪了他。

这是实情。特别是二嫂。二嫂倒不大去跟大姐比，毕竟大姐夫当着干部，但经常跟大哥大嫂比，听说四喜在外面背了时，落了难，听一天半天也坐得住，要是听说四喜体面了，发达了，她会陡然地朝二哥暴喝一声："春树！"这声暴喝把她自己也吓一跳，所以暴喝过后，她会恍惚片刻，才以同样的声调说："太阳都快落土了，还不滚上坡挖地！"有时候还会跟上一句："人家屁眼坐烂要得起，你呢？"

这话难听，但大嫂从不回言。大嫂好性子，不说闲话，更不咬群儿，跟姑子间自来没个芥蒂，有机会还开个玩笑。在我们家，大嫂受着集体的尊重。

不过这个集体，并不包括二哥二嫂。二哥二嫂也见不得我们尊重大嫂，谁尊重她，就说谁偏心，就朝谁黑脸。朝我和大姐黑脸的时候最多。二嫂不好直接朝我们黑脸，二哥却是不管不顾的，一来他是哥，二来他本就是个不管不顾的人。

大姐心里不烫热，却还是把鸡往二哥屋里送。外人都送了，亲人不送，那成什么样子。

但大姐夫的话还是在大姐心里起了作用。

她正考虑是不是还要把鸡往外送，送给她的人就先改了套路：不再送她鸡肉，而是送来活鸡，活鸡吃不过来，可以养着的。

于是大姐就把鸡养在了那个排水口。

有时养得过多，鸡会死，大姐隔几天就检查一下，要是死了，就拎出去扔掉。扔掉死鸡，大姐虽是可惜，却也还能做到心安理得。她就当它们是得了瘟症才扔的。

得瘟症的鸡，自己不能吃，当然也不能送给别人吃。

二十四

大姐坐在灶上的水，烧得煮天暴地，潽出壶嘴，冲开盖子，泼得吱哇哇叫，厨房里像养着一群厮斗的动物。我去关了火，大姐也才回来。杀只鸡要不了这么久，她是跟人摆龙门阵了。她的熟人多得很，见了，就站住说话，若家里没事，恰好人家也闲，会把日头说成月头。外婆对她的告诫，早忘了个干净，因为她的牙齿好些年不痛了。

见大姐夫不在，大姐问："你哥呢？"我说有人打电话找他。大姐沉了下脸，提着那铫子水，进卫生间去，拎了个空塑料桶，再次出门去了。

父亲坐在沙发上，奄奄欲睡的样子。我说爸爸，你睡吗？他摇摇头，朝门口张望。我掏出手机，给兄弟打电话。没接。我说肯定在路上了。父亲听了，精神了些，说，那就快。又问："玉玲来不来？"我说你的生日，她应该来吧。玉玲是我弟媳，姓杜，杜玉玲。父亲那样问，究竟是希望她来，还是不想她来，我并没有把握。

弟媳待父亲不好。

哥哥姐姐都是这样说的。

说以前在燕儿坡就不好，分明晓得父亲秃牙，却故意煮锅巴饭。这事连侯大娘也看不过，侯大娘以老狗作比，说街上孙剃头养着一条狗，养了十多年，狗牙掉光，孙剃头就天天给狗熬粥吃，往粥里加了剁碎的菜叶和肉末子，熬得稠稠的，老远就闻到香气。玉玲不知是没听懂，还是假装不懂，笑骂一声："好体面的狗！"

父亲每顿吃饭，有汤就用汤泡，没汤就用水泡，泡得汤汤水水都冰了，锅巴才散骨架。大姐有次去见了，当即把父亲拉到大哥家，让他跟大哥住。在大哥家住了些日子，大姐又上去，私下里问过得好不好，父亲说好。问现在好还是以前好，说现在好。大姐笑，说，才一个月，你就胖了些，脸色也有了个脸色的样子，早该这样！父亲也笑，却是笑得忧忧愁愁，嗫嚅半天才说："春红，你听爸爸说，我还是去跟春晌住。"大姐忙问缘由，父亲说："我怕给你大哥添麻烦。"大姐霍地起身，把父亲拉进了二哥家里。你怕给老大添麻烦，在老二家住一个月，再回老大家，这么轮换着，麻烦就减了半，看你还有啥话说！可父亲只在二哥家住了十天，就自作主张，拄着拐杖，进了他幺儿子的屋。大姐气得！"莫管他，"大姐说，"他就那个命！要是妈在的话！"

父亲回去，弟媳欢欢喜喜迎着。但也就两三天，过后又是老一套。

有段时间，兄弟在川陕交界的万源市做工，弟媳更是没个顾忌，有天父亲去邻院闲坐，弟媳溜空儿在家炒肉吃，没吃完，父亲回去，她就倒进了猪食桶，不巧又被父亲看见了。那件事过了一个礼拜，二姐夫给父亲送鱼去——二姐夫住的地方，叫黄岭滩，离河近，闲时打鱼，打到好鱼，就逆河走十里平路，再爬七里山路，给父亲送去——父亲背过弟媳，把那事对二姐夫讲了。二姐夫回去，又对二姐讲了。二姐当即打电话给我，叫我回去一趟，因为父亲说了，他要去后山住岩洞。一个有子嗣的老人，说自己去住岩洞，表明后人把他的心伤透了，同时也是宣示后人的不孝，要丢后人的脸。

二姐说："我们的脸丢得起，你跟大姐的丢不起！"

一个家庭，一个部落，一个国家，脸是长在一两个人身上的，那一两个人没脸，所有人都没脸。二姐是怕我和大姐丢了脸，一家子也跟着丢脸。

丢不丢脸另当别论，事情总得解决，我便回去了。同时把兄弟叫了回来。住岩洞本就是气话，父亲不再提，但他坚持单住：既不跟春晌，也不跟大哥二哥，至于我那城市，他摔伤前去过，不满一个星期，就吵着回来，从此再不愿去。可是单住怎么行？且不说他跛着一条腿，能否把米变成饭都是问号，还没有房子让他住。

提到房子，我望了二哥一眼。二哥才有多余的房子。

二哥望着别处。

我看没戏，只好说："爸爸，你就跟大哥二哥住，我每年照旧给你三千块，你跟谁，钱就给谁。"父亲说："未必我就不用钱？"是说，应该把钱给到他手上。我说你腿不方便，又不赶场，拿着钱也是无用。父亲说："万一我想找人上街帮我买点啥呢？"二哥听着，把父亲剜了几眼，恨声恨气说："你那点小九九我们晓得，舍不得我们用钱，一分也舍不得。你只想给春晌。"父亲申辩："格外说！"二哥说："你跟春晌住的时候，春明不是把钱给春晌的？"父亲再想申辩，找不出言辞，就把嘴抿着。春晌则手托下巴，红着脸，眼不看人。他回家来，已问过弟媳，弟媳先是赌咒发誓，说她既没偷偷炒肉吃，更没把吃剩的倒给猪，接着哭骂："你春晌多发财，我这当婆娘的敢把肉倒给猪！我倒是想呵，我还想一把火把这老得尿都屙不出来的房子点了，去修新房子住呢！"她这一哭，一骂，兄弟便哑口无言。

父亲沉默一阵，又是那句话："我哪个也不跟！"

说得硬头镔梆。只得顺着他去想办法。最终想出的办法，不仅让父亲，还让大哥和春晌都气不顺，这里也不去说了。但好歹有了个安置。谁知睡个瞌睡起来，我挎着包准备下山，父亲却又反悔，拉住我流眼泪，说他还是跟春晌。

类似情形，出过不止一回，以后他再在弟媳那里受了气，泼口泼舌地说他不跟春晌，也没人信了。弟媳把父亲把得牢牢的。搬到娘家后，是她从小踩热的地盘，想必只会越发不堪。

但父亲总是讨好她，和她说话，生怕把字咬出牙印。

他是担心弟媳跑了，不要兄弟了。正如大姐说的，现在的媳妇，过不舒坦就跑，别的媳妇可以跑，难保玉玲就不跑。玉玲自己也是丢过话的，只是没说跑，说的是离。离这个词，像把大铡刀，没把兄弟吓倒，却一直悬在父亲头上。

要说，春晌确实配不上玉玲，玉玲生得脸嘴儿是脸嘴儿，腰身是腰身，一双大眼睛，黑的黑，白的白，黑的让白的更白，白的让黑的更黑，春晌却是个龅牙腔，小时候还被开水烫过，两条手臂满是疤痕，骨头又软，撑不起家。父亲膏药似的贴着兄弟，除二哥说的原因，还为了守住弟媳。他以为多个人看守，他的幺儿媳妇就不会丢。这是最让大姐看不上的，大姐朝父亲吼，说玉玲要跑，让她跑就是，脚长在她身上，你能拿根猪毛绳子拴着？她要离，让春晌答应就是，真的离了，她有多好个收缘结果，我就不信！你越怕，她越把自己当盘菜！父亲听了，苦恼地抿着嘴。他是被大姐不断重复的“跑”和“离”唬住了。加上那段时间，玉玲去穿了耳孔，戴着两个玉米黄的大圆圈圈，明明白白就是要跑或离的样子。

这么说来，父亲是希望弟媳跟兄弟一起来。

他不放心把弟媳一个人放在家里。

难怪昨天晚上，兄弟刚丢了碗就骑摩托回去，父亲明知他喝了酒，也没拦他。

二十五

太阳早已升起，照得山水明亮，阳台的玻璃门火焰般红，但河风逆流而上，刮着水皮，迟重地携带了河水的凉气，鼓荡进屋子里。我把父亲昨夜披过的线毯，理开了为他披上。起床这么半天，忘了这宗事，他自己也不说。见给他披毯子，他望我一眼，说不冷。早上的温度比夜里更低，他还用冷水洗过头，却说不冷。他也是在怕麻烦我。我为他裹好，腿也搭上了，说爸爸，你要不要出去走走？他说我不去，你去嘛。我说，那我就去哟，一会儿就回来。走到门口，我说："门是留着的，春晌他们来，一推就开。"

关门的时候，我眼里掠过一个孤单的影子。

我走了后楼梯，是想看看大姐忙成啥样了。

却没见大姐。

绕到前楼，透过一片荷塘，见大姐蹲在滨河路的堤埂上。堤埂宽展。每年华西秋雨时节，清溪河都发大水，马嘶牛吼，还曾卷走半条街；自从有了这堤埂和堤外的矮栏，镇上人才心定了，即使发大水，也由惊慌变成了观赏。

我面前的荷塘，本是个建筑工地，开发商来自市里，说要在回龙镇修品质楼，比别的楼盘贵两倍多，这话放出去，回龙人才知道回龙镇竟有那么多有钱人，那些人排着长队，将五成预付款交到开发商手里。开发商用几台挖挖机，挖出个大坑，就从人间蒸发了。

如今八年过去了。每年都说抓他，却不仅没抓住，还传来更绝望的消息，说那人不是普通商人，是市里某领导的小舅子。由此又才知道，那些有钱人，其实并没那么有钱，他们交了预付款，就穷了，有的穷得脱皮现骨，因为大半是借的。他们想的是，东轩早就在“叫嚣”（他们用了这个词）全域旅游，回龙镇有远古巴人遗迹（所以才修了巴人广场），将成为旅游重镇，到时候，县城人也会来这里置业，买下一套品质房搁着，等于养着一只生钱的鸡。

却是做了场黄粱梦。

开发商是镇政府引进的，买主便去政府闹，前几年我回镇上，老看见政府楼前拉着长长短短的横幅，纸的，布的，墨写的，漆涂的，五颜六色的……直到这一两年，才消停下来。可因此上访的，从未断绝，每过些日子，镇里都会收到通知，让去省城或北京接上访户。

开发商跑路三年左右，政府想把滨河路这大坑填了，买主死不让填，说那是政府的羞耻，也是受害者的证据。日久天长，坑里积水，长出荷叶，开出荷花，一年少，二年多，而今已是满塘莲子，雨声敲打，阳光照耀，荷叶上的水珠，随风滚。羞耻和证据，竟变得如此美丽。再过些时候，还会有满塘蛙鸣，吵得人夜里睡不着觉。

二十六

大姐看见我，招手让我过去。她拎着鸡脖子，提得高高地打理。长毛已挦过，在拈细毛。鸡脖子本来没那么长，毛一挦，就变长了，或许是承受不住自身的体重，被拉长的。老远，就闻到开水烫鸡的气息。死亡的气息。但鸡眼圆睁。这是我第一回看见被杀后还睁着眼睛的鸡。大姐解释说，鸡关在黑洞里，关得久了，见天光的瞬间，就成了瞎子。光，有时候比针还利。“瞎都瞎了，”大姐说，“闭不闭眼也就无所谓。”

但很可能并不如此。

人死不闭眼，是有事情未了，鸡呢？

大姐说，屁！这只鸡是自己想死。她才走向铁箅子，还没揭开，它就往上扑，扑得乱毛纷飞，开始倒说没看见她手里有刀，后来见了，还是扑。我说，你不是说它一见天光就瞎了吗？大姐笑几声，又描述她怎样抓出来杀它，描述得很详尽。然后又说她前不久杀的一只兔子，兔子的命门在耳背，她将它倒提了，轮着手掌，在它耳背上砍，它抽搐几下，分明死了，可皮都剥了大半，它又突然坐起来哭！

我知道大姐说这些，是故意的。我见不得杀牲口。兔子鸡鸭，我们那里称小牲口。怕见，却不敢说出来。说了要被嘲笑的。有次终于忍不住，还是说了，果然被嘲笑。“假的！”外甥李志当即下了断语，“你怕见杀，没见不吃肉？”这是事实，我一天不吃肉，心里就慌，可我也懒得回他。到后来，不仅见不得杀牲口，还见不得杀一切活物，“假的！”李志又是一声，“你睡觉的时候，蚊子飞过来，只听见嗡嗡响，还没朝你下口，保险你一巴掌就拍过去。”

大姐倒不担心我假，只担心我真。

她怕我有一天进了庙子，做了和尚。

燕儿坡就有这么个人，名叫邹灯，先是不敢杀伐，后来怕见杀伐，再后来，他进山砍柴，天黑也没回来，去寻，见弯刀撂在柴山里，只不见人，寻了几架山梁，寻出一窝野猪，两只狐狸，若干刺猬，就是没见他。七年过后，我们院子的王晴光，去深山更深处挖麦冬，走到一处崖下，见那崖壁中央的土匪洞（民国时期土匪开凿，因而得名）里，突然钻出一个野人，这人头发老长，全身赤裸，连阴茎上也长满青苔。崖壁上有浅浅的石钉，他双脚踩住石钉，双手攀住石钉，牙齿咬住石钉，横过峭壁，去旁边的林子里摘了大把兔耳朵叶，用茅草捆了，挂在脖子上，又返回了洞里。王晴光开始吓得往下坐，当野人越过半扇壁面，他看到他的后背，就不怕了。他认出那是邹灯。邹灯九岁那年，背上长了个碗大的瘤子，形如人脸，且就像邹灯本人的脸，鼻眼俱全，这时候，尽管那瘤子上苔藻披拂，照样能看出是邹灯的第二张脸。回村后，王晴光咋咋呼呼说给人听。全村振奋。其时已近傍晚，邹灯的家人舞着火把，扛着长梯，请王晴光和十余个青壮年帮忙，朝那崖壁进发。然而，那个三十多平米的滴水洞里，只有舞着火把的人和他们的影子。不过，新鲜的、没吃完的兔耳朵叶，证明王晴光所言不虚。之后数月，邹家人天天去找，天天去守候，都白去了。第二年腊月，有人上真佛山（真佛山寺建于明洪武年间，离回龙镇两百公里）进香，意外地又见到邹灯，只是，已不是燕儿坡的俗人邹灯，而是穿着僧衣的海灯和尚了。香客给邹灯打招呼，说你妈为你怄瞎了眼睛，你弟弟为找你摔断了腿。邹灯色不稍变，双手合十，念了声阿弥陀佛，就进了禅房。

常言说，没有不孝的出家人，可连自己妈也不顾，弟弟也不管，究竟跟块石头没啥两样。

山里人由此认定，邹灯的六根清净，就是六亲不认。

这片大山大水地界，没有六亲，寸步难行。何况我是“省上”的，是家里的依靠，要是跟邹灯学，那还了得。大姐是想把我的心变硬。

同时我也发现，我之所以下楼找大姐，正是想看她杀鸡，自觉地把心变硬，让自己不再“假”，让自己“真实”起来。

可转念一想，逼迫我“真实”的，竟是那个不成才的李志，又觉得那真实不靠谱。

于是我离开大姐，说去街上逛逛。

顺河堤向东，就是街的方向。堤下芳草萋萋，但近岸处，都被垃圾掩了。大姐挦下的鸡毛，也是扔到堤埂下，烫鸡的水，也是往堤埂下倒。还有各家各户的便纸，都用塑料袋装了，朝堤下一抛，袋子没系牢，便纸乱飞。另有个排污口，哗哗地吐出黑水，倾入前面的回水荡。这时节不算什么，再晚些天，太阳蒸腾，臭气如煮。一只纤瘦的白鹭，在水边慢慢走，像个老农巡视着遭了灾荒的庄稼地。

不远处是南门码头，从码头錾着纹路的斜坡上去，就进入街道了。

回龙镇有两条街，一条老街，一条新街。老街傍河，本有两百多米，被洪水卷走了半边，只剩百余米，是个几近遗忘的角落，可多少年来，回龙人都当它是世上最热闹、最繁华的去处，生意买卖，打架斗殴，聚散离合，都在这里上演，而今是无人问津了，三几个老人，坐在昔日的店门、现在的家门前，衰朽地延挨着时光。

幸好是冷场天，要是赶场天，被新街一照，越发落寞。新街依河流走向，分出三段，上街、中街和下街，几公里人声鼎沸，车水马龙，而在老街上，只傍了墙，蹲着几个卖叶子烟的，看手相的，检八字的。老街的房子，多为板壁，还有一部分是篱笆墙，却不准整修，更不许拆毁。据说，这些房子是清朝遗物，还说，这里是古巴人聚居地，有人在傍河的墙下，发现一把生着绿锈的青铜剑，剑上绘着一条龙，经专家鉴定，不是龙，是蛇，距今已三千多年，是巴人的一支——蛇巴的象征。省市考古队前来勘测，尽管再无别的发现，但有了“一”，就是有了全部。因这缘故，老街的一针一线，都是文物，是宝贝，要严加保护的。

我在老街走了几个来回，只看见张铁匠坐在屋中央的竹椅上喝茶，别的人家门开着，感觉却是空屋子。街道更空。

没什么逛的，我便钻进一条巷子。巷子出去，是新街中段。

二十七

还在巷子深处，就听见锣声和鞭炮响，然后看见一个皮面黝黑的小伙子，戴月白胸罩，穿赤红内裤，手执铜锣，被簇拥着朝下街方向去。是在闹婚。为引人围观，新郎需扭摆着走，不扭，就在他脚下扔一串鞭炮。铜锣要不断地敲，打个喷嚏的工夫不敲，又扔一串鞭炮。回龙镇以前没这种风俗，是新近从外地学来的。新郎打头阵游过街，他父亲再背着新娘游街。一路上，当公公的高喊着：“烧火！烧火！”烧了火自然要爬灰，他喊的其实是“爬灰”。喊了还要笑，要笑得口水滴答的样子。不喊，不笑，也是一串鞭炮。

我刚在中街露面，就听见大姐夫喊。寻声望去，却不见人，他便从街对面一家名叫“稀饭庄园”的餐厅出来，把手一招。他是吃过早饭的，多半是陪人吃。或许是躲在那里看热闹。我不想过去，但大姐夫身后，又出来一个人，亲热地叫着我的名字。

这人仿佛见过，只是想不起来了。

“你认不认得？”

还没过街，大姐夫就指着身边的人问我。

见我只是笑，大姐夫说：“你大超哥啊。”

张大超，想起来了。看来他从监狱出来了。李家岩开采天然气那阵，有钻锚存放在上街的刘家屋里，那是单独的一间砖墙房，刘家人并没住，空着，天然气公司租来，做了临时库房。某个夜半时分，张大超从上游黄金镇约来个同伙，拿钢钎把砖块撬松，猫进屋去，把钻锚偷了。那钻锚个儿小小的，小得秀气玲珑，却有二百多斤重。更是值钱，要值二十多万，按斤头计，一斤要卖上千块。因能钻山裂石,那东西在暗夜里也放出强豪的亮光。张大超脱了外衣，将它裹住，费力弄到船上，连夜送往黄金镇，去那同伙家煮了面条吃过，又立即上船，走上水路运往重庆，想在重庆出手。还在嘉陵江尾子上，就被捉了。

张大超是主犯，判刑十三年。

这事在整条清溪河流域，闹嚷了整一年有余。

为偷去坐牢，还判这么重，在这条河上是头一回。偷算什么？灾荒年间，谁没偷过？月黑风高，背着花篮，挎着背篼，担着箩筐，去别人家菜地和队上苞谷林里走一遭……但那是偷私人的、集体的，而天然气是国家的，开采天然气的钻锚，自然也属于国家。偷钻锚，就是偷国家。所以大河上下都说：私人和集体的可以偷，国家的不能偷……

可话说回来，你张大超何犯于去偷呢？在回龙镇，他是富庶人家，现在的稀饭庄园，当年是个两层的酒楼，只是不在中街，在下街，酒楼之外，还有几处房产，几个店面，经营着钢条、菜油、烟酒和香蜡纸钱，都是热门生意，往少里说，也有数百万家财，却要费心劳神，去偷个二十多万的钻锚，可见是鬼使起了，该当他有坐牢的灾吃。

他是昨天回来的，从被抓到释放，刚好九年，看来是提前放了。只是家再不成个样子了，房产卖得只剩一处，门市折了个精光，他女人从下街搬到中街，守着这家店面，前店后家地清淡度日。按回龙镇的节奏，现在正该是吃早点的时候，却不见一个客来。我们进去后，就坐在空荡荡的餐桌旁。名为庄园，一共才三张桌子。女人也不见出来泡杯茶水。女人卖出的那些钱，究竟做了何等用途，无人知晓，只能猜，有说是拿去打点了，也有说是女人的娘家兄弟瓜分了，还有说，女人瞧不上张大超，在县城裹了个相好，把钱都存到了相好账户上，遇到那家伙又是个没情分的，只把钱霸着，并不说要离了婚娶她。

我以前就知道，张大超是大姐夫的铁哥们。当年，大姐夫在镇上有四个铁哥们，何老三还并不在内。今天，几人都来了，另两个，一个叫万平，一个叫陈芽。那万平生一张长脸，便得了个外号，冬瓜脸，简称冬瓜，叫得久了，叫万平，他不往耳朵里去，叫声冬瓜，忙不迭就应了。陈芽五短身材，嘴唇外凸，朋友们笑他生副猪相，其实他长这样的长嘴，只是为了讲笑话时，能把包袱在嘴里多埋些时候。

陈芽爱讲笑话，现在他正讲着，说有个男人，在外务工，想给老婆一个惊喜，不通气就回来了，清早进屋，却见老婆跟一个男人睡在床上。两人定是疯了一夜，竟没听到响动，都翕开了嘴睡。虽窗帘紧闭，男人凑近了看，还是看清了奸夫的模样。不是别人，正是他嫡亲弟弟。男人气得！挥拳就打，一拳打掉了奸夫的门牙。牙齿害怕，飞到女人嘴里去躲，女人也才醒了，醒来见男人又是一拳，打在奸夫鼻梁上，鼻梁也害怕，慌忙把家搬到了耳门子。女人呸的一口，吐掉那颗腥扎扎的牙齿，然后一根纱不粘的，跳起来横在两个男人中间，怒斥丈夫："你这黑心烂肺的囚根子，他是你亲弟弟，你都舍得下这样狠手，要是隔壁老王，你不要打死算数？"

万平笑得拍脚打掌。大姐夫也想笑，但把嘴咧开，又觉得不好笑的，毕竟他舅子在这里。我也不好笑，再说我在别处听过若干遍，老掉牙的了。陈芽是个聪明人，立即觉察到这笑话讲得不合时宜，何况还有"囚根子"这样的字眼。张大超把我迎进屋后，跟我斜对面坐了，这时我特意扫了他一眼，他微笑着——枯叶似的微笑。

腾出空来，陈芽跟我打招呼，问我啥时候回的。万平摸出烟散了。陈芽点上烟，又说些别的，说的都是他们四人共同的熟人。万平和大姐夫都参与进去，话头抢来抢去，说得很闹热。但张大超始终是那样微笑着，一声儿没言语。九年过去了，他的生活断了。

三人又说了些时候，可能也是觉得无趣，大姐夫首先站起来，说："今天我家里有事，过两天我请客，给大超接风，我们几兄弟也正好打个堆，凑巧春明也回来了。"

张大超还是那样微笑着，起身送我们出门。

二十八

出得门来，各自散了。我和大姐夫朝下街方向走。游街的新郎已不见踪影，公公和新娘还没出现，街上清静了许多。阳光被风扑打着，拍在新翻修过的马路上。新街两面是店铺，中间是马路，这马路是国道，上通陕南，下接县城和市区。

走一段，我说："我明天就回去，你啥时候给大超接风？"大姐夫回过头，见稀饭庄园外没人，万平和陈芽也去得远了，脸才暗下来，"接屁！"他说，"一个坐牢的！"说得字字戳骨。他应答着两边街道上的招呼，应答过了，又说："冬瓜跟陈芽我也没啥接触了，早就没有了。两个都不成器。冬瓜到处乱嗵酒，嗵醉了，就没个言高语低，还无缘无故砸人店子。陈芽球本事没得，就是㞞话多，一个家也安顿不好，时常跟婆娘打架，还打不赢婆娘。倒不是冷亲戚穷朋友就不交往，主要是太不成器，交往起来没意思。"

说到这里，大姐夫愤懑地停下来。

是对自己愤懑。他想不通自己当初怎么跟他们成了铁哥们儿。

风也想不通，分明有两个影子落在地上，它却刮不动，也吹不走，便用力刮。

大姐夫说的，我也知道一些。他们之间，其实在张大超出事的时候就生了芥蒂。镇上风传，说张大超被抓了，原因是偷钻锚，人们先是不信，然后信了，立即又传大姐夫、万平和陈芽是同伙。四个穿一条裤子的，咋可能不是同伙。但偏偏就不是。张大超没去约他们，是天大的幸事——谁能保证那一刻不犯糊涂，晕晕乎乎就做出坐牢的事体来？但同时又觉得，既是恁好的哥们儿，有了一套富贵，却不叫上，而是去黄金镇约人，可见这哥们儿靠不住。大姐夫后来不跟万平和陈芽交往，除了他说的原因，可能也与冷了心有关。

只是不知道今天是谁给大姐夫打了电话，叫一同去看望从监狱归来的张大超。

二十九

大哥来了，兄弟和弟媳也来了，各撮了张矮凳，捋手挽袖的，坐在大理石餐桌旁，见我和大姐夫进屋，都抬起屁股招呼。弟媳见老了。我去年春节回来，她那脸还亮生生的，一年多过去，就暗了。人的老，先老颜色。两个玉米黄的大耳环还在。耳环也见老了。那本就是塑料圈子，容易进灰。

弟媳说："三哥，你的脚步硬是金贵，我们那里你就不去。又不要你走路，春晌用摩托接你。你嫌坐摩托吹风，叫光文哥喊杨津送你，也不值啥的。"大姐夫连忙接言："哪个说不值啥？我不费油钱？"弟媳说："我是书记的话，莫说报油钱！"大姐夫说："做了十几年舅母子，还不晓得玉玲恁大方呢。"弟媳弯了脸："哼——哼——"这么哼着，却说不出话。她喜欢斗嘴，但真正斗起来，又没嘴才。她也知道自己没嘴才，只是以这种方式，缓和与婆家人的关系。别的人一般不接她腔，只大姐夫爱接。每次都是跟大姐夫斗不了几句，她就续不上，只翻了黑眼白仁，"哼哼哼"的。背着她时，兄弟姐妹包括晚字辈，都爱拿她这时候的样子取笑。

"玉玲就是对爸爸太孬了，"大姐常常说，"也是她不精灵，要是对爸爸好些，酒啊肉的，我们还不随时送去？名头上是给爸爸，爸爸又吃得了几口？你对爸爸不好，我就懒得送！"话是这样讲，其实大姐还是经常送，鸡是不送了，但逢赶场天，只要兄弟两口子上街，她都没让他们空过手回去，即使他们没来，有了美味吃货，比如李家岩有人宰牛，把最肥壮的腿子肉给大姐提来，她必然找拐枣坪人给父亲带去；整条腿子带去怕逗人谈论，也怕像大姐夫说的，让送给她的人寒心，她就蒸熟了，撕下黑绒似的肉丝，用荷叶裹了，再加层布袋子，系得严严实实。

没有嘴才的弟媳，这时候哼过几声，却又想出一句话来："反正李家岩的也是你光文哥的，所以你舍不得。"大姐夫又笑，说："放屁！"大姐从厨房出来，听见大姐夫跟弟媳斗嘴，恨了大姐夫一眼，在什锦槅底座上，拿了昨天买回的碘盐，又进厨房去。大姐夫便又对弟媳说："你大姐在里面忙，你一个当妹儿的，好意思在这里塌屁股？"弟媳一听，欠起身来，扯着脸说："明明我进屋就去厨房，大姐不要我搭手，我才来坐的。"父亲赶忙帮腔："是她大姐怕她累。"大姐夫说："她又没拖犁头，累啥子？"弟媳说："你才是拖了犁头回来，头发上都吊起汗颗子。"说着拈起剩在碟里的一个桃子，边啃边朝厨房去。

三十

大姐夫进里屋，拿出两包烟，给了大哥和兄弟一人一包。当然不是软中华，也不是南京、黄鹤楼之类，而是十五元一包的本地烟，叫"巴香清"。

自从发现了那把青铜剑，传出回龙镇是巴人旧居，市县的民俗学家，包括省里的历史学家，都来这里调研，写了多篇论文，出了若干专著，说巴人当年酿一种酒，叫巴香清，巴人随周武王出征前，就喝过这种酒，在沙场唱着酒歌，跳着武舞，便让殷商劲旅一败涂地，史书载"歌舞以凌殷人"，指的就是这件事。县里觉得寻到了宝贝，准备酿造，就以巴香清命名。后来，却把这名号给了烟。

据说是县卷烟厂抢先注了册。但真正的原因，是烟的税收比酒高许多，县里便取高舍低。反正烟酒不分家，民俗学家和历史学家，也都认了。

巴香清烟与众多烟品一样，分出几个档次，最高档是红壳子，十五元一包，中间档是绿壳子，十元一包，最低档是白壳子，五元一包。李家岩有些村民,少见识,村支书为他们办了事,无鸡鸭可送，也没捕到上好猎物，就买了烟酒来感激，买的烟，就是巴香清的红壳子。他们以为，支书见了这最高档的红壳子，就见了他们的一片心。大姐夫倒不嫌弃，也从没因为送他这种烟，就看低了情分。“他只有那个条件，又没见过啥世面。”送烟的人走了，大姐夫总是这样对家人说，一方面是体谅人，另一方面，也有自我解嘲的意思。

他把烟收下，自己从不抽，李志在家时，给李志抽；他给李志立了规矩，绝不能去动他的好烟，要抽，就抽巴香清。这不是他舍不得给儿子好烟，是要让他知晓，人在世上走，须明白自己的份儿，越了份儿，嘴吃刁了，吊上去下不来，自己又没本事挣，就苦恼了，紧跟着就可能乱来。李志虽不争气，但不搞赌，没吸毒，也就是说，没乱来过，大姐夫觉得，这正是他教育的成功。他给灰狗儿拿烟，也是拿的巴香清。大哥二哥和兄弟们来，包括大姐夫自己的哥哥弟弟来，同样是拿这种烟。

见到红壳子,大哥和兄弟的眼睛亮了。他们平时只能抽白壳子。兄弟说：“要拿多拿一包嘛，给一包，揣在左边右边翘，揣在右边左边翘。”大姐夫朝我眼睛一轮：“我说啊！”是指他早上说的给外人拿烟和给亲人拿烟的话，现在得到了验证。接着大姐夫又朝兄弟一轮：“把烟还我，你就不翘了。”兄弟笑。他一笑起来，脸皮朝两边奔跑，牙龇出来，眼里布满红筋。他那眼睛差不多跟弟媳的一样大，红筋是喝酒喝出来的。大哥和父亲也跟着笑。父亲明显比昨夜和今早精神了，坐在沙发上，腰也挺得直些。

大哥把烟揣进口袋，问起李志，大姐夫骂天骂地说了一通，说昨天晚上十一点过，他江叔叔还打电话来，因为准许他走了，还给了他一万五千块钱，他反而不急于回家，去三坊七巷游了，又去平潭的海岛坛，在平潭住了一夜，昨天回到福州，死活要请他江叔叔喝酒，说喝过这顿酒，他就去厦门，上鼓浪屿玩两天，再直接从厦门回家。就他叔侄俩，他却点了五个人也吃不完的海鲜，结果他酒又噇多了，醉得人事不省，还是他江叔叔埋了单，把他弄回去挺了。

说到这里，大姐夫朗声笑骂："那个狗日的，咋个收场哦！"

回过头又说那一万五千块钱。江华说，那是李志两个月的工钱，他是去躲难的，躲难的事江华不晓得，可他就是个学徒，不仅没交一分钱的学费，还吃人家的，住人家的，哪该得工资？纯粹就是他江叔叔赏给他用。

兄弟听着，把烟拆开，舍不得散，自己点了，呼呼有声地吸一口，憋得回不过气，才往外吐。烟雾闷得黄蜡蜡的。他的话跟烟雾一起出来："有钱人挣钱，像人捞树叶子，没钱人挣钱，像树叶子捞人。我们肩膀背勒皮，腰杆弯成虾子，手脚打起果子泡，也就挣个千千子。要挣一万五，怕是要把命抵了。"

接着就说到他去万源做工的那些日子。

三十一

万源是正宗大巴山区，即使一座小山，也恶扎扎的，金刚怒目，何况那里没有小山，随便一座，都根盘地脚，顶接天心。因红军在那里打过大仗，阻击刘湘的六路围攻，万源比白马别的县地位高，是省辖县级市，由白马代管。关于那场战役，许世友将军在回忆录中说，纵观他的戎马生涯，万源大面山一仗，打得最苦，拼到最后，短兵相接，满山满岭，不闻人声风吼，只听见刀枪刺穿皮肉、砍砸骨头，再好的钢刀，也砍缺了口，再锋利的红缨枪，也戳倒了矛，血水汇成山洪，谷地河水暴涨。

兄弟做工的地方，就在大面山顶，那里要修啥工程，他也不知道，只是跟着线子般的人流，往上面背水泥，运河沙，8月天气，手里有瓢的话，随便一伸手，就能泼泼洒洒舀回一瓢开水似的阳光，路又陡，朝上望，直通南天门，朝下看，又深到地狱里去，霎时间腿就酥了。当地有些农民用马驮，心大，明明看见马骨头都压扁了，马嘴里全是白沫沫，喷出的气能见红血，腥味儿熏得人发呕，还不停地鞭打，结果马脖子像绳子那样甩一下，轰然倒地，死了。兄弟说，他亲眼看见一匹马那样倒下，马倒下时，他见自己的影子跑了，跑到马身上去了，他跟马合为一体。那倒下的不是马，是他。待马主人朝死马狠命抽打，边抽打边高声怒骂，才把他骂醒过来，他的影子也才归位，直想哭，又哭不出来。就这么挣，挣了差不多三个月，把伙食除了，烟钱除了，房租除了，拿回家的，不到六千五百块。

一时间都没了言语。

父亲的脸紧起来，嘴皮直抖，是在为幺儿子心痛。别的人却只想到，正是春晌去万源的那段时间，玉玲自己炒肉吃，却不叫父亲吃，还把吃剩的倒给猪。

同时也并不把春晌描述的苦当回事。他有煽情的本领，说到自己经受的难处，总免不了轻事重报。像他这年纪的，谁不是天南地北做工，可他只去过万源，时间也不长，就说成这样子。他从小被父亲惯使，待两个哥哥娶了，两个姐姐嫁了，我也读大学去了，老房子里，只他和父亲出气儿暖着，但活路都是父亲去做，父亲断腿之前，犁田，砍柴，挖地，都是他包了。有回，侯大娘的儿子许利民，见父亲歪在陡坡上砍青冈棒，青冈棒性硬，一刀下去，火星四溅，利民仰了头喊："祥爸，你叫春晌来砍嘛。"父亲歇下弯刀，撩开眼睛上的汗帘子，喘息着说："他砍不断啦。"利民噫了一声，说祥爸你不简单呢，你比一个二十岁的小伙子还有劲呢！这事在燕儿坡传开，村里人笑了很久，说许成祥想照顾春晌一辈子，如果春晌活八十岁，许成祥要活一百三十岁才能丢手。

兄弟听着，脸上无光，却又积习难改，能往床上躺，就不朝坡上去。后来娶了弟媳，被弟媳见天指骂，兄弟更难为人，便把自己经的一分苦，说成十分，好让别人知道，他也是不怕吃苦的，也是有出息的。

见没个响应，兄弟便伸出手，让我们看他的手。那手掌上全是硬茧。证明这一两年，他确实改了许多。但大哥不以为然，大哥说："你那算啥子哟！你大嫂在燕子她们厂门外做烧腊卖，手遭卤水沤烂完，血不是血，肉不是肉。燕子笑她妈，说要不是切烧腊时戴着手套，没人敢买，嫌腌臜。"大姐夫说："大嫂那人！"便又东一句西一句，说起大嫂的好处，像是趁二哥二嫂和他们女儿女婿没到，赶紧说个够一样。

大嫂的好，我跟姐姐妹妹体会最深：她见不得客人等饭。客人分两种，一是私客，比如大嫂、二嫂和弟媳的娘家人，算她们的私客，私客自然是私下照应，但还有一种客人，比如大姐、二姐、我和幺妹，回到燕儿坡，就算公客，按理，父亲住哪家，我们就在哪家吃，实际却无定规，谁愿煮，就去谁家。到了该做饭的时候，大嫂去二嫂和弟媳家略一巡视，见冷锅冷灶，就不声不响的，回到自己屋里，在铁搭钩上挂了锅儿罐子，并及时通知二嫂和弟媳，说你们不必为某某做饭，我这里做了。后来兄弟带着父亲离开了燕儿坡，我们再回那里去，就更要靠大嫂，往往是住几天，就在她家吃几天。所以如果大嫂不在家，就不大有人愿意往燕儿坡走。在我们心里，自从大嫂进了许家门，她就在许家安石镇屋。

三十二

说了一阵大嫂，大姐夫就感叹起燕子的命不好。

燕子是四喜的妹妹。

我们七兄妹，除我生了独子，别的都是两个，又除了二姐生的是两个儿子，别的都是一儿一女，龙凤齐全。燕子又白净又漂亮，性子跟她妈一样好。就是固执，这点不像她妈。十六岁那年，她随村里一班姑娘，去外地务工，一趟子到了苏州，又一趟子到了杭州，杭州的空气还没吸进肚子里去，又溜到了上海，最终在上海和浙江交界地落脚，进了磨石厂。那年春节回来，却不仅领回一个男人，怀里还搂着个婴儿，那婴儿生下不足四十天，抱在怀里像抱着一把挂面，揭开被裙儿看，黄皮寡瘦的，跟只病猫相似。男人名叫盛军，比燕子大九岁，生得尖额长颊，一家人都不喜欢，可他没工夫去管你喜不喜欢，刚落座，散了一圈纸烟，就起身去院里走动。

燕儿坡的院落，都是三合头，住着若干户人家。当日大雪盖野，满山是苍茫雪原，瓦屋顶上，除烟囱左近，都被雪掩了，房脊上一钵仙人掌，成了冰骨雪肌。院里也积了半尺厚，外面连鸡也没一只，更没有人。盛军便踮着脚，从阶沿下绕过，去别人家里，进屋散烟的同时，大大方方做了自我介绍，“我是燕子屋里的。”他说。那天，我们在大哥家团年，满席人没丢筷子，他就一抹嘴，催促春晌：“幺爸，你咋紧着吃哟，两口刨了，铺设场合！”他说的场合，就是麻将。一家人都看出了燕子怎样上了他的手。

饭后，我在大哥家坐了会儿，又去二哥家坐，二嫂细声说：“见不来大嫂那样儿！盛军进屋的时候，愁着脸儿，只差没撵他走，现在见他在阶沿打牌，没火烤，又怕他冷，把大哥的军大衣拿去给他披了。”二哥说：“总是想盛军帮她赢几个钱嘛。”二嫂说：“她才不差钱呢。听说四喜跟了个大老板，前些天随老板到新加坡去了。燕子又……刚才听侯大娘说，盛军住在一碗水，出了上街再往上走，半里路就到了。”二哥问：“侯大娘跟他相熟？”二嫂说：“熟个屁呀！吃饭之前，盛军不是挨门挨户去装了烟么，给贵爸装烟的时候，侯大娘拉住他，枝儿叶儿问了。你怕不晓得侯大娘那人！”二哥说：“离街近，不一定就有钱。街上也有穷人。”二嫂却顿时焦躁起来：“总比你有钱！盛军只有两弟兄，哥哥比他大十几岁，早就分出去了，爹妈手里的三间大房子，都是他的。”

正说着，听见大嫂逗孩子的声音：“唔，唔，你给外婆说，恁大的雪，你这两个小脚脚儿，是咋爬上来的？”二哥说：“稀奇完了。”二嫂说：“屁的个稀奇头！你没见那娃娃眼睛斜？从小斜眼的，长大都不是好家什。”话音未落，大嫂抱着孩子，推开风门进来了：“我们来看看二外公、二外婆，哦，三外公也在。”二嫂连忙设凳，并把孩子抱过来，响亮地打着哈哈，跟孩子顶牛牛，边顶边说：“狗东西，你给二外婆说，你是吃了啥子龙汤凤水，长恁白，长恁乖？你不说，老子……”用力地顶着牛牛。孩子哭起来，大嫂便接过了。那哭声也像一只病猫。

再不顺眼的，见多了，就顺了。比如我刚跟大姐夫从张大超那里回来时，觉得弟媳见老了，大哥的白头发也多了，坐上几分钟，就觉得没那么老，也没那么多。对盛军也一样。燕子跟盛军站在一堆儿，开始左右都觉得一朵鲜花插错了地方，后来发现也没恁严重。

病猫似的那个儿子，取名沪川，不满半岁就扔给了爷爷奶奶，燕子两口子，先是做着石磨，再是进木器厂、家具厂、玩具厂，其间跑了半个中国，终于跑到江西一个叫汪平的地方，做起传销来了。传销做了一年多，燕子离开盛军，又回去做石磨，只不过没回上海，是去了浙江。也不是普通的离开，是离婚的那种离法。

反正当初没扯结婚证，不愿意跟，就算离了。

说出去的理由，是燕子恶心盛军吃死人肉，当然不是人肉，是敬亡人的供品。盛军常和几个伙计去公墓守候，见有人上坟，就远远地跟过去，若供有猪头鸡鸭，等上坟的离开了，立即拎走。有些人听来，燕子的理由几近荒唐，比如住在燕儿坡岩畔下的朱占惠听了，就拍脚打掌的，说背时的耶，那有啥子嘛，我堂弟在外面一家酒店帮厨，每年清明节，老板都叫他们去公墓收肉，一去就收几麻袋。

朱占惠不相信燕子的理由，她影影绰绰听说，燕子他们在做传销，那些做传销的，动不动就放话，说两三年回来，回龙镇半条街都是他的，但事实上，个个都过得像钻下水道的老鼠。占惠和燕儿坡很多人都猜想，可能是挣不到钱，灰了心，两口子吵架才吵散了。

燕子说出去的，占惠们猜想的，都对，但都不重要。

重要的是，盛军跟河北去的一个小媳妇有了勾当，还让人家大了肚子。

三十三

燕子到浙江一段时间后，和一个名叫任达友的好上了。除了大嫂，我们都没见过任达友，燕子给她小兰姐的手机上发过照片，小鼻子小眼，看上去倒是精精灵灵，却都不敢指望。任达友的家，其实不远，就在燕儿坡后山。那是一片弯口，叫棉花地碥，同属燕儿坡村。燕儿坡有狭义和广义，狭义的燕儿坡，单指我老家的几层院落，广义则指一个行政村，除我们那里，还包括西边的杨树台和后山的棉花地碥。几十年前，棉花地碥都没有名字，要指认，就说“后山”。我读小学二年级时，上面派下人，呼喝着将扬花的麦子铲了，插下的秧苗拔了，育种棉花，要辟成回龙镇棉花基地。结果只结了棉桃儿，打死不绽开。棉桃儿怪好看的，捏一捏，比石头还硬，小孩子们便篮篮筐筐摘了来，让娘亲用针线串了，挂在脖子上。那段时间，那弯里的孩子个个都像沙和尚，进学堂去没人敢惹。一年如此，二年照样，差些饿死人。后来不种棉花了，却为那地界留下个名字。

从燕儿坡到棉花地碥，脚快的，不足二十分钟就能爬上去，只因不是一个生产队，后来村小又拆并到了镇上，彼此便没甚来往。但人的名儿，树的影儿，贤愚不肖，哪有不知道的，何况同在一架山里，有了香臭，山风吹不来，山水也流来了。任家跟棉花地碥个个都结了仇。这有点像侯大娘。但侯大娘正月里跟你结仇，二月里又和你好上了，结仇是真心实意结，好上也是真心实意好，她和我们母亲吵成那样，母亲死后，却是她去为母亲抹了汗。我们那里，把给死人净身，叫抹汗。这活路不是谁都愿意干的。对仇怨，侯大娘有即结即解的本事，任家没有，仇一结，就结成死扣。如果说既看猪，也看猪圈，那就不是个好猪圈。再说任达友也有过女人，也有个儿子，那儿子比沪川大半岁，由女方带着，但只是暂时由女方带，过些时候要交给男方的。正娘不做，去做后娘，有的是罪等着燕子去受。家里人都劝，让她断了，可她哪里听得见半句。

“都是四喜把他妹妹害了！”大姐夫说。

我们也是这话。燕子和盛军去做传销，是四喜骗去的。不去，盛军就不会认识那个小媳妇，燕子也走不到今天这一步。四喜不仅骗了燕子，还骗了兄弟、二姐、幺妹和小兰。几家人扔进那窟窿里的钱，足有二十多万，还不算路费和误工费。

大哥讪讪的。他受尽了儿子的苦，嘴上提起，把四喜恨成不生秧的谷种，但毕竟各肉儿各疼，不想儿子被众人说谈头。“谈头”这个词，和缺点是一个意思，语气稍重而已，“那人有谈头”，就是指那人有缺点。这仿佛是说，有缺点的人才有谈头，没缺点的，也就没什么可谈。原来，千百年来流传的故事，都是关于缺点的故事。

怕四喜落褒贬，大哥便望着兄弟，笑嘻嘻地，说：“春晌在江西，倒是过了些好日子。”

兄弟听了，眼睛一鼓，顿时眉飞色舞起来。到而今，他只去过两个地方，一是到省内的万源做工，二是到省外的汪平做传销。说他进传销时，四喜已当了大主任，只差一口气儿，就升到经理，做了经理，就能穿缝了金纽扣的西装，并搬出集体宿舍，住到宾馆里去。兄弟说，所有成员都知道他是许大主任的幺爸，因此都叫他幺爸，见了面，啪，立正，行个举手礼，喊一声：“幺爸！”连老头子也这么喊。他去不久，二姐夫妇、幺妹夫妇和小兰他们相继跑去，开大会时，四喜都被表扬，说他“家族式暴发”，头儿讲了话，就鼓掌，踩气球，唱歌。歌是现写的，其中两句是：“许大主任啷啷扯，幺爸幺爸呼儿嘿。”

兄弟这一唱，大姐夫笑得身上的肉直滚，大哥的眼泪花子直浸，父亲又看不见嘴了，只看见舌头了。

听见这边笑，弟媳手里拿着颗大蒜出来，白了兄弟一眼：“大家的幺爸耶，你才能干啰！”说罢回到厨房去，却传出她和大姐的笑声。证明那段掌故，兄弟不知说过多少回了。那是他到目前为止，过得最有存在感的一段时光。他不仅成为大家的幺爸，还经常上台演讲，所以一有机会，他就拿出来说。于是又说到，那时候，他们实行三光政策：头光、衣光、鞋光。这是做给当地人看的，当地人见这群人收拾得利索，就当他们有身份，不把他们往坏处想。他们的人实在太多，为不引起注意，在街上碰面，彼此都不招呼，自然也不叫幺爸，只对一下眼睛，就错开了。世上的一切，他们都当成缘分，眼里的一切，都当作亲人，每顿吃毕饭，丢了筷子，必用食指把桌面轻叩三下，说：“桌子，慢吃。”

兄弟边说，边敲，“慢吃”两个字刚出口，头上就炸起一声：“你现在就滚回去！你吃过了为啥子还不回去？”

是大姐。她是出来给大姐夫吩咐事情的，她说：“给你那儿媳妇儿打电话，叫称半斤生姜，马上拿回来。我早晨忘了买。”大姐夫还在搂着肚子笑，被大姐连剜带恨地盯了好几眼，才摸出手机，给青梅拨通了，说：“今天明明忙，你为啥子不回来给你妈帮个手哦？称半斤生姜，赶紧回来。回来我给你报账。”不知青梅说了句什么，大姐夫又笑得呵呵响。大姐瞋我们一眼，眼神落到大姐夫身上，就变成恨了：“跟儿媳妇也嘻二呵三，没得个搭煞！半斤生姜也报账，你就这样惯使，到哪一天鸡飞蛋打，才晓得草凳子是草做的，锅皮子是铁铸的！”大姐夫脸色暗了一下，说：“她敢？我没将就恁狠！”

三十四

不一会儿就敲门了，大姐夫去开了，见青梅和她二舅舅二舅妈都站在门外。青梅说她早上换衣服，忘了把钥匙摸出来。进屋麻利地换了鞋，又说：“二舅舅们还不晓得呢，我去菜市场碰见，才给他们说。”说着，边指拇勾了小袋儿生姜，往厨房去。大姐夫问：“好多钱？”青梅回过头，笑嘻嘻地：“一万块。”接着听见大姐在里面问：“要不要你爸爸报账哦？”青梅还是笑嘻嘻地：“要哦，咋不要哦。”又解释说：“我本来是要早些回来的呀，碰见亚琼，死个舅子拉住我说话，一说就恁半天。”大姐说：“她跟你咋恁知心啰？”

厨房里要下油锅，闭了门，听不见了。

这时二哥二嫂才把鞋换过。大姐夫对二哥说：“今天是爸爸的生，不管在哪里聚，反正要聚一下。”意思是怪二哥不主动联系，至少该给春晌打个电话。二哥说：“唔。”过来看见我，二嫂问：“春明啥时候回来的？”我说昨天晚上。

每次回到镇上，我都是住大姐家里，二哥二嫂问起，我都尽量把回来的时间说晚些，免得他们咕哝，说我回来也不递个信儿，可见有钱人只和有钱人打堆。

他们老爱说我是有钱人。

也不止他们，老家人都这样说，我要是否认，就说我装穷，因此后来说我千万亿万，我也懒得吱声。慢慢地变成故意不吱声，故意让人家觉得你是乌龟有肉在肚里头。回龙镇这地方，肚里没肉，也撑着把肉往脸上贴，那些外出务工的，苦打苦熬，分明没挣几个，逢年过节，能买到火车票也不买，而是坐飞机回来，或者东拼西凑买辆车，天远地远开回来。当官的贪了，他们骂，不贪，坐卧行事没个齐整，也骂，说那龟儿子，没鸡×能耐，可惜了祖坟占的那脉好风水。像我这种，在大学生还很稀缺的年代上了大学，毕业后去了省城，虽没当官，也没发财，却被尊重，自己也习惯了被尊重，谁知突然改了道儿，那道上花团锦簇，金银铺地，你这边更漏沉沉，窘声敲窗，就不尊重你了，你心里免不了难过，于是装出神秘相，让人摸不透，继续把那份尊重拽过来，也是好处。

只是坏处比好处更实在。你做出有钱的样子，年节里给亲人拿钱，亲人并不感激你，只当是你有钱，且很可能像大姐夫说的，非但不感激，还嫌少。要是亲人找你借，你说没有，就恨你了。更大的坏处是，你把钱借出去，这个不还，那个也不还，你要是问一声，不仅恨你，还照样不还。尊重是一层纱，你想拽过来披在身上，披上的，就是撕得稀烂的纱。因这缘故，神秘可做给别人看，万不能把自己也迷住了。

这是我的教训，诸位。

不过，教训从来都只是用来让人后悔，并没有真正的警醒意义，所以今天的教训，明天会重复，古人的教训，今人也会重复，我的教训，你大概还是会重复。

但二嫂怪我回来不招呼，我还是有所分辨的。我知道，真招呼了，她又怕你到她家去，去了，更怕费了她的茶食，先不先就黑脸冻嘴，断了你留下吃喝的念头；十分躲不过，在她家动了筷子，你还没下席，她已摇铃打鼓传遍半条街。鉴于此，自从二哥二嫂住到街上，我回来，通常都不提前招呼，我会选个恰当的时间去看他们，屁股没挨凳子，就忙着申明，说我有事，坐会子就走。起身的时候，二嫂自然要留，说你回来不就是耍的吗，有啥事呢？你又不犁田锄地，说有事也是在你脑壳里头，你去那边屋里，随便想你的事，又没人搅和你，这边饭好了，我就来叫你。说得那甜！但你是不能当真的。你要是当真，自己要看脸色不说，还让二嫂受苦。她是嫂子，再怎么也不忍心让她受苦。

大姐夫给的红壳子，大哥揣在衬衣口袋里，兄弟放在面前的桌上，二哥瞄了一眼桌上的，又瞄了一眼大哥鼓成长方形的口袋。大姐夫明白了，忙又进了里屋，拿出一包来给了他。二哥二嫂这才坐了，问父亲啥时候下来的。二嫂说："爸爸像是瘦了。"说过后觉得不该说，警觉地扫了兄弟一眼，又问："玉玲没来？"兄弟说来了，跟大姐在厨房。二嫂便打着哈哈，也进厨房去。厨房宽敞得很，再去几个也转得开。厨房门打开的瞬间，听见锅皮子炸响，同时听见二嫂亲亲热热地叫：“春红妹妹，玉玲妹妹……”

大姐夫问小兰在干啥，二哥说：“她，反正是打牌。”

初到镇上时，小兰跟贵兵一起刷墙粉，后来小兰接二连三地生孩子，就在家带孩子了。回龙镇把生孩子叫享福，小兰享过五回福，得了四个女儿，一个儿子。前两个女儿自己带着，后两个送了人，都送到了重庆，给了不同的两家，一家在沙坪坝，一家在九龙坡，和两家领养人讲的是，一辈子不得见，更不能认。前几年，小兰时不时去一趟重庆，回来时眼睛红肿得不成样子。她只能远远地看女儿，不能走近了说话，更不能伸了手抱。有回偷偷去见沙坪坝的那个，见孩子在楼下的空地上玩皮球，皮球滚到小兰躲藏的树下，她多想捡起来，交到女儿手上，可女儿的妈过来了，她才陡然明白，自己已不是女儿的妈。怕被认出来，她连忙抽身，从岔道上逃了。逃一路流一路的眼泪。贵兵见了她的红眼睛，总忍不住要骂，说你晓得那不是你的人，她跟你就只有那点儿缘分，你去看啥子？你胀饱了不是？骂过了，自己却躲进厕所，开足水龙头冲脸。这两年，小兰是不大去了。

日子一久，再稠的羹也稀淡了。更主要的是有了儿子，心思都用到了那带把儿的家伙身上。现在儿子也进幼儿班了，跟青梅一样，小兰早上送去，下午再接。两个女儿在镇中心校，中午也是在学校吃。至于贵兵，吃午饭是将就活路，不是将就肚子，活路告过一程，出得门来，进家馆子，海碗红油面呼噜下去，抽袋烟，又接着干。

大半个白天，小兰是没事的，便打牌，打到中午，自有茶坊老板供盒饭。跟她打牌的，都是像她这类媳妇子，多数比她还自在，那些人的老公，没在本地做工，都去了天涯海角。

大姐夫仗着小兰和贵兵刚来镇上时，是他帮忙，才让他们踩稳了脚跟，因此说到小兰的时候，也便是说自己女儿的声口。听见小兰又在打牌，他说："小兰那牌瘾，也该戒戒。既然你大半天没事做，该不该去帮一下贵兵？你以前是做熟的，又不是不会做。"

二哥说："她开始也去，是贵兵不要她去。"

这是实话。生儿子过后，贵兵就把小兰捧在手心里了。

捧小兰，也就是捧儿子。

对此，他自己的女儿最知冷知热。

三十五

他那大女，小名聪儿，十一二岁年纪，是个半少女，听她妈说，脾气孬，打死不投降，她爸爸手那么重，一巴掌下去，脸就肿了，鼻血也出来了，连嘴巴里也是血，吐一口，红红白白，黏黏稠稠，可连打几巴掌，她也绝不低头，绝不说句软话。

去年春节我回来，在老家过完年，到大姐家住一天，去街上转路，碰到聪儿，我说聪儿，跟三外公去喝杯茶好不好？她大大方方的，爽声应了。我俩走到中街背后，那地方叫苏湾，两幢新修的楼房间，夹一绺排马石梯，我们沿着那石梯，爬到百米高处。

百米高处的台地上，有幢吊脚楼，是家茶坊。

站在吊脚楼的回廊，举目一望，就收了回龙镇全景。无非是房子连着房子，比着阔，比着高，那百余米长、被称为浑身是宝的老街，倒像是贫民窟了。镇外的河水，一天天细瘦下去，河上的波纹，忽儿东，忽儿西，被风撩着，流得甚是暧昧。每次见那河水，我都有种特别怪异的感觉，只是这感觉不能说，尤其不能对大姐夫说。

河对面就是杨侯山，山体侧卧，扭曲绵延，到大姐夫他们李家岩，只到半程。想必，在某个不知晓的年岁，那山上出过一个杨姓侯爷，山便因他传名。现在是败落了。我们老君山，出了个陆军某师政委、市财政局长、市报业集团总编，杨侯山却是清风雅静的。因此大姐夫常说，他要是生在老君山，政委、局长和总编，都会成为他的熟人，他奇怪我在省上工作，竟跟那三个家乡人都不相识。

“某些方面，”大姐夫不止一回对我说，“你跟二哥一个德行，读过几句书，就傲慢，有啥子傲慢的？未必那政委、局长、总编就没读过书？特别是那局长，还是名牌大学毕业的，他老家比燕儿坡高了近千米，可那片方圆，莫说人住的地方，就是鬼住的地方，都是两车道水泥路，可你们燕儿坡，至今还有四公里路没硬化，下场毛毛雨，就去不了汽车，把摩托开过去，也是不要命才敢。燕儿坡人说的那些风凉话，你听不见，我能听见，说一个小地方，人物不能出太大，出个市财政局长就够了，像春明那样，龙一样飞到省上，家乡人反而沾不到露气。我听着脸上也发烧。你外头的人，不为家乡做事，就挣不下脸，也挣不了名。……人家读书是读活套了，你呢？说个不好听的话，是读到牛沟子里去了。”

三十六

这吊脚楼里本来就少客人，加上年节期间，四渎八流的游玩和走人户去了，没几个留在镇上，更没人来喝茶，茶室里空得阴阴的。我叫老板泡来两杯花茶，傍窗坐了。聪儿坐在我对面。我心里纷乱，想着为什么要叫聪儿这样一个小孩子来喝茶。

或许只有在小孩子面前，我才自在些。

省城一家画报社的编辑，空闲下来写些诗歌，这就是我的身份。

我的家乡人，世世代代被钉死在土地上，空间便成为最深的渴望，而今他们满世界跑，空间本不再构成标准，但血脉里关于空间的神往，依然活着。空间的本质，不是前后，也不是左右，而是上下。上和下构成最高标准，天和地的标准。城市和乡村，城市在上，乡村在下，况且我是在省“上”，对身居“下”位的故乡，该有所作为才是。但我没有。

因这缘故，和他们在一起，只让我时时感到愧疚。

聪儿这样的孩子，不会给我那样的感觉。

不过单独叫她出来，或许还因为对她有了怜惜。我多次听说贵兵怎样打她，用巴掌拍，用电线抽，抽得身上发绿。此刻，我拣着字眼说话，我说聪儿，你名叫聪儿，也是个聪明娃娃，有时候要晓得躲，爸妈骂你，你听着就是，没必要还嘴的。她听了，端起杯子，吹着泡泡，抿下两口茶，才慢条斯理回我：“三外公，你不晓得，自从有了弟弟，我和妹妹就成了受气包。起先，爸爸骂我们，也把妈连带着骂，后来妈为他生了儿子，妈就跟他儿子连在一起了。都说我犟嘴，其实我犟不犟嘴都是一样的，反正人家就是见不来你，就是想骂你，骂了你还想打你。这跟聪不聪明也没啥关系。一个蚊子再聪明，存了心，没有拍不死的。”

这哪里是个半少女的口气？

听得我身上发麻。

“你是他们女儿，”我说，“他们一样爱你，只是儿女多了，一时……”

聪儿不等我说完，歪嘴一笑，又端起杯子喝茶。

虽没言声，可她那样子分明在说：你说这些有意思吗？天底下饿饭的，挨冻的，被抛弃的，谁不是谁的儿女？你说的尽是纸上的善意，纸上的善意谁不会说？

她几乎是在嘲笑我了。

在这个半少女面前，我竟像初入芦苇，不知浅深。

于是我也喝茶。喝茶的时候，斟酌接下来该说些什么。我本想问她成绩。我知道她成绩不好，所谓认真听讲，认真完成作业，对她都是另一国度的条律；即使老师正上课，有同学惹了她，不管男生女生，都当场发作——不只是恨过去，还张口怒骂，甚至动手打架。

如果我问这些，又能行使一个长辈的话语权，给她一通教育。但终于没问。问了，只会让我陷入更深的被动，除非我倚老卖老。那可真就没意思了。

我便问她在学校有什么好玩的。她高兴起来，呱嗒呱嗒，从数学老师的鼻子，说到语文科代表的裙子，每讲完一件事，都补上一句：“嗨呀，我都改变世界观了。”我说：“世界观有恁容易改变？”她说咋不容易？有回我跟我妈去县城，站在中心花园的马路边等绿灯，等啊等啊，等了一辈子，红灯就是不熄，绿灯就是不亮。当天下午，我爸开车来接我们，坐在车上，又从那里过，碰到红灯，停下来等，等啊等啊，又等了一辈子，红灯就是不熄，绿灯就是不亮。不过就车上车下的事，想法完全相反，你说这不是改变世界观了吗？

我笑起来。笑过后问她跟同学都崇拜些谁。她说了一大串名字，都是当红影星。可最后说："我最崇拜的，是我爸爸。我爸爸长得帅。"说罢歪了脖子，嫣然一笑，几分羞涩。接着又说："我爸爸辛苦。有回我给他送涂料去，见他站在楼梯上，仰着脸刷天花板，身上一片白，头发全白，差点儿把我吓哭了，我还以为我爸爸老了。"

我拎上水壶，为她添水。她把杯子送过来，说："三外公，你不是抽烟的吗？"

我说是呀。

她说："坐这么久，你为啥不抽？"

我说你是未成年人，三外公不能当着未成年人的面抽烟。

"我们这里才不讲那些，我爸爸抱着弟弟也抽。"

她说着，垂着眼皮儿，随后小脸猛然一扬，直视着我："三外公，你要是抽的话，我陪你抽一支。"

三十七

这件事，我从没对任何人提起。

我只是对贵兵说，你的女儿聪儿，说你长得帅，也知道你辛苦。那天贵兵搂着儿子，听了，打着呵呵。小兰也在，小兰说："三爸你信嘛！她是个扯谎精，一步一个谎。要是晓得爸爸辛苦，就不该乱要钱，见别人下河，她也要买游泳衣，见别人用拉杆箱当书包，她也要买个拉杆箱。你莫听她，更莫说她好话，她是得块颜料就开染坊的家伙！”

我不好再说啥了。我又不像大姐夫，实实在在帮过他们。二哥二嫂常说我只帮大姐和春晌，不帮他们。说我帮大姐，是指给丽丽找了工作；说我帮春晌，是说每年给他三千块钱。我要是分辩，说给春晌钱，是因为爸爸跟他住，他们就说，我们又不是不要爸爸住，是爸爸不跟我们住；说丽丽那工作，大姐夫自己花了多少钱，他们就说，我们不就是那意思吗？你只愿意帮有钱人。

即便大姐夫，当着二哥说小兰该戒牌瘾，二哥心里也不烫热。

大哥看出二哥不烫热，笑着对大姐夫说：“你这当姑爹的做了榜样，怪哪个？”

父亲听了也笑。

想当年，大姐夫刚从新疆回来那阵，几乎天天往镇上跑，找人打牌，那时候村子里还不像后来，见了面就“铺设场合”，牌瘾大的，都是到镇上，大姐说不听，又被婆妈虐待，独自带着丽丽，心里苦，就回娘家来诉苦。母亲不在了，只能诉给父亲。一个当父亲的，对出嫁女儿的生活，想知道，却又不好问，只等女儿主动说。女儿说出来的，竟是一绺一绺的破布。父亲除了劝，还能说啥呢？但只靠嘴巴，无法将那块破布缝起来，便干脆坐在那里，闷声不响。大姐就怪父亲。当初订婚，大姐夫家里那个穷，穷得舔灰，穷得舔脚板，父亲去看了，说，人不看一时，要看一世，我看那小伙子将来有出息。就为这句话，大姐应了。结果，不仅连个婚礼也办不起，私奔一样跟着去新疆白逛一趟，盼他两年多盼回来，又是个不归家的赌二。大姐见父亲也没法子，抹干眼泪回到婆家去，决定一切自己动手，扳掉大姐夫身上的刺。将近三十年里，大姐扳掉了大姐夫身上的许多刺，但那根赌刺一直在。

这时候，大姐夫见笑他，几分豪迈地说："是不是个人就跟我比？"

他这话是说给父亲听的，表明自己没让父亲失望。

然后他又接着二哥开始的话："贵兵越不要小兰去，小兰越该自觉。你不去刷墙，中午饭该不该煮？贵兵也没走远，反正是在镇上，你把饭煮好，给他送去，让他吃得应心，肚子里头，饭饱了，想头也有了，做活路也有劲些嘛，钱也挣得多些嘛。"

说到钱，事情就变得正经起来。二哥说："各人衣饭，她又比我们当大人的发财，哪里还管得着她。"

见二哥脸色放缓了，大哥说："牌瘾确实是个害人精，那亚琼就是个例子。好在小兰带娃儿的时候不打牌。"大姐夫说："虽然娃儿上了学，该你做的正事，还要做才行。"

正这时，大姐出来，叫收拾桌子，准备酒具，她没听清大姐夫说啥，问了，恨了大姐夫一眼，低声说："你的儿子、儿媳，又做了啥子正事？自家的稀饭没吹冷，去吹别人的！"大姐夫开不起腔了，只说："李志那狗日的，确实不争气呀。"大姐把声音压得更低："你那儿媳就争气？牌桌子倒是没上，可一天从头要到尾。"大姐夫笑："人家正帮你做饭呢。"大姐又恨过去。大姐夫不笑了，说："你叫她做啥子哟？自己儿子是那个样子，她好歹还接送豆豆，就不错了。"

话音未落，青梅站到厨房门口，大声问："妈，鱼汤加盐没得？"

于是把话头打住，既不说青梅，也不说小兰，只说亚琼。

亚琼，就是青梅说拉住她说半天话的那位，住在下街黄花巷。

她男人在陕西汉中搞建修，她在家带孩子，有天早晨给孩子洗澡，将加热管放进澡盆，水温烧到合适，把孩子放进去，未及取出加热管，听门外叫，是住在楼上的牌友，她出去答话，答几句竟忘了孩子，将门一锁，随牌友去了。牌打到中午，老板送上盒饭，将吃未吃之际，她觉出奶水发胀，便像陷入回忆似的，愣了片刻，突然一声怪叫，朝家飞奔。

孩子早被烫得只剩了个骨头架子。水也烧干了，毛发和肉浆，窝在白骨的两腿间。唯有个脚板蹬在外面。那脚板上的肉还是全的，只是白得跟骨头差不多。

她男人回来，安埋了五个月大的儿子，半句话没有，又去了汉中，从此再没回来过。

亚琼一人在家，有时几天几夜不出门，有时白天晚上都在外面，熟人都怕碰见她，碰见了，被她拉住，就没完没了，说些别人完全听不明白的话，还又说又笑的，像欢喜得不得了。

说着亚琼的时候，兄弟收拾桌子，并在大姐夫的指挥下，取下一瓶茅台，再从电视柜里取了酒杯。大姐夫边指挥兄弟，边给小兰打电话，叫她通知贵兵，马上过来吃饭。

三十八

小兰们还没来，问候父亲的电话来了。都是打给兄弟。一时间，兄弟的手机忙成一锅粥。兄弟接通了，直接递给父亲，同时报告是谁打来的。父亲握手机像握柴刀，离耳朵足有半尺远，不停地重复一句话："乖儿呢，你说的啥子我听不见啦。"兄弟起身，从桌子对面过来，把父亲的手往耳朵上靠，刚靠拢，又滑开了，像那手上带着轮子。我们笑起来。二哥没笑，他觉得父亲是故意的，不是故意，也是太笨了，他见不惯笨人，好些年前他就说过，世上人分两种，精灵的和愚笨的。兄弟对父亲说："我帮你拿。"把手机接过，捂在父亲耳朵上。父亲高兴起来："听见了听见了，像你在楼脚说话。你啥时候回来呀？"

这么挨个说，挨个问。问大嫂那手，说凤娟呢（大嫂名叫叶凤娟），你实在吃不消，就回来，你恁大岁数，哪里受得下那苦。接着问浙江冷不冷，说一早一晚，你要晓得添衣裳。大姐瞋一眼："都像你！"父亲说："啊？"但那边在叫爷爷，是燕子在说话了，父亲便又叫燕子照顾好她妈，说你自己的终身大事，也要经意，莫以为嫁过人，就把自己看低了，哪家灶里不冒烟？世人都有点不着明火的时候。

这时大姐夫插言："也不是那样说。是她大姑说那话，墙倒压不死人，舌头压死人，自己想透彻些，莫太随便。"大姐夫是想到他当时买了二单元和三单元的房子，是大姐连说带骂，逼他把三单元的卖了，免得逗人谈论。

父亲半明半暗地听见大姐夫说话，又问大姐夫："啊？"兄弟把手机往他耳朵上一按："你只管说你的呢！"于是父亲又对燕子说：跟盛军的事，不是你的错，你莫过于责怪自己，但今后也要更上心，要听人劝，听人劝，得一半。

然后二姐的电话来了。父亲问二姐现在胆儿大些不。二姐性子急，心眼细，胆子小，刚出门时，街都不敢上，直待有天后半夜，听见租房里群鼠打架，吱吱乱叫，她才知道外地老鼠和老家老鼠是一般叫法，也才敢跟外地人搭腔。

问了二姐的胆子，又问子国要到小妹儿没有。

子国是二姐的小儿子。二姐的两个儿子,大儿子方子强已结婚，且有了两个女儿，二子儿方子国却是东不成西不就。其实他年龄不大，才二十出头。上前年初，子国引回一个女子，那女子名叫山蕊，四川遂宁人，爹妈都是生意人，在成都买了房子，山蕊有个姐姐，爹妈给姐妹俩各买了一套,都有百多平米。子国去成都打了一阵工，不知在哪个场合，跟山蕊认识了，山蕊就跟着他跑，爹妈知道后，先是一阵痛打，然后没收了手机，关起来，可是她逃了，给爹妈留下一张字条，说她不要爹妈分文，也不要那套房子，只愿跟了方子国，哪怕穷死苦死。我没见过那女子，都说长得壮，生得白，农历三月间，就穿短裤，一双白腿子，白得晃眼睛。还说她对子国百依百顺，洗脸水也是给子国端到床前。这么过了小半年，却还是丢下子国，回成都去了。

听说子国现在还没要到小妹儿，父亲说："就还是山蕊嘛，去把她叫回来嘛。"兄弟先是暴了牙笑，然后凑近父亲另一只耳朵，悄声说："又不是子国不要山蕊，是山蕊不要他。"父亲恨着兄弟："格外说！"二姐以为说她呢，回了句什么话，父亲笑起来，又对二姐说："你当娘的，要一碗水端平啰……"

电话噌一声响，断了。

三十九

我们都猜，是二姐故意掐断的。她最听不来谁说她偏心。在众人眼里，她对子国惯使，对子强苛刻，而子强比子国勤快得多，家里也靠他，往往是子强干了半天活路，子国还挺在床上，睡得口水滴答的。

因为苛刻子强，连带着对大儿媳也看不上。那媳妇名叫付安苹，骨节大，个子高，比子强还高出个脑梢。有时候，安苹要对大姐述委屈，“大姨，”她说，“你们一个娘胎里出来的姊妹，你那么会带媳妇，我妈不会带。”接着就说二姐怎样在人前数落她。大姐在这点上，烛火照得，灯台也照得，她对青梅，再有不满，都不拿到门外去说。大姐安慰安苹，说婆婆口絮，媳妇耳顽，她说千道万，你不听就是了。安苹说，我本来就没听，要是听，还不早就吃了耗子药！

可有些话是对着你耳朵说的，你不听哪行。比如她炒菜的时候，婆妈站在旁边，看她下油，油多下了一滴，婆妈就说：“你多发财哟！”可那山蕊来住的小半年，像个外国公主，只亮着一双白腿子，东游西荡地闲逛，去水边折几枝芦苇回来，插进腾空的糖罐，或是去涵洞底下，扯几朵虎耳草，用只裂口的碗，盛了土，往里面栽；偶尔，她也行茶办饭，炒菜时油把菜淹死，婆妈却一声儿不吭，临了还笑眯眯的，说：“嗯，蕊儿炒的菜好吃。”再说到房子。二姐给两个儿子都在镇上买了房，这也是现在的行情，当父母的，不在镇上给儿子买房，儿子就只能如梧桐叶落，从头到脚地打光棍。我们那里把光棍叫苕人，这称呼比光棍还不堪，光棍是站着的，苕是躺着的，且是埋在土里的。二姐给子强买在回龙镇，给子国买在下游的清坪镇，回龙镇这套，一百二十五平米，清坪镇那套，一百二十八平米，清坪离县城更近，房价也更高，只该减了平米，不该添了平米。

“世人都说爹妈心不平，”安苹不仅对大姐，也对旁人这样说，“我不是傻子，也晓得他们心不平。主要是妈，爸爸反正是听妈的。可我一个当媳妇的，就长十个嘴巴，也不好把这话说出口。要说，是子强去说。可那短命鬼，”安苹脸一阴，“他长个嘴巴，就是噇饭的，不是说话的！”子强老实，跟他弟弟一比，简直像个土陶罐。子国话多，且开腔就讨喜，动不动就拉住他妈的衣袖，拖腔拖调地说：“妈，我上辈子福修得好，这辈子才做了你儿子。”这样的话，拿青冈棒敲，也不能从子强嘴里敲出来。

正因为子强老实，我们有时才从二姐那里，为他要些公平。二姐先是说：“天呢，天呢，我这心是尺子量的，还要咋个才算平？要说不平，低的是子国，高的是子强，要念亏欠，也该子国念，不该子强和安苹。就说清坪的房子比回龙的大，那是人家只有那种户型，你们去问，清坪修的房子，最小就是一百二十八平米，难不成叫我拿把刀去，把多出来的切了？打总算下来，回龙镇这套只有抬的，没有亏的。”

然后就历数她在子强两口子身上的花销。

两套房买下后，都没住，都把房门锁着，打工去了，但二姐还是拿钱装修了，回龙镇这套用了好材质，多花了四万多，且一应家具添置齐备，大到冰箱、电视、空调、床铺、沙发，细到锅碗瓢盆、抹帕、拖把和碗柜上的纱门，四样不差，跨进门就能打发日子，而清坪镇的那套，至今还是个空架子。安苹爱穿，鞋儿、裙儿、围巾甚至发带，花花绿绿的，换着样式，都是二姐拿钱买。安苹跟子强挣的钱，都是安苹收着，钱收进她的口袋，就像被她吃了。她女儿

（那时候还只有大女）的奶粉、玩具、打针吃药，全是二姐支付。

这些都是实情，但为什么在我们眼里，二姐就是对子国偏心？大姐的解释是："二妹那人，给子强多，给子国少，是她以为不这样做，别人就说她偏心，她这样做了，别人就不说了。其实这已经偏心了。加上她又不晓得打话平伙。脸色也是值钱的，言语也是值钱的，她不晓得。莫说现今跟着儿子儿媳出门，租着同一套房子，吃在一起，住在一起，就是将来，跟儿子儿媳分了，到底也是唇不离腮，你老是拿话夹安苹，她能对你有好声口？"

子强的小女出生后，事情变得更加复杂。主要是谁带。大女儿由二姐带过一阵，二姐出门打工，就交给了她外公外婆。外公外婆眼下带着七八个孙子辈，像养着一群猪儿，再扔一只过去，别说养肥养壮，怕是养活都难。叫二姐回老家带，她又不肯。她从小就是个怕麻烦的，之所以把老大带一阵就丢手，宁愿出远门，就是怕麻烦。大姐经常笑她，说她小时候，宁愿上坡挖地，也不回家做饭，挖地只管挖，做饭却有许多套头。自从知道了外地老鼠和老家老鼠是一般叫法，二姐就觉出了打工的好，打工累是累，但活路单纯，不像在老家，放了锄头背花篮，丢了花篮拿弯刀；打工挣钱更多，这也是好处。

二姐不愿带，只有安苹自己带。

那时候，大姐的孙女豆豆已有四个月大，青梅带豆豆，父母每月给工资，安苹也要工资。青梅带一个，跟着爹妈吃，每月四千块，她带两个，还要自己开伙，按理该给上万，但安苹说，她心不大，不要上万，也不要七千八千，但五六千总得给。二姐当时就噎住了，然后打电话给大姐，怪他们带坏了头。大姐怨大姐夫给青梅工资，可她对二姐说的，却是那工资该给。二姐赏过来一句："跟你们有钱人做姊妹，就是苦！"

到头来，小家伙还是扔给了她外公外婆。

安苹时常咕哝，说是你们的孙女，却让我爹妈带。

或许是经常听安苹咕哝的缘故，或许正像大姐说的，二姐做的那些事，本身就证明了她偏心，只要有机会，我们就还是提醒她，让她把心放平。

二姐听多了，婆烦了，再不"天呢，天呢"地辩屈，只放出话来：谁再那样讲，就是故意破坏她的家庭关系。从此一根笋堵了我们的嘴。

现在听父亲那样说，她哪有个不掐电话的。

四十

可是，二姐很快又打过来了。

父亲怕二姐生了气，忙叫："春花呀。"

二姐不知道生没生气，只说她那里信号不好，换了个地方，方云还要说话。方云是我二姐夫。某些方面，二姐夫跟大嫂相似，好性儿。对二姐尤其好。那是爱出来的好。他们订婚期间，我在读中学，那年春节，二姐夫正月初一到我们家来，初二上午，我去二姐睡的房间找毽子，在被盖上发现半张作业纸，写着几行字，拾起来看，是二姐夫写给二姐的，抬头就是"亲爱的"，把我吓一跳，但还是忍不住看了，是说二姐见了他就黑脸，让他很痛苦。二姐夫一定是那天早上，见二姐起床过后，溜进去放在了她床上。他哪里知道，二姐只读过小学二年级，成绩全年级最差，他写的那些话，她根本认不全。他是白写了。

幸亏是白写。二姐的心眼比针眼细，话稍出格，就害肉麻，说“亲爱的”，简直是要流氓。再说她又特别见不惯咬文嚼字。我把条儿握了，出去揉成团，扔进了火塘。火塘里烧着青冈疙瘩火，字条丢进去，只现一点红，就没了。都出门找耍子儿去了，火塘边只有父亲在，我拐弯抹角地，问起二姐平时爱跟哪些人打堆。我知道，燕儿坡有几个女娃，自己把婆家说在了哪里，怕嫁过去孤雁儿一个，就在那里相个跟未婚夫合得来的小伙，把自己娘家这边的好姐妹，撮合过去，直把那地界和那小伙，呼得面花水流，让姐妹动心，也不管这姐妹是否已经定亲结缘。父亲回的话，让我明白二姐正是中了那邪。我没多说啥，只在往后，有意无意间，在二姐面前夸二姐夫的好。二姐听着，开始脸色冰冷，后来慢慢地冒了热气儿。当年的十月间，大哥到学校给我送钱粮，说二姐和二姐夫准备结婚了。

“不是跟了方云的话，不晓得春花要吃多少亏。”

这是父亲和大哥经常提说的。

有次在大姐家里这样说，大姐接言：“她那小性子，几个人受得了！”说有回在燕儿坡，为了一句话——那句话现在连影子都记不起，可见不是什么要紧话，二姐却急了，一点红从耳畔起，红到脸上，脸就紫了，气狠狠的，只是憋不出言语，就拧身边的二姐夫，拧得她那下巴直抖，你说使了多大的劲！二姐夫忍着痛，不吭声，也不龇牙。他怕别人知道二姐在发气，说她的谈头。“找不到他喜欢她哪点儿！”大姐说。

当时李志在，他才钓鱼回来，弄得一身脏，洗了澡，裸着肥嘟嘟的上身出来，听了他妈的话，便唱："问世间情为何物？一物降一物。"大姐一巴掌打去："你晓得你妈个狗屁！"骂了又笑，说："硬是的，有些人就是不晓得咋回事，在外人眼里，左不落靠右不对榫，可人家就服那包药。"

二姐生得好看。三姐妹中，她生得最好看。但不能因此把啥都掩了。对一个人好，冲着好看去，长不过三秋。二姐夫对二姐，是一直那样好。二姐夫是个手巧的人，既会打鱼，又会修表，还会刻章，并在镇上摆了摊子；他跟幺妹夫一样，住的地界，属回龙镇管，但离清坪镇近，他就把摊子摆在清坪街上。摆一天回来，必给二姐买回零嘴儿，过些日子，又买回她喜欢的布料。二姐比二姐夫更手巧，衣帽鞋袜，都是她自己做，且不用缝纫机，针挑线走，织花绣朵，做出来，那些踏千家门万家户的老裁缝，也赞叹不绝，只是现在像安苹这样的年轻人，嫌她做的样式老套，宁愿花钱买成货，不要她做罢了。二姐夫惜钱，买布料也不买多，只买三两尺，让二姐有机会显她的巧，他和二姐就喜乐。

后来，戴手表的少了，刻私章的也少了，单凭打鱼，已绷不住开销。鱼越来越难打到了，清溪河里的鱼，嫌这条河脏，好些搬家到了别处。鱼本来就少，有人还用电烧，刚出世的毛毛鱼，也送它走了阴路。有回不知是谁起歹心，给河里下了巨量毒药，睡个觉起来，从回龙镇到县城，数十公里河面，白乎乎的，全是死鱼，打捞出来，有八千多斤。物伤其类，侥幸活出来的，冷了心肠，更是舍了这片水。二姐夫丢了手艺，做农活又做不出个衣食，就跟儿子儿媳一道，出门打工。外面的活多是季节性的，旺季忙得催命，淡季闲得长霉，一般打工的，闲时就搓麻将，二姐夫从不，他去周边察看，有要短工的，就凑上去。

或许因为家住水边，二姐夫他们打工的地方，也离水近，时有货船过来，泊在码头上，需人手，下三百余步直竖的石梯，将每袋一百八十斤重的货物，搬进石梯上的仓库。搬完一船的价码，老板只给个整数，意思是，有一包没搬，就分文不给。临时凑起来的搬运队伍，头上搭块葛巾，葛巾两头用嘴咬住，是防汗水蒙了眼睛。此外嘴里还含着根竹签，用于计数，到了顶上的仓库外，啪！将竹签吐进属于自己的那个小箩篼。虽是各自计数，但要是没搬完你就倒下了，或撤出了，就一分钱也得不到；这是那行道上的规矩，叫“倒干柴”。有回二姐夫就倒了“干柴”：刚走下搭在船与岸之间的木板，他两眼一花，倒了，水在他腮边一浪一浪的，他渴得嗓子眼火里火发，想喝口水，可那水就是浪不到他嘴里去——他连歪一歪脖子，喝口水的力气也没有。

我们都知道二姐夫是个耐苦的人。生了两个儿子，似乎不苦也不行。可长此以往，到底身体也垮了，时常叫腰酸。

这时候，父亲便问他的腰，说腰是一身之主，亏待不得，实在受不了，就莫紧在外面。回来种田，虽说照样累，可毕竟也有个闲时。

挂了电话，大哥说：“你叫这个也回来，那个也回来，回来咋办？金窝银窝不如自己的狗窝，哪个不晓得家里好？可是没钱用，再好，也是不好。”二哥说：“总是他给他们发工资嘛。”父亲笑起来，笑得齁齁齁的。不知是不是因为老了，一笑，就有眼泪浸出来。父亲揩着眼泪说：“你们爸爸没本事，要是我有本事，每个月给你们发他妈一万块，叫你们一辈子不离乡，一辈子不去吃外面的苦。”

想到他的儿孙，不仅吃了老家的苦，还去吃外面的苦，他的脸就有些变形，眼泪揩了一把，又揩一把，只是揩不尽。

四十一

正这么揩着，又来了幺妹的电话。

幺妹本叫春英，抱养过去，养父姓廉，便叫了廉英：改了姓，再省掉了个春字。但我们还是叫她春英。父亲便问春英："你那心口还痛不痛？"

幺妹心口痛，是做传销那阵起的势，幺妹不爱吃面，可从进去到出来，将近一年，几乎天天吃面。饮食还是其次，主要是想不过。

她和幺妹夫本在湖南打工，做得好好的，却被一个电话骗进传销，进去就交三千九百八，钱一交，腿就捆住了，走又走不动，不走又寒碜，月赶着日，日赶着时，只见花销一天天流走，却不见半个子儿进来。那电话是四喜打的，但她幺哥和二姐夫，在一旁帮忙做手脚。当时二姐夫、春晌和燕子，已去了一段时间。四喜在电话上说，我们江西这个厂，要要搭搭做，每个月至少挣五千。四喜说这话时，春晌和二姐夫，各拿了个电吹风，对着四喜的电话呜噜噜吹，幺妹听着，听出工厂里一派繁盛景象，喜不自禁的，想到去了收入增加，还能跟亲人在一起，当天就和幺妹夫去买了火车票。

但二哥觉得，你春英有啥想不过的，你还好意思心口痛！

是说后来，幺妹跟四喜等人联手，又骗去了小兰。把小兰骗去后，还成了心，想把大姐夫和我也骗去。在他们看来，特别是在四喜看来，真要"家族式暴发"，漏了他大姑爹和他三爸，就算不上。但被我们骂惯了，四喜不敢亲自打电话，就叫了他幺爸打。春晌先打给大姐夫。大姐夫听着，听到两年挣千万的承诺，又把春晌话里的各种信息，包括“生是容易的，活是容易的，生活是不容易的”这类标志性言辞，输入大脑，半秒钟的抽丝剥茧，结论出来了：一块挂在天上的饼子。说不动大姐夫，春晌又打电话给我，我听了，问他：“这不是传销吗？”春晌说：“这叫多层次直销和层压式推销。”我一听头就大。我不懂经济术语，但空闲时，也看些法制节目，从他的描述听来，那就是传销，我说那东西违法，电视上经常播的，是要抓人的。兄弟却说：“抓人是假象，抓了就放。明紧暗松，实行的是负面控制。”又一句我不懂的话。在我噤口的瞬间，那边换了人，依次是二姐夫、幺妹夫、幺妹，都是好一番游说。幺妹那时候就害着心口痛，却细水长流地，给我说了半个钟头……

因为把幺女抱养给了别人，父亲心里总是含愧。春英又好几回对他说：“一大家子都养活了，就我一个养不活。”她全不顾那时候她不满三个月，满山满岭为她找奶，那些哺乳期的妇人，乳房干巴成两张皮，自家孩子也养成丝瓜瓤模样，哪有多余的给她。抱养她的那家人，没有生育，地界又比燕儿坡条件好，能熬米汤给她喝。父母给了她一条命，养父母让她把命活出来，但她还是怨。有时给我打电话，她会说：“我刚才给你爸爸打了电话。”把“你爸爸”几个字，说得真像不是她爸爸。说了就笑。虽是笑，怨还是在的。当她略微知世，明白自己是抱养的，养父母随便一个眼神，就会让她委屈。

父亲知道这些，加上心里本就含愧，每次接幺女的电话，语速都格外地慢下来，一口一个“幺儿”。这时候，他问了“幺儿”的心口痛，又问幺女婿姚先河，接着问他们的一儿一女。女儿是姐姐，名秋月，儿子名华天，都在清坪镇读书，华天读小学，秋月读初中。秋月小小年纪，就生得奔马样身材，脸盆子美艳饱满，眼角一颗滴泪痣，平添了女儿滋味。只是不服管。聪儿不服管，当父母的还敢管，秋月的父母，尤其是父亲，根本不敢管，有次先河打电话给我，我想到刚放了暑假，便问起秋月的成绩，先河说："天呢，那都敢问她嘛！"

幺妹的电话刚挂，我妻子的电话来了。

然后丽丽的电话来了，李志的电话也来了。

但没见洪泉和四喜的电话。

洪泉不来电话，我们都不奇怪，别说爷爷的生日，父母的他也记不住。四喜没动静，着实让我们诧异。那个人人厌弃的家伙，某些时候特别重感情，情到深处，还当着你的面哭。满屋子你一句，我一句，议着这事。说的虽是四喜，二哥因为他儿子没来电话，听得不耐烦："哎呀，要恁多电话做啥子？难得接！"说罢看我一眼。我儿子也没来电话。他跟洪泉一样，只记得自己的生日，加上他读着高三，学习紧张，我和他妈也就没提醒他。

开始大哥怕四喜落褒贬，现在却一直笑笑的，像有话要说，偏不说，等大家都不说了，他才说："四喜可能是忙忘了。"说得神神秘秘的样子。

这更让我们好奇：四喜那么忙，他又在忙些什么呢？

第二章

一

“爷爷。”

“三爸。”

“姑爹。”

“大爸。”

“幺爸。”

“树爸。”

这一连串称呼，都是小兰快风快雨叫出来的。她把她爸爸春树叫“树爸”，是在她很小的时候，听村里晚字辈这样叫，就以为树爸是爸爸的另一个名字，爸爸为事打她，她不哭，更不认错，只就义似的高呼：“树爸，你能干就把老子打死！”这成为长盛不衰的笑谈。现在小兰怨聪儿倔，却不知正是她的遗传。为父作母的，孩子有了好相貌，好品性，都抢着说是遗传了自己的，有了怪毛病，就都不作声了，要作声，也是说：跟我们一点不像，不晓得是哪个舅子投胎！这是夫妻关系好，不好的话，指责孩子时，也连皮带骨地指责对方：跟他爸（或他妈）一颗米不差！

小兰叫的那声“树爸”，逗得满屋笑，她本人更是笑得金灿灿的。她今天赢了。更可喜的是，刚赢了把大牌，姑爹的电话就打去了。没那个电话，她不好走人的。一般电话也不好走人，既是爷爷生日，就能走得理直气壮。只是成日里一处玩着，赢钱不赢势，她便故意把脚步儿慢了，跟三个牌友扯过几句闲话，并为她们付了盒饭钱才离开。出得门来，过半条街，见有卖枇杷的，想到有个牌友整上午咳，有一阵咳得麻将都捏不稳，就又称了五斤枇杷送过去。

大姐听说小兰又是买盒饭又是送枇杷，瞋她一眼：“就晓得对你那些贼没正经的大方，分明来大姑家吃饭，也没见给大姑买几斤枇杷来。”小兰先是脸一红，不好意思地笑，然后说：“有啥法哟，我命好，摊到恁好一个大姑，要请我吃。没见我去别人家里吃？”大姐说：“你去，我不拦你。”话刚出口，虚掩的门又被推开。大姐说：“丧他娘的天良，一个没撵走，又来一个。”贵兵抽着肩膀笑，弓了腰找鞋。大姐说：“莫换，你那换不换都是一样的！”贵兵那满头的白，正如聪儿的描述，陡然看去，像是老了。溅在身上的灰浆，在走过来的路上就风干了，成张硬壳，往凳上一坐，衣裤折叠，白灰炸开，沙沙有声地落。

兄弟环视一眼，咂着嘴说：“人齐了，我写酒了。”

我们那里不说斟酒，也不说倒酒，说泻酒，把泻念成写的音，听上去就是写酒。兄弟便写酒。费老大劲儿，撕开瓶盖上火红色的封皮，却怎么也拧不开瓶嘴。大姐夫给我使眼色，叫莫管他，让他去瞎忙。兄弟说：“怕只有拿锤子敲哦。”低了头，在餐桌底下找。桌底下放着核桃夹子，纯铁，沉重，可权当锤子。

这时大姐夫才把酒瓶夺过去，晃荡几下，瓶口倾向杯子，酒便潺潺而出。“看见没得？”他对兄弟说，“这跟写字一样，不是哪个都能写。”大姐端出最后一道菜，菜没放上桌，就恨着大姐夫：“你多行啰！他是没见过嘛，见过了哪个不会写？”见是茅台，大姐又说：“你不是说存下的嘛，为啥子又拿出来喝了？”大姐夫说：“今儿个是爸爸的生，喝瓶好的。”

二哥剜了大姐一眼。

大姐说那话，分明是舍不得。二哥曾说，大姐跟我们幺姨“不差丝厘丝毫”。幺姨住在清坪镇上，幺姨父是老供销社职工，我们还在打光脚板，他家就吃穿不愁，但幺姨特别抠，我们母亲去世后，她怕这门穷亲缠她，不跟我们来往了，现在，那条亲戚路早就断了，二姐和幺妹去清坪，见她蜷在家门前的藤椅上喝药、晒太阳，也不上前招呼，像那是个不相识的老太婆。二哥那样说大姐，是当着大哥、二姐、幺妹和我说的，我们都没搭言，二姐和幺妹只是笑。她俩打工回来，要是懒得回老家生火，都是去大姐家，有时一住七八天；子国有次在他大姨家吃住两个多月，一分伙食费不交，还地也不扫，碗也不洗，成天只跟李志一起，打桌球、钓鱼、进馆子。如果这还叫舍不得，不晓得怎样才叫舍得。

二

二哥剜大姐那一眼，大姐是见着的，她立时觉得说错了话，脸上有了愧意，便又回厨房去，拿出个空盘子，说好丢骨头。

这边兄弟被大姐夫抢白，不忿气，阴着腔儿说："口说是茅台，真的假的，我们也喝不出来。"大姐夫鼓眼瞪他："你见过多大个世界，也晓得个屁臭！这是成中送的，是部队首长喝的特供酒！"成中是大姐夫考上军校的那个干儿子。可他究竟还只是个军校学生，不是部队首长，于是大姐夫又说："你叫春明说！"我便呷了一口，说："真的。"其实我也喝不出来。大哥几人，也都呷一口，蹙眉挤眼，不知是被熏的、辣的，还是香的。大姐夫又对父亲说："爸爸，你咋不喝？"父亲问："这酒好多钱一瓶？"大姐夫说："千多块。"父亲说："噫！"越发地不敢下口。但还是端起来抿了一口，怜惜地说："这一口就抿脱多少钱啰。"大哥空了声鼻子,笑着说："喝。"几个人又喝。兄弟咕嘟一声吞了，说："我们这些人，命薄。"说得大哥、二哥和贵兵都扑哧一声。大姐夫说："笑啥子？"都说："没啥子。"

又喝两口，大哥终于忍不住，说："光文呢，你还是把你那土酒拿出来我们喝哟。是个丫鬟命，就莫坐轿子，我们喝不来茅台这味儿。"

见把话说穿了，贵兵胆子大起来，说喝茅台是喝钱，不是喝酒，我们做活路的人，累了只想喝酒。大姐夫说："你们这些人，硬是狗坐箢篼！"大哥说："你不把中华烟拿我们抽，怕我们抽惯了下不来，喝酒还不是一样，万一把茅台喝惯了，别的酒都喝不进口，那不顿顿来你这里写？他们倒方便，我跟春晌就麻烦了，春晌又比我好，住得近些，还有摩托，我就造孽了，早晨来你这里，慌忙脚手把酒写回去，差不多就是中午，喝完赓续又要来写晚上的。就这么跑，还缺一顿早酒。”说得满桌子笑。弟媳笑得脸透红，说：“那大哥耶！”兄弟说：“老大说了个实话。我那里虽说方便些，端杯酒儿骑摩托，骑回去就是个空杯子了。最好是把酒瓶提走。”弟媳睁着活眼，白兄弟：“你多体面！”

这么说说闹闹的，兄弟把两个乌青的鸡腿翻出来，夹到父亲碗里。二嫂说：“爸爸，鸡腿子是专门为你炖的，炖得溜，你快吃。”父亲点着头：“要得。”大姐又给父亲碗里夹了块鱼肉，兄弟忙把鱼肉夹过来，说：“莫跟鸡肉搞混了，怕刺。”弟媳便把那鱼肉夹到自己碗里，一根一根把刺理了，再夹给父亲。

父亲被照顾得很难为情的样子，说你们吃，莫管我，我这里多。二嫂却又夹了一块更大的鱼肉，放到面前理刺，理好夹给父亲，说：“爸爸最爱吃鱼了，方云有回提鱼上来，我给方云做饭，把那条三斤多的鱼做了糖醋鱼，爸爸吃了多半。”父亲笑得眼睛眯起来，说方云不吃，你跟春树也舍不得吃，都朝我碗里堆，我不吃可惜了。小兰笑嘻嘻的，望着她爷爷说：“爷爷，儿女多还是好嘛，没回来完，光是家里的，这个给你夹一筷子，那个给你夹一筷子，你就嫌自己食肠儿小。”大姐问她：“你平时给他夹过一筷子没有？”小兰说：“明明他儿女的都吃不过来，哪轮得到当孙女的？”大姐说：“哼，儿女！”

大姐最见不来二嫂嘴甜心苦，爱说乖面子话，又爱做乖面子活路。

但她哼那一声，还裹着别的瓤子。以前在燕儿坡，家里来了客人，大嫂给客人做饭，无论如何都要叫父亲吃，二嫂给客人做饭的时候本来就少，做一顿也要嚷得三山五岳都听见，如果只是二嫂的私客，还不一定叫父亲。后来父亲住到拐枣坪，大哥二哥就都像没这个大人，从没说割半斤肉、打二两酒给他带去。

二哥听出大姐的意思，脖子一梗：“有春明每年给的三千块钱哪。”

大姐本不想回言的，却还是回了：“那是春明的心意。”

二哥沉着脸：“哪个都有心意，我们又不是不想表心意，是不给机会。”

大姐还要说啥，大姐夫拦了：“莫打岔哟，喝酒哦。”

大哥将杯里的一口干了，问：“土酒呢？”

青梅站起来：“我来给大舅舅写。”便去什锦樆抱土酒罐。土酒罐是五斤和十斤装的，她拎住个五斤装的，罐面上过釉，把不住滑，只听“哎呀”一声，就从她手里脱落。她是怎样弓了腰，陶罐怎样被她小腹含住，却终究少力气，含不住，沿了小腹往下滚，她又是怎样射出两只手去，将它在脚背上捉住了，都是迅雷不及掩耳的。直到她已经捉住，餐桌上还屏住呼吸，等那一声响。却没响，也才知道不会响。大姐夫长出一口气，说：“狗东西，这酒种在竹根底下，种了四十多年，差一颗米就给老子毁了！”青梅耳根血红，直起腰来，却笑得不行，“我是故意的，”她说，“外公的生，我没啥礼送，演杂技给他看。”又逗出笑声。

青梅过来，将陶罐搁在桌上，解麻绳。

封口裹着几层发黄的薄膜，用古旧麻绳缠住。薄膜解开，是泥巴色的盖子，盖子一启，浓香四溢。大哥伸过杯子，青梅往那杯子里写，酒液翡翠般碧绿，分明是液体，偏不像液体。这边二哥、兄弟和贵兵，也忙把茅台一口干了，都把杯子伸过去。大姐夫说：“你们这些人，享不来福。”自己却也干了，伸过杯子。有回他去省城，逢我一个朋友请客，我把他叫去，也是喝茅台，下席回来的路上，他说：“今天简直没喝个名堂。”我说为啥呢？我还怕你喝多了呢。在我那些朋友面前，大姐夫很讲礼数，挨个敬酒，抬手就干，他至少喝了七八两。但他说：“喝再多，不是喝惯的味儿，也像没喝。”

三

大姐见都喝土酒去了，忘了初始的愧意，马了脸，对大姐夫说：“叫你莫开，你硬要开，结果开了又没人喝。”大姐夫说：“爸爸跟春明喝。”大姐说：“他们喝得了多少？”大姐夫说：“喝不完放在那里嘛，酒又不臭。”父亲生怕拂了大姐夫的意，说：“我还要多喝几杯，这酒好喝。”大姐白了父亲一眼：“你还不笨呢，晓得个好孬呢。再好喝，你也莫喝多了。”父亲说：“我晓得。”说时端起杯子。杯子里却又像养着几条鲫鱼。他喝第一口时手就抖，但没抖这么凶。毛病都提醒不得，越提醒，越成了毛病。大姐咬住筷子头，说：“你那手比你更晓得。”这一说，父亲抖得越不成体统，杯底下像烈火烧煮，酒液翻滚。

一席人都盯住他，直到他把那口酒喝下去。

父亲看住儿孙们笑，但没有人跟他笑。

大姐却终于笑了，笑得滋啦一声，割人。笑起来就收不住，把脸弯到桌子底下笑。大姐夫说：“癫了啊？”没人知她笑啥，可我猜出来了，父亲也猜出来了。父亲瞋视着她：“那女儿呢！”大姐笑得咳起来，小兰丢了碗，站到她大姑身后，为她捶背。青梅乐呵呵的，说：“妈那衣裳是今儿早才穿的，干净的。”小兰捶背的动作，确实像擂捣衣棒。

大姐笑够了，说：“你们晓不晓得昨晚上啊？”

父亲又说：“那女儿呢！”他是怕把他流口水的事说出来。

大姐说：“你这杯喝了就不喝，我就不说。”

话到这份上，不说也要挖出来，于是说了。

兄弟听了，咧开嘴，甜腥腥地望着父亲。昨晚兄弟离开时，父亲叫他，像被遗弃的孩子叫爸爸，现在兄弟那样子，真像是父亲的爸爸。

弟媳脸一扯：“爸爸你莫是酒喝多了呢！我爸爸害在酒上，你莫也跟着害在酒上！”

弟媳因为不被婆家姊妹待见，跟我们相处，总带一些儿怯相，即使表达对父亲的好，怯相也宛然在目。父亲问弟媳：“你爸爸手抖不抖？”弟媳说手倒是不抖。父亲说：“就是哟。”又端起酒杯，挣扎了往嘴边送。大哥说：“恁大年纪了，想喝就喝，莫管他。”弟媳说，要是清涟在，爸爸就喝不成。清涟是她女儿。外公病逝后，清涟就把爷爷的酒管起来了，每顿只准喝一小杯，再喝，就把杯子收了。“我跟春晌也是大哥那话，”弟媳说，“叫清涟莫管她爷爷，现在看来，怕是管对了。”父亲说：“管我做啥子？我再喝十几年，就去跟你们妈会面。”二哥脸一掉：“十几年？莫夸那口。人老了，桃花李花都透不出个春消息。桂二娘比侯大娘还强健，都以为她还要活二三十年，结果得个嗝病就交了差。”

于是又说到桂二娘的死。

桂二娘是王晴光的母亲。王晴光还在母亲肚子里，父亲就死了，是去街上卖甘蔗，跟人起了争吵，被甘蔗刀捅死的，刀握在他自己手里，凶手扳过他的手腕，捅进了他的肚子。王晴光结婚后，守寡多年的桂二娘，跟儿子分了家，分家后啥事都自己干，不是王晴光不帮，是她不让。前年三月的一天，她犁田回来，用凉水泡了冷饭吃过，犯了嗝病。她没在意。谁也不会在意。打嗝有啥稀奇的。可这一犯就收不了场，像整个身体都成了气体，一豪一豪地冲向口鼻，到第五天，气放完了，死了。也是侯大娘去为她抹的汗，侯大娘说，她这辈子，给二十九个人抹过汗，没一个像桂氏那样让她害怕，嘴巴张得像个山洞，眼睛瞪得像两个铜壳子，又硬得特别快，等水烧过来，就硬了，丫手丫脚的，扳都扳不动。

这么说着，大姐一声怒喝："今天是啥日子？说那些！"

二哥说："是你先说呀。"

大姐说："我是叫爸爸少喝酒。"

二哥说："你先说的流口水。"

父亲局促地恨了二哥一眼。

大姐夫说："你们莫打击爸爸，他要活满一百岁。"

弟媳说："想活一百，自己就要晓得将息。"

大姐夫盯住弟媳，笑着说："他晓得将息，你们也要对他好些。他活一百岁，不是为他，是为你们。"

便又说到活满一百可奖励一台彩电，父亲想为春晌挣台彩电。

二哥二嫂听了，伸了一下腰，沉眼看着父亲，想叹气，又叹不出来的样子。

弟媳说："天呢，那爸爸哟！"又对大姐夫说："我们对爸爸好不好，爸爸自己明白。"父亲连忙说："好，好。"二哥说："你说好就好。”兄弟一副尴尬模样。他可能想到了那回把他从万源叫回来的事。但二哥并没松口，说：“燕儿坡的男女老少早就算过，爸爸要活到一百三，才能把春晌送到八十岁。”

四

这话春晌虽然常常听，但他忌讳听，脸色阴下来。席面上，像有个镊子,不停地往食盘里加着冰块。大哥见不是话,端起酒杯,说：“喝啊。”

都喝一口。

存放得久了，酒膏一样稠。大哥问这酒多少度，大姐夫吐着厚实的酒香,说至少六十度。父亲说：“怕也是值钱的呢。”大姐夫说：“拿到外面卖，少不了四五百块钱一斤。”二嫂环视一眼屋子，吼着说：“他屋头的，没一样不是值钱的。”

大哥夹了块鸡汤里的土豆，不吃，只放在碗里，摸出烟来，给父亲，父亲不要，又散给二哥、兄弟和贵兵，问大姐夫和我要不要，我要了，大姐夫不要。

点烟的时候，二嫂盯一眼大姐夫，又盯一眼贵兵，是在提醒大姐夫,他还没给贵兵拿烟。这么盯上几眼,大姐夫截住二嫂的眼神：“没亏待你女婿,他大前天才从我这里拿了一条走。”贵兵笑着纠正：“是前天。”二嫂忙说：“我哪里是那话嘛,都晓得他大姑爹对他好。”大姐夫说：“晓得个狗屁。”小兰说：“大姑爹，你这就是冤枉人啰，我们随时都在念你跟大姑的好。”大姐夫说：“光念有屁用。”小兰筷子一丢,蹦起来,又去给她大姑爹捶背。大姐夫笑得嘿嘿嘿的,说：

“莫捶哟，把老子捶痛了哦。”小兰着势又捶了几下，才过来说：“你这身肥肉，大锤也捶不痛嘛。”

大哥抽着烟，望着大姐夫说：“有句话，你大嫂早就叫我给你说。你把好烟捡了，好酒也该捡了。这些土罐倒无所谓，管他值几百几千，你说只值三五十，别人也信，可是……”他望着那边林立的酒架，数出一串名字，“这些酒别人没喝过，但经常在电视上看广告，晓得是贵重家伙，你摆在客厅，凡跨进屋来的，都入在眼里。进你屋的人又多。”

大姐听大哥说的时候，就恨着大姐夫，大哥说完，标点还没打上，她就接了话：“我吹也吹地给他讲，他不听，还要装洋盘，做个架子摆放，你家里是开铺子的？”

大哥说：“当着干部，凡事还该小心些。你是这一带的名人，确实也做了不少好事，我们村那些人就说，啥时候用八抬大轿，把李光文抬到燕儿坡，让他在燕儿坡当几个月书记，那几公里路就修通了。”

说到这里，大哥扫了我一眼，又才望着大姐夫说：“可你做再多的好事，只要你比别人肥实，就挡不住眼红。眼红就要生事。常言讲，大海万丈都有底，人心一寸猜不透。天底下多少聪明人，别人暗地里把套儿挽得停停妥妥，他自己还在打梦觉。”

大姐夫摸出烟点上，说：“我这酒，是干儿干女送的，以前天然气公司王经理送的，还有老家去外面发了财的人送的，来得光明正大。”大姐急了：“再光明正大，别人不那样想。别人只说是你当干部得的。”二哥哼一声，慢腾腾地说：“本来也是嘛。就说那些干儿干女，你不当干部，他们还钻穴觅缝地来拜你？就算拜了，提两斤老白干走几年，也就……”大姐把二哥拦了：“话不那样说，那些干儿干女，差不多就是我养大的。”二哥又把她拦了：“广里呢？广里也是你养大的？”停一下，又说：“就说是你养大的，你家里没人当干部，你有那闲钱来养？你有那精神头去挣那名声？”

大姐脸一沉。

沉得很忧伤。

她费心劳神拖大十几个孩子，竟是为了挣名声。

贵兵听着，忙抱了酒罐，给空下去的杯子里添，说：“这酒度数恁高，喝起来一点儿不刺喉咙。那回四喜哥说，他在山东喝酒，也是六十多度，一口下去，像喝下一把刮胡刀。”

二嫂问：“你啥时候跟你四喜哥喝酒的？”

贵兵说：“他前年三月间回来那次。”

推算起来，四喜已有两年多没回来过了。

他不回来，证明他在外面混得走，不需要回家找父母讨生活费。

二嫂盯了大哥一眼。

开始大哥笑笑的，说四喜没给他爷爷打电话，是“忙忘了”，他在忙些啥，二嫂想知道，我们也想知道，正要问，又有人敲门了。

五

大姐去开了门，惊叹一声，却是站在门口，将门半掩，跟隐在门外的人小声说话。说了好半天，外面的人才告辞，大姐说：“进屋坐会子啊。”答说：“吃你的饭去，莫管我。”听出是个女的。待脚步声下去，大姐才关了门，手上拎着个重拖拖的绒布袋子，白底印花布，看不清里面装些啥。

拎进那个空房间，大姐出来说：“黄二妹。”大姐夫说：“我猜都是。昨天杨津问春明为啥这时候回来，我说回来过爸爸的生。”大姐说：“你又多那个嘴，让人家送礼来。”大姐夫说：“我说了不号客的。”大姐说：“我也是这样给二妹说，不然该叫她跟杨津来吃饭。”随即声音放低了——是防门外有路过的人听见，尽管根本听不见：“二妹还拿来八千块钱，说是村上几个干部送的。”大姐夫很不耐烦的样子：“他们咋晓得？”大姐说：“肯定又是杨津去多了嘴嘛。二妹说是李前涛叫杨津垫的。”

李前涛是李家岩村的文书，大姐夫最信赖的手下，我见过那人，高个子，生了个长摆摆的水蛇腰，起步的时候，腿没动，腰先动。

大姐将钱递给大姐夫，大姐夫说：“你收着就是。”大姐说：“这礼莫收，你去还给人家。”大姐夫说：“要还今天也还不了嘛。”大姐便进里屋去，把钱捡了，出来说：“是二妹给来的，到时我还给二妹。”大姐夫抽了口烟，说你刚才该给二妹拿点吃货，人家提来恁大一袋子，空着两个手回去。大姐说：“我说下去给她捉两只鸡，她不要。”

话出口，又觉得不该说。自从大姐夫讲了何老三祖上的事，加上村民和干儿干女都送了活鸡来，大姐就只是偶尔让青梅给她妈带一只去，没再给过二哥和小兰；虽也没给过大哥和春晌，但以前给他们的就少，后来不给，适应起来没那么难，二哥一家就不同了。果然，二嫂脸上升起一朵阴云。她挥手赶了几下，没能赶走。这朵阴云，在大姐拿出八千块钱的时候就有了。那扎钱像个不合时宜的访客，二哥见了，嘴角刻下坚定的曲线。他是为自己找到了证据，如果你家没人当干部，钱就不会来得这般顺当。你口说去还人家，也不过是说给别人听，你心里早晓得人家不会收。还给黄二妹，黄二妹照样不会收，她是帮人垫的，要收也不是从你手里收。你一面把钱拿出来眼气人，一面又要显清白。——二哥当时就是这样想的。不久以后，他把这想法说给了那天不在场的二姐和幺妹。还说，大姐请那顿客的花销，把小菜算成肉价钱，也算不出八千块。看上去她家里经常请客，其实请一次赚一次。

大姐不知道二哥想啥，只觉得自己说错了话，便起身进了厨房，提出高压锅，往汤碗里加鸡肉和土豆。又是鸡。她又错一次。在很短的时间内，她错了两次。她皱了皱眉。

给父亲碗里添了半瓢热汤，正要把锅还到厨房，青梅起身接了，大姐便坐下来，重新端上碗吃饭，吃着，却又说到黄二妹。这是第三次错了。

有时候，人是被自己捉弄的，错了，想挽回来，结果一错再错。

不过这第三次，大姐像是成心的。

错都错了，不如错到底。

她说二妹那人，一副好身材，一身好皮囊，家里又发财，在街上见她拎了重东西，却老远就迈着两条长腿子，跑过来帮忙；卖给她的货，都是平价，更不给水货。大哥听了，望着大姐夫说："杨津傍着你挣衣食，要是给你们都卖水货，该见便时也不见便，就不像话了。"大姐没等大姐夫回话，连忙说："那也分人。你说那灰狗儿，请他吃饭，给他拿烟，村上有水管脱了节，让他去接上，老路少人走，林木把路封了，让他去刷几弯刀，村委会和村小的墙壁叫娃娃们弄脏了，让他去抹一抹，都是伸伸手的事情，去一趟，就给他几十块，可他哪里又想到是在看顾他？有回我从红旗超市出来，提着箱牛奶，他要找光文说事，跟我往滨河路走，一路上我换了好几次手，手指勒得红铮铮的，他也不往眼睛里去。”

大姐夫脸一撑：“你跟他计较，那不把人怄死！他要是多长这点儿心胸，就不是个烂脓了。”又说：“人人有脸，树树有皮，你莫以为灰狗儿是个烂脓，就没脸。他自己没脸，但他想别人给他脸。世人都不给，你给了，他就分外记你的恩。不帮你提东西，只是小事，不给你惹麻烦，村子里风平浪静，才是大事。”

大姐噫了一声，扯着脸说：“还不惹麻烦呢！月初不是才拦了高经理的车吗？”

六

高经理是天然气公司经理，来的时间不长，接替以前的王经理。

公司总部设在镇北二十公里处，那里有片开阔的河谷，叫巴河谷，也属回龙镇。巴河水清冽冽的，从谷心流过。巴河是清溪河的重要支流。河水有支流，正如河水要弯曲，是为孕育更多的生命。巴河两岸，良田沃土，庄稼听令于季候，菜花开了，麦苗青了，麦穗黄了，稻田绿了，金风一吹，便闻见稻香了；比谷熟稍晚，玉米归仓，胡豆、绿豆、大豆，早已做成各类食物，自己吃，或拿到场镇上卖。当收了土豆和红苕，冬天就到了，大雪纷纷扬扬，盖了河原，好不容易闲下来的牲口，卧在棚圈里，缓悠悠嚼着稻草、藤蔓和打成碎渣的玉米秆子，缓慢得像是没有时光。天然气公司进来后，着眼张看，选中了那片河谷，便征用过去，把田地毁了，建了办公楼，修了宿舍区和医院。宿舍区不仅住着总部职工，还住着脱硫厂职工。脱硫厂也建在河谷上，离总部又有几公里。

公司领导，要时不时下来检查井口。月初的某一天，高经理下来，车在树影斑驳的路上跑着，过弯道时，松林里突然跳出一个人。汽车急刹，差点儿没翻下岩去。那人就是灰狗儿。他跳到路当中，半句话没有，先伸个懒腰，然后往地上一横，以天做被，以地做床，两只铜壳眼，闭得紧紧的，两条罗圈腿，伸得齐齐的。

司机吓得冷汗森森，待一颗心落到腔子里，便摁喇叭，摁得山野簌簌乱响。那是走兽在跑，是飞禽在飞，一些还挂在枝条上的黄叶，也震颤飘落。而横在路上的人，就当没听见。司机把车门一推，推得急，车门顶住一棵老松，好在车门和松树，都只受了轻伤。他扶着树干下来，转到车头呵斥。呵斥的威力，并不比摁喇叭强。

除司机外，车上还有两人，分别是办公室主任和高经理。办公室主任见夯不动，跟下来，气势自然比司机盛，可对一个装睡的人，他也没本事叫醒。高经理冷眼看着，看得脸热，腿一拐，亲自下来，直接就骂开了。

他们都是外省人，说的是普通话，灰狗儿听不十分真切，但妈啊屄的，还是能听出来。他一例闭着眼睛，不还嘴，只伸出手，啪！往那手上吐了唾沫，洗自己耳朵。

办公室主任一脚踢去，踢在灰狗儿腿上，灰狗儿不洗耳朵了，翻着白眼，将手臂扁担样摊开。高经理气得！叫都上车，“上车上车！”他说，“轧死这狗杂种！”

车子轰隆隆响，做出碾轧的样子，遗憾的是，地上的人纹丝不动，像是长在那里的。

高经理没脾气了。放弃到井口吧，这里又不能倒车，需退回两里多，才有个倒车点。山路弯弯，坡陡路窄，想活命的，不会那样去冒险。

无法可想，高经理便给镇领导打电话。

镇领导又给大姐夫打电话。

大姐夫坐杨津的车到了现场，灰狗儿才不翻白眼了，坐起来，却站不起来了，因为他的腿“遭踢断了”。大姐夫对高经理说，这是个五保户，无家无室，无儿无女，你们有事好生说，踢他干吗？踢成这样，不认医药费，我也没办法。这时候大姐夫说的，也是普通话，尽管说得连他自己都听不明白。高经理气吼吼的，说天底下的假话，比黄河里的泥沙还多，但穷山恶水出刁民这句话，一撇一捺都不假！

大姐夫冷笑一声，回头就走。

杨津一直待在车上的，是大姐夫叫他别下来，大姐夫说：“我叫你下来你才下来。”他是防着一手。一方面，担心双方说撑起，杨津听不过，会动手打人。杨津身体壮硕，又在秦巴山地混过多年，经历的不少场面，话解决不了，就用拳头解决，因此练出一手好拳脚；可当真动手，麻烦就惹大了。另一方面，大姐夫知道某些公司人员，仗着自己是“为国家做事”，加上腰包里揣着几个钱，下到地方，像他才是人养的，地方上都是牛羊猪狗，牛羊猪狗拂了他的意，骂是免不了的，还动粗。这样的事情发生过。县里不只李家岩有井口，河下游的马伏岭也有，那里就出过员工打村民的事。真打起来，叫下杨津，以一当十。人活一口气，佛受一炷香，只要对方先出手，大姐夫知道怎样奈何他，他会让对方今后的日子，都是阴风惨惨的日子。

杨津见大姐夫走过来，马达便启动了。

人刚坐上去，车就往后倒。你不敢倒车，杨津敢。当年的秦巴山地，比这里险要得多，而且他又是这条路上跑惯的。

见大姐夫离去，灰狗儿又躺下了，手臂又像扁担那样摊开。

高经理身上，凡见天光的地方，都紫腥腥的。办公室主任朝他看，他跟主任对视一眼，没说啥，只把眼睛低了。主任会意，跑去追车，边追边喊："李书记，你不是说好好说嘛。"杨津把车停了，大姐夫问："你是高经理？"其实他知道谁是高经理。主任说："我不是。"大姐夫说："那我有什么话跟你好好说？"主任为难了一下，只好回去，把高经理叫来。高经理在过来的路上，被车挡着的时候脸色阴冷，到了敞扬地方，就尽量笑着，还有十余步，就摸烟，抽出一根来，手往前伸着，快步向大姐夫的车身靠近。

大姐夫这才下来，把烟接了，摸出打火机，先给高经理点。

点上烟，大姐夫就是一篇好演说。

七

这件事，杨津昨天接我回镇的路上，根根梢梢讲给我听过。

他讲了大姐夫的许多事，其中就包括这件事。他说，他崇拜大姐夫，崇拜得五体投地。大姐夫发表的那篇演说，听得他耳清目明。

大姐夫说：自盘古王开天地起，我们这一带，就像你高经理刚才说的，张眼就是穷山恶水，自己的嘴巴都糊不拢，更谈不上对国家做贡献。山是国家的山，水是国家的水，靠了这山水养育世世代代的子孙，给国家上的贡，却喂不活几只老鼠，我们这心里不愧？而今有了天然气，还把这气送到了上海，西气东输是国家战略，我们这里，也成为国家战略的一部分，就为这个，我们就舒心。要说利益，你们交的税，市里也没得几分，更别说县里，更别说村镇。回龙镇至今还是用气罐，村上吗，跟千百年前一样，照旧烟熏火燎地烧着柴火。真要不平的话，理由比河沙还多！但我们没有不平，我们觉得，国家不容易，先顾了大头，才能顾小头。至于个别群众有情绪，那也是正常的，是可以理解的，你们不理解，也不愿理解，来不来就骂人，拦一下车就踢人，要是把人惹急了，去井口划一根火柴，摁一下打火机，那会是什么后果？鱼死网破的事，这里人做得出来！这里是穷山恶水，却也是大山大水，这里人是巴人的后代——巴人听说过没得？巴人除了打猎，就是打仗，往那战场上一站，唱唱跳跳的，就吓得一国投降，要不是昏庸的苴国国君和贪财的蜀国国君引进了秦军，难说是秦统一中国，还是巴统一中国！你们不知道这些，不知者不怪，可千不该万不该，开口国家，闭口国家，好像这里的天然气是国家的，这里的人就不是国家的，这里的天然气和这里的人，没有半根毛的关系。怎么能没有关系？一方水土养一方人，不只是说水土养了人，还是说人让水土生光。如果这里是野山野河，蛇蝎遍地，虎豹出没，你们敢进来吗？能进来吗？就算能，一动一静，有现在恁方便吗？你们车轮子跑的路，是我们修好的，不是你们来才修的。这个我也不去说它，天下的路修起来，就是为了让人走。只是，我们吃着山山水水这口饭，你们吃着天然气这口饭，这里给了你们一口饭，难不成就没有丝丝儿的热心热肠？要是换了我，把这里的大人细娃，都会当亲人看待！以前的王经理就是这样的，他下来，在路上碰到老乡，必定请老乡上车，先把老乡送拢。

高经理的脸，一白一红。但大姐夫还没说完。

他接着说：你们都是离乡背井的，虽说挣了钱，日子到底也有缺口，跟地方关系搞好了，缺口虽说填不满，但只会变小，不会撕大。可是你们呢？遇到事情，不想想为什么遇到，动不动就给上级打电话。不管是你的上级还是我的上级，都不是二十四个时候守在这里，又不可能开几辆军车来，把这里人斩尽杀绝，你今天把电话打了，明天还遇到同样的事，未必又打？就不怕上级把自己看扁了？啥子叫官？官就是器官，我这村官是镇上的器官，你王经理是公司的器官，胃负责消化，心负责供血，各司其职，各尽其事，做了鼻子不闻，做了耳朵不听，做了大肠不蠕动，还往脑壳那里——大姐夫伸出食指，戳了戳自己脑门——打电话，说我闻不出香臭了，我听不到声音了，我消化不动食物了，你想想，脑壳会咋处理你？

言毕，大姐夫抽烟。

说上面那些话，他一口烟没抽。烟已燃到头，把过滤嘴烧出臭气。大姐夫扔了，自己摸烟出来。他摸出的烟，比高经理的还高一个格。

“他把烟递给高经理，高经理那手，抖得烟都拿不稳。”杨津说。

接着杨津问我：“春明你说，李书记一个高中生，咋来恁大学问？”

我不知怎样回答他。

见我不言声，杨津说：“当然，跟你比，他肯定不算啥，但在我们眼里，李书记确实不一般。”

他误会了。事实上，在我眼里，大姐夫同样不一般。

我根本说不出他说的那些道理。

那不只是道理，还是气象。

高经理现在也成了大姐夫的朋友，经常到镇上，请大姐夫喝酒。公司里的废铁，高经理都是送给大姐夫，大姐夫再找货车拉到县城，出手卖掉。废铁多得很，有时一次要拉好几车，价钱也高，一块钱一斤，大姐夫从这里挣的钱，足以抵过几家人的收入。

"这是李书记最厉害的地方，"杨津说，"不管是公司领导，还是镇领导，也不管李书记跟他们发生过多大的矛盾，最后都成了他的朋友。他就是运气差了些。如果李家岩发现的不是天然气，而是像桂花镇燃灯村那样，是煤矿，也像燃灯村那支书，兼任了矿长，他的世界就会大得不耐烦。燃灯村那支书像个啥卵样？赶李书记一根脚指头都不行，可他包儿里有钱，跟县里勾兑得前门也开，后门也开，想开多大就开多大。"

我问那天灰狗儿后来怎样，杨津笑得拍打着方向盘。

"那狗日的，还能咋样？李书记给他断了一千块钱，那主任只愿给两百，李书记说，你们这不是打他的脸，是打我的脸。没吃过猪肉，还见过猪跑，两百块就蒙腥了眼睛？我丢下活路，诚心诚意来帮你们解决，要是你们不诚心，今后天王老子叫，我也只当没听见。主任委屈得不行，说我只是轻轻碰了他一下。李书记说，那这样，你们把他弄到县医院去检查，镇卫生院设备简陋，查不出来，查得出来也不去那里，免得说我们本乡本土，彼此有勾结，你们公司的医院也不去，不是不相信你们，同样是为避嫌。就去县医院，去了，一切听医生的，一切服从检查结果。主任用不着问高经理，就晓得去不得，去了，又是B超又是CT又是核磁共振，一趟下来，只有多花的，还耽误工夫，而且很难说这边跟县医院就没有勾结。主任说：‘今天算我们倒霉，再加一百。’李书记猛抽一口烟，说：‘你最好不要开腔，你再多说一句，我就半只眼也看不上你。不去医院，就给他一千块，一个角角儿也不能缺。另外还要向他道歉。’主任当真就不敢开腔了。大家都不说话，僵持了一两分钟光景，高经理对主任说：‘数给他。’”

说到这里，杨津又是一阵大笑：“主任才把钱摸出来，灰狗儿翻身就起来了，把钱拿到手，还没等道歉，就往回走，走几步转过头，向李书记扬手告辞，见李书记在恨他，他才明白过来，走得不像开始那样快，而是拖着一条腿，趴着个沟子，慢慢朝山上挪。”

那情景我能想象。灰狗儿走路，习惯腰身前倾，把屁股撅得老高，远处看去，像那屁股是趴在他的背上，他是背着自己的屁股在走路，所以别人又叫他趴沟子。

八

大姐这时候说着灰狗儿，真正想说的，当然不是灰狗儿。

二哥说她养干儿干女，是为挣名声，这话她一直没丢开。

她想不完这句话。要是这样说，我给你们送东送西，也是挣名声不成？你是这样看我，难怪请你帮芝麻大个忙，你也横的不拈，竖的不扶，只管打推手。

大姐由此及彼，想到了丽丽结婚的事。

丽丽上班不久，就跟她那同学结了婚。男方名叫余培亮，也是清溪河流域人，老家比老君山和杨侯山更偏，更野，更贫瘠。培亮本人，倒是没吃过多少苦，他妈快上四十岁才生了他这个独子，几岁的时候，他就跟爹妈去了县城，爹妈在县城租下房子，做蔬菜生意。丽丽落脚州城后，培亮也在州城一家公司找了事做。两人的婚礼，是回县里办的，男方在县城，女方在镇上。大姐怕花冤枉钱，不愿去酒店包席桌，就去中心校桂老师那里，租来整套锅盆碗盏和二十多张八仙桌。桂老师退休后，置办了这套工具，他这套工具吃香得很，要预订才能租到，租出去时，是多少个碗盏，多少只碟儿，交割明白，收回时，少了一样，哪怕是一根筷子，也要凑齐整了还他，碗盏缺了角，锅盆走了样，都要赔他新的。

女方婚宴，出嫁头两天就要号客，大姐指挥一群妇人，在滨河路砌了灶，红红火火地又蒸又煮，翻出的鲊肉、烧白、粉蒸肉、甜皮肠、辣子鸡、糖醋鱼及各类汤汁炒菜，都由掌盆师傅，端到沿路排开的流水席上，食客去了一桌又满一桌，吆喝声，问候声，咀嚼声，碗筷碰撞声，时不时炸响的鞭炮声，盖过了河吼。食物的气味是另一种响声，比响声更响，也更入心。

到夜里，蒸锅、炒锅、碗筷和桌子，都放在外面，一是没那么大房子装得下，二是次日凌晨三点过，就要起来烧火做厨，搬来搬去的不便。放在外面，需人看守，大姐夫叫二哥睡在旁边的门市里，听个动静，瞄着一眼。并没人偷，但形式上，得有人看守，其实你就睡你的。可二哥当场就推了："我这人择床哦，在别处睡不惯啰！"尾音拖得很长，边说边摇手，还把指拇叉开了摇。

凡沾点儿亲的，带点儿故的，包括大姐夫已不再来往的陈芽和万平，都为这事忙得鼻勒嘴歪，大姐夫本人，平日只为村务忙，从来不为家事忙，可这两天，也累得两腿打弯，听了二哥的话，火气一冲：“不愿算球了！”

二哥当时，脸虽是红了一下，但终究也没到那门市里去睡。

滨河路的门市，背街，根本没生意，但家家户户，都想要个门市，是考虑长远：万一家里死个人，往哪里停放？人是属土的，死人不能停在二楼三楼乃至更高的楼层；虽然属土，却又不能停在露天坝，当然更不能停到别人的屋檐底下去，所以住到镇上、老家房子又已经垮掉的村民，都需要个门市。没买到门市的，自己家的老人，买菜做饭带孩子，样样做得利索，儿女却已在为老人将来的停放闹心。滨河路已死过一个人，就死在大姐夫卖掉的那套房子里，大姐夫当时买两套房，一并也买了底楼的两个门市，卖房时，把门市也卖了，因此旁边的门市里，已停放过死人。

二哥是怕死人吗？

他怎会怕死人！二十七岁那年，他跟人学做礼生，专为死者下祭、安神，还为孝家写挽联、接铭旌，并在高音喇叭上哭唱祭文。他跟死人打过多年交道了，也在死人身上挣了不少钱财。他怕的不是死人，是老鼠。因为没生意，滨河路的门市几乎个个都是空架子，主人都不大去的，老鼠却成群结队，像赶场天的街道。

不过二哥怕的，也不是老鼠，而是怕老鼠打搅了他的瞌睡。

后来二哥说：“我本来要去门市里睡，光文做出那副咬人的样子，我就不去了。你当干部，你有钱，你是大爷，可你是别人的大爷，不是我许春树的大爷。”

九

贵兵早听出他大姑说黄二妹，说灰狗儿，都是话中有话，不好往下听，推活路忙——确实也忙，干了杯子里的酒，朝饭碗里赶了酸辣子炒鸡杂，不取口地刨下两大碗，提前走了。

留下来的，也都不好把大姐的话接过来说。

今天是父亲的生日，该欢欢喜喜才对。

兄弟便说起小时候。

每当说到小时候，我们很少去回想苦日子，都追忆那些快乐时光。尽管没妈，每到年关，却也扯了花花绿绿的布料来，麻布棉布劳动布阴丹布，年成好，还可能扯华达尼和灯芯绒，请来个裁缝做新衣裳，裁缝拿把米黄尺子，在布上画粉线，再用剪刀破个口子，逮住了撕。那是世上最美妙的声音。之后缝纫机响起,天寒地冻里，响声冰凉，却溪水奔流般欢快。我们正是从缝纫机的响声里去迎接春天的。很快过年了，春天马上就到了，龙要抬头，百花要开，万物苏醒。说了穿，又说吃。那些年杀年猪，上百斤就算大猪，一律的瘦，交了公猪肉，剩不了几块，将肉身抹了盐，刷了花椒粉和醪糟浮子，挂在火搭钩上熏，或晾在冷风里吹，熏得色如黑铁，吹得皮子打皱，煮熟了吃，香得！

兄弟打着摆子，在回忆中香得不能自已。

但没人应他。只是弟媳瞪住他，说："再摆圆些！再簸高些！你是跟爸爸一样怕冷？"

兄弟便笑。我们也跟着笑。

却笑得干巴巴的。

都不是小时候了，不是在贫穷中一起长大的日子了。对有些回忆，与其将它唤醒，不如让它熟睡，熟睡之后，就不会受到真实世界的摧残。这么多年过来，彼此都有了沉重的心事，也像有了心结。我们各自孤立，又相互孤立。我们关心了许许多多，却往往淡漠了最重要的。就连父亲的年岁，也说不出个准数。他该是八十多，究竟八十几，就没把握了。村里人说，父亲比贵爸长三岁，比侯大娘长一岁，依仗的也是不可靠的回忆。父亲出生的那个年份，已遥远得锈迹斑斑。那年兄弟为他操办七十五岁生日，只是估计。甚至他是不是四月初二这天出生，也很难讲。生日是父母记的，而父母，正是父亲不可言说的缺憾……

不知啥时候，父亲认定自己生在四月初二，我们也便依他，当然也只能依他。年份不可重复，日子却周而复始，日子仁慈地去了又来，让人不断新生。然而，到父亲这年纪，所谓新生，只是反方向的约请，是零背后增长的数字，界点已经越过，再快的脚步，也追不上，因此每新生一次，世界就远离一次。父亲是离世界远了，他生日的全部意义，就是提供一个机会，让儿孙团聚。能聚的人越来越少，表面的理由万万千千，最深层的，是父亲正在远离。

不接兄弟的话，但总得说点儿啥。

吃着饭，喝着酒，不说话怎行。

人，是通过别人来建立生活的趣味，于是不说自己，只说别人。

大姐想起青梅进屋时说，亚琼死个舅子拉住她，不准她走，这时候问青梅："亚琼跟你说些啥子？"青梅还没回话，大姐夫说："你怕不晓得她！她能说啥子？"但青梅偏偏从亚琼那里听来些新鲜事：亚琼说，她过几天就去汉中。二嫂忙说："她男人叫她去？

看来和好了。”又说：“本来也是嘛，两口子都还年轻，坏了一个再生就是嘛。”青梅说：“人家哪里坏了？亚琼说，她儿子跟他爸爸到汉中打工去了，耍了个乖得不得了的小妹儿，过几天就结婚，那边活路忙，不能回来办婚礼，在汉中办，她要去参加儿子的婚礼。她当真买了毯子、铺盖，还说要给媳妇买几身衣裳。”小兰“嗨”一声：“前几天我就见她买了两床铺盖，一手提一床，笑眯眯地往屋里走，未必就是为她那儿结婚买的？”青梅说：“那不是！听说都买了二三十床啦！”

屋子里静下来，像那几十床被子很压人。

的确压人。

二嫂终于打破沉默，说：“那狗日的，也不晓得哪来恁多钱。”

这其实是故意说的。几乎全镇人都知道亚琼那钱的来路。只要她没把自己关在屋里，多数时候，她都是往巴河谷跑，有时还去县城。她长得好，又会打扮，现在疯疯癫癫的，照样会打扮。挣了钱，她又回到镇上，把烫死儿子的那个澡盆抱在怀里，抱着抱着，就像抱不动的样子，是说她儿子长大了。现在是说她儿子快结婚了。

大姐愁一下脸：“造孽！”

大哥和弟媳都说：“硬是造孽。”

弟媳又说：“她儿子不坏的话，跟豆豆差不多大了。”

“比豆豆还早生八个月。”青梅纠正。

大姐夫不想听这些，手一挥：“莫说哟，整得人酒都喝不下去！”

父亲不是太明白这些事，看了这个，又看那个，当大姐夫叫莫说，他问：“说啥子呀？”

大姐恨起一声："都说完了，才问说啥子！"

大姐夫叫喝酒。喝一口下去，大姐夫问："这酒安逸吗？"

喝酒的没答，二嫂答了："贵兵都说了，他大姑爹这酒一点不刺喉咙，说他四喜哥哥……"

她这是想听大哥说说：四喜究竟在忙些啥？

几次想说，几次想听，都没说成，也没听成。

十

大哥怕说四喜的谈头，但关于四喜的话题，除说到他害了本家亲戚，大哥才有些避，别的，都不避，包括说四喜害了自己妹妹也不避。有次四喜被七嘴八舌说得急了，就哭天泼地地凶他爸爸，说他本来没那么孬，都是爸爸乱传他话；爸爸乱传他话，是拿儿子取乐，也是把儿子踩下去，好显他自己能干。似这般胡言乱语，大哥本该一顿暴喝，却没有，而是红了脸，哼哼几声，再细声细气对四喜说："你没恁孬就好嘛，哪个想你孬来？我说你，还不是想你好。"别的人见这情景，也没多想，只帮忙劝慰着哭得嗡嗡响的四喜，二哥却是往心里去的，二哥以揭皮剔骨的神情，剜了大哥两眼。他想到了丽丽出嫁时，大姐夫叫他睡门市，守家伙，他不愿，结果是杨津去守的；次日凌晨，还不到两点半，大哥就鸣锣打鼓地起来生火了。根本不必这么早，他偏偏起这么早，在二哥看来，无非就是踩他：看啦，叫春树换个地方睡瞌睡都打推手，我却恁早起来做事。

不过二哥这话没人信的。盆儿罐儿都有耳朵，猫儿狗儿都生眼目，二哥哪能跟大哥比。母亲去世后，要是单靠父亲，没大哥帮衬，平水里起风波，也能打烂了船头。从某种角度说，掌舵的是大哥，撑船的是父亲。母亲的去世，让大哥一个撑船的，突然间变成了掌舵的，正如战场上一个放枪的，突然间变成发令的，别人只看到光鲜，体会不到背后的难处。袖着手儿在书本里觅闲愁的二哥，哪能跟大哥比。大哥即使有谈头，家里人一般也不去说，不小心说到那里，最多说个三言两语，就绕开，只挑他的好处说。

但说他儿子四喜是没关系的。

说到四喜的忙，我们都想起那年春节前，四喜跟个大老板去了新加坡，这一去，待了数月才回，他爷爷生日那天，他还在新加坡大巴窑，据他说，忙得每天只能睡四个钟头。忙成那样，也没忘了给爷爷打电话，可是今年，竟忙忘了。

唯一的可能，是他把老板跟得更大了。

忙，不仅和钱连在一起，还是一种身份。先前，乡里人以为大老板成天做的事，不是喝酒，就是赌牌，不是赌牌，就是玩女人，不是玩女人，就是戴了墨镜，去某个肉乎乎的海滩，脱得一根纱不沾，烤“二面黄”。这都是电视教的。后来，乡里人出门打工，亲眼见到了老板，才知老板都是忙出来的。越忙，越像大老板。四喜以前跟的那个，不仅带他出了国，还每天只能睡四个钟头，可见那老板已大得抬摆不动，眼下跟的这个，让他把爷爷的生日都忘了，明显是忙得晕头转向了。四喜都忙成这样，老板该是何等的没日没夜。

但大哥说出来的，却与这些毫无关系。

是四喜又找了个女人。

四喜找过多少女人？不清楚，据他自己给几个兄弟老表讲，有好些演员，还有好些空姐，都跟他睡过。这无据可考，但有两个女人是大家都知道的，第一个是他妻子，确切地说是前妻，名叫冉晴，他跟冉晴生了个儿子，名叫天天，天天出生不满半岁，两人就离了，天天由四喜带着，也就是由大哥大嫂带着。第二个名叫康芙蓉，没结婚，但也为他生了个女儿，女儿名叫蓉蓉，反正四喜是这么叫，有时候，也不知是叫女儿，还是叫女儿她妈；蓉蓉满月不久，两个就分开了，事实上是四喜趁着康芙蓉熟睡，偷偷跑了，那时候他们住在白马市，是康芙蓉父母的房子，四喜一跑，蓉蓉便只能由她那未婚的妈妈带着。

现在又钻出第三个。

大哥说，这第三个，名叫申晓菲，哈尔滨人。这不重要，重要的是，申晓菲是本科生，去年刚毕业。四喜他一个初中都没念完的，却找了个本科生。

父亲听见这话，满意地笑着。大姐却把脸沉了："又是骗人家嘛。"

大姐夫说："不靠骗，他还靠啥子？"

说得气狠狠的。

他大概想到自己女儿也是本科生，要是被四喜这样的家伙坑埋，那有多冤！

十一

但他的话却不假。除了有父母，有女人，有儿女，四喜一无所有。他所谓加盟这个公司，跟了那个老板，到头来，那些公司和老板，都像借来的衣裳，还回去了，而他穿在身上的，还是陈年旧衣。就说那次去新加坡，去没去，跟谁去，以什么方式去，都无人知晓，能知晓的，是他“回国”两个月后，大哥便一日数次接到电话，是上海一家公司打来的，四喜在那公司买了部六千多元的手机，分期付款，时日已过，不见款到，给四喜电话，却换了号码。当时还留了大哥的电话，让大哥作了担保人，公司便打给担保人，问大哥是不是许四喜的父亲，大哥不知就里，连忙说是。他还以为四喜当了什么老总，让手下给老爸打电话，要接他去撞洋盘耍几天。待听了原委，才气得咬牙睁目。

买部手机，来不来就六千多，有那本事，买六万多的也没人管你，也是你的造化，你没那造化，要分期付款，时候一到又还不上。大哥心里，六千多这个数字，变成了厚度、色彩和重量，百元大钞，也要六十多张，是红红的一扎，拿在手上，胀虎口。

而四喜从没给过父母一分钱，每次回家，离开时还要父母出路费。

儿子他倒是给过的。

是有年春节，他把天天叫过一边，以格外慈祥的声口，对儿子谆谆教诲，勉励他好生读书，说你别看现在，是不是个人，办个中学毕业的假文凭，都能出门打工，挣的钱，说不定比大学生挣的还多，但你要晓得那钱是咋挣来的，那是卖苦力挣的，卖苦力挣下的钱，不叫钱，就像从稀泥里趟出的路，不叫路，因为趟过之后还是稀泥，并没有路，要用这个——他指了指自己的额头。只要不是精穷，他那额头就永远光亮，正如他的鬓角儿，永远髫须一样翘起来。他指了指额头，接着说：“要用它挣钱，那钱才是活的，才会对你笑，为你跑腿打杂，也给你快乐，让你体面。这就要好生读书。你爸爸以前书读得少，但走上社会后，我一天都没放松过学习，忙得气都喘不上，也必须把书看饱，才关灯睡觉。”

他这话有几分真，没人证实，但他的确知道不少东西，说经济，他懂一些，说法律，他懂一些，说军事、历史乃至音乐，他都懂一些。他甚至会拉手风琴。有年八月，他回镇上，坐在下街一家熟人的店前乘凉，中心校的音乐老师背着个巴扬手风琴，从下街走过，他就把那老师叫住了，说想请教有关和弦的问题。那老师是个高挑姑娘，刚从省城师范校毕业，没想来这荒山野河，竟有人跟她谈音乐，就站住了，欢欢喜喜和他谈。他想试试，姑娘就把手风琴解下，双手捧给他，他坐在那凳上，拉了首《多瑙河之波》。拉得好不好是次要的，重要的是他会拉。他想要别人知道的，也是他会拉。

前年秋天的一个清早，我手机上发来一首诗，叫《湘江有几条岸》，是个陌生号码，也不知是谁发来的，想必是某个诗友，读了，觉得好，就回了两个字：“好诗！”谁知回复过来的却是：“得到三爸夸奖，当我几天好饭！”才知是四喜。他的电话是随时变的。我又读那诗，没那么好了，但诗里的孤独、无奈和迷茫是真实的。

从这个角度讲，他似乎有权利那样教育儿子。

教育过了，他便说：“爸爸给你拿些压岁钱，你存起来，莫乱花。”

于是把钱摸出来，是张五元的票子。

这五元钱，是他给天天的全部想头，也是他给天天的全部哺养费。

接到上海那公司的电话，大哥想起这事，同时还想起另一件事。

这件事是四喜喝醉酒后讲给李志听的，待四喜走了，李志又笑嘻嘻地讲给家里人听：四喜在昆明时，约见一个“漂亮得杀人”的女网友，那女网友却是个酒托，两个多钟头，就掏走他七千多。几宗事凑拢一想，大哥闷气填胸，打四喜告诉他的新号码，问那部手机的事，四喜却轻描淡写地，说爸爸，你莫管，你不懂外面的庙门，他们是无理取闹，我自己晓得处理。

但问题是，人家的电话不停地打来，大哥接烦了，就不承认是许四喜的父亲了，对方问：“你不是许四喜的父亲？”大哥说：“不是。”对方问：“前些天你都是，现在为什么又不是了？”大哥说：“前些天下雨，今儿个雨歇了。”对方问：“要是雨一直下，你就是他父亲？”大哥说：“那也分情况。”说完就挂了，且把手机关了。这一关就关了七天。他开机后，对方没再来电话。就是来，大哥也不怕，山高皇帝远，说的正是高和远的好处，上海何等样世界，能穿越茫茫人海，莽莽大川，找到这回龙镇老君山的燕儿坡来？大哥也不担心四喜，上海人要找到四喜，更难，四喜是个行脚的夜叉，三瓦六巷，千街万衢，满地界钻的，哪里找去？

谁想，几天过后，村支书找到大哥了。

支书手里，捏着一纸传票，是上海那家公司起诉四喜，传票寄到镇上，镇上通知村支书取回，交给当事人。大哥接过那页纸，手抖，比父亲端酒杯时抖得更不成样子。他通知了四喜。骂是骂不出来了，只是通知。但他最后还是说了句，他说：“你去坐牢吧，你早就该去坐牢了。你把我的脸丢尽了。”

不知四喜是如何处理的，但并没去坐牢。要说丢脸，那是丢了。

人活一世，多多少少都有丢脸的时候，只是，一个要脸的人，不得已丢脸，也丢到外面去，别丢在家乡，把脸丢在家乡，是真丢脸。

四喜在家乡丢脸，却不止这一回。大姐还为此跟人大吵一架。

有一阵，四喜和棉花地碥一个叫连娃子的人混，那时他们在郑州，一人出了五块钱，买一种彩票，中了四千九百块，奖金被四喜吞了，几年过去，也不分一半给人家，连娃子找他不着，就对自己父母说了，他母亲趁个赶场日子，在中街和下街交界处，拦了大姐，开始还轻言细语提说这事，说着说着，“骗子”一类的话就出来了。

大姐当然知道四喜是骗子。他先骗自己爹妈，说要在这里办厂那里开店，需资金，爹妈为他筹措，只差没卖了房子，结果他拿着钱，无非是去见网友，睡女人。后来骗亲戚。做传销只是骗亲戚的一种方式，还有其他方式。比如有回给他三爸，也就是我，打电话，说话气都吊不起，说他分文不名，已有两天多没吃过一顿饭，没喝过一口水。挂了电话，我慌忙找妻子要钱，准备给他打过去，妻子问：“他在哪儿？”我说在东莞。妻子说燕子不也在东莞吗？你让燕子给他送点儿吃的去，两天多不吃不喝，人都虚了，哪有精神去银行取钱？我这才想到燕子当时也在那边，便给燕子打电话。电话拨通，我提口就冒火，说你哥哥都快饿死了，你也不过问一声！燕子听完，淡然地说：“三爸，你信嘛，他半个钟头前才在我这里吃了回去，吃了半斤水饺，啃了两个鸡腿，喝了五瓶啤酒，他正打算去三亚玩儿。”

类似的事情，不止一起。

他把他爹妈，把能骗的亲戚，都骗了不下十回八回，每一回，他爹妈和亲戚都会想：万一这次是真的呢。可在他那里，本等就没有真的。我甚至怀疑，他的那些孤独、无奈和迷茫，也是装出来的，同时怀疑，诗歌其实也是可以装的。被他骗伤心了，伤透了。伤透了的心，如同胡蜂叮透的梨，硬，再想叮一口，就叮不动了，只好去叮外人。

这些，大姐怎会不知道呢？

十二

但在大姐那里，骂四喜骗子，只能家里人骂，外人要骂，却不能够，于是跟连娃子的母亲吵。

街上人多，闲的忙的，都围过来听觑。其中有两个李家岩的，就帮大姐，没想连娃子那母亲，生得瘦小，却是个铁核桃，她那嘴角，积着黄蜡蜡的唾沫，她用舌头左右一撩，把唾沫卷了，以钢声钢气的声口，连同帮衬的捆着骂，说你们都是李光文的龟子儿，李光文日了你们的妈，搞了你们的女，喝了你们的血汗，把你们的血汗一口口喝尽了，剩些脓污残浆子，不想喝，让你们留着，你们就感恩戴德地称道他！

每当提起这事，大姐就闭口撮舌地生气。大姐夫更生气，只是鱼在水中忘水，人在气中忘气；也不是忘，是装着忘了。装着忘了，其实还是记着的。骂大姐夫别的，他就当遭疯狗咬了，可骂他喝村民血汗，却让他万般愤怒，也万般委屈。

而这都是四喜惹出来的。

那次，大姐夫给四喜打电话，结果四喜就在县城；若是别人打去，他定会说在某个坐几天几夜火车都走不到的地方，之所以给他大姑爹说实话，是因为大姑和大姑爹，被他骗得最多，他自己当然不这样看，而是认为大姑和大姑爹支持他最多，因此对他们很是服帖的样子。

既在县城，正好，大姐夫说："你马上回镇上来。"

他打了个组合车，回来了。

刚进屋，还在换鞋子，大姐夫就问他跟连娃子的那笔钱。他很惊讶："我和他几年不见了，啥子钱？"大姐夫不耐烦："莫装！你们中的那笔彩票！"四喜从门口走向客厅，塌着腰走路，翻着眼睛想，"噢，"他说，"你说那个呀，我早就跟他了清了。"大姐在一旁，把她几个钟头前和连娃子父母吵的那场架，细枝末节地讲。四喜听着，表情变幻莫测，其间摸出一包烟来撕封条，是包软中华，他知道大姑爹抽好烟，便买了包好烟来孝敬。他掐出一支来，双手递给大姑爹，大姑爹却不接。他自己想抽，又不敢抽，就坐到塑料矮凳上。当大姑说到连娃子的母亲如何骂他大姑爹，他便暴跳起来："老子去捅死那狗日的！"大姑爹轻蔑地盯他一眼，他便又坐下了。待大姑说完，他就分辩，依然是那句话：早跟连娃子了清了。问咋了的，他先是说平分了，后又说，他把钱拿到手，给连娃子买了双皮鞋，再是说，除了买皮鞋，还买了衣服，并且供了他多日吃喝，说那时候，连娃子在郑州落难，遇到他之前将近半月，连娃子都是睡街头，翻垃圾桶。他这样说着，大姑和大姑爹都一言不发，连表情也没有，他便越说越乱，最后干脆说，是连娃子把钱吞了，是连娃子欠他。

说到这里不知道说啥了，便停下来。

屋子里只有空气流动的声音，如蛇行草间。

直待那蛇没入深草，他大姑爹才发话："你骗人的把戏恁低级，不晓得咋能骗那么多人，可见世上还是善良人多。”说着自己摸出烟来点上，轻吸一口，然后猛吸一口，突然提高了声音：“人家吞了你的钱？老虎嘴里夺碎骨！”

四喜的腰和脖子，都伸了一下，似乎还要分辩，但终于没有。

下一个赶场天，大哥卖了头猪，在中街的茶馆里找到连娃子的父亲，才真正把那笔账了了。那个满脸胡楂的男人，很是不好意思，坚持要少收三百。原来，连娃子去郑州时，在车站把钱丢得精光，四喜确实收容他住了几天，供他吃喝，见他脚上穿的都快脱帮，又为他买了双鞋，让他穿上新鞋子，送他到了群英路的某个建筑工地，那工地包吃包住。如此把连娃子安顿妥当，四喜才回转。那次，四喜在郑州住了三个月，连娃子去后，他还住了个多月，连娃子月尽领了工钱，来找四喜，请四喜喝酒。两人喝罢酒，在街上乱逛，路过一家彩票点，就嘻嘻哈哈的，一人掏了五块，搭伙撞运气，没想就撞上了。

这些事，不是连娃子的父亲说出来，大哥他们还不知道。

那满脸胡楂的男人揣了钱，对大哥说着感激四喜的话，又大骂自家婆娘，说那婆娘，就是那张嘴臭，蚊虫遭扇打，只为嘴伤人，她啥时候总要死在她那张嘴上。骂了，又硬要大哥引路，去找大姐和大姐夫道歉。大姐还愤愤不平的，大姐夫倒是大度，说：“古话说，仇口无誉言，既然是骂架，总不会给对方唱赞歌，要是唱赞歌算骂架，你到镇政府去听，那不要吵翻天。”

说得除了大姐，几个人都笑了。

当时是笑了，而今想起来，大姐夫还是硌心。此前，谁也不曾那样骂他。要是发一通怒火，把硌心的烧毁，倒会好受些，但他选择了大度，大度是一种温热，温热过去，硌心的变凉，就铁弹子一样，稳稳当当搁那里了。

要不是四喜，就不会弄出那枚铁弹子。

这边的事还没了，谁想他又去骗了个大学生，还骗得“忙不过来”！

十三

大姐夫把个骗字不离口，倒弄得大哥脸上挂不住，后悔提说那个远在天边的申晓菲。

平时大姐夫不这样的，他很顾惜大哥的。

他吩咐的事，大哥从不惜体力。他还在老家时，要打晒席，织烘笼，编花篮背篼，需竹子，杨侯山树木繁茂，却不大长竹子，要长，也只长金竹，十年八年，仅指头粗细，硬得斧头都捶不破，鸟都不朝那枝丫上站，嫌硌脚，大哥就从自己竹林里，选上好的慈竹、水竹、硬头黄，每样砍几根，打成捆，一路地为他扛过去。下了山又上山，近二百斤重不说，竹子深梢，前面拄着，后面担着，稍一个闪失，就后退几步，前冲几步，而这前和后，不是山壁，就是悬崖。河上的渡船还不是随时有。这段河没有官渡，是临河一户人家，闲时顺便开渡船，他要是没在家，过河就得等，有时要等小半天。大姐夫住到镇上后，有次招待天然气公司的王经理，王经理想吃乌骨鸡，这鸡数老君山向家湾的最好，大哥中午时分接到大姐夫的电话，来不及吃午饭，立即朝向家湾去，斜刺里出了燕儿坡，过山沟，穿林莽，折折叠叠，盘曲上升。那是农历六月天气，林子密不透风，腐叶发酵，暄热难挡，热空气在路上躺着，在枝条和藤蔓上挂着，笼笼蒸腾，缠脚扑面。大哥就这样走了两个钟头，到了向家湾，去好几家看鸡，看好，买好，就直奔镇上，赶在做晚饭之前，送到了大姐夫指定的店子。

这些，大姐夫都记得，并经常拿大哥跟二哥比，越比，越比出了天和地，就越是对大哥将就些。

可是今天，想到连娃子母亲骂的那些话，他似乎顾不得大哥的脸面了。

他骂四喜是骗子，是云端里的老鼠，天生的耗，还说四喜是假精灵，只要神经长全的，听四喜说话，最多听三句，就晓得他那肚里的货无非是苍蝇腿子，架了钢炭火熬，也熬不出几滴油来。

正这么骂着，电话响了，他也才停了。

十四

是杨津打来的。

杨津说时候不早，问几时出发。

大姐夫有些糊涂，说我没说去哪里呀，然后恍然大悟，呃呃两声，说："今天不空，不去了，你帮忙回个话。"挂了电话，大姐问："去哪儿？"大姐夫说："前些天跟老张约好的，我忘了今儿个是爸爸的生。"大姐明显不信，说："老张咋跟杨津联系？"大姐夫脸一沉，吸了口酒。酒是好酒，毕竟太稠，带着锋芒，大姐夫被扎痛了，撮着嘴，咝儿咝儿呼气。

大姐也就不再问。

大姐夫是一架结构繁复的柜子，其中的许多抽屉，大姐从没拉开过，即使拉开了，看到了，也不相信看到的，相信了看到的，也装着不相信，实在装不下去，就去与相信的达成和解。世间夫妻，十之八九都这样。只是大姐太明白其中的因由，所以那种和解有时候免不了成为一种煎熬。

大姐不问，父亲却问了，问老张是谁。人老了，对人世生疏，偏偏又想知道。大姐支吾，说是外头的，你又不认得。大姐夫却解释起来，说老张是县粮食局的，在县城水仙路环保局旁边有套房子，想卖，他打算去买过来。

说到这里，大姐想拦，可重要的话已经出口，拦不住了。大哥问房子多大，卖多少钱，大姐夫说，一百四十平米，只卖六十多万，装修一下，再添几宗家具，也就八九十万的样子，就是冲着它便宜才想买。

以面积论，的确便宜，但究竟也要八九十万，大姐夫却说得很淡然。正是那口气，让我听了也自卑起来。人在金钱面前，是容易自卑的。我本以为自己是个理想主义者，跟钱财离得比较远，然而，打个呵欠，伸个懒腰，都能使我感觉到，这世界不是理想主义者做梦的地方。世界是物，或者说是代表物的钱。人，只是物的另一种存在形式。

大姐见大姐夫透了底，忙说："主要是为豆豆将来读书哇。"

这听起来是个理由，却构不成理由。大姐指的，当是豆豆将来读小学和初中，镇中心校既有小学也有初中，即使嫌它不好，要进县城的学校，也不是非要去县城买房子。

因此大姐又说："总要给李志寻个窝儿哟，他没个营生，不靠爹妈，就只有鼓眼睛。俗话说，家无营活计，烈日照冰霜，他那狗屎样儿，经得起几晒！”这话将皮裹肉，一竿子打倒两个人，青梅抿了嘴，眼皮往上翻一下，便起身，端了两盆凉下去的菜，进厨房去热。

大姐轻轻叹息一声，说：“我们也是贷债呀，还不晓得贷不贷得到。”

谁都能听出这是假话。二哥恨了她一眼。

大哥说：“我以为你们把这套房子给李志呢。”大姐夫说：“给他我们住哪里？”又说：“我倒是想老了回李家岩住，把老家那房子整治一下，旁边挖个鱼塘，半边鱼塘打上石桩，石桩上铺木板，木板上建个亭子，亭子里放几把椅子、一张桌儿，有人时打牌，没人，就自个儿坐在那里，看风景，吹凉风，钓鱼耍子儿。可是春红不愿回去住。”大哥说：“即使她愿意，等到老，也要好些年辰。既是恁个，你们确实该给李志买套好的。丽丽不止花八九十万吧？”大姐夫说：“要是把她读书算进去，怕有他妈一两百万！”大姐脸一肿：“你哪里去找那么多钱啦？”大姐夫说：“算都算得出来嘛，光是州城那套房子，就出脱一百零七万。”大姐恨起一声：“未必她读书就花了九十多万？她读的是金书还是银书？”

大姐夫尴尬地一笑，望着我说：“你大姐最维护丽丽。”

大姐瞄了一眼厨房，压低了声音：“没嚼的！……我维护丽丽，丽丽有出息，我该不该维护？”大姐夫也配合地压低了声音：“有出息就维护，没出息就该死？照你这么说，这桌子上的，除了春明，都该死不成？”大姐将筷子在碗沿一敲：“你说得……今天是爸爸的生呢！”大姐夫也觉失口，于是笑了。大姐说：“扯起个口口多好看！”大姐夫鸡啄米似的点着头：“我们都是丑八怪，就你长得乖。”

提到丽丽，我心里便暗暗着紧，生怕又说帮她转正的话。说这话不仅让我为难，还会当面惹二哥二嫂不高兴，他们本来就怪我只给丽丽找了工作，不给洪泉找。

可偏偏是二嫂问：“丽丽转正没得？”

大姐夫盯住我说：“这就看春明的了。”

一则办不到那事，心底下沉重，二来也想让二哥二嫂宽心，我便说：“转正要看人家有没编制。有编制也要考试。”大姐夫一听恼了：“这些都是你在说。”我说哪是我说，这是规矩。大姐也恼了。大姐觉得，我拿规矩说事，不过是打推手，昨天夜里，她说到丽丽的工作，见我焦躁，不去搭言，就猜我想推，果然没错。“规矩规矩，”大姐说，“像六月里日头只打你门前过。自古镟的不圆砍的圆，说啥子规矩不规矩！”大姐夫不看我，跟上一句：“天底下只有你才晓得规矩，别人都不晓得。”

我知道，他一定又想到了从老君山出去的政委、局长、总编。

但他口里的“别人”，也包括他自己在内。作为干部，尽管没品，他知道的规矩也比我多，而且他更懂得，规矩是个正方形，拆掉左边的是窗，拆掉右边的是门，拆掉下面的接地，拆掉上面的通天，规矩固若金汤，也脆若累卵。

十五

大哥见声口不对，把嘴里的东西咕嘟一声吞了，问大姐跟大姐夫最近去县城没有。实际是问他们去县城看亲家没有。都没去过。

去没去过大哥并不关心，他无非是把话岔开。

每次提起女婿余培亮的父母，大姐夫都很有兴致，却也哭笑不得。

我不知道大姐夫是否有过让丽丽寻门贵婿的期待，看情形，似乎没有。门当户对，被认为是幸福婚姻的基石，大姐夫同样这样认为，他是农民，他的亲家也该是农民，但他是农民里的干部，他的亲家即便没当干部，也该比一般农民过得体面些。

余培亮的父母正踩着这点儿：他们老早租住在县城，虽是农民，却是县城里的农民。因此丽丽第一次带培亮进屋时，大姐夫就比平时多喝了一杯酒，饭后也不去打牌，坐到那躺椅上，也只是让腰杆舒服些，并不睡去，更不打鼾——他以此表达他的认可。大姐也认可，是觉得培亮生得敦敦实实，说话乖觉，手脚勤快，跟丽丽又是同学，彼此了解。那次，在回龙镇住了一天，大姐和大姐夫便跟着去培亮家，算是双方父母见面，把父母该说的话，摆到桌面上说说。

这一去，真把大姐夫吓一跳。

自从当了干部，特别是住到镇上过后，又特别是杨津成了他的专职司机过后，大姐夫到县城的时候，并不比回村的时候少。县城和回龙镇一样，建于河畔，城背后是项家山，河对面是笔架山，两山夹一水，水岸谷地，若干年前生荒烟蔓草，长飞禽走兽，后来生集镇，长码头，而今生高楼，长城市。外出务工的农民，说到城市，都免不了以夸夸其谈的言辞，说城市的好——这样也好，那样也好，而事实上，城市澎湃的灯火，涌动的人潮和车流，都是不定形的世界，与他们血统里稳固的村庄背道而驰，并因此不知所措；他们赞美城市，一方面出于真心，另一方面，是掩饰自己在城市里的受挫。

大姐夫也有过受挫的经验吗?

想必是有的，很早以前，他带着大姐，去新疆寻访远亲，走过乌鲁木齐，走过昌吉，走过石河子，而三年后被他带回故乡的，只有这几个跟风一样飘忽的名字，名字里的骨肉，从不提起，且忌讳提起。后来，光阴把那几个名字从他脑子里洗白了，那种黄昏苦雨的感觉，也才慢慢消失。这些年来，他先后去过省城，去过上海、深圳、北京、青岛，还跟着天然气公司王经理，去了王经理的家乡，那是八百里秦川上一座中等城市，从秦川回来，又与杨津、何老三和李家岩村的文书李前涛，跟团前往泰国曼谷、清迈等地，一路上戴着墨镜，穿着沙滩裤，跟人妖合影，说人妖口里很臭。再臭，也经常拿出来说。去曼谷路上的万人免税大餐，也让他长时间津津乐道。

尽管他说老了想回李家岩安居，但他真正向往的，是城市。县城里的哪条街哪条巷，哪条街冷，哪条巷热，没有他不熟的。

培亮说，他家在后城濠，大姐夫立时就想到，后城濠有段斜坡，斜坡两侧，有美发店、火锅店、烟酒店，还有高楼上的住户，住户将衬裙、胸罩、内裤，用衣架子撑得满满实实，挂在阳台上。几百年前的旧时城濠，只剩了夹缝中五米长、六米高的残墙，残墙上长蕨草，大好春光里，那蕨草也没有新生的光彩，如同把手插在袖口里，把心思关进皱纹里，眯着眼睛，等候太阳的老人。

那天，大姐和大姐夫，跟着培亮和丽丽，来到后城濠路口，沿斜坡下行，行至中段，朝西进入巷子，巷子左弯右拐，越走越深，越走越黑，霉湿味儿瞅冷子扑来，扑得人身上长白毛。两旁锯齿形的屋檐，牙齿咬着牙齿，漏下几滴天色，照见油光的路面、斑驳的墙壁。大姐夫的心直往下沉，沉到极致，培亮说："到了。"其实还没到，还要爬楼梯。那楼梯是削薄的水泥板，脚一踩，整幢楼都摇晃，瓮声瓮气的，闹得人耳朵疼。大姐夫就奇怪，这楼梯是经常有人爬的，街面上咋听不见它的响声？

到了四楼，门开着，这是迎客的姿势，是真的到了。一个胖大妇人身后，隐着个精瘦男人，赶来门口招呼。这当是女亲家和男亲家了。进得门去，见地板是磨砂石，墙上黑洼洼的，脏不可睹，但明显收拾过，壁面张扬着参差的胡须，是擦拭留下的痕迹。影墙正中，贴着培亮从幼儿班到高中的奖状，奖状两侧，各有幅画，左边是《毛主席下安源》，右边是《红灯记》剧照，李玉和高举马灯，倾身向前，极目远眺。女亲家热情让座，大姐去沙发上坐了，黑皮沙发鼓鼓的，坐下去却扑哧一声，直往下陷，陷进深凹里。

大姐吓得心子蹦起来，便一声儿也没言语。

大姐夫早就吓住了。这样的城市，城市里这样的暗角，在时间之外，也在他想象之外。他自以为对县城哪里都熟，结果如同对一条狗的熟悉，只知它的大小和颜色，它的五脏六腑，它的性格，它的想法，它的喜乐苦忧，全然不知。

大姐夫没坐，摸出烟来，给男亲家递。男亲家接了，点了，也是一声儿不言语。从头至尾，男亲家都抿着两片儿嘴，鸡蛋般鼓出的额头，汗津津的，太阳穴上站着黑筋；他不说话，话全由女亲家说。女亲家每说一句，肚子就凸一下，下一句和上一句之间，肚子又瘪一下。至于说了些啥，大姐和大姐夫后来都想不起来了。

城市里的农民，比村子里的农民更局促，更没有声音。当大姐夫看清这一点，心下对培亮便多了一分看顾，如同看顾他的那些干儿干女。

可培亮不是干儿子，培亮是要做他女婿的。

那天，中午时分，女亲家要进厨房弄饭，大姐夫拦了，说去街上吃，我在路上就给培亮说过，叫你们莫准备午饭。其实没说。女亲家觉得这多不好，亲家头回进屋，却不在家吃顿饭。推来推去，还是依了大姐夫。大姐夫只要把话说出口，就让人不得不依。菜是大姐夫点的，一桌丰盛大餐。账也是他结的。他点菜的架势，就表明了由他结账。他使钱本就散漫，何况这种场合。

饭毕，大姐和大姐夫先回了。丽丽是次日回的，一个人。大姐夫问："培亮呢？"丽丽说我们后天走，他陪陪他爹妈。大姐夫问："你以前去过他家？"丽丽没答言。昨天她的不惊不诧，已证明她去过。她只说："那家里好穷哦。"大姐夫说："你自己要找个恁穷的。"其实丽丽只是估摸父母的心思，且顺着父母的心思说话，并没真嫌，要是嫌，就不会跟培亮好。大姐在旁，说："跟人家好上了，就莫嫌人家穷。"大姐这话，丽丽回来之前，她已给大姐夫说过好几遍。她是比己说人。大姐夫无言可对，丽丽也定了心。

十六

可事情终究来了，就是婚后在州城买房。

按大姐的意思，年轻人，有的是光阴，自己慢慢儿去挣，现时就想买房的话，当父母的给个首付，就算尽心了。但大姐夫不这样想，他是要算账的：不交全款，结末要多付十多万，那分明是亏出去的钱。大姐又说，既交全款，买个小些的，站得下身，伸得开腿，就是一个家了。大姐夫更不那样想，他的女儿，住转不开屁股的浅房浅屋，逗人笑且不论，他自己先就看不上。再说现在只是小两口儿，过些时候，总要添丁进口，人又不比一根麻袋，麻袋杵在那里就不动，人是要动的，动，就得有地方。另一层，他有了空闲，要去州城看女儿，未必晚来去歇宾馆？去看自家女儿却歇宾馆，大姐夫丢不起这个脸，也伤不起那个心。他让丽丽和培亮周末不干别的，只专心察看楼盘。

看了十数个，报告回来，大姐夫都不满意，便亲自去了州城，看下套一百三十平米的简装房，要一百一十七万。回转途中，他直接去了县城，找到亲家，跟他们商量，说一家一半。男亲家照例像个闷葫芦，女亲家说："要买你们买，我是没钱。"大姐夫被堵在那里，点上的烟也忘了抽，就像对高经理发表那篇演说时一样，让烟自己燃尽。他把烟扔了，又点一支，问："你们能出多少？"女亲家说："十万。"紧跟着补半句："顶了天。"大姐夫说："是我的女儿嫁给你们儿子，不是我的儿子娶了你们女儿。"女亲家说："我晓得。"大姐夫说："晓得？"女亲家说："晓得。我还晓得有多大指甲剥多大蒜，我只有恁大个指甲。"大姐夫瞄了一眼地板、墙壁，抬了头，又瞄了一眼天花板，天花板翻炸裂口，像绽开的棉裤，接着又环视一眼客厅，客厅里除了那架破沙发，几个撇腿儿木凳，一张层板餐桌，一口皮面蜡黄的冰箱和几成古董的电视机，再没别的啥了。大姐夫说："你们把十万转到培亮账上。"

五天后，女亲家转过去了。大姐夫给丽丽转了一百零七万，就把那房子买下了。

后来大姐夫说："我本想一分钱也不让他们出，可那声口，可恶。他们出十万块，不是买房子，十万块买啥房子？买屁！那十万块，是他们出的'声口钱'。"

刚结婚，就有了大房子住，大姐夫觉得，这也太便宜了女婿，但话不是这样说的，他说："年轻人，要给点压力才行。"那一百零七万，他说二十七万是他出的，八十万是借的。借的这钱，要女儿女婿自己还。找谁借？最方便的借处，自然是我。如前所述，反正都以钱字看我，我究竟有多少钱，又识不透，因这缘故，别说八十万，就是八百万，也没人敢说我借不出来。

大姐夫是村干部，心里装着取舍自如的规矩，这时候他要规矩，便写了张借条，他和我都签了字，不过只有一份，由他保管，让培亮和丽丽看了。丽丽其实是知道实情的，家里所有人都知道，只瞒着培亮一人。丽丽又没经过特工训练，哪有恁大力量，对枕边人瞒着这天大的秘密？再加上心里不忍，就对培亮说了，说如此这般，借钱是假，钱全是爹妈出的，并不要我们还。培亮听后，更比先时早出晚归，做出的业绩，在公司鹤立鸡群，很快升任了部门主管。丽丽心喜，就对父母说，培亮也知道借钱是假。大姐夫骂了她一顿，说："我早晓得你要对他说，没想你果然说了！"

大姐和大姐夫，对培亮都相当中意，只是提起亲家的态度时，还是免不了扎心。人言，养儿赔钱，养女挣钱，结果他们养个儿子赔钱，养个女儿照样赔钱。

"现在兴这世道，"大哥以劝慰的口吻说，"养女本来就赔钱。"

劝慰是假，他是要把话接过去，继续说四喜。

关于四喜找了个本科生女友的话题，因为大姐夫发火，他一直没敢说完，现在转了话风，又可以说了。

十七

那个大学毕业不满一年的申晓菲，是家里的乖乖女，更是掌上明珠，出生在哈尔滨，念书在哈尔滨，毕业后又留在哈尔滨上班。总之她父母不让她离开那座城市。在她父母眼里，哈尔滨之外的地界，全张着血盆大口，要把女儿生吞活剥地吃掉。闻知女儿谈了个男朋友，虽毕业于名校（四喜办了个复旦大学文学院的假文凭），现今又在哈尔滨最知名的策划公司谋职（这也是假的。大姐后来说："要说他们有多爱女儿，我也不信，不然也该去那公司打听打听，看看有没有那样一个货色。"），可他是外省人，难保某一天，他不带了女儿离开故土。

这么想着，那申晓菲的父母，便要见四喜。

四喜整顿精神，衣冠鲜亮的，去了中央大街，进了指定的牛排馆。

两个中年男女，入眼一看，顿时喜忧参半。

喜的忧的，都是同一宗：四喜生得太好了。鼻眼是明星照那种，个子超过一米八，不知是西服笔挺，还是身子骨把西服撑得笔挺，往面前一站，直如玉树临风。生得好，嘴又甜，初次会面，就叫爸爸，叫妈，叫得那顺，半点儿也不害口失羞。嘴巴甜，还知礼，斟茶递水这等该服务生做的事，他却把服务生支开，亲自来做，以表敬意。

言谈间，问他未来的打算。

四喜已从晓菲那里，得知她父母一万个不愿让她离开冰城，遇眼窝儿浅的，必是顺着那心意说，可四喜是何等样人！他顿都不打，说早则三个月，迟则半年，他就去南方发展。那晓菲听了，只当听了惊雷，她从没听四喜讲过，更糟的是，四喜怎能当着她的父母讲？父母的脸色，早成霜冰。四喜看在眼里，话头子更猛，如大坝开闸，从东北的历史，说到黑龙江的历史，从黑龙江的历史，说到哈尔滨的历史，从哈尔滨的历史，说到哈尔滨的眼前，九九归一，这是一座被历史拖累的城市，被历史拖累，本质是被历史遗忘，被历史遗忘，本质是自我遗忘，一面沉浸在往事里，一面又湮灭了往事。一座城市，如同一个人，最伟大的回忆者，才可能成为最伟大的现实者，没有回忆，或不能回忆，或只把回忆当成躲灾避害的后花园，而不能利用回忆反省和建设当下，心里就会少了不安，没有不安，就缺乏活力。

良禽择木而栖，他要到充满活力的地方去。

关于这段掌故，大哥知道得并不详，是将近二十天后，四喜带着晓菲回来，私下里告诉了李志和子国，李志再笑呵呵地转给了众人。四喜说出的那些话，李志连转告也转告不全，只能说个大概。大哥现在所知晓的，是听了四喜的打算，晓菲的父母就吃不下牛排，也喝不进咖啡，晕乎乎回到家中，便要女儿丢开。晓菲的三魂七魄，已在四喜身上生根长苗，哪是说丢就能丢的？于是哭。

从小到大，晓菲没这样过，父母认不得自己女儿了。可认不认得，她都是女儿，这改不了。只能另想法子。自古续纤丝易，断情丝难，唬诱哄劝，百般手段使尽，都付之东流。这当父母的，代女儿请了病假，看住她，不让她与四喜相见。结果不消几日，晓菲便枯瘦下去，茶饭不思，只是垂泪。

父母知道，女儿是撞了前世冤家，由不得他们了，便约见四喜，对四喜说好话，让他发善心，放过他们女儿，要么，就在哈尔滨落户。

四喜是一副哀怜模样，说："这跟放不放过，有什么关系？你们从晓菲怎样待我，就知道我是怎样待她，你们养她一场，不就是指望她好吗？她分明走在好的路上，你们却把她往回拽，究竟是你们该放过她，还是我该放过她？至于在哈尔滨落户，我也尊重你们，我也不是不想，但我那天说的话，就是我的态度，单从挣钱着想，我也该去有钱挣的地方。买房才能落户，实话说，我现在还没有钱，我去南方——你们不放心晓菲去，我一个人去就是——挣个三年五载，再回到哈尔滨，也是可以的。"

当父母的回不下言，可念及女儿那形貌，那腔儿，分离三天五日就残损成那样，真个三年五载，还不把骨头也瘦了。两口子出门去，叽咕一阵，回来对四喜说："钱多时多用，少时少用，你要的是套房子，我们出钱，在哈尔滨给你和晓菲买套房子，你看好不好？"

十八

大哥刚说到这里，二嫂突然暴起一声："春树！"

是听到四喜的好消息，心里毛躁，便又把二哥的名字叫来撒气。

她的儿子洪泉，可没有那等好事。

洪泉的老婆姓邱，名碧桦，杨侯山人，不属李家岩村，属柏树岭，和李家岩隔着大片层层升高的野林子，李家岩的鸟，飞上柏树岭，就是鹰；李家岩的烟，飘到柏树岭，就是云。丽丽和碧桦是初中同学，毕业后数年没见，丽丽大四那年寒假，两人竟在镇上相遇，且彼此都能认出来：丽丽既没长高，模样儿也没大变，还是像个中学生；碧桦念小学是校花，念中学是校花，后来考入市里一所职业大学，在那职大依然是校花，对漂亮女生，男生记得，女生也记得。当时碧桦已从职大毕业半年，在白马市某家小店替人打工，无非是录材料，制表格，兼做复印，从早坐到晚，说累也累，说闲也闲，只是挣得不多，心下没个光景。丽丽邀她去家里，她不去，约她去茶馆，她答应了。

就是我和聪儿曾经去过的，中街背后苏湾的那家吊脚楼茶馆。

两个对面坐了，喝着茶，说些往事，问些同学，越说越近，相互就探问起男朋友的事来。碧桦竟没有男朋友。她比丽丽还大一岁。“你肯定是太挑了。”丽丽说。碧桦回的是：“没人追我。”这背后的意思，丽丽听出来了，是没人敢追她。那也是实情。念职大时，成双作对的，在他们学校多得很。学校位于市区南城。十年前，南城才开发出来，属于新区，既有新区的活跃，也有新区的乱，长途短途的汽车站，都搬到了那边，汽车旅馆便也填街塞巷，若干时日后，春晌和他一个初中同学上床，就在其中一家旅馆里。

不过那职业大学相对清净，校外有州河流过（州河的最大支流，便是清溪河），河岸堤埂宽博，堤上铺土，土里种花草，将近一公里地界，晚霞之下，杂花之畔，鸳鹭翻飞。学校背面是公寓楼，一间一间地租给学生，男生女生，便去那里尝了禁果，好些学生寝室，常年是空着的。刚拿到毕业证，碧桦寝室的五个女生，除她，都去领了婚书。确实是没人追碧桦，男生跟她说话，都赔着小心，生怕她发火一样。

毕业后去那小店做事，也真是“小”，墙下的条桌上，搁一台缺牙瘪嘴的电脑，一台打印机，傍门放台复印机，人往电脑前一坐，像是楔进去的。又背角，在一条辅街上。那辅街矮墙矮屋，朝更小的街道延展，一路的瓜果铺、卤肉摊、老酒坊、祭品店，甜甜酸酸生生死死的气息，游魂似的，漫来荡去；也有当街摆台缝纫机，帮人挑线锁边，推辆轱辘车，替人画像打签，摇着铁片子，问人挖耳取痣，敲着叮叮锤，挑了担儿卖麻糖。不是日子中人，不到这街上来。碧桦坐的店子，与大街相距不过二三十米，大街上的花团锦簇，却像梦里世界。她能接触到的人，以学生和学生家长居多，有个女生的父亲，三十七八岁模样，带女儿来打印了一回作业，就经常独自前来，所谓经常，是有事来，无事也来，老板在，就跟老板搭讪，老板不在，就把声气儿柔了，请碧桦喝茶、吃饭、逛公园。她都没答应。她觉得他是“那种人”，而她不是。

又过三年，丽丽和碧桦再次相遇。碧桦依旧过着“光棍节”。不过这次说起，就不再是“没人追我”那般口气，而是脸上蒙了层雾，细看不是雾，是类同于憔悴的东西。丽丽笑笑的，说：“我想给你介绍一个，晓得你看不上，还是不说算了。”

说是不说，结果又说了，说是我二舅的儿子，叫许洪泉，跟我是高中同学，本来成绩蛮好的，高考没发挥，只考了个三本。

说到这里丽丽打住了，想到碧桦读的那职大，也是三本。

碧桦却问：“我以前见过没得？”

丽丽说：“你在清坪读高中，我们在县中，应该没见过。但也不一定，都是赶一个回龙镇，很可能在街上见过。”又说：“跟自己没关系的人见了，还不就像见块石头，见一眼忘一眼。他长得还是蛮帅的，个头有一米七四，热天爱穿花衬衣。”丽丽嘻嘻嘻地，笑出了声，边笑边说：“上高中过后，他就迷上了花衬衣，要不是恁地，就考个好大学了。”

碧桦皱一皱眉头。她想起在职大读书时，有男生跟男生去开房，也有女生跟女生去开房，还把这当成时髦，在博客上炫，并且鄙薄说：“异性恋，真恶心。”

她说：“未必……”

丽丽知道她想岔了，笑弯了腰，挥着手：“哪里呀！他只是觉得花衬衣穿在身上热闹，也更帅气。人家在高中就谈过两场恋爱，上大学后又谈过，都没成。”

碧桦沉吟在那里，然后问：“他现在做啥子呢？”

那段时间，洪泉已不跟四喜混，独自去了苏州，但在苏州干啥，丽丽并不知情。她便拿出电话，给洪泉拨过去。

就是这个电话，促成了一段姻缘。当丽丽把碧桦的照片发给洪泉，洪泉又把自己的照片发到丽丽手机上，让碧桦看了，碧桦便留了洪泉的号码，碧桦的号码，也由丽丽告诉了洪泉。

那之后没过多久，碧桦去了苏州。

在和丽丽两次相见的间隔里，碧桦自学了财会，考取了会计证，去苏州后，就在某家小公司里做会计。

十九

接着是结婚。碧桦的父母，深居山里，也就跟山里人嫁女一样，要男方在镇上有房子，仿佛一个回龙镇，就打瞎了眼睛。不过这也合了二哥的意，要是亲家眼界大些，要求在苏州买房，那才喊天。二哥问洪泉有多少钱，洪泉说，我将来会有很多钱。二哥听出首尾，臭骂一通，骂得电话发烫。二哥跟他儿子，很有些像父亲和春晌。当初，二哥下死手打小兰，让小兰隔三岔五，就喊出那声“树爸，你能干就把老子打死”，但从没打过洪泉，洪泉不仅是儿子，还是超生的，交了几大千罚款，那年月，几大千意味着一头牛、几口猪，意味着要把家一锅子端了，这就如同倾家荡产购来的宝物，免不了分外珍惜。二哥骂洪泉，也不比骂别人，骂别人是真骂，骂洪泉是骂自己骨肉儿。骂了，他就去街上看房子。

当时，二姐已给子强买了房，幺妹的儿子华天还小，却也为他在清坪镇把房买下了，都超过一百二十平米，二哥总不能买更小的，买更小的亲家也不答应。人家女儿是大学生呢。你儿子是大学生，现在不值啥，女儿是大学生，本来也不值啥，可在亲家眼里，却是金宝贝。谁家女儿都是金宝贝，这也没错，何况碧桦生得好看。只是，男亲家是个木匠，脾气跟尺子一样，直杠杠的，那碧桦一直谈不上对象，除男人们的原因、她自己的原因，还有她父母尤其是父亲的原因，木匠觉得，天底下没几个男人配得上他女儿，提说一个，回掉一个，此前两三年，碧桦也曾带过两个回去，都是带回的当天，就被他忤走，要不是眼见年岁不等人，怕女儿成空心萝卜，他断不会同意跟老君山的许春树做亲家。

二哥知他不是个省油的，也不敢去惹他，看房子的时候，就盯住楼盘好的，起动轩阔的。在下街储蓄所对面看下一套，一百三十五平米，要十六万。这在回龙镇，算是烫手价了——当然还不能跟滨河路上那个由大坑变成荷塘的“品质楼”比。

可是洪泉手里没钱，二哥上季度卖过两口生猪，加上积年存下的，也只四万二。这笔钱是二哥的秘密，谁都不知道，直到有回他去赶清坪，那天许利民也赶清坪，利民请他去店里喝酒，几杯烧酒下肚，他把这事说了，而利民跟大哥好，又对大哥说了。二哥买房时，大哥心想，他只有四万多，要借差不多十二万，其实不止这数，买来还要装修。但二哥却说，他一分没有，全靠借。果真全是借的，找女儿小兰借了十一万，我三万，大姐三万,二姐一万，幺妹两万，把那房子买下了，收拾得光光鲜鲜。大哥见二哥给儿子买房也一毛不拔，眼里看不上，才把他的存款对我们说了。

其实大姐是知道的，利民的老婆郑三儿，跟大姐好。当二哥把新房收拾停当，跟二嫂回到燕儿坡去，郑三儿说："你们这下对了，赶场天上街，刮风下雨，落雪落刀，也惊不倒难不倒，脚步儿一撇，就进了家门，不像我们，只有撅起沟子往山上跑。"二嫂听了，打几个哈哈，说："房子虽说买了，却多出几个债主，角角分分都是借来的。"下一个赶场天，郑三儿在街上碰见大姐，大姐请她吃饭，她没时候去，就站着聊了会子，郑三儿说："你二嫂那人，怕我们借她钱，就说她买房子全是借的。"大姐说你这是冤枉她，真是借的。就一笔一笔背账目。郑三儿听了，细声说："你二哥二嫂狡猾，他们包儿里有四万多，舍不得出手，存到银行取利息。"便把那回二哥在清坪镇讲给利民的话说了。

大姐心里起了疙瘩，但钱都借出去了，又不好说的，也没告诉大姐夫。

大姐夫现在听大哥透露出来，哼一声："是借，又不是送！"

房子买了，也装修了，紧跟着办婚礼。和丽丽的婚礼一样，是回镇上来办。碧桦住到柏树岭的老家去，这边用车子去迎亲。迎亲车备了六台，只两台不要钱，这两台，一是杨津的，二是贵兵的，贵兵现在不仅有那台小型货车，还有辆“现代”。二嫂嗓门儿大，正经场面却镇不住，只得大姐挑头，请了帮忙的，又是去中心校桂老师那里，租来整套锅盆碗盏和桌子。储蓄所对面排摆不开，就又搬到滨河路。

都招待了几拨客人，第二天一早就该迎亲去，谁想快到夜里十一点，洪泉却接到碧桦的电话，碧桦哑哑地哭，听上去，已哭过很长时间。洪泉问咋啦？碧桦又哭几声，才说，她爸不愿嫁她。洪泉当即就炸了：“他不嫁，老子还不娶呢！”

单这一句，就伤了碧桦的心。

碧桦说：“是我嫁，不是他嫁，你不娶他，连我也不娶？”

洪泉说：“不娶！”

愤愤地，把电话挂了。

当时洪泉正跟他姐夫和几个老表，在新房子里打麻将，他爸在一旁抱膀子，见这声气儿，问缘由。洪泉骂天骂地说了。

二哥面皮紫涨。为这场事，他已投进全部积蓄。几天前，他又去找女儿借钱，小兰说：“爸爸，你以为我是开银行的？洪泉念书，还有毕业后置办东啊西的，你借了我多少？不见一个子儿还回来，买房子又借走十一万，这才过了多少时日，又借？我借不出来！”

话虽如此，沉默了一回，见当爹的一副愁样，又软了心，去跟丈夫商量。贵兵已知道岳父有几万存款，自己有肉，却割别人身上的肉，心下不乐，就闷头抽烟。小兰察知其意，也不强问，就去回了话，说贵兵买了原料，又买了车，手上空了。二哥塌腰屈膝的，知道再找别人开口，多半也是竹篮打水，无奈之下，只好朝自己开刀。

他在自己身上割下的肉，都炖烂了，被人吃走了好些，而半文礼金也还没收，要正酒那天，也就是明天，才会请来礼生坐台，接人情，写礼簿。船已下滩，箭已离弦，却说不嫁了？

二哥气得！

气的不仅是钱，还有脸面。

洪泉和碧桦并没扯婚书，说好先办了酒席，再去补办，这一不嫁，意味着这场婚姻，就跟烟子一样，风一吹就散了，风不吹也散了。各路亲友，八方宾客，都知会过的，只等天明，人家就远远近近地来镇上坐席，来了却冷目瞅眼，他那脸往哪里搁？

二哥便也骂起来，骂木匠想他女儿做寡花，蜜蜂也不往那方去。骂得痛快了，却发现还是伤着自己。一砖一瓦扔出去，都要着地，都要听到响声，你一个屁不放，一个说法不给，事到临头，砸场子，说不嫁就不嫁，你脸面再大，大不过屁股！

二哥催洪泉，让打电话给碧桦，问她爸脑壳里发了哪股水。洪泉不打电话，只要打麻将。他姐夫和老表见状，不好打的，但洪泉只管把牌往面前砌，说："打，打个通宵，天亮我就回苏州。"二哥听他说得轻巧，怒气一喷："为你的事，老子花出去的都是真金白银，你把那些花销搁在桌上，就滚回你的苏州去！房子钱不消你出，你只把这几天的开支赔我，你前脚走，我后脚就把房子卖了！"洪泉没回言，只将袖子一捋，直捋到肩头上去。

他现在穿的是白色亚麻衬衫，大概是跟碧桦好上后，他就不再需要穿花衬衣来让自己"热闹"了。

谁想那边又说不嫁了!

二嫂跟小兰在另一间屋里，打理明天的抬盒、箱笼、被盖，听这边吵闹，过来探听，才知原委。二嫂当场就傻在那里，随即是骂，骂得楼上楼下都听见。小兰是有主张的，把母亲劝住了，又叫洪泉问碧桦，洪泉还是犟着，小兰说，你不问我问。便摸出手机，拨过去之前，正脸交代:“不管说啥，你们都不准开腔。”言毕调出碧桦的名字,摁下了。却是占线。拨好几次都占线。接着又听见敲门声，小兰去开了，是她大姑。

大姐把手机捂在耳朵上,跟谁通着话。不知是因为爬楼的缘故，还是接听电话的时间过长，一张脸红噜噜的。

进得门来，走过客厅，进入放麻将桌的饭厅，大姐才跟对方把话说完。

是碧桦打给她的。

大姐来，就是传碧桦的话。

二十

碧桦的父母，特别是那木匠，思来想去，觉得女儿就这样出嫁，分明是嫁亏了。

钻石戒指、钻石吊坠、钻石耳环，谓之三钻;金耳环、金项链、金戒指，谓之三金。山里人家，钻石没见过，石头见过，既然都是“石”,对那三钻倒也不稀罕。稀罕的是三金。别人嫁女,三金可缺，他邱木匠不能缺。几天前，洪泉和碧桦从苏州回来，一起上县城去买，却只买了耳环和项链，凭空少了一金。

听到这里，洪泉将麻将一捻，只差没捻碎了：“那天又不是不买，是没合适的，说将来补上，是说清楚了的！”大姐恨他一眼：“你吼啥子？你说将来补，要是娶到手就忘了呢？”洪泉说：“咋可能忘了？”大姐说：“那才难说！”然后不理他，接着传话：明天迎亲，那抬盒里，需有金戒指，没有，就不必去，大家干净。二嫂叫起来：“镇上又没卖的，县城才有，这乌天黑地，赶到县城也关了店门，促忙促急，去哪里买？”大姐说：“我也是这话，但是碧桦求我，让想办法。她爸爸说了，答应就答应，不答应，就当没这场事。”

清溪河迎亲，天麻麻亮就出发，以前没公路，又逢路程远的，半夜就出发，去到女方家，打着露水上祖坟，回到堂屋拜长者，然后吃早饭，早饭吃过，就吹吹打打上路。要是明天去县城，等到九点发市，再把戒指买回来，水已过了三秋。

那木匠是真的不想嫁女了。

“不嫁算球了！”二嫂说。

“就当老子折财免灾！”二哥说。

“打麻将！”洪泉说。

大姐肿着嘴，缓缓移动着颈项，把每个人都瞥了一眼，才说：“这就把人憋死了？你们就恁大个起解？人家是把女儿给你，又不是给一只羊，有恁撇脱的？憋一下你，也是看你诚心，不想想自己有没诚心，开腔就怪人家过分……”二嫂把话接过：“咋没诚心啰？没诚心就不会买房子，就不会操办这酒席。”大姐嗡了声鼻子，说：“房产证上只写着洪泉一个，这叫诚心？”二嫂说：“丽丽是结了婚才买的房，当然是写她跟培亮两个。再说我们不比你们，你们钱大。”大姐说：“钱大钱小，跟诚心有啥关系？丽丽的房子是婚后买的，但洪泉也是定了婚期才买的，为啥就不可以把碧桦的名字写上，让她爹妈也宽心？”

不等人回言，大姐又说：“过去了的事，不说了，我还没把话传完呢！”

于是大姐继续传话。除了要添上金戒指，有个耳环链子不甚妥帖，需重新买根来配；原说的抬盒里，只装三牲五畜、时鲜果品、糕点蜜饯、女方父母各两套四时衣帽鞋袜、爷爷奶奶各一套，现在这些都不变，但要另放两万现金。

二哥二嫂听了，就不言语了。

洪泉也不言语。

小兰和贵兵也不言语。

大姐说：“碧桦还等着回话呢。”

“没有话回。”二哥说。

“洪泉呢？”大姐问。

“我开始就说天亮就回苏州。”

“这证明你并不喜欢碧桦嘛，你本来就没打算结这个婚嘛。”

二嫂急了：“红妹耶，哪是这话？分明是人家下绊子整治我们，让我们想结也结不成。”

大姐嘴一歪：“未必人家让你想结也结不成，你老老实实就当真结不成？”

“你能干，你想个办法，”二哥嘲讽地说，“我不相信去抢……”

“你只晓得说棒棒话！”大姐昂着脖子，把二哥短了。

二哥将嘲讽的表情留在脸上。大姐不去管他，接着说：“人家要，给嘛！有啥子了不起？说人家过分，是有些过分，但也不算十分过分。你们看那电视上，订个婚下插定，嫁个女要彩礼，不要你三金三钻，只要你‘三斤三两’，要你‘万紫千红一片绿’！这些你们都是看见的，算下来有十四五万，就说有些人起奸心，先把钱在水里浸湿了再称，三斤三两称下来，也少不了十三四万。人家没要恁狠嘛。另一起人，不仅要你有车有房，还要你没爹没娘，人家也没恁刮毒嘛！要是洪泉确实不想结，我也不多这个口，只是依我看，碧桦配你洪泉，也还配得过，人家脸嘴儿在那里，也跟你一样念过大学，说不定比你还念得好，虽说都是大学生，但圆的不一定都是核桃，长的不一定都是香蕉，那碧桦毕业出来，还晓得用功，去拿个会计证！手脚又勤快，为人又见便，不说别的，单说去我家里，你洪泉啥时候扶过一下扫把？除了往嘴里刨饭，啥时候又摸过一下碗筷？碧桦进屋，先不坐，先问我有啥活路忙。人家有那眼水，有那心胸，你没有。再说又不是她作难人，是她爹妈，她这么晚来电话，声音哑成片片儿，证明她跟爹妈不晓得斗了多久，斗不过，才打电话过来。她是你洪泉的人，就想你给她长个志，撑个腰，结果你打头就抽底火！你只想到她是她爹妈的女儿，想不到她是你洪泉的婆娘，遇到麻烦，就把她往外推，你对得起哪个？”

一席话，说得洪泉把头低了。

二哥那嘲讽的表情也不见了。

二嫂说：“这么晚……”

小兰脸一恶：“妈你莫开腔，听大姑说！”

大姐便说：“这么晚，县城关了店门，但店门是人关的，也是人开的，上街孙剃头那舅子，在县城开饭店，孙剃头那舅子的老挑，在县城开服装店，孙剃头那舅子的老挑的妻侄女，在县城开金银店，给孙剃头说声，让他给他舅子打个电话，让他舅子给他老挑打个电话，让他老挑给他妻侄女打个电话，约个时间，去店里会面。只是要辛苦贵兵一趟，开车去；睡一觉起来去太急，人也不清醒，不如现在就去。”

贵兵说：“我没问题。反正这两天我也不上工，就为这件事忙。”

可是钱呢？总得带几千块钱在身上，加上压抬盒的两万，至少得准备二万四五。二哥是决然没办法了，他那几万存款都投进油锅里了。问贵兵，贵兵不好说没有，好在是要现金，不是问存款。他身上只有几百块。小兰也只有几百块。几个老表兄弟，把荷包翻烂，也凑不足五百。镇上的储蓄所，没柜员机，要上班才能取钱，今晚取不到，明天打早也取不到。大姐身上同样没钱，但她知道大姐夫有。晚饭过后，何老三才来结了账，大姐夫将部分借给了钱文（就是今天上午来找大姐夫借过钱的那位），余下的留在了身上。

大姐想了想，又想了想，犹犹豫豫地，给大姐夫拨了电话。

大姐夫正在牌桌上，接到电话怒气冲天，话传过来，满屋人都能听见。据说打牌时接电话背运，正赢的时候接电话，就输，正输的时候接电话，输得更多。大姐知道这一层，自觉理亏，语态柔软，说有事跟你商量，你到二哥家来一趟。“啥事嘛！”大姐夫火气更大。大姐正要解释，电话断了。

都愣头愣脑的，以为大姐夫不会来，没想半个钟头过后，他来了。二嫂忙着让凳，二哥忙着递烟。大姐夫平时不抽没名头的烟，但二哥递烟，他是接的，他看不上二哥装行，但这个装行的人，要是主动攀扯他，他还是受用。待他把烟点上，大姐才把事情说了。

大姐夫并不隐瞒他身上有钱，只说，刚才输了几千，不晓得够不够。

他平时打牌，都不敢对大姐说输了，今天说得堂堂正正。

大姐自然也没怪他，问还有多少。大姐夫阴着脸，将皮夹子摸出来。他总是揣着个皮夹子，那皮夹子总是胀鼓鼓的，齐崭崭装着百元大钞。他像取砌那样，将钱取出，数出二万九。他把四千块装回去，说："我借二万五给你们，但话说在前头，明天收了人情，当场就还我，包括上次借的三万，一共五万五，明天都还我。"二哥神色阴沉，二嫂说："我们这小门小户，哪里收得到五万五？"大姐夫说："收多少还多少。"这时候，他想到了丽丽办酒席时，叫二哥守个夜都不干，因此把话说得冰冷，说完就走了。

贵兵和洪泉也起身，去县城。

他们起身的时候，大姐给孙剃头打电话。

孙剃头早睡了，但听了大姐说，马上跟县城那边联系。

这不仅因为孙剃头喜与人方便，还因为请了他录像和照相。

孙剃头六十多岁年纪，剃了一辈子头，却一辈子都只把剃头当饭碗，他真正用心的，是照相（录像是后来的业务，他觉得远不如照相有意思），镇上人婚丧嫁娶，都请他，费用只收成本。我看过他给丽丽拍的婚礼照，角度和光影都很讲究，因和他不熟，就叫大姐夫去说，希望看他更多的作品，看能不能拿到我们画报发表，结果大姐夫带话回来，说他不想发表，一发表就有功名心，他恁大年纪了，担不起功名心的累。他还对大姐夫说，我多时就晓得你内弟在画报社，要是想发表，还不早跟他结识？"连结识他我也觉得累。"孙剃头说。这句话倒让我想几天也没想透。是说因为不想发表作品，就不愿跟编辑打交道，还是说我就是个功名心很重的人？或许是骄傲也未可知。他儿子孙俊，是回龙镇第一个、现今也是唯一的一个留学生，去英国拿了博士回来，在上海一所著名大学任教。

贵兵和洪泉去县城办得很顺利，柏树岭的木匠也再无话可说。

天亮去迎亲，这边滨河路上安席迎客。

午后归账，收了七万三千块，大姐夫守在那里，把五万五拿走了。

为这事，二哥二嫂都怪大姐夫绝情。总共七万多喜钱，他就拿走大半。

二十一

自己结个儿媳，结得鸡飞狗跳。

大哥结个儿媳，却像撸片树叶子。

先头四喜那前妻冉晴，虽没带财来，可也没让四喜买房子，没让四喜给彩礼，两个静悄悄地，把婚结了，顺顺当当地，又把儿生了。

第二个康芙蓉，没结婚，只为他生了女儿，他抛下母女跑了路，老家人还不知道，直到康芙蓉带着孩子找到燕儿坡，大哥大嫂才知情，当时大哥他们还没有电话，用康芙蓉的电话打给四喜，响一声，就自动挂断。大哥大嫂像两个罪人，只能用怒骂四喜，来表达对康芙蓉的歉意，那康芙蓉竟反过来劝他们，叫他们宽心，吃过一顿饭，就背着女儿，流几滴眼泪，跟大哥大嫂告别，大嫂要去找些钱给她，她说不要，你们也紧张，说着出了脚，下山去了。过了两年，四喜却又去看女儿，康芙蓉不仅没找他索要抚养费，还照样认这边爹妈，前些天还给大哥打电话来，叫他少种些庄稼，免得累着。

这第三个申晓菲，非但不说彩礼的话，还搭上一套房子！

二十二

二嫂大叫了一声“春树”，就说要回去。

酒是早就喝足了，饭也吃饱了，但眼见就是下午三点刚过，再过些时候，又该吃晚饭了。大姐做的菜，剩了大半，她想都留下来，帮她把剩下的收进肚子里去。那些上学的孩子，放学回来，也跟大人们吃个热闹，给爷爷太爷爷敬杯汤水，尽个礼数。

但二嫂执意要走。

“走啊！”吼一声，“走啊！”又吼一声。二哥先不表态，随后来了气：“要滚就滚，哪个把你脚脚爪爪撇了的不成？”二嫂便起了身，说：“红妹，我今儿个不帮你洗碗哟。”大姐说：“我自己会洗。”然后又留她。

父亲也留。父亲早就想跟兄弟回拐枣坪了，可儿孙相聚时分，他到底舍不得。对所有人而言，都是聚一次少一次，对父亲，又分外不同些。

我们很小的时候，贵爸常在月亮坝里讲旧事，讲的是他父亲那辈人的事，当年，三二十个“背二哥”，从川东北出发，往陕南安康、汉中背盐，一路翻越楼口门、黑熊椏、鬼见愁……山岭嵯峨，坡陡地薄，野风劲吹，影颤魂栗，那些背夫，流下的汗水比盐水苦，来不来就累得吐血，吐出的血把路边一丛野草淹死，扯把干净草，将嘴巴揩了，又接着上路，从亮走到黑，在客栈歇了，却是今晚脱了鞋，不知明早穿不穿，真个是路长日子短。

父亲现在，就是那种“苦短”的感觉。

就算如他所愿，能活满一百，也经不住扳了指头数。父亲的光阴，比我们的多长了几条腿。每次团聚，在父亲那里，都显得仓促而奢侈。

他劝二嫂坐下来，摆些龙门阵，吃了晚饭走。

可二嫂没坐下，二哥却又起了身。二哥完全看不见父亲央乞的眼神，掞着腰杆，说：“顶着嗓子眼儿，还往哪里吃？”说着跟二嫂往门口去。

小兰见爹妈走了，忙着往厨房收碗，大姐说：“想走的话，走你的，碗不要你收，你这么疯癫倒脚，莫把碗给我摔烂了。”小兰嘿嘿笑，说：“大姑，那就道谢哟。”又扑到她大姑身上，凑近大姑耳朵说：“不是我躲懒不想收拾，是那边牌桌子上差我这个角角儿呀。”大姐一巴掌拍去：“听球不得！你硬是根红萝卜！”小兰嬉皮笑脸的：“红萝卜倒算不上，是那些家伙见我上午赢了钱，不忿气，发了不下五十条短信催我，老子再去下狠手赢几把，就去接娃儿。”说毕扭脚扭手地，跑到门口，跟爹妈一起换鞋。

三爷子出了门，门将关未关之际，大姐说：“回去睡会儿，晚上来吃饭要不要得？”门砰一声响了，接着传进来二嫂的声音：“不来了红妹，你们慢慢吃。”

大姐这才把脸垮下来：“拔了萝卜地皮宽。”

二十三

地皮是宽了，可一下子也冷清了。

当青梅和弟媳把饭桌收拾干净，青梅去洗了碗，也出门过后，留下来的，都显出疲态。先是大姐夫，他去那间空屋把躺椅搬出来，往上面一仰，打起了鼾。接着大哥的眼睛也睁不开。大哥睡觉，是很古怪的睡法，大嫂不在家的日子，他从坡上回来，打理了杂活，天擦黑就上床睡了，晚饭也懒得做来吃，睡到子夜时分，起床，煮第二天的猪食，猪食煮熟，就去转山，有月光的时候，借月光照路，月黑头里，就打着手电筒。他会在路上照见一只蛤蟆，一条蛇，一粒多出来的石子儿；说多出来，是跟头天比，这粒石子儿，不知是兽腿从崖坎溜下来的，还是人脚从别处踢过来的，抑或是它自己嫌林子里闷，便趁了夜色，跑到路上透气。大哥觉得，要么是兽，要么是它自己，不大可能是人。村子里没剩几个人了。

现在的好些村庄，杀个猪，都没人帮忙按，死个人，都出不了阳宅，弄不到坟地，丧家只好去报给镇政府，镇政府派年轻干部下乡，为埋死人“支农”。

比较起来，燕儿坡算好的，但也没剩几个了。以前的燕儿坡，像侯大娘这种为死人抹汗的，是丧家的功臣，抹了汗，就啥也不做，只每顿来吃饭就是，丧礼办多久，就吃多久，可是现在，抹汗的人照样要做事，否则事情就做不过来。

人少鬼多，大哥就想，碰到鬼也好哇。他经常停在一片坟林前，把手电熄了，纹丝不动地站上老半天。却不见鬼出来。据说鬼怕铁器，大哥出门，连皮带也不系，只在腰间系根布带或草绳，钥匙也塞在门洞里，结果还是没鬼。只看见对面山上幽绿幽绿的鬼火，蓬成一团，然后突然拉成一条细线，细若游丝，把山缠住，可眨个眼睛，又收缩成莲花模样，且越变越小，终于噌的一声，灭了。大哥怏怏地离开坟林，一路走，一路听着自己的脚步声。有时会有风声，会有蛙类扑进水田，夜晚便因此生动起来。可惜刹那的生动过后，天地便陷入更深的沉寂。大哥又只能听见自己的脚步声了。年年月月，他的脚步声由重到轻，由快到慢，却一直在夜晚的山道上响着。他从比子夜稍晚的时候，转到黎明，直见露水下来，才回屋，衣裳也不脱，躺上床去，浅睡一会儿。浅睡这一会儿是他最安详的时光。他知道，待他睁开眼睛，天就亮了。

此刻，大哥眼皮沉重，但强撑着，不让自己打盹儿。这是下午，随便打个盹儿，都是错过白天的光阴。他在犹豫是不是现在就回去。现在回去，能走亮堂路，但又想看一眼孙子。

他孙子天天，在中心校读小学一年级。

为天天读书，大哥着了不少难，大姐和大姐夫也跟着着难。

学校没住宿，也不管早晚两餐，凡有孩子在那里念书的村民，都需跟个大人去服侍，街上没房的，就租。大哥只能租。可大姐那么宽的房子，却让大哥去租房，大姐心里不安，大姐夫也是，两人便商量，说大嫂出门在外，大哥又丢不下农活，离不得他那个家，不如把天天交给我们算了，让天天住进来，无非是吃饭时多双筷子，饭后催他完成作业，别馋电视，早些上床睡，第二天按时上学，就这些事，也不值啥的。

这么商量一阵，四样都说得好好的，可转念一想，又觉不行。

兄弟的儿女也在中心校，女儿清涟读初中，清涟的弟弟朝晖，读小学，姐弟俩由他们大姨杜玉梅经管着，玉梅在上街租了房，共经管了三家人的孩子，就跟子强的岳母一样，手里七八个，她送孩子上学，沿街认识她的，都叫她杜校长，是因为某些乡村小学，全校只有三四个学生，她却带了七八个，不仅可以当校长，还是两个学校的校长。孩子这么多，租的房却逼仄得很，一窝儿呜喧喧的，吃饭争碗筷，做作业争桌凳，睡觉争床铺，嘴巴上争不算，还相互揪采，扯头发，挖脸。这样子读书，也读不出个子曰来。清涟念小学时，不是第一就是第二，而今只能算中等。兄弟两口子焦急，可也没法子，他们自己拿不出钱单独租房，同时也没那耐心上街照管。

要是把天天接来，却不接清涟和朝晖，说不过去。而把三个一起接来，再加上豆豆，家里不成了托儿所？大姐成天啥事不做，只搂着布巾子擦地板，怕也要累死下场。

何况真把三个接来了，又绝对不止三个。幺妹的儿女在清坪读书，由幺妹的养母照管，而她养母早就烦了。儿子华天还好，那女儿秋月，一点不服管，老人家怄了不少暗气。要是幺妹听说大姐家能住，还不把儿女都送到回龙镇？

再有，二哥虽说自己在镇上有房，洪泉和碧桦，也跟培亮和丽丽一样，忙于挣钱，暂时还没生养，可要是大姐把那几个都接进屋，二哥二嫂照样要念亏欠。

思前想后，不能接天天来。

但大姐和大姐夫，还是暗中接济了大哥：燕儿坡的朱占惠，要上街照顾孙儿，且只照顾一个，大哥便把天天托给占惠，除交伙食费、住宿费，还给工钱，这些费用，都是大姐出的。这事只有我知道。有次大姐对我说："帮一下大哥，我跟你哥都乐意，可有时候想，这无形中是在帮四喜，又觉得不值。一个只晓得生不晓得养的，天老爷都不该帮他。"

说这话时，大姐表情复杂，且很快陷入沉默。

她大概想到了自己的儿子。

二十四

大哥想看孙子，强撑着眼皮挨。可他这样挨着不睡，却把睡意传给了别人。父亲也想睡了。兄弟问："爸爸，你咋打算的？"父亲说我看你们。弟媳说："我先去姐姐那里看看。"父亲说："把清涟两姊妹叫来。"弟媳扯着脸："明明还没放学，哪里去叫？"大姐睨她一眼："那背时样样儿！他老年人，晓得个啥子？你就不能好生说句话？"弟媳被教训了，红了脸，笑着说："我是说还没到时候哇。"说着往门口走。兄弟问："我去不去？"弟媳立即变了腔调："脚长在你身上，我晓得你去不去？"兄弟便要起身。

但我并不想他离开，他一离开，大哥多半坐不住，大哥坐不住，大姐就会忙着打扫屋子，我又只能跟父亲单独相处。我对兄弟说："我俩下棋。昨天晚上就没下成。"

其实我并没有棋瘾，一年到头，三年两载，我也只有回到老家，碰到兄弟或洪泉，才暴饮暴食下几盘，平时是不下的。

弟媳见我叫兄弟下棋，不好说啥，便独自走了。她下了半层楼，大姐追到门口喊："玉玲。"弟媳应了，大姐交代："把两姊妹带来吃晚饭，那边养一群猪儿，也吃不到个啥好的。"

尽管很累，嫌麻烦，但曲终人散的况味儿，大姐也承受不下来。

我跟兄弟摆开棋子，大哥在一旁观战，父亲也精神着，笑眯眯地看我们下。却没人跟大姐说话了。她想收拾屋子，又都坐在客厅，没法收拾。大姐咕哝几声，进里屋睡去了。她本可以跟父亲说话，父亲不懂棋，笑眯眯地看，只因为是他幺儿子和三儿子在下，还有他大儿子在场，其实就当看天书，如果大姐找他说话，他就有了正事做。但大姐没找他。

我们七姊妹，除了兄弟，几乎不再有人愿意单独跟父亲相处了。

往深处说，不是不愿，是不能。

父亲把我们养大，把自己变老，却让我们丧失了与他单独相处的能力。

大哥看了两盘，实在撑不住，就起身说要回去了。

家里没什么事，他本可以等到天天放学，吃过晚饭再走，嫌晚了不方便走，还可歇一夜。但对大哥来说，在别处过夜，就像切他指拇。我们还小的时候，四时八节地走亲戚，最近的亲戚也有二三十里地，上坡下坎，跨沟过河，去了不好当天回来的，真要当天回来，亲戚脸上也挂不住，大哥领我们去，常是走一段就抽身回转，有好几次，举目能望见亲戚家隐在竹树丛里的房舍，也听见了那林子里的鸟叫，他都跑回去了。他也曾经出门打工，在那远离家乡的地方，换洗了两身衣服，就急慌慌踏上了归程，回来还诉苦，说在外面喉咙痛，胃也痛。而今上了年纪，更是离不得老窝子，即便在大姐家住，也难比睡在燕儿坡那间瓦房里安稳。何况他还要半夜起来转山。夜色里的山路，山路上的物事和气息，已成为他“家”的一部分。

大哥要走，是留不住的，所以不留。

他看一眼打着鼾的大姐夫，又望一眼大姐的卧室，问我上不上山去要，我说这回时间紧，不去了，他说，那给你大姐说声，吃晚饭时把天天叫来。

大哥轻手轻脚出了门。门刚关上，兄弟说："最见不来那人！"

我以为他是说见不来大哥不通商量，说走就走，但那样子又不像。他咧一下嘴，露出他的龅牙腔，说："你晓得他为啥子现在走？是舍不得二十块钱的摩托费。现在天色亮，他好走路回去。如果玉玲没跟我一块儿，他保险就要吃了晚饭才走，叫我把他送上山，有玉玲在，他不好叫我送。只要摩托不是白坐，他就不坐。最惜钱，最抠门儿！"

大哥抠门儿？我跟大姐二姐幺妹回燕儿坡，大哥招待得最多，且每次都是拿出家里最好的给我们吃。兄弟却说："那各是一本经。"又说，大哥只有对四喜，才恨不得把自己骨油熬了端给他，对别人，不说比二哥更抠，也不相上下。

对兄弟的说法，父亲没表态。

我想起大姐曾经说，父亲不愿跟大哥二哥住，想帮衬兄弟是定然的，但也另有原因：他在老大老二家不自在。大嫂对他好，这没说的，但他不自在，夜里咳，也怕咳出声，晚上跑肚子，去畜棚里的茅厕解手，拄着拐杖出门，过阶沿，穿巷子，下梯坎，说不尽的难处。如果在老幺家，睡觉前，春晌会在他床头放个净桶，可要是老大老二也这样做，他一定屙不出来，因为不自在。他去老二家住的那阵，有天老二两个打早出门割谷子，却把门锁了，他开不了门上茅厕，忍得呻唤。他们快到中午才回，他既上不了茅厕，也吃不了饭。就是那次过后，他才自作主张，又跑回老幺家去了。老幺两口子忙活时，他可以自己弄饭吃，在老大老二家，却不好去动人家粮食。真动了，老大老二也不可能说啥，但就是顾忌。

尽管大姐有这些话，还说过父亲到了拐枣坪，大哥二哥就像没这个大人，但那是把大哥二哥捆绑着说。家里除了二哥，还没有谁认真去架大哥的舌头。

没想到兄弟这样说他。

我毕竟住得远，知晓的都是个大概，许多事不好多言。想叫兄弟把大哥送回燕儿坡，他酒喝得太多，又不敢叫他送，便只催他快走了。

可兄弟觉得，下棋没个观战的，没意思。其实他本来就不想下，纯粹是为了陪我才走这么几盘。他现在的全部娱乐，是搓麻将，输赢都过现，不像这样打干滚。又走一盘，他就说不下了，要去上街看看。弟媳开始那声口，分明是叫他同去，他没去，心里不踏实。

我不知怎么有些气鼓鼓的，将棋一收，说好吧，你去。

兄弟没立即动身。他看出了我的情绪。我在省城时，任谁打电话，都三请四请，叫我回老家乘凉、看雪、呼吸新鲜空气、去树上摘果子吃，像我回去了，他们有再忙的活路，也丢下了陪我，而我真的回了，分明闲着，也是这个有事，那个有事。每当在老家待几天，起程离开时，我都想，我在慢慢地丢了故乡，哪里只是因为故乡的人少了，房子塌了，庄稼地变成荒草地了，我真正丢掉的，是再也没有先前那种缠缠绕绕的贴恋。我先前回家，见到一棵草，也觉得亲，觉得它是为我长在那里的，是知道我要回来，才在微风里轻颤，在雪尘中挺立。现在没那感觉了。有时候，我们几姊妹坐在一处，从头至尾地谈论母亲，并非真个把母亲记得那样牢，而是在谈论当中，去回想当年那种拆散不开的滋味儿。

只剩下这些了。

兄弟到底起了身，说等清涟姐弟放了学，就一起过来。父亲说要得，你快去。他把那个快字，说得真是快，像生怕兄弟慢了，就得罪了弟媳，弟媳就跟人跑了。

我有这样一个卑微的父亲。

而卑微的，何止是父亲。当我坐在省城百花路5号的那个编辑部里，听谁晋升了，得奖了，评职了，加薪了，就会拿自己去跟人比，觉得人家有的，我也该有，可是人家有，我没有，心里便七上八下；当我和领导同乘一趟电梯，给领导打招呼，领导却没怎么应，那整整一天，甚至几天，我都计较着这件事情，回想是不是在哪里得罪了领导，是不是给领导打招呼时，语气不够做小伏低。卑微的哪里只是父亲。我的诗歌，每一行都流淌着卑微的血液，便用超脱和抵抗，去装点卑微。父亲不装点，也不会装点。这是我们的区别。

二十五

我又跟父亲单独面对了。我说爸，你要不要睡？他说不，你呢？我不好说想睡，就说坐会儿吧。大姐夫的鼾声开始不那么抓挠人，这时候简直受不了，生生涩涩，如铁锹铲地。我便去把他摇醒。他又是惊惊诧诧的，左顾右盼了，撑起来，打了豪豪的一个酒嗝，摸出烟来递。不知大姐是不是习惯了在大姐夫的鼾声里睡觉，隔那么远的，鼾声一停，她也就醒了，蓬着头出来，见客厅空旷了许多，问："都走了？"问得很淡然，全不是留客时的口气。我说大哥走了，春晌、玉玲还要来，大哥叫吃晚饭时把天天叫来。

不多时候，兄弟来电话，问大姐起来没有，我没回言，把手机递给大姐。

大姐缓缓地应着，然后挂了，说，玉梅感冒了，要玉玲跟春晌在那边帮忙做饭。

父亲立时有些手足无措："那他们过不过来吃？"大姐说："在那边做，还过来啥子？"大姐夫说："多半是假家伙。"大姐说："我猜也是。可能是玉玲想跟她姐姐多摆谈一歇儿。那玉玲，见到她娘家人，说也有，笑也有，见到我们，就像借了她的谷子还了她的糠。"大姐夫说："现在像比以前好些。"父亲连忙点头："是好些。半个月前，她妈噘（骂）春晌，说春晌不顾家，不挣钱，不把日子往光景里过……"

大姐把话截了："她妈当着你噘？你咋听得过？你那心子不痛？"父亲便笑："他本来就该遭噘嘛，吃了早饭就打牌，打到日头戴顶也不收手。"大姐说："我们那样骂他，你心里当猫抓，他老丈母骂，你像喝了蜜罐水，到底是老丈母亲些。"父亲说："格外说！"说罢又笑，笑过了，就说到弟媳为什么现在好些：她妈以前责骂春晌，她都帮她妈的腔，那天却没帮，还短她妈，说春晌头天干了一整天活，把塄坎砌了，红苕管了，秧子匀了，今天歇一下儿，你就说两斗话。

大姐说："这才对他好哦，可惜没好到点子上！春晌也该管教才行。只在这里说的话，玉玲千错万错，做活路是没说的，慢是慢，没歇过，那家里，不靠玉玲，怕是庄稼都做不出来。可只做庄稼顶多大个事？要说，两口子都该管，成天窝在屋里，看以后咋个收场！现时娃儿读小学，读初中，不交学费，不明白钱是条狗，你有的时候，朝你摇尾巴，没有就朝你龛獠牙。等娃儿上了高中，才晓得厉害，可惜那又晚了。"

“这我又要说到你，”大姐脸一弯，盯住父亲，“你跟大哥二哥住不自在，但你是大人，到底还该将就些。你把春晌粘住，家里就得留个人服侍你，留哪个？留玉玲，你又要受气，留春晌，你又不放心把玉玲放出去，再说她小妇人，单独去外面，没个男人帮衬，有些重活路也拿不下火。你这是给春晌为难，他走不是，不走也不是。你表面上是为他好，挣他三哥给的三千块钱，可三千块又值啥子？二妹跟幺妹在外面，半个多月就挣了。就说大嫂，做烧腊卖，只卖中午和晚上两顿，一个月也不止挣三千。你不想跟二哥住，大哥家里你还是该去。大哥是肯定不会出门的，你跟大哥住，春明把三千块给大哥，春晌瘦不了，大哥也肥不了，春晌还能松了手脚。你呢，住到燕儿坡去，也可以跟大哥打个伴儿，跟贵爸和侯大娘摆个龙门阵，侯大娘再讨嫌，也是一个院子住几十年的，提头能找到话说，再说她老了，想讨嫌也讨不出个名堂来。你这上不上下不下，蹲在那拐枣坪，跟哪个搭得上个腔儿？”

几句话把父亲又说苦恼了。

大姐夫弓着腰，在烟缸里摁烟蒂，喘着粗气说：“说了一万回，有作用没得嘛！”

父亲抿了抿嘴，低着眼睛说：“从这儿回去，我就叫春晌出门。现在玉玲不让我受气。”

大姐夫看住大姐：“听嘛，他反正就是要跟春晌。除了怕每年三千块钱落到别个手头，还怕他将来挣的那台彩电也落到别个手头。”说罢笑得呵呵呵的。

父亲也笑，说：“玉玲确实比以前好些，做的饭也软和，还给我倒洗脚水。”

大姐斜了脸："好也是你在说，歹也是你在说，既是恁样儿，我也管不了你的三闲。"说罢去找梳子，梳头。梳子放在什锦槅底座上，大姐取过来，边梳头边对大姐夫说："今天大哥说那话，你要往心上去呢。"大姐夫问啥话，大姐就火了："叫你去打牌，叫你去……你就恁个货色，家人说着耳边风，外人说着金字经，总要啥时候吃了亏才晓得！"

若不知就里，大姐这话完全像打哑谜。

大姐夫讪讪地："说事就说事，扯恁远。"大姐说："叫你把酒收了，莫恁显摆，你就记不得！"大姐夫这才定了心："哦。开始不收现在收，反而惹人瞎猜。"大姐说："猜不猜是别人的事，你个人该长个心胸。皮红不如肉红，表壮不如里壮。"

大姐夫并没照大姐的思路说下去，而是说："我这酒，来得正当，我又不怕。不正当我也不怕。春明晓得，民不告，官不究，你说哪个去告我？在街上，我不跟人结仇，在村里，连灰狗儿我也要看顾。自我当了书记，李家岩没一个人没从我手里得好处。平生不做皱眉事，世上没有切齿人。那些被告发的，都是手暗不通风，只晓得往自己胯裆里捞，不给别人留活路。我从没听说过有人纯粹出于正义，去把别人告了。都是为了自己的利益才告发人。即使损人不利己，也是满足损人的快乐，再顺便把正义搭上。"

大姐听得似懂非懂，便没言声，将梳下来的头发捻成团儿，扔进垃圾桶。

二十六

兄弟一家，果然没来吃晚饭，我们竟也忘了叫天天，饭吃到一半，才想起来，大姐丢了筷子，从手机里找朱占惠的电话，结果没存，大姐夫自然更没存，于是打电话问。本来是问大哥的，却错打给了二哥，二哥接了，大姐才反应过来："哦……"她惊异地说，"二哥呀，你们吃了没得？"又说几句，把电话挂了，蒙了嘴笑，笑得手机差点儿掉进汤钵。大姐夫开始不言，后来说："神经病！"大姐笑够了，再给大哥拨过去。

大哥不会存名字，但记忆力好得出奇，我们的号码，整个燕儿坡人的号码，长号短号，他全记得。朱占惠带着他孙儿，记她的电话更不消说。大姐问清了，打给占惠，占惠说他们都吃过了，她正洗碗呢。豆豆好奇，问谁要来，青梅说你天天哥哥，豆豆当即就不干了，说不要他来，他来了要争电视。这时候，豆豆一边懒心无肠地吃着饭，一边看《熊出没》。

大姐本是要叫天天过来，见见他祖祖和三爷爷，顺便再吃些鸡肉排骨水果啥的，听豆豆这样说，便罢了。

吃过饭没多一会儿，兄弟来了，眼珠子红跳跳的，显然又喝过酒。玉梅的老公在外打工，租房里不会有酒，多半是现买的。一顿也离不得。兄弟急急慌慌，也不坐，就说："爸爸，你再陪三哥耍一晚上行不行？三哥你明天走？"我说明天一早就走。父亲问兄弟："你们总也是在街上呵？"兄弟说："玉玲在。姐姐得了重感冒，把几个娃儿都传染了，幸好清涟跟朝晖没染上。姐姐下午才去卫生院输了液，玉玲在街上帮她，看样子怕要帮几天。我必须回去。晚上猪都没喂呢。我们只给妈说了，叫帮忙喂中午的。”大姐说：“你那老丈母是癞蛤蟆变的，戳一步才晓得跳一步？见你们没回去，猪在圈里叫唤，她就不晓得去喂？”

兄弟咧了嘴笑。

大姐夫说：“即使没说，现在打个电话不一样？”兄弟把烟摸出来，是大姐夫给的红壳子巴香清，他将翻盖打开，以夸张的表情盯住盒子，见只剩两支，便说：“留在街上做啥子哟，烟都没得抽。”大姐夫眼睛一鼓：“还想要？多体面！”兄弟便不好意思地笑。每次他提什么要求，不管以哪种方式提出来，只要没被同意，他都会显出这神情。

大姐夫的手机当啷一声，他从电视柜上拿起来看，是约他打牌的短信，他把手机往裤兜里揣，同时将搭在躺椅靠背上的衣服拎上手——他怕热，吃饭时，光着上身——要出门的样子。于是兄弟又说：“把我留下来，又不陪我耍。”大姐夫说：“我没留你，要走走你的。”又说：“我晓得，你就是想回拐枣坪打牌。不在街上打，是你最聪明的地方，要不然，早输得裤儿都没底的。”说罢穿了衣服，扣着纽子，朝门口走。走几步脚一撇，进了另一间屋，出来时，远远地扔给兄弟一包红壳子，说：“体面昏了！”这才去门口换鞋。

他换鞋从不弯腰，脚穿进去，脚尖笃几下，将后跟抖起来，或者趿着走，走着走着，后跟自动弹起来，因此他那皮鞋的后跟都朝下坐。大姐骂了百十回，骂不转，就听之任之了。

笃脚尖的时候，大姐夫说：“爸爸，你再耍一晚上，我早些回来。”

大姐夫走后，兄弟反而坐下了。大姐说：“你到底是走还是不走？走就说走的话，不走就说不走的话。”兄弟噘着嘴，想了想：“还是走。”大姐说：“走就把爸爸也带回去。刚才手机上来天气预报，说今晚上要落雨，还有五级风，我怕爸爸冷，生过场。”说罢又炸的一声笑。她又想起了父亲流口水的事。兄弟知道她笑啥，看着父亲。那眼神，又是祖辈父辈看儿孙的眼神。这么看几眼，兄弟说：“要得，我坐会子就走。”

大姐进了厨房，拎出一大袋东西，递给青梅，说是些肉啊菜的，你给你妈提去，今天本来该叫她来吃饭，你舅舅他们在，你妈来了也没啥话说，就没叫。青梅接了，放在餐桌上。大姐说：“要去就快些，免得雨下来了。”青梅就逗看电视的豆豆：“豆豆反正只晓得看电视，不晓得做作业，从今天起，就不准她去外婆家。”豆豆斜躺在沙发上，听见这话，蹦起来，说她要去，她把作业背上，去外婆家做。大姐嗔怪青梅：“故意的！她不去算了嘛，你给你妈送去就回来嘛。”但豆豆已跑向门口。看样子，青梅又是去她母亲家过夜。去母亲家过夜，她可以暂时忘记守活寡的滋味儿。

兄弟点上烟，点上了才问我：“抽不抽这孬烟？”大姐恨他一眼：“你让你哥听见，看他还给不给你！这是孬烟，你平时抽好好的？”兄弟和父亲都笑。父亲在沙发边缘，蜷了一整天，越蜷越小。大姐看父亲时，满眼的怜惜，于是又对兄弟说：“你喝成那样子，到底开不开得摩托？开不得就莫走。”兄弟说：“屁开不得。我这技术，在老君山开几个来回也没事。”大姐说：“莫夸大话，小心些是正经。”说了一回，兄弟便跟父亲起身。

父亲站着时，一个肩膀高，一个肩膀低，他把头扭向高的这面，说：“春明，你去拐枣坪住一晚上嘛。”我又说了明天打早就回省城的话，说着和大姐送他们出门。兄弟自己先穿上鞋，再帮父亲穿，父亲的两只手，按在兄弟弓起来的背上，将左脚提了，又提右脚。鞋穿好，兄弟身子一撇，蹲到父亲面前去，父亲将拐杖横了，自然而然地，往他身上伏。大姐悄声对我说：“怪不得对他幺儿好哇。”

兄弟背着父亲跑，脚步轻快，像是感觉不到身上的重量。父亲的确没多少重量了。我和大姐追下去，兄弟已发动了摩托。摩托就停在大姐的门市前。父亲坐在后座上，像件背心似的，贴住兄弟，拐杖插进兄弟的后领，弯曲的手柄，像个问号，勾在兄弟头顶。

不远处的荷塘边，是跳广场舞的，三二十人，正在调试音响。摩托打个弯儿，从一段土坡爬上公路时，人群中有人喊：“爷爷回去啊？慢走哦。”是小兰。大姐说，小兰牌打多了，年纪轻轻就吵腰杆痛，从上个月起，晚饭后跳舞锻炼一会儿，又去打牌。

兄弟听见小兰招呼，代父亲答了。

“你看嘛，”大姐对我说，“没说叫她爷爷去她家坐下子，也不叫你去，更莫说叫她幺爸。”

说着进了楼道。

我知道大姐回家要打整屋子，就说我去街上走走。

大姐退后半步，举目望天。天空像个铁盖子，但仔细些，能望见块状的云，再仔细些，能见一弯新月，被云擦来擦去，越擦越暗。大姐说：“莫回来晚了，看淋雨。”

二十七

人们三三两两，朝南门码头上来。不是要赶船，要赶，船也早收了，这时节，夜里也毋需到河边吹凉风，可就是喜欢一有了空子，便朝码头走，像这里隐着他们的怀念，也藏着他们的梦想。

从鋬子路上去，我依然走了老街，街灯未亮，老街给人水底下的感觉。且多数人家也没亮灯，即便亮着，也晕嘟嘟的。只有张铁匠屋里格外敞明，敞明得像他一家就占了半条街。他又是坐在屋中央的竹椅上喝茶。多年铁匠生涯，他身上的肉也成了铁，感觉不到冷，现在就只穿着背心。那背心孔孔眼眼，如虫蛀过的菜叶。他的每件衣服都这样。是表明他是个铁匠，衣服被铁灰咬了。其实他已不再打铁，给何老三打了那副链子，他就歇手了。

老街以东，本是一片荒滩，滩头是击岸的河流，远处是朦胧的山影，后来，荒滩上现出一个半月形的土坑，比滨河路的那个大多了，也深多了，是修镇政府新楼时取了土。夏秋二季，河水暴涨，水漫进坑里，成一面湖，湖上铺满浮萍，一层一层的绿，绿得汪翠；只是水不能干，一干就臭，臭得有声有色。附近人家，啥都朝里面扔，包括死猫死狗。臭味儿是往上跑的，斜前方高处，即是新建的政府楼，受不了那臭，就雇人把湖填了，再次成为荒滩，比先前低了两米左右。

而今，有人在荒滩上用水泥硬化了三百多平米，头顶纵横拉了电线，点了五彩灯，灯下设桌椅板凳，卖夜啤酒，并用一张层板写了招牌，叫“夜·啤酒”，钉在尽街的路口。

时候尚早，灯下桌椅空着，但旁边的简易棚屋里，已扑出油烟和辣味儿。

没什么逛的，我便踅回来，又从那条连接新街的巷子钻出去。

对面的稀饭庄园，没一个食客。从店子的命名看，当是专卖早点的，在长长久久的饥荒年月，回龙人吃稀饭吃伤了心，现在只早上吃稀饭，中午晚上都不吃；既是卖早点，这时也不该有食客。张大超靠里独坐，那身灰布衣服，是我上午见过的，也是最近九年来，他一直穿惯的颜色。当初为什么鬼迷心窍，要去偷钻锚，他把后半辈子想完，怕也想不通。然而，如果所有情景都回复到九年之前，他多半还会去。装在躯壳里的那个人——人的灵魂，是这样的不堪一击。

而且他还害了同伙。那同伙是个砖瓦匠，日子过得波澜不惊，且以这波澜不惊为喜，就是做梦，也没想过要去作奸犯科。是张大超去叫醒了他那人心深处作奸犯科的本能。张大超在嘉陵江尾子上被捉拿时，同伙是跑掉的，到底是小地方人，跑也跑不出个大世界，是跑回了黄金镇的家里，公安得信，去了二十余名警察，将那家围住，抽出人进屋去搜。搜到卧室，见衣柜门没合拢，底下还露出鞋尖儿，警察就明白了。他身体高壮，那狭小的空间，没法不露痕迹地把他藏住。警察将衣柜门拉开。四目对视只是刹那的工夫，他见是个女的，挥拳就打，想打倒了再逃。其实他听见了非凡的动静，明知不只这个女警，可见是个不顾后果的人。警察听到响动，冲进来，将他扑倒，拖到伙房……他是死在监狱里面的。

张大超那么枯坐时，是否会想到那个人？……

这夜里，新街亮堂，人却也不多。一家五金店前，坐了五六个男人，听他们说话，听出重庆口音。他们本就是重庆人，曾在回龙当镇知青，今天结伴回来，故地重游。都是满头花白了。这正是一生当中，慢慢开始回忆和想念的时光。这样的时光是安定的，可也表明已向人生缴械投降。

朝下走一程，见对面杂货店的灯光底下，坐着个胖大身子，那是杨津。杨津比大姐夫还胖许多，胖得他本来很高，也看不出高。我不想被杨津看见，免得打招呼，便躲到街灯的阴影里，傍了墙根走。没走几步，见大姐夫从那店子的深处出来，去傍门的冷冻箱，取了瓶矿泉水，然后摸出钱，递给杨津，杨津摇了摇手，大姐夫便喊："二妹。"黄二妹从里面跑出来，见是叫她收一瓶矿泉水钱，也摇手，大姐夫便把钱揣了，跟杨津坐在同一根条凳上，拧了瓶盖，拉长脖子，往喉咙里灌。

原来他没去打牌。许是想到我明天就走，以为父亲也还在，不好去打的，只来街上逛逛，在杨津那里坐会儿，就回屋。

我没叫他，从几棵癞疤癞疖的梧桐树之间溜过去，进入斜坡。斜坡左手边，是个榨油厂，早已废弃，房子也垮得稀里糊涂，蓬勃的乱草，缠裹着砖头瓦砾。傍路，剩了半人高的残墙，残墙里，却长年累月拴着一条深毛子狗，也不知要那狗守住什么。我几次回来，都看见这条狗，每看见一次，它就老一成，毛发就深一成、脏一成，那眼神，就阴郁一成、凶狠一成，拴它的铁链，也黑一成、冷一成，摇动铁链的响声，跟着困倦一成、绝望一成。它是被囚禁了。它成了废墟的囚徒。这时候它正睡着，远处的灯光，从残墙照进去，端端正正，照在如同戴着一顶破毡帽的狗头上。我把脚步放得很轻，可它在梦中嗅到了生人气，猛然醒来，把头抬起，目光恶怒，龇着尖牙，却没叫，也没站起来。它老了。到某个夜里，或某个清晨，兴许它就死了，死在废墟和荒草之间，无声无息。

再下去就是滨河路。我知道大姐还在忙着收拾屋子，便站到堤埂上去，望着黑色的河水。黑色是望不透的，就跟白色一样。

站许久，夜凉上来，我才上楼。

二十八

大姐的屋子焕然一新。整天的热闹，被清洗了。大姐还在用洗洁精，擦果盘、台灯、遥控板、纸巾盒等小东小西，我便进了卧室。

父亲不在，又无别的客人，大姐给我安排的卧室就特别独立，特别清净，里面还有张书桌。我从旅行包里，取出电脑，安放在桌上，却不知道要干什么。诗是写不出来的。诗本身并不存在。诗只在诗心里存在。在我眼睛深处，仿佛站着一个人，只有模糊的剪影，看不清是谁，我听见一个声音说："你和那个人一同出生，你却把自己当成旁观者。"这是什么意思？那声音不容我诘问，继续说："在月光和冬雪之间，横亘着虚构的悲伤；忘记青春的果实，只把甜举过头顶。"凭我此时此刻的理解力，无法抵达词语的核心，只觉得越来越含混。那声音便叹息起来："柳暗花明又一村，说的不是空间，而是新陈代谢。"我依然不甚明白，并因此恼怒起来，便眨了眨眼，把那剪影和声音赶走。

无所事事，便调出电影来看。我的电脑里，存着四十余部电影，都是看过舍不得删的。

还没打定主意看哪一部，大姐进来了。

大姐进来就在床沿坐下，问我："做啥子呀？"

我嗯一声，故意盯住电脑。

这时候，我一点儿也不想大姐进来。大姐却是要长坐的样子，我只好把电脑推开些，转半个身，和大姐面对面。

大姐说："爸爸老了。"

只这一句，就点到我的穴位。父亲在时，觉得心里太满，满得只想抽出些东西，父亲不在，一下子就空了。我暗中怨着大姐，怨她不该叫兄弟把父亲带回去，但同时也明白，父亲真的不走，我又难受。因此我没接大姐的话。

大姐扯着脸，头不停地摆动，这是厌恶的神情，比昨晚看到父亲流口水，还厌恶得深。她说，父亲上厕所，总不冲水，教他几次，也不会冲水，昨天她帮他冲了一次，今天帮他冲了三次。大姐又扯脸，又摇头。

这事我知道，我也帮父亲冲过。父亲是恁爱干净的人，却拿城镇里的抽水马桶没有办法，他到我省城的家里去住那一个星期，天天抱怨没有蹲坑，让他解手解不出来。

"人一老，就没祥，"大姐说，"可人老得那快！常言说，点头才见朱颜子，转眼翻为白发翁。我时常记得妈才死的时候，爸爸在山上砍柴，我给他送水去，他扯起衣襟揩汗水，汗水一揩，脸影红影红的，很光生，身上也很光生，你看现在！脸上那皱皮子，放把米进去也埋了，皱纹牵牵绊绊，比他头发还密，晃眼一看，像他满头满脸都长着头发。还坐下去就不想动，大热天也害冷，放个屁就生过场，本来爱干净，可想干净也干净不起来——活得！还是像妈那样子好，不老就死。老了才死，造孽。爸爸还想活一百岁呢！"

说罢大姐又笑。我以为是笑父亲想给兄弟挣台彩电，结果不是，而是说："我开始问朱占惠的电话，本来是问大哥，结果打给了二哥。"

这有啥好笑的？大姐却笑得不行，笑够了，才说：二哥跟占惠

"有关系"。

听见这话，我说不出什么感觉，只是暗地里震了一下。朱占惠是我们晚辈。当然，是她丈夫许兴是我们晚辈。但辈分是由夫家定的，丈夫是晚辈，她也就是了。何况朱占惠跟贵兵同姓又同辈，这样论起来，说朱占惠是晚辈，就一点也不勉强。

二十九

这件事，最先正是贵兵发现的。

那是去年。那阵子，二哥二嫂在老家挖红苕，二嫂一锄挖在石头上，锄刃蹦开，把她脚背切了条口子，骨头都看得见。贵兵跟小兰去燕儿坡看她。恰逢星期天，占惠也回了燕儿坡，为她外孙办满月酒。

占惠和二姐同龄，婚结得早，生一双儿女，都有些傻乎乎的，儿子还是个远近闻名的怪胎子，别的啥歌都学不会，偏哀乐听一遍就会了，于是长天白日哼唱。儿女又是没长圆就结婚，生的小孩却又都聪明。女儿和小兰一样，生了一大堆，终于盼来个儿子，这儿子是在娘家生的，她婆妈跟来照顾。虽有亲家照顾，占惠还是不放心，经常晚上回去，第二天打早又上街。她能干，不怕吃苦。既然外孙生在她家，又到了满月的时候，她就想还是办个满月酒。叫花子也有个满月酒，她外孙不该错过。倒也不大张旗鼓号客，知道的，去，不知道的，算了。二哥却是首先就知道了，去上礼。

在我们那里，满月酒上礼，分大月子、小月子，大月子是亲客去，礼送得重些，通常是老母鸡一只、猪肚子一只、鲫鱼四条、鸡蛋四十个，当然，你愿意送得再重些，比如为那孩子送几件衣物，送几把金打银铸的长命锁，也没人为你封顶；小月子是左邻右舍一类寒客上门，顶了天，送二三十个鸡蛋，至多，送只老母鸡，也就尽情了，只送钱的话，五十块就算大礼。二哥却送了六十个鸡蛋，一只鸡，外加一百元钱。这是亲客还是寒客？说是亲客，八竿子打不着；说是寒客，自古就没这种送法。

也是合当有事，那天贵兵也去上礼，他想的是，自己来了，又知道了，不上礼虽说没啥，但毕竟都姓朱，千朵桃花一树儿生，五百年前是一家子，平时见面，也是姐姐弟弟地叫。

占惠有两处房子，一处老房，一处新房，老房在岩畔下，新房跟二哥他们住的院子，差不多平行，西去不过半支烟的路程，傍条水沟，水沟高于门窗，低于屋脊。新房刚起好，占惠搬进去不过十来天，贵兵不知情，先下院坝，去了她的老房子，见畜棚里卧着牛，木槽里还有吃剩的鲜草，前后门却都闭着，钌铞儿上，挂着大明锁，奇怪她家今天怎么会没有人，心里不信，还是敲，敲一阵，只敲出一声牛哞。只好退回来。刚爬上屋后的红石子坡地，见郑三儿提着两把夜壶回来，一问，才知占惠住到新房去了，畜生也大多迁了过去，只是那边没牛圈，牛还养在这里。贵兵便又改了道，去占惠的新房子。

刚走到沟堰，就听见屋里传出岳父的声音。那不是一个上礼人的声音，更不是一个长辈的声音，一腔一调的，说得低声，贴着小意儿。贵兵感觉不对，就躲到翠汪汪的竹林里去。这里院前院后，都是竹林，贵兵躲进了屋后的竹林。要是被人无意中发现，他就说是去捉竹鸡，他知道这里常有竹鸡出没。屋后的竹林跟房顶齐平，屋里人的话，却比沟堰上还听得醒豁。占惠问：“江二娘晓不晓得？”二嫂姓江，叫江竹青。二哥说：“她只晓得送了鸡，不晓得鸡蛋和这一百块钱，鸡蛋是我悄悄存在那里的。”听到这里，贵兵不敢往下听了，也不敢回到沟堰，便钻到竹林背后，爬上土坎，沿茅草路西行，上了另一条道。这条道傍着山林，弯弯拐拐向前延伸，近两里路外，才分出岔道，引向村子。

刚过一道弯口，贵兵听见啵啵的声响，抬头望，见许兴骑在一棵柏树上剔枝丫。贵兵竟然吓了一跳，想躲，已躲不及。许兴歇了手，给贵兵打招呼，还扔下一支烟来。贵兵把烟接了，却奇异地不敢抽那支烟，回程中悄悄扔了。

这件事，贵兵一直阴在心里，没对人说。

可不该他碰到的事，偏偏被他碰到。

那之后不上一个月，二嫂的脚好得差不多了，家里的活也忙得差不多了，就跟二哥来街上住。有一天，天黑尽了，贵兵下工回来，从巴人广场路过，见广场傍河那边，站着两个人，尽管灯影含混，可他从背影子，认出其中一个是他岳父。他正要喊，才发现那另一个不是岳母，而是占惠。占惠跟二嫂高矮相当，但占惠的屁股圆溜溜的。不认脸，认屁股，认得更实在。贵兵连忙加快脚步。

回到家，见岳母在帮小兰灌枕头。那一刻，贵兵觉得岳母怪可怜的。洗过澡，吃过饭，岳母也走了，他便对小兰说：“你爸爸怕是在跟朱占惠耍朋友呢。”小兰鼻子一皱，像在用鼻子想这句话，待想明白，三尸神暴跳：“放你娘的屁！”把贵兵上天入地，一通好骂。贵兵不吭气儿，让她骂，待她骂够了，他才把一个月之内的两起事，说给她听。

“我也不敢肯定，”贵兵最后说，“但两起事一凑，荤不荤，素不素，没丝都有寸。”

小兰的性子是火上烤的，当场就给她爸打电话，问他在哪儿，叫他来一趟。

贵兵再三交代：你不能说是我说的。交代了还是不放心，怕小兰当着岳父的面出卖了他，于是溜出门，躲了。

小兰坐在沙发上，气鼓气胀的，只是等。

三十

大姐说，那天贵兵去熟人的店子，聊了个多钟头闲天，心想差不多了吧，便回来，刚进楼道，二哥却跟过来了。贵兵心里喊一声天，说爸爸你……二哥说：“小兰叫我，不晓得啥事情。”贵兵跟二哥一起爬了两层楼，扯个故儿，又下去躲了，二哥便独自上了五楼。刚进屋，小兰把门关了，就发作起来。“爸爸，你把钱还我，今天就还！”这是小兰说的第一句。她爸站在那里，脸子冷了，说不出话来。“你莫怪我憋你，”小兰说，“我的钱不是偷的，不是抢的，是贵兵一颗汗水一颗汗水挣来的，你只晓得借，不晓得还。借去你用、妈用、弟弟用，还说是快刀子割不断的亲，用了我没话说，占惠那娼妇凭啥子用我的钱？”

听到占惠这名字，二哥的脸就紫了，随即叫起屈来，说她啥时候用了你的钱？

不说便罢，这一说，小兰那嘴里，就如暴涨的洪水，把占惠为外孙办满月酒那天的事，今天晚上巴人广场的事，都横扫出来。但她没说是贵兵听见和看见的，是说她自己。

二哥当场就酥了骨头，却还是申辩，说今天晚上，是他出去转路，碰见占惠了，占惠对他说，别看天天那爹没出息，妈也不晓得嫁到了哪里，可他自己争气，每天放学回来，饭好了就吃饭，饭没好就做作业，作业做完看电视，也是看一二十分钟就丢开。占惠跟他谈的，就是这些。

小兰嘴一扭："你好关心天天！跟占惠说天天，就说了一两个钟头，我无数个电话请你也请不过来，你好关心天天！你几个嫡亲外孙在这里，也没见你恁关心过！"

二哥本来还想为办满月酒那天的事找理由，听到这里，不敢了。

小兰越说越气，老子翻天地乱骂。

从那以后，小兰就多了个心。可这样的心是多不得的，多了，看她爸爸时，老觉得爸爸身上有个占惠，看占惠时，又觉得占惠身上有她爸爸。小兰发现自己病了，这病药治不好，只有讨个实情，消了疑忌，才能把心放到肚子里去。有个赶场天，小兰见她大爸进了大姑的屋，便也跟来。她爸真和占惠有苟且，肯定是在老家起的事，在老家也更方便，那一大片山林子，藏得下野猪，也藏得下野人。她只含含混混提了个头，不知者听来，像东山出拳头，去打西山的蚊子，可她大爸听了，就笑起来，说："你也晓得？我早看出来了。"

是去年九月的一天，大哥的手机掉进了水缸，摸出来充上电烤，烤几个钟头，屏里也是雾蒙蒙的，启动不开。天晚下来，起了大风，气温骤降，大哥想打个电话，便去找二哥，二哥提着一桶泔水，正往畜棚里去，顺手把手机摸给了大哥。大哥这个电话，是打给占惠的，叫占惠让天天添衣裳。大哥还没发声，占惠发声了："想我呀坏人？”大哥愣在那里。本来不敢开腔，想直接挂了，可这个电话又必须打，于是说，占惠哪，我是春山。占惠才慌忙改口，叫“春山爸”，说开始还以为是许兴打的呢。一听就是假话。

小兰的心哐当一声，如她所愿，落进了肚子里。

落下去后，才觉得比先前更沉重。

从那以后，她恨她爸爸，也恨占惠，可正像她说的，爸爸是快刀子也割不断的亲，越要恨，越恨不实；恨占惠却是真的，见了占惠的背影子，就娼妇淫妇的嘟囔出一大串。

三十一

“好臊皮哟！”这时候大姐对我说。

类似的话，多年前的一天，大姐就对我说过。那次是说大姐夫。

“小兰没骂错，那占惠不是个要脸的呀，”大姐又说，“有一阵，许兴在外面打工，占惠在家里就守不住，跟保寒、学勤、镇勋，都乱来过。她是坐家婆娘偷皮匠，‘逢’着的就上，你以为她是个好东西？”

多年前的那一天，类似的话，大姐也对我说过。那次是说另一个女人。

我这才明白，昨天大姐夫问二哥是不是回了燕儿坡，大姐说“他回燕儿坡干啥子？那个人又没回去”，是什么意思。

大姐接着说，保寒、学勤、镇勋几家人，到最后都跟占惠闹了一场，要是别的女人，早就没脸了，可占惠脸皮子厚，她不怕。加上碰到个许兴，不晓得是没有男子汉气概，还是太有男子汉气概，别的男人，戴一顶绿帽子就压垮了，他戴好几顶，却屁事没得，结果反倒弄得给绿帽子的受不住。

保寒几家人，都拖家带口出远门打工去了，去了就没再回过燕儿坡，把田地都荒在那里。占惠见学勤有片好地，土质既疏松又肥沃，就去那地里套种了苞谷和甘蔗，出的甘蔗秆子深，皮儿薄，糖分足，占惠用石碾轧出糖水，在大锅里熬了，装进垆缸里，吃苞谷粑的时候，牵丝带缕地舀出半碗来，吃一口，朝那碗里蘸一下，甜得呼儿呼儿响，还常当着人夸耀："在燕儿坡，只有学勤那块地能出恁好的甘蔗。"像学勤那块地就是她的地。说到这里，大姐又摇头，又骂。其实她本人跟占惠无任何过节，两人见了面，还打打闹闹的，开些玩笑，说些亲热话。她只是想不通一个人的脸皮怎么能厚到那种程度。

"人活一张脸，"大姐说，"脸没了，不如一根绳子搭在屋梁上。"

大姐怎么也不会想到，这句话竟成了她自己的谶言……

坐到十一点过，大姐才起身去睡了。我也关了电脑，躺上床。

镇上很安静，只能听见远处的河吼，可我许久也睡不着。

今天是父亲的生日，再过二三十分钟，新的一天就会敲门，父亲的这个生日，就过去了。

天没刮风，也没下雨，大姐夫也还没回来。

第三章

一

我请的假，并不像我所说，非得明天回去。我可以后天回去。但次日天亮，我却早饭也没吃，就去下街的岔道口等车。我出门时，大姐夫还没起床，在里面大声喊，说叫杨津送我去火车站。我说不用了，这么早的，我去坐个组合车就是。大姐夫再三说，我再三推了。大姐便给我封了一大包榨菜，一瓯子豆瓣酱，一方盒藠头，都是我妻子爱吃的；还要给我一壶菜籽油、半口袋绿豆、几只鸡，我怎么拿得走！尤其是鸡，不方便带不说，带回去又不忍杀，只能养着，家悬在半空，没有土坷垃，没有青草，鸡活着也是受罪。每次回来，临走时都像吵架似的，推掉大姐给的许多东西，就像那些有母亲的人推掉母亲给的东西。

大姐送我去车站，我不要她送，她非送不可，只好依她，心里却叫着苦，因为我今天还不想回省城，打算去县城，找老朋友玩一天。

回省城是坐汽车到白马市，再从白马坐动车，去县城既可上码头搭快艇，也可去岔道口坐汽车，和去市里一样，班车少，等几个钟头才能等来一趟，但组合车相对方便；组合车是私家开的黑车，凑满四个就走。大姐这一送，我只能去岔道口，还只能去市里。好在等了一阵，总不见去市里的车来，而去县城的正好差一个，我便对大姐说，我先去县城，再转车去市里，那里车多，随上随走。大姐埋怨，说叫杨津送，你偏不要，现在给杨津打电话，也来得及。而我已忙着把行李放进组合车的后备厢，车主怕失个客人，也来帮忙。我一只脚踏进车里，一只脚站在车下，跟大姐告别。

车刚启动，那傍岩的房子里，便传出一声嗥叫，绵长凄厉，穿胸透骨，紧跟着是铁链子响。车主和另三个乘客哈哈大笑，说那狗日的，又活过一晚上了。前去几十米，过桥，过了桥折而向东，我看见大姐还站在原地，朝这边望过来。随即路又打折，向西，向北，我看不见大姐了，便摸出手机，跟县城的朋友联系。

这是星期四，但没关系，我的那些朋友，早已混成了单位上的老油子，纪律和时间，对他们渐渐失去了效力。时间跟世间万物一样，你拥有得越少，对你的束缚力就越弱。

听了我的电话，都满心欢喜，却也怨我，怪我不早说，不然就拿车来接我了，说恁大一个大编辑，恁大一个大诗人，却去坐组合车，混迹于无名江湖，简直是给社会抹黑。

电话打完，已进入巴河谷。

天然气公司的办公楼、医院和宿舍区，呈带状矗立于远处，脱硫厂那边，燃着擎天火炬。这段路，比河更宽阔，路面又好，车在上面跑，像跑在绸缎上，轻柔得没一些儿声音。走过河谷，又入山弯，这山弯名叫野猪岭，巴河向纵深切割，山路却尽力上拱，如一干一湿的两根琴弦，各自演奏着自己的命运。映山红的丹霞花影，在车窗外奔跑，疾如河水。山风啸鸣。山风也是丹霞般红。翻过山脊，进入坦平地界，又见大片楼房，隐在白桦林中。只是楼里楼外不见人迹。这是县里投巨资打造的工业园，地盘划出来，将数千民众迁走，筑巢引凤，可那只凤却掉头去了别处，或者根本就没有凤，这里便成为活着的废墟。白桦树是建楼时栽的，而今根根直立，枝叶交错。阳光从九天垂落，被叶片捧住，一股风来，树叶翻飞，翠色的光芒哗啦一声，倾泻在废墟上，也倾泻在废墟旁边的马路上。

正这时，电话又响了。

是朋友们已为我订下宾馆，我直接去八仙楼宾馆，拿身份证就能住。

八仙楼位于中心花园附近。所谓中心花园，其实就是街中央摆着个花台，花台上种了独独的一棵铁树。

我住在十八楼，也就是顶楼上，县城在脚下，在空气的深渊里，人和车，都是渊底生物。从窗口俯视，首先入目的，是个十字架，立于楼顶。那幢简化的哥特式建筑，是东轩县城唯一的教堂，名叫恩光堂，百余年前，由加拿大传教士设计建造。恩光堂周边，密布着高楼大厦。河流在远处，却比城区更清晰，目光飞跃直下，便见一座低矮的钢缆铁桥，底板和栏杆，漆成了大红色。那是上届政府着意打造的漫水桥，涨水时节，桥被淹了，平时露出来，市民可以上桥吹风，看水，钓鱼，大妈们抢不到空地跳舞，也去那桥上，尽管这是明令禁止的。禁令如同戒律，有时是另一种诱惑。

桥对面有百来步石梯，登上石梯，是条马路，马路过去就是笔架山。笔架山本是森林和村寨，而今是零落了，树木渐次倒下或移走，村寨失了掩映，显出几分荒凉和惊恐。那些木瓦房和砖墙房，都将拆毁。按县里规划，要将笔架山纳入县城的一部分，一方面缓解城区人口压力，另一方面，据说建在山上的街道，能具别样风情。半年前调来的县委张书记，在川西某县执政时，那县城几乎是站着的，同一间办公室里，从办公桌到文件柜，也得爬坡上坎；居民家里，灶台和炊架之间，也竖着几步梯子。那里没有旁边，只有上下。我说过，这正是空间的实质，那个我从没去过的地方，形象地昭示了这种实质。张书记非常怀念那种感觉，才依样规划了东轩的蓝图。在他的蓝图里，除了搭建山上的街道，还要废弃漫水桥，在下游筑拦河坝，将水位提升，变河为湖，打造县城的湖上景观。

二

刚洗了把脸，两个朋友就过来了。

一个是文化馆的，一个是电视台的。文化馆这位，早年开过书店，叫独辫子书店，他因此得了个绰号：独辫子。为名实相符，他真的用根毛线，扎了根辫子。头上生来贫薄，很年轻时，那脑袋就像长了几根毛的鸡蛋，把头皮扯过来编在一起，也只能编出根老鼠尾巴。到而今，根毛不存，老鼠尾巴也成了他的美好回忆。电视台这位，名叫谭瑞松，少时写诗，上大学后写小说，大学毕业在县水电局上班，没上几年，停薪留职，去南方下海，经营广告业，闲时喝酒，逛夜总会，并在夜总会里劝说一个女子从良，成了他的同居女友。同居小半年，他妻子从老家跑去，当场捉奸，大闹了一场，然后哭哭啼啼劝他回去。他不回。对那女子，他已痴上了。女子对他也是。他对妻子说，痴，是病字头下一个知，因为懂得，所以才痴。话说到这份上，妻子便也没甚言语，独自踏上了归程。又过一年多，他自己回来了。他的身体彻底垮了，发如秋草，面色青黑，眼见就是一副即将下世的光景。他没脸回家，就租了个房子，本来是在那房子里等死的，过了两个月，没见死，活下去的念头便火苗一样蹿。从那时起，他研究中医，用枯死的草木调理自己，竟把元气唤了回来。想再上班，水电局没他席位，电视台却差个文字编辑，就聘他去了。他觉得自己已脱胎换骨，有了勇气跟妻子团聚。尽管没离婚，他却郑重其事的，穿了正装，买了鲜花，在妻子必经的路口，把她拦下，单腿跪地，向妻子求婚。妻子将他领回了家。他不止一次对我说，妻子是他的菩萨，只是当初他喝了迷魂汤，认不得这菩萨；有回我们说着话，走到一根电杆前，他突然左右开弓，扇那电杆的耳光，边扇边骂："谭瑞松你个狗日的，你不争气！谭瑞松你个狗日的，你不争气！"直骂了十数声。他说，"我谭瑞松"下半辈子的光阴，有两大任务，一是向妻子赎罪，二是把自己变傻。他觉得自己实在太聪明了，写的第一首诗、第一篇小说，都是在全国顶级刊物发表的，连考验他的机会也不给，后来去南方挣钱，并没像别人那样起早贪黑，更没有如履薄冰，只潇潇洒洒混着日月，钱就跟前跟后，直朝他怀里扑。

瑞松开着车来，说要送我去凤鸣山玩。我知道凤鸣山是他老家，但没去过。

三人随即下楼。

车停在宾馆内，一辆白色凯悦，倒看不出像瑞松自己说的那么有钱。他对钱的志向，估计比对文学的志向更低。开过中心花园，再过一条长街，现出一个广场，并不很大，但已十分难得。这广场是张书记来东轩后写下的第一笔。他以铁一般的手腕，硬是在二十个工作日内，铲除商铺住户，腾出了这片地界。广场有个好听的名字，叫民歌广场，是张书记亲自命名的。民歌广场并没唱过民歌，却已成为东轩的亮点。亮在概念。自从人类有了知识革命，世界就是被概念支配的。

民歌广场过去，是培亮父母住的后城濠，然后是县第一中学。瑞松指了指县中背后一幢高楼，说他弟弟在里面有套房子。我吃了一惊。听他说，他弟弟是凤鸣山上一个村支书，跟我大姐夫一样，且比不上大姐夫，大姐夫的村子有天然气，而他弟弟的村子，无非是茶叶烟叶之类的土产，却能去那里买房。县中周围的房价，长着钢牙铁齿，房子本身上档，又傍着全县最好的学校。那开发商名叫陈术良，本是城建局职工，早年下海，倒卖“外贸单品”，也就是从海外收来的垃圾货，后开私煤窑，再做房地产，几十年来，每条肥滩上的鱼，都没从他网眼里漏过，且只要是鱼，就不查嫌，大鱼小鱼，都丢进篓子，由此成为东轩首富。做过几年房产商，他的理念有了变化：只要大鱼，不要小鱼。便只修高档楼盘。东轩县城的房价刚上三千那阵，他的早就过了五千。跟瑞松的弟弟比起来，大姐夫花几十万去环保局附近买套二手房，几乎算是寒酸了。

瑞松说，他弟弟买房之前，大半时间就是泡在县城。他弟弟想结识某位领导，就朝餐馆、酒楼、茶社、洗浴中心等地方钻，日子一长，就都浸润上了。他弟弟每年送出的大米、玉米、白豆、绿豆，以吨计，送出的茶叶、松菌、山猪……也是车载斗量。但不管送多少，都以一当十。具体怎样以一当十，瑞松没讲。他只是怨他母亲，说他们老房子背后，有棵合围粗的榕树，那是他的文运，可他大学毕业不久，母亲着人砍了，为他弟弟起房子，从此，他的文运破碎，转成了他和弟弟的财运，也转成了弟弟的官运。

“但最终看来，”瑞松摇头晃脑，夸张地笑着，“我妈是在帮我，她早就想把我变傻，可惜我悟性差，没懂妈的苦心，非要去那红尘中走一遭。”

三

凤鸣山离县城并不太远，却是从头到脚的另一番天地，深林密箐，山溪暗响，站立了万古的山崖，依旧是站在那里。其间有个去处，名唤光明峡，两扇绝壁，相对而立，南北呼应，壁下住着神仙、山魈还是水怪，无人知晓，站在高处望不透，又没路下去，有路也没人敢下去。南面绝壁中央，洞窟星罗棋布，洞里安放了悬棺，某些洞口，残留着烟熏火燎的痕迹，是张献忠屠川时，当地百姓在里面躲过刀枪，清道光年间的白莲教义军，也借此藏过性命。壁上光溜溜的，不生一根草木，那些并不很古的古人，却能自由出入，让人疑心就在二三百年前，人都是生着翅膀的。

独辫子带着相机，他走哪都带着相机，这时蹲在北面崖畔，对着那边的洞窟闪快门。山里潮湿，即使无雨，也空翠湿人衣，崖畔泥土松软，腐叶层积，要是踩虚脚，妈都叫不了一声。独辫子随瑞松来过多次，又独自来过多次，每次来，都像第一次来，把那洞窟宝贝似的留在胶卷上。他的工作，是负责非物质文化遗产的发掘和保护。高崖悬棺洞，多在三峡地区，这川东北的光明峡，是个异数。独辫子将光明峡作为遗产申报，连报五回，都是踏浪而去，铩羽而归。他便很愧疚，觉得对不住那些古人。他很佩服那些古人。

听瑞松说，独辫子还要继续申报，且正在练习臂力，准备到时候拿根速降绳，亲自吊进洞子察看，掌握更加翔实的资料。

这话我是信的，独辫子工作起来那股癫狂劲儿，我见识过。

有次我回县里，也是我们仨，去县西北五花镇的千峰岭，那是万山老林，住着数百土著，独辫子在岭上访到一位端公，兴奋得大了舌头，结结巴巴地说："这可能是全县最后一位端公。"端公都跳端公舞，那端公舞是有来历的，黄帝战蚩尤时，一个姓端的汉子，领着部众且歌且舞，大败蚩尤，黄帝便封那汉子为端公；周礼形成之前，端公舞是宫廷舞，后来流落民间，再后来被当成迷信，成为过街老鼠，现在则是保护对象。独辫子给那端公摸二百块钱，让他跳舞给他看。端公跳舞是为作法，作法是为驱鬼，无鬼可驱，跳舞作甚？

好在那端公变通，说不驱鬼也可跳，称为打太平锣，"我钱不收，我给你打个太平锣。"他说。之后在阶沿铺张篾席，设了法坛，挂了圣母娘娘画像，坛上搭张花布桌围，桌上放升米，米里插柏香，两侧安神位，端公着道袍，顶花冠，系头巾，戴面具，用根打杵挑着个布褡子，骑在一根条凳上唱，每唱一句，手就扳住凳子，往后（或往前）送一下。唱过一阵，从条凳下来，手执师刀和令牌，围着篾席，疾步狂舞，嘶声高歌，歌声含混，从一唱到十二。唱到二的时候，我听清一句："二八佳丽俏模样。"果真是太平锣。

我和瑞松直打呵欠，独辫子却跑前跑后拍照，为拍到仰视角度，他身子一歪就倒在地上，地上满是鸡屎，出门时穿的一身新衣，糟蹋得不成样子。

那次不过是脏了衣服，这次却是玩命。

我和瑞松大气不敢出，更不敢催他。

可突然间，林子里“呀——”的一声，山野为之动荡。是一只长尾修身的锦鸡，从独辫子身旁的草丛里起飞，飞到峡谷那边去了。

我和瑞松盯住独辫子，当他气喘吁吁、双目晶亮地回到路上，他倒没事，我们却像捡了条命回来。这时瑞松才说，凤鸣山之得名，就因为锦鸡多，锦鸡是山中凤凰，他读大学那阵，锦鸡还成群结队地穿梭，那美得让人战栗的灵物，总是和太阳一同起床，羽毛被初阳一照，光华四溅，且爱高声啼鸣，鸣叫声里也含着露珠和光芒。现在就很难见到它们了。“今天是我们运气好，”瑞松手舞足蹈地说，“主要因为我们是东轩县的文化精英，它才愿意现一现惊鸿丽影。”

四

随后上车，穿过松林往前去。松林背后有个村子，跟这山同名，就叫凤鸣村，即瑞松的出生地。进村的路，都硬化过，只是窄，稍远处望去，窄如腰带，车至近前，扭扭捏捏，压过满地松针，稍有不慎，骑上软肩，轮胎便陷下去。村里起起伏伏都是茶山，村舍像扒乱的棋子，没个规矩地摆布着。走老远，也不见人影，跟我老家一个样。

到一处宽敞台地，立着排白房子，房前的石院坝，停着一辆咖啡色君越。瑞松说，这是他弟弟家。他不说，我也猜出来了。但瑞松并没喊他弟弟，也没在那里停留。中门半掩，家里应该有人。开出一箭之地，瑞松才说，我们来，他没对弟弟讲，弟弟还有辆别克，别克不在，证明他去县城了。“没讲好，”瑞松说，“免得误他县城的事。”但他又说，即使弟弟在家，他现在也不想带朋友去了，“弟弟看不起我们这些文化人。”

一向少说话的独辫子，这时接了腔：“确实的，那回我们来，他招待吃饭，握手的时候，指拇都不弯，眼睛也不看人，那架势，根本不像个村干部。”

瑞松以见多识广的口吻，说在先前，天再热，村干部都穿通袖衬衫，扣子扣到最后一颗，乡干部腋下都夹个公文包，县干部都梳背梳头，而今这些标志性装扮，早就不存在了。衣服质料也分不出高低，他弟弟穿的，动不动就上千块，给省委书记穿，穿着去人民大会堂开会，也没人说他装穷。小官和大官，只在权力体系内才泾渭分明。

接着瑞松说起我的老家回龙镇，并借此为独辫子叫屈。有段时间，县里信誓旦旦，要在回龙镇打造巴文化，且放出豪言：让东轩成为全国巴文化高地。独辫子写了篇将近五万字的考察报告，从地理、建筑、风俗、方言等，论证巴部落曾在清溪河流域繁衍生息，在巴河谷，甚至建立过中心王都。后来巴与秦交战，寡不敌众，被迫撤离那片膏腴之地，流落到千峰岭。千峰岭的土著，就是巴人后裔。那次我们见到的端公舞，尽管只打了“太平锣”，跟别处的也很不同，充满杀伐气，是武舞，是古代巴渝舞的核心部分。巴渝舞，就是巴人跳的舞，他们跳着这舞蹈，不仅助黄帝打败了蚩尤，还助武王打败了殷商，且作为前锋，助汉伐楚，战功卓著。

“我看了独辫子的报告，太他妈有文化了。”瑞松说。

又说：“有文化并不难，难的是用文化去发现。世界就是用来发现的。独辫子的报告让我想起一句话：知，是为了预知。这证明他有发现。县里开始也很重视，还说要请省里的专家来会诊，结果没过多久，就扔进了垃圾桶。”

因为天然气公司相中了巴河谷。如果那河谷地带曾是巴人的中心王都，公司就进不去，但人家是来给你创税收的，是大哥，大哥要的，你能不给？巴香清本是酒名，也让给了税收更高的香烟呢！“和黄烘烘的真金比起来，”瑞松说，“文化只是个黄脸婆，需要她出场时，将她打扮了，拉出来亮一下相，随后又打入冷宫。不知道这打入冷宫的，是人类最好的救赎。人类只有用文化去涵养，才能从表象中解放出来。文化来自低处，如果官员们的眼睛只盯着上面，自然不会把文化当回事，也不会把文化人当回事。”

于是又说到，去年香港召开一个有关巴人的研讨会，给县里发函，请独辫子参加，却也不批他去；去是可以的，但公家不负担任何费用。独辫子便自己出资，以私人名义去把会开了。好在他有个做生意的朋友，开会回来，朋友为他报了账，算是对他的赞助。

我坐在副驾，独辫子坐后排，瑞松说这些时，后排一声不响，像是没有人。

“还比如，”瑞松又说，“你许春明虽然在省城工作，但你是东轩人，作为全国有名的诗人，县领导该不该接见一下？不说接见，说利用行不行？搞个《东轩赋》，花三十万银子，去北京请人来写。四百多个字呀，三十万哪！找你春明，你有恁黑心？”

独辫子终于接腔："听说人家只收了十五万，但签字表上是三十万。"

"我也听说过。"瑞松说，"我还听说人家只收了十万呢，那二十万被几个人分了。没亲眼所见，也不敢乱议论。但有一点是肯定的，在他们心目中，外来的和尚好念经，你本地的，是方丈，也说你不会念经。这本身就是没有文化。美国人格尔茨写过一本书，叫《文化的解释》，书中说，当他离社会生活的直接体验太远，他就感到不舒服。这证明文化不是空洞的，直接体验是文化的根基。社会科学和自然科学的本质区别，也就在于能不能体验、需不需要体验。你请个外来的和尚，他能体验啥子？他无非是整几句'浩浩雄风''芳树晴峦'一类的屁话，把东轩两个字换了，就放之四海而皆准。这也怨不得人家，别说体验，看都没看几眼，换了你我，也只能写那样的屁话。要怪，只怪掌印把子的。现在来的这个张书记，倒是跟以前那些书记不同，很重视文化的样子。"

说着车一晃，停了。

停在瑞松家先前的老房子跟前。

他父母都已过世，这老房子，包括母亲砍了那棵大榕树为他弟弟修的房子，离弟弟现在的住处，隔着两片茶林。旧式木房，虽无人住，却还死心塌地立在那里，梁上无蛛网，土院也干净。瑞松说，每过些天，弟弟就让家人过来打扫。一个成功的人，需有个旧居，没有旧居的成功者，相当于锦衣夜行，也谈不上光宗耀祖。"我弟弟是这样看的。"瑞松说。说着让我们下车，去看那棵被砍掉的树。树桩半尺来高，断面像张桌子，能围四五个人。只是已经朽烂，周身发黑，如果不是生了兔耳朵一样的菌子，还以为是堆泥土。不过，它依然散发出湿木头的气息。死亡和生命的交汇，足以让它构成一个自足的世界。

离开时，不知为什么，瑞松把那树桩狠狠地踢了一脚。

五

将近下午两点，才把车开到半山腰的乡场找饭吃。乡场是条独街，跟村寨一样，难见人影。场上的居民，也出门打工去了。差不多走到尽头，才见一对夫妇，靠门而坐。门里垒着子母灶，灶上架着中锅，便问有没吃的。回答是只有面条。饿得不行，面条也好。

可啥菜没有，只能下白水面。

女老板说："想吃菜，自己去挖。"

街外塄坎上的乱草丛中，是一簇簇肥嫩的折耳根。三人也不要锄头，也不要镰刀，扑下身子用手扯。不一时扯来几大把，女老板细心理了，凉拌出一大钵。男老板问："喝酒不？有苞谷酒。"问话间已端出三口土碗，砰砰有声地分发在我们面前，又捧出一口坛子，抠住坛口，朝碗里写。酒液布匹似的，盛满一碗，将坛口一收，布匹剪断，半滴不洒。

酒香让我们亢奋起来。瑞松开着车，我们劝他别喝，他哪里肯，一口就下去半碗，说苞谷酒度数低，无非是甜酒，还说这有点儿像古人，古人赶路时，累了，饿了，碰到一家幺店子，褡裢里又不差钱，那才叫幸福人生！要是还能碰到这么漂亮的女老板，呵！

女老板见夸她漂亮，用长筷子在锅里挑着面条，打着抿笑。面条上来，热气扑脸，也不怕烫，大箸挑了，往嘴里塞。塞上几口，肚里踏实了，才想起给男老板散烟。

我的烟是大姐夫给的，瑞松的烟是他弟弟给的，都是一个牌子，独辫子的烟二十多块钱一包，他要散，瑞松拦了："收起来，莫丢人。"独辫子做出委屈模样，说是因为春明来了，他才去买了包好烟，平时是抽十块钱的。说着从另一个口袋里，摸出他平时抽的烟。结果只有六块钱一包。连老板也笑。

瑞松把烟散了，对独辫子说："我们没笑你，是让你也享受一下特权。"抹了抹嘴，接着说："难怪古人说，宁为百夫长，不作一书生，百夫长虽小，也是官，也有特权，特权确实是他娘的好东西，真不能一日无有。"独辫子打他脸："我也要说个'难怪'——难怪你弟弟看不起文化人。"瑞松赶忙扬起手，做出投降的姿势："不谈这些，不谈这些。连想也莫想这些。我要把自己变傻。我只傍着兄弟，闷头享受特权就行了。"

这里说着话，却有肉香飘来，转头一看，是女老板在热他们中午吃剩的腊肉，豆粑炒的，香。有了半碗肉，酒喝得更起劲。酒一下去，将话赶出来，特别是瑞松，把他去南方下海的经历，天上地下一通乱侃，逗得那夫妻俩笑哑了嗓子。

不觉间，太阳就快落土，城里的朋友打电话催，我们才起身。夫妻俩坚决不收钱，那妻子指着瑞松说："这位师傅让我们恁欢喜，我们该给你们钱呢！"

城里已安排下宴席。是资助独辫子去香港开会的那位朋友安排的。

车直接开到指定的酒店。进了电梯，上到三楼，服务生领进包间。包间大得能用宽阔形容，席桌占据一角，杯光闪闪地等着食客，但并未上菜。屋中央的红木茶几旁，跪着个旗袍女子，假模假式地在那里泡工夫茶。握手，拥抱，问好，然后围沙发坐了，接过指头大小的茶杯，闻那香气。茶来自山野，气息却是城里的。城里的文明，把我们三人从山里带来的野气和蛮气，慢慢融化。融化成黏稠的糖浆，就上桌。

男男女女，十多个。我的左右，各坐了个写诗的女子，都把我叫哥哥。她们为哥哥夹菜，为哥哥斟酒，对哥哥说些尺度之内又意味深长的言语。

所谓文明，就是曲折，就是暧昧，这些东西，山里是不会有的，山里树就是树，草就是草，岩石就是岩石；城里人偶尔去趟山里，只是为了知道曲折和暧昧的好处。

正这么觥筹交错，大姐夫的电话来了。

"你在哪里？"

我不好当着朋友的面撒谎，就说今天没走成，还在县城，明天一早就走。

"赶快回来，爸爸病了！"

六

大姐夫的电话让我很不开心。

"爸爸病了"是什么意思？昨天黄昏时分他才回去呢。是又流口水吗？那也叫病吗？那不过是人老了，管不住自己口水。但大姐夫说得那样简短，怎样病的，什么病，都不说，只叫我赶快回去，像我在县城跟朋友们玩，是宗罪过。他多半是见我早晨走恁急，结果却待在县城，而我在县城兜揽的朋友，按他的说法，“屁用没有”，心里不乐，便对我发号施令。他当了多年村干部，发号施令惯了。

挂了电话，我没对任何人说，又若无其事地，端了杯子，跟今晚的东道主说些彼此倾慕的话。这人我以前没见过，是新结识的。

过了不到半点钟，大姐夫的电话又来了：“到哪里了？”

我心里才咯噔一声，未必父亲真的病了？

紧跟着兄弟的短信来了，说父亲既流口水，话也说不明，让我直接去镇卫生院。

这席桌是因为我设的，如何说出提前离席的话，真叫我为难。但又必须说。正要说，两个女诗人提议：喝完酒，再去唱歌，春明哥哥难得回来，不到后半夜，谁也不许散！一片声响应。只是东道主压了压手掌，说：“酒喝够了再说二话。这里喝够了，还要换个地方喝。河边有个‘牛千里’，烧烤嫩牛肉，老板之前十年都在韩国做烧烤，上个月才回来，‘牛千里’前天开张，我昨天去吃了，整得我这吃遍五湖四海的，也舍不得丢筷子。今晚本来该请许老师去那里欢喜，可惜说迟了，没订到六点的席桌，但我订了九点的，我们先在这里喝舒服了，再杀到那里去！”掌声四起，边拍掌边喝彩，接着举杯。

这时候我变成了两个人，一个在我脸上，一个在我心里。脸上的我笑着，尽量去配合席上的气氛，心里的我却在那里孤单着，心里的我语调荒凉地对我说：“春明，你爸爸病了。”这个我终于跳出来，把脸上的我赶开。我站起来说：“各位，实在抱歉，我有点儿急事。”

本不想说具体，但不说是走不掉的，便把兄弟的短信给他们看。

席上雅静下来，像刚才是另一群人在这里喧闹。

遇这种事情，自然是不能挽留的，大家都送我下楼。

需个人把我送到回龙镇去。大姐夫没叫杨津来接我，也是知道县城的朋友一定会送。但都喝了不少酒，开不了车，好在东道主有司机，便让他司机送我。

想到不可能再来县城，我去宾馆退了房，取了行李。

七

回龙镇卫生院，在上街一处高台上，外面黑灯瞎火，上到二楼，见只有一间病房开着，传出嘈杂声。二哥、二嫂、大姐、大姐夫、兄弟、弟媳、小兰和她儿女，都挤在那房间里。父亲半卧在床上，一手拉着聪儿。父亲跟聪儿姐弟并不亲近，他们去看他的时候少，父亲到了街上，住在大姐家，聪儿姐弟除到姑婆家吃饭，顺便看看祖祖，是不会专门去看的。可这时候，父亲拉着聪儿的手，泪流满面。见我到了，他才把聪儿丢开，泪水流得像泼，说儿呢，我怕活不成啰。说得明明白白，也不流口水。我安慰了他，问医生咋说的。

大姐夫见我一张酒脸，很生气："你喝到明天才回来，就晓得医生咋说的！"

我也很生气，要是我回了省城，未必也要等到我才拿主意？

其实他们已找医生看过，医生说，看样子是脑出血，但要照CT才能确诊，卫生院没CT机，要去巴河谷，天然气公司开的医院才有。既如此，早该送去才是。我知道为啥没送，是无人出面主张，怕说钱的事。大姐夫不会出这个面的，岳父对他再好，毕竟是岳父，养儿靠儿，无儿靠婿，岳父又不是没有儿子。

我对大姐夫说："叫杨津送一下吧。"我本是想让小兰叫贵兵送，但小兰没主动开腔，二哥二嫂也没有，还都把眼神缩了，生怕被我逮住的样子。大姐夫察知我的用意，同时也看透了二哥他们的心思，犹豫一下，问是谁送我回来的，能不能让那人顺便带过去。我说人家把我送拢就走了。大姐夫有些为难。杨津虽是跟他跑，到底是私车，私车送病人，是忌讳的。你家里又不是没人有私车。但大姐夫还是给杨津打了电话。

不一会儿，杨津到了。兄弟背着父亲，下楼，上车。二哥也到马路边，却站在一旁，没有上车的意思，就由我、大姐夫和兄弟跟去。谁知巴河谷这边的CT机刚好坏了。只能去县城。医生说，病人已很严重，用救护车送。这时候是真的严重起来，可能是抖的，镇上过来的那段路，坏得厉害，抖得肚子肠子的乱蹦。于是父亲躺到救护车的担架上，护士跟随，输着氧，我和兄弟坐在担架两侧，把父亲稳住。大姐夫坐在杨津车上，联系县城的医院。

县第一人民医院是王牌，所以直接就简称了县医院，但那里没熟人，三医院的苟院长，则不仅是大姐夫的同学，还一直没断过来往，便去了三医院。

确是脑出血。主治医生姓康，很年轻，说出血量不大，出血位置也不打紧，做手术的话，好得更快，可他年纪太大，建议保守治疗，住几天院，多半就没事了。

既如此，当然听医生的。

我身上钱不多，找大姐夫借了五千，预交了四千，父亲就住院了。

医院是这样一种地方：任何时候去，都可能去得太晚。上上下下，挤得像赶庙会，病房是没有的，父亲便在三楼的走廊上，占据了一张床位。拿药，挂针，输氧，套上心电监测仪，一番忙乱过后，大姐夫和杨津离开了，留下我和兄弟。

八

00033428，这是父亲的住院号。我喜欢这个数字。我觉得这是个吉利数字。可刚输上液，父亲就陷入昏迷。紧跟着浑身簸，被子簸起老高，像他那身体里装了台愤怒的马达。挂在头上的瓶瓶罐罐，晃来荡去，相互撞击，乒乓作响。我和兄弟两头站了，使力把父亲压住。压着的是一把颠簸的骨头。兄弟大声叫医生，医生没叫来，叫来了护士。

那护士是个苗条女子，胸牌上写着"程芳兵"。她把父亲侧翻过来，在脊背上啪啪拍打，边拍边唤："大爷！大爷！"这么拍一阵，唤一阵，父亲不那么抖了，她便给父亲吸痰。一根灰白的长软管，伸进喉咙，发出古井似的声音。吸过痰，父亲安静下来。程护士收了家伙，去了又来，拿着个扁平塑料袋。是导尿包。她把被子揭开，麻利地脱下父亲的裤子，在他下体套根管子，再将导尿包顺下来，吊在床槛上，对我和兄弟说："这里有个开关，过一阵开一下，不要一直开着，一直开着不好，会让他以后小便失禁；接满，将这盖子拧开，倒进床下的便盆，再倒进厕所里去。"她弯腰朝床下望了一眼，见便盆蹲在那里，又说："去买些尿不湿来，再买张擦洗的帕子。"我忙应了，起身下楼。

兄弟说："三哥，我去嘛。"

我没应他，一直下楼。

长这么大，第一次看见父亲的下体。

毫无弹性的，软得像张皮。阴毛都白了。

程护士不知是一直等在那里，还是刚好又过来，我脚没停稳，她就接过尿不湿，拆开一个，垫到父亲屁股底下，同时转眼看我们，似乎在问：就这样做，学会了吗？

她并不需要回答，快步去了另一张病床。我和兄弟也才坐回到凳子上。走廊上的临时床铺，窄，陪护人没法放个屁股上去，累了，只能往地上坐。但医院给了我和兄弟一人一把凳子，据说还是因为大姐夫跟院长的交情，特别照顾的。凳子湿浸浸的，是被身上的汗泼湿了。发梢也滴着汗珠，前额挂成水帘子，遮没了眼睛。

我敞开纽扣，正摸出纸巾擦汗，兄弟说："爸爸又抖！"

同样一句话，兄弟说了七八回。

一模一样的程序，也经历了七八回。

九

当父亲真正消停下来，我已不知道热，只感觉累，便对兄弟说，你先看住，我去抽支烟来。就去三楼和二楼的拐角处，坐在梯子上抽烟，那里空阔，抽烟没人管。把烟点上，见墙上的电子显示屏，滚动着血红字幕：脾切除、子宫切除、卵巢切除、胆囊切除、胆叶切除、胃肠切除、食管癌切除、肾输尿管切……我把眼睛移开，起身下到底楼。

底楼的厅里，靠墙横着两条长椅，有个不上二十岁的小伙子，坐在那里打电话，满口污言秽语，骂的是他爹妈，还有他叔叔婶婶姑姑姑父姨妈姨父，好像与他有关的所有人，他都骂：他爷爷需要输血，但三医院血库告急，让转院，他父辈谁也不签字，一旦签字，就意味着去更大的医院，就要花更多的钱。我从小伙子的骂声里，听出了这些。

骂着骂着，他就哭了，把手机捂在脸上，伤心断肠地哭。

我坐到傍门的地方，不去听那哭声，只无所用心地望着街景。这条街是段斜坡，对面是一家接一家的饮食店和小卖铺，有几家昼夜营业，做病人和病人家属的生意，我买那尿不湿和帕子，就是去的其中一家。街上偶有夜车开过，装了超载的重物，轰鸣震耳，可此时听来，是那样亲切和生动。遗憾的是，不到半分钟，车声远了，街道又沉寂下去。

一切都如梦境。想想几个小时前，我还在这城里和朋友们把盏言欢……

接连抽了三支烟，又坐了好一阵，我才上楼去。

走廊上挨挨挤挤，搭满了临时床铺。靠里一个六七十岁的老太婆，坐起来，又躺下去，再坐起来，再躺下去，她的邻床就问她是不是饿，她说是。原来，她丈夫早已弃世，儿子在外打工，儿媳给她送饭，送一次要她给一次钱，不然就不送，她经常没饭吃，经常挨饿，邻床有时把饭分给她一些，今晚分给她的，大概不够。她说了饿，不好意思，又说不是饿，只是想咳。果然就咳起来。屋里屋外，到处是病人在咳。

此起彼伏的咳嗽声里，响起高跟鞋的声音，那声音从楼道升上来，如同恐怖片里的魅影。半分钟后，一个染着栗色头发的女子，抱着大束鲜花，到了三楼，四处张看，找她探望的病人。可就是找不到。站在楼梯口打了好几个电话，也没问个明白。于是又抱着鲜花离去了。从她打的电话听出，她是从市里租车来的，那车子还在下面等她。

这已是凌晨三点过。

女子刚走，斜对面的重症监护室里，传出一个尖厉的声音："你莫动，你没穿裤子，你咋不怕羞哦！"这声音仿佛熟悉。门半开着，朝那边斜了一眼，见是在楼下打电话骂人的小伙子。他爷爷胃穿孔，下面屙血，上面吐血。他一个人在那里照顾。爷爷发了火，想起来弄吃的，他饿得不行，却不给他吃的。但医生告诫，他不能吃。那小伙子就护住爷爷，对爷爷反复说那句话："你莫动，你没穿裤子，你咋不怕羞哦！"他变成了爷爷的爷爷。他边说，边为爷爷收拾下身。被子一揭，腥臭逃出门外，张皇失措的，在廊道上横冲直撞。

正这时，父亲又抖。

一抖，又是好几个回合，程护士又过来，拍背，叫"大爷"，拿软管吸痰。

几个回合过去，那个经常饿饭的老太婆，一蹶一拐，走到我和兄弟身边，细声说："你们爸爸那样子，怕是不行了。"父亲闭着眼，张着嘴，重浊地呼吸着，像是在印证她说得对。兄弟不由自主地喊了两声："爸爸。爸爸。"父亲没理他。

他摸了摸父亲的脸，对那老人说："医生都说有救。"老人说："只要还有口气，医生都那样说。他们是吃这碗饭的。不如趁早弄回去。要是死在医院，跟医院熟，还能躲过火化，收个全尸回去，可收回去又咋样的？堂屋都进不了！”

人死后，魂魄离散，可又舍不得散，便暂时凝聚，回到家中，最后看上一眼，就去投胎转世，但要是死在外面，魂魄便找不到回家的路，一直找一直找，误了转世的行程，最终成为孤魂野鬼；因此，死在外面的人，尸身不能进到屋檐底下，只能停在露天坝，让那魂魄看见自己，引领它找过来。祖祖辈辈，清溪河流域就是这样认识死亡，也这样相信死亡。

可老太婆的话实在太难听了，我和兄弟都没应。

她正还要说啥，过来一个中年男人，把她岔了。那中年男人瘦瘦的，但很挺拔，越挺拔越瘦，像根竹竿。他肩上挎着个带子很长的女式皮包，走到父亲床位前，侧脸盯上两眼，扁了扁嘴，摇了摇头，就迈着轻快的步子，下楼去了。老太婆望着他被梯坎渐次吞没的背影，低声说：那人看上去像个探望病人的，其实他就是个病人，胰腺癌，不痛的时候，就不分白天黑夜到处跑，表明他不是个病人。他在骗他自己。他活不了多久了。你们看他那脸，一张青脸，那是鬼脸。

说过这些话，老太婆回到自己床上，发出细细的绵长的呻吟。

十

兄弟张着空洞的大眼睛，望着对面的墙，望一会儿墙又咬指甲，咬几下问我：“三哥，你渴不渴？”他这一问，我才觉得整个身体被拧干了，便摸出钱，让他去买水。他走路快，像飘，而身上皱巴巴的衣服，绞得出水，似比他身体更沉。这么热的，他却扣着袖扣，扣得死紧。是要遮丑。他被烫那次，是母亲去世那年的腊月间，有天夜里，烧了一罐滚开水，倒进木盆，等凉一凉，就洗脚，不防他扑了进去，从木盆里抓起来，忙着为他脱棉衣，那手上的皮，像烂熟的桃子，轻轻就撕下来，粘得袖子上到处是。幸好头脸没捂进去。伤好过后，手掌没留形迹，两条手臂却像炭化过，还起着咕噜子肉疙瘩。

自从醒世，他就从不要人看他的手臂，再热的天，都穿长袖衣，把袖扣扣死。他的每件衣服，袖扣都是他亲自摞的，是所有扣子中最结实的。他不出远门打工，除了有父亲在，加上懒，不想去外面走跳，还怕与陌生人相处。陌生人不知他烫过，而干着重活，汗如雨下的时候，却穿着长袖衣，还扣着袖扣，本身就出丑了。不出门挣钱，他很拮据，身上连买瓶水的钱也没有。他一定早就渴了。

我这么想着，兄弟回来了，递给我一瓶矿泉水，而他自己那瓶，已喝得见底。他把余钱给我时，我说，你不够，为啥不多买一瓶？他说够了。然后看着父亲，说爸爸像是好些了。的确是好些的样子，虽还是张着嘴，闭着眼睛，叫他也没反应，但呼吸没那么沉重。

一瓶水喝下去，汗闭了，尿却来了。我起身去上厕所。那厕所的门板一角，用碳素笔歪歪扭扭写着一行字："出售轻型枪支，拒谈价。"后面留了个手机号。下面是另一行字："黎娜，我爱你！！！"笔迹跟上面的非常像。爱和枪，有时候是同一种物质。那个叫黎娜的人，明显不再爱他了。或许从来就没爱过。那三个感叹号，笔笔刺心。

重症监护室又有了动静，但不是那小伙子以爷爷的口气在训爷爷，而是医生护士在往那屋子里疾奔。病人的心率跳到 130，抽搐。

而我父亲抽搐时，心率达147。那人既屙血，又吐血，衰弱得再也经受不住这样的折腾了。小伙子在打电话。

也不知过了多少时，楼道上扑过来几个人，其中一人跛得厉害，往那重症室去。接着我看见，病人的氧气管拔掉了，他死了。好些人去门口看，看那个死去的人，那个解脱了痛苦的人。一个妇人扶着门枋哭。是死者的女儿。女儿哭过几声，又哭过几声，就回到室内，帮忙收拾。小伙子的父亲，也就是那跛脚男人，坐在凳子上，等着收拾好了，往外抬。抬出来时，用张紫色毯子，蒙住了死者全身，包括头脸。

这死者和他的后人，而今住在县城里，但老家和医院某领导是同乡，因此可以不强制火化，能把遗体运回老家去，土葬安埋。只是如那老太婆所说，他进不了堂屋，只能停在露天坝，停上几天，就埋了，而他的魂魄是否能寻回去，就不知道了。

十一

天亮了。

我叫兄弟出去吃饭，他说你呢？我说你先去。他说我们一起去行不行？我知道，兄弟是感觉到了孤单。我也一样。我正犹豫，程护士过来了。她又来给父亲吸痰。管子插进父亲喉咙，父亲发出呕吐的声音，接着是呼吸不上来陷入挣扎的声音，但还是没睁眼。吸过痰，程护士揭了被子，见并没屙出什么，可还是让兄弟去把帕子浸湿，她接过湿帕子，把父亲的屁股和下体仔细擦过，换了张尿不湿，盖上被子，才过去。几分钟后，她又从办公室出来，这时候脱了白大褂，穿着月白衬衫，肚脐眼处打个结，下身着白底黑花波希米亚长裙，挎着一个淡蓝色坤包。看来她是要下班了。她不像她了。

她的私底生活，陡然间成了谜，海一样深。她真美。

走到我们身边，她说："过会儿要查房，别离了人。"

然后她走了。

没走几步，一个六十来岁的矮个男人，抢到她面前问："吃饭没有？"她模糊地应着，下了梯坎。我和兄弟便不忙说吃饭的话，等着查房，也等父亲醒来。上白班的医务员，陆陆续续上来，每来一个，那男人都抢到面前，问吃饭没有。但基本都不搭理他。后来我知道，这人是个五保户，也说不上什么病，但一直住在医院里，他的医药费都是国家捐，因此住得很放心，他躺在床上的时候少，四处走动的时候多，早上见到医生护士，都问吃饭没有，下午六点左右，又去各个办公室，问他们是不是该下班了。

程护士离开不久，护士长带着几个人过来，把父亲抬离床位，弄到移动病床上，推进了一间单人重症监护室，也就是天亮之前才死去的那人住过的屋子。但看不出他住过的痕迹了，被褥换过，房间里洒了味道很重的消毒水。

还没安顿好，通知我去底楼结账。每天都必须结账。

这边病房里，护士只按她们的程序忙碌，我和兄弟都插不上手，我便下楼去，站在收费窗口，听里面的机器扭动出长河奔流的声音。声音停歇，打印出半米长的账单，称为"智通软件（试用版）住院病员费用明白卡"。

一夜过来，共 78 项，总计 3662.54 元。

我给妻子打电话，说了父亲的病，让给我卡上打钱。

接着给单位打电话，延长了假期。

十二

上午九点过，大哥二哥来了。父亲依然睡着，面如白蜡，下巴上几根胡子,像冬日草茎。大哥走到床头,看了两眼,问昨晚的情况。我说了。二哥站在靠门的位置，勾着身子，扯着嘴，朝父亲望。在他那角度，父亲的那张脸，完全像死人的脸。大哥说："怕是没多大救头啊。"二哥说："屁的个救头！"正说着,内科主任过来查房。

在先，康医生已查过房，但主任是三医院的权威，他来查房，有定性的意思，也有指点手下的意思，他的身后，跟着大群徒弟，白大褂扑出一阵风。那风也是白色的。这主任姓于，个子不高，生得结实，他两手相握，在父亲床头站了霎时，将右手一摊，手下就知道是要 CT 片，让我们快拿。兄弟忙从床脚的布袋里取出。那乌黑的胶片，经于主任手下的手，一路递到于主任手上。于主任迎光一照,"这个病人……"他说。手下立即将头凑过去。于主任接着说："脑腔出血，脑花出血，希望极小。"

医生说希望极小，就是没有希望。但这跟康医生的判断完全两样。康医生昨天说，出血量小，出血位置也不要紧，住几天院就没事了；开始来查房时又说，血压高，心律不齐，昏迷，抖，都是正常的。

在主任面前，康医生没吱声。主任也没给他吱声的机会，说过那句，将片子一递，就领着人，扑出一阵白风，去了别处。

"我说没多大救头呢！"大哥说。因为自己说的和主任说的是一个意思，大哥很有些得意。然后他站到门口去，给大嫂打电话，声音很响，说我一看就说没救，结果主任也是这话。给大嫂打过，又给四喜、燕子、二姐、幺妹打过去，甚至还给许利民打过去。昨天，大姐夫给他讲了父亲住院的事，他便立即报告给了他们，他们都在等他的回信。

大哥打电话的时候，一直没睁过眼睛，也没回答过我们问话，甚至对我们问话没有任何反应的父亲，静静地流出了两行泪水。这情景我看见了，兄弟也看见了。兄弟过去，用手为父亲揩，揩着揩着，就左手揩父亲的，右手揩自己的。左手揩得少，右手揩得多。我背过身，跟二哥说话。是不想二哥看到兄弟流泪。二哥做他那套礼生的活，做了多年，跟数百个死人打过交道，便觉得死亡不算什么，只相信人老到一定程度，就会死，老了还生病，就更逃不过一死。因这缘故，他很可能看不起兄弟的泪水。

没多一会儿，大姐夫和杨津来了。昨夜，他俩并没回镇上去，在县城找宾馆住下了。大姐夫说，本想早些来的，老张让去看房子，就看到现在。

大哥二哥把刚才于主任查房的事说了，大姐夫哦了一声，说："这说起来，没多大救头啦。"大哥说："我进屋就是那话。"大姐夫又说，苟院长本来也要来看看，突然接到通知，要去市卫生局开会，苟院长说，该交代的，他都交代过了，叫放心。

这意思我们都懂，是说，医生救病不救命，若是有个山高水低，父亲也能像天亮时抬走的那人，得个全尸回去。

然后大姐夫问我们吃早饭没有。都没吃。他也没吃，便叫一同去。

兄弟那么怕孤单，这时候却不去。大姐夫说，几口吃了就上来，没事。兄弟还是不去。我说他不去算了，给他带回来。

街对面的馆子，蒸笼都摆在门口，盖子一揭，白漫漫的，热气直涌。吃客进进出出，有的拄着拐杖，有的缠着绷带，有的打着石膏，有的自己走来，有的被搀扶着来……这很像战地上的景象。人这一生，只要活得足够长，就终归要上次战场，战场上敌人的名字，不是叫病，就是叫老，还可能是病和老的合体。与病缠斗，尚有得胜的可能，在老面前，没有一个胜利者。老不让任何人凯旋。另一方面，病和老既然瞄准了世间所有人，也就高于所有人，人其实不配做它们的敌人，它们也不会自甘卑下，把人当成自己的敌人。

它们不是敌人，却是一种脏。

再体面的人，都要脏过了，才有资格死。

十三

我和杨津吃了稀饭包子，他们仨各喝了四两枸杞酒。不好给兄弟带稀饭，也不好带酒，就给他带了包子，买了盒牛奶。杨津回到车上去，大姐夫跟我们再次上楼。

父亲睡着。这回是真正的睡。整整一夜，他都在战场上厮杀，累了，累得跟死了一样。兄弟说："爸爸昨晚上就没吃啥。"大姐夫看了看挂在输液架上的一串瓶子，说营养倒不是问题，该怎样安排，才是火烙脚背子的事。接着问："咋计划的？"

大哥二哥说："主任都说没救。"

意思是现在就送回去。

兄弟却不同意。我也不同意。现在送回去，注定了就是死路一条。我和兄弟都看见了父亲的泪水。昨夜里，我们也跟父亲一起挺过来。大哥二哥既没看见父亲流泪，也没看见父亲怎样抖。

我怕他们是担心钱，就说，住院费由我一个人出。我喜欢做这种心血来潮的事，尽管做了往往后悔。

大哥二哥听了，放下心来，大哥有些过意不去的样子，二哥扯了下脸，没说话。大姐夫说："这是你们几兄弟的事，我不参言。但凡事要想在前头，不然抵拢了没抓拿。爸爸的大料还没漆？"大料是棺材的讳语。大哥说是没漆。"赶快找人漆出来，"大姐夫说，"另外，确实没指望的话，还是莫等到落下那口气再往回拉，不光是进不了堂屋，拉个死人跟拉个病人，费用来不来就差几十倍，真到那一步，只能租车，——未必那时候还能叫杨津？"说着，大姐夫瞟了二哥一眼。瞟这一眼也没什么深意，他只是想到，父亲是个病人时，二哥和小兰也没说表个态，让贵兵跑一趟，要是成了死人，就更莫想指望了。

"再有，"大姐夫接着说，"将来停哪里，也要预先设备好。"

这后一件事，真是个事。要是父亲归西，肯定是回燕儿坡，不可能去拐枣坪。祖坟在燕儿坡呢。但兄弟在燕儿坡的房子，是以前的老房子，正像弟媳骂兄弟那话，"老得尿都屙不出来"，现在虽没住人，但一个土灶，一个火塘，一个手工石磨，就占了大半，根本停不下一个死人，即使勉强停下了，也没有余地让亲友们进去参灵。

大哥咳了一声，望着二哥。

二哥没接他的眼神，大哥便说："春树，你那里才有空房子。"

二哥脸色一暗："我只有房子，没有空房子，油菜秆、老苞谷，把那屋堆爆了，阶沿还堆满了柴草，你们都是看见的。”

大哥又咳了一声。

几兄弟都没说话。

门外人影飘忽，各种声音，各种气味，在洁白的两面墙上摔打。

这样过了好一阵，二哥不得已，才头一昂，做出吃了大亏的样子，粗声粗气地说：“你们逼我腾，我就腾嘛，有啥子办法？”

二哥的那间房，父亲曾经差点去住的。那次，父亲犟着，既不跟春晌住，也不跟大哥二哥住，要去住岩洞；不住岩洞，也要单门独户，自己开火。当时我回去，想出的办法，就是让二哥腾出那间空房。二哥说的，跟现在一样：“我只有房子，没有空房子。”后来我表态，让父亲去住，我每年给二哥两千块租金，二哥这才答应了。可是大哥和春晌不顺气，父亲更不顺气，有次父亲对我说：“你们妈走得早，只留一间老房子，就走了，后来起了两间，把你两个哥哥才安顿下去。你二哥那间空房，是他婚后自己起的，所以他硬得起。可是我又想，我再没用，好歹是个当爹的，当爹的住儿子的房子，还要租金，我想不过。”父亲是想表明，那回他睡个觉起来，就改了主意，并不是为春晌，而是去住那房子让他扎心。

此刻，如果父亲听得见我们说话，是不是要好受些？二哥腾出那间房给他设灵堂，并没说要钱的话，他是否能因此感觉到一个父亲的光彩？

商量过后，就决定大哥二哥马上回去，二哥收拾房子，大哥买黑漆，再准备几圆鞭炮。

话没说完，康医生走过来。进屋后，问清了我们几个是兄弟，康医生才小声说：“你们爸没恁严重，据我观察，康复的可能性非常大。”匆匆两句，就走了。

二哥问那是谁，兄弟说是父亲的主治医生，二哥嘴一扁：“他晓得个屁！”大姐夫也觉得，他一个普通医生，咋可能比主任更行。于是按原计划行事。

父亲的大料，是十几年前就割好的，当时有人卖柏木，大哥打电话问我买不买，说那柏木，正好给父亲做副大料，现在买，便宜，若急时再买，人家就知道踩着骗了。这意思是让我出钱。买下来后，请贵爸割好了。按理，割出来就该上漆，讲究些的人家，还每年上一回漆，说那样能添寿。但父亲的大料一遍漆没上过，做出来就放着。先是放在大哥虚楼底下的畜棚里，那畜棚养着牛，牛拴着，近不了大料的身，大料下面垫着木方，也不至于被牛屎牛尿污了，加上风大，尽管屎尿没断过，也还算干燥。这一放，就放了七八年，直到兄弟带着父亲迁到拐枣坪，大哥才叫搬走，放进了父亲先前睡的卧室。

这时候，兄弟给弟媳打电话，问她姐姐的感冒怎样了，说姐姐感冒得再狠，也只有坚持一下了，你马上回燕儿坡，开了门，让大哥二哥把大料抬出来，请喜鹊来漆。喜鹊是燕儿坡的漆匠。弟媳回话声音响亮，我们都能听见：“娘呢，娘呢，爸爸有恁恼火吗？”

大哥二哥本想搭杨津的车走，但大姐夫说，他还有事，今天不一定走得成。说着便下楼去。大哥二哥便叽咕着，看坐车还是坐船。河上有汽划子，也有快艇，汽划子便宜，但慢得慌，要走三个多钟头，且错过了早上八点那班，就要下午两点半才有；快艇倒随时有，也快，比汽车还快，却也比汽车贵。因此决定去坐车。

十四

几人才出脚，大姐就来了。

昨夜和今早，大姐都打过电话，知道父亲的状况，但见到父亲时，还是面皮发紧。她没想到会成这般田地，喊都喊不答应了。大前天在她家里，父亲流过口水，前天在她家里，啥事都好好的，昨天在卫生院，尽管医生说可能是脑出血，但没人信，即便是，也以为很轻，打个针，吃个药，输两天盐水，就又拄着他的杨木拐杖，回到拐枣坪去。哪晓得只过一个晚上，就脱了人形。

大姐蹲到父亲床边，说爸爸，你要是对你儿女好，就把眼睛睁开。

父亲没睁。

“证明你不把儿女当数嘛，”大姐说，“妈不把她儿女当数，你也跟她学？”

说到这里，大姐突然一声哽咽，很尖厉。

她想起母亲去世过后，父亲经受的难处，吃下有苦头：为让儿女吃饱饭，他像牛一样，累得吐白沫；吃饭的时候，刨两口，就说肚子撑，是想多留一口给儿女，结果好几回，都差点饿死在山上；因为把幺女抱给了别人，他像个妇人似的，不知哭了多少场；为送三儿子读书，他穿巾巾挂绺绺，到处借钱，借不到就愁在那里，借到了又要想法还，想破了脑壳，分出两瓣脑壳还得想；为给老大老二起房子，给两个女儿做陪嫁，半夜三更都在山里扛树，数不清踩烂了多少个月头。大姐因是在旅途中结婚，当时并没带陪嫁过去，但箱箱柜柜一样不少，都做在那里的，大姐夫从新疆回来后，请人背的背，抬的抬，都送到了李家岩。即使大哥是掌舵的，父亲是撑船的，要是没有这个撑船的，再会掌舵也是白搭。

大姐想起了这些，大概还想起她总是当着父亲的面，说“该留妈在，不该留你”，心里难过，便哽咽起来。

但她不想我们知道她在哽咽，就红着眼睛笑，说我这人，早晨坐不得车，坐了车就打嗝儿。兄弟问她吃早饭没有，她没答，拿过她的提包。那提包里，有炖的鸡汤鱼汤，各用保温桶盛了。她把鱼汤取出，放在旁边的凳子上，又摸出一把勺子，对父亲说：“爸爸，你眼睛睁不开，听得到我说话不？你不是爱吃鱼嘛，我给你喂点儿鱼汤。你要听话哟，好好喝哟。”说罢让兄弟过去，把父亲的枕头垫高了些，她又从提包里拿出块帕子，垫在父亲下巴底下，再拧开保温桶，勾出一勺子汤来。热气直冒，还烫着，大姐轻轻吹了几口，递到父亲嘴边，叫把嘴张开。父亲不理，大姐便把勺子微微伸进父亲嘴里，灌。

灌了七八勺，帕子湿了一片，也不知有几滴流进了父亲的胃。

大姐将保温桶盖上，去把帕子和勺子都洗了，过来又对父亲说：“你要活一百岁，这话是你自己说的，年高不打诳语，你八十几的人，说话要算话哦。你还要帮妈把寿数活够，你要争口气哟。”言毕将勺子搁在桶盖上，将湿帕子往椅背上一搭，坐下来搓眼睛。她说，她这段时间总是眼睛痒。搓着，就又说到父亲不该去她家过生，一去她家就害病，幸好前天回去了，要不然，她该如何交代。

这话让兄弟多了心，脸色也跟着变了。大姐的话好像是说，父亲回到他家生了这病，他就不能交代一样。他说：“哪个在怪你还是咋个嘛！”大姐知道失口，忙说：“我没说哪个怪我呀，是我自己在怪，未必是我那家里风水不好？”但兄弟的积怨已被搅活，气鼓鼓地：“你说爸爸不该去你那里过生，那去哪里过？反正你们又不踏我家的门槛，只有我一个人给他过。本来就该我一个人给他过算了！”

大姐把责任往自己身上揽，已经算是认过错了，再要她认错，就不能了。她把兄弟一恨：“你好像还多委屈呢！燕儿坡住得好好的，你要感老丈人的情，去那拐枣坪住，可惜要你情的人死了！你去拐枣坪讨了哪样好？人家不说你是去照顾老丈母，只说你占了她家屋基。现在虽说不缺地种，去哪里都有空地，可你占了人家屋基是真。你老丈母不是这样想的？她那人，本来就惹不得，开个腔儿就少不了那句话：‘我这辈子，吃了好多人的亏哟！’这样的人惹得？当时她是心里空，热心热肠地把你迎着，等那口气缓过来，你还不就成了个胀眼睛的？再说你去照顾老丈母，玉玲的哥哥咋个想？要是换了你，你又咋想？你是女婿，他是儿子，虽说女婿半个儿，到底也只是半个，俗话说，空在人前称半子，从来骨肉不相连，你以为人家不防着你！她哥哥为啥赖着你的钱不还？还不是觉得你既占了他家屋基，又狗逮耗子多管闲事！”

大姐又把好几年前的事拿出来说了。

那时候，兄弟先是说要上街买房，在我和大姐那里，共借了三万，加上他自己去万源挣的几千，准备把房子相好，看还差多少，我和大姐再给他添。结果他去拐枣坪起了房子。那房子悬在院坝外，傍着堡坎，砌起来三面砖墙，砖是拐枣坪一户要搬走的人卖给他的，卖得便宜，把房子修好，只花去了他自己的几千块，在我和大姐那里借的，却没还回来，而是借给了他舅子杜昆。杜昆是玉梅的弟弟、玉玲的哥哥，他把钱借去，就不说还的话，时日久了，兄弟试着问他，他上半年推下半年，下半年推下一年。尽管杜昆跟他姐姐一样，生了三四个小的，但都还没到狠着花钱的时候，两口子又在外面打工，起了心还账，一年过去也该还了，可他本身就没打算还，兄弟问过几次，再问，他就烦了，在电话上咬牙撇骨：“春晌你这人才怪呢，我又不是老板，哪里去找三万块钱还你？”兄弟一听，回不过神，一时弄不清是舅子欠了他，还是他欠了舅子。

直到今天，那钱也还赖着，只当打水漂了。

十五

兄弟皱着脸，干巴巴的两片嘴，抖索着，似还要说话，但终于没说。

没说，我们也知道他想说啥。

他想说的是，住在燕儿坡时，大哥二哥都欺他，不是从他身上下锹锄，是从玉玲身上。玉玲穿个衣服见不来，戴个耳环见不来，说个话见不来，走个路见不来，开口闭口，都说那婆娘在想野男人。有回，玉玲跟王晴光的女人汤群吵了架，二嫂和汤群并不好，见她跟玉玲吵了架，做的苞谷粑，马上就给汤群送了五个去。说玉玲对爸爸不孝，爸爸也短时间跟大哥二哥住过，他们是怎样待爸爸的，拉出来比，看是玉玲经心，还是他们。说玉玲一个人偷偷炒肉吃，还把吃剩的倒给猪，不让爸爸尝一口，也是二嫂把话递给侯大娘，侯大娘再说给别人，最终传到爸爸耳朵里。爸爸他一个老年人，加上本来就是个没主见的，人家还没打磨子，他就着了道儿，听了那话，他就信了，后来干脆说是亲眼看见的了。

这些话，兄弟对大姐和我，都说过好些回。

我们说信也信，说不信也不信。不管信不信，兄弟为玉玲开脱，大姐都不会认账。大姐说，当爹妈的，不图后人屙金溺银，只要见景生情，玉玲做的那些事，真假不论，单是她对爸爸那脸色，那声口，就不是个孝顺的样儿。

而且大姐还记得兄弟住到拐枣坪去的头一个春节。父亲被带走了，大姐、二姐和幺妹，突然间不知道怎样走人户了，去拐枣坪么，老大不愿，不光是兄弟给人倒插门的感觉，还因为三姐妹都不喜欢他岳母，他岳母见人必端出两道菜：先是斜脸哀叹一声，说自己活这几十年，不晓得吃过多少苦辛（她说的苦辛，不过是山里人的平常事），随即紧了腮帮，竖着眼睛，用力地点着头，恨声恨气地道出那句口头禅："我这辈子，吃了好多人的亏哟！"在她看来，拐枣坪凡出着气儿的，都在整她冤枉，没明整，也在暗整。幺妹听了就说：一个人被众人整，不是唐僧，就是妖精，整唐僧是想吃唐僧肉，整妖精是妖精该挨整。再不喜欢，可她好坏是长辈，若去拐枣坪看父亲，要不要给她买些吃货？不买，逗人说，买了，又不甘。一番商量，决定还是回燕儿坡。可父亲不在，姊妹间的聚会多少显得古怪，心子里缺着一块，去给母亲上坟，也怯生生的，仿佛几姊妹把父亲弄丢了，害怕母亲过问。

当时二哥就说："我就不信春晌去拐枣坪住，是因为他岳父死之前只跟他一个人说话，他就记岳父的情，要奔去照顾岳母。那多半是玉玲捣鼓的。"

二哥的话没人应声。虽没应声，心里却也是那样想。

而且在大姐看来，说玉玲想野男人，也不靠别人编派，她自己也是丢过话的，有段时间，嘴巴一张，就说要跟春晌离。一个女人家，嫁了，就是你的命，就该一心一计，跟男人往光景里奔，咋能随随便便把一个离字说出口？你口上随便，世人就会说你是有了下家，没下家接手，女人不会那样随便。

这时候，如果兄弟又摆弟媳的好处，大姐定会赏回去。

偏偏兄弟不说，只抹脸。因为瘦，那脸一抹一皱巴。大姐见状，心就软了。同时她也在心底下默念，就算玉玲这不好那不好，可她到底没跑，也没跟兄弟离。玉玲爱骂兄弟，对父亲也嘴上生刺，但她从没骂过兄弟对父亲好。

这么想着，大姐走过来，把兄弟头上一个线团子拈了，又拉扯他皱得耸起来的衣服。然后向着我，叹息着说："山垮之前也要响几声，爸爸一声不响，就成这样子。"

我没回言，只在心里一暗。

昨天夜间，康医生问父亲发病前的情况，我说了流口水，康医生说，睡着了流口水，是脾不好，睁起眼睛流口水，就是脑出血的前兆。当听我说端酒杯时手抖，康医生说，那更是了。当时兄弟去了药房，我一个人在场，我没把康医生的话对兄弟讲。

现在也没对大姐讲。

父亲的七个儿女，唯我成了"公家人"，就天然地对他负有更大的责任，但我从没想过让父亲去体检一下。上岁数过后，病总是不请自来，父亲的病，都是头痛医头，脚痛医脚。如果我经意些，见他流口水，就送去卫生院检查，那里没设备检查，可受些医生的提醒，吃些降压药，是不是就不会这样？

“他那么瘦，”我想，“谁会想到他有高血压？”

这么一想，我心里好过了些。

十六

大哥买了漆，买了鞭炮，弟媳回到燕儿坡，找喜鹊把大料漆了，二哥也把他那间屋子和阶沿下乱纷纷的家什，一部分搬到空着的畜棚，一部分搬到大哥的虚楼上。可是这边，父亲醒过来了！兄弟正给他洗脸，他突然吵饿，要饭吃，说话气虚，但脑子清醒，一字一句，明明白白。大姐炖的鸡汤鱼汤，过了一天一夜，怕坏，不敢给父亲吃，兄弟又舍不得倒，说等会儿他吃，便将鸡汤鱼汤并进一个保温桶，腾出一个来，去外面水槽上洗了，手也没进来揩一把，就小跑似的下楼，去给父亲买饭。

病房里，留下我和父亲。大姐昨天就走了。她本想在这里守些时候，但李志回来了。昨天下午回的，直接从市里过来，看他外公。他长得更胖了，肥达达的，可能是个矮的缘故，看上去比他爸爸还肥。他永远是那副前面有好东西等着他去享受的样子，在外公病房，也红光满面，欢声笑语。他怕热，穿着短袖 T 恤，还把肚皮撩出来，那手臂上，丝毫看不出被刀割过的痕迹。这不是江华撒谎，而是他的身体和他的心，确实都有强大的修复能力。说一阵，笑一阵，他就急着要回镇上去。这么急，并非想念妻女，而是因为镇上的伙计许久不见，镇上的那种日子，也许久没有浸泡，他成了干坡上的鱼，急于下水。大姐不放心他，要跟回去管住他。当然，即使李志没回来，大姐也不好在这病房里久待，父亲下身啥都没穿，只垫了尿不湿，怕他长褥疮，过一阵就要给他擦身子，护士也时不时进来，将被盖一掀，检查导尿管是否套歪了，尿不湿是不是该换了，大姐一个当女儿的，不好留在这里。

我蹲到父亲床前，说："爸爸……"

这么叫一声，不知道说啥了，心里是冰消雪化的喜悦。自从出门念书，跟父亲见面，相隔半年算短的，并没觉得什么，现在不过三十来个小时，且一直在他身边，却像离别十年八年。还远远不止。我像是本来没有父亲，现在有了一个父亲。

但真正跟父亲说话，那种不能与父亲单独相处的无能，又跳出来，横亘在我和父亲之间。我有些难过，却又没有办法。好在兄弟很快回来了。

他买的是菜稀饭，里面加了瘦肉末子，说他下楼碰到康医生了，康医生叫这样给父亲吃。我让开，兄弟拉张凳子坐过去，一勺一勺给父亲喂。

见父亲吃了几口，且还津津有味地吃着，我便给大哥打电话，报告了情况。

刚好二哥在旁，我听见二哥说："男怕新鲜女怕糊涂，看来确实不行了。"

我把电话挂了。床上那个正小口抿着稀饭的人，昏睡不行，醒来也不行。

他进到这医院里，似乎就走上了不归路。

父亲这一生，这是头回住院，那年摔断腿，也没住院，送到镇上，医生摸了摸，又照了X光片，确诊是断了，就说，像他这种年纪，最好不打钢板，钢板影响骨骼血液流通，他那血流得本来就慢，再一影响，怕更要出事。医生的意思，就像三医院康医生说的，留在医院，保守治疗。但既然保守治疗，又不是即时就要命的病，何必住院？儿女们一商议，当即抬了回去，放在床上静养，只找来个赤脚医生输液消炎，吃些止痛片。这样养了些时日，撕裂的肉长好了，骨头终究是断在那里，走路才一拐一拐的。

不多一会儿，于主任又带着手下来查房，见父亲竟然在吃饭，很惊讶。看了心电监测仪，于主任说：这人气色好了很多，体征也基本正常，看来要创造一个奇迹。康医生盯我一眼，但很快把眼光收回，怕主任看见。他是在努力压制自己的得意，但那得意还是显露出来了。于主任带人离开后，我又给大哥打电话，把于主任的话原原本本说给他。

然而，父亲的不配合，把家里搞乱了。

二嫂也回了燕儿坡，听说父亲好转，二哥却腾空了屋子，也腾走了柴草，就对二哥破口大骂。特别是抱柴做饭的时候，骂得更狠。平时抱柴很方便，现在却要去畜棚，路远不说，还臭烘烘的，做出的饭也有股臭味儿。二哥被指猪骂狗的骂得急了，提了把弯刀，要去杀二嫂。二嫂往外跑，撞上侯大娘，侯大娘一把将二嫂扯到身后，腾出手来，把二哥挡了。二哥有了台阶下，但还是把刀高高举起。侯大娘就没好气了，说春树你多体面，你们妈死恁早，几姊妹水里火里，长大成人，你杀了她不值啥，未必你就脱得了爪爪？你是个读书人，自古杀人偿命，未必你不晓得？你爸爸还在住院呢！

要是平时听见“杀了她不值啥”，二嫂还不听个耳满心满，可这时候吓坏了，不仅没多心，还抱住侯大娘哭，哭得呜呜响。二哥气狠狠地回屋去了，侯大娘便劝解二嫂，没劝几句，她自己竟也抽抽咽咽起来，之后说的话，再与二哥二嫂无关，而是根根梢梢述说我们的母亲。

后来大哥说："不晓得侯大娘为啥子要哭我们妈，像她比我们还想念。"

或许真是这样的。

母亲在世的时候，侯大娘活得健旺而充实，母亲一死，尽管有儿媳和丈夫可骂，但他们都不是她的对手。侯大娘要的是对手。她在跟对手没日没夜的争吵中，扩充着她的疆域，也敏锐地捕捉村子的秘密，并以口传的方式，记录那些秘密。我一直有种感觉，我们七姊妹，在燕儿坡跟这个亲那个亲，都不如跟侯大娘亲，尽管背地里议论她时，总是夹枪带棒，但见了她的面，老觉得比别人亲近。侯大娘仿佛是我们母亲的影子。只是现在她也老了，别说编淡话，连探测和挖掘秘密的能力，也大不如前，否则二哥和朱占惠的事，她哪有不知道的。看样子，她真不知道，知道的话，早传遍了，说不定都传到许兴耳朵里了。

当然，这只是我的猜测，很可能侯大娘依然具有那种本领，燕儿坡人也早把二哥和占惠，跟野林子山茅草联系起来，许兴也有所耳闻，只不过就像占惠跟保寒、学勤、镇勋他们的事一样，许兴纵然知晓，也对自家婆娘无可奈何。

但可以肯定的是，正抱住侯大娘哭的人，对那些事毫无察觉。这个人在与别人的比较当中，没有一刻定心，没有一刻的安全感，何况她确实借了不少钱，从头到脚，一身是债，要是知道丈夫裹了别的女人，背着她给那女人送鸡蛋，送钱，兴许还送了尺头衣裙，她多半不要二哥动手，自己就想办法死了算了。

十七

二哥家里乱了，大嫂二姐幺妹等人，也乱了一阵。他们都已买好车票，准备回来参加父亲的丧礼，却好转了，要创造奇迹了！只好又去退票，无端地损失一笔手续费。

只是大姐夫不时地来看望父亲。他像一直住在县城似的。但他来，只是站一会儿，父亲醒着的时候，和父亲说几句话，再和我下楼抽两支烟，就离去了。

我县城的那些朋友，陆陆续续打探父亲的病情，我都没说实话，只说是小病，我也回了省城。可有天，我在医院对门吃早点，被瑞松的老婆看见了。我跟他老婆曾见过一面，并不相熟，在医院对门看见我，她也没招呼，但她回去对瑞松说，她今天见到个人，像是许春明。瑞松从她提到的位置，断定我父亲住在三医院。他没联系，直接找来了。

是我先看见他的，他缩头缩脑，挨个病房瞅，那样子，让我想起那天深夜来探望病人却找不到病人的女子。说不清缘由，那女子带给我很深的惆怅，那么晚，怀抱一束鲜花，租车从市里赶来，鲜花却送不出去。那个本该接受祝福的人，是她的什么人？是真实存在还是虚拟的人？是曾经存在过等她赶来时却已消失的人？她在回程的车上想些什么？又如何处理那束鲜花？

见到瑞松，我想到那个女子。但我并没喊他，反而朝父亲的病房躲。重症监护室有个小阳台，我躲到阳台上去，拉过帘子遮了。是怕一旦他知道，别的朋友也就知道了。我不担心他们打搅了父亲，只担心打搅了我。确切地说，是担心打搅了我的寂寞。

我这寂寞心境，在父亲住进来的当天就有了，像有一种东西，很严重地冒犯了我。是父亲经受的痛苦吗？可以说是，但又不像是痛苦本身，而是痛苦强加给我的感觉。痛苦是肮脏的。病和老，是痛苦的原因，却不是根源。根源是人生。难道我因此能说，人生是肮脏的吗？正因为不能说，才寂寞，才不想人打搅。再说我身上一股子酸臭，自己闻着都恶心。

我背向帘子，躲在那里，心想过几分钟，瑞松就会走开。

正这么想，却听见他在问兄弟："请问春明在不在？"兄弟便喊："三哥。"我只好出来了。"我一看就晓得你们是弟兄，脸面儿一个稿子。"过后他这样说。我跟兄弟真有那么像？尽管我不认为自己怎样标致，但也不至于像兄弟。

基因的强大，让人逃无可逃。

基因是人最深的悲哀。

瑞松并没责怪我不说实话，是他能理解我这心情。可他到底没依我，擅自通告了别的朋友，朋友们便邀约着来看望。没想到他们一来，我竟十分高兴，虽只是说话，似乎也有了推杯换盏的热闹。

寂寞，是一种多么不可靠的东西。

有时候我想，在燕儿坡，侯大娘绝对是最寂寞的人。我相信，她当姑娘时，寂寞就和她如影随形。她那娘家，也在老君山，名叫打火寨，比燕儿坡荒远得多——若说老君山和杨侯山的区别，最大的区别在于，杨侯山是独体的，老君山却层层叠叠，逶迤蜿蜒，盘绕云间。打火寨也不知窝盘在哪一层，反正外地人很少去，只听说那里的人家，到最近的住户找个火种，也要翻几匹梁子。又土薄少雨，除了苞谷，再不产别的粮食，一年三百六十五天，就盯住了苞谷下锅，而家家户户穷得连个磨子也做不起，或许是没见识过，不知道有磨子这东西，干苞谷不能磨碎，更不能打成粉，要吃的时候，先泡，再煮，再蒸，即便这样，也不能消化，吃进去的和屙出来的，都是黄色的颗粒，一簇簇堆拥。不过这是讲究不得的，有苞谷吃已是万幸，山上风灾大，刚扬花吐穗，风一刮来，秆子折断，那一年就喝风了。风能到，太阳却到不了，太阳跑一整天，也跑不到那方去。山实在太深，人畜低于茅屋，茅屋低于树蔓，树蔓低于日光。水深藏蛟龙，山深伴路陡，打火寨人砍一根树，不是扛到家，也不是抬到家，而是从一重一重的岩坎朝下滑，就这样滑到家，有时不小心，滑到万挂崖壁底下，就再找不着了。那里的男女老少，都如土匪洞里的邹灯，身上长青苔。祛湿的办法，是熏，上十一二岁，就抽叶子烟，姑娘也抽，抽得牙齿发黑，嘴皮发乌。侯大娘嫁到燕儿坡，还偷偷抽了一年多，才戒了，牙齿也才由黑变黄。荒远和贫穷，同样让人长青苔，不长在皮肤上，长进五脏六腑。这种青苔，叫寂寞。

侯大娘当姑娘时，就那样寂寞过来。嫁到敞扬的半山，能照到太阳，吃到大米，是侯大娘的福分。她珍惜这福分，但并不满足。远远没有满足。但也只能如此了。不满足，伴随了她一生，寂寞也伴随了她一生。即使在我母亲活着的那些年，侯大娘内心的某些角落，也一定是空着的。

她的寂寞比我的厚实，也比我的真诚。

十八

临近晌午，大哥二哥又来了。刚进医院大厅，碰到我送大姐夫下去，大姐夫说，他马上回镇，村里有事情。他回去，自然是杨津来接的，杨津开始也上楼来看了父亲，几分钟前才回到车上，他的车就停在医院外面。大哥叫大姐夫等一下，他们上去看一眼，搭便车回去。大姐夫说：“我不能等啰，事情急哟！”二哥就一副要跟着大姐夫走的样子。大哥也是。大哥匆匆忙忙问父亲现在怎样。大姐夫说：“上去看了不就晓得了？”大哥听出话里的不满，讪讪地，把立即就走的心思收了。大姐夫忙着出去，刚坐上车，车就动了。

大哥二哥跟我上楼时，二哥说：“光文那人，假忙！他是怕我们坐了他的车，揩了他的油。”说着见兄弟从楼上疾奔而来，是来叫我的。他说爸爸本来好好的，突然说起胡话来了。我说你为啥不找医生？他说只说胡话，又没抖。

几兄弟快步进到病房，听见父亲在说：“我要活一百岁，哪个狗日的敢叫老子不活一百岁！”我走到他床前，说爸爸，你是要活一百岁，没人不让你活一百岁。父亲说：“要是我清涟跟朝晖在，多时给我舀碗水喝了！”这又不像胡话。清涟姐弟对爷爷孝顺，爷爷起床，忙倒洗脸水，爷爷起身，忙递拐杖，爷爷要去茅厕，朝晖还扶着他去。

这么说来，父亲是渴了？我问他是不是要喝水，他说：“凉井湾的水搭子坏了，快去修。”凉井湾在哪里，我们都不知道，水搭子是什么，也不知道。

父亲的眼睛白多黑少，光是浑浊的，散的，像躲在蛛网后面，又像望着很远的地方。

但望不了太远，那光很薄，一碰即碎。

我朝兄弟努嘴，兄弟出去了，紧跟着把程护士喊来了。程护士看了监测仪，又对着父亲叫："大爷！大爷！"她的声音似有魔力，能把父亲从遥远处唤回来。父亲眼里的光，慢慢凝聚。程护士说："他醒着的时候，陪他多说话。"说完就过去了。

大哥二哥对视一眼，大哥走到床前，问父亲："我是哪个哟？"

父亲说："你我都认不得？你是春山。"

用这样的话去问他，明摆着就是说他糊涂了，父亲很生气。

他的嗓子有点儿变音，变得比平时粗。

可紧跟着，他对大哥说："你前天才过了十九岁生，你以为我记不得？"

大哥转过头，苦笑一下，又问父亲："我十九岁，他们几个呢？"

"春树十七，春红十二，春花八岁，春明五岁，春晌两岁，春英最小，不满三个月。"

父亲答得很快。他说的，是母亲去世那年我们的年龄，每一个都说得相当准确。

原来，父亲最深的记忆，在母亲去世的时候就停止了。他希望我们永远是那么大，永远是有母亲的人。同时，我们母亲的死，成了他挥之不去的恐惧，恐惧得不敢面对未来的日子。大姐常对他说，该留妈，不该留你，而这样的话，也不止大姐说，母亲死后很长时间，走遍老君山，包括赶场天去镇子的路上，都会听人感叹：那家里咋不把许成祥死了哦！意思是，非要死一个的话，也该死我们父亲，留我们母亲，是觉得我们父亲懦弱，母亲能干，是真心实意为我们家担忧。而父亲本人，其实也是那样想的。

大哥不知道怎样去回父亲的话了。

几兄弟沉默着。

二哥厌烦地扯了一下脸。兄弟看出二哥的心思，把两个保温桶都打开。一个是空的，是大姐送来的鸡汤鱼汤，被他吃了，另一个剩了小半，是加了肉末子的菜稀饭。他说："买来满满一桶，爸爸吃得只剩了这些。"

他是要向二哥表明，我打的那个电话，并不是撒谎。话说得夸张，实际没有满满一桶，半桶也没有，父亲只吃了很少一点儿。

说了又沉默。有时候，沉默和睡眠一样，是死亡的双生子。

但父亲又说话了，他说："金洋那狗日的，我饶不过他，我的打狗棒是放在门后头的。"

这时候，他那舌头不听使唤，说得非常吃力，个字个字地说，说得像吐。

大哥瞄一眼二哥，又瞄一眼我。

十九

真有金洋这么个人。许金洋，住在沟那边。占惠新房的屋基，以前就是金洋家的。当然那是多年以前，我们这辈人都不知道的时候。

虽时日久远，但许金洋这个名字，就像山里的草，野火烧不尽，春风吹又生，人们在闲谈中，说到某人心狠，总是冲口而出："像金洋那众人日的！"说那时候，许金洋外出几年回来，就成白军头目了，带着几十个人，背着大刀，挎着盒子枪。他站在院坝边，邻家一个八个月大的女孩，小名丑妹，在院里爬，不知是不是见他装扮新鲜，径直朝他爬来，还扬了头，口水滴答地朝他笑。这样爬到他脚下，他弯了腰，拎住丑妹一条腿，倒提起来，抽出刀，一刀把孩子劈成两段。那院坝外跟现在一样，生着茂密的竹子，丑妹腰部以上，扑进竹林，呛出的血，把一只正卖力钻孔的竹虫，打翻在笋箨上。许金洋将后半截身子也扔下去，从裤兜里摸出丝绒手帕，爱惜地擦拭着只沾了一丝血影的宝刀。他剁那孩子，就是试刀。后来这人被枪毙了，他的后人，也悉数搬离了燕儿坡。

我是偶然听大哥暗示，说当年许金洋回村，霸过一个女人，那女人就是我们奶奶。他回村半个月后，爷爷从村里消失了，有人说，是被许金洋杀死在野地里，也有人说，是跑到万源找红军去了，当时有红军翻越川鄂边境，到了大巴山区。爷爷和贵爸他爹一样，当过背二哥，往陕南送盐，要经过万源，风闻过红军的消息。爷爷消失后，十天没回来，二十天没回来，两个月还没回来——一辈子也没回来，活不见人，死不见尸——奶奶就烧了一黄桶艾叶水，用那水洗过身子，穿了干净衣裳，在做饭的铁罐子里，为自己烧了几张草纸，再搭根绳子在挑梁上，把头伸进绳圈，蹬掉了脚下的凳子。那年，她二十二岁。奶奶一样心狠。她生的两个儿子，大的不满五岁，小的不满三岁，她竟能撒手丢下。我们的先辈都寿数不永，父亲的爷爷奶奶、外公外婆，都是年纪轻轻就死了，奶奶死后，兄弟俩再没一个亲人，弟弟很快饿死，哥哥满山乱跑，吃百家饭，也吃野果，饮山泉。

我父亲是孤儿长大的。

以前在父亲嘴里，从不谈说爷爷奶奶，贵爸在月亮坝讲背二哥，父亲也默不言声，一是爷爷奶奶丢下他时，他小，没什么可说，二是他感到羞耻。也正因为羞耻，他嘴里也从没蹦出过金洋两个字，或者许金洋三个字。现在却说出这种话来。

从情形看，二哥也知道那段公案。他当然知道，母亲当年跟侯大娘吵架，侯大娘就提说过，只是不敢提得太显，毕竟，我们爷爷下落不明，万一他果真当了红军呢？万一他在外面做了大官呢？

这种事也是有的。母亲去世的前几年，黄金镇就回来个老头子，胸前挂满军功章，有抗日勋章，也有解放勋章，他的情况，跟我们爷爷很相似，在家乡时有妻有儿，被人欺辱，就从村里消失了。结果是找红军去了。他作战勇猛，当了官，解放后当了更大的官，另娶妻，再生子，就不想回来，也不好回来的。家乡也不知他死活，因为他改了名字。待他老了，就像一片叶子往根上落，就挂满军功章回来了。老家的妻子还活着，等了他几十年，这几十年把她变成了黄连木，再辨不出甜味儿，她望着面前这位白发苍苍的老军人，只是无言无语，老军人去抓她手，抓到的也是一根枯死的木头。她的儿孙却欢欣鼓舞，当了大官的父亲、爷爷、祖祖——回来了，连忙报给镇上，镇上又报给县里，喧喧嚷嚷，闹了一河。回龙镇老君山的冉家湾村，有个叫冉从京的，跟那家人沾亲，应该把那老军人叫二外公。听冉从京说，他二外公在老家住了十天，又回了远方的城，但二外婆家的处境，顿时就变了样，土墙拆了，砌了砖房，听说每隔半个月，就能吃上一顿肉，镇领导随时探望，有时县领导也来，一来，就送布票、粮票、糖票、肉票。

一时间，满条河上都漂浮着丹霞似的梦，梦想自己也有个离家出走数十年，突然归来的亲人，胸前挂满军功章。

在燕儿坡，我们家是唯一可能的，侯大娘有所忌惮，挖掘我们奶奶的那段秘史，也只敢含糊其词。大哥二哥包括大姐在内，那时候都已醒世，又是敏感的年龄，露出一条缝儿，就能钻进门里，看见陈年的蛛网，闻见旧时的气息。后来，事情变得越发渺茫，侯大娘敢于往明里说了，可惜我们母亲又死了。失了吵架的对手，侯大娘也就懒得去费那个心。挖掘别人的秘密，是费心的。正因此，兄弟他们都不知道。如果不是大哥暗示,我也不知道。大哥暗示给我，大概是想我在外面，可利用关系打听一下。而今看来，完全没那个必要了，纵然爷爷当了红军，做了大官，也早就死了。他自己活着时都没回家认亲，他在外面的那些儿孙，哪可能主动来认穷亲戚。

二十

大哥瞄了我和二哥一眼，小声说："于主任的话怕也靠不住啊。"

二哥说："我不管你们。"

意思是：本来就靠不住，还需要说？

兄弟又是那副样子：脸拉长了，龅牙露出来，嘴皮子打抖。"你们哪个有本事，"他说，"就去把氧气管给他扯了。"他不知道许金洋跟奶奶的事，但知道许金洋一刀劈杀了丑妹，他是说，谁去拔了父亲的氧气管，就可以跟许金洋比心狠了。

二哥正要发作，程护士又进来了。她是来给父亲吸痰的。吸过痰，父亲轻爽了些，眼珠子转来转去，望着天花板，望一阵，把眼睛闭了，看样子是睡过去了。

一时间都没有言语。

那氧气管就在两三米开外，供养着一个睡过去的人。

好一阵过去，兄弟对大哥说：“大哥，三哥几天没睡好，也没洗过澡，他的换洗衣裳都在大姐那里，让他回大姐家洗个澡，好生睡一觉，你跟二哥在这里守一夜行不行？”

二哥当即摇手：“我不行啰。”

然后气愤愤地，说，药医不死病，要死的病是医不好的，爸爸这样子，无非是混天数，住在医院照样是混天数，你们不信，以为一根牛绳能拉住太阳，不让它下山。“你们要这样，我也管不了，我只是说，爸爸混不过几天了，家里该准备的，要加紧才行。我虽然把停灵的屋子腾出来了，但满屋都是老鼠洞，有的比兔子洞还大，我要回去挖泥巴填。还要请人呢，单靠我，一个月也填不完。”

兄弟现出苦恼相。

前天夜里，他问了我一个问题，他说三哥，我们这里的有些风俗，是不是因为穷才有的？我问哪些。他说，人死在外面，就进不得堂屋，其实就是不要病人在医院住久了，遇到病情稍微重些，就抬回家等死；多数人得病，干脆不去医院，挺过去是命大，挺不过去就死了，而那些病，很可能治一治就好了。然后他以我们母亲为例。母亲那病，起于一场风寒，躺在床上挨，谁知那床越躺越深，挨了个多月，竟死了。

我不知道怎样回答他。母亲的年代不是现在的年代，现在没恁穷，那风俗却依然存在，可见不只是钱的问题。是生命不贵。以前是别人觉得不贵，现在连自己也不以为贵，某人上午还在挖地，还在赶场，到下午或晚上，就听说死了，是自杀的，自杀的方式，无非是吃毒鼠强，喝百草枯，悬吊颈索，跳老堰池。外人能数出来的理由，不过是那人这几天膀子痛，或者跟儿媳争过嘴。他们是不再有什么想头了，该辛苦的，已辛苦过，该付出的，已付出过，儿女又大都远离他们，过起了自己的日子，再想辛苦，已没了体力和方向，于是空了，不如死了算了。

但我们父亲不一样。

父亲想活。父亲还有他的目标。

我怀疑，兄弟那样问我，也是担心我耳朵软，听了大哥二哥的话，就把父亲送回去，不再医治。

二哥不愿留下，大哥也就跟着迟疑起来。兄弟便说："你们回去吧，三哥也回趟大姐家。"我确实想洗个澡了，就问兄弟："你一个人能行？"他说行。大哥稳了心，说："也不急一时，来都来了，再陪爸爸一会儿。"说罢拉张凳子，坐到父亲床头去，跟父亲说话。但父亲一直睡着。大哥将导尿袋倾进便盆，倒进厕所。紧跟着，走廊上传来碗筷声，我们便也下楼吃饭。

快吃结束，我出门接电话，二哥以为我走了，急忙喊住我："还没付账。"

我没言声，出去接完电话，又去百米外的银行，取了妻子打过来的钱，再回来埋了单。然后一同回到医院，换兄弟去吃。几天来，差不多都是我吃了，给他带盒饭，但今天，他实在太累，他本来也想回去休整一下的，却休整不成，心里更累，就特别想吃点儿汤汤水水，更想喝几两酒。

待兄弟回到病房，我摸给他几顿饭钱，就跟大哥二哥走了。

二十一

坐车到镇上，大哥二哥回燕儿坡，我独自去了大姐家。跟大姐话都没搭，就去洗澡。洗过澡，就像脱掉一层铁甲。日常生活的美好，这时候才入心入骨。

大姐家还是老样子，纤尘不染的。她一个人守着一大套干净屋子。大姐夫不在，李志不在，青梅也不在。再过一会儿，豆豆该放学了，估计青梅在等她放学。而李志，大姐说，又被那起有天没日头的家伙，勾着魂钓鱼去了。

去的是很远的地方，那地方叫龙眼潭沟，名为潭，又名为沟，实则是老君山上最大的水库，听那里来赶场的人讲，有天傍晚，兴天——在我们那里，“兴”是指即将生产，也指生产前的阵痛，比如说某某“兴娃儿”，是说她马上要生孩子了，肚子痛起来了；兴天，是指久旱无雨，现在要下雨了，天胀鼓鼓的，让万物感觉到天的疼痛，也让万物不安——那天傍晚，因为兴天，龙眼潭沟翻起一条大鱼，只现了乌黑的脊背，就又沉下去了。有多大？“房子恁大！”李志听了，便掏出他从福建带回没有用完的钱，让伙计去买顶帐篷，称些熟肉，备包点心，搬箱啤酒，他自己飞奔回家，挎了伊势尼大拱钩，发誓要去把那鱼钓上来，今天钓不上来，明天钓，明天钓不上来，后天钓。要不是水库的话，就用炸药炸了，水库里不敢用炸药，炸坏堤埂，就会冲毁几个村庄。也不敢用毒药，几个村庄的饮水，都是从龙眼潭沟流出的。电击倒是可以，但上了几斤重的鱼，就很难电昏。还是钓好，明月清风，山间野趣，既光明正大，又好玩儿。

李志出门时，大姐骂，李志说：“我不晓得那妈，你有理无理骂我做啥子？钓鱼是体育运动，又不是歪门邪道，你没看那电视上，还比赛呢。啥时候我给你拿个冠军回来，砸给你一砖奖金，保险你就欢喜眯了。”

大姐对我说到这里，果真笑起来，笑得眼睛眯成两条缝。笑了又骂。

一切都没有改变。

没有改变，或许就是一种好。

想今天，我从三医院出来，步行去汽车站，需穿过一条名叫夫子巷的冷僻长街，这条街像根弯曲的管子，盘绕上升，街道两旁，并无商铺，只是间隔三五米，开着一道门；与其说是门，不如说是洞，仅供一人出入。每个洞口，倚着个女人，最年轻的，也有三四十岁，眼角的皱纹，像大风吹乱的发丝，却都光着腿子，袒了半个胸脯，或坐或立，盯住从门前走过的路人。遇别的路人，盯一眼就放过了，若是老年男人，就分外活泛起来，抖擞精神，打着眼风。她们的顾客，都是老头子，二十块三十块，也不敢认真讨价，只图薄利多销。据说五块也干的。那些老头出门买菜，抠下五块钱，拐到这里来，用在她们身上，回去给家人报账，就说今儿个菜贵了，本来还想买两根黄瓜，也没钱买了。

那光腿露胸倚门而望的景象，我每次去县城，从那里过，都会见到，都会想：她们有丈夫吗？有儿女吗？丈夫和儿女都知道吗？除做皮肉生意，就没别的出路吗？或许真的没有，世间的路，明处的少，暗处的多，你看着是路，别人眼里很可能啥也没有，即使有，也是峻崖峭壁、白水黑浪。

因这缘故，我有时会为她们叹息一声。但今天完全没那种感觉。

无病无痛地活着，就是福分了。自古及今，总有一部分女人依靠男人的色欲过活，这并不卑微。只要不侵犯他人，就没有一种生活是卑微的。像她们，秋月春风，日复一日，何尝不是静好人生。

对父亲的病情，大姐用不着特别问。她随时都在打电话。

但还是问了。我能回的，也无非是电话上说过的那些。大姐听了，叹了口气。我不想听她又说不该叫父亲来她家过生之类的话，便摸出五千块钱，说这是爸爸入院那天，我找哥借的，是给你还是给哥？大姐说都行。我便给她了。大姐说："分明有好几弟兄，结果事情都让你背着，你就浑身是铁，又能打出多少钉子？你倒不说，横竖是自家大人，那梨静心里不咕哝？"

梨静是我妻子，家在南充城里，大学毕业去了省城，做了中学语文老师，在单位上人缘好，跟我谈恋爱时，那学校怜惜她的长辈，不停地在她耳边打破锣，说这世上啥事都做得，就是万万不能找个农村出来的，那种所谓的"凤凰男"，其实就是苦行僧，背着三座大山，你跟他结了婚，就得跟他一起背，你一副细皮嫩肉，背得动吗？背不动的。其中一个四十多岁的女教师，现身说法，说她当初左右不听劝，嫁了个凤凰男，结果那只凤凰被他亲人拔光了毛，落毛的凤凰不如鸡，而今想来，她还不如嫁个城里的鸡。可是人究竟也不知后事，我妻子梨静，便也跟那个女教师一样，仿佛注定了要为青春的单纯付出代价。

不过这些事说起来，够烦人的，我不想说，就问起大姐夫。

大姐夫说村里有事，处理好没有？

我心里想的，是灰狗儿又闹了事。要是那样，大姐夫处理起来，定会兴致勃勃，说不定还会像那次面对高经理，发表一篇好演说。

大姐却又是叹口气，说李家岩死人了。就在半个钟头前，她打电话去问情况，大姐夫没时间接，或许是人前，不好接的，就把手机递给文书李前涛。只要大姐夫回村，李前涛就总是跟前跟后。李前涛背了人，几乎是欢天喜地地，把那件事的来龙去脉，讲给大姐听。

二十二

事情出在今天早上。

今天是回龙镇的赶场日子，李保顺的妻子施淑玉，早早出门往街上走，快下河，心子跳跳的，“怕是要翻船呢。”她这样想。十年前的某一天，她也是去赶场，也是心子跳，就翻了船，淹死五个人，李家岩就占三个，恰巧又是李家岩的这三个，连尸首也没捞上来。幸好她没能挤上那艘船。这么想着，施淑玉不敢下码头，转身回去了。走到屋后，听到丈夫在捶胸顿足地哭。施淑玉吓慌了神。儿女都在外务工，家里只有两口儿，住的又是单地方儿，离得最近的邻居，也有小半里地，是丈夫搭了急病还是家里遭了强盗？难怪心子跳呢！施淑玉攀住一棵李子树，跳下六七步土坎，顺着田埂，拐到后门。后门傍着茅厕，茅厕边湿成一片，门槛底下也窝着水，她差点滑一跤。

门却是闩着的，推不开。她握了拳头擂，边擂边喊。喊无数声，丈夫也没开门，只是没有声息了。这更叫人害怕。施淑玉又跑到前门。前门也闩着。又是喊，又是擂，擂得院坝外一棵梨树掉叶子，李保顺才来把门打开。他好好的。问他，他整死不说，问急了，干脆蹲在门口，抱住脑袋。施淑玉扫了一眼屋子，并无强盗入室的迹象。近十多年来，这山里确乎也没有强盗。施淑玉就觉得撞鬼了，把肩上的花篮一放，又去里屋察看。

迈进卧室的刹那，妈天妈地地尖叫，便刺穿屋瓦。

在她跟丈夫睡的床上，一丝不挂地蜷着个女人。

硬翘翘的，是个死去了的女人。

那女人名叫鄢敏，同村人，住在岩坎底下，两家之间，有十多分钟路程。

李保顺没得说了，只好给妻子交代，说她走后，鄢敏来了。鄢敏脱衣上床的时候，他提一桶水，去茅厕边冲凉——清溪河流域，把洗澡叫冲凉，大雪天洗澡，也叫冲凉。李保顺说，他冲了凉过来，叫鄢敏睡里面去些，她不动，他就推她，这才发现她没气儿了。

施淑玉坐在蒲凳上。一绺头发乱下来，垂在嘴角，一长一短地飘。关于丈夫和鄢敏的事，她不是没听说过，可她就是不信。现在信了。却是以这样的方式让她相信。

夫妻俩在伙房里，一个蹲着，一个坐着，都没言语。

隔着一道门的卧室里，床上那个一丝不挂的死人，也没言语。

家里喂的一条狗，名叫黑儿，自入春以来，黑儿就天天打早出门，满山坡去找爱情，却找不到爱情；这大山里的春天，是自下而上的，一层去一层来，农历四月间，是李家岩的春天，李家岩之下，百花已谢，之上，春草未醒，在黑儿的领地上，没有一条像样的母狗——在黑儿眼里，像样的母狗就是发情的母狗。黑儿就这样，总是错过它的好事。它打早出门，劳而无功地奔跑三四个钟头，累得舌头掉出半尺长，便垂头丧气地回来，呜呜叫。这时候，黑儿就是那副模样，躺在院坝边，呜呜呜的，述说着它的悲伤和痛苦。

时间当是接近中午了。

两口子还是那样，一个蹲着，一个坐着。蹲的人也坐下了，只是背靠门槛，屁股尖儿落地，看上去像蹲。他们都没换过地方。

黑儿突然叫起来。两口子正打个激灵，院里就闪进一个人。

是李财，鄢敏的男人。

李财今天也是去赶场的，他坐的那趟船刚开走，就看到施淑玉从山上下来，因此他以为施淑玉也上了街，就多了个心眼，把事情紧着办完，立马往回赶。他的两个女儿都在镇中心校读书，他在上街租了房子，请岳母住进去，帮忙照顾孩子，他本打算去岳母那里看看，甚至还想过等女儿放了学，看了女儿再回，历书上已经入夏，长天老日的，也不怕一时半会就黑了。但他想到施淑玉也上了街，就改了主意，五十斤老洋芋，也没熬出该卖的价钱，就卖了。他老婆和李保顺的事，跟施淑玉一样，他早就听说，跟施淑玉不同的是，他信。他差的，只是捉奸。回到家，见鄢敏不在，去田地里转一圈，也不见人，他就朝李保顺家奔来。

没想到李保顺的门大开着，李保顺坐在门口。更没想到施淑玉也在家。李财顿时就有些慌神，摸出烟来，给李保顺递，说："你们没走哪里？"

李保顺还没起身，施淑玉站起来了。

"李财你进那屋里去看看，"施淑玉指了指卧室，朗声朗气地说，"看那是不是你的人。活着的时候，我认得出来，死了，我就认不出来了。"

二十三

大姐夫赶去时，哭的哭死了，吵的吵死了，闹的闹死了，真正的死人，却冷冷清清的，停在李保顺的堂屋，依是蜷着的姿势；至于穿没穿衣服，不知道，身上盖着白布单，其实就是个半新不旧的铺盖筒子。

看来已闹过一场，锅儿罐子都打碎了，黑儿被砍死在院坝，肋下一条长口子，流出的血，已经发暗，把毛弄得脏洼洼的。李财和鄢敏的娘家人，弯刀斧头、铁锹木棒，都拿在手上。鄢敏的娘家也在李家岩村——以前属豌豆坪村，小村并大村后，并到了李家岩。大姐夫一看阵仗，心想这还了得，已经出了一条人命，要是晚来一步，说不准还会弄出人命。

但他不动声色。

若在平时，见书记露面，个个都会忙着招呼，今天没人招呼，反而哭得更凶，吵得更凶，闹得更凶。大姐夫见在眼里，心下定了。他很清楚，他们那么哭，那么闹，恰恰证明需要他。架是打不起来了，只看他的了。

该大姐夫了解的情况，施淑玉给他打电话报告时，他已知晓了一部分，随后他又让村主任李普和文书李前涛去做了核实和补充，因此现在他不必问。他没说一句话，只分开棍林刀丛，进屋找水洗脸。结果一个大石水缸，也砸得崩了门牙，水漫了一屋。

他就不洗脸了，撮出一张三脚凳，坐到院坝中间，靠住死去的黑儿，脱下衬衣扇风。他那紫色衬衣里面，穿着白背心。李前涛扭着他那长长摆摆的水蛇腰，走到他身边去，站着，等他的指示。李普已经溜回家去了。在李家岩，村主任只是个影子，当影子有坏处，也有好处，比如这种时候，不去得罪人，不去冒刀杖之险，便是好处。

把自己扇得凉快了些，大姐夫就站起身，进了李保顺的偏厦。偏厦里放了架风车，风车还没砸，一张用于搁簸箕背篼和杀猪的宽面板凳也没砸。大姐夫往那凳上一坐，让李前涛站在门边把守、传话。他把这里，用作了临时办公室。

二十四

“叫李财。”大姐夫说。

李财迈进偏厦尺余高的门槛时，手里还握着弯刀。李前涛拦下他：“你是要砍我，还是要砍书记？”李财怔了一下，把刀扔了，才进门去。

大姐夫示意李前涛把门闭上，然后他问李财：“你说，你究竟还喜不喜欢她？我是问你还喜不喜欢鄢敏？”李财顿时怒气喷溅，说自家的婆娘，爬过一重岩来，一根纱不粘地死在奸夫床上，我还喜欢她个卵？大姐夫本以为，李财会说他喜欢得不得了，离了她，他就活不成。——若是这样，事情会麻烦许多，李财没这样说，证明他到底是个实诚人。大姐夫说：“我听说他们有好几年了？”李财立马接腔：“好几年了！前年子，我在外头打工，李保顺也在外头打工，我给鄢敏寄回四千块钱，她拿着这钱，不说给她妈送去，给女儿买吃买穿，她一分不留地统在身上，去看李保顺那野鸡巴日的，还坐的飞机！过后她死不承认，老子是洗着眼睛的，你不承认就瞒得过？”大姐夫似有若无地咧了下嘴，断然地说：“既然这样，你在这里闹啥子？你胀饱了没事干？她死在李保顺家，你正好脱手不是？你现在就回去，问都懒球得问一声，让李保顺那龟儿子去收拾！”

这李财一听，心地透彻，茅塞顿开，出得门来，挤开人群，背着手回家去了。

“叫鄢发云。”

鄢发云是鄢敏的堂哥，是娘家人中领头的。鄢敏本身只有姐妹，没有兄弟。鄢发云进来，大姐夫鼻子里笑一声，说：“她男人都走了，你们还好意思在这里闹！又不是李保顺拿索索儿把她捆来的，是她自己拿起两只脚跑来的，跑来还死在李保顺床上，你们当娘屋人的，硬是有脸？想要赔偿啊？看看这个家，能拿得出啥子来赔？认真说起来，又凭啥要赔？医生已经来过，医生说的你们也晓得，鄢敏死于突发性心脏病，是病死的，不是李保顺整死的。他女人还没说话呢！你们家的人，勾了她男人，还死在她家，晦不晦气？光是这晦气，就该你们赔她，不是她赔你们！何况你们还杀了她的狗，打烂了她的家什。那些家什看上去渣渣草草的不值钱，但要置办起来，就不费事？就不花个几大千？”

这鄢发云一听，气焰灭去大半。

但毕竟人死了，娘家怎能不管？

大姐夫知道他们的心结，将鄢发云发落出去，即刻就传李保顺。

李保顺来到大姐夫面前，拖着手，弯着膝盖，浑身乱抖。大姐夫却慢慢悠悠，摸出电话来打，像根本就不是他让传话把李保顺叫进来的。那电话也不知打给谁，说得嘻嘻哈哈，很长时间也没说完。这期间，李前涛递烟给大姐夫。

李前涛的腰间，随时捆着个皮包，若干年前，这皮包叫老板包，现在是不那样叫了；他那皮包里，既装钱，又装烟，他抽的烟，比大姐夫抽的低一个档次，是硬中华。大姐夫没接李前涛的散烟，见他包里装着两盒整的，就伸手抽了一盒，在李前涛面前晃一晃，表明他的烟抽完了，要拿了这盒。但李前涛还是把那支散烟杵到大姐夫嘴上，为他点了。大姐夫也才把电话挂了。却依然不理李保顺，只跟李前涛摆龙门阵，说这天热得，才四月间，就像火炉子。又说，他刚从县城回来，见法院门外，又巴了布告，几个名字都画了红勾，等着敲砂罐了。敲砂罐是枪毙的意思，说人的头像个砂罐。

那李保顺听着，豆大的汗珠，从“砂罐”上往下砸。

大姐夫只当没看见，抽着烟，抽过一支又接一支。

第二支抽了两口，猛地扔了，脸色陡然一变：“李保顺，你龟儿子做的好事！”李保顺便呜呜哭起来。“你也晓得哭，”大姐夫说，“可惜晚了。不见棺材不掉泪，说的就是你这号人。”李保顺一膝盖跪下去。“给老子站起来！”只听一声断喝，李保顺站了，膝盖却照样是跪着的姿势。大姐夫冷冷地瞅他一眼，十二分轻蔑地说：“这副卵样，也在偷婆娘，也在养小娘子，我不晓得鄢敏是咋把你看在眼里的。鄢敏人才是人才，手脚是手脚，又比你小十来岁，我硬是不晓得她是吃错了哪包药。”李保顺哭得齁的一声：“我对不住她呀……”大姐夫哼一声：“把人整死了，才说对不住，你早先在干啥子？你既要偷她，就该好生待她，千不该万不该，把人家整死。莫给我说她是心脏病发作，她在娘家住了十八年，在李财家住了十三年，没见心脏病发作，跑到你家里来，就发作了。发作在一个好地方！还脱得裸儿精光的！”李保顺又要讲鄢敏上床的时候，他去冲凉，冲凉过来，就发现她死了的话，被大姐夫喝住，大姐夫说：“哪个让她上你床的？她又咋晓得淑玉赶场去了？拔树寻根起来，你脱得了爪爪？”

李保顺不言语了。

昨天晚上，是他发短信给鄢敏，问李财今天去不去赶场，今天早上，施淑玉刚出门，又是他发短信给鄢敏，说淑玉走了，问李财走没得。鄢敏得信，才避开淑玉下山的路，拣小路跑来了。

这些事，李保顺没说出来，但大姐夫一看形景，就看了个透，而且过后也从鄢敏的手机上证实了。他对李保顺说：“我才帮你把她男人打发走，可她娘家人不会走的。说不定李财也会转来，寻你闹。你又不是不晓得这条河上的闹法，把死人捆在你背上，捆七七四十九天，吃饭睡觉，拉屎拉尿，都不许解下来，还要你不断磕头作揖，累不死你，也要臭死你狗日的！看这天热的，三几天过去，死人就流黄水，就烂，肠肝肚肺烂出来，你都得背着。这还不算，他再来个倚尸图赖，赖掉你几十万赔偿，未必你想不给就不给？你说你给不起，写张欠条总写得起，你给不起，还有你儿子，父债子还，天经地义。要是再往大处闹，再弄出几条人命来，你没遭当场打死，也要去坐牢，还可能送到西门操坝，敲你龟儿子的砂罐！”

西门操坝在县城，临河，河边一片芦苇地，许多年来，死刑犯都在那里吃枪子儿，也就是“敲砂罐”。西门操坝因此成为一个专有名词，骂人时来一句：“你迟早要去西门操坝！”就是骂到绝处。

李保顺听了，又跪下了：“李书记呢，我全靠你哟。”

大姐夫这次没叫他起来，只发出指令：“赶快给老子滚出去，该扎灵堂扎灵堂，该请阴阳请阴阳，该做道场做道场，一样都不能少！鄢敏那娘家人守在这里，你要天天供他们好吃好喝，锅儿罐子打烂了，去借！法事做完，再敲锣打鼓，发送到李财的祖坟去安埋。李财让不让她进祖坟，还难说，这事我去周旋。也只能埋到他祖坟去，要不然，鄢敏烧百期、周年、生期，以及逢年过节，她后人咋个上坟？未必跑到你这里上坟？那不是打人家后人的脸？做了土泥鳅，就莫怕污眼睛，这些天，你不是鄢敏的情夫，你是鄢敏的孝子！”

李保顺出去后，大姐夫像是有些累了。

他点上一支烟，吸几口，才说：“请淑玉。”

施淑玉进来，大姐夫和颜悦色的，请她坐，就坐在他旁边。

施淑玉坐了，大姐夫说：“淑玉，我给你说，事情出都出了，你就要往开处想。鄢敏她抢你男人，结果抢走没得？不但没抢走，还死了！你就要往这方面想。我一直晓得你是个通情达理的人，你今天给我打电话，就做得特别有心胸。我刚才给保顺说了，既然死了人，道场就不能不做，也不需做多久，做三天就可以了。李财是不会在这事上多嘴的，鄢敏娘家人，也不可能非要你做十天半月，毕竟自己的人死得不光彩，也想尽早打发。淑玉，你听我说，这几天你莫怄气，更不要撂挑子，保顺已吓得没个人样，要他承头办丧事，根本不行，你要主动把这事担起来，各方面做得滴水不漏，她娘家人见了，也就没话说。真拿话出来说，硬要把保顺送进鸡圈（监狱），有意思吗？你跟保顺，做了二十二年夫妻了，外面塝坎上那棵梨儿树，是你们结婚那年种的吧？你看，都成一棵老树了。你们两口子，过了些苦日子，好在齐心协力往光景里奔，现在女也有了，儿也有了，都在外面挣钱，听说你那秀儿小小年纪就出息了，在酒店当了大堂经理，这是你们的福分。保顺他不晓得惜福，你淑玉要晓得。其实保顺也不是不惜福，只是男人家，一时走神，也是有的，你要谅解他这一次。你们的日子还要往下过对不对？保顺进了鸡圈，就没法过了。可要是不让鄢家把心放平，就算不把保顺咋样，只咬你一大笔赔偿，你划得着不？划不着嘛！事情是保顺做出来的，你完全无辜，但赔钱的时候，保顺的钱还不就是你的钱？另外呀，淑玉，你还要听我说，鄢敏她再是个不争气的婆娘，再是个没德行的三脚货，但死都死了，你就莫跟她一般见识，你就当做好事积德，把她的后事安排妥当。”

二十五

这些，就是李前涛在电话上说给大姐的。还说，一切都正按大姐夫说的去做，现在只有哭的，没有吵的和闹的，更没有拿刀执杖的。为防万一，加上还要去做李财的工作，让他准许鄢敏进祖坟，大姐夫暂时还不能离开。

那起丧事，看来不会号客，否则大姐就回去帮忙了。李家岩的红事白事，事主都要请大姐帮忙，也不要她干活，只是招呼一下在厨房打下手的姑娘媳妇，让她们经心些。

大姐跟我这么说着话，天色就暗下来了。

青梅又带着豆豆去母亲家了，晚饭就我和大姐吃。大姐去买了凉拌菜，煮了绿豆稀饭。吃饭之前，我坐在沙发上看电视，心里一直想着那个名叫鄢敏的女人。对李保顺，她是付出真情的，否则不会那么执着和持久。她大概没有顾忌到这样的感情有多么昂贵，更没想到她会死在李保顺床上。对活着的人而言，她的意外死亡，正是她的错误。

吃完饭，大姐问我要不要去街上走走，我不想去，只想睡觉。大姐说再坐会子吧，这么早睡，反容易走困。她说李保顺跟鄢敏那件事，应该让二哥听一下才对，叫不叫二哥来坐坐？我说二哥回燕儿坡了，他那间屋有满屋的老鼠洞，他要回去找泥巴填。

大姐眼睛一翻："他回去个屁呀！我去买菜的时候，见他也在买菜，我叫他来吃饭，他说不来，要回燕儿坡。见到我他就想躲，是我叫他，他没法，才转过身答应。一看那鬼头鬼脑的样子，就晓得说的假话。二嫂倒是在燕儿坡，他一个人留在街上，总又是跟占惠约好的嘛。对二嫂，肯定又撒谎说他在医院照顾爸爸。"我说不会吧，大哥回去的，二嫂一问大哥就明白了。大姐说："大哥那人，分家之前，有一是一，说一不二，婚一结，把家分出去，就随方逐圆的，变成了好好先生。二哥给他交代了，二嫂问的时候，他还不依二哥说的回？"

我听着。也无非是听着，没有精神去管。

往深处说，是不知道该不该管。

就说朱占惠是个不守妇道的，可对二哥来说，多半现在才尝到爱情的滋味儿。二哥跟二嫂，没有爱情。当年那穷山恶水地界，能说成一个就谢天谢地了，何况我们那家境。不过二哥究竟不同些，书本给予他的愁绪里，一定少不了爱情的愁。只是那愁当不得吃，当不得穿，二嫂便也看不上。实实在在的贫薄和想象出来的贫薄，把二嫂的眼里心里，践踏得寸草不生。结婚过后，二嫂就不让二哥看书了，她把二哥的书都当成柴火，塞进了灶孔。她知道，没人因为她男人读过许多书，就高看她一眼，在与别人的比较当中，她男人读的书也不占任何分量，除非像春明那样，去吃了公家饭。她跟二哥说话，每句话都是铁打的，和她过的日子一样硬，一样沉，“想我呀坏人”这种话，她一辈子也说不出来。

想到这些，我心里乱糟糟的，加上累，就不想叫二哥来坐了。

大姐见我没兴致，也就罢了，只是说：“弟弟，你莫像他们那样哦。”

大姐平时是叫我名字，这时候叫弟弟，既是深情，也是很痛很重的嘱咐。

她说的“他们”，不仅指李保顺和二哥，还指大姐夫。

大姐夫的花花事，大姐给我和我妻子讲过。

二十六

那是老早以前了，那时候大姐还犯着牙痛，还住在李家岩。那年七月，梨静放了假，我也有几天空闲，就一起回我老家，先去看了父亲，又去大姐二姐和幺妹家走动。某天黄昏，我们到了大姐家，这是梨静第一次去大姐家，见山势比燕儿坡平缓，田地也比燕儿坡肥沃，正待收割的稻谷，黄金般层层铺展，渠沟从山上流来，流出哗哗的水声，沟两边青草龙茸，昆虫自在玩耍，风过处，深深浅浅都是谷香，就以为大姐是嫁了个好地方，待我说当初大姐夫家比我们更穷，她还不信，不明白如此好山好水，怎会穷成那样子。

大姐家的房子已有很大改善，两间青砖瓦房，在那院子里显得很特别。大姐夫的母亲已被淹死，弟弟已去了黄金镇做豆腐生意，哥哥一家倒是在，但自始至终，也没见哥嫂的影儿；嫂嫂患着恶疾，便自觉低人一等，不好跟人打交道。丽丽在县城上学，成绩好，李志虽也在上学，却上得摇摇欲坠，随时可能被开除。他总是逃学、打架，逃学玩桌球，打架不要理由，看不顺眼就是理由。大姐夫心想，换个环境是不是好些，那年初，李志在回龙镇读了半学期，就转到黄金镇，跟他幺爸住，也由幺爸照管，结果只老实了一个晚上。后来李志不是被开除的，是大姐夫觉得，他再这么读下去，只会在整条河上坏了他老子的名声。在回龙镇已经坏了，每次集会，他都上台亮相，全校师生都认识他，慢慢也就知道了他老子是谁。现在要坏到黄金镇去了。李志读到初二，又一次逃学后，大姐夫把他的学停了。

但我们去那天，他还像所有当父亲的，对儿子抱着无限希望，以为儿子有天大的毛病，也能改过来，吃过晚饭，他哪儿也没去，就在家教育儿子，以他姐姐作比，更以他三舅舅三舅妈作比。大姐夫说一句，李志应一声，后来我说，梨静说，李志都乖乖地答应，答应得十分真诚，所以后来停他学，他才那么委屈："人家正准备好生念书，就不让人家念！"

他完全不知道自己在欲望面前的脆弱。

很晚，我们才睡。

丽丽姐弟在家，空床便只剩一张，按理，有这一张床就够睡了，但在我们那里，客人不能男女同床，哪怕你是夫妻，说男女同床要给主人带来大灾，所以"宁愿屋停丧，不要屋停双"。于是梨静去跟大姐睡，我跟大姐夫睡。我俩睡的床铺，平时没人睡，刚进屋，大姐夫就拉过两个枕头，抡拳一阵乱捶，捶得老尘扑面。我不知这是干吗，只听见除了捶打声，还有混沌的惊叫。叫声止息，他提着枕头，往地上抖，抖了满地谷糠，谷糖里埋着十数只口鼻滴血的老鼠，都没长圆。他把死老鼠扒出来，将谷糠装回去，出去叫大姐缝死，又做了我们的枕头。他正是从线头被咬破，知道里面藏了老鼠。

大姐夫说："你先睡，我这人打呼噜，我先睡了你睡不着。"我说好。可话音刚落，他的呼噜声就起了，震得旁边一架楼梯砰砰跳。偶尔停歇下来，又听到隔壁压抑的呻唤，那是大姐。她犯牙痛了。怕闹着梨静，大姐又含了"敌百虫"，十几天前含那东西，差点儿毒死，这次减了分量，就压不住痛。我是越想睡越清醒，便干脆睁着眼睛。

东墙外是厕所，点着颗五瓦的灯泡，大姐担心我和梨静起夜看不见路，特别交代，叫莫关那灯，风窗口，聚着一团淡青色的光雾，我望着那团雾，胡思乱想。想小时候，除非有大月亮或大雪天，夜里去畜棚解手，得端煤油灯，灯苗如豆，再是内急，也不敢走快，否则风一撩就熄，然后天地一统，怕得想哭。其实有月亮照路，也想点盏油灯，月亮是天上的，灯光才有人间气。念中学那阵，住在学校，晚上虽有路灯，却照样怕，厕所离寝室，需西行数十米，穿过空荡荡的礼堂，再走一段洋槐夹道的碗碴路。最多两个星期，学校就放场电影，看了《画皮》怕鬼，看了《冰山上的来客》怕特务，看了《红蝙蝠公寓》，又怕坏人下毒针，加上学校死了教职工，都是停放在礼堂，幽微的灯影里，盖在死者身上的红绸，时不时被夜风掀起一角，挥一下，又挥一下，像死者在奔赴黄泉的路上，还伸出手来，努力抓住些什么。

怕，是故乡赠给我的遗产。

但现在回想起来，竟有一种流年的甜酸。

往事如同入窖的白菜，有的烂掉了，有的以死亡的方式活着。

脸上突然踏过一双肉乎乎的小脚。惊恐之余，明白是老鼠。接着老鼠蜂拥而至，从我脸上踏过。它们像是死鼠的家人，前来寻仇。我坐起身，见那头的大姐夫脸上，黑压压的，全是老鼠在跑，有的还站下来，嗅他鼻子眼睛，只差没龇了牙啃。他竟不醒，只将嘴闭了，呼噜声从鼻孔出来，又被老鼠堵了气门，像流不通的水管。我拿了篾扇，帮他赶。赶老半天，才不见老鼠往床上跳。这是我第一次跟大姐夫同床睡觉，也是第一次从骨子里意识到，这个人是我姐夫，和我大姐是一辈子的亲人，和我也是一辈子的亲人。

天麻乎乎亮，他醒了。见我坐着，他说："昨晚上怕没睡好啊？"

我说睡好了。

他马上说："那证明我没打呼噜。"

话音未落，大姐在那边吼："差点把房子震垮，还没打呢！"

大姐夫听了，就笑。大姐和梨静也笑。

二十七

早上清凉，大姐的牙痛减轻了许多，却又睡不成了。梳过头，洗过脸，大姐叫醒丽丽，让丽丽跟弟弟做饭，她去割猪草，大姐夫去砍柴。大姐夫那时候已是干部，但还会力所能及地做些家务。大姐背上花篮，对我和梨静说："跟我去坡上，坡上凉快。"

出了院子，就是田埂，稻叶上的露珠，被轻轻一碰，碰下来，滴落在小腿和鞋子上。空气澄明，望过去，我们燕儿坡的村落，像是画在竹木丛中。大姐说："你们听，保险能听见燕儿坡的牛叫。"

站住了，耳朵一侧，果然听见牛哞声，明明暗暗，苍苍凉凉。奇怪的是，那声音也像是画出来的。走到一处地方，闻草色中水响，是一条沟，沟下窝着小石潭，是村里人洗衣服的地方，潭水右侧，立着块石碑，刻着毛主席语录，用红漆刷了，漆已黯淡，但字迹尚明："当无产阶级和农民的革命起来的时候，那个皇帝还有没有呢？没有了。"因这碑的缘故，这地方就叫了语录碑。

过了语录碑，是大姐家的菜地，她割猪草，只需撇些老菜叶子，因此不急。她在路边的塄坎上，分开翠绿的野地瓜藤，抠出十余颗红噜噜的地瓜，有两颗被蚂蚁吃着，蚂蚁嚼烂了皮面的红，正吃里面的白肉，大姐拣出来扔了，将余下的，捧到语录碑那边，借潭上的流水洗净，拿给我们吃。她自己是不敢吃的。她牙里的虫，比她还喜欢甜。

然后，大姐扫一眼远近山野，见没人来，就毫无预兆地，说起了大姐夫的花花事。

那个人，大姐说的那个女人，住在岩畔下的村小旁边，男人得了一种病，半身不遂的，瘫在床上，大姐夫作为干部，得了闲，就去关心他。有时去检查学校——村小已拆并，没有老师和学生了，但大姐夫觉得，校舍不能垮，有校舍立在那里，就帮李家岩养着一种气，因此他随时着人翻修，墙壁被娃娃们弄脏了，也让灰狗儿去擦掉；大姐夫检查学校时，也会顺便去那家里看看。这么一来二往的，没把床上的人关心起来，倒把他女人关心到床上去了。那女人自从跟大姐夫上了床，就像后来的干儿子广里，跑来大姐家做活路，跟广里不同的是，她只做大姐家的，不做自己家的，而且她也不是来帮大姐，而是来跟大姐抢：她要把大姐的活路变成她的，不是大姐的。

大姐不跟她吵闹，她来做，大姐就不做，她不给她男人做饭，大姐就去她家，为她男人做吃的，还帮她男人洗脸，洗衣，拆换被子。

大姐夫反而气疯了，冲到岩畔下，给了大姐一个耳光。大姐摸一摸脸，理一理头发，忍着牙痛，平静地说："李光文，你是个村干部，你村里的人瘫在床上，没人管，我现在还是你婆娘，我帮你管着，免得别人说你谈头。再过些日子，等儿女放假回来，我把事情给他们交代了，我就不再是你婆娘了，也不来多这个事，他饿死了，是他的命。"

第二天，清晨八早，那女人又进了大姐的田地，蹲着扯草，大姐夫见了，冲过去，一脚把她踢翻："滚回去！再敢来，老子捶死你！"那一脚，踢在女人的奶膛上，纽子爆开，奶膛现一块乌青。女人老半天才爬起来，哭着回去，然后去镇上，把大姐夫告了。

镇领导把大姐夫叫去，同时特别交代，让带上大姐一同去。进了领导办公室，那领导说："光文你这人，我把你看错了嘛，原来你没啥眼光嘛，论长相，论利索，那女的哪一样能跟你家属比？一根脚指头也比不上嘛。你就这么个水平？我真是把你看错了！"大姐夫讪笑着，忙赔不是。领导说："莫给我赔不是，给你家属赔。"大姐夫又朝着大姐笑。

"从那以后，"大姐对我和梨静说，"你哥就跟那婆娘断了。"

说得很欣慰。

二十八

到而今，这么多年过去了，大姐还是那样欣慰吗？

我从省城回来那天，杨津去火车站接我，途中，他除了详细讲述因为灰狗儿闹事，大姐夫面对高经理发表了一篇演说，还讲了许多别的，其中就包括大姐夫层出不穷的花花事。我不明白杨津为啥要给我讲这些。就不怕我给大姐夫转告吗？或许，他是拿定了我不可能转告。即使不转告，按常情，他也不该说给我听，我实在不明白他是怎么想的。

大姐夫后来的这些事，大姐知道吗？

我发现，大姐总是一逮住机会，就刺大姐夫一下，并偶尔表达一下对大姐夫的不信任，由此表明，后来的事她知道，只是尽量装出不知道的样子。父亲生日的前一天，大姐给我说到青梅时，埋怨青梅不管李志，说当婆娘的要管男人，那么像她这样，逮住机会刺一下，还动不动就骂一通，让男人不至于无所顾忌，大概也就是管了。

我不知道是不是这样。

我已无法进入大姐的私密空间，就像不能跟父亲单独相处。都大了，各衣另饭地过着日子，许多事再不能分享，也不能分担。而我们曾经是既分享又分担的。尽管总是为一碗饭、一双袜子、一支圆珠笔芯，相互打闹和攻击，但所有的饥饿、寒冷、焦虑和卑微，都共同承受。我们生来就是在一起的，年年月月，我们把几个人过成了一个人。大嫂娶进屋后，也没分家，直到二嫂进屋，才把家分了。分家的阵痛，当下人是不能理解的。当下人对指头的渴望甚于对拳头的渴望，拿着手机，拇指用于打字，食指用于刷屏，面对电脑，哪根指拇管哪个键，都各有分工，而那时候正相反，那时候只有拳头才能跟生活对抗。本来是握紧的拳头，却要掰成一根一根的指头，就免不了痛。

我深深地记得，分家是在一天夜里，大哥坐在板凳上，二哥蹲在门槛上，父亲站在屋当中，我们几个小的，蜷缩在火塘边，听他们彼此带着怨气，有一句没一句，说房子怎么分，炊具怎么分，碗筷怎么分，调羹怎么分，篼箕簸箕锄头铁耙怎么分，柴山和自留地怎么分，说积年欠下的旧账，怎样摊派。每提出一个方案，都有人愤愤不平地否决。大嫂二嫂不好插言，躲在阶沿下的阴影里，但偶尔也会插上几句，每插一句，都是往怨气的火苗上泼油。所谓一家人，这时候露出了真相。

人人都在要求真相，不知道真相是伤害人的。即使知道，却还是要求，无非是索取真相的道德力量。遗憾的是，那种力量帮不上什么忙。道德是公共的，承受却只能靠自己。对个体而言，公共性的道德有时候恰恰正是不道德。

但不管怎样，都必须承受。

像二哥，还有大姐夫，在“家”的树上歇着别人家的鸟，鸟被藏住时，就当不存在，一旦风起，树叶翻飞，那只鸟便会露出红嘴白牙，凡与这只鸟有关的，就得去承受……

我不愿去想这些事，就对大姐说，我困了，要睡了。

困是事实，但不是主要事实。

我知道，我担不起大姐的嘱托。脏唐臭汉，我跟“他们”，没有任何区别，只因我在外面，传不到山远水远的家乡来。也传不到梨静的耳朵里。我过的是城市生活，城市是人群扎堆的地方。要干净利落地淹没一个人，包括这个人的故事，不是大山大水，而是你的同类，也就是人。我那些暗角里的人生，被城市，或者说被城市里的同类，慈祥地遮掩了起来。

大姐见我情绪低落，且睁不开眼睛，就放我去睡了。

睡得很糟。医院，父亲，大姐，鄢敏，我的诗歌、工作、同事、妻儿，那个倒卖着枪支却又写着“黎娜，我爱你！！！”的男子，那个来看病人却找不到病人的女子……各种事，各种人，七个八个，纷至沓来，在我纤弱的神经上跑马。前两天，我又给单位打了电话，再一次延长假期，领导满口答应，说你安心照顾老人。我感激领导的同时，又想，那单位少我，不值什么。别说我，这世上无论少了谁，天空还是天空，大地还是大地。作为个体的人，是如此渺小。我在梦中想着这些事，想得头痛。

天刚亮，大姐进来，问我睡得好不好，说她给春晌打了电话，父亲昨天不错，夜里十点，还要饭吃，春晌给他喂了稀饭。吃了饭，父子俩又摆了半天龙门阵，父亲问花了多少钱，说等他好了，也出去打工，把花的钱挣回来。

说到这里，大姐嘻嘻笑。我便也起来，说吃了早饭就去医院。大姐忙说：“春晌说了，你再休息一天，爸爸没啥，他一个人能行。”我坚持，说吃过早饭就走。大姐就来气了。但毕竟又不好气的，只是说：“吃了中午饭再去嘛。”我说爸爸那病，反复无常，这会子像是好人，下会子又翻了，你听他说要出去打工，多半就是糊涂着的，只是糊涂分文糊涂、武糊涂，他那时是文糊涂，就误以为他是在讲玩笑话，待武糊涂起来，就又要怒骂不让他活一百岁的人，还要拿打狗棒去打许金洋。春晌本来就没多少主意，要是爸爸不仅糊涂，还抖，就更没办法。大姐不好说啥了。

她怎么也不会知道，我正一面想着父亲的病，一面想着见程护士。

吃饭的时候，大姐一刻不停地说话。她像是计划了我会再待一天，留了许多话要说，结果我很快就走，便抓紧把那些话说完。其实也没什么特别的话，母亲、弟媳、侯大娘、郑三儿、黄二妹、亚琼、刘拐子那二媳妇……都是说过好多回的。

二十九

饭没吃完，大姐夫来电话了。是打给我的。他昨晚从大姐那里，知道我回了他家，问我啥时候去医院。我说正吃饭，吃完就走。他说等他一会儿，杨津正开车去李家岩接他，接了他，再到镇上接我，另外还要接栗镇长和韩副镇长，都一起去县城。

挂了手机，大姐问啥事。我说哥要跟栗镇长和韩副镇长去县城，让我也坐他的车。

大姐夫跟两个镇领导往县城走，大姐听了，无半点儿诧异，证明是常事，而且都是杨津开车，由大姐夫开支。大姐只说："想一头是一头，也不晓得李家岩的事搁平没有。"我说没搁平的话，哥不会离开的。即使暂时没搁平，他也自有安排。

我其实是想对大姐说，大姐夫的工作和人事，你用不着多嘴多舌，包括灰狗儿怎样闹事，大姐夫怎样待他，你也别管，你管不到点子上，还惹大姐夫生气。

大姐似乎意会了我的意思，不再提大姐夫，又接着她开始的话说：那郑三儿现在，当着侯大娘也骂利民，骂他狗日的、野鸡巴日的，侯大娘只是有一眼没一眼恨她，腔都不开，哪还敢像先前那样去撕她嘴。贵爸待郑三儿并没苛刻过，但侯大娘虐待她时，贵爸从没短过侯大娘，郑三儿因此觉得，婆妈是凶手，公公是帮凶，她便连公公一起恨。又说那黄二妹，做生意如何不欺心，有天她卖把挂面出去，买的人都没说啥，后来她发现那箱挂面有些霉，去下街找到买主，问是不是霉了，弄得买主反不好意思，说是有些霉，但没啥的，只霉了一点点。黄二妹连忙退钱，买主不收，她便在旁边的店子，给那人的孙儿买了把水枪，几十把挂面钱也有了。

说着吃完了饭。才丢碗，大姐夫的电话又来了，让我帮他找两张票。原来，今晚县城有演出。白马市二运会的开幕式，在东轩体育馆举办。尽管只是市级运动会开幕式，却请了两个全国一线明星，还从省里请了相声演员，格调陡然提升，不仅本县的，外县也有好多人来看，因此票源紧缺。栗镇长有票，并帮大姐夫弄到一张，但韩副镇长没票，大姐夫刚知道韩副镇长没票，就说没问题，我让我兄弟帮你想法，我兄弟春明回来了。刚接到他的杨津听说，也想看，因此大姐夫让我找两张。

这几乎是不能推的。大姐夫总是这样，在地方领导面前，打出我的招牌。这张招牌分明是纸糊的，也需装成铁打的样子，否则大姐夫的脸怎么下得来。

去年我回老家，大姐夫便找个理由，请镇领导吃饭，席间，大姐夫故意问我："你那回跟林省长吃饭，吃的些啥子？"林省长有次宴请文化人，通知了我参加，说是六点开席，但需提前半小时到，我五点半准时去了指定酒楼，见偌大的包间里，早聚了十五六个，都兴奋而小声地说着话……

这件事，我曾给大姐夫讲过，这时候他却拿出来问。镇里一干领导，都以崇敬和羡慕的眼神看着我，然后轮番给我敬酒，并且晚上就回席，但没说回席，而是说以镇上的名义，请镇里的名人，也就是请我，大姐夫只是陪客。那天，彼此喝着酒，说的却不是酒桌上的事，而是回龙镇的困境。东轩是多年的国家级贫困县，后来发现了天然气，按理早该退出贫困行列，可事实上又依然贫困，单说回龙镇，天然气明明就在家门口，有些人却还送不起娃娃上高中。镇领导端着酒杯对我说起贫困户的家境，很是动情。

我曾怀疑过他们的真诚，还写了首诗，叫《酒杯里的脸》；写了，并没拿出去发表，因为刚写完，我在电脑上方的镜子里，看到了自己的脸。镜子里的那张脸，一点也不比酒杯里的脸真诚。包括我给大姐夫提起与省长吃饭，谁又能说清是不是一种炫耀？我是借着别人的光辉，来抹亮自己的黯淡。

借来的光辉是要还的，还的方式就是硬撑。

因此，这时候说怕大姐夫的脸下不来，不如说是怕自己的脸下不来。

接了大姐夫的电话，我马上跟独辫子联系。是想到既然是演出，文化馆可能有介入，拿票方便些。结果独辫子毫无办法，他自己都看不成，他女儿特别想去，那其中一个明星是他女儿的偶像，但同样进不了场。好在瑞松答应下来，他老婆是刚评出的县级先进，得到一张奖励票，他把老婆那张票没收了，另外电视台给了他个工作证，他把工作证也贡献出来。“反正有人采访，”瑞松说，“我一个基本成功变傻的人，就不去凑热闹了。”

既是看晚会，大姐夫他们不必去这么早的，但一整天的活动，都安排下了。来县城一趟，方方面面都得照顾到，如果还有没照顾到的，晚上竟也不必睡……

栗镇长再三邀我一同吃饭。我不好说父亲在住院（看来大姐夫也没说，而且交代了杨津也别说），便借故有朋友请，实在走不开。

大姐夫也帮我打圆场，说他那家伙，一回县城，被三朋四友的请得不落地。我今天帮他落实了两张入场券，大姐夫很有面子，夸大其词地说我如此这般地受欢迎，也是要表明我有面子；我是他妻弟，我的面子，不必说也是他的面子。今天是大姐夫的好日子，镇长找票的时候，没给副镇长找，给他找了，还要领着他去溜达，无疑是种荣耀。大姐夫很珍惜这份荣耀。他就是这点分寸拿捏得好。回龙镇十几个村，因为天然气的缘故，李家岩村最重要，重要总是和麻烦同行，李家岩的麻烦，镇里都靠大姐夫去解决，许多时候，也只有他能解决，但他从不恃此而骄。

“既然这样，”栗镇长说，“那就不好意思哟。下回再请许老师。”

又对杨津说：“先送许老师。”

为不让看出我是去医院，我在建设局下了。前面不远就是夫子巷。我下车后，大姐夫跟下来，悄声说，他今天没时间去病房。果然也没去。到晚上七点四十，离晚会开演只有二十分钟，他才派杨津赶到三医院，把瑞松送过来的入场券，从我手里拿走。

三十

父亲的病，进入了一个静水期，清醒的时候少，糊涂的时候多，紧跟着连糊涂也说不上了，只是睡。这里没有绝望，但也看不到希望。看不到希望，是不是本身就是绝望呢？或许因为两次都把话说得太满的缘故，于主任来查房，基本不再发言了，在父亲床头站一下，不明所以地点点头，就又领着人，去了别的病房。

康医生的话倒是一句跟一句，开始听起来，句句让人踏实，后来再听，感觉就迟钝了，而且你发现，他的话根本没什么内容，像“慢慢来”“没问题”，你都不知道啥意思。要慢到什么程度？有没有一个限定？说“没问题”仅仅是安慰，还是他作为医生的信心？比较起来，我倒更喜欢于主任先前的侃切，哪怕把话说得满，说得绝对。我还发现，康医生既让我们迟钝，他自己也迟钝起来，以前他是很专注地对你说，现在，他的眼神像风里的烟。他到父亲病房的时间，越来越少了。

只有程护士，开始怎样，现在还怎样。病人的缓急深浅，对她没半点儿影响，该她做的，每一宗都做得毫不懈怠。父亲分明是划不动的船，可在她眼里，照旧还是一艘船。这种一成不变，让我迷惑，甚至害怕。我从大姐家回来的第四天，那个得胰腺癌的人死了，这天上午，他照例把自己打扮成一个健康人，挎着那个带子很长的女式皮包，正准备出去逛街，突然痛起来，他窝回到床上去，不出半个时辰，就咽了气；他死过后，程护士帮着家属收拾，那神情，与为我父亲拍背，看不出任何分别。生老病死，在她那里是同一种物质。

也是这天，我让兄弟回去了。叫他回去洗个澡，换身衣服。大哥二哥不见下来，兄弟怕我一个人难熬，不愿回去，说脏都脏了。我强行把他赶走了。他那满身油汗，捂出了满身痱子，额头上痱子成饼。

兄弟刚走，程护士进来，给父亲吸痰。她来了，我不好坐，便站在一旁。这么干站着怪别扭的，觉得该对她说些啥。可说啥呢？说感激的话吗？她每天来好些趟，真要说，也说不过来，次次都说，反而无趣，于是我问起那个老婆婆怎么不见了，就是儿媳送饭要钱，否则就不送，以至于经常挨饿的那个老婆婆。

“哪里呀，”她说，“她儿媳对她蛮好的，她是自己在家待不惯。儿媳忙，没时间陪她，她觉得医院人多，有人说话，才闹着来住院。其实没啥大病，完全不需要住院。她只是装成有大病的样子，儿媳气不过，才不愿送饭来，还故意送一次找她收一次钱，把她逼回去。结果不成。是前天吧，她儿子回来了，二话不说去结了账，把她往背上一捞……”

说到这里她停了。

话一停,就只听见父亲喉咙里咕嘟嘟的声音。这声音让我苦恼。

与我这么近的，是一个海水一样深又溪水一样浅的美丽女子，与我同样近的，还有一个垂危的生命。这个垂危的生命是我父亲。

程护士把管子在手里移了一下，突然问我省城好不好耍。这么说来，至少，她并没把所有的“生”视为一物。她知道病人家属的来路。问了，看样子却不要我回答，她已做完这趟活，忙着把管子收了，盘几转，又将手套摘下来，都是一次性的，都扔进垃圾桶，迈着快步出去了。

没过一会儿，大姐夫来了。我不知道他是看了晚会就没回去，还是从镇上来的。大姐夫身后，是院长和他的一帮手下。院长是个大块头，穿着平实的蓝衬衫。进屋后，大姐夫忙向我介绍，说这是苟院长，说苟院长很忙，专门抽出时间过来看。接着又介绍我：“这就是我兄弟春明。”好像他兄弟许春明是个了不得的人物。院长跟我握手，握得公事公办。握过手，他走到病人床头，看上两眼，脸朝大姐夫说：“放心住。”大姐夫忙说：“是是，感谢苟院长费心。”说得很谦卑。他们是同学，且一直没断来往，大姐夫上县城来，想必两人没少喝酒，但人家是公立医院的院长，是正科级干部，大姐夫分得很清。

院长说了“放心住”，就走了。

大姐夫跟着那帮人，往外送。

十多分钟后，大姐夫回来，问春晌哪儿去了，说爸爸出院之前，请苟院长吃个饭。说着摸出一条烟递给我。

他背着个大布包。我猜，他背这包，主要是为给苟院长送烟送酒。有这么样一个姐夫，是现世的好处，不然，单靠我承头，恐怕连医院也进不了，更别说住院第二天，就顺顺当当从走廊搬进了单人重症监护室。

我问李家岩那事怎样了，他说都处理好了，只是鄢敏虽然埋回去了，到底没能进李家祖坟，孤零零地埋在离家和祖坟都很远的地方。

见父亲睡着，这么聊了几句，他就又忙他的事去了。

因为院长来看过，康医生进父亲病房的次数，比以往勤常了些，说话的语气又像开初，变得昂扬起来，即使还是“慢慢来”“没问题”，也说得很铿锵。

三十一

兄弟回去住了一夜，下来后神色沮丧。我想他可能又跟弟媳吵架了。玉梅的感冒一直没好利索，弟媳既要上街帮姐姐，又要回去经管庄稼，她不会骑摩托，只能租，放着自家的摩托，去来却要花钱坐别人的，心里难免不堵，加上又是把兄弟骂惯的，见了，骂一骂，心里舒坦，而六七天下来，兄弟耗得灯枯油尽，经受不起，所以脸色难看。

他却没说这事，只说二嫂在家，天天骂二哥，骂得透心浸齿：地没挖，油菜没割，水田没扎漏，别人地挖了，油菜割了，秧田里是旺旺实实一田好水，那春树不知死到哪里去了！二嫂以为二哥在医院照顾父亲。恰恰因为这样，才骂得可恶。

兄弟并没去燕儿坡，这些说头，定是从大哥那里听来的。通常，大哥不会直接说给兄弟，有什么话，他喜欢说给大姐，大姐再告诉别的姊妹。二嫂的骂，一定让大哥觉得，她口上骂着老二，心里却是骂着老大：你老大都不留在医院照顾，凭啥老二要留下？

二哥简直不顾王法了，还有小兰在街上呢。

要是小兰知道了，他不会有好日子过。

如果说二哥这辈子怕过人，他只怕过两个。一是母亲，二是小兰。

母亲在时，伸个懒腰伸得不规矩，也要挨打。恰逢二哥当年又爱叹气，好好地翻着书读，突然就叹声气，母亲最听不得谁叹气，父亲叹气她也要骂，一个娃娃家更不消说，娃娃家哭也得，闹也得，叹气做啥子？小小年纪就唉唉唉的，将来能过出啥光景来？二哥一叹气，母亲就寻棍棒。我们兄弟姐妹，二哥被母亲打得最多，他不仅看书时叹气，还特别馋嘴，馋得不行，就偷家里的东西，有回偷了米，去街上换肉包子吃，全不顾那米是母亲从一家人嘴里抠出来，留着招待客人的。那米是母亲的脸，也是全家人的脸。母亲三审两审，审出来，劈手就打，手打痛了，又用黄荆棍打，黄荆棍打断两根，又从大扫把里抽斑竹条。父亲见打得一身稀烂，顾不得许多，母亲抽斑竹时，他叫二哥快跑。二哥跑了，到夜里也不敢落屋。那时家里养着一只花狗，即使隔着几匹山梁，它也能闻到家人的气味，到二更天，父亲打着火把，让花狗带路，才去村西一个世人不知的山洞里，把二哥找回来。

二哥怕母亲，母亲死了，就以为这辈子不再怕谁了，没想到若干年后，他怕起了自己女儿。小兰仿佛隔代遗传了她奶奶的暴脾气，不管是谁，惹到她，都老子翻天地放恶声。小时候她常挨她爸的打，而今大了，那些棍儿棒儿，都造了反。当初女儿挨打，还敢反抗一声，现在，女儿夹枪带棒地训当爹的，当爹的除了小心翼翼地解释，是不敢多余说话的。当然，二哥在小兰那里借了不少钱，也是他怕她的原因。

但兄弟却说，二哥连续几天躲在镇上，小兰不可能不晓得。二哥跟占惠的事，小兰以前管过几次，但别的事能管住，这种事却管不住，就懒得管了。她恨占惠，也气她爸爸，这都是事实，可她又对她大姑说过：反正我们家出的是个男的，不吃亏。

三十二

父亲像是呻唤了一声，兄弟走到床头去，叫“爸爸”。叫几声，半点儿反应没有。兄弟用一只手，把父亲的头捧起来，将那枕头拍得平整些，再把头轻轻放下去，又叫“爸爸”。还是没动静。便过来反坐在凳子上。

都没言语。

走廊上的脚步声、吵闹声、呻吟声，像苍苍茫茫的浪头子。我被浪头卷走，随波逐流，眨眼间就奔了很远的路。这医院，这病房，这病房里的父亲，都与我没有了任何关系一样。

兄弟一句冰凉的话，把我拉了回来。

他说：“三哥，要是爸爸翻不过去，咋个办丧？”

我有些蒙。兄弟便说起大哥他们的意见。这事，大哥已跟大姐商量过，过后又跟二哥商量过。大姐的意思，最好是在家的几兄弟合伙，“我们只有这个大人了，”大姐说，“几兄弟合伙，办起来也闹热些，也是个气象，外人谈论起来，也说那家人团结。”大哥无所谓，说怎样都行，三兄弟合伙可以，父亲一直跟着春晌，春晌独自承办也可以。二哥倒是态度鲜明，“就让春晌办，”他说，“该我做的事，下祭、安神、唱祭文，这些礼生的活路，我在别人家都做，自然要给爸爸做，在别人家做是收钱的，给爸爸做不收钱。”

兄弟把二哥的话转述到这里，笑了一下。

不是嘲笑的那种笑，而是笑得很安然。

前些天，二哥说他把那间房腾出来让父亲停灵，兄弟也这样笑过。

钱在二哥那里，比在别人那里更热，一分是一分，一厘是一厘。

有段时间，大姐夫在杨侯山有个小工程，让大哥二哥和兄弟，也让他自己的哥哥，去那工地上做，工程要做半个月，几人便背了米粮，预备自己做饭吃。那工地在李家岩边界上，大姐夫的哥哥离家也比较远。工地附近住着一户人，看大姐夫面上，把他们四个叫进家里吃饭。工程结束，三个都把米留下了，二哥却背走了。那家人口上虽说都该背走，无非是吃了半个月，又吃得了多少？背地里却说：人上一百，形形色色，春树那人，惹不起！

又有段时间，大哥出门，大嫂在家，春水发过，大哥给二哥打电话，请他帮忙犁半亩田。大哥走后，犁田耙地，都是大嫂自己做的，但那半亩田黏性重，大嫂一个妇人家，犁铧扎下去，就提不起来。二哥牵牛出门时，大嫂去利民那里借了包烟给他，紧跟着烧腊肉，做午饭。田犁完，吃过饭，大嫂又摸出三十块钱递过去。这也是现在的规矩，请人做活，除了给烟，好饭好菜招待，还要付工钱。但大嫂心想二哥不会收的，因为他出门时，大哥帮他犁过的田，加起来十亩也有了。结果二哥不仅收了，那样子还嫌少。即使找利民去犁，利民也不会收钱，只是自己兄弟在家，却请外人，逗人谈论。

二哥那套礼生的活，是师父教的。不是你书读得多，就会写祭文，比如起句那声破空而出的叫场，称为叫礼："万民噤口，山川肃静！"师父不教，你就不知道。特别是哭唱，用怎样的调子，唱出来才既悲伤又庄重，不教的话，根本不会。二哥的师父也是燕儿坡人，名叫肖安，肖安的几个儿子都去新疆昌吉落了户，老两口上七十岁后，也去了昌吉，五年过去，却又回来了。他的几个儿子很不顺，大儿子开着三轮，撞到一辆大卡车，死了，幺儿子的老婆，话都没留一句，就跟人跑了，肖安本人，老来竟得个疝气，胯里肿得迈不开腿，就和老伴儿回来了。回来二十天左右，燕儿坡死了个人，丧家请二哥去做礼生，肖安的疝气没怎么治好，但也跟着二哥去了，二哥在那里写，他在那里说，二哥在那里唱，他在那里听，时不时点评一下。他不知道二哥已经不需要他的指导了，二哥早就会了，而且比他写得周全，唱得动听。肖安先前，总是带着徒弟走丧家，他离开这五年，都是徒弟一个人，五年时间，实在不短，山山岭岭，都习惯了只请二哥。那场丧事结束，丧家给二哥关了钱，二哥一文也没分给肖安，理由是："只请的我，又没请他。"

肖安忍着病痛，跟着徒弟熬更守夜——祭文虽是在高音喇叭上哭唱，却不是放录音，而是一遍一遍真唱，阴阳先生在做道场的间隙，礼生的哭唱就要起来，所以连续好几夜，都睡不成个囫囵觉，那肖安陪徒弟这么熬着，却是白熬了。

于是给徒弟下了咒语："走一家败一家！"

这话很毒，是堵了二哥的路，使人听着，害怕败家，不敢请他。

这件事情过后，肖安发现，老家比天远地远的新疆，更让他心灰意冷，又离了家乡，回到儿子那里去了。老君山又一场丧事到来时，丧家发现，除了二哥，再找不出能下祭的人，没奈何，只好冒着败家的危险，请二哥去。结果那家里风平浪静。都说，师父给徒弟下咒，是百说百验的，肖安下的咒语不灵，证明他道行不高，治不住徒弟。由此，二哥更是体体面面地，放心大胆地，去丧家走跳，挣着那份衣食。

二哥的钱比别人的贵重。

他能表示做礼生不收钱，尽管是为自己父亲，也是他的慷慨和人情了。

兄弟说了大姐、大哥和二哥的意见，但没说自己的意见。

我问他是咋想的，他说我也不晓得。

我又问弟媳怎么说。

他说：玉玲觉得，合伙办有个毛病，就是将来分礼金的时候，又会扯淡话，闹矛盾。谁家亲戚送的，归谁，这个很明白。谁结交的朋友，朋友送的归谁，这个也很明白。不明白的，是那些百客，百客跟几兄弟都认识，却跟谁都没有深交，他们送的该怎么分？按理该平分，但先前那些人家做事，可能甲去了，乙没去，他是冲着甲来还情的，结果乙也得了；即使甲乙都去了，上礼的轻重也有别，回过来的礼，却是平分了。再者，你原本没走过的人家，却来了，今后他们做事，又该谁去还情？几家都去，就把情还重了，相互推诿，谁都不去，更糟，别人就要指骂。还有，甲可能最近没走动过，以前走过，乙以前没走动过，最近走过，那些人来上礼，是冲着最近的还是以前的？一般是冲着最近的，也就是冲着乙，如果平分，乙想不通，如果只是乙得，甲又想不通。春晌本人，儿女都没长大，都没定亲结缘，去岳母那里起房子，因为自己的钱用光了，借来的钱又借给了舅子，加上兄弟姐妹都老大不乐，就没办房子酒，所以时至今日，他没做过一起事，可熟人家办事，他都去了，这就跟大哥很不一样。大哥娶过儿媳，嫁过女儿，可那娶和嫁，都是儿女在外地自行完成的，并没回老家办酒席，大哥也没做过一起事，他怕情收不回来，别人家做事，也就不走动。他很长时间没走动过了，难道也该平分礼金？

兄弟一席话，说得我云山雾罩。

本来简简单单的事情，弄得这样复杂。

但兄弟说，咋会简单？世间的事，没一样是简单的，做好了，大家好，稍有一点儿差池，就像爸爸那脑血管，裂开个小口子，就成个大病人。

父亲的挣扎是多么惊心动魄！分明人事不省，听这边商量给他办丧事，他那跑到鬼门关的魂魄，又跌跌撞撞地折了回来，突然字字清晰地说："春晌，我这腰杆痛。"

三十三

在外打工的二姐、幺妹和大嫂，原准备回来，后来把票退了，都以为父亲既然活过来了，三天两头就会出院，又像先前，拄着他的拐杖，万万年地活下去。反正父亲有九条命，自幼没了爹娘，中年丧了妻子，老年摔断腿脚，其间的眼里乌云，肚里愁肠，竟不必去说，却依然活着，就以为他是不死的。

好几年前的一个春节，兄弟姐妹团聚，说到父亲命大，大姐夫还打了个比方，说有一阵，全县灭狗，以村为界，各守其土，他带着几个人，扛了青冈棒，在李家岩巡视，见狗就打，去到李保顺家，在院坝里截住他当时养的一条黄狗，那狗转着圈儿，呜呜求饶，可是棍棒已经下去，你一棒，我一棒，都朝狗头上劈，打得皮毛乱飞，那狗哀鸣得像是人哭，李保顺和施淑玉，想救又不能救，只转过头去，把面掩了。又是几棒下去，血从狗的鼻子嘴巴浸出来，终于偏偏倒倒，往地上一躺，死了。李前涛还跟了两棒，狗头蹦跶几下，一粒眼珠吊到耳门子，死定了。于是几个人坐在青石坎上抽烟，一支烟没抽完，那狗蹭一声爬起来，跑向了后山，从此再没回来过。那时候李保顺的院坝还是土院坝，原只听说死狗在土巴上能再生，这回见了，才信那话不虚。

大姐夫说，爸爸是土命，他遭遇的那些事，跟劈在狗头上的青冈棒有啥区别？却还是活过来了。

大姐夫这比方，惹来大姐一顿臭骂，可仔细一想，理并不差，因此大姐骂了又笑。

其实，每个人在父母活着的时候，都以为父母不会死，直到死了，才真正明白没有人是铁打的江山，才觉得自己还有好多孝心没尽，却没地方尽了……

二姐们退了票，但随时打电话问，没想今天打来在医院，明天打来还在医院，就有些不安起来。

这天午后，我跟兄弟坐在病房的凳子上打瞌睡，听到叫我们，转头一看，竟是二姐和二姐夫，把我和兄弟喜得！在医院陪病人，陪得久了，每天的日子漫长又空洞，给病人倒尿，洗脸，擦身，全变成了没有温度的工作。病人成了木头，陪护的成了机器。所谓久病床前无孝子，不光指对病人不耐烦，更深的，是指这种没有温度。所以直到如今，我还能鲜明地忆起那个陪护爷爷的小伙子，我不知道他那得胃穿孔的爷爷住了多久的院，只从情形上看，一直是他独自陪伴，他却能天天以爷爷的口气对他爷爷说："你莫动，你没穿裤子，你咋不怕羞哦！"他是一个人，而我和兄弟是两个。不过越到后来，两个差不多也变成了一个，彼此看一眼，想说话，又觉得没什可说。

正是在这样的时候，突然看到二姐他们了。

两人肩扛手提，扛的和提的，都是大硕硕的绿色编织袋，摸一把就哗滋滋响那种。二姐夫方云说，这种包有个好处，坐在火车上，即使睡着了，别人碰一下你的包，响声就能让你警觉地醒来。所以中国的农民工，大都带这种行头，不仅装得多，还能借响声防盗。中国的农民工能从一万种声音里面，听出自己背包的声音。

二姐更瘦了。她是从小就瘦过来的。她三岁时得了个毛病：听不得自家碗响。本来在院子里，欢欢喜喜抓子儿、摔响炮、踢毽子，碗一响，她即刻停下，身子一颤，伤心哭泣。碗响，是表明要吃饭了，她却不是高兴，而是哭。哭得不可解，伤心得很神秘。母亲在时，见她这样就打。母亲连叹气都听不得，还听得你哭？何况是吃饭之前哭。人无根本，水食为命，见了水食不喜，还哭，能有个啥好命？挨母亲的打，首推二哥，其次就是二姐了。有回二哥说："妈跟'二'字辈的有仇。"本是悄悄说的，不防被母亲听见，脖子一缩，以为有棍棒上身，母亲却笑了，笑得哈哈响。笑归笑，该打时照样打。

母亲死后，二姐的打也并没少挨，出手的是大哥。

除二哥外，我们几姊妹都怕大哥，就跟怕母亲一样怕，甚至更怕，大哥远远地咳一声，我们就不由自主地打抖。大哥很喜欢我们怕他，有时啥事没有，也故意咳，故意吓我们。现在看大哥，完全想象不出他曾是那样的人。二姐害怕，可碗响给予她的伤心，把怕压了，大哥咳也好，打也好，就是止不住。这让大哥越发愤怒，便命令我们，把饭菜吃光，渣渣儿也不留。我们巴不得收到这样的命令，因为每顿都没吃饱过，吃了二姐的，还是不饱，但感觉上是多吃了一份，心里踏实。二姐就是这样饿过来的。她那毛病，直到过了十四岁才好。要不是父亲经常抢着给她留个一碗半碗，她早就饿死了。

除小时候挨饿，二姐的细气，也让她不可能胖起来。

二姐夫倒是跟她身材相配，高矮也相当，两人走在一起，不像夫妻，像兄妹。

他们回来不到两个钟头，幺妹两口儿也回来了。同样没告知，是突然出现的。他们两家也没约，却在同一天回来，见到了，都很诧异，笑成一团。

幺妹夫姚先河，生张大脸，出门前一直当村民组长，只是清溪河流域不习惯叫组长，还是沿袭先前，叫队长，做过好几年队长的先河，说话行事，没有大姐夫那气度，却也像中药铺子，当归黄连，甘草白芍，一档归一档，不会乱，只是在自己女儿面前，才显出又无辜又无奈的样子。

他把同样是哼滋滋响的编织袋放了，用袖子抹着脸上的汗，走到父亲床头，像队长分派事情那样喊："爸爸。"父亲又陷入了深度昏迷。先河喊几声不见应，就露出长牙，笑，笑着对父亲说："你老人家平时不装大嘛，啥时候也跟二哥学？"幺妹剜他一眼："体面昏了，要是二哥听见，安逸你？"说毕，幺妹自己也笑起来。

然后先河问："给爸爸擦身上没得？他那身上要经常擦哟。"兄弟说是经常在擦。先河说："你莫两三天擦一回，也叫经常。"兄弟说我跟三哥擦，程护士也帮忙擦，程护士特别好。兄弟在我面前，从没提过程护士，现在夸她好，我竟暗自喜乐。

虽这样说，先河却还是不放心，叫二姐和幺妹先出去，他把父亲的被子揭了，轻轻翻动，下细检查，并叫兄弟去把帕子浸了，递给他。他一摸，冷的，顿时眼睛一轮："爸爸本来就怕冷，生了病更怕冷——要用热水！”往常，我们都是用冷水。我们自己热，就觉得父亲也热，而且他还盖着被子。病房里开水瓶是有的，洗脸盆也有，兄弟倒了热水，搓了帕子，先河才接过去。每擦过一处，他就把那一处的被子拉过来盖上。然后他扯掉尿不湿，看着父亲干巴巴的屁股，说屁股没擦干净，让兄弟换盆水来。

擦过几遍，他才把尿不湿换上。

三十四

二姐夫和先河，坚持要留下来守，让二姐和幺妹先走。她们都是坐船走，下午六点还有趟船，姐妹俩离开前，我请他们吃饭。二姐是有洁癖的，见医院对面馆子里的景象，吃不下去，就推坐车坐久了，头晕，不想吃。

或许真是这样。但她毕竟不像幺妹那样晕车，幺妹不坐车时，车在面前，也百事没有，一说坐车，离车还有八丈远，就恶心。有回她到大姐家，恰逢我在那里，住一夜后，我要去县城，幺妹要坐船回家，我想到船慢，就让她搭车，反正我是杨津送，车空着，她坐到巴河谷，翻一道梁子，就能到家。幺妹抱养的地方，叫关门岩，嫁的地方，叫大包梁，都在杨侯山上。巴河谷离大包梁不是太远。幺妹不敢搭车，说她宁愿慢。

可是对幺妹，我有一种分外的亲，可能与她从小抱养出去有关，平时我又不能为她做些什么，叫母女搭个便车，也是一份心。幺妹是最怕我劝的，我一劝，她就听，不然怕对不住我。我劝了她，她又劝女儿，说是三舅舅叫坐的。原来秋月比她妈更晕车，她自己说，她最怕的不是死，是坐车。但她也怕我劝。在别的长辈面前，她都雾气沉沉，只爱跟我耍嗲。她虚虚地望着我，愁着脸儿，我不由分说，抓住她的胳膊，把她塞进了车里。幺妹也跟着上去。谁知还没过桥，就吐得一塌糊涂。幸好准备了好些塑料袋。又开一程，秋月说我要下去，我要死了！幺妹虽不喊叫，那样子也真够狼狈。我叫杨津只管开，心想到巴河谷，无非就三四十分钟。就这样开过十公里，实在不行了，秋月哇哇哇的，像要吐出肝胆，她妈吐一阵呻唤一阵。只好让她们下了，折回去，去码头坐船。杨津的意思，是掉过车头，把她们送回镇子，听见这话，母女俩捂着肚子就跑。

幺妹不仅晕汽车，还晕火车，所以如果她刚从外地回来，必是脸色焦黄。

就像现在。

见二姐不吃，幺妹也不吃。她本来就不想吃。不过我还是劝她要了碗八宝粥。她坐在我旁边，完全是意向性地给自己喂了两勺子，问我："三哥，你说爸爸那样子，医不医得好啊？"我说只能尽量。她又喂了一勺子，细声说："三哥，我一点儿也不喜欢爸爸。"

说得很认真，很严肃。

饭馆里吵得慌，先河又正讲着工厂里的笑话，他们听不见幺妹说什么。

我明白幺妹心里的怨，就没回她。也不知道怎样回。

她的眼睛红了，第一次说起自己在养父母家受的苦情，说她六岁那年，那边大妈家里丢了一块钱，嚷骂出来，她妈不问青红皂白，扯起扫把就打她。妈听出了大妈的意思，是怪她偷的。扫把打了，又用吹火筒打，这时候大妈才假模假式过来劝。大妈一劝，她妈下手更毒。大妈生了三个儿子、两个女儿，她妈却是男花女花都无，两妯娌不和，为些小事，经常骂架，大妈不骂别的，只骂她妈是个寡蛋，她妈就被掐了七寸。大妈还说，你现在也有了女儿了，也有人把你叫妈了，上坡下地，也摇摇摆摆地拖着个尾巴了，回得家来，也有人给你端茶递水了，可惜那是别人家的女儿，跟你不连筋不连骨，终究还是要去认她的亲，你是狗咬尿泡虚欢喜！

那天，她妈对她下那样的狠手，怪她偷钱还是其次，主要是想起了大妈的那些话。她觉得自己再不跑，就要遭打死了，于是跑，跑进院外的苞谷林，她妈还捡起石头瓦块，朝她身后扔。好在那苞谷林错错落落，排开十余亩，当时又正刮着风，风声奔流，万千翠绿的手臂张扬开，把追逐过来的锐器，为她挡了。那天晚上，她不敢回去，爹妈也不找她，她就在苞谷林里过了一夜。那是个月黑头，村子不见了，房子不见了，她一望一个黑窟窿，只有摸才能摸着东西。她喜欢苞谷，最喜欢吃的是苞谷粑，就因为那天晚上，她手一伸就能摸到苞谷秆。苞谷才是她的亲人。

我咧了下嘴，装出笑脸，说："你在家不照样挨打。"

"那又不同！"她说。

她养父已经去世，剩了养母，在学校旁边租了房，为她带儿女。她给养母每年置几套衣裳，吃用之外，还每月给几百块零花钱；只要回来，又逢儿女放假的话，就把养母接到大包梁，扫把也不要养母扶，饭碗都是递到养母手上。养母老来过后，说起自己的这个女儿，每每说得泪花子直转。但幺妹觉得，那都是她该做的，"亲父母亲，养父母重。"她说。

可她还是怨。

那边先河讲完了笑话，又对二姐说："二姐，你要是没听到那群老鼠打架，怕是早就回来了。"二姐见说起她刚出门时的窘迫事，笑起来，笑得脸上红影影的。二姐夫也笑，但只是笑的样子，并没真笑，他知道二姐最怕别人提说她的那些尴尬，比如对小儿子偏心，跟大儿媳关系处不顺，还有她小时候听不得碗响，长大了也不敢见生人，刚出门务工那阵，如果不是听到老鼠打架，知道外地老鼠跟家乡老鼠是一般叫法，腿都不敢迈出一步，后来敢了，去市场上见着白菜，却又不敢开口说那是白菜，因为她觉得，白菜是生在清溪河流域的，白菜又不长腿，怎么跑到了这大老远的地方来了？幸亏二姐夫给她写的那张字条，只有我一个人知道，否则被人提起，她不要羞死，羞不死，也要气死。

此刻，二姐夫做出笑的样子，眼睛垂着，不看人，是不想先河再说下去。二姐是他的瓷器，随便一点风吹草动，他就身子挡着，双手护着。

但先河自有他的说辞，他说二姐，那群老鼠是你的菩萨，它们打场架，叫几声给你听，是把你留住，让你挣钱，还顺便看些世景。幺妹听着，瞋他一眼，他才停下了。他很听幺妹的。他不把幺妹叫春英，也不叫廉英，跟我们一样，就叫幺妹，外人以为他天然的就是一家之主，可事实上，在他们家，大事小情做主的，是幺妹，先河只负责跑腿儿，所以先河常说，他以前在大包梁当队长，幺妹在家里当队长，他当队长是一阵儿，幺妹当队长是一辈子。

时间快抵拢了，我赶忙结了账，二姐和幺妹就去了码头。

兄弟又是守在病房的，又是给他带盒饭回去。

三十五

我们三个进屋，见父亲竟在跟兄弟摆龙门阵。二姐夫和先河慌忙去父亲床前。先河说，证明我们回来对了，我们一回来，爸爸就醒了！父亲说："麻烦你们跑哦。"先河说："你怕麻烦我们，把路费和误工费给我们就是。"父亲便笑。

他有多少天没笑过了？他怎么还想得起来笑？

兄弟打开盒饭，父亲闻到饭香，抿着嘴。他一定是饿了。三天两头地吃一顿，怎么不饿。我说爸爸，我去给你弄碗稀饭来。兄弟说,我开始就准备打电话给你,爸爸又说不吃。原来,是兄弟对他讲：要不是先河，我跟三哥还一直用冷水给你擦身。父亲听了才知道，这些天来，他的屎尿都是我们收拾的，身体也是我们擦洗的。这对他是多么沉重的打击。他怕吃下饭去，又要消化出脏东西。

二姐夫看出他的想法，说爸爸，人都有老的时候，也有病的时候，你要服；你不服，还想着像先前，自己洗头，自己冲凉，自己上厕所，你能不能做到？分明暂时做不到，还那样想，就要耗体力，跟你那"不服"斗。你现在要把体力留着，跟你的病斗。

二姐夫的这段话，并没说得这样干净，他说话啰唆，而且每句提头都要加上"等于"两个字，比如上面那段话，就说成："等于爸爸，等于人都有老的时候，等于也有病的时候，等于你要服……"

父亲听了，咂摸着嘴，没回话。

随后我下楼去，买了份瘦肉粥，肉少，米少，菜末多。二姐夫接过饭盒，给父亲喂。父亲没吃几口，眼泪就出来了。先河又去逗他。个个都从大哥大姐的电话里，知道了父亲说他要活一百岁，而且没人敢不让他活一百岁，先河便说："爸爸，我昨晚上在火车上打瞌睡，刚睡着，就见一个白胡子老汉朝我走过来，对我说：你这小伙子，两目生光，印堂发亮，有喜事临门。我说，多谢你老人家奉承，只可惜对不上景，我岳父大人病了，住在医院里，我回去看他，有啥子喜事？那白胡子老汉捋了把胡子，笑着说：去看一个百岁老人，不就是喜吗？我说我岳父才八十多。那白胡子老汉说：你说的是现在，我说的是将来。"

父亲听了，笑得呵呵呵的，把嘴里的饭都喷出来了。

可仔细一看，不是笑，是在哭。

先河扯了纸巾，为他揩嘴，又揩胸前的被子，本来还想说几句笑话的，见父亲是真哭，又不知他究竟哭啥，就不说了。二姐夫劝着，父亲安静下来，又吃几口，就睡了。

三十六

夜里，先河去买了卤肉，又买来两瓶老白干，我们兄弟四人，便在病房里喝酒，说些兄弟间才说的话。父亲睡着，我们说得小声。越这样，越有一种体己的私趣。喝到十一点过，二姐夫说他不行了，要休息了。二姐跟幺妹离开时，提了大包行李走，但还有更大的包袱留在这里，二姐夫打开来，取出用于裹衣服的烂床单，铺到阳台上去睡。我们三人继续喝酒，喝到凌晨三点，才各自找地方一偏。

第二天早上，程护士进来给父亲吸痰，才把我们惊醒。

闻到大股酒气，程护士浅浅地皱了下眉头。先河首如飞蓬的，走到她面前说："把你熏着了，不好意思哟。"程护士说："在病房，最好别喝酒。”这简短的、轻声慢语的批评，弄得我很不像话。先河嘴快，连忙认错，然后说：“听我两个哥哥说，你费了不少心，谢谢你哟。”程护士听了，脸色桃红。

父亲是在吸痰的过程中醒来的。吸过痰，他睁着眼睛，到处看。先河忙着空导尿袋，往盆子里倒了热水，给父亲洗脸，擦身。兄弟则下楼去，为父亲弄吃的。必须趁他醒着时，让他吃些东西，否则又说不准什么时候才能进食。

待父亲吃下几勺，又闭上眼睛，我们才去阳台叫二姐夫。将帘子撩开，却只见揉成一团的床单，不见人。以为他在我们不注意时去了厕所，可十多分钟后，也不见过来。打电话一问，才知天没亮明白，他就找活路做去了。

县城傍河而立，依山而建，虽不像对面笔架山恁高，恁陡，也是起起伏伏的，是类同重庆一样的山城，上坡下坎不方便，手上拿着稍重的物件，尤其不便，于是生出一个特殊群体，这群人肩扛棒子，棒子上缠着用于捆扎的绳索，满街游串，替人服务；他们有个统一的名字，就叫棒棒。你站在随便哪段街面，叫一声：“棒棒！”立时就有五六个高矮胖瘦的人，热汗烘烘地把你围住。二姐夫就临时当棒棒去了。绳子他自己那包里就有，做挑担儿的竹棒木棒，环卫工人出动之前，街角都能捡到；有些乡下人挑了土产来卖，卖过了去茶馆打牌，说不定还想去趟夫子巷，扁担箩筐的拿着扎眼，别人也不让进，就扔了。

到下午四点过，二姐夫才水淋淋地回来，是因为大姐、小兰她们来了。小兰把儿女托付给青梅，第一次来看她爷爷。大姐今天来，是听我说梨静要来，又知道二姐和幺妹回来了，结果梨静没到，二姐她们又已离开。

小兰看着爷爷那副病容，说："听你们说起来，爷爷不是还在讲笑话吗？咋会是这个样儿？"大姐用眼神把她拦了，是怕父亲听见。其实父亲昏迷着的，听不见。接着大姐数落起二姐夫，说你是牛变的还是马变的？你既变了人，就该有个人样，偶尔也得个清闲，结果你变了人，还是当牛做马，早知道这样，还不如不麻烦那一趟。意思是直接做牛马算了，不必麻烦从牛马变成人。二姐夫听了，笑。先河也笑，笑过了说："大姐，你们有钱人，不晓得我们穷人，穷人最痛钱，有些钱在街上飘，你不去捞回来，钱就没有家了。"大姐脸一恨："你把那些钱请进你家里去就够了，何必出门打工？"

正说笑着，大嫂一脚跨进屋来。

跟我们招呼也没来得及打，包也没来得及放，大嫂便朝父亲望过去，眼光刚走到父亲脸上，就脖子一紧："噫——，爸爸老了！"

三十七

老了，就是死了。

而心电监测仪显示，父亲活着，他没有死。大嫂不会看那机器，她是凭经验去判断一个人的死亡。乡里人病了，若没住进医院，而是躺在自家床上，只要某个探病的人进来，像大嫂这样惊惊诧诧叫一声："××老了！"就断定他（她）死了，亲人马上就放出悲声。说人死之前，喉咙会响，那是一声门响：关了阳间门，踏上奈何桥。也有说，那声响，是果子落地的声音。大嫂刚进屋，我们又正说笑，她不可能听到果子落地，她是猛然一见，觉得父亲的那张脸，完全是张死人脸，就说“爸爸老了”。

这让我又禁不住想起母亲。

老家每死一个人，我都会想起母亲的死。

我觉得母亲当时没有死。

在那个秋风秋雨的夜里，她从床上起来，去火塘边坐，有些坐不稳，父亲便站到她身后，两手搭住她肩膀，膝盖顶住她腰眼。侯大娘本要回家去的，母亲坐下后，她临时决定再待会子，便跨到火塘对面的柴屹崂，刨出些柞叶子来，垫了屁股，然后大把地抽着柴枝，往火塘里架，说久病床上的人，怕冷，要把火烧旺些。火光哔哔剥剥，蹿过侯大娘的头顶，母亲就跟侯大娘说笑，说你把火烧恁大，两条腿子又奓恁开，看把你那家私燎煳了。侯大娘说，燎煳了不怕，就怕生霉。说笑里也使着暗劲儿。这两个嫁过来就住着邻居的妇人，自从撕咬上，彼此就没好生说过话。

就这样，两个一递一句，说了一袋烟工夫，侯大娘突然颈项一伸，双眼一鼓，盯住母亲咋呼：“噫——，成祥你个砍脑壳的，人都老球了啦！”接着侯大娘大骂父亲：“我说那是回光返照，要把光涵住，不然就是个死，你还不信，你安的啥子心？”父亲一听，慌了手脚，扳过母亲的脸来，抱住了哭。母亲的脸在父亲的怀里扭来扭去，像在找奶吃。可那脸慢慢变白。她就这样死了。母亲把自己的最后时光，献给了她的对头，她跟她对头说了许多话，竟没顾上给丈夫和儿女留下一言半语。

母亲死后，丧事办了四天，那第三天，出了大太阳，家里乱着，大哥派我去为母亲守灵，一是别让长明灯熄灭，二是提防猫从她身上跳过，长明灯熄了，母亲便只有摸黑去阴间，就可能误了路程，不能及时投胎转世，有猫跳过，死者就会走尸。就是那天中午，我看见母亲鼻尖上簇着汗珠。她盖脸的黄裱纸，很窄，只盖住了眼睛，没盖住口鼻。

多年以后，我才明白了那汗珠的意义，但那时候不明白。那时候我以为，死人跟活人的区别，是活人要吃饭，死人不吃。母亲停灵的几天，每顿饭前，春晌都拿着筷子，跑到母亲跟前，奶声奶气叫："妈，吃饭。妈，吃饭。"母亲不答应，他就用筷子打母亲的脸，然后又往母亲怀里扑，可母亲睡得太高，那个怀抱距离遥远，遥远到永远也无法抵达，于是哭。父亲看着，痛彻心扉。父亲自己是孤儿长大的，知道怀抱空下去的荒凉，而且他弟弟死时，差不多就是春晌这么大。

那个中午，如果我见得没错，母亲就真的没死。

她没死，却被埋了。

是被我们活埋的。

乡里的许多人，或许都是被活埋的。说死在外地便进不得堂屋，因而早早地从医院抬回家，可抬回去后，谁又能说清最终是不是被活埋了？

三十八

大嫂喊过那一声，兄弟便把心电监测仪指给她看，又把明显是呼吸着的氧气管指给她看，她便闭了嘴，默然地将背包放下。其实她并不相信监测仪上光影的闪烁，也不相信氧气瓶里的小泡泡。她只相信直觉。那直觉是千百年来从民间培育出的"自然能力"，有了它，不用眼睛，也能看见死亡。死亡是一种声音，也是一种气息。死亡与活着，都是一种气息。

但大嫂被满屋子的诧异镇住了。

诧异里有不悦，甚至有愠怒，大嫂感觉到了。

她的神情，显得很不定，像被某种不安纠缠着。而且变得那样黑，脸在花衣服上面，仿佛成为阴影。大嫂本不是这样的。

待她放下包，大姐才回过味儿，把自己坐的凳子让给她坐，问她啥时候买的票，啥时候坐的车，坐了多长时间，又问她回来之前，为啥不打声招呼。兄弟说，二姐和幺妹们也没打招呼。大姐就笑，说床上那老人家，怕是在往那条路上走啊，一个个都遇了缘儿，都回来看他，还都不打招呼，是他的魂走了很远的路，挨个去叫回来的。又对大嫂、二姐夫和先河说："爸爸一辈子没出过远门，这回跑几个省去叫你们，不晓得挨了多少饿，着了多少难，吃了多少苦辛。"

说到这里，大姐的眼圈红了一下，然后问大嫂："你那嘴皮干得起壳，未必一路上都没买瓶水喝？"言毕把自己带着的水杯递过去。大嫂说："我不渴呀。"但已把杯子接住，一口就喝个精光。喝光了很不好意思，要去找水来续上，大姐慌忙将杯子拿了，说你坐你的，这里有水瓶。当兄弟把那杯子掺满，大姐才笑，对大嫂说："你以为我是怜悯你累呀？我是怜悯我的杯子。"大嫂那手，满是裂口，皮肉翘出来，刀片似的，一张手就是刀片的丛林，大姐怕大嫂把她的杯子割伤了。大嫂也笑，说："都像你这耍搭汉儿，细皮嫩肉的。我偏要摸下子！"说着去抓住大姐的手。大姐哎哟哟叫。大嫂高兴起来，又去大姐脸上摸。

我们熟悉的那个大嫂，又回来了。

三十九

梨静还有半个多钟头才在市里下车，大姐的意思，等梨静到了，就跟她、大嫂和小兰回镇上去，还叫我也跟她们回去。大姐来之前，把晚上的菜都备好了，该炖的也炖了，回去热一热，高压锅压了饭，再炒两个小菜，就能吃。

过了些时候，我给梨静打电话，问她坐上组合车没有。火车站出来，有个小广场，满满当当停着做生意的私家小车，都是打组合，分跑各县，拉客的挤在出站口，蜂子朝王似的，报着各自的线路，比如到我们东轩，就不停口地喊："东轩东轩东轩东轩……"你前去问一声，便立即领了你，小跑着往他车上带，你问还等多久发车，说不等，就差你一个。待你坐上去，才发现很可能只有你一个。再问，说那三个上厕所去了，马上就来。可好久也没来，司机也不在了。司机又飞跑回出站口，拉客去了。你想换辆车，但照样是等，或许还等得更久些。去坐班车吧，班次少不说，一路走走停停，司机又沿路捡私客，慢还是其次，呼吸乱了节奏，堵得慌。如此，便没了脾气，干坐在那里。

梨静接到电话，说坐上车了，但还差两个人。我说，你干脆包车算了，大姐她们在等你，你来医院看一眼，就去大姐家住。梨静说叫大姐别等。我想她是怕包车花钱。坐组合车每人四十块，包车一百六十块，四十块和一百六十块，不去加减乘除也就罢了，一动用算数，差距还是蛮大的。父亲住院，只我们一家出钱，梨静那心里，难免不打饥荒。

但她没说这层意思，而是说，她明天一早就要回去，就不跟大姐去回龙镇了。

今天是周五，她跟同事调了下午的课，周一的课也在下午，原本说好下周一早上走的，怎么明天就走？

梨静不说理由，只叫大姐别等就是。

这让大姐两头为难。主要是车船不便。如果杨津的车闲着，大姐出动，也是他接送的，但这几天，大姐夫一直在忙，先是县城忙了，又忙村里。听大姐说，回龙镇以下的清溪河，又有人放了毒药，死鱼没以前多了，但还是白沙沙的，漂在水上。幸好那些死鱼报了信，要不然，下游用河水饮了牲口，甚至洗了菜，做了饭，那还了得！县里下令搜捕嫌犯。可乡里比不得城里，在城里犯事，到处是监控，乡间没那家伙，且山重水复，跨条沟儿，转个弯儿，就是一个世界，搜捕起来，跟大海捞针相似，所以大姐夫他们这些村干部，也要各管各村，走访调查。没有杨津的车，大姐只能搭车，到下午六点，往乡下跑的组合车就停了，公交车也早收了，连最后一班船也开走了。如果梨静包车过来，还来得及，否则就很麻烦。

大姐叫我再打电话，叫她包车，说反正要等她，并说要劝她周一再走，再怎么，也该星期天走。

梨静回我话时，声音低哑，语句短促，我弄不清状况，尤其担心是因为钱的事情——她已往我卡上打过两次钱，一次三万,一次五万，第二次打钱后，她说：还需要的话，叫大哥二哥和春晌把我们的还了，你拿着给爸爸治病。大哥的钱，都是为四喜借的，东几百西几千，零零碎碎，我心里也没个数，大哥肯定也没数，四喜更没数，连个数儿也没有，怎好说让人还的话。春晌那里，真叫还，他也还不出来，除非他舅子把钱还他，而要他舅子还钱，石头不开花，马不长角，怕是难。至于二哥，你借钱给他，他欢喜，找他还钱，你立刻就成了他的仇人；即使借了钱给他，他欢喜也就是接钱那一下子，过了身又是旧模样，黑脸冻嘴的，所以大姐说二哥是“要好不能够，要歹立即就”。情况就这么个情况，我能找谁还钱？何况是在父亲生病期间，我更不想为这些事，闹得几兄弟疙疙瘩瘩。

梨静当然用不着如我这般纠结，她那么有气无力地跟我说话，还急着要回去，多半就是在为钱闹心。但我特别不希望家里人知道这一点。

梨静一直是被我家里人挂在嘴上夸的，说她虽是城里出身，到了农村，却不嫌。这里有个比较，燕儿坡邻近一个村子，叫鸦雀梁，有个比我晚几年上大学的，找了个城里老婆回来，见满院子鸡屎，上厕所是去猪圈，往那里一蹲，猪就来拱屁股，当场就恼了，吵着要即刻下山。包括老君山那个做了师政委的，这么多年过去，从没见他把老婆带回来过，他父母在世的时候，去他那里走动，回来后争豪气，开口闭口说儿媳的好，说着说着撑不住，哭起来了，这才讲了真话：儿媳嫌他们脏，他们用的碗筷，是另放着的，他们一走，多半就扔了；走的那天，儿子给他们钱，是背着媳妇悄悄给，那样子，就跟做贼一样。

梨静从不这样。父亲去省城住那一周，她给父亲倒洗脚水，递揩脚帕；每年给父亲的三千块，多数时候是她去寄的；只要回我老家，她都要给父亲带些衣帽鞋袜。她不听人劝，嫁了个“凤凰男”，有没有后悔过我不知道，她心里的苦我知道一些，但该她做的，并没落下，且不让我家里人看出她的苦。正因此，我家里人觉得她亲，兄弟和幺妹，都不叫她三嫂，而是叫姐姐。我不想在家里人心目中坏了她的样儿，尤其不想在大姐心目中坏了，因为父亲和大姐夸她的时候最多。

于是我给大姐撒谎，说梨静感冒了，难受得很，话都不想说，你等她，反而是让她受累。大姐一听，不好说啥了，便给春晌交代，说你静姐姐来了，让她住到宾馆去，叫你三哥也去休息一晚上。说完她们就走了。

四十

刚走，先河就给大姐夫打电话，故意说："听说你在县城？我跟云哥回来了，在医院，你总要过来请我们喝顿酒哦。"然后一面听，一面笑，接着又汇报父亲的病情。

放了电话，他说，大姐夫说他在村上，调查放河毒的事，可那边清风雅静，感觉不是在村上，村上没有人说话，鸡呀狗的都要说话，鸡狗牛羊不说话，树儿雀儿也要说话，树儿雀儿不说话，洞子溪沟也要说话，总之没那么静。"出了那种事，"先河又说，"你叫村干部去调查，调查个屁？县里的政策都是关门打狗，没把自己村的狗打死，村干部就成了遭打的狗，所以真出了事，瞒都瞒不赢，还往上报？光文哥那家伙，肯定又到哪里找耍子去了。他活那辈子人，才像个人的活法。"二姐夫说："等于他脑壳滑得快，等于我们没他那脑壳。"先河老实承认："确实的。"

就说到若干年前，东轩争取到国家级贫困县，县里放了通夜的烟花来庆祝，各乡镇也效仿，不仅放烟花，还摆大宴，请各村干部去吃喝。大姐夫那时还是个普通干部，就觉察到这宴是赴不得的，扯故说得了肠胃炎，当时的村支书去他家坐了不到五分钟，他就捂着肚子，跑了两趟茅厕。支书说他没福，领着别的干部走了。没过多久，省市追查这事，从县到村，好多人受处分，被免职，大姐夫却不仅没损一根毫毛，还升了。

又说到评低保，在李家岩，大姐夫评出的，没一个跟他沾亲带故。照理他哥哥该评，家里有个总也治不断根的病人，困在明处，难得亮堂，可因为是他哥哥，他就不往篮子里放。广里也该评，可因为是他干儿，照样不考虑。他的十多个干儿干女，有两三户都是可以评的，他全部撇开。开始，那些干儿干女多多少少都有些寒心，在他们看来，能吃上低保，钱是一方面，权是另一方面，就跟东轩把评为国家级贫困县当成某种权利一样，能吃低保，同样是一种权利。后来发现，干爹私下给他们的好处，比吃低保超过十倍不止，心才平了。要权不就是为了得好处么，十倍的好处，也就是十倍的权利。

这些事，村民其实也心知肚明，但大姐夫被信任和拥护了，不管他做啥，村民都没二话。有些干部，小眼薄皮，见根球毛也往亲友胯里捞，结果到头来，也就是那根球毛。比如燕儿坡那徐炳，自从当了支书，修路先考虑自己那层院子，五亲六戚，大半都评了残疾，他那姑姑，割牛草时被酸枣刺锥了一下，评了二级残疾，他那幺爸，被瓦碴戳伤了大脚指，灌了几天脓，评了一级残疾……因为是残疾，便天然地吃低保。哪个不骂！骂得那难听！可你听见谁骂大姐夫？连娃子的母亲那回骂过，但她是外村人，不是李家岩人，李家岩人都信他、尊敬他、维护他。所以当干部，就跟做神做鬼一个道理，有没有鬼神是其次，信不信才重要，信了，降灾降福，别人都认。

四十一

这边说着话，梨静到了，我下楼去接她。我下去时，梨静已从车里出来，背着单肩包，穿了水红色连衣裙，站在对面街口，正准备过这边来。见到我，她笑了，一辆中巴车刚开过去，她便压着车尾，朝这边跑。时间真是个怪物，才几天不见？她身上就有了陌生。正是这陌生，让她多了一种美，而这美又不比别的妇人，别的妇人，美之下是更大的陌生，并因此让你好奇，让你产生欲望，自己妻子的美，美之下是亲，亲比欲望更美，有时候，亲比爱也更美。爱很幽微，却不像亲那样深广，更不像亲那样敞明。

我在街当心把她接住，拎过她肩上的包。包很沉，装着她的换洗衣服和化妆品一类，这证明她确实是准备住两天的，只是改了主意。

来不及问这些事，我领她上了三楼，去了父亲的病房。

二姐夫他们都站起来迎住她。她跟他们说着话，眼睛看向父亲，并朝父亲走过去。

“爸爸，”她说，“我来了，我是梨静。”

父亲闭着眼睛，就当没听见，就像不知道梨静是谁。

要是往常，听说梨静来了，父亲本来在别的院子耍，车身就回转，别人留他再坐会子，他说：“我梨静回来了。”还在巷子里，就叫着梨静的名字。后来住到拐枣坪，我一个人回去，他还没恁急，只要跟梨静或儿子一同回去，不管是在大姐家，还是去了燕儿坡，父亲必在第一时间，让兄弟把他送去，见了，还没坐下，就问寒问暖。我儿子经常笑，说爷爷长期都是问那几句：冷不冷，热不热，饿不饿，累不累。接着又问梨静的爹妈。梨静有个弟弟，也在省城工作，她爹妈退休后，就把南充那边的房子卖了，去省城跟她弟弟住一起。

可是现在，父亲像是管不了那么多了。

我想着大姐说的，一个个都在回来看他——算上梨静，父亲的儿女辈，都回来了——他怕真的是在往“那条路上”走了。

梨静洗了脸，我们就去吃饭。饭后，我没再去病房，带着梨静去住宾馆。依然是住八仙楼，那里是我住熟的。如果让谭瑞松帮忙订，可以打六折，这宾馆跟电视台是联系单位，但我不想让瑞松知道，否则，听说我老婆来了，他们又要请客。父亲生病，已对他们多有打搅，每个朋友都来看过几次，且约我下过几回馆子。

当然今天是不想他们打搅我。

进了宾馆房间，发现这房间是多么好。我单独出门，住再好的宾馆也没有这种感觉。夫妻二人，有时候把家丢开，去住一住宾馆，真是别有洞天。

只是我心里还装着钱的事，就先开口说，大哥二哥和春晌，最近都比较困难。梨静一听，问我：“他们啥时候不困难？”这把我问住了。她曾说，她最怕接我们家电话，大姐二姐幺妹还好，会有一般性的问候，有了高兴的事情，比如小鸡崽出壳，挖到个红苕有两斤重，这个月多做了几件活路，添了几多收入，等等，也愿意打个电话来，跟你分享，几个弟兄却不是这样，他们的电话，她真是怕接，平时没电话，电话一来，不是钱的事，就是麻烦事，几乎没有一个电话是让你轻松的，更没有一个电话是让你快乐的。

然后梨静又问我："爸爸治病，未必大姐二姐跟幺妹就不管？"我说这是我们这一带的风俗，女儿嫁出去，对娘家而言，就是客人了。你有了头疼脑热三灾六病，总不能让客人出钱为你治，客人可以帮你，但没有义务。要是只有女儿的话，父母在女儿出嫁的那一刻，就有种被抛弃的哀伤。所以个个当父母的，都要拼出个儿子来。

梨静不言声，我便去洗澡。然后她去。待她出来，我又接着开始的话说，梨静打断我："不说这些了好不好？如果倒回去二十年，我还可以不嫁给你，问题是时间只朝前走，连个回水荡也没有。嫁都嫁了，只能嫁鸡随鸡，嫁狗随狗。"我把她按在床上，嘴对嘴地说："你到底还是后悔了？你不是嫁的鸡，也不是嫁的狗，你嫁的是凤凰！"她呸一声，说你只是你家里的凤凰；你连你家里的凤凰也算不上，光文哥都比你挣得多。"我把你这……"我这样说着，恶狠狠的，掰开她的手，扯她身上的浴巾。她不让扯，嘻嘻笑。

笑两声不笑了，悲戚起来，这才告诉我，今天火车快到站的时候，她接到她弟弟的电话，说她妈被车撞了，住到了省医院。

原来如此。

福无双至，祸不单行，并不只是一个对偶句。

两人沉默了一会儿，做爱。

整个过程，也是一句话没说，只是疯狂地做爱。

没有哪次像这样疯过。疯到想把对方吃下去。

而这疯狂的源泉和动力，却是伤痛和死亡的阴影，埋藏着与生俱来的虚无和不幸。

四十二

康医生说：最好给病人补充些能量，输支白蛋白。先输一支试试。试都不试，就不知道效果。白蛋白三医院没有，同意的话，他可以帮忙去县医院代购。

东轩县各大医院的稀缺和贵重药品，是由第一人民医院也就是县医院垄断的，县医院买来，再以百分之一百三十的价格，卖给其他医院。康医生对我说，那药本来五百块钱一支，既然你们和苟院长是老相识，收最低价，四百八，输不输，由你们自己决定。

兄弟问我："三哥，输吗？"这时候二姐夫和先河都回去了，又只有我和春晌在。我没答言，只问康医生："你说个实心话，我们爸还有望没有？"康医生摆了一下头，他的头发生得好，头轻轻一摆，便黑油油的，在饱满的前额上荡漾。"这个叫我咋给你讲呢，"他翘着嘴角，微笑着，"理论上，只要还有一口气，都有望。"这样的回答几乎让人发火。但他没给我发火的机会，说过那句，就脚不点地，去了别的病房。我愤愤地掏出五百块钱，扔给站在一旁的兄弟，叫他去交给康医生。钱从兄弟的胸膛碰到地上，一张张飘散开。

兄弟红着脸，嘴皮子颤动着，弯腰把钱捡起来。

他捡钱时，我下楼去了，坐在长凳上抽烟。

烟刚点上，接到梨静的电话，报告她妈的新情况。

梨静已回去三天了。

她妈伤情平稳，是因为本身就没出大事，只是断了一条臁儿骭。但是很痛，几天过去，疼痛也没减轻。她妈是个特别勤俭的人，退休工资并不低，住到省城后，却买来一辆二手三轮，短途拉客，某些客人住在郊外，欺她是个老太婆，对省城又不熟，老远的路，却说很近，她骑行一两个钟头，累得腿脚发麻，才挣个五块八块。路上碰到瓶瓶罐罐、金属片儿、硬纸壳儿、塑料袋儿，也都捡回来，有收废品的在楼下叫喊，便搂出去卖掉。先时收废品的叫得勤，几乎间天就来，后来不知是不是嫌弃了这生意，来得稀了，捡回的东西，便塞在家里，连床脚和灶台底下也塞满，惹得儿子儿媳很不高兴，想冒火，又不好出口，只等她睡下后，才大包小包的，偷偷拎到楼下，扔进垃圾桶，还生怕在楼道里碰见熟人，要是熟人问起：你家里哪来那么多废品？该怎么说呢？

她这次被一辆越野车撞，是拐一个弧形弯口时，有花台挡眼，彼此都没注意到对方，她从三轮车上摔下来。臁儿骭是摔的，不是撞的。她是逆行，三轮车又正被取缔，因此责任全由她负。幸好没拉着客人。

梨静的弟弟弟媳，都在机械制造公司上班，说是跟法国订了合同，要赶任务，请不了假，父亲年纪又大，照顾母亲的任务，便由梨静担着。梨静教着毕业班，我们儿子也面临高考，像是三山五岳，都走了泥，朝我们压来。

梨静问父亲怎样了，我三言两语说了，抽过那支烟，又接连抽了三支，才上楼去。

走到二楼，见左边廊道上，一个三十余岁的妇人急慌慌从那边跑来，半途拦住一个医生，啪一声跪下去，求医生救她儿子。医生拉她起来，说我们正在找肾源。妇人不起来，说你们天天都说在找，咋就找不到啊？紧了脖子抽泣，抽泣几声，又说：找不到就用我的啊，我是她妈，咋会配不上呢？他爸爸的配不上，未必他妈的也配不上？他的命就恁孬？你把我的割下来试试啊，割一个不行，割两个啊！医生显然不想说话，该解释的，大概已解释过千百遍了。妇人绝望起来，以头磕地，磕得砰砰响。我快步离开了。

兄弟坐在老地方，黑黄的长手指，捏住那五百块钱。

“咋还没去给医生？”

“三哥，”兄弟说，“不给爸爸输那么贵的药算了，输了也没用。”

“你咋晓得没用？”我怒气冲冲的，把钱夺过来，去了医生办公室。

半个钟头后，药来了，结果是比边指拇还细的一个小瓶儿。程护士过来，给父亲输上，看了我和兄弟一眼，出去了。我只是感觉到她在看我们，那时候我垂着眼睛。待她出去，我望那药水，一滴一滴，正进入父亲的体内。

我没看到父亲的希望，只看到自己的心安。

四十三

第二天一早，大哥二哥来了。我以为是他们到底放心不下，主动来的，结果是我昨天下楼抽烟的时候，兄弟给他们打了电话，叫下来商量。

兄弟曾经十分担心把父亲送回去，现在像也扛不住了。

第一次没在病房留人，几兄弟都到楼下，蹲在门外的梯坎上说话。

大哥问我：“春明你看呢？”我不知道。我只知道父亲现在活着。把那几百块一支的药输进去，表面上看不出什么，可谁又知道里面有没有什么。二哥说："再不弄回去的话……"大哥接腔："就怕下雨，天气预报也说要下雨，这个月份，一下雨就下老实了，十天半月不得停。"说罢盯我一眼。

去燕儿坡的几公里路，没硬化，下些毛毛雨，也烂得一塌糊涂，即便有杨津的技术，也很难把车开过去，到那时，想把父亲搬回家都成了愁事。扎滑杆抬么，路滑，难免不摔一跤，父亲没病死，却摔死了，那就够人笑话一辈子了。再说雨天要扎滑杆顶棚，这时节，风是跟雨走的，山里风硬，大树都能折断，别说棚子，要是那样，父亲是死是活，都只能淋着回去。活着淋回去还好，要是死了回去，进不得堂屋，得另搭一间遮雨的孝棚停灵，哪里去找那么宽大经用的雨布？而那没硬化的几公里路，责任都在我，我空背了个在省上的名声，连一个市里的局长都不如。我的无能，让家里人没脸，现在还让家里人为难。

兄弟也懂大哥盯我那一眼，要为我开脱一样，说："爸爸治病，全是三哥拿钱。"

随后又把那支白蛋白说了。

大哥很愧疚的样子，说：按理，确实也该几兄弟官中出钱，无奈我没钱，又养了个不争气的儿子。燕子吗……你们大嫂回来说，燕子现在谈那个对象任达友，差不多跟她哥哥一个德行，好吃，好喝，好耍，自己不挣钱，燕子挣的，大半都被他拿去花了。可燕子死个舅子要跟他。盛军去找她，她面都不见。盛军也早就没做传销了，跟河北那个小媳妇，也早分开了，那小媳妇怀的娃儿，引了产，并没生下个活的来。前些天，盛军找到浙江去，想跟燕子和好，燕子听说他来，躲了，只带话说，她不会见他的，见了，她会作呕。

盛军就找到你们大嫂，给你们大嫂下跪认错，你们大嫂梢梢末末数落他一顿，回过头又劝燕子，说破镜重圆，还不照样是镜子。燕子听不得这话，一听就捂耳朵，还警告她妈，再说，就不认她这个妈。你们大嫂没法子，只是心里苦，怕燕子丢了甜桃，捡了苦李。那盛军虽然算不得甜桃，可究竟还是比任达友踏实些，至少，不像任达友那样，抄着两只手，只花女人的钱。何况你和盛军还有个儿子呢。可那燕子，咋说都听不进油盐。

这些话，二哥听得很不耐烦。

他觉得，大哥在那里叫苦，是故意叫给他听的。洪泉跟碧桦在苏州，眼下不在一个公司，但都很挣钱，正计划买部车开；小兰家有钱，更是全镇人都知道。照大哥这意思，父亲的医药费，没钱的不给，有钱的就该给。二哥摸出一支烟来点上，弯着脸，对大哥说："你说四喜不争气，他还要咋个争气？这一大家子，除了他，还有哪个是由老丈人买房子住？"

大哥空空地咽着唾沫，没言声。

二哥用力吸了口烟，说："家里活路堆成颈项，你们究竟是咋打算的？"

这意思是，他今天是冲着要把父亲弄回去才来的，不然没时间来。

二哥问了，就挨个扫视每一张脸。兄弟说："我听三哥的。"他昨天给大哥二哥打电话，肯定说过想把父亲送回去，现在却又说听三哥。二哥黑着脸，恼怒地盯住兄弟。

见我不表态，兄弟便又说："我给哥打个电话。"单叫哥，指的就是大姐夫。二哥更不以为然："给他打？他就叫你继续住院，院长是他同学，你花了钱，他同学挣了钱，你用你的钱，去帮他讨了好。”大哥说：“哪里呀，那次光文不是也说，不尽早送回去的话，落了那口气，就不好找车了。”这时兄弟已摸出手机，给大姐夫拨了过去，讲了父亲的病况，又说给父亲输了白蛋白，还说大哥二哥都到了医院，在商量下一步。然后嗯嗯嗯的。嗯一阵，收了电话，说：“哥叫莫忙动，这么些天都过来了，又输了好药，说不定真像于主任说的那样，要创造个奇迹。再说苟院长也打了招呼，叫放心住。”二哥脸一掉：“我说啊！”

几兄弟便沉默下来。

我发了一圈烟，二哥用手里的烟屁股点了，说：“这支烟抽了，我就回去。”问大哥：“你呢？”大哥为难地笑一下，没作声。

二哥把烟抽完，并没立即动身，而是说到另一件事。说父亲确实也可能不死，但看那样子，瘫痪是一定的。身强力壮的人，也经不住几天的昏迷，他是多大年纪的人了？他昏迷过多少回了？得脑出血瘫痪，又不比别的，别的情况瘫痪，脑壳还清醒，还能说话，他这一瘫，就瘫成植物人，那陈猪毛就是个例子！

四十四

陈猪毛是回龙镇下街人，年轻时开了个铺子，专收猪鬃，便被叫了陈猪毛，几十年过去，就跟万平不记得自己叫万平，只记得自己叫冬瓜一样，陈猪毛大概也早已忘记他的真名了。两年前的某一天，陈猪毛走进中街尚仲兵的茶馆，喊一声：“兵娃子！”随即往地上一倒，不省人事。好在茶馆里有一桌牌客，开着空调打麻将，几个人都听见他喊，也看见他是怎样倒的，不然那尚仲兵就长十张嘴，也说不清。

街上谁都知道，尚仲兵跟陈猪毛有仇。

陈猪毛偷了尚仲兵的母亲邹菊花。既是偷，你阴悄悄也就罢了，可那陈猪毛，偏偏见人就宣扬，说邹菊花是他的女人，不是尚国的女人。尚国是尚仲兵的父亲。尚国斗不过陈猪毛，忍气吞声的，从二十多岁忍到三十多岁，忍不下去，死了。那年尚仲兵十六岁，恨得咬牙，发誓要杀了陈猪毛。但又是三十多年过去，邹菊花也死了四五年，尚仲兵要杀陈猪毛的刀子，还在呼呼大睡。有人说，到底是自己亲爹，下不去手。是说，尚仲兵不是尚国的骨血，是陈猪毛的骨血——陈猪毛自己就是这样讲的。

在外人看来，尚仲兵那脸面儿，那身板儿，稿本确实也更像陈猪毛；其实倒也不是，尚仲兵完全继续了他母亲的样貌，小脸细骨，手臂纤长，个头儿不上不下，如果不是非得父精母血才能繁殖，你会觉得尚仲兵就是邹菊花一个人繁殖的。只是人们更愿意相信奸情，便在尚仲兵身上，越看越看出了陈猪毛的影子。

自尚仲兵懂了人事，跟陈猪毛从不来往，陈猪毛也从不去尚仲兵的茶馆。这天下午偏偏去了，喊一声“兵娃子”，就倒了。于是又有人说，陈猪毛感觉自己来日无多，就想去找到尚仲兵，把他母亲怀下他的前前后后说明白，好认下这个儿子，可惜话没出口，就被尚国的阴魂打趴下了。不管是不是自己骨血，名义上，尚仲兵是他尚国的儿子，尚国死了，死去多年了，也不愿丢了这个名分。

陈猪毛是一辈子独身的，只在五十岁上，收了个养子，那养子本名霍九，跟了陈猪毛，改名陈九，陈九四岁过来，现在已满二十三。见陈猪毛倒了，还吐出块状的黑血，尚仲兵也慌了，好在其中一个牌客有陈九的电话，把陈九叫了来，然后七嘴八舌，说他父亲怎么走进来，怎么倒下，只是没透露叫那声“兵娃子”。是讨好尚仲兵，怕他担责。

这几个牌客都是欠着尚仲兵的。开茶馆挣钱，一是卖茶水，二是从牌客手上抽头，凡赢下一把，老板都抽走三成；这两样都是小可，主要是给牌客借钱，有些牌客荷包输穿，还不下桌子，想捞回来，就找老板借，不是一般的借法，是像大姐夫给钱文借钱那样，一种很神秘的借法，说白了就是借高利贷，它的全部神秘性，是利钱高得像磨快的刀子。那几个欠着尚仲兵的牌客，就是这样欠来的。

陈九忙着叫救护车。

等车的时候，他把父亲吐出的脏物收拾干净，连声向尚仲兵道歉。

陈猪毛也跟我们父亲一样，住在医院里，几度昏迷，最终不死不活的，成了植物人。两年多过去，陈猪毛闭眼躺在床上，平时就跟个死人没分别，只是有老熟人去看他，喊一声他的名字，再报一声自己的名字，他那胸膛才像气球似的鼓胀起来，喉咙里“吭吭”直吼，像有万语千言要说，只是一个字也说不出来。

八九百个日子，陈九服侍着养父，服侍得干干净净，陈猪毛躺那屋子，陈猪毛身上，没丝丝儿怪味，更没长一颗褥疮。陈猪毛吃的，都是陈九配了各种营养，打成流汁，慢慢灌。陈猪毛不能自己吞咽，是在喉咙开了个口子，从食管直接灌进去。怕感染，屋子里要保持恒温，空调昼夜开着，遇到热天，用电量大，说不准啥时候电就断了，陈九就坐在养父床前，为他打扇子，停一夜电，他就打一夜扇子。

养父得病之前，他谈着一个女朋友，本来都快结婚，养父一病，只好推迟婚期。那女子跟陈九一起服侍，坚持了大半年，实在熬不下去，就对陈九说：“我不行了陈九，我们分手吧，算我欠你的，有下辈子的话，我下辈子再做你老婆。”陈九听了，没言声，只下厨房去，做了一桌好吃的，两人吃过，他把女朋友——或者说曾经的女朋友——送到门外，祝她幸福，说你要是过得不幸福，才是真正欠我。说完回过头，又去给养父准备吃的。

四十五

二哥说：“你们想下子，看自己做不做得了陈九。”

然后二哥看住兄弟，又说：“我是叫你春晌想下子。爸爸一直跟你住，也只愿意跟你住，他上姿八好的时候跟你住，你不要等他病了，病成个植物人了，又说要跟几兄弟轮流住，天底下没这个理。反正我是不会接手的。”

大哥咳了一声。

“就算像陈猪毛那样活着，”二哥接着说，“有啥子意思？那是遭罪，是造孽！关键是，成了植物人的，我敢说没几个能像陈猪毛那样活着，爸爸能吗？且不说你春晌，玉玲愿意在家里养着个活死人吗？除非你三哥每年给她十万块钱！怕是十万都不行！”

兄弟又是那副不知是气还是哭的模样。

我又摸出烟来发，边发边说：“抽，把这支烟抽了，送爸爸回去！”

这句话刚出口，所有人都轻松了。

也包括我自己。

兄弟便又给大姐夫打电话，说了我们的决定，问能不能叫杨津来接一下。

看兄弟那表情，大姐夫在发火。

挂了电话，兄弟说，杨津来不了。

大哥看了一眼二哥。

兄弟也跟着看二哥。

二哥斜脸望着无所用心的街景。

大哥和兄弟便又看我。

而我心里，想着病房里的父亲。

送父亲回去的决定，最终是我做的。或许，再住几天院，他就好了。或许，找不到车送他回家，正意味着他可以活下去。挺过这一关，他就能活满一百岁。

正这么想，大姐夫的电话来了，直接打给我的，说他给荀院长讲了，医院安排车送，但要收八百块钱，收的起步价。然后报了个师傅的号码，他报，我这边说出声，大哥就记在心里了。大姐夫说，我的电话他也告诉了师傅，那师傅姓王，现在王师傅正送别的病人，最多半个钟头就回医院，到时会跟我联系。

我把大半支烟扔了，上楼，朝父亲的病房疾走。到门口，正碰上程护士出来。她是来给父亲加药和吸痰的。见到我，她说："病房里不要离人。"我应了一声，说："程护士，谢谢你。"听到我这么庄重地谢她，她有些诧异，花瓣样的嘴唇动了动，过去了。

父亲还是那样躺着，闭着眼睛。枕头稍有些低平，父亲的头微微后仰，浅浅地张着嘴。刚吸过痰，他呼吸平和，脸色也比我们下楼前好了些。我走到床头，想叫一声爸爸，却没叫出口，只是握住他的手。他那两只手上都插着针头，缠着胶布。父亲清醒着的时候，我怕与他单独相处，此刻，却想独自跟他待着，越久越好。

但大哥他们跟上来了。

我把父亲的手放开，盯着那些管子里的液体。

一滴一滴，如同流逝的时间。

或许也像时间一样，没有好，也没有坏。

几兄弟都没说话，但都想着那个即将打来的电话。

半个钟头很快就到了，快得像是眨眼的工夫。

二哥说："春明你去把账结了，车一到好走人。"

这时候，我已打定主意不跟他们一同走，就没回二哥。

又是几分钟过去，王师傅的电话来了，我接过后，说："你们把爸爸抬上车，我去结账。"言毕立即出门。我是不想看到拔掉父亲的那些管子。

一楼的窗洞里，坐着个小姑娘，小得像是个童工。我对那小姑娘说："00033428，出院，麻烦你打电话说声，让上面先收拾，有车在外面等着。"小姑娘让别报住院号，报床号。我报了，她又让报姓名，我也报了。她问："是医院的车吗？"我说是。她便在电脑上鼓捣，见我交给他们的钱，扣除用车费，还有节余，才把电话打了，吱吱啦啦地出发票。

上面收拾得比想象的快，快得多，当一副担架抬下来，我一看，躺在担架上的，正是父亲。因为用了医院的车，大哥二哥和兄弟都没抬，是医院的小工在抬。父亲手上，已没有针头，但还贴着胶布。

他的面色红润了许多，嘴角甚至露出笑容。他解脱了。很可能他早就想回家去了。我只看了那一眼，就转过头。这时候大哥他们也下来了，提着父亲的用品。王师傅在驾驶室催促，大哥忙不迭地说："春明快些。"我说你们先送爸爸走，我这里还没完结，还有好一阵，车钱已交过了。"那你呢？"大哥问。我说我自己找车。他们就朝那辆驾驶舱像船尖子的中巴跑过去。车门关上，摁一声喇叭，便开上了斜坡。

四十六

这家医院，一下子就空了，与我没有任何关系了。

我坐到那长凳上去，抽烟，脑子里转着还有什么事情未了。大姐夫曾说，父亲出院之前，请苟院长吃顿饭，看来是没办法兑现了。似乎也没必要兑现。

父亲走在回家的路上，可我老觉得，他还躺在三楼的那个重症病房。

这感觉如此鲜明，如此强烈。

我把新点上的一支烟踩灭，起身就朝三楼跑。

到那病房门口，我站住了。屋子里拥挤着一群陌生面孔，站的站，坐的坐，见了我，先是一愣，接着是要打招呼的样子，再接着，脸冷下来，知道我是找错了地方。我够着脖子，朝床上看去，看到一张年轻而苍白的脸。

我退后来，想着是不是该去给康医生和程护士道个别。正这么想，康医生就从那边过来，走得急急匆匆，我还未及开口，他就一阵风从我身边飘过，进了父亲曾住过的病房。这就算道过别了，我想。便又朝护士办公室去。

好几个护士在里面，就是没有程护士。

去各个病房张望，都没有她的影子。

她分明在上班，也绝对没见她出医院大门，怎么会找不到？我想她是不是上厕所去了，于是等了一会儿。但再去找，还是没有。

走廊的一面墙上，两张床的空隔处，贴着本层楼医生护士的照片，照片下写着名字，以前我从没注意过，这时凑过去，在护士栏察看。看到了程芳兵，却不是我熟悉的那个程护士，而是个发福的中年妇人。程护士那胸牌上，分明写着程芳兵三个字，为什么变成了这个人？或许，我看她胸牌那天，她借穿了或错穿了程芳兵的白大褂，这种事也是有的，于是我不看名字，只看照片。结果，没有一个人长得像她。

第四章

一

快到中午，我才神思恍惚地，去搭了组合车，回到大姐家。依然是大姐一个人在家。我洗过澡，大姐刚把我的衣服放进洗衣机，她的电话就响了。是弟媳打来的。弟媳说："爸爸老了。"大姐唔唔应着。她知道，这回是真的"老"了，电话一搁，泪水就追出来，追成两条溪沟。"他那一辈子！"大姐喊着说，用手揩泪。溪沟乱了方道，那脸变成了沼泽。

我扯几张纸巾递过去，大姐擦着，对我说，载父亲的车子从县城出发时，大哥给她打了电话，她丢下活路就跑到桥头去等。青梅的妈住在那里，她还生怕碰见她。自从丈夫遭了那场意外，亲家母就一副苦瓜样，老是等着别人去安慰，青梅经常回娘家去，也有这个缘故。而这时候，大姐自己还需要安慰，哪能安慰别人。好在亲家母锁着房门，可能是回老家种庄稼去了。大姐说，平时车多，今天偏不多，等老半天等来一辆，又不是，直到喷绘着三医院标牌的车开过来，她才知道是医院拿车送的。车在桥头停下，她上去看父亲，父亲那时候，还听得懂她说话，她抓他的手，他还晓得弯指拇，这才多少时候？就老了！

说到这里，泪水又滚滚而出。

大姐自己扯了纸巾，边擦又说，住在桥头的另两户人家，也跟她相熟，都站到车门口去看，车开走后，他们问父亲怎样病的，医了多久，在外打工的儿女，是不是都回来探望过。她一五一十说了，他们就说：你爸爸那样子，怕是不行了，他能在医院住恁些天，就算福分了；看你爸那面相，就是个善心人，既然你大嫂跟两个妹妹都大老远回来看他，他就不想叫他们白跑一趟，干脆连自己的后事也办了，让他们不再牵三挂四，走也走得安心。

说到这里，大姐哭出了声。

大姐的哭跟她的笑一样，猛烈，锐利，炸的一声。

哭过了，她给在村里的大姐夫打电话，大姐夫说他晓得了，他把紧要的事情处理一下，最迟明天就过去，还说，他已经告诉了丽丽，另外叫大姐给他带几条烟上去。

大姐进里屋，把烟装了，出来对我说："弟弟，走。"

这是她又一次把我叫弟弟。

她的声音变得很粗，像突然得了重感冒。

父亲出院，就是预备着他回去死的。

氧气管都摘了，不死往哪里飞。不过对父亲来说，摘掉氧气管或许并不致命，致命的是痰，没有"程护士"为他吸痰，痰就会把他堵死。他被自己体内的垃圾堵死了。

因为预备着他回去死，就没送拐枣坪，直接拉回了燕儿坡。

二

我和大姐从滨河路过去。一只白鹭无声地从堤埂外飞过，没入远处的虚空。这只白鹭我是见过的，看来这段河只剩它了。到了街上，大姐才给青梅打电话，叫青梅周末带豆豆上去。然后又给小兰打电话，问要不要和我们一起走，如果要，可把孩子交给青梅。小兰说，贵兵还在上工，她等贵兵下班后再看。于是我和大姐便去岔路口，租了辆摩托。

那摩托浑身灰土。回龙镇的摩托都这样。车主从夹板下扯出一张黑帕子，殷勤地擦了座，才让我们上去，叫我坐前面，大姐坐后面。车子爬坡，坐后面的要轻一些才好。沿河有几里平路，风夹着斜阳，光闪闪地呼啸，河水被吹得眯起了眼睛。大姐戳一下我的背，指一指司机："你晓得他是哪个？"司机像长着后眼，知道说他，嘿嘿笑两声，说："明三公肯定认不得我了。"确实认不得了。大姐说："马儿哪，占慧那儿子啊。"这一说倒想起来了。厚嘴唇，团脑袋，跟小时候并没大变。可偏偏我就不认得。

同在一个村里，住了几辈人，而今多数我都忘了，像马儿这种低两个辈分的，尤其生疏，至于新嫁进的媳妇，新出生的孩子，更不消说。埋着我祖坟的燕儿坡，父亲很快也要下葬的燕儿坡，已经不属于我了，我成了燕儿坡的客人，再过些年，当我回到故乡，就连客人也算不上，只是路人。

但我还是觉得不该忘了马儿——这个只会唱哀乐的人。马儿九岁那年，他母亲领着他，去清坪参加一个亲戚的丧礼，从丧礼回来，他成天就哼着哀乐。当时燕儿坡死人，还不兴放哀乐，那是他第一次听见，听了就会唱，起承转合丝毫不差。燕儿坡人觉得好听，更把他会哼曲儿当成新鲜事（他跟他姐姐上学，连“两只老虎”都学不会），歇下时，就笑眯眯地，尖着耳朵欣赏。没过多久，哀乐也为燕儿坡的死者送终了，才知道那东西不该随便挂在嘴上，他再哼，就厌烦了他，说不是祥物。许兴和占惠，见他动嘴巴就打，有时他咽口水，或者打呵欠，也误以为是要唱哀乐，一巴掌甩过去。可再怎么打也不顶事，他哭也是唱着哀乐哭的：“当当当当当，当当当当当，当当当当当当，当当当当……”一会子低回婉转，一会子扯心扯肺。最糟的是，村里有人做寿、结婚，他也站在一旁“当当当”的。他十三岁那年的腊月间，有天进山找牛草割，雪野茫茫，不见人影，他就放了声唱，正唱得忘情，天上飞来一块石子，不偏不倚，砸中他的脑门儿。只砸昏了，没砸死。都说这是老天给他警告，可也没见他改，好像他是一只蚕，哀乐是他的丝，他不吐丝，就要被胀死。

看来，现在他早就改了。

又消失了一个有趣的人。

在燕儿坡，侯大娘也好，马儿也好，都是有趣的人，因为他们的存在，使那个古老的村落变得生动。可现在侯大娘老了，没精力再去发掘和传播村庄的秘密，马儿也不再哼唱哀乐了。有趣是不能跟现实碰的，一碰就成了无趣。也因此，燕儿坡那些有趣的人，不是像侯大娘那样老去，就是像马儿这样老成。

马儿说：“明三公，你抱住我的腰，别碰我手就行。”是要爬坡了。摩托昂着头，吼叫着上山。林木葱翠，叶影参差，白的黄的野花，在路旁胡乱开放。这眼前美景，心里哀伤，都顾不得了，只把马儿越抱越紧，大姐则把我抱紧。弯转得那样急，是折断的那种急法，稍有不慎，就会栽下去或撞到崖壁。大姐或许是想起了她亲家公，不停地叫马儿开慢些，马儿说："放心呢红姑婆。你只坐稳就是了。你是坐车的，我是开车的，我负责开好，你负责坐好。"说得轻松自在，像一点不费力气，一点也不紧张。当然也没慢下来。

车过拐枣坪，马儿问："晌幺公去了没有？"这证明他也知道我们父亲去世了。一个村子的人，尽管不在村里住，但谁生了，谁死了，谁有谈头了，在外省打工的，也很快就会知道。我不禁想：二哥跟马儿他妈的事，他也知道吗？

大姐回了马儿的话。我侧过头，望兄弟的房子。我只听说那房子悬在院坝外，但阳沟接阳沟的几个院落，堡坎外都悬着楼舍，挑梁上都挂着陈年的苞谷，都有松鼠在苞谷上窜，听到车声，松鼠腾跃起来，飞到丈多远的柜桉树上。我们这里把松鼠叫叼鹰，是说它们没长翅膀，却像鹰一样能飞。这让我想起谭瑞松的老家，凤鸣山的光明峡，那些在绝壁上自由出入的人，同样没长翅膀，同样能飞。可见能不能飞，不是翅膀决定的。

车很快过了拐枣坪，我始终也不清楚哪一幢才是兄弟的房子，以前不觉得什么，此刻却有很深的惆怅。

到了枫树垭口，再往前就是土路。说是土路，实则坑坑荡荡，乱石累累。马儿还要往前开，要一直开拢燕儿坡，但开出垭口不到三十米，大姐就不愿坐了。在这样的山路上，即使路面硬化过，坐摩托也是苦力。马儿见大姐坚持，只好停下。这时候才看见马儿身上的汗水，从后脑往下泼，头盔里烟雾蓬蓬，像是蒸煮。大姐先下了，我再下，我的两条腿，像长在那胶皮座上，使了全身的力也动不了。马儿下来，几乎是把我抱下了车。他身上的汗味儿如同牲口的汗味儿，直冲鼻孔。

大姐问："多少钱哪马儿？"马儿又是扯出夹板下的那张黑帕子，把脸上的汗横竖抹了，说："红姑婆说个话，要啥钱呢？"言毕从上衣口袋掏出烟，是巴香清的白壳子，最低档的那种，因此他掏烟的时候，带着歉意，像他用这种烟招待我，很对不起我。我惊惶未定,本不想抽烟,却连忙接了,也问他多少钱。他又是那话："明三公说个话，要啥钱呢？"大姐说："总要把油钱给你嘛。"马儿没答，把烟为我点上，自己却没抽，将烟盒揣了，骑上摩托，轰隆隆打个掉，说声："红姑婆，明三公，慢走呵。没把你们送拢，不好意思呵。"

摩托蹦跶一下，朝来路开去。

我感觉到，大姐问他钱的时候，并没成心问，似乎本来就没准备给他钱，或者早就料到他不会要钱。不知道是不是因为大姐坐不要钱的车坐惯了，还是觉得马儿他妈跟二哥有那层关系。有时候，我简直弄不清他们的那层关系，是让大姐生气，还是让她对占惠也好，对马儿也好，有了一种另眼相看的亲。

我跟大姐站下歇息。我站不稳，靠在土坎上，等两条腿回到我身上来。这里山势开阔，对面的杨侯山，杨侯山上的李家岩，都空气般透明。李家岩蓝绿的梯田、乳白的盘山路和井口的火炬塔，像遥不可及，又近在脚下。脚下是刀脊般的土塄子，土塄之间，没被车辙碾轧的方寸之地，也都颤巍巍生出草叶，开出小花。一只断成两截的蚯蚓，翻卷着靠近，靠近了，又翻卷着分开。它渴望着生命的完整，却又那么厌恶生命的另一半。至少是对另一半的不信任。路旁杂木成林，沿陡坡一路生长，林梢高于路面，低于白云。一只胡蜂窝，静静地挂在白桦树高处。画眉声声歌唱，斑鸠以它低沉苍凉的调子，唤出大山的心……这些平凡物事，世间已少一个人去打量了。

三

土路朝西斜插，相对平缓，只是一弯连着一弯，像根大幅度摆动的绳子。我和大姐走到第二个弯口，听见了迟重的摩托声。紧走几步，见一个人在前面骑着，两边驮了沉甸甸的包袱。大姐就骂开了，很响地骂，说那众人日的，老子猜就是他！我说那是谁呀？你为啥骂他呀？大姐说："未必你认不得？刘显文呐！"

说刘显文我就知道了，尽管没见过。他是阴阳先生，也是老君山人，但现在住到了街上，只是山里有了丧事，还是请他。前几年，父亲每次到大姐家生了病，回到兄弟家后，给他打电话，父亲都说："幸亏回来了，不然多时请刘显文去了。"这次果然就请他了。他往那方走，定是大哥或兄弟请他去给父亲主丧念经的。摩托两边的包袱里，装着道袍和法器。主丧的时候，他穿的是道袍，念的却大半是佛经，僧经道忏，他一锅端了。

既是去给父亲主丧，大姐为啥要骂他？

大姐愤愤地说，自从父亲住了院，刘显文就天天踅到滨河路，在她楼底下旋，见她出来，老远就追过来问："春红，你爸爸好些没得？”关心得不得了的样子，其实就是等着父亲死。而今的阴阳不比先前，先前就刘显文一个，最多再带个徒弟，刘显文现在有五个徒弟，不管走哪儿，全带上，刘显文自己，每天得三百酬金，徒弟每天一百五，但要各自孝敬师父五十，也就是说，刘显文每天的收入，有五百五，还不算不停索要的红包。说到这里，大姐又骂。骂得实在太响了，离得又不远，山弯里又有回音，摩托声再大，刘显文也不可能听不见。不过他究竟听见没有，我也说不清，只见他回过头，朝我们笑一下，又专心开他的摩托。

这一回头，我才觉得见过他。

我念初中时，他在县城念高中，但那时候他叫刘东，不叫刘显文。刘东成绩极好，比二哥当年还出众，好得几乎成为传说，山里山外，都说他不仅要考大学，还要考到北京去。他家住百花坪，比燕儿坡高，去镇上要从燕儿坡过，逢寒暑假，他去赶场，我在山间路旁割牛草，远远望见他，就给他让路，并目送他远去，直到林木遮眼，再也望不见为止。当年，他是我心中的英雄。可他终究也没能考上大学，连个省内的普通大学也没考上。他不信邪，跑去复读，复读好几年，把妹妹的嫁妆都读掉了，还是蚂蚁摔岩没响动，只得叹一声有命无运，回家当了农民。

不知啥时候，他改叫刘显文，做起了阴阳。

摩托的速度，跟步行相差无几，因此刘显文一直在我们前面几十米。车身东倒西歪，紧跟着又硌到硬物，蹦起一两尺高，只差没摔到崖下。才略微平稳，又陷入泥浆，车轮空转，喷出黑烟和胶臭。上方的林子里，泉眼冒水，水漫下来，将路泡得稀脓烂洼。车上的人，头大身小，胳膊腿儿细瘦，不是他在驾车，是他被车摆布。见这情景，大姐又不放心了，高声喊：“显文哥，你把车上的东西丢下来，我帮你背。”刘显文不敢熄火，一熄火就发不动，只说：“没事春红，这段路开过去就好了。”

听上去他对这路蛮熟悉的，想来也是，若干年来，燕儿坡死了人，他都往这条路上来，但所谓开过去就好了的话，还是基于一种想象，觉得不可能有比这更烂的路，可事实上，四公里多，几乎一个样。

这时，我才刻骨铭心地感觉到，单是为老家这条路，我也不该去写诗，不该去编画册，而应该在很年轻的时候，就把自己交付出去，混个处长、局长、厅长啥的。瑞松说特权不可一日无有，不是希图特权，而是深切地懂得了没有特权的痛。镇里和县上，早几年就说，乡村公路已全部贯通，东轩县还因此得了省级表彰，表彰都得了，我老家这条路更不可能修了。这条路上的人没有指望，就指望着我。他们是指望错了。

可他们始终不以为我是没那个能力，而是说我“正直”：“春明那人，正直！”这句话，比说我无能还让我难堪。在他们嘴里，正直的意思，就是沽名钓誉，六亲不认。连大姐也是这样看的，大姐怕我见不得杀生，将来像那邹灯，去当了和尚，不更要六亲不认吗？

摩托终于从泥浆里爬出来。

又过两弯，住着几户黑乎乎的人家。房子黑，院坝黑，整个气象也是黑色的。院坝一侧，垒着几簇黑色的坟墓。只是坟前的李子长得好，一排过去，七八棵树，果实把枝条压趴下来，大部分青格格的，但有一些已经黄熟。大姐说，我们坐会子，摘几个李子吃，让刘显文跑远些，免得看着费力。

这里名叫杨树台，跟我们那边的几层院落，同村不同组，但个个都跟大姐熟识，一个在猪圈里解手的妇人，听大姐说要吃李子，就在那猪圈里说："春红，那是你三弟呀？李子你随便摘，找那些笑了的摘。"她是从圈栏缝隙往外看的，外面倒是看不见她。

大姐招呼了，回答了，道着谢，走到李子树下，很快摘来一捧，亮晶晶的，都熟得裂着小口子，也就是"笑了"。也不找水洗，象征性地用手抹一抹，就往嘴里塞。尽管熟透，还是有些酸涩，但酸涩里的甜，包括酸涩本身，只有山里才能吃到。把那捧李子吃完，妇人也没从猪圈里出来，大姐又道声谢，再次上路。那妇人问："春红，你爸爸是哪天的夜场？"

出殡的前一夜，要号客，叫夜场，客人们来上礼、吊唁，叫坐夜。因为是在村里，没去街上，为办夜设酒宴，倒也不必去镇上批条子。妇人是想问清楚，到时候好来坐夜。

大姐说："还不晓得呢，刘显文才去，要他去看了期才晓得。"

四

前面不远，就是燕儿坡村小，房倒屋塌，先前的教室里，长出小碗粗的花石榴，野草高过了残墙，墙上的"好好学习，天天向上"，像是对野草说的。野草比当年的学生还听话。我跟大姐正从操场上过，听见后面一片声的摩托响，转了头看，见五六驾摩托从弯口过来，都驮着重物，但都比试着快，全不像刘显文那般寸步难行。大姐说："肯定是帮忙办货的。"果然是，都是燕儿坡住到街上去或在街上做生意的人，其中包括马儿。

几人给我们打着招呼，从操场疾驰而过，车上装的，是办丧礼的一应物品，包括鞭炮和香蜡纸钱。这些大哥已买过，但那是父亲落气时急用，买得不多，整个丧礼期间，要不停地烧纸，不停地放鞭炮，需要量相当大。

几分钟后，又来一辆摩托，比前面的驮得更沉，但我和大姐都不认识那司机。到我们身边，车停了，司机叫“大姑”“三爸”，还忙着给我递烟。我没反应过来，大姐却已猜出了是谁，问：“你是达友啊？”说是，今天跟燕子刚回来，本是回来探病，结果爷爷出了院，还老了。他和燕子从县城搭车到镇上，又从镇上租了摩托，往燕儿坡赶，走到拐枣坪上头，接到爷爷老了的电话，燕子先回去了，他返回拐枣坪，去开了他幺爸也就是春晌的摩托，上街办货。春晌嫌自己摩托不好，放在阶沿，从不上锁。“我上街的时候，”达友说，“看到你们在车上，当时认不得，后来听马儿说是你们。”

大姐打量着说：“那累着你了。”达友一点也不怕打量，只是笑，说累啥呀？我喜欢开摩托，出门打工，整天闷在厂里，没摩托开，心里痒，今儿个才沾了腥。大姐问：“买些啥子？哪个叫买的？”达友拍着帆布口袋，说一边是油，一边是酒，还有好几桶放在街上，今天拉不了，明天再去拉。又说：“是爸爸叫买的。”大姐点点头，叫他先走。

达友挥挥手，开走了，开得像飞。

“嘴巴还甜嘛。”大姐说。是说达友没跟燕子结婚，就把大哥叫爸爸，还爷爷、幺爸、大姑、三爸地叫。“嘴巴甜的家伙，最要仔细。”大姐又说。她是想起了四喜，可能还想起了她儿子李志，包括燕子的前夫盛军。但任达友确实比盛军看着顺眼，长得周正，紧扎，蜂腰阔肩，没穿外套，只像女孩子那样笼了件玄色掐腰背心，手膀子一棱一棱的；只是眼睛小了些，可恰恰是那小眼睛，使他显得很机灵。

然后大姐给青梅打电话，让她把养在楼底下的鸡，都捉出来绑了，明天燕儿坡的摩托下去，好拉。接着又给李志打电话。她开始简直忘了给李志电话，现在才想起来。李志又钓鱼去了。那次他跟几个伙计，去龙眼潭沟钓那条“房子恁大”的鱼，结果在那水库边当了三天野人，只钓起来几条半拃长的鲫鱼，被牛大蚊和蛇蚂蚁叮得满身红疙瘩，那牛大蚊本来只叮牛，不叮人，牛不往那里去，只好把人当牛。李志今天打早出门，没注意他拿渔具，因此大姐还不知道他钓鱼去了。问他在哪里钓，回答是鹰嘴岩。鹰嘴岩水库在杨侯山上，一路爬去，是比龙眼潭沟还远的。

大姐就骂开了，骂得起兴，竟忘了告诉他正事，待挂了手机，才想起，又骂自己，骂了自己，再把电话拨过去，厉声问：“你外公老了你晓不晓得？”李志不晓得。他的几个舅舅没告诉他，他爸爸没告诉他，他妻子也没告诉他。大姐怒火中烧的，叫他赶快滚回镇上，帮青梅把那些鸡收拾好。

将手机揣进包里，大姐又变得轻言细语，说：既然是大哥叫达友买东西，证明是几兄弟合伙办丧，本来就该这样，让春晌一个人办，逗人笑不说，春晌和玉玲还根本就办不下来，他们见过多大场面？经过啥子事情？脑壳里又画得出几道杠杠儿？再说，办场丧事，号几十桌客人，总要一笔开支，单凭春晌，拿得出来？“要是单独办，”大姐说，“不管是哪个办，我那些鸡就是烂化了，扔到河里头，也不好送来。不然又说我偏心，又是一场事。”

大姐显得很疲惫。

我们走到堰池沟——一方半亩大的堰塘上面，有条沟流下来，村里人便把这地方叫了堰池沟，距村子小半里路；塘里一池绿茵茵的水，不仅供村民洗衣服、淘猪草、喂牲口，还供他们寻短见——就听到了响器，“嚓嚓嚓，嚓嚓嚓”，是镲敲出的锣鼓引子。刘显文的几个徒弟，都住在百花坪，看来比师父先到。

毛坯路到此，就断了，再过去，便是只能下脚的田埂，右是陡坡，左是秧田，因此摩托是断不能再往前开的，都停在这里的草坪上，车上的货，则靠人力扛过去。堰池沟那边二三十米，是我们家祖坟，母亲的坟靠外，一个土堆，长满四月的青草。

母亲如果在等着父亲，她已经等几十年了。

五

二哥腾出的那间屋，正对院坝口。我和大姐从石梯上去，见双扇门大开，门梁扎了柏树枝，枝上缠着白幔，做成牌坊。穿过院坝，径直走进灵堂，入眼便是一双脚。父亲脚朝外，头朝里，直挺挺躺在一扇门板上，脸上盖了黄裱纸。早上他还是个活人，现在他死了。他纹丝不动，十分专注于自己的死亡，像死亡这件事，他不如此专注，就完成不了。魂魄已从他瘦弱而庄严的身体里分离，使他头上的绒线黑帽，身上的长衫青衣，显得沉重。那青衣是粗麻布缝的，用不着摸，只看一眼，就能听到响声。这样的长衫，父亲里里外外，裹了六七件，看着不像人，而是一堆人形的衣服。衣服虽干净，却涂抹着陈旧的光阴，散发出积年往事的气息。父亲只剩下积年往事了，他的时间断了，在他那里，没有了明天，他的所谓明天，就是最后的今天。这是时间的本质。无意之中，父亲成了一本关于时间的教科书。

看来，那身丧衣，是兄弟早为他备好的。他还为父亲准备了遗像。五寸的过塑黑白照。他在灵堂傍门的墙角，放了张小方桌，将遗像供在上面，面前放一碗升饭和一方煮熟的腊肉，腊肉上插几炷香，旁边点着随身灯。可就在我和大姐进屋前的半个钟头，遗像突然着火，烧得只剩了眉毛，只好拆掉。灯盏和遗像间，隔着供品，又没人去碰，不知怎么烧起来的。估计是父亲不喜欢自己的样子。那是他生时的样子。

死后的样子他喜欢吗？我不知道。我只知道，死亡不是一种状态，而是一个物体，带着强大的磁场。我被那磁场吸到父亲身边，两腿一软，半跪下去，抱住父亲哭。

大哥和兄弟见我们进了灵堂，跟进来，都来拉我。兄弟哽咽着说："三哥，你尽力了，爸爸不怪你。"说着把手伸到我腋下，抱我起来。我使力一拐，打在他胸膛上，打得砰的一声。我不解自己为什么这样愤怒。

大姐去揭开父亲的盖脸纸。

父亲的脸色，有一种金属的灰。嘴也没合上。痰堵了他的空气，即使死了，他也想大口呼吸。那些飘浮在空中的平凡之物，对父亲来说，是多么珍贵。一个人，当认识到平凡之物无比珍贵的时候，就意味着觉悟了，却也可能意味着死期到了。父亲脸色惨白，白得像冰。

他的确死了。

我把黄裱纸接过来，给父亲盖回去。

现在，他已是阴间的人，那层纸，是上天立定的边界，一边是阳，一边是阴。

父亲的双臂平放于身体两侧，一根黑线触目地越过腹部，把两手系起来；双腿也用黑线系住。我并不懂得这其中的讲究，只体味到一种死亡的森严。死亡和痛苦一样，不是例外，而是准则，是法典，所以才如此严峻。

即使穿着大猥鞋，也明显看出父亲那左腿比右腿短。父亲的手，和他的脸一样白，手背肿得像刚出笼的馒头，是输液输的。在医院的时候，因贴着胶布，竟没发现他的手肿成这样。他是受尽折磨才死的。或许二哥是对的，该早些把父亲弄回来。身体和痛苦，其实是同一个词。为保住父亲的身体，让他经历了那么多痛苦。我很可能彻底误解了乡间对待病人的态度，他们不去医院，去了，也不紧住，很难说不是一种通达和担待。父亲微微弯曲的指间，捏着几张卷起来的冥币，卷得很规整，是随时准备给出去的姿势。他在奔赴阴间的路上，要一路地撒买路钱。

阴间只是阳间的背面。就如童年时看露天电影，跑到银幕背后去看，内容是一样的，只是打了个掉。我曾写过一首叙事诗，说一个人到了阴间，充了鬼役，操练时，长官发令："向右转！"他总是转错。他还没学会阴间思维，不知道阴间的右就是阳间的左。他因此被罚，做一百个俯卧撑。长官让他自己报数，结果又错：他从一开始，依照一二三的顺序，不知道当从负一百开始，直到负一。被罚得多了，他终于明白，把黑的说成白的，热的说成冷的，就能万事大吉；同时他也发现，把黑说成黑，跟把黑说成白，并没有实质性的区别。

可惜我没把这诗念给父亲听过。

父亲和大多数老家人一样，都只知道我在“省上”，具体干些啥，是不太清楚的，我说在编画报，他们听起来，会觉得不像个正经职业，干脆不说；尤其羞于出口的，是说自己是个诗人。诗歌是我最私密的灵魂，也是我最私密的肉体。

利民在叫大哥。利民是知客司。燕儿坡有了红白喜事，都是请利民做知客司。知客司不只是应酬接待，方方面面都要负责，实际职务相当于总管，具有最高权力，老板也听他的。利民声音洪亮，处事公正，遇到有不尽心的，他平时笑呵呵的脸，说酸也能酸，说硬也能硬。见利民喊，大哥应了，叫我跟大姐出去坐。大姐说，你们去忙活路，莫管我们。

大哥和兄弟就出去了。

六

刘显文已据风水八卦、五行命理，推定出父亲破土下葬的黄道吉日，是古历四月二十二。今天才十三，不算下葬那天，父亲要在家里住九天。

这九天时间里，活路一大堆。

要请来搭彩匠造灵塔。灵塔是父亲去阴间的住所，因而马虎不得。阴间也是要比的，你住的地方，不如张鬼王鬼的体面，张鬼王鬼就瞧不上你，就会说：“你看那许成祥，在阳间苦了一辈子，养了大堆儿女，三儿子还在省上，结果还是这副瘘馊样！”

要管帮忙的三顿吃喝。邻近几个院落，只要没出远门，都是帮忙的，像贵爸这种走路靠蹭，自然帮不上忙，但也一并招待。普通帮工是吃三顿，阴阳师、搭彩匠、厨师、知客司，是吃四顿，这第四顿饭，叫夜饭，是相对于晚饭而言，夜饭安排在午夜十二点左右。三顿四顿的，顿顿都得有肉，夜场那天，会专门杀一口猪，之前的八天，先把三家人的腊肉吃光，不够，再派摩托，去街上割。

每天午饭前（阴阳师等还包括夜饭前），都要发烟，无论男女，每人一包，若发漏了，心胸宽的，闷一下就过了，心窄的话，就会含怨，并在活路上打俭省、起歪心，该他送茶水，盅子干得起壳，也不见茶水送过来；打掌盆的时候，故意脚底一滑，掌盆里肉也倒了，汤也泼了，碗盏也碎了。

这些事倒说有知客司打点，但请人帮忙，找东找西，买这买那，则是丧家经办。丧家去请帮工，还有借别人物件，开言之前都要磕头，哪怕他是晚辈，是个小孩子，一样要磕头。当然别人不会受，你刚跪下去，就一把将你拉起来。

但也会碰到怪人，不拉你，让你磕完，自己起来，再说事。

前些年，许兴的妈死了，他到我们院子，请王晴光帮忙放信，王晴光有副好脚头，走路并不见快，可你走五里，他一定走了十里。二哥早就说，王晴光是老君山的神行太保。许兴的妈死的时候，山里还没人用电话，去各路亲戚家放信，全靠两条腿，正需得着王晴光这样的人。许兴见王晴光站在门口，就扑到那门槛底下。他以为王晴光会拉他，结果没拉，只好磕头。磕一个该拉嘛，还是没拉。磕两个，照样没拉。许兴气得！干脆又磕两个。本来，早在明朝初年就定下礼制，磕四个头是磕给活人，磕三个头是磕给死人，一直以来都是这样做的，许兴并没做错，可不知从啥时候起，清溪河流域改了规矩，违背祖制，把四个头磕给死人。许兴磕了头起来，又倒了。这次是被打倒的。王晴光是石匠，拳头就像二锤。母亲的整个丧事期间，许兴都躺在床上，一应事务，都由朱占惠张罗。

这事过去了很多年，但至今还被谈论。

道理上，不对的是许兴，头是该你磕的，拉不拉是人家的事，你不该磕四个头，咒人家死，但村民私下指责的，都是王晴光。王晴光太把规矩当回事了。

可如果你去请人，不做出磕头的样子，也就是不把规矩当回事，同样要被指责。

这其中的分寸，大哥和兄弟都能拿捏，尤其是大哥。

二哥是不成的。二哥只专注于做他礼生那一套。他平时不戴眼镜，现在戴着眼镜。我和大姐进灵堂时，他正在量灵堂的门枋，好裁剪挽联。他就像没看到我们，或许真没看到，他的全部心思，都在卷尺上，可能还在考虑挽联咋写。他为人写联，都不是书上抄来，而是因人度意，自己编。他绝不会因为有我在场，就让我替他。有年我回老家，正碰上崖下一户人家为亡父立碑，要往那碑上写副对子，来请二哥，见我在，也怯生生地、满怀期待地请我，意思是我念过大学，又是省上的，肯定比二哥写得好，如果我能帮忙，他九泉之下的父亲就太有脸了。我跟着二哥去了，二哥却根本不问我的意见，在那碑上提笔就写："既得美名又得美地，不为良相便为良医。"死者生前，做过四十余年赤脚医生，善治大医院也治不了的疑难杂症。二哥的毛笔字也好，魏碑体，结体方严，笔画沉着，又不失洒脱俊逸。他从没练过大字，更没练过魏碑，教他礼生的师父肖安，写的是唐楷，不知他是从哪里学来的。

七

大哥和兄弟出去后，大姐弯了腰，去看材板底下的长明灯。长明灯亮着，碗里明黄色的清油也很充足，但大姐还是蹲下身，把灯芯子摆布了一下，像这一摆布，就能为父亲获得某种保证。

大姐刚起身，燕子进来了。这女子，哪怕在毒日头下死晒，也还是那样白，个子本来就高，又穿着松糕鞋，腰板直直地往那里一站，直如粉妆玉砌。只是眼睛红肿着。她叫了大姑、三爸，就斜倚在停尸板上，把手放在她爷爷手上，指头轻轻弹着，像她爷爷在睡觉，她想把爷爷弄醒，要爷爷的亲热。

我和大姐从村小那边过来时，大姐就说，在我们晚辈当中，数丽丽和燕子最晓得想，最有孝心。说过了，怕我多心，又说："维生还小。"维生是我儿子。大姐的意思是，因为小，一切都可以原谅。也不小了，马上就高考了。我儿子自幼不知稼穑艰难，他外公外婆退休住到省城后，又特别宠他，有了好吃的，再冷再热的天，他外婆都骑了三轮车，给他送来；遇他生日，更是当成大事，定做蛋糕，去酒店吃喝，久而久之，他就觉得理所应当。大姐又把燕子跟小兰比，说小兰就住在镇上，那次去医院看爷爷，还是她拉去的，而燕子在那么远的地方打工，也晓得回来，虽说回得迟了一步，毕竟有那份心。爷爷老了，小兰分明可以跟我们上来，偏偏要等贵兵，肯定又是在打麻将，丢不开手。

说着大姐叹息一声：“也不怪呀，俗话说，一辈亲，二辈表，三辈四辈算球了，现在哪需等三辈四辈？头一辈就算了，哪里又怪得着二辈人？”

只有见到燕子，才觉得血缘里的那一种亲，是可以代代相传的。

燕子问我们走累没有，又说达友回来卸了货，准备返回去接你们，想到只有那点子路，就没去。接着给我们讲她爷爷的死。她是听她妈说的。

——这天中午，又是大嫂煮了饭，请二哥二嫂和兄弟弟媳吃，吃到一半，弟媳丢了碗筷，说去看看爸爸。父亲从医院回来，进了老房子，睡在他和母亲睡过二十年、他独自又睡过三十年的床上。弟媳刚走到屋门口，就听到父亲喉咙里咕嘟一声，便一脚跨进去，探父亲的鼻息，结果没有鼻息，手脸都只剩了温热。灰烬余温似的热。父亲先就死了，那声响却一直等在喉咙，见到后人才跑出来，让后人知道他死了。弟媳大呼小叫。

这一叫，席上的人都跑去，大哥忙着取出备好的鞭炮，在门外放了，又忙着去请抹汗工。儿女不能为父母抹汗，夫妻也不能为对方抹汗，说这样会让死者不安。在燕儿坡，很多年来，女亡人一般是侯大娘抹汗，男亡人是漆匠喜鹊。大哥就去请喜鹊。同时，二哥设置停尸床：先在那屋子里横两根大板凳，再从里屋拆下一块门板，架到板凳上。

“喜鹊来给爷爷抹了汗，”燕子说，“幺爸慌忙脚手给爷爷穿了丧衣，就把爷爷往灵堂背，刚捞到背上，爷爷的头往前一栽，把幺爸的后脑勺打得嘭的一声。”

说着嘻嘻笑。

大姐瞋她一眼，她忍了一下，忍不住，笑得扑在爷爷身上，这才注意到爷爷的鞋没穿稳。摸一摸，摇摇晃晃的，后跟根本没提上去。于是又笑，说：“爷爷的腿本来就不好，还把鞋给他穿成这样子，不是整他冤枉？”说着麻利地脱了重穿。

八

大哥和兄弟抬了张条桌进来，供阴阳先生念经用。桌子放不平整，兄弟去院坝边找了块瓦片来垫上。二哥的这间屋，当初夯得马虎，包包垒垒。有几处填着新鲜泥土，堵着老鼠洞。也无非只有五六个老鼠洞，不是二哥说的满屋都是，更没有兔子那么大的老鼠洞，认真填，花不了半个钟头。

阴阳先生提着两条长板凳，鱼贯进入灵堂，刘显文主位居中，左右各二人，对面，打横又坐三人。桌上放着《报恩记》，线装本，师父击磬、起经，一人念两句，只有一个姓田的，不照书念，微眯着眼睛，轮到他时，顿都不打，就背出来。分别念了，又合念，合念毕，敲锣打鼓一阵，又是一人两句。我听见说：“牛头马面使者，乌牙凤嘴神将，监押亡人冥官……”顿时心里一黑。父亲去阴间，竟要冥官监押着去？捆住他手脚的黑线，代表的是阴间的镣铐？我想象着父亲被架着胳膊，一路奔向冥界的景象。

这景象，比死亡本身还让我震惊。

究竟是每个人都有罪，需死后去阴间算总账，还是死亡本身就是一种罪？

幸好把鞋给他穿稳了。

我不忍听，便出来，见二哥正拿着写好的挽联，端着碗糨糊过来。我将挽联接过，二哥腾出手，用笤帚往灵堂门枋上刷糨糊。贴上后，我看见写着：“高龄将近九秩，仁者必寿，慈父当如是也；大德未满百岁，造物何悭，孝子不胜哀哉。”

九

天擦黑，院坝外响起鞭炮声。是客人到了。

夜场前到的客，都是亲戚，至亲到得更早些。父亲这边，没啥长辈至亲，母亲那边，还有幺姨在，但幺姨跟我们的这条亲戚路，自母亲死后就断了，父亲去世，不可能通知她。

即使通知，她也不会来。

当初春晌结婚，二姐去清坪镇办贺礼，想买床毛毯，那铺子就在幺姨家隔壁，二姐进去之前，看到幺姨坐在她门前的藤椅上，两手捧着一口药碗；幺姨手里，像永远都端着药碗，也不知她得着什么病。她红头花色，腿脚也强健，看不出有病，但她就说自己有病，年年月月地熬着中药，年轻时就这样，仿佛能经常熬中药吃，也是一种富贵。这话是二哥说的。其实在幺姨的一生中，是否也有迈不过的坎，行不通的路，我们并不知道。二姐闻到那药味儿很淡，证明药已凉了，但幺姨没喝，就那么浑嘟嘟地端着。

那是深秋，稀薄的太阳照着她，照出一种冷。

二姐进铺子里去，挑老半天，才选定一床又实惠又拿得出手的。出了铺子，见幺姨还是捧着那碗药。二姐走了，走几步又折回来，站到幺姨跟前去，问：“幺姨，你认不认得我呀？”幺姨轮她一眼，很生气："我就老成那样儿了？就认不得你花儿了？"她叫着二姐春花的小名儿。二姐说，她当时眼泪都差点儿出来了。幺姨喊那声花儿，太像妈了。实在的，幺姨跟我们母亲像极了，样子像，声音也像，如果模糊了母亲的面目，去见一见幺姨，就分毫不差地想起来了。二姐忍了泪，说幺姨，你的药冷了。幺姨说："管它的，我这病也不是一碗药两碗药的事。"二姐说："你愿不愿去燕儿坡耍几天啰？春晌十月二十八结婚……"话没说完，幺姨就腾出一只手来摇，摇得风快："不去不去不去，我又不欠你们家的。"另一只手里的药，泼洒出来，把二姐早晨才换上的新鞋，涴得像踩了一脚。

从那以后，二姐再没叫过一声幺姨。

我们也是。只是偶尔谈起她，才把幺姨两个字说出口，但那只是个称呼而已，就像叫一个人的名字。

但这时候，我却很希望是幺姨来了。

除幺姨和幺姨父，我们已没有一个长辈亲人。如同一颗洋葱，一层一层往里剥，剥到将自己暴露出来，接着就该剥我们了。被保护的渴望，到了成年，甚至到了中年和老年，也固执地残留着。这与其说是对死亡的恐惧，不如说是不想长大。无论自己的童年有多么不堪，却还是怀想，那时候，时光无限漫长，山花遍野开放，鸟群自在飞翔，那时候的热天，晒得身上流油，也不觉得热，那时候的冬季，冰柱子结成小罐粗，从山壁和屋檐挂下来，也不觉得冷，那时候你分明能感觉到，在悠远的时光里，总有一个时刻，门会敞开，未来会走进来。有长辈亲人在，就有童年在，没有长辈，童年就消失了，只任由光阴劈头盖脸地漫过。

十

不出所料，来的不是幺姨，是二姐夫妇和幺妹一家四口。

父亲灵前，不知何时放了两个蒲团，几人进去，跪在那蒲团上参灵。

秋月和华天两个小的，先磕了头，然后四个大人依次磕头。幺妹磕过头，站起来，转身朝门口张望。门口站着大群人。凡有人来参灵，村里人都围拢了看，连帮忙的也停下手，过来看谁磕头磕得好不好,看谁伤心不伤心。侯大娘是每次必看的,看了都要品评。“还是当女儿的至诚,”她说，“春花跟春英，就是要比方云跟先河屁股翘得高些。”先河露出长牙笑，笑着说：“侯大娘呢，言语都是针和线，串起来的都是是非，照你说来，我们这当女婿的就不诚心？你叫爸爸自己说！”

说罢笑得呵呵呵的。旁人也笑，随后耳朵咬着耳朵，说那侯氏，老都老球了，还是那搬舌头的德行！方云和先河磕头，两只手伸得倍儿直，手掌向上，额头触在两手之间，这才是正经磕法，侯氏还说不诚心！郑三儿立在她婆妈右侧，这时候乜了婆妈一眼。郑三儿在厨房帮忙，我跟大姐下午从灵堂出去，大姐也去了厨房，回到娘家，她就是客，进厨房并不做事，只跟郑三儿说悄悄话。郑三儿说，侯大娘现在，骂贵爸也没多少兴趣了，她现在的主要心思，是挑拨孙儿孙女跟爹妈不和。

侯大娘耳聪目明，旁人的议论，儿媳的眼神，她听得见，也看得见，但她视若无物。幺妹抬眼朝门口张望时，她又说：“春英在路上哭了的，脸都哭成了花野猫。”说着看住二姐：“春花没哭，出气儿都比你幺妹出得匀净些。”

这时候说你没哭，等于是说你不伤心，不伤心也就是不孝。二姐就来火气了，两腮顿时一红，眼睛顿时一竖，身体顿时一紧。幸好大嫂叫了声：“二妹，快来撕几张孝帕。”二姐跟大嫂走了，才遮过去，要不然，照二姐那脾气，“有你屁相干”一类的话，是当场就要骂出来的。

我以为幺妹是找她儿女，秋月和华天先磕了头，就找耍子儿去了。结果她是找我。她看见我，便挤过人群，拉住我的手，直往院坝外的僻静处走。

刚走几步，大嫂拿着孝帕出来，把幺妹拦住，给她缠在头上。我是早就缠上了。院里点着几颗百瓦灯泡，戴了孝帕的幺妹，影子拉得长长的，麻丝随风摆动，如同魅影。大嫂又递两张孝帕给她，说，去给秋月和华天戴上。幺妹却没工夫接，又拉着我走，直走到院坝底下的梯坎中央，上头的锣声鼓声，像变得远了，底下是深水一般的夜色，她才停住，扳住我的肩，摇晃着说：“三哥，你要相信我！”

我摸不着头脑。

“那天，”她显得急切而苦恼，“我对你说我不喜欢爸爸，是假话！”

说着哭起来，一口一声叫“爸爸”。

十一

大姐夫走上院坝，在院坝里忙活的，耍子儿的，都一片声招呼。大姐夫穿着背心，衬衣搭在手弯，满头满身的汗。杨津不怕开土路，把他送到了堰池沟才回去，他还是走出这么多汗。不过太阳确实也大，才上午九点多钟，晒在身上，就像针刺。论时节，不该热成这样子。大姐夫应答着，将就手里的衣裳，把脸和脖子抹了，又捞起背心，把肚子上的汗抹了，随即进了灵堂。

从灵堂出来，大姐夫挨个散烟。燕儿坡人都很习惯了他散烟，他烟抽的好，给他散，不好散的，因此都是他散出来。搭彩匠和阴阳师不是燕儿坡人，但都知道李光文这名字，今日见了，都很恭敬地接过他的烟，跟他说话。

早有人搭了张矮腿直背硬椅，放在阴凉处，请大姐夫坐。

阳光只落下东边屋檐，大半个院子都是阴凉的。

大姐夫坐了，就七嘴八舌问他：河里那死鱼究竟是咋回事？听说翻起来一条大鱼，长得像人脸？大姐夫说：听那些谣言！王晴光说，我就说是谣言嘛，真像人脸，就是人，不是鱼。他们还说那条鱼肉遭剔光了，可还上姿八好地活着。大姐夫又说：听那些谣言！利民问："放毒是真的吗？"大姐夫还没回，王晴光就气愤愤地，说还到我们这里查呢！我夹两砣卵子不嫌累，还跑下河放毒？众人都笑。喜鹊说："牛夹两砣卵子还犁田呢，你那卵子能跟牛比？两颗绿豆米米罢了。"又是一阵笑声。喜鹊却不笑，故作正经地说："查我们是查错了，查你晴光怕是没错，我们去厕泡尿，你就下河把毒放了。"

燕儿坡人通常不跟王晴光开玩笑，他有些牛心古怪，常把玩笑当真，身上戾气又重。可喜鹊偏偏作兴逗他。喜鹊是个快乐的人，他本名蒋强，得喜鹊这绰号，就因为随时叽叽喳喳地乐呵，在他看来，没有哪片天不向阳，人活一世，风刀霜剑，本就不少，不该再去自寻烦恼。

王晴光每次被他逗，都往牛角尖儿里钻，越钻越深，也越憋气，越冒火。再咋冒火，喜鹊也不恼。王晴光冒起火来，啥话都能出口的，有回他说："不晓得你喜鹊在欢喜啥子，想想你那爹！"喜鹊那爹年轻时替人作证，发誓说："我若是作了假证，双眼没落。"话音未落，两个眼睛就爆了，爆得像两颗鞭炮。这是人家一辈子的痛，是深入骨髓的家丑，即使侯大娘跟喜鹊吵架，也是被逼到墙角才骂出来。

大哥他们多次劝喜鹊，说你这家伙，不图打鱼，只图浑水，晴光那人，本来就是一池子浑水，你偏要去搅，搅出屎尿来，糊你一脸，你安逸？喜鹊想想也是，但改不了，王晴光翻出他爹的丑事，他也认，还说："各人有各人的报应，我爸也怨不得老天爷。"

王晴光竟也无可奈何。只是心里含怒，只要喜鹊惹他，他的话就开山劈石，锤锤砸出火星子。这时候他说："我这两颗绿豆，好孬还能种在地里头，还能抽个芽儿，结个子儿。"这又是一记重锤。喜鹊因父亲坏了家声，没个女人愿意跟他，做了几十年苕人。不过喜鹊要回，也并不着难，王晴光并没结"子儿"，只开了三朵花儿，都嫁到了河下游很远的地方。

但喜鹊又是那句："各人有各人的报应，我也怨不得命。"

十二

两个在那里架嘴，别的人就不满了。他们想听大姐夫说。是谁放了毒？凶犯抓住没有？大姐夫哼一声："抓个屁呀！要抓就抓公司。”说“公司”，就是指天然气公司。“是他们埋在河底下的管子漏了，污了河水，把鱼毒死了。河边的人说，有天晚上，河水冲起几丈高。”

听的人哦了一声，接着便很失望。

他们希望确实有人放毒，也有人被抓，觉得那样才有意思。

想当年，回龙镇动不动就抓个人，赶场天在镇上游街，然后拉到县城去，死刑犯和陪杀场的重刑犯，都送到西门操坝。人们至今记得，老君山的曾财，杨侯山的夏述国，沿河游了不下五个场镇，又去县城游过了，才送到西门操坝敲了砂罐；曾财是夏述国的妹夫，两人联手，做高骡子生意，就是拐卖妇女，达百余人，一律先奸后卖，且多是轮奸。

犯人游街和敲砂罐，是河两岸的盛大节日。可最近好些年，没有那样的节日了，出了个偷钻锚的张大超，也没游街，阴悄悄就关进了牢里。只听说，警察在嘉陵江截住他和同伙的船，同伙一个猛子扎进江里，张大超被摁倒，警察亮出证件，问他名字，他说：“张大超！”他已面无人色，报名时却不是报，是嚷，像“张大超”三个字跟他有仇，他要嚷得世人都听见，都知道他张大超做了贼。

在本地犯事，还能听闻一鳞半爪的消息，去外地犯事的，坐几年牢，甚至敲了砂罐，也没个音信，直到他家人悄无声息地去往远方，领回一个骨灰盒，才知道他死了。怎么死的，家人不是瞒着，就是撒谎。撒谎方便得很，自从出门打工，那种小小的盒子，就时不时被领回来，煤矿透水，摔下脚手架，掉入窨井，撞了汽车，当然也包括犯王法敲了砂罐，等等，都能得到那样一个盒子。前些天鸦雀梁才领回一个，那人在木材厂上班，那天他在工作区给同事讲笑话，还没开讲，自己就笑得不行，电锯上飞出一片比拇指略宽、比纸张略厚的木屑，端端正正插进他喉咙，送进医院，已经死了。比他稍前，野蜂村也领回一个，那人在橡胶厂，爬上楼梯装灯泡，脚底一滑，掉到履带上，从滚筒出来，就成了块板子。

以前只见过棺材，没见过骨灰盒，现在见得多了。每个骨灰盒都安静得像块土，装进那盒子里的人，死在他乡，他们的故事，也讲给他乡，与这片祖居的山水，关系日渐稀薄，稀薄到像是没有关系。从这个角度说，不见人被抓和游街，就很失望，倒不仅仅是看客心态。

失望一回，利民又问："公司毒了河水，未必就算了？"

大姐夫说："别人咋想我不晓得，反正我要找他们事问。开采这些年，杨侯山的果树不开花了，母猪不生儿了，粮食蔬菜也大量减产，再过些年，怕是连人也下不起种子。"

听的人惊叹一声，做出很焦虑的样子。

当初，对河二面的两架山都勘探了，偏偏只在杨侯山找到天然气，本以为都是石山土山，结果人家成了金山银山，就咒骂老君山咋这么不争气，又责怪自己先祖，分明过条河，就黄的是金，白的是银，圆的是珍珠，放光的是宝，偏偏不过那条河！现在听光文这一说，发现还是住在老君山好。可是不对，刚才光文说要找公司事问。找事问就是要赔偿。谁都知道，李光文总能想办法从天然气公司弄钱，李家岩人人都得了好处。这好处老君山人得不到，可见还是住在杨侯山有福。

这是无可奈何的事情，只好丢开，又问别的：听说国家对山林有补助，是真的吗？

“都补助十多年了，”大姐夫说，“未必是假的？你们领了钱，还不晓得钱是从哪里来的！以前，你们进自家柴山，想砍棵杉树就砍棵杉树，想砍根柏树就砍根柏树，现在行不行？树蓄起来，鸟也多了，云也来了，雨水也跟着充足了，我们这一带，近些年没发过旱灾，老君山的龙眼潭沟，杨侯山的鹰嘴岩水库，水一直平着堤岸，不是太阳比以前萎了，是山青了，树密了，林子大了。国家不让砍树，但给每家每户补了钱，这是国家的好处，你们拿了钱，也要记得国家的好处才对。”

大姐夫说完，问的人就笑。利民说：“兄弟耶，我们要是拿了半个子儿，也往心里记，可是连补助这件事，也是最近才听说。燕儿坡的几百亩山林，补助款全是村委会几个干部签字领了。”大姐夫瞪了一下眼睛，不言声了。燕儿坡的几个村干部，有的住在棉花地碥，有的住在杨树台，恰好都不在这里的几层院落，但大姐夫也不好议论他们，毕竟同为官，常言说，同僚三世亲，既有恁深的渊源，本身也不该随便议论。

搭彩匠所在的猴子岩村，跟燕儿坡一样，国家的补助，全让干部私分了。国家拨款修路，干部住的地方，哪怕只住着他一户，也先不先修到屋门口，没干部在那里，分明有几层大院子，也荒着不修，钱又不知去向。搭彩匠一边在膝盖上垫了块破布拉竹青，一边对大姐夫说：“李书记，我一直没弄明白个事。我们都认为国家好，可要是国家用的干部，尽是贪污犯……”利民连忙打断他：“老赵你乱说，光文就是好干部！”搭彩匠脸一红：“我晓得李书记好，回龙镇哪个不传李书记的好？我是说我们村的干部。我们当老百姓的，眼窝子浅，只能通过村干部去看国家，村干部好，就是国家好，村干部不好，就是国家不好。我这说法有道理没得？”利民又把话接了：“有道理！我们燕儿坡跟李家岩，就像两个国家。”

然后又说到啥时候用八抬大轿，去把大姐夫抬到燕儿坡来当书记。

大姐夫正不知怎样答言，院坝外的梧桐树上，传来炸的一声。是利民的儿子在调试高音喇叭。机器是阴阳先生刘显文的，放在大哥的虚楼上。大哥的虚楼，半边堆了二哥从他那间屋腾出的苞谷壳，另半边空着，傍梧桐树。那一声响过，喇叭里便传出哀乐，“当当当当当……”这声音要传到很远的地方，杨侯山的好几个村，都能听见。他们听见这声音，会说：“噫，老君山又死人了。”正如老君山人听见杨侯山的哀乐，会丢下手头的活路，望着那边说：“噫，杨侯山又死人了。”

刘显文走到利民身边，咕哝了几句，利民便急匆匆去往大哥的虚楼，紧跟着听见他喊：“特务、许兴、狗屁、石头，拿上杠子和绳子，去堰池沟抬冰棺。”

连喊三遍，才又把哀乐续上。

搭彩匠笑起来：“你们这里人，名字还好听呢。”

特务是个十八九岁的小伙子，因从小弱视，戴着眼镜，得了这外号；也因为弱视，出门打工，都没人要。狗屁家里是当年的成分人，母亲给他取这么个名字，为的是让大家喊起来顺心顺意——相当于喊他一声，就骂他一声；他也没出门打工，从不出去，他信命，说“命里只有八角米，走遍天涯不满升”。石头是利民的儿子，出生后多灾多病，他奶奶侯大娘随口叫了这贱名儿，说取贱名好养，石头没辜负奶奶的心愿，长成了个大汉子。四个人都有劳力，尤其是狗屁，他爸爸死得早，当年，公社干部冬天怕冷，都让成分人背柴上街，他们好烤着火上班，狗屁还是一把嫩骨头，就能背一二百斤，光着脚丫子，踩着没膝深的积雪下山，练就了一身好体力，后来又做了杀猪匠，一般的肥猪，他能搂在怀里就把血放了。

冰棺也是刘显文经营的，他在镇上开着个冰棺铺子，正如中心校的桂老师有一整套餐具厨具，刘显文有一整套丧具，租用以天计。那东西很沉，块头又大，摩托车拉不上来，要用卡车，卡车竟也送到了堰池沟，可见在回龙镇，车技好胆子大的，不止杨津。

十三

几人刚下梯坎，达友上来了，左手拎一桶油，右手拎一桶酒，脖子上还挂着个沉甸甸的塑料袋。大姐和燕子见了，赶忙去接。这是达友今天往镇上跑的第三趟。还要跑，去大姐家拉鸡，以及花筒和矿泉水。花筒是夜场那天放，矿泉水是每顿开席前发给客人。山里的水都是泉水，燕儿坡有井，以前是挑井水喝，后来是牵根管子，从渠堰上接水，渠堰从水库下来，水库里雨水少，泉水多，像龙眼潭沟，就有小罐粗的几股泉，终年不断，所以喝堰水，照样是喝泉水。但而今待客，都是买矿泉水，不买，就没品位，就被看不起。

达友还有那么多事，东西一卸，转身又走了。大姐把东西接进屋，出来对我说："去吃李子，达友在杨树台摘的李子。"原来他挂在脖子上的，是大包李子。大姐拉着我往伙房走。伙房也设在大哥家，二哥家和兄弟的老房子，主要是烧茶水，堆杂物，还要尽量腾出地方，多设铺位，供阴阳师、搭彩匠和远路客人歇宿，到了夜场那天，亲友们请来的丧舞队、狮子队、哭丧队，通夜轮番登场，上场前和下场后，都要休息，不然根本累不下来。

大姐拉我走到大哥的阶沿，瞅一瞅近旁没人，便站住了，细声说："我冷眼看去，达友还可以嘛，不是他们说的那样嘛。"

大嫂二嫂弟媳郑三儿，另外还有几个妇人，都在伙房里忙，理葱，剥蒜，刮洋芋皮，洗的洗，烧的烧，切的切，眼里见的，都是妇人的手，那手不是泥巴糊漓，就是泡得发白。厨师独立灶旁，在煎油锅、炸滑肉，那是要拿火候的，是技术活。侯大娘也到了厨房，蹲在柴屹崂，忙手忙脚，往火塘里架了柴，又往灶孔里架，鼻翼两侧，粘满黑灰，嘴上也是，像长着胡子。是她刚把灶孔滑出的柴块入进去，转手又擤鼻涕。

燕子和秋月在洗李子，满满一瓷盆。李子昨天还青格格的，才过了一夜，就粒粒黄熟。洗了，燕子给厨房里每个人抓了一把，腾不出手的，就揣进他们荷包。然后燕子问："二姑跟幺姑呢？"大姐说："在伙房来问你二姑！"是说伙房里的事，二姐从来是能躲就躲，今天有这么多人帮忙，而且她是客，自然早溜空躲了。

秋月说："二姨和妈在一路，我晓得地方。"

说着端上盆子，要去找，并嘴一嘟，对我说："三舅舅也去。"

我也是这样想的。自秋月上来，我还没跟她好生说过话。她不服爹妈管，但我对她说话，同意的，她说晓得，不同意的，就不言声，不会像对她爹妈，马上翻脸。我每次回老家，只要不是太急，都会坐了船去清坪镇，到学校看她姐弟，她给老师和同学介绍，都说："这是我三舅舅。"把"我"字说得特别重，特别甜，像我是她一个人的三舅舅。许多时候，还直接说："这是我舅舅。"像她只有我这一个舅舅。我也很疼她。这女子，单是生的那模样，就招人疼，何况是幺妹的女儿。她读书读得晚些，快满十六，下半年才上初三，她跟她弟弟成绩都相当差，上不上学，似乎无所谓，外公的丧事，像清涟、朝晖、聪儿、天天、豆豆他们，都是周末来，然后是夜场那天必到，但秋月和华天，干脆就请了假。她完全不像没满十六岁的样子，跟燕子差不多高，又比燕子丰润，眼睛如柳拖烟，很多情，那颗滴泪痣，满满当当盛下的，都是情。

见我答应同去，秋月欢欢喜喜领我走，没想刚迈步，她就绊倒了。

大哥这伙房，一半是土，一半是楼，楼板直接跟虚楼相接。当初修这房子，山里的树不是砍来烧了，就是锯来卖了，尽是些碗口粗的嫩树，还不直，割出的木板，又细气又拧巴，楼板镶得龇牙咧嘴。秋月的鞋跟插进裂缝里去了。

燕子去拉她，结果踩碎几颗李子，李子核一滑，燕子也跟着倒下去。

地上到处湿着，又灰扑扑的，两姐妹滚了一身泥水。

伙房里笑声四起，侯大娘笑得又擤了两把鼻涕。

秋月一脸的委屈，她的鞋和衣，都是刚买的。

燕子却笑得不行，尽管她也是穿得一身新。燕子说："妹妹不怕，反正你带了衣服来，你去换下，我马上给你洗了。"大姐见她们只顾说话，笑着骂："还不起来，多好看啰！"燕子爬起来，才发现脚颈硌出了血，便吐着唾沫往那里抹。秋月没伤，却要人拉。大姐就站在她身边，偏不拉。大姐见不来她那娇滴滴的样子。我去拉时，大姐说："惯使嘛！怪脾气都是惯使出来的！"秋月被我又拉又抱，才起来了，猫在我怀里，哀怨地望着她大姨。侯大娘见了，笑两声，盯住秋月说："她还恨她大姨呢。"郑三儿别转了脸，本不想说话，还是说了："人家是向她大姨讨乖，哪是恨？就你看出来是恨，我们都没长眼睛。"侯大娘被儿媳抢白，一句反驳的话也没有，只说："养娃儿就是不能养娇了，要泼丢泼养的才好。"

秋月去换衣服时，燕子蹲下身，捡撒落的李子。

没剩多少了，好些从板缝漏了下去。楼板底下是猪圈，要在平时，进屋就能闻到猪圈的气息，今天闻不到，是因为人世的气息更浓烈。

燕子捡了李子，又伏到缝隙去看，看了哈哈大笑，说猪在吃李子，三条猪围成一圈，吃得笑眯眯的。"还体面呢，"燕子说，"洗老半天，结果是给它们洗的。"可接着又担忧起来，说猪不晓得李子有核，硌缺了牙齿咋办？"听球不得！"大姐说，"你带它们去找梁波儿嘛。"梁波儿是镇上的牙医，大姐牙痛那些年，踏烂了他家的门槛。

燕子又笑，笑着把李子重新洗过，挑出好的，给她大姑和我；又挑出好的，给秋月留着，自己吃了最小的一颗。然后她去洗脸架上，拿了衣刷，将就面盆里一点儿残水，刷了裤腿和肘弯，拉开后门，把水往下一泼。后门外是堡坎，底下有个小小的土台，长着几棵核桃树，树下卧着三五只鸡，水泼下时，鸡们错愕失惊，咯咯乱鸣。其实水很少，泼出去就碎了，听不见水响，只听见鸡叫。

这时候秋月换了衣服出来，接了李子，把脏衣递给燕子。大姐恨她一眼："你姐姐说给你洗，你老实就让她洗？你自己没长手？"秋月又是雾蒙蒙地望着她大姨，小口吃着李子，不言声。燕子说：

“大姑呢，人家是客呀。”大嫂也帮秋月说话。

燕子拿了瓢，准备从缸里舀水，厨师却暴吼一声：“敢动！”厨房需水量大，架两根管子从堰上接，也是半天接不满一缸。燕子连忙把手缩了，做个鬼脸。她本以为，一件衫子，一条裙子，在面盆里洗了就是，不必去堰池沟。现在只能去了。

“我妈跟二姨也在那里。”秋月说。

燕子说你不早说，早说了开始就去，也免得遭凶那一声。

厨师就笑。厨师姓蒲，名叫蒲根，也是从外村请来的，好手艺，能操持三五十桌大席，不仅味道好，他要老板备的料，一场席办下来，即使剩，也剩得不多。老板就喜欢这样的厨师，不浪费。只是肉切得厚。这在先前是个毛病，虽然也能为老板挣面子——老板左手要了面子，右手捧着心痛；现在不差那点肉，切厚些，就无所谓了。要说蒲根真有什么毛病，是性子左，脾气大，东西备慢了，缺二缺三了，没按他的要求办货了，他就几十年的老脸也不顾，妈天妈地噘人。据说他做厨时，即使他爹妈给他打下手，不合他意，他一样乱骂。一旦上了灶台，他就是皇帝，就是“朕”。

燕子把衣服装进盆里，搁在胯上，一只手稳住，出门。秋月便挽着我，同去堰池沟。大姐也跟来了。侯大娘在厨房，她跟郑三儿反正也说不上什么私密话。

十四

在这样的时候，离开院坝，离开人群，就像是一场郊游，清净，轻松。燕子走在前面，大姐赶上去，和她细声说话。我也跟秋月说话，我说，一个人不管多厉害，终归得服个人管，你不服你爹妈管，还闹到你爹妈不敢管你……她嘴一翘：“从小就没带过我，为啥子要他们管？不敢管我,也是他们心里有愧。”我说：“你这话也没错，但也要想想，爹妈把你跟弟弟交给外婆，是不得已，要出去挣钱，你看你身上穿的，都是牌子货，哪一样少了几百块？再看你爹妈穿的，全是地摊货，买你的一件，要买他们的十件，他们不打工，你能这样穿？你又是个爱穿的，给你地摊货你穿不穿？”她直截了当地回答：“不穿！”我说：“吃好的，穿好的，你想，别人也想，你爹妈同样想，可总得有来路，天上不落，地下不生，就得靠两只手。你不体谅爹妈的辛苦。他们对你们姐弟有愧，证明他们的辛苦不光在体力上。儿女都是放在手板心疼的，未必他们不想带你？你恁漂亮个女儿，哪个当爹妈的不想带在身边？”

听见说她漂亮，秋月看着我。

那雾蒙蒙的眼里，少的是快乐，多的是愁绪。

我又说：“这方面，你要向你弟弟学，你弟弟就不像你，老觉得自己受了委屈。”她扑哧一声笑起来，说她弟弟经常骂爸妈，“他才会骂人啰，比一个女娃儿还会骂。只是不敢当着骂。当着爸妈的面，他那嘴巴甜得！我弟弟最狡猾。”我问骂啥，她摇着手：“我才说不出口。”我说我问的是为啥子要骂，她说：“骂他们心不平。爸爸说，女儿富养，儿子穷养，每年只给弟弟买两套衣服，给我买四套，弟弟的衣服都是超市买的，我的是精品店买的。”

大姐和燕子在前面站下，是在等我们的样子。

我和秋月赶前去，大姐对我说：“我刚才问了燕子，达友对她好。达友在外面也不是偷懒才不做活路，是有一阵手伤了，养了几个月。既是这样，也就没啥说的了。只是盛军那里……前些天盛军还给我打电话，叫我帮他把燕子挽回来。我骂了他一顿，说这事只能看你自己的表现，我咋帮你？”

秋月撇一撇嘴：“还挽呢，达友哥哥好得多嘛，长恁帅。”

大姐转脸恨她：“你晓得你妈个狗屁！”

燕子说：“帅不帅，也当不得饭吃，只是达友确实对我好，我稍微吵身上痛，就叫我休息，把饭碗递到我手里，还给我按摩。盛军才不会。这些也不说，我跟妈一样，不是个享福的命，晓得要从骨头里挣出来的，才做得了肉，所以有活路做，我还欢喜些，去做传销那阵，看起来天天笑，其实心里焦。我考虑的是……你们不了解盛军那人，他现在求来求去，想跟我和好，真的和好了，他又有话说了，说我跟他分开这段时间，去和别的男人好了。”

大姐脸一横：“他好意思说这话？事情不是他先做出来的？”

燕子哼一声：“他才不管。他说男人跟女人不一样。他长期都是这话。”

大姐眼神沉下了。

或许，大姐夫也对她说过同样的话。

天底下许许多多的男人，可能都说过这话。

大姐把走了的神思收回来，抿了抿嘴，细声叮嘱燕子：“只是你要去当别人的后娘。后娘不好当，那不是你身上掉下的肉，隔着肚皮，近不了心，你对他冷了，说你眼里没他，对他热了，说你装样子给人看。有了错处，千错万错，外人谈论起来，娃儿都没错，错的都是后娘。你自己要经意些。”燕子说：“我晓得，大姑。”

我们家祖坟周围，长着竹林，路从竹林中穿过。路的下方，隐着别人家的坟。从竹林过去，果然看见二姐和幺妹坐在堰池边。堤岸浅草平铺，里侧生满黄荆条，外侧长棵黄桷树，枝丫横逸，翠盖如云。姐妹俩坐在树下，小声说话，见到我们，忙停了，叫过去歇凉。燕子蹲到龙眼旁的石板上洗衣服，我们走到树荫里。大姐问："啥时候出来的？"二姐说，早就出来了。大姐又问她们摆些啥子龙门阵，幺妹扫了一眼二姐，说："还不是摆爸爸。我想起我那小时候，春节回燕儿坡，不管是哪天回来，也不管是哪个时候回来，爸爸都在河脚等我，证明他从腊月三十开始，就天天往河脚跑。把我接到，硬要背我上山，我长到十多岁也这样子。"说着眼睛一红。

于是，几姊妹又说起父亲的那些往事。大姐说，当时把幺妹抱养出去，父亲说一年过后就领回来，大姨离那家人近，说人家养得好好的，才没去领。幺妹听着，眼睛又红一下。大姐接着说，母亲死那年的十月间，父亲进山砍冬柴，打早去，太阳下西山也没回来，我们吃过了饭，就让我给父亲送去，父亲见我瘦成一抓筋，说："我不饿，你吃了。"我果然抱着那碗，将半碗稀饭几口就喝得精光。那时候只吃两顿，父亲这一整天，就再也吃不成。又说父亲送我上学，送到半山，怕我看见他不走，就躲到树下，我走了老远，他才离开……

这些事，以前也说，都是当成笑话说的，现在却别有一番滋味。

哀乐一荡一荡的，从村子里传过来。

在这人世间，那个最心疼你的人，死了。

十五

二哥已把祭文写好，在喇叭上哭唱："万民噤口，山川肃静……"其间，我们在堂屋绕棺。从这天起，阴阳先生锣一响，孝子就得齐聚灵前。说齐聚也不确当，有的要忙活路，有的还没回来。孝子排成一列，各举三炷柏香，领头的不举香，只双手拄着孝棍，孝棍是用什么做的，也看不清，周身缠着白纸，长不足一米，拄着它，需把腰折叠。在阴阳先生的锣声鼓声和经声里，孝子移着寸步，绕棺而行。

父亲睡在冰棺里，棺罩透明，我们能看见他，要是脸上没盖黄裱纸，他也能看见我们。不知是光线的缘故，还是阴阳本就如此悬隔，父亲像是躺在很深很深的地方，深到只能遥望。

刘显文率领他的徒弟，每诵上一段偈文，就唱歌那样喊一声："叩——首——"孝子便扑下磕头。接着是道白似的念经声，念得又轻又快，正努力想听清念些啥，便是一句："平——身——"赶忙爬起来。没动几步，又听到喊："再——叩——首——"又扑下去磕头。磕了头起来，膝盖还没打直，在繁密的钟磬锣鼓声里，又传来沙哑的指令："三——叩——首——"循环往复。

这么一趟下来，得四五十分钟，孝子们个个汗水淹了脸，特别是拄孝棍的，脖颈上窝着汗，腰弯成虾子，老半天直不起，呻吟着，像是要痛断了。按理，拄孝棍该是老大，也就是大哥，但大哥忙得脚不沾地，二哥又做礼生那套活路，就落到大姐夫身上。他不仅直不了腰，还身着重孝——我们只戴孝帕，他则头披经巾，身裹长衫。那长衫同样是刘显文租出来的，租来租去，不知被多少人穿过，前胸后襟，都看不出白，只留下了白的感觉。有些拄孝棍的，腰痛得实在不行，会伸一伸，但大姐夫自始至终那么曲着。

除领头的有讲究，别的孝子随意站位，大姐夫之后是大姐，大姐之后是二姐，二姐之后是秋月，秋月之后是华天，华天之后是我，我之后是幺妹、燕子、小兰等人。小兰是今天上午来的。每次磕头，秋月都只蹲一下，是怕弄脏了衣服，还得随时担心华天手里的香烧着她：不怕烧着肉，就怕烧衣服。华天磕得很卖力，见姐姐不跪，去抠她脚踝，秋月反过手，拍了一巴掌，刚好拍在华天脸上，只听啪的一声。华天说："哎哟。"但不想出卖姐姐，又说："这个蚊子！"后面的人便笑起来。听见笑声，大姐夫愤怒地扭过头，恨一眼，又双手握棍，缓缓移动。见他那副将人背横成马背的样子，又笑。大姐笑得最响。大姐一笑，二姐和幺妹也笑。幺妹戳一戳我的腰，让我看大姐夫。只能看见被白布裹起来的肥大屁股。

笑声一直往后传，把阴阳先生也逗笑了。

锣声一收，算是告一段落。孝子们长出一口气。

还没出灵堂，大姐夫却顾不得腰痛，就双手扶住冰棺，发了很大的脾气："你们晓不晓得为啥子绕棺？为啥子磕头？那头不是给爸爸磕的，是给阎王磕的，给菩萨磕的，为的是替爸爸赎罪，你们晓不晓得！"

十六

他这脾气早就想发了。

父亲出院，完全不听他的意见。虽说出院前也给他打了电话，却是找他安排车。昨天夜里，听兄弟讲了父亲的死，他说："我不想听你们说那些,反正你们早就想他死。"当时大哥大嫂、二哥二嫂、兄弟弟媳，包括大姐和我，都在场，大哥咳了一声，二哥黑着脸，兄弟那嘴皮子颤动着，弟媳扭着脖子。许多家庭的结，几年、十几年乃至几十年地园着，往往在父母的丧事期间，就爆发出来。当场者乱，隔壁心宽，大姐怕起了争吵，暗里逗人耻笑，再说，猪吵卖，家吵败，若有心查访，会发现，父母丧事期间吵架的，过后几乎没一个走了向阳路，大姐为这担着心，同时也觉得，大姐夫出言过重，便眼睛一恨，对大姐夫说："没嚼的！你怕是酒噇多了！"

要在往常，大姐恨了，骂了，大姐夫不会再多话，可这时候，一来晚饭时确实带了杯，二来念及父亲当年不嫌弃他，还认定他有出息，现在父亲死了，他心生悲感，就依风作势，越发地高声大气起来，说父亲出了院，苟院长连声叹气，脑出血虽说不好治，也不是不能治，家里大挺挺一堆儿女，就不能再给他治一治，硬要把他弄回来送死。

二哥听了，说："车是苟院长安排的呀。"

是说，父亲出院，苟院长又不是不知情，何必要等到人出了院才叹气？

大姐夫说："儿子让爹出院，未必苟院长拦着？他是医院院长，不是法院院长。"

二嫂去拉二哥的衣袖，给他递眼色，是叫他别再接腔。

二嫂那心思大家都明白，是提醒二哥，这是几兄弟的事，不是你一个人的事，你何犯于为大家的事去把光文得罪了？何况又在他那里借了钱呢。

办这场丧事，三家的钱根本不够，又各找大姐夫借了六千。本想找我借，想到父亲治病全是我出钱，不好开口，就找了大姐夫。

大姐夫见不来二嫂那样子，当场把她揭穿，说二嫂你想多了，我不是因为借了钱才有气。我借钱给你们，并没想你们记情。又不是一天两天的交道，含着骨头露着肉，各人啥德行都晓得，钱拿到手，你们对我给个笑脸，转过身，我又周身都是毛斑。

这似乎才说到大姐夫真正要说的点子上，他脸涨得通红，有一肚子的火要发。

但是利民进来了。

上午说到山林补助的事，利民就想弄清还有些啥政策。燕儿坡的干部，把“知道”当成权力，知道政策当然更是权力，含在口里，不向老百姓吐露，电视里看嘛，只有中央的政策、省上的政策、市里的政策，至多，能看到县里的政策。

镇政府的办公楼，倒是越修越体面，那办公楼在上街，本来平平展展，房子也是建新街时才起的，硬是拆了，拆成一包渣，去老街尽头取了土，堆出几丈高，在那高处建了四合院的红砖洋楼，从山里挖来一棵百年榕树，栽在院子正中，一侧造了假山，池子里养着金鱼，四周种了紫荆、垂柳、芭蕉和各类花草。楼房前，砌着九十九步石梯，老百姓去找他们，先得仰视。而今留守故土的，老人居多，抬头一望，腿先就打战，不敢上去了。楼厅的两面墙上，标示着各个部门，林业、水利、河运、防灾减灾、信访接待、有线电视收费、食品安全管理，总之五脏俱全的，工作人员进进出出，像是很忙，却不知道在忙些啥。

利民对此疑惑，趁夜里有空，来问大姐夫。

一说到这些事，大姐夫立刻转换了心情，把前面的事忘了，火也没发出来。

直到绕了这场棺才逮住机会。

我们都不作声，让他发够。

大姐听了，就像她自己开始没笑一样，顺着大姐夫的话教训说："爸爸现在自己动不了，啥都要靠后人，菩萨也是看我们后人，磕头就认真磕，做事就认真做，莫再嘻二呵三的。"

二姐和幺妹对了下眼神，把头低了，是怕笑出来。

其实大姐这话是说给阴阳听的。孝子们笑一笑，就说是不懂事，你阴阳先生是吃这碗饭的，怎么也跟着笑？大姐对阴阳早就不满了，她发现，阴阳摆一本书在面前，却不挨着念，而是跳着念，好几次翻书，都是指甲一揪，就揪厚厚一沓过去。

刘显文是个聪明人，一听就知道首尾，装着有人喊他的样子，一步跨出了灵堂。

大姐夫沉着脸，点上一支烟，也出去了。

我们稍稍落后一步，跟着出去。

院坝里已摆上若干八仙桌。

客人越来越多，席桌要陆续铺设。

饭前饭后，那桌子就用于打麻将。打麻将比吃饭还积极。帮忙的人，最紧要的活路已经做了，抽得出空过牌瘾，连大哥和春晌，也时不时上桌搓几把。

大姐夫当然不会凑这种热闹，真要去凑，别人也不让他凑，都知道他是跟镇领导和老板们混的，还常去县城的茶楼，关在包间里玩大牌，而他们，只能玩"鸡屎牌"。玩惯大牌的，打鸡屎牌就无所顾忌，免不了乱出张子，而你却小心翼翼，俗话说软怕硬，横怕愣，愣怕不要命，狭路相逢勇者胜，无所顾忌和小心翼翼相遇，赢的总是前者，而他赢个三几百，全不着在意里，你却想着输那三几百，能买几多肥料，能给婆娘娃儿添几多衣物。所谓宁撞金钟一下，不打破鼓三千，先得有金钟给你撞，没金钟可撞，就只能打破鼓。

十七

大姐夫不打牌，二哥也不打。

二哥从来就不打牌。先前，他闲下来就看书，后来不看书，就睡瞌睡。这几天，他戴着眼镜，在他的案前忙碌。

他在自家一间卧房里，设了书案，那卧房在大门侧边，傍阶沿，是一整面格子木窗，书案就放在窗下，案上堆着白纸，裁出各种形状，交叉着往上摞，空处，放了钢笔、毛笔、马克笔，还有一口装墨汁的碗，那碗被毛笔舔来舔去，舔得周身黑，黑浸了骨，已看不出本相。挽联写了，祭文写了，还需写的，主要是客祭文。

客祭文几乎是个无底洞，比如我是个客人，我有那个心，想下个祭，就去找二哥写，写了，还要请他哭唱。十个客人请他写，他就要写十份，百个客人请他写，就要写百份。客人跟亡人，关系不同，亲疏不同，下祭的因由不同，腔调是相当难拿捏的，因此客祭文比正祭文更难写。写正祭文二哥不费什么工夫，写客祭文却要仔细斟酌，不改三遍，就不定稿。要是在别人家，写一份客祭，给他一包烟，三十块利市，他去哭唱时，再给一包烟，这是规矩，当然没有人这么见净，非要两包烟分开给，都是去请他动笔时，就一起给了。为自己父亲办丧，钱是不好收了，烟还是给的。

目前已写过九份，大姐夫的干儿干女就占了八份——他们都已经来过，又回去了，等夜场那天再来；我县城的朋友占了一份。

我的那些朋友去医院，不见了人，便打电话问，我只能实说。谁想他们竟开车吊丧来了。他们从没到过燕儿坡，开到回龙镇，问了路，就一路开上来，不知道枫树垭口这边的路况，径直朝前开。算厉害，两辆车快开拢堰池沟，才有一辆栽进了秧田。个个吓得面无人色。其中两个女子，也就是叫我“哥哥”的女诗人，参了灵出来，就急着小解，问一旁的郑三儿：“洗手间在哪儿？”郑三儿蒙着。又问二嫂，还是蒙着。燕子听见，才跑过去，把她们往厕所带，对她们说：“我们这山上，没有洗手间，只有茅厕，问茅厕她们才晓得。”说着进了畜棚，只听轰的一声，眼前鸦黑，是苍蝇和蚊子闻到人气，集体起飞，准备轰炸。

这边谭瑞松、独辫子等人，跟着我转院子，见二哥坐在窗下，面前放着纸笔，知是礼生，就说要个客祭文。瑞松出身农村，知道农村的规矩，独辫子虽生在城里，却常往乡下跑，同样知道规矩，便摸出钱来，问我们这里请礼生写客祭，给多少利市，我忙拦了，说这事我来处理。瑞松又摸出两包烟，依然是他弟弟给的特权烟，只是一包已经拆封，独辫子又把他拦了，说给你那烟可惜了，我这里有，于是摸出他平时抽的，也就是六块钱一包的那种，而且只有一包。我说一包就够了。我拿着那包烟，进去对二哥说了。二哥听见是我县城的朋友，说要啥子烟呢？见那烟只比他抽的稍好，且只有一包，就没多言。

我出来继续陪他们，二哥在那里写了，改了，便拿着一张纸——

因为纸上写着祭奠和告慰逝者的话，就不叫纸了，叫疏头——二哥拿着疏头，去灵堂哭唱，朋友们跟着，站到灵前，垂首而立。

只独辫子没去。参灵时他就没去。他前两天做了个梦，梦见一人从远方走来，裤子垮到膝弯，一路拉着稀屎，到他面前，虽没再拉，屁股上却还粘着。文化馆有个老先生会释梦，去请教，老先生说，没甚大事，只是近一月内忌望病，忌吊丧。即便如此，他也来了。我跟他聊着天，客祭文也下结束，瑞松出来，说这个礼生有水平，不从我们的角度写，只从春明的角度写，把对老人家的怀念，把我们的情谊，都照顾了。我说那是我二哥。瑞松说："难怪！"独辫子朝我鼓了下眼睛，想说什么，没说出来。我知道他的意思，是瑞松给烟时，他说那烟给可惜了，早知是我二哥，就不说那话了。独辫子早就注意到贴在灵堂外的挽联，还拍了照，以为是我写的，这时候指着问："不可能那也是你二哥写的吧？"我说从文到字，都是他写的，独辫子便点着头，说麦苗是一窝一窝地生，文人是一家一家地出。

说了一歇话，瑞松递给我一个信封。这是他们几个凑的份子。这种钱我是要收下的。我刚揣进裤兜，瑞松便起身说："春明，我们回去了。"

连饭也没吃。

其实我也不想留他们吃饭。

桌子油黑，抹帕油黑，连筷子也黑不溜秋，且辨不出头尾，备餐的时候，筷子是直接往桌上一搁，盛饭的盆子，也不知平时是用于洗脸还是洗脚。客人就餐时，专门有人添饭，但不叫添饭，叫添粉子，是怕客人吃过一碗，想再吃一碗，会说："我要饭。"叫花子才说要饭，说“我要粉子”，就避了；那添粉子的人，牙齿焦黄，指甲黢黑，分明端着饭盆，却大声说话，并相互开着玩笑，是又说又笑，有时还笑出眼泪鼻涕，便腾出一只手来，去揩。

如此景象，男性朋友见了，倒也罢了，那两个女子，一个是县城土著，一个是市里的，研究生毕业分到我们县，哪见过这种阵仗。燕子把她们带到茅厕回来，悄悄把我拉过一旁，笑岔了气，说两个人打死都不敢进猪圈，就在猪圈外面蹲了，要不是吓傻了，憋急了，猪圈外面也不敢蹲，那苍蝇往脸上扑，蚊子往屁股上扑，从头到尾，都听见她们啪啪啪地拍屁股，可越这样，越是解得断断续续，结果拖了更长时间。上到院坝后，两人再没说过一句话，只时不时喷一下鼻子，是想把那气味喷出去。如果再让她们见识一下吃饭的场景，几乎是不人道的了。要是她们看我脸面，强吃几口，更让我心里含愧。

因此瑞松一说走，我马上起身送。

大哥、大姐、大姐夫和兄弟跑过来挽留，反而是我叫别留。

大姐夫散了一圈烟，他们便上路，我们跟着。因为一辆车栽在田里，利民又去广播上通知，让抬冰棺的几位，拿着杠子、绳子，去把车拖起来。

拖车的时候，瑞松又说县里不重视许春明恁大个诗人，连他老家的路都不修好。我连忙把他拦了。幸亏旁人发着喊，没听见他说啥。我知道自己没那么重要。天底下的诗人，都没那么重要。

见车摇摇晃晃开远了，我们才回。

我心里添了分外的沉重。

我似乎是从他们眼里，看到了我真正的故乡。

十八

大姐二姐和幺妹三家，准备合写一份客祭，今晚哭唱。今天是周五，李志、青梅要带豆豆来，丽丽跟培亮已下了火车，二姐的儿子儿媳坐的那趟车，也快在市里进站，几个钟头后，就能赶往燕儿坡，到晚上，三家就齐了。

我送走朋友后，大姐夫去给二哥说下客祭的事。这事完全可以让大姐去说，但大姐夫从不会因为跟谁闹了不愉快，就回避那个人，恰恰相反，越是闹过不快，他越是要凑过去。把事情说了，大姐夫摸给二哥两包软中华。这么好的烟，二哥很少抽到，可他却不收，说你抛撒大，你自己留着。确实抛撒大，大姐拿来几条，自己又揣几包，现在却没怎么剩了。

二哥不收，大姐夫硬要给，说没事二哥，我给青梅说了，叫再给我带来。说着，把两包烟揣进二哥的荷包，又揪出一支散的，递到二哥嘴上，还为他点了。烟子出来时，是很重的蜡黄色，很快变得又轻又白，从格子窗飘出去。

二哥有那么多事情做，所以一直在忙。客祭文只哭唱一遍，而正祭文是随时哭唱，直到丧事结束。二哥在案前忙一阵，又出门穿过院坝，去大哥的虚楼，对着话筒，诵出苍凉悠远的调子："万民噤口，山川肃静……"如果录下音，让石头翻来倒去播放就行，但二哥不让放录音。不管走哪门丧家，每一遍他都必须真唱。他说，文字需要修改，声音也需要修改，每哭唱一遍，就是完善一回。

这些，也是师父肖安教给他的。

十九

这天上午十一点过，二哥又去哭唱了祭文，刚出虚楼，跨进伙房，大哥、兄弟和厨师就截住他，四人站到一旁，商量事。是关于夜场那天的猪。虽还有好几天，但要提前备好。三家都没有大猪，需在村里买。几兄弟扳着指头，数着可能来坐夜的各路客人，厨师据此预算，且要略微往宽处算，算了，说至少要一头三百斤的猪。

这么大的猪，全村只有一户养着，就是朱占惠。

许兴一直在这里帮忙，可以直接给许兴说，但大哥起了个奸心，觉得让二哥给占惠说最好。有两个好处，一是能便宜些，一斤便宜五角，算下来也是百多块，二是暂时不付她钱，等夜场过后，收了人情再付。大哥这奸心倒也不显，那家里的事，本身许兴也做不了主，做主的是占惠。二哥听了，没有推辞。他很乐意做这件事。何况这是冠冕堂皇的正事，不必偷偷摸摸。他也知道大哥的想法，很有把握的样子。占惠在街上，他摸出电话，给占惠打去。

结果，占惠依从市价，不少分文。

市价是波动的，这个赶场天是七块五一斤，下个赶场天可能就是七块二，占惠要的，是近段时间的最高价。还说："我急着用钱，你们不买的话，我也是准备这一两天杀来卖了。"

意思是一手交钱，一手交货。

话都说出去了，又不好收回。人家占惠也拿准了村里只有她才有大肥猪，你不买她的，未必去外村买？从外村盘回来，麻烦死人，而且有没有还不一定呢，通常，这时节关在圈里的，不是二三十斤的双月猪，就是八九十斤的坯子猪，上百斤的都少。

吃午饭前，大哥就把这事给我和大姐讲了，说二哥挂了电话，气得点烟的时候，点两次都是点的烟嘴儿。大姐却说："该背时！你以为她跟你有啥情节？她不过是想从你身上剐油，你愿意把老鼠尾巴伸给她剐，怪得着别个？"又说，二哥生气，不是气占惠手硬，是气占惠薄情，又不给他脸。"平白无故都在逢迎她，还气她正理该当地拿？——该背时！"

这样骂了二哥，又转过来骂占惠，说众生好度人难度，占惠跟保寒、学勤、镇勋乱来的时候，把他们个个都当牛马使，地让他们挖，田让他们犁，柴让他们砍，闹得别人家反宅乱的。那年春天，镇勋把她的田犁了，才犁自己的，那天太阳落土，镇勋从田里出来，他九岁的儿子接过牛，牵着在山上放，准备等天黑再拉回去，牛累得口吐涎子，四蹄乱颤，站立不稳，到一重岩边，滚下去摔死了。幸亏绳子丢得快，不然人也完了。镇勋自家的田，只犁了小半，春水不等人，刨急火苞谷要牛使，他就去找占惠借牛，占惠死个舅子不借，说我那牛，犁了几亩田，骨头都累细了，毛也累长了，要歇几天。镇勋帮占惠犁田，回去也是这样被婆娘哭骂的："你为你那小娘子犁田，骨头都累细了，毛也累长了。"镇勋突然觉得，自己在占惠心里，就是一头牲口，甚至连牲口也不如。

他一拳就打在占惠的胸口。

在将近一个月的时间里，占惠的背弓着，肩膀夹着，把胸口窝住。碰到别的女人，也该收了骚气；就算你是狐狸精变的，收不住，也该晓得相随百步，也有个徘徊意，对跟你好的男人，多少尽情些。但占惠没这慧根，镇勋那一拳，并没把她度过来。

二十

就在这天下午，占惠回来了。周五放学早，占惠在放学之前半小时，就锁了门，去校门口等着，她儿子马儿，也把摩托骑过去。学校门外的摩托乌压压挤了一地，都等着做生意。但马儿这天做不成生意，他要送母亲和儿子，天天也是搭他的便车。一辆摩托拉两三个人，在这条路上是常事，甚至有拉四个的，只要挤得下，司机就敢拉。

天天上院坝时，大哥正在院坝边生了堆小火，帮搭彩匠煣篾条，见到孙子，大哥“噫”一声：“今儿个还快嘛！”可见占惠往常也不是这么急着回来，往常她是让孙子和天天放学后回到租房，再叫马儿来接。今天是想到村里有热闹，还可能想到卖猪的事，才等不得。大哥丢下手里的家伙，领天天去灵前，给祖祖磕头。

这时二哥出来了，他听见大哥说话，从窗口望见天天，就知道占惠回了。

大姐细声说：“看二哥那样儿。”

几分钟前，我们刚绕了棺，做了场法事，此刻我和大姐搭了张条凳，坐在王晴光的阶沿乘凉，他这边早上先晒，下午先阴。

二哥抽着烟，是抽的大姐夫给的烟，他把五根手指撮起来，捏住烟嘴，是遮了那牌子，怕别人说你抽那么好的烟，怎么不给我散一支；普通帮忙的也就罢了，像厨师、阴阳师、搭彩匠、知客司这些做“硬活路”的，是丧事的主角，心里就会打鼓，毕竟你是老板，你给我们发的烟，不过是巴香清的绿壳子，自己却抽中华。二哥那么捏着烟，走到搭彩匠面前说两句，又走到麻将桌跟前瞅几眼。几天来，他除了关心自己的那套活，别的一概不问，更不会瞅人打麻将。

“占惠回来了，”大姐说，“他多欢喜哟，比许兴还欢喜。我以为他老实生气了呢！”

天天从灵堂出来，见我们坐在这边，就跑过来招呼，叫大姑婆、三爷爷。

这小东西，跟他爸小时候长得一模一样，圆头圆脸。和他爸不同的，是他不要人操心，读书成绩好。大哥被四喜气得不行的时候，会说：“老子把他儿子乱带，让他儿子长大了也成个烂脓，像他收拾我一样去收拾他。”这话还当着天天说过，天天听了就笑，但背着人时，他却安慰爷爷，说爷爷你莫生爸爸的气，生气坏你身体，划不着。大哥听了，眼泪都快流出来。有次大哥给四喜打电话，天天把手机接过去，对他爸说：“爸爸你在外面要知味些哟，莫乱来哟，你上有老下有小哟。”大哥逢人就讲这话。

大姐这时想起那些话，把天天搂在怀里，对我说：“都说竹子还靠不住，哪能靠笋子，我看大哥大嫂将来，怕就要靠这根笋子。”又对天天说：“听话哟，乖哟。”天天说：“嗯。”大姐问他晓不晓得他爸爸啥时候回来，他说不晓得，他刚才问爷爷，爷爷也不晓得。他那荷包里，鼓鼓囊囊的，大姐说你揣些啥呀？掰开一看，揣着李子。“秋月姑姑给我的，”天天说，“他们在杨树台摘李子。”

刚才绕棺，就没见秋月，原来是摘李子去了。

大姐的脸黑下去，让天天自己去洗李子吃。

正这时，院坝口传来一个声音：“那红姑姑呢，我上梯坎你就把脸黑臭了地。”

转头一看，是占惠。

占惠现在，又住回到岩畔下的老房子去了。在那新房里，一家人没住上三个月。那里太潮，屋里常进蛇，麻子蛇、菜花蛇、乌梢蛇、青竹扁蛇，堆堆挤挤的，像开蛇的国际会议，开完会，就盘到坛子盖上休息，还钻到枕头底下，有时睡到半夜，睡得头颈冷飕飕的，且像睡在船上，一颠一簸，被簸醒过来，揭了枕头一看，一条蛇正徐徐展开。此外，屋后的竹鞭，沿沟下窜，窜进屋来，有时做梦，竟梦到竹鞭窜到嘴里，又窜到眼睛里，活像开荒时挖出的骷髅。做梦倒不可怕，梦一醒，就过了，但没法不担忧来世，据说常做这种梦的人，来世会成为哑巴和瞎子。

不过，来世是许兴担忧的，占惠不担忧，占惠只想今生，从不想来世，可她之所以也愿意搬回老房子，是还有另外的烦恼。新房子没牛圈，喂牛要回老房子去，路虽不远，毕竟不便，且不跟牲口住一起，心里空；这是其次，主要的烦恼在于：每到更深人静时分，她一家子都听到哭声，是个女孩儿在哭，奶声奶气。她自然也听说过许金洋劈杀丑妹的事，于是认定那是丑妹在哭。丑妹死之前，一直朝许金洋笑，该她哭的时候，一声儿也没能哭出来，就被剁为两段，待她死后，才想起来要哭。数十年过去，她还在哭。

那院子里还住着两户人，但他们都听不见。丑妹是哭给许金洋的，占惠的房子起在许金洋的旧屋基上，残留着许金洋当年的气息，丑妹的哭声就寻着这气息来了。

二十一

此刻，占惠站在院坝口，做出很委屈的样子望着大姐。

大姐见是她，眼里冷着，嘴上却笑，说："你又没借了我的谷子还我的糠，我黑你脸子做啥子？过来坐。"占惠走过来，我便起身让她，占惠趔着身子，说明爸爸你坐你的，我坐车就把屁股坐痛了。说着拍了拍自己的圆屁股。我没坐，她也没坐，她就站着跟大姐说话，且站到大姐身后，把住大姐的肩，摇啊摇的，问："文光姑爷没来？"大姐正要回话，春晌的房子里，便传来锯木头似的呼噜声，满院坝都笑。大姐夫即使躺在二指宽的板凳上，也是倒头就扯呼噜，这几天所有人都见识过了。

二哥又出来了。他开始出来转一圈后，回到了他的书案前。现在他又站到搭彩匠跟前，朝这边瞟，占惠便说："那春树爸爸，戴个眼镜还好看呢。"二哥呵呵笑，说："老了哇。"搭彩匠说："你就算老，叫夹夹石听见，不笑掉大牙。"在老君山回峰岭，有块著名的石头，十余米高，石下开着一条路，路很窄，人需侧身而过，那块石头，因此叫了夹夹石，石面上，窝着两个簸箕大、五寸深的印子，绝像两个睾丸形状，连睾丸上的纹路也纤毫毕现，说是张果老曾坐在那里歇气，坐出来的。彭祖和张果老比，简直不算什么，彭祖只活了八百岁，张果老活了二万七千岁，千年石头长一寸，就是张果老花五千年时间细心丈量出来的。二哥听了搭彩匠说，又笑："那是神仙啰。"说着又朝这边瞟。

占惠却不再跟他接腔，只摇着大姐的肩："背时的耶，红姑姑呢，才多久不见，你好像又胖了。"大姐仰起脸，白她一眼："也不怕得罪我，我爸爸老了，不说我怄气怄瘦了，还说我胖了。”占惠把大姐那肩着实摇了几下，哈哈大笑：“我自己的红姑姑，我才不怕得罪。再说祥大公八十几的人，老了是喜丧，后人本来就不该怄。”

这时候利民从家里出来，占惠又扬声叫着“民爸爸”。利民说：“占惠你既然回来了，也来帮两天忙。”占惠说：“我倒是想帮忙哦，可惜老板不请。”大姐说：“我现在就请你。”翻身要给她磕头。占惠一把抓住，笑得周身乱颤：“红姑姑你想折我寿啊？”

大姐再次坐了，说：“你敢让老子磕头，老子就给你磕四个。”

说完才想起是坐在王晴光的阶沿，那年许兴给王晴光磕了四个头，闹出一场事，便吐了一下舌头。幸好王晴光和许兴都在牌桌上，为一把牌闹得正欢。王晴光的老婆汤群也不在，前些天，她幺女“享福”了——生小孩了，汤群背了鸡、鸡蛋、豆腐和腊肉，到河下游看女儿去了。但大姐还是怕占惠多心，无话找话说：“马儿帮你挣钱，许兴帮你赢钱，你多安逸哟。”占惠脸一掉：“他！他赢了钱，我把名字倒过来写！”

这话却被许兴听见，许兴叼着烟，摸着牌，转过头，笑嘻嘻地说：“今天怪呢，我就还赢了几个呢。”一串口水流下来，流在桌子上。他抽的是旱烟，且像那些老年人，用了根半尺长的烟管，头尾是镀铜的铁，中间接竹筒，许兴两手忙着，牙把烟管咬住，管不住口水。占惠看见那口水，厌恶地说：“见球不得！”许兴忙用手掌把口水往桌下赶，手上黏洼洼的，又去摸牌。占惠又是一声：“见球不得！”

她回来，两口子还没打过招呼，说过这几句，就算是招呼过了。

利民还没来得及给占惠安排，巷道那边有人叫他，他忙着跑过去，身转急了些，差点儿撞着他爸爸。

贵爸现在，除了慢，还不说话。也没人跟他说话。天气大热，他却穿着棉衣棉裤，在一个地方站了，或坐了，就像定住，面前人来人往，喧阗聒耳，他像是看不见，也听不见，身上始终挂着一种东西——那是默默无言的、逆来顺受的忧愁；又不像是忧愁，而是迷惑，或者空。有时，他会挪到父亲灵堂前，也不十分靠近，只站在外面，朝里望一阵，又挪到院坝边，坐在那个早已不用的石磙上。一坐，就坐得忘了时辰。在他那里，仿佛已经没有了时辰。他自己的影子一直陪着他。但太阳一阴，灯光一暗，影子吓跑了，就没谁陪他了。他似乎并不在意，还是那样，一动不动。或许吓跑的是他，坐在那里的才是他的影子。

此刻，我觉得自己比以往任何时候都更了解他。当一个人正生活着，是不会被了解的，即使了解一些，也是跟自己相似的部分，可那不相似的，才是每一个人的秘密。

贵爸就沉浸在他的秘密里，幽暗而寂静。开饭时喊他，他才醒过来。年轻人把他扶上桌，把板凳为他顺好，让他坐正，他就吃。整个过程，他依旧不发一言，别人说啥，也与他没有任何关系。我父亲死后，贵爸成了燕儿坡最年长的男人，他听见了大幕落下的声音，看起来，他不但没有恐惧，反而渴望大幕快些拉上，将所有的灯光，还有灯光下歌哭悲欢的戏文，都遮个干净。我曾听谭瑞松说，人是一个一个地活着，但人活的，不是个体，而是时代，自己的时代过去了，即便你的身体还活着，心却跟时代一起埋葬了。这是永生比死亡更加可怕的原因。瑞松说他之所以要把自己变傻，是因为傻子适合于任何时代。

那边，二哥跟搭彩匠说着话，努力做出不经意的样子，时不时朝这边瞟，又时不时朝利民离去的方向瞅。是希望利民赶紧过来，给占惠安排活路。有了活路做，占惠就可以待在这里。再说，人家一个满劳力，分明在家，事主不请是不礼貌的，那相当于不给人脸，请了，知客司不安排，同样是不给脸。

占惠本人，却不像二哥那般着急，她把头伏下去，对大姐说："莫说你磕四个头，磕八个我也不忌，我不像……"望了一眼王晴光那边。大姐说："你坐呢，你这么扳着我，你不嫌累，我累。"她便一脚跨过来，傍大姐坐了，小声说着王晴光家的事。

二十二

王晴光的三个女儿，都算嫁得好。河下游土肥水美。王晴光当初生不出儿子，表面上没什么，心里却憋得慌，见谁都不顺眼，也才积下那么多戾气，后来大女嫁到了河下游，女婿还是砖厂职工，接着大女又把两个妹妹介绍过去，二女婿和幺女婿，都是石灰厂职工，王晴光腰板就硬了，传出农村有甚新政，他都说："看它咋变，我无所谓，我那几家人都是吃国家粮的。"其实砖厂和石灰厂，都是集体企业，幺女嫁过去不满半年，石灰厂就垮了，垮之前，已拖欠职工大半年工资。砖厂垮得稍晚些，但也没挨过一年。这些，都是大家早就知道的。"他还以为没人晓得呢，"占惠说，"还在那里装脸。一个富贵心，两只体面眼，可惜关公卖豆腐，人硬货不硬。别人嘴巴里没笑，屁眼里在笑，他听不见罢了。"

但这不是占惠要说的重点。

她要说的是，王晴光的大女婿杀了人。

杀的是他大妈，两手卡住他大妈的颈子，左一车，右一车，颈子咔嚓一声，断了，人跟着就死了。为了啥事，不晓得。金命水命，走投无命，现在凶犯在逃，抓住了呢，是走西门操坝的路，抓不住呢，生生世世不敢跟家里联系，就算联系了，也不敢回来，王晴光那大女，就要守活寡。

占惠说得声音小，劲头足，特别解恨的样子。当初为磕四个头，王晴光下死手打了她男人，过去这么多年，她也没忘。后来大姐提起这事，叹了一声，说："人家说唯有感恩与积恨，千年万载不生尘，其实感恩管不了恁久，积恨是一定要管恁久的。"又说：占惠不管怎样给许兴戴绿帽子，她还是心疼自家男人。

王晴光的女婿杀人这事，的确新鲜，大姐没听说过，估计燕儿坡别的人也不知道。只是王晴光没先前那般神采光鲜，倒是真的，虽然他自己不承认。他的话本来不多，现在却特别多，爱抢着说，以显示自己见多识广又家境优越。皮儿包得再厚，馅儿也会露出来，话越多，越逞强，甚至逞强到要拿话灭人，就越容易露。不过王晴光这形景，也不是最近才有，自从山里人用起了电话，他就有了落寞，不仅落寞，还恐慌：他那神行太保一样的快步儿，派不上用场上了，没有人再像以前那样需要他了。

利民忙完事过来，对占惠说："占惠哪，你这两天负责洗碗。"占惠说我才不想洗碗，油巴巴的，最烦。又问："叶大娘、江二娘跟郑三娘在做啥子？"大姐说都在厨房。厨房里便传来二嫂高亢的喊声："占惠，进来烤火哟。"大姐盯了我一眼。二嫂到底知不知道占惠跟二哥的事，我们也不知道。大姐曾说，二嫂就算知道，只要不清楚二哥背着她给占惠送鸡蛋，送钱，就不会大闹。但究竟是不是这样，还是不知道。占惠听见二嫂喊，也高声应答：“江二娘呢，莫烤煳了哦。”接着对利民说：“民爸爸,我也去厨房。”利民说：“去嘛去嘛，我是考虑你过两天又要上街，随便做些杂活就行了，为你好，你还不领情。”

其实，有了红白喜事，妇人都愿被安排进厨房，厨房事情多，还烟熏火燎，冬天倒好，像这种天气，从早到晚，汗水没干过，要是再过些日子，就像闭在蒸笼里，但那是一种体面，你既要利索，又要干净，才有资格去当厨娘。

占惠起了身，说红姑姑，我空了再陪侍你。又对我说，坐了你的位置，不好意思哟明爸爸。说毕，扭着圆溜溜的屁股，朝大哥的屋子走去。

没过一会儿，她便拎着一桶潲水出来，下院坝去了。

大姐向我招了下手，我又坐到她身边，她下巴朝院坝外一扬：“你看，那就是她的本事。猪要夜场那天才杀，也是那天才过秤，她趁这几天，把猪催肥些。办席面的潲水，喂猪比啥都催肥。这里潲水有的是，二哥跟春晌都没喂猪，大哥那几头猪根本吃不过来。她口说是去厨房，其实是去找潲水。许兴在这里帮忙几天，抽空就去坡上割猪草，从没提过潲水回去，不是不想提，是想不到，也可能不好意思。占惠那婄妇，虽说私心重，能干是没说的。”

二十三

大姐话音刚落，天天从院坝底下飞奔上来：“秋月姑姑摔了！”

这时候放的哀乐，正是扯心扯肺的那段，石头又把音响开得圆，很多人都没听见。但我和大姐听见了，忙起身问："在哪里摔了？"

天天来不及答，领着我们就走。他那脖子上窝着汗油，也不知是啥时候跑出去的。

还没拢堰池沟，就见秋月从那边过来。看起来并没啥事。我们站下了，大姐对天天说："没摔呀？"天天说："摔了，我看见她从那个……那个……我该叫啥子？"我们不知道他说谁。正这时，见达友也过来了，手里拎着个塑料袋，一看就装着李子。

天天说的"那个"，就是他了。

未必他没去办货，专门拉了秋月去摘李子？

秋月和达友都看见我们，达友加快脚步，秋月却比开始更慢；见到我们之前，她很正常地走着，现在却一蹶一拐。若是我一个人，会去搀她，有大姐在，不好去的，不然大姐又说我惯使她。两人走到跟前，达友有些不像，解释说，摩托还没停稳，她就下，差点儿摔了。秋月回过头："是差点儿啦？把人家的脚杵得青辣子痛。"大姐沉着脸，对秋月说："你达友哥哥本来就累，你还叫他拉你去摘李子？"秋月不言声，忧郁地望着她大姨。达友说："没事大姑，今天我只跑了两趟。"

达友回话的时候，秋月挪到我身边，抱住我的肩膀，但还是望着她大姨，还是那种眼神。那是把别人推到外面、把自己藏在深处的眼神。

达友似乎觉得还应该说点儿啥，于是又说："鸡也拉上来的。那些鸡全部是瞎子呀大姑？米搁在嘴壳子底下，都不晓得啄，要把脑壳按下去才晓得。"大姐说："你还快嘛。放在哪里的？"达友说关在幺爸的空猪圈里，爸爸说这几天的肉食敷得过去，等夜场那天再杀了办席。大姐又问："你去我们家，是李志开的门还是青梅？"达友说："我没上楼，燕子给李志打了电话，青梅就在楼脚等我。那些鸡是用根长绳子串起来的，青梅把铁箅子揭开，我逮住绳子往上拖，比拖一条船还重。"

大姐没再说啥，达友便踏倒路边一枝青蒿，跨前一步，说："我先回去洗李子，大姑，三爸，你们快回来吃哟。"

说着望了一眼秋月，牵着天天的手，回去了。

二十四

我们也往回走，走一程，见占惠从岩坎下上来，拎着一只空桶。"你们哪里去来？"她问。秋月扶着我，脚拐得更厉害，占惠又问："秋月那脚咋个了哇？"大姐说："听说摔了，没啥的。"占惠说："我那里有膏药，贴一张嘛。上个月许兴扭了腰杆，痛得呜吼连天，贴两张就不吼了。"大姐问秋月："贴不贴？"秋月说："不贴，膏药臭得很。"大姐说："我看你那样子也用不着贴。"占惠笑起来，说那秋月，记得头回见她时还是个细娃儿嘛，转眼就长成个大美女了，跟她三舅舅差不多高了。美女就是要娇，不娇就不是美女，像我们，从小不晓得娇，也没条件娇，就成了个蛮婆。说罢又笑。然后说："要的话，我回去拿一张来。"大姐说不用。但占惠觉得，说回去拿，不说请去她家坐，又不对一样，于是就请了。

她家在三十米底下，下去的路，尽是红石子儿坡地，却也零星地长着铁苋草。房顶齐着岩坎，青瓦盖得一绺一绺的，很光趟，房脊一例地压着一钵仙人掌，陶钵四角，支棱着手臂样的青石，用于辟邪镇妖。我以为大姐会说“道谢了，二天来”，不相干的人邀请，通常都会这样说的，谁知大姐一口就应了：“要得，我跟春明怕是有二十年没去你家里坐过了。”这也出乎占惠的意料，她只得拿出更大的热情：“走走走，你跟明爸爸是稀客，轿子都抬不来的，只是莫嫌涴了你们衣裳呵。”秋月对我说：“三舅舅，我不去。”大姐说：“你不去算了，自己先回去，莫到处跑，过会子还要绕棺。”

从高处看，感觉一脚就能从岩坎跨上房顶，其实房顶和岩坎之间，有两米多宽，坎下窝出一条小路，直通占惠家后门。后门进去就是伙房，平整，宽敞，也干净，占惠从街上回来，定然打扫过，不然许兴弄不到这么干净。伙房旁边有道腰门，腰门外是畜棚，大姐进屋就朝畜棚望，我才陡然意识到，她来，是想看看那头猪。占惠忙着抹凳子，叫坐，接着进里屋，端出半木瓢葵花籽，又去倒开水，大姐说：“莫倒水，我们……”

正说着，畜棚里的猪满意而响亮地放着屁，看来是那潲水吃得开心。

大姐顺势改了话题，故意问：“占惠你现还养着肥猪？”不是肥猪，放屁不会恁大声。大姐又问养了几头。占惠说：“哪有几头啊？就一头，本来准备养到……养到下个赶场天，就吆上街卖了，春山爸爸说买，给祥大公办夜。”电话是二哥打的，但占惠避了，说成是大哥说的。大姐更是装出不知情的样子：“哦？他们还会找嘛，找到你，你不是那种轻薄人，见人急用就抬价。”占惠脸一弯，嗔怪地望着大姐：“那红姑姑说个话，一堆一块住这些年，跟你们一家人从没红过脸，我怕是不晓得个山高水低，要抬价。”大姐说：“我就是说呢。价钱讲好没得？”占惠却不答，只说：“进来看看嘛。”

便把我们往畜棚引。

四间猪圈，一间牛圈，两间猪圈空着，一间养着两头坯子猪，最大的那间，就住着那头肥猪。畜生是跟着空间长的，空间小了，就长不圆。

见主人进来，牛老老实实卧着反刍，猪却活跃起来，坯子猪估计没能吃成潲水，很委屈地尖叫，叫两声，见主人身边还有两个陌生人，就不好意思叫了，只眨巴着小眼睛，翘动着艳红的嘴唇。比起来，肥猪显得持重许多，虽然很高兴，也可能还想吃，却不乱嚷，只朝圈门边踱过来，步态老成；其实是因为肚皮拖着地面，每走一步，都觉肉身沉重，蹄子戳得砰砰响，肚皮刮得叶叶响。它很想抬了头，朝主人望一眼，但抬不起来，脖子上的肉层层叠叠。它想甩动一下尾巴，表达对主人的问候，同样甩不动，尾巴几乎全部嵌进了肉里，像是没长尾巴。由于太肥，身上只剩了肉，连毛都没地方长，只稀稀疏疏长了些，表明它是头白猪而已。再过几天，圈门就会朝它打开，将有一支竹篙，拍着它比主人还圆的屁股，将它吆到上面的院坝，那院坝里，有个穿着皮裙的屠夫，在那里等着。这些，它都不知道。

有时候，不知道，或许才是慈悲。

二十五

清涟跟她弟弟来了。没找到车，走路来的。看上去，姐弟俩都摔过跤，身上沾着泥土。弟媳听说，忙从厨房出来，在围腰上揩着手，然后一手扶着一个，进灵堂去。姐弟没跪在蒲团上磕头，而是跑到爷爷近前，趴着冰棺，朝里面看。弟媳去拉他们过来磕头，却拉不动，再拉，就哭了，哭得一屁股坐在地上，蹬着腿。弟媳笑起来。

外面看热闹的也笑。侯大娘说："老家伙最喜欢这两个，咋不哭嘛。"又说到，父亲半夜喝水，都是清涟或朝晖起床给他端，父亲喝酒，以前是任由他喝，没个定量，后来清涟只准他喝一小杯，再喝，就把杯子收了。只有清涟和朝晖敢收他杯子，玉玲去收，他又说玉玲对他孬，喝杯酒也不让。"像玉玲那样当儿媳妇，"侯大娘说，"已经是当成女儿了，老家伙享不来福，还东说西说的。"侯大娘的话，旁人都听见了，郑三儿自然也听见了。郑三儿说："那是人家当大人当得好。"说完就过去了。弟媳那心里，五味杂陈，禁不住眼睛一红。侯大娘便又说："玉玲也哭她老人公。"

此话一出，弟媳果然就哭起来，哭着蹲下身，去劝她儿女。

这边才安顿下来，丽丽两口儿来了，后面还跟着李志一家。

丽丽上院坝就泪眼婆娑，参了灵出来，还在抽泣。李志则忙着散烟。他跟他爸一样，见人就散烟。青梅去找到她公公，把带来的烟给他，共三条，用布袋子封着，看不出烟的牌子。大姐夫并不怕别人看见，青梅这举动，是大姐平时教出来的。

大姐夫收了，问："李志没拿我烟嘛？"青梅说："这种没拿，拿的那种。"大姐夫又问："那种是哪种？"青梅笑，说："还有哪种哦，就是你平时给他的那种哦。"大姐夫说："唔，那就行。"利民在旁，说："青梅这女儿，还像个娃娃一样。"因是来参加外公的丧礼，当然不能像平时那样搽脂抹粉，青梅那额头上，又横着蓝色的血管，看去也真像个娃娃。大姐夫说："她听话，不像李志。"利民从大哥们的闲谈中，也知道大姐夫的烟分为几等，他抽的，李志不能去碰，把李志随时防着，便笑着问："你的烟都不敢叫李志带来？"大姐夫说："烟，钱，春红不在家的话，都是青梅开柜子拿，不能见李志的眼，他进去一趟，就像强盗钻了屋。"利民说："你是严格狠了，李志还是可以的，只是好吃些，爱耍些，可那是他命好，生在你这样的家庭，不吃不耍，还做啥子？"

豆豆在那边叫妈妈，青梅说："爸爸，我过去了。"

大姐夫应了，青梅走了，利民又才说："听说何老三那娃儿不是因为吸毒？"

只要在大姐和大姐夫面前说到李志，人们自然而然的，就会提到何老三的儿子，用比下有余的方式，来让大姐和大姐夫宽心。大姐夫说："咋不是？"利民说："说他是得了梅毒，梅毒那家伙，也兴让人发癫呢。"

对现在的人而言，梅毒相当于旧社会，侯大娘跟人骂架，才会翻出那页发黄的档案，说某某的祖先当背二哥那阵，在路上的竹客栈里，睡闲花野草，那些闲花野草都是千人骑万人跨的，早揉搓出白浆子，睡了，一夜风流，却是为快活受刑。那某某的祖先是得梅毒死的。说得梅毒过后，先从胯裆烂，然后浑身烂，烂出红骨头，接着红骨头变成白骨头。侯大娘的描述让人生寒。如果说每个人都有恐惧，最大的恐惧，莫过于看见自己的身体慢慢烂掉。人不管跟谁亲近，最亲近的，还是自己的身体，挨饿的时候，是身体首先感觉到，日子过好了，先要犒赏的，依然是身体，比如好好吃，好好穿，好好梳妆打扮，包括最简单的好好洗个澡，都与身体有关。因此，看见自己身体烂下去，神经就会错乱，就会发疯。

尽管侯大娘挖掘出的秘密，都很遥远，然而梅毒既是病，也是命，从种族和记忆的角度，所有生命都没有终点，同样，病菌也没有。梅毒只是睡着了，它会醒来的。在这个世界上，霍乱、鼠疫、血吸虫、猪大流感，包括饥荒和战争，都只是睡着了，迟早会醒过来，再次成为恐惧的源头，灾难的中心。

对此，大姐夫不需要说服，就会相信。早说麻风病绝迹了，他嫂嫂偏就得着，至今还得着。但要说何老三的儿子是得了梅毒，他却不信，“乱说，”他说，“未必我还不晓得。”他那表情，像觉得吸毒和梅毒两样，后者更加可怕。后者是幽灵。

尽管说的是何老三的儿子，大姐夫却不能不想到李志，于是又赌咒发誓的，说把李志的外公安埋了，回去就跟李志分家，过好过歹，都是他个人的事，反正大人是不会再管他了。

大姐夫处理村民事务，无论多棘手，也从不赌咒发誓，一是一，二是二，三下五除二，可在教育儿子这件事上，他随时都可能赌咒发誓。

二十六

天快黑时，子国上来了。他哥哥子强、嫂嫂安苹，包括两个侄女，都没来。二姐问：“你哥哥呢？”子强说：“明天来。”二姐说：“明明说好的今天来，吃了晚饭要下客祭，为啥子又要明天？”子强没言声。

这时达友过来发烟，燕子也顺便把两人做了介绍。到底是年轻人，又是外面跑的，烟一点，就热络起来。达友看着子国问：“你这床蓑衣买成好多钱？”都明白他指的是子国的头发。那头发留得老长，染成棕色，尽力朝后张扬，额前却光溜溜的，顺发际拐出一个M型，真像一床蓑衣。要弄出这床蓑衣，据说要六七百块。秋月在一旁笑。秋月一笑，达友又说出几个比喻，只是都不如蓑衣贴切。可秋月笑得更欢。她倒不会大笑，嘴唇含苞欲放的，只浅浅地露出细密的牙齿，嘻嘻嘻，嘻嘻嘻。别的人都不好笑，怕二姐多心。芝麻大的事，二姐也护着子国。果然二姐发话了："那秋月在笑啥子？有恁好笑的？"这么问了，又担心得罪达友，秋月笑，是达友引起的，而达友是生客，于是二姐自己也笑了一下。

秋月却沉了脸，走开了。

她不喜欢别人以那样的口气问她，那种问法，分明就是质问，是指责；大姨常常指责她，指责惯了，她当没听见，二姨指责的时候少，指责一句，就往心里去。

秋月走开后，达友有些无趣，便拎着一瓶矿泉水，也走开了。

子国这才说，哥哥嫂嫂没来，是在屋里吵架。

他说的"屋"，是子强回龙镇的房子，子国也是跟着哥嫂去的，本说冲了凉，就一同去安苹的父母家，接两个孩子——安苹的父母并没在镇上租房，孩子每天放学后，父亲都开着个斗车，把孩子接回家去，他们家住在河上游，离镇子有四公里多——接到孩子，就上燕儿坡，出门之前，安苹对子强说："你爹妈回来恁久，也不晓得去看看她们。"子强说："他们是回来看外公的呀。"安苹说："是你那爹妈嫌我生了两个女儿，不然再是看外公，也抽得出空儿去瞅一眼孙女，好歹那也是两条命。"子强听不得，两人就吵起来了。

二姐急了，急得耳根发红，"天呢，"她说，"咋没去看？你爸爸在医院照顾你外公的时候，我一个人去了，你爸爸从医院回来，我们又一路去了，还请她爹妈到街上吃了一顿，说没去这话，是咋开的口？我们那天是请狗吃了？”在二姐看来，定是安苹的父母对安苹说了谎。大姐连忙作证，说二姐跟二姐夫还带着两个小家伙，去她家坐了个多钟头。二姐说：“实在没嚼的，茅厕里有的是蛆，够得嚼！”大姐看见侯大娘从那边过来，捏了一下二姐的手。二姐却把手一甩：“都是你们害的！”二姐对大姐生气，是因为那天他们去大姐家，大姐又说到给儿媳拿工资带孩子的事，二姐很恼火，觉得大姐他们带坏了头，安苹跟着比长短，没能称愿，才无事生非给他们气怄。这时侯大姐说：“算了，我惹不起你。”

说着侯大娘就过来了。

侯大娘笑眯眯的，问：“两姊妹在吵啥子？”大姐说：“怄都怄不过来，还吵。”侯大娘还是笑眯眯的：“要说怄，春明、春英、丽丽跟玉玲三娘母儿怄得最狠，他们哭了的，我没见你们哭。”二姐的胸脯起伏着。侯大娘又看住子国问：“你把你那个叫山蕊的小妹儿咋耍脱了？现在耍到没有？”子国正要答话，二姐答了：“劳慰你了侯大娘，他把小妹儿耍脱了，他做一生一世的苕人，有你啥子相干？”侯大娘扫了脸，责备地说：“那个女儿呢！我啥时候说他要做苕人？”二姐说：“你没那样说，你只那样许愿。”侯大娘被堵在那里，答不出话，只把脖子一扭一扭的。她不知道，她提了最不开的那把壶。

二姐最痛心也最焦心的，就是子国的婚事。山蕊走了，不要子国了，这是比铁还硬的事实。最痛的人被甩了，比自己被甩，更叫人扯断肝肠。后来子国谈过几个，都谈不成器，别人介绍来，子国不是嫌矮了，就是嫌瘦了。婚姻这东西，是一层一层的蜡，每相一次亲，就是往身上打了一层蜡，后来打得溜光鉴亮，再有人来，想站也站不住了，就是往苕人或剩女的路上走了。这件事情，在二姐心里就像搁着把刀子。

侯大娘是把那刀子往二姐的肉里切。

二姐被切痛了，又说："一辈子等着看人笑话，也没见多长个眼睛出来，何苦来？"

侯大娘不扭脖子了，委屈地肿着嘴，说："我这当长辈子的，就过问不得？我好心好意问一声儿，就把你冲撞了？就是看你笑话？"

二姐最听不来侯大娘说自己好心好意。她说某某的祖先得过梅毒，某某的丈夫养过小娘子，都认为自己是好心好意。她说某某家的媳妇跟人在茅草地里，把那茅草压倒一片，蹬得草棵乱晃，边蹬边呻唤，也是好心好意。某某家的女儿刚跟人订婚，她不辞辛劳，去男方家里，说那女儿是个石女，自来不见红，或者说那女儿颧骨太高，是要克夫的，屁股太窄，是养不出儿的，如此等等，她无不认为是好心好意。

"像你这么好心好意，"二姐说，"只怕把人都灭绝了。"

接着是更难听的话："好人命不长，赖汉活千年，侯大娘你最好莫恁好心。"

她这是把侯大娘跟我们母亲比了，说母亲死恁早，因为母亲是好人，侯大娘至今活着，还活得手强脚健，侯大娘是什么人，让她自己去想。

侯大娘当然知道二姐的意思，却答不出话，又痉挛似的晃着脖子。她嘴头上挑骨剔髓的本领，一招制敌的功夫，不见了，即使还在，也废了。侯大娘老了。

二十七

正这时，利民走过来，见几个人脸色难看，他妈跟春花更是气鼓气胀，不知道为啥事，又不好问，就笑一笑，朝大哥的虚楼走去。

后来大姐对我说："像你二姐那样为人，事事都往刀口上碰，纵是铁打的，也碰出周身的伤。伤自己，也伤别人。侯大娘以前再跟妈吵架，再爱管闲事、说淡话，究竟住了几十年隔壁邻居，蛐蛐不吃癞蛤蟆肉，都是一锹土上人，再说她老都老了，你还跟她计较啥子？就算你不把她往眼睛里搁，也该看利民哥的面子。"

利民不仅跟大哥好，跟我们家每个人都好，当年，他妈和我们妈吵架，吵翻了天，他对我们也是笑脸相迎。他妈真实的仇恨和虚构的仇恨，都过不到他身上去。后来结进郑三儿，郑三儿也和我们好。

不过，这好也是相互的。石头和他妹妹雨点，从小就是大姐二姐带的，二姐带得更多。当年修龙眼潭沟水库，一片山的主要劳力，都到工地去了，大姐有时去，有时不去，二姐是一直不去，郑三儿就把石头和雨点扔给二姐，二姐割牛草，扯猪草，都把兄妹俩带在身边，在山上饿了，就为他们寻野果，高枝上的一只板栗，悬崖边的一粒糖刺铃儿，都想方设法为他们摘来；回家后，忙又跳进窖坑，摸出红苕给他们削，有冷饭的话，还把冷饭舀给他们吃。那时候的一口饭，不是随便给人的。雨点爱穿鲜艳衣裳，可那些衣裳只要透一次水，就脱色，二姐就教她，洗绿衣服加醋，洗紫衣服加碱，洗红衣服加盐，色就能保住。二姐自己也爱艳，就无师自通，慢慢摸索出来了这些路数。雨点见惯了二姐织花绣朵地做针黹,也跟着学，二姐更是喜欢，手把手教她选料、构图和使用齐针、套针、平金、戳沙等十几种针法。后来雨点嫁到马伏岭脚下,那里跟李家岩一样，出天然气，雨点绣了不少十字绣，方帕的，扇面的，半幅和整幅的，卖给公司员工，赚了不少钱；马伏岭比李家岩地形复杂，偶尔还请来外国专家帮忙，那些外国专家对雨点的绣品赞不绝口，有幅一米五见方的鹤舞图，被一个德国专家买去，出价一万二，雨点觉得太贵了，少收了两千。

二姐从来就没说不看利民哥的面子。

因此大姐说了那句话，觉得不妥，又改口说："你二姐真正气的，不是侯大娘，是安苹。可是安苹说他们不去看孙女，也不是故意抹杀，还是怪婆家待她冷淡。自己的孙女自己不带，丢给她爹妈带，她爹妈嘴上不言语，心里也不言语？人家把女儿嫁到你家，没得啥好处，还多出两个负担。算她爹妈心宽，碰到我的话，你要不带，就一时一刻也莫来看！你来看了，把自己当成客人，比不来还让我气。"

二十八

利民在广播上通知：安席了，打麻将的，赶快收起来；抹桌子的，发矿泉水的，出菜的，打掌盆的，添粉子的，马上到场！小兰大声喊："民爸爸，再等几分钟行不行啰？"她正摸到一手好牌。二嫂听见，便骂："你多体面！"小兰说："妈耶，我输了两百多，这把牌打了，才能翻回些本儿，挽回些体面，不然体面啥子哟？”满院坝笑。但这种时候，知客司的话就是法律，利民重复三遍后出来，麻将都收了，麻将桌变成了席桌，几个妇人，在席桌间忙碌穿梭。吃饭的陆续就位。

贵爸又是坐在院坝边的石磙上，大姐想去扶他，跨出一步停住了，叫燕子去扶。她是怕郑三儿看见，伤了郑三儿的心。我随燕子过去，扶着贵爸往席上走。贵爸的块头比父亲大，可也只剩了一把骨头，也如鸿毛一般轻，他那脸上，前几天似乎还是光滑的，现在却像积了千年的皱纹，身上也和父亲生前一样，散发出轻寒的、时光流逝的气息。见我去扶他，他很是受宠的样子，说：“春明呢，你……你看我这老天泼地的，没益啦！”又问我妻子、儿子，问他们咋还没回来，问省城到这里，有多远的路。

把他扶到桌上，燕子到她大姑那桌去了，我就傍着贵爸坐。我给他夹菜，夹多少他吃多少。可能他本来吃不下恁多，只因有人给他夹，他怕负了情意。

每张桌上都闹哄哄的，说的多是麻将。

正吃着，闹着，利民又在广播上通知，说还有客人没上席，请抓紧上席，吃了饭，要下客祭，孝子还要绕棺。

又是通知三遍，才见秋月和达友带着天天，慢拖拖地从巷道那边过来。燕子望见达友，笑，说结果是你们没来？饭都不晓得吃？大姐坐在燕子旁边，瞅了她一眼。幺妹和先河坐在大姐对面，大姐又瞅了他们一眼。幺妹往旁边趔，叫秋月就坐他们那根板凳。反正现在算不上正席，这张席桌多两个，那张席桌少两个，无所谓，某张席上多出来的矿泉水，一般也没人贪了，会大声问：“还有哪个没拿到水？”举一举手，就把水递过去。秋月并不情愿跟爹妈坐，但还是去了。达友坐在了燕子旁边。

饭吃完，大姐夫过来，把我拍到院坝边，细声说：“你去给幺妹和先河说声，叫秋月莫跟达友影子来影子去，那叫人看着不像！”又说：“燕子是他妈个傻子，还朝达友笑呢！”

我心里也起了阴影，但又觉得是不是想多了。秋月那么小，又能知道多少？何况还有天天一路。那种话，要我去给幺妹他们讲，简直不好开口。不讲，确实又担心真有什么不好的苗头。苗头掐了，那窝苗就死了，不掐，任它长，再想掐的时候，恐怕就来不及。

大姐夫给我交代了，就过去了。

我犹犹豫豫的，朝院坝看。

院坝里乱着，妇人们正将戳得烂糟糟的剩菜倒进桶里，占惠本在厨房帮工，这时候却也帮着收拾席面，她在二哥家借了只桶，自己又提来一只，把两只桶收满，就左右手拎了，摸黑下了梯坎。专门负责洗碗的，都是打来一盆水，在席桌上洗。如果不是因为桌子要用于打麻将，每张桌上的碗碟勺筷，都摞在原位，用纱网扣了，可由于要打麻将，不得不将餐具拢到一两张桌上去，开饭前再挨桌分发。这无形中增加了工作量。麻将客并不体谅，守在桌边，还嫌人家手脚慢，催二逼三的，妇人们没了好气，就骂那些平辈男人，说你那婆娘手脚快，脱得也快，难怪把你整得只剩一张皮。这是针对瘦男人说的。针对肚子挺出来的胖男人，也有说法，说你那婆娘快得像磨过的刀儿，把你那老二削平了，害得你自己都看不见自己的老二了。嘴上说着，免不了动手动脚，妇人朝男人泼洗碗水，手上一滑，碗就可能碎在地上。利民听见碗碎的声音，即便正在上茅厕，也迅速束腰系带，上来察看，把不尽心的妇人数落得脸红筋涨。那妇人被数落了，还得回自己家去，拿了碗来补上。

我没在院坝看见先河跟幺妹，几处找了，结果他们在二哥家的伙房里。大姐、二姐、丽丽和秋月也在。我刚到门口，就听见大姐说："俗话说，男儿没性，寸铁无钢，女儿没性，烂如麻糖。但要论起来，养儿费心，养女更费心，儿子只要不偷，不抢，在外面跟女娃儿乱混，丢了脸，臊了皮，风一吹就过了，女儿要是这样子，就是在脸上打了黥印，风吹不走，刀刮不去，就是刮了，也留着一块疤。那不是丢一个人的脸，是丢一家子的脸。"

听大姐那口气，明显是从某个话题出发，拐了二十四道弯，才拐到这几句话上来的。她心有所指，却是泛泛而谈。即便口快如大姐，也不能打明处说。有些事，不挑明就含混过去了，挑明了就真成个事。

二哥那屋子进深长，伙房靠里，大门进去是条夹道，夹道尽头有道二门，用于冬天挡风，所以又叫风门，伙房里的灯光，暗得很，加上风门一遮，更看不清。我看不清先河他们听了大姐的话，是什么反应，只是觉得，既然大姐这样说了，我也就不用说，顿时松了口气。我在大门口站了几分钟，才进到风门口，见都在笑，是先河又在讲笑话。只有秋月没笑，她闭着眼睛，侧脸伏在她妈腿上，孝帕上的麻丝垂下来，两条手臂也垂下来，或许是因为挤压的缘故，露出的半边脸，越发饱满，红扑扑的，像肉皮儿底下烧着火。

我正在想要不要进去，二姐无意间抬头，见风门口站着个人，吓得眼睛一瞪，发现是我，又笑起来。"天呢，"她说，"我昨晚上做个梦，梦见我在老房子睡瞌睡，倒睡不睡的，听见脚步响，睁眼一看，看见爸爸背一花篮洋芋站在门口，我说爸爸你为啥子不进屋啊？问了，才想起爸爸死了，吓得身上一冷，就醒了。”大姐说：“你恁怄气，侯大娘还说你不怄。”

我们那里有个说法，说如果死去的家人来吓你，是你悲痛过度，死者就用吓你的方式，让你从悲痛中解脱。大姐这话，是疏解二姐饭前的不快。

二十九

我拉开风门进去，还没坐下，广播里又传来利民的声音：“请孝女三家，马上到灵堂，下客祭。请。”

啥事他都要通知三遍的，可这回只通知一遍，第二遍只说了个“请”字，就齐崭崭断了。是突然停电了。一片漆黑。

以为停片时就来，可七八分钟过去，也没来，只好点上蜡烛。蜡烛也是早备好的。首先叫嚷点蜡烛的是牌客，小兰叫得最响。她平时说话没这么响，在牌桌上，就见出遗传了二嫂的嗓子。下祭的继续等电来。二姐巴不得电不来。子强一家没到，下客祭少了他们，父亲的魂灵清点人数，见四个人没在场，很可能生气。等了约莫二十分钟，电还是没来，可利民又在通知了，是站在院坝里，用他的肉喉咙喊。

大姐他们起身出去，我也跟出去，见二哥、大姐夫和利民在一起，二姐去问明天下祭行不行，大姐夫说不行，他刚接到电话，明天镇上开会，明天一早，杨津就来接他，不是开了会就能回来，村上还有事处理，多长时间能处理好，说不准。二姐只好依了，又骂子强，说子强没益，连女人都管不住，安苹说明天来，他就听！

其实是不是安苹决定明天来，二姐也不知道。

灵堂里并没点蜡烛，黑如深渊。虽然冰棺下燃着长明灯，可它照不见人间路。我擎着两支蜡烛进去，坑洼不平的地面，才从深渊里浮上来。三家人分成两列，排在冰棺一侧，手里各捉了三炷香。二哥拿着疏头，站到队列面前，我立在他旁边，为他照明。

他把眼镜正了一下，语调沉缓地出了声："时维九界清风之年，岁次壬辰四月十六日，祭奠良辰设祭，孝婿李光文、方云、姚先河，孝女许春红、许春花、许春英（廉英），外孙男李志、方子强、方子国、姚华天，外孙女李丽丽、姚秋月，外孙媳杨青梅、付安苹，外孙婿男余培亮，外曾孙女李豆豆、方敏、方圆等顿首百拜，谨以香烛爵帛，三牲酒体，不腆为仪，哀祭于新逝岳父（父、外公、外祖）考许公讳成祥老大人之灵柩前，而哀以言曰——"

这一段是道白，下面是哭唱：

"呜呼，十根指拇一般疼，养儿养女费苦辛。母亲去时都幼小，吃饭穿衣靠父亲。幺女当年未断奶，背上背下找米羹。白天晚上不歇气，累在身体痛在心。听见女儿哭声惨，泪水一流到天明。内忧外患急白头，当爹当娘累出病。口中食物难下咽，周身瘦成一抓筋。左手牵来右手抱，三个女儿长成人。大女嫁在河对面，二女嫁在黄岭滩，幺女寄养关门岩，大包梁上把家兴。仨女家境都贫困，又叫父亲不安宁。无奈手长衣袖短，遥望女儿泪沾襟。柴米油盐酱醋茶，锅碗瓢盆和三牲。千般嘱咐万叮咛，一枝一叶总关情。从来路窄不夹脚，自古日头照黎民。芝麻开花节节高，春风过处点点新。女儿女婿听父训，各自努力奔前程。"

三十

这一整夜都没来电，第二天早上才来。打牌的，却照样打到后半夜。这让二嫂很不满。每个牌客面前，都杵着一支蜡烛，烧完一支又接一支，一夜下来，要费多少？她不满，是因为大哥、春晌和玉玲都在牌桌上。二嫂向二哥报怨，说官中的钱，就这样糟蹋了。

二哥开始不言，见说得多了，加上我又在旁，便来了气：“你家小兰也在打呀！”二嫂说：“小兰是客，大哥和春晌两口子也是客？”然后又咕哝，说分明为爸爸办丧，玉玲还把两个圈圈儿戴在耳朵上，走一步晃三晃。这个我也注意到了。不过二嫂有些夸张，玉玲用孝帕将那耳环压住了，不至于随步摇。二哥说：“人家顶圈圈儿戴圆圆儿，有你屁事？也去给你整两个来，你戴不戴嘛？”二嫂说：“你整来我就戴。”二哥就笑，说：“真的戴了，你门都不敢出。”二嫂说：“我没听见说！那总不比出嫁难，老子嫁都敢嫁，还怕戴那家伙？”二哥说：“不戴那家伙，不损你一根毫毛，不出嫁，你就跟不了我，就是你一辈子的亏。”二嫂扁了嘴，扯着脸：“你硬是个金包卵呢，我才赚到了哦！”边说边笑，笑得脸红。

门口一阵风，是占惠进来了。占惠说：“那江二娘呢，啥事恁欢喜呀？”二嫂就大声武气的，把二哥刚才的话说给她听。占惠也脸红。不同的是，二嫂是往亮处红，占惠是往暗处红。往亮处红是花开，往暗处红是花谢。花谢不是因为季节到了，是看到别的花开了。占惠对二哥说：“我想给祥大公下个客祭，给我写个客祭文。”说得既不是对礼生的口气，也不是对长辈的口气。二嫂很惊讶。她惊讶的却不是占惠的口气，而是她要下客祭。本乡本土，若不是沾了亲，或有什么了不起的交情，是没谁下客祭的。

二哥说："下啥祭呀，你的情领了就是。"可占惠不依："未必你还把客人分个三六九等？我们这号客人就不算数？"二哥说："行嘛行嘛！"占惠这才笑一下，问写客祭多少钱。二哥说："我就收得贵哟。"占惠说："再贵也是要钱嘛，不是要……"差点说成"要人"。说着向裤兜里去掏。她像是知道自己屁股长得圆，不仅圆，还瓷实、饱满，在她这个年龄是难得的，因此她总是穿着弹力裤，把屁股的轮廓，原封原样显给人看。掏钱的时候，她将腰撑起来，髋挺出来，手如耳绊似的曲在身体一侧。

二嫂把那手打了一下："别处都没收，还收你的？"

这话让我紧张。但二嫂弯着脸，瞋视着占惠的眼睛，说得又亲切又真诚。

占惠却不看二嫂，只问二哥："当真不收？"

二哥想尽快结束这场危险的对话，做出不耐烦的样子："哎呀！"

占惠说："那就道谢哟。"于是抽出手，又才对二嫂说："他们这些读书人，墨水出来就是钱，要不是江二娘把他的书烧了，难保他不跟明爸爸一样，也去吃了国家粮。"

说到这里，她才朝我看一眼。她开始一直都没来得及看我一眼。

二哥的那些书，是二嫂煮猪食烧掉的，一沓一沓撕，一页一页理开，扔进灶孔，不起一点儿烟子就燃尽了。山里人抢活路，煮猪食往往是在天没亮的时候。对书的去处，二哥二嫂不往外说，就没人知道，连猪也不知道，猪或许觉得，那段时间，食物里有股怪味儿，还苍蝇似的飞着黑物，不认识那些黑物是一个一个的字，更不知道那些字刚被造出来的时候，曾让神鬼夜哭。我也是过了很久，去找二哥要书看，他才说，你二嫂煮了猪食，没书了。说得很淡然，像是他指使二嫂烧的。也因此，二哥不再看书，村里人都以为是他自愿不看，都说他“变好了”。看书是为考学，你春树又不考学，看啥子书呢？那是不务正业。不务正业就要养出毛病。春树不大理人，就是看书养出的毛病。对此，二哥从来没有分辩过。

可从占惠的话听出，他对占惠讲了实情。

这么多年不忘，证明是他的痛楚。

他不对别人讲他的痛楚，只对占惠讲了。

二嫂倒没想这么多，也解不透占惠的用意，只是有些难为情，拍着占惠的肩，打着哈哈：“背时的耶，那时候村里人多，缺柴烧，难得他有那些书，不然猪都喂不出来。”

三十一

不知道二哥是否给占惠写了客祭文，反正没去父亲灵前哭唱。

幸亏没去，不然，是占惠一个人去，还是她一家人都去？去了会成什么样子？别人会怎么议论？无需侯大娘那般举一反三的本领，就是个平常脑袋，也能剥了皮皮见米米。恐怕连父亲也会想：占惠这是为啥呢？父亲倒不会吃惊，更不会往坏处想，他惯于把天下一切事，都理解成善意，并为那善意找到理由。

比如占惠下客祭，他就会追根溯源，想起几十年前那个春季的某一天。

那天许兴的父亲许果，从家里出来，爬上门外的岩坎，想去后山找野粮，可在那红石子坡地没走几步，就长摆摆扑下去。村里不少人，就是这样扑下去死掉的。父亲刚从镇上回来，身上揣着一瓶止咳糖浆。这瓶糖浆，是母亲的命根子。母亲得了浮肿病，眼看就不行了，当时风传有种药，叫康复粉，说是用麦麸、豆粉和砂糖制成，患浮肿的，得肝炎的，饿得眼珠落进颅腔里的，吃了那东西都能好。父亲并不知贵贱，家里有五角钱，他就捏着上了街。结果街上人告诉他，那东西城里才有，乡镇没有，也不是一般城市就有，要北京才有，且不是满大街卖，要凭票买。父亲没回一言，在街角坐了，街道和人，都浪头子一样，从他脑子里喧哗而过。烟烟雨雨迷迷蒙蒙当中，他听见一个声音说：你去医院买瓶止咳糖浆，那里面有糖，能救命。

“救命”两个字，把父亲也救了，他的精神又来了。

然而，他揣着命根子，还没拢家门，还没喂给妻子，就亲眼看见一个扑下去的人。

他装着没看见，径直朝前走。

再走几步，就上梯坎了，上了梯坎，进了院坝，就能眼不见为净。

却只登了两步石梯，便再也走不动，像有只手，使劲往后拽他。他尽力骂了一句：“我日你蛮娘！”骂的是许果，也是自己的眼睛，还有拽他的那只手。这其实是怒吼，只因身上没劲，才吼得唯他自己能听见。然后他倒回去，走到许果身边，摸出瓶儿，旋开盖子。一股子甜，嗡嗡嗡飞出来。他慌忙盖上，可惜着跑掉的那些甜，禁不住又骂了一声。

扑在地上的人毫无动静。

可能已经死了。

既然死了，就不必管了，过个一天两天，生产队会组织安埋。

正这么想，地上的人有了响动，像是响在喉咙。那是死亡的信号。他刚才没死，现在死了。父亲松了口气。可万一他是在哭呢？如果我扑下去，念及奄奄一息的妻子，快满两岁却还像只病猫的儿子（那是我大哥），死之前就不哭一声吗？想到这里，他抬头望天。是在找天上的观音。说观音专听世上的哭声，最微弱的哭声也能听见；观音不仅能听见哭声，还能看见哭声，所以才叫了观世音。

但他没找到观音，只看到无边无际的蓝。

带着满腔怒气，父亲赌博似的蹲下身，将地上的人翻过来。这人是个大块头，是燕儿坡唯一当过兵的，参加过朝鲜战争，因而翻过他很费了些力气。

正面朝天的许果，整张脸抽搐着，牙上粘着红石子儿。他没死。

“这狗日的没死！”父亲出声地骂。他赌输了。

只得又打开瓶盖，抖抖索索倒了半盖儿，捞起许果的头，喂进那乌溜溜的洞里。

真是灵丹啦，许果舔着嘴皮，活过来了！虽然也没能活几天，可当时是活过来了。

这件事，不专门提起，父亲自己都忘了。

没想到许果的后人还记得，还来给他下祭，父亲会因此高兴的。

然而父亲是阴间的人了，既然阴间是阳间的背面，阴间的人高兴，阳间的人就可能不安宁。不能为了让你阴间的人高兴，搅得阳间不安。

三十二

早饭过后，阴阳先生穿着道袍，敲锣打鼓，带孝子去井边请水。

燕儿坡的水井，在西边院落的竹林里，现在村里人少，且都图省事，从后山渠堰上接水喝，井没人淘，飘满笋箨和竹叶。刘显文那个姓田的徒弟，将笋箨和竹叶捞出来，见那水发黑。不过这是无需计较的。一阵响器过后，刘显文率众吟唱："三光聚会中，五方河海清，天降九色气，地涌万物生……"唱一阵，烧纸。烧过纸，又敲，又唱。

这是一套漫长的仪式。请水回来，都快十一点了。

刚进院坝，锣鼓声停，李志就说他要回镇上。

大姐眼睛一轮，问回去做啥子，"家头没人，"他说，"总要回去看一眼啰。"大姐笑起来："你才长心胸哦！"又说："你爸爸回去了的，你用不着回去。"李志知道他爸没吃早饭就走了，但他说："爸爸是牌瘾发了，家门都不得进。"大姐说："放屁！他明明是去开会，还要回村上处理事情。"李志冷笑一声："你信他！也不想想今天是星期几。"豆豆听见了，大声说："星期六。"李志说："看嘛，豆豆都比你精灵。我不相信镇领导就不休息，星期六还开会。那些人的家都安在县城，昨天下午就回城去了。爸爸要是跟他们打牌，肯定也去了县城。"说完就要走。大姐抓住他，不让走。他说："你平时骂我不做正经事，我现在回去看家，想做个正经事，你又不让。"大姐说："你那家里没有金银财宝。"

想到豆豆上学的事，大姐补充说："要回去，明天下午你带豆豆回去。后天回去也行，早些走就是。"李志着急起来："青梅在带呀！”

青梅坐在不远处，跟豆豆玩剪刀石头布，像没听见这边说话。

大姐说：“青梅又不走，她要等外公下了葬才走，这几天你负责接送豆豆。”李志越发急了：“外公下葬还有好几天，她在这里做啥子？”大姐说：“给你外公磕头。”李志原地转了一圈：“头磕过了就行了，磕那么多有啥子益？要是磕一万个，外公就活过来了，我保险气都不歇一口，就磕满一万。——那都是封建迷信。”大姐脚一跺：“放你娘的屁！”

可李志还是走了。

大姐想管他，却没有一次管住过。

不仅李志走了，子国也跟着走了。大姐无可奈何，又骂，说既然要走，为啥不早晨坐你爸爸的车？又要叫摩托，又要花钱。李志说：“你好久见我坐摩托花过钱？”

这倒是事实。李志给他伙计打了电话，他们已把摩托开到堰池沟接来了。李志怕自己胖，往后座一挨，就没位置留给子国，因此通知了两个伙计，却来了四个，一人开来一辆。

见两人有说有笑地下了梯坎，大姐便摸出手机，给大姐夫打电话。李志的话让她醒悟过来。就算搓麻将时接电话晦气，她也要打这个电话。何况很可能不是打麻将。

通了，只响两声，断了。

再打，响一声就断了。

第三次打，那边关机了。

大姐肿着脸，默然地坐在那里。平时她不这样计较的，即使明知是谎言，也很清楚什么时候把眼睛睁开，什么时候把眼睛闭上。

今天不知为啥，变成了死心眼儿。

坐上一阵，她朝二姐说："看着那两个，老子就有气。"指的是李志和子国。她是想把心思从大姐夫身上收回来。二姐笑。子国开始没说走，李志动身时，他才跟上，顺便对他妈说："妈，我去给志哥哥打伴儿。"二姐愣了一下，说："唔，慢些哟。"所以大姐这时候又怪二姐，说为啥不把子国拦住，子国不走，李志也就不会走。二姐说："明明是李志先走，子国才跟着走的。"大姐不言声了，又是那样默然地坐着。

听见小兰在牌桌上大呼小叫，她往那边轮了一眼，便又说："小兰哪里是来给爷爷吊丧的，是丢心落肠来打几天好牌。贵兵跟他儿女，也一直不上来，硬要等到夜场才来。"二姐说："听说贵兵忙活路，娃儿都是他妈上街帮忙带。"大姐说："未必我们都是懒龙投胎，就没个活路忙？忙这几天，你就一个人把天下的钱挣完了？主要是没那个心！"二姐没接话。是不好接的，子强一家也还没来，子国来了，却又走了。

可二姐心里也不服，大姐夫和李志还不是走了。她说："算人头，你们家多些，你、丽丽两个、青梅两娘母儿，有五个人在，我们家只有我和方云。"

大姐知道二姐又往自己身上扯，就懒得再说。

三十三

灵堂里锣响，又绕棺了。

绕棺的队伍里，少了大姐夫、李志和子国，但又加进一个，是达友。暂时不用上街办货，达友就跟在了燕子身后。他不仅缠着孝帕，臂上还戴着黑纱，戴黑纱并非清溪河流域的风俗，但如果办货人同时又是孝子，就为他们准备黑纱，一是怕戴上孝帕，骑摩托来来去去，被路旁的树枝挂着麻丝，那不是闹着玩儿的，很可能是要命的；另一方面，戴着孝帕去办货，商家知你急用，就会狮子大开口，不戴，又不能对亡人尽心，没个孝子的体统，当然可以快拢街时，将孝帕摘下来，但孝帕都很长，在头上挽了好多转，摘下来一大饼，往哪里塞都是麻烦。戴黑纱就利索多了，别针一取，顺手就揣进裤兜，出了街，自己戴起来也简便，不像孝帕要缠老半天，还不一定缠得规矩：那是要缠出个形状的，缠得像艘船，意思是助亡人顺利渡过巨流河。

达友磕头，就跟办货一样认真，燕子说："你莫趴狠了嘛，差点把人家撞一扑趴。"大姐夫走了，大哥二哥都忙乱，我便作为孝男中的老大，在前面拄孝棍。我尽量学着大姐夫，腰累断了，也不伸一伸。这么累的，却总是想笑。大概是想起了大姐夫被白布包起来的屁股，现在他们又看我的屁股了。我使着暗劲儿，默念一些神圣庄严的事情，才把笑忍住。汗水淌花了我的眼，是热的，也是忍笑忍的。过一会儿，我又听见达友说："秋月你把麻丝收一下，免得你燕子姐姐给你踩住了。"秋月在燕子前面。秋月说："有你屁事。"

大姐听见，说："他是哥哥，你就这样对哥哥说话？"

声音虽不大，却说得恨声恨气。

这气，是发给秋月，也是发给达友，一听就听出来了。达友比燕子长几岁，今年已满三十，却不会当哥哥，对一个未满十六岁的表妹也要去撩拨。昨天下午，达友说他先回去洗李子，说罢看了秋月一眼，大姐也是注意到的，那眼神里像带着很深的情意，很多的秘密。那就是撩拨的眼神。昨晚吃饭，本来就来晏了，坐下来吃，秋月还不大吃，时不时咬住筷子头出神，那边的达友，搛菜时老爱偷偷瞟她一眼，大姐同样是注意到的。

我似乎明白了大姐今天为什么变成了死心眼。她由此及彼，想到了大姐夫。大姐夫当然不会下作到去撩拨亲戚家女子，但某些本质上的东西，是一样的。男人如果单独是一个种族，就都有着那个种族的遗传病。大姐痛恨男人的种族遗传病。同时她也气愤秋月，达友到底是外家男人，你秋月是燕子的血亲妹子，未必心里也没个搭米碗？

大姐说过那句，灵堂里一阵繁密的锣鼓响。

锣鼓声停，刘显文领着徒弟合唱：“清静之水日月花开，中藏北斗内蕴三台，叩首——”

几个回合下来，个个都不像是走出灵堂，而是爬出去的。

三十四

正在院坝里歇，子强一家来了。跟着他们来的，是燕子的儿子沪川。沪川提着一胶壶酒,是送给他外公的礼。他跑到外公家门口，将壶往门里一丢，就过来找妈妈。

燕子在帮小兰整理孝帕，没看见沪川，沪川抱住她的腿，她才噫的一声，说：“你咋来了？给祖祖磕头没得？”小兰说：“快领他去磕头。”小兰急着摸牌，燕子的热心肠，其实是碍她的事。燕子便拉着沪川去灵堂。子强一家占了蒲团，燕子说：“乖儿，你先去看一眼祖祖。”说着把沪川往前推，可沪川又一把抱住她，说：“妈妈跟我去。”燕子说：“没益！自己的祖祖，还怕？”只得领了他过去。但沪川并没朝棺罩里看，全副心神，都在妈妈身上。子强一家磕完头，燕子叫沪川去，沪川又要妈妈同去。外面看热闹的笑，燕子也笑，说：“你这是给祖祖参灵，妈妈参过了。”可沪川就是不跪，把妈妈抱得死紧。燕子扳他的手，将他往蒲团上按。越扳，抱得越紧，而且哭起来。燕子就恼了，说你咋这样？他哭得更响。燕子无奈，陪他跪了。磕过头，还没起身，又是一把抱过来。才做了场法事，燕子那两条腿，从上到下长满了心脏，沪川这一抱，把她扑倒在地。门口一阵哄笑。

侯大娘说：“狗东西，人瘦精，劲还大呢。”

沪川确实瘦，脸色嘎白，不是他妈妈的那种白，是瘦出来的白，跟个灾民似的。他小时候眼睛斜，现在倒不怎么斜了，眼珠却厉害地落着抠儿。只是比同龄孩子高些，长手长脚；越是这样，越显出瘦。

见妈妈倒了，沪川连忙去拉，拉起来又抱住。燕子完全没了脾气，只得笑骂：“你是颗牛皮糖啊？”随后将他带出灵堂，去院坝边的阴凉处，问他咋知道祖祖老了。沪川说，他跟奶奶去街上买饲料，碰到子强表叔，是子强表叔告诉他的。说着又哭。哭声不大，就是伤心，一张脸皱巴成干菜叶子。他伤心，是因为妈妈几天前就回来了，却没去看他，祖祖死了，也不通知他。燕子把他搂在怀里，为他擦泪，说妈妈想到你正上学，准备夜场那天再叫你来。然后问他爷爷奶奶的身体，问家里的果树、猪牛、鸡鸭、猫狗。就是没有一句问到他爸爸盛军。沪川一一答了，见妈妈那么多汗，用手给她揩。

燕子拿过那手，见满手干泥和汁液，忙问："你这爪子咋恁脏？"

安苹坐在大哥的阶沿，听见了说："摩托开滚了，你看我。"牵起她的裙摆，也是泥；又举起手，两只手掌都有血痕。说她和沪川坐一辆摩托，子强带着两个女儿坐另一辆，她跟沪川的那辆跑在前面，司机是杨侯山的，装行，开得轮子不落地，烂路上没事，开到大荒田，平平坦坦的，却开滚了。

大荒田介于村小和堰池沟之间，是两亩见方的一块肥田，却以大荒田命名，估计跟人取贱名儿好养是一个道理。比较而言，这田外的路确算坦途，司机大概是第一次跑，不相信这段路上还有坦途，杂念一闪，车就翻了。

幸亏没有岩畔，路旁又长满绿绒毯似的野草，即使摔，也不会大伤。

院坝里的人问安苹："你给司机拿钱没有？"

安苹说："没找他事问都是好的，还拿钱呢！"

于是大家就羡慕起来："你们坐这趟车，划得着！"

燕子扬起脸，又要对安苹说啥，沪川却把她的头压下去，不准她跟别人说话，只准和他一个人说。燕子说："先去把手洗了，你把妈妈的脸摸花了，衣服也摸脏了。"说着站起身，牵着沪川，去了伙房。然后听见燕子问："叫了外婆没得？"

大姐和二姐坐在院坝中央的小靠椅上，见燕子领着沪川去了伙房，大姐说："造孽。"二姐说："硬是！"说着把两个孙女使劲一抱。两个孙女偎在二姐怀里，头上都扎着冲天炮，长得不甚讨喜，五官生得局促，又是泡泡眼，完全没有她们奶奶当年的俊秀。

三十五

燕子带着泸川出来时，大哥跟达友抬着一张桌子进了院坝，是从别的院子借来的。泸川偎住妈妈的腿，叫了声外公。这边还没把桌子放下，没听见他叫，因此没应他，他又是要哭的样子。燕子连忙细声安抚："莫哭哦。"然后领着泸川，走到大哥和达友跟前。

桌子放下了，不稳，大哥去院坝边，找东西来垫，燕子便指着达友，对泸川说："这是叔叔，叫叔叔。"泸川不叫。他并不知道达友是妈妈的男朋友，但就是不叫，脸色是超越年龄的阴冷。达友瞄了泸川一眼。大哥找了颗没爆开的鞭炮过来，把桌子垫稳，才注意到泸川。泸川又叫了声"外公"，大哥仓促应了，听见利民喊，又朝利民跑去。凡缺了人手，缺了东西，利民都告诉大哥，大哥再做安排。

这时候，达友对燕子说："我等会儿要回去一趟。"是说回他父母家。燕子说："我跟你一路。"泸川带着哭腔说："妈妈不去。"又说："我跟妈妈一路去。"燕子说："你不去，你就在这里，跟天天哥哥耍。"便扬声喊："天天！天天！"没喊应。

秋月从巷子那边过来，说天天和华天在沟那边捉竹鸡。燕子对泸川说："嘿，去捉竹鸡！秋月妹妹，把他带去。"泸川把脸往妈妈腿上一埋。秋月见他不愿，嘴一翘，走开了。看样子，她本来也不想带他去。燕子只好又低头对儿子说："我跟叔叔是去棉花地碥，又不远，去了就回来。"

听见这话，秋月瞟了达友一眼，达友不知注意到没有，转身走到春晌背后。春晌正瞅空儿上了牌桌，达友说：“幺爸，你不把红中打出去，留着它生儿啦？”燕子趁机又把沪川拉到院坝边，低声对他说着什么，边说边比画。可显然没说动，沪川的泪水直往外泼，吊住妈妈不放。燕子那脸，涨得通红，又说几句，转头一看，达友不见了。

燕子慌忙摸出手机，给达友打过去，却一直不见接听。

去棉花地碥有好几条路，不知达友走了哪一条，问谁，谁都没经意。燕子着急，一把将沪川撸开，沪川不防，倒在地上。燕子穿过院坝，准备拣近路赶去。沪川翻身起来，迅速追上，燕子转过头，恶狠狠的：“敢来！”沪川站住了。燕子又走，沪川又追，将凉鞋跑脱一只。大姐看不下去，说：“你要跟达友回他家，等你爷爷的丧事过了也不迟！”

大嫂听见，来到伙房门口，也对燕子这样说。

燕子回身扯住沪川，将他拽进院坝，再一搡：“老子一点儿也不喜欢你！”

沪川摇晃几下，站住了，不敢吱声，也不敢去抱妈妈了。

燕子坐到一旁去，斜着脸，不理他。他想朝妈妈挨过去，光着的脚趾虫一样蠕动，却又不敢动，张眼见他二外公的阶沿躺着一把破篾扇，才趄着身子，过去拾来，挪到妈妈身后，挂着眼泪，为妈妈打扇子。

三十六

估计李志上了街，大姐就给他打电话。紧打紧占线。那时候，李志跟子国和几个伙计，坐在滨河路的堤埂上，李志面向河水，正接四喜的电话。

他和子国回镇子，一方面是本来就想回，待在山上，即使没有绕棺磕头的劳苦，也如同坐牢；另一方面，四喜昨晚给李志发了短信，说他今天回来，但要傍晚才下火车，到回龙镇，该是八点过了，他想在镇上休整一夜，次日早上再回燕儿坡。

"我一个人的话，"四喜说，"半夜三更也要回去给爷爷磕头，半夜三更没摩托，我走也要走上山。"问题是不止他一个人，他还带着女朋友申晓菲。申晓菲是大城市人，也是大平原人，又是娇养惯的，转陀螺似的走夜路爬山，怕要被吓死，吓不死也要吓出毛病。再说确实也累，他们从哈尔滨坐飞机，坐到重庆，要好几个钟头，下了飞机，即刻又往火车站赶，下了火车，还要坐汽车，总之马不停蹄的，一整天都在路上。

四喜让李志去镇上等他，晚上喝顿解乏酒，并住在他们家。

爷爷办着丧事，分明到了镇上，也肯定能找到摩托回燕儿坡，却要住一夜，四喜怕几个姑姑和叔叔生气，就对李志千叮万嘱，叫除了约上子国，别的任何人都不要告诉。

四喜这时候打电话给李志，一是报告行程，二是叫把晚饭安排妥当，最好能吃到嫩牛排，别烧太生，否则不光牙齿咬，全身都在咬，嘴角还挂着血，那样子像跟牛有仇；也不能太熟，太熟味厚，就把鲜和嫩掩了。"五分熟或七分熟都可以。"他说，"你嫂子是吃牛排长大的，我在哈尔滨待久了，也被同化了，一天不吃那家伙，就害骨头酸。”

说过这些，又细水长流的，说起哈尔滨的好，好在它的异国情调，房子是哥特式——“你不懂，那是十二世纪兴起于法国的建筑风格”；女人个子高挑，脸蛋漂亮，气质洋气，逛的是俄罗斯商场，穿的是俄罗斯靴子，听的是万国音乐会；饮食上，吃牛排，喝咖啡，都是用咖啡机现磨现煮，不是超市里买来的那种速溶咖啡。

这通电话接下来，李志的手机和耳朵，都烧得发烫。挂了，看到好些未接电话，都是他妈的，准备歇一下再拨回去，便把手机往堤埂上一撂。

刚撂下，又响起来。

李志把“妈”只叫了半声，这边大姐就火冒三丈，问他跟谁有那么多扯不完的南山网。

尽管爹妈都管不住他，但爹妈发火的时候，李志还是有些惊慌，并以高过爹妈的声气，掩饰惊慌，也为自己辩解。可今天他格外镇定。因为有四喜打底子。有四喜打底子，就跟有何老三的儿子打底子一样，爹妈就会对他温柔些。

为要到那份温柔，他一口就把四喜出卖了。

“四喜哥回来了。”他说。

大姐忙问：“啥时候拢的？”

“没拢，还在路上，明明坐的火车，火车的声音把我耳朵都震聋，可四喜哥说刚上飞机。”

大姐骂了两声。是骂四喜，说四喜不粜风卖雨，架谎凿空，就过不得人日子。这是真的，随便说啥，四喜都把真相盖住，比如他回了家，碰到熟人问："啥时候回来的？"他说今天早晨。其实是昨天晚上。别人也就顺口问问，相当于打个招呼，你是昨天晚上还是今天早晨，根本不关心，但他就是要说谎。再比如他讲自己在外面的风光，说他某年月日去西湖，遇见个高人，姓张，刚出口又立即纠正："不，姓王。"听的人就不知道是姓张还是姓王了，而不管是张还是王，在别人那里无非只是个符号。他把随口撒谎，当成自己的聪明，他说，世间之所以有那么多诚实人，是因为他们都太笨。

李志正要说出更多的消息，大姐却又开始骂他了，说叫你留下来给外公磕头，你偏要走，人家贵兵不来磕头，是在挣钱，你呢？骂了好一阵，才说，你爸爸关了机，你去镇政府，看他究竟是不是在开会。李志说："看了又咋个哟？"大姐声气一恶："你管咋个？你要是偷懒不去，老子揭了你的皮！"

李志想要到温柔，结果没能如愿。

三十七

据子国后来说，李志接了他妈的电话，就从裤兜摸出钱来，数一数，有一千九百块。是昨晚找他爸要的。昨晚他听他爸说第二天要离开，就背过他妈，挨近爸爸身边，说："你总要给我点钱啰，万一豆豆……"没等说完，他爸就赏过来："莫给老子扯故儿，是你想要就说你想要！"当时利民在旁，利民听了就笑。也正因为有利民在，他爸才显大方，掏出钱包，取了一扎给他。他当时没数，这时候数清了。

他掰出六百，叫伙计们去下街的"柴火鸡"办午饭，吩咐要自己选鸡，盯住杀鸡，鸡血、鸡杂都别扔了，鸡血烧个白菜汤，鸡杂炒辣子，鸡肉炖土豆，水一开，马上关成文火，把鸡肉焖熟、煨熟，不是用老火炖熟，这样子才香。又特别强调，香料少加，也不要放花椒，只扔五六匹花椒叶子进去，不能少于五匹，也不能多于六匹。子国说："嗯，到底是学过厨师的。"李志头一昂："开玩笑！"伙计们去了，李志又喊住其中一人："党参，给秦宽打个电话，秦宽会整牛排，你让他准备些嫩牛排，说我们晚上八点半过去吃。"

党参应了，李志便带着子国，往中街走。

他是要去黄二妹的店子。

爸爸去了哪里，问问杨津就清楚了，何必去镇政府。他才不想去镇政府。政府前面那九十九步石梯，先就让他畏难。如果政府院内的假山池里准许他钓鱼，或者那院里摆了台球桌，自然另当别论，既然两宗事都不能满足他，九十九步石梯就成了天梯。

没走多远，那个叫秦宽的打电话来了，问刚才党参说的真不真。李志说真，秦宽才放了心。回龙镇没有杀牛场，去巴河谷那边才能买到牛肉，要是费油又费钱地买回来，却卖不出去，就亏大了。

子国说："既然秦宽只信你，不信你伙计，何不如你自己给秦宽打电话？"李志笑一笑："这些事，要给些机会让他们去做。都是我做了，他们想打着我的招牌去店里赊账，就再没人信。"意思是说，他不在的时候，他的那些伙计，是要以他的名义去赊烟赊酒的。子国说："赊了都是你去结？"李志说："那也看心情，还要看那阵子我手头宽不宽松。多数时候是我去结，但也不是每次都结，要不然，秦宽也不会打电话来问。"

李志的心思还在四喜身上，于是又回头说四喜。

“我敢保证，”他说，“四喜哥刚才那个电话，是躲到车厢接头处打的。他绝对是先给女朋友说：‘我们去坐飞机。’过后又说机票买不到，或者说坐火车能看风景，更有趣味儿，说不定还写了首火车诗送给她。”子国说：“证明他的钱袋子又吵饿了。”李志说：“那还用说！要是钱袋饱足，他不仅要坐飞机，还要坐头等舱。”然后就感叹，说天底下的女人，都只用耳朵恋爱，做梦不是在睡着的时候，是在男人的话里，男人忽悠几句，就让她们飘起来。又说他在福建那阵，其实也瞒着江叔叔，结识过几个新朋友，但只跟他们喝酒，绝不一起混，因为他们都跟四喜做着同一门生意：在“骗”道上过活。全是骗女人，把女人骗上床不算，还骗她们的钱用。把那骗术总结出来，无非是几句口诀：单位很遥远，身份很灿烂，经常办大事，突然缺了钱。缺了钱就找女人要，女人果然就给。要破那骗术简单得很，多打几个电话问一问，实在问不出来，就把自己稳住，观察半年再说，同样用口诀归纳：电话打个一二三，半年不动情与钱。骗子都是心急的，哪经得住半年的耗？可女人们偏偏不那样行事，她们喜欢做梦，宁愿做梦，还怕梦醒。

话到此，子国想起了他的山蕊，说：“我要是会那一招就好了。”是说他如果能让山蕊一直做梦，山蕊就不会离开他。李志笑，说你不该把山蕊带回老家。子国说：“四喜哥不也带回来了？”李志说：“他带回来，不是回来闲住，是来参加外公的丧礼。”子国说：“那不一样？都看到了老家的穷。”李志说：“老家穷跟四喜哥有屁相干？那些发财的、掌权的，至少半数是穷地方穷家庭出去的。你以为骗人是全说假话？骗人的高手，十句假话里头，一定要有句真话，还要把这句真话让人看到，看到了一，就相信了十。”子国说：“这么说来，四喜哥就算高手了。”李志脸一掉：“他？真正的高手是像你我，不骗人！”

子国就不好接腔了。

他知道李志的后半句是：我们不骗人，照样有钱用。

然而他拿什么去跟李志比。

开始四喜说到哈尔滨的建筑时，说“你不懂”，李志确实不懂，但说他不懂，就把他伤了，因此他又说：“四喜哥以前吹牛逼，说他跟多少女演员上过床，还把其中几个的照片给我看，结果全都没在电视上亮过相，连个喷嚏演员也算不上。”他把那些亮一下相就再见不到的演员，叫喷嚏演员：你看到那里，打个喷嚏，那演员就消失了，而且是彻底消失了。“可能是酒吧里的演员。”他接着说，“这其实也无所谓，关键是都丑得慌，要不是整成爆炸头乌嘴巴绿眼睛，把原形露出来，不晓得丑成啥样子。有一个胖得吓人，穿条热裤，两个腿子像两棵大树，砍下来能起房子。我敢保证，这个叫申晓菲的，又是一副丑相。”

说到这里，子国更没法接腔了。

山蕊也胖。可也因为山蕊胖，子国后来觉得，瘦女子都不好看。

还在马路对面，李志就瞧杨津的车在不在。他的车平时都停在店门外。那里没车。但李志还是领着子国，去了黄二妹的店子。黄二妹见他过来，赶忙从冰柜里拿出瓶矿泉水，递给他时说：“你外公老了，你也不戴孝？”还在堰池沟，李志和子国就把孝帕摘了，放进了摩托车的后备箱。在长辈面前，尤其是跟父母关系好的长辈面前，李志永远是一副乖模样，他说：“咋没戴呀二娘，我们是到你这里来，怕你忌讳才摘了的。这是我表弟，我二姨的儿子。”黄二妹听说，又取出一瓶水给了子国，还一人送了包玉溪烟。几天来，凡能在黄二妹这里买到的货，大哥都叫办货的去找她，一是不收高价，二是货真，三是能赊账，四是照顾了大姐夫和杨津的关系，也包括大姐和黄二妹的关系。

李志喝着水，本想问杨叔叔哪去了，想一想没问。

车不在，肯定就是上县城耍子儿去了。

道了谢出来，在街边抽过两支烟，李志给他妈回话，说爸爸确实在开会。

三十八

燕儿坡的大姐，这才把心放下来，将孝帕正了正，准备绕棺。刘显文和他徒弟，开始在外面抽烟歇息，现在又进了灵堂。但并没敲绕棺的锣，而是击着磬，念着经。石头在灵堂接了支话筒，磬声经声，能传遍山山岭岭。大姐说："幸亏哟，我这腿上的痛，到处钻，钻也钻得痛。"二姐说："我也是呀。"二姐的两个孙女，听说沟那边有竹鸡，也要去捉竹鸡，安苹就把她们带过去了，同去的还有青梅母女。

大姐和二姐，这时候就说着各自的儿媳。

安苹上来后，二姐几次都想对她说，他们并不是没去看孩子，不仅去了，还请她爹妈在街上吃了一顿。但二姐始终没说，是因为她觉得，安苹这次见了她，脸色比先前好些，先前，"妈"是要叫的，饭是要添的，端茶递水也是要做的，可就是没个脸色，没脸色做那些事，还不如不做；这次上来，变了，叫妈的时候，是笑着叫，听妈说话，也是笑着听。因此二姐不忍再去说什么。

她只是疑惑，疑惑之后就去猜想，可能是安苹后来知道他们去看过孩子，不好意思，才对她好起来。

可大姐不是这样看的。

大姐问："子强以前跟安苹吵架不？"二姐说："你又不是不晓得，子强比春晌还瘟，安苹拔猪挦毛地骂，他也只窜起个脑壳听。"大姐说："这就对了嘛。子国不是说他们昨天在吵架吗？证明子强现在敢跟安苹吵了。"

二姐一时悟不出这其中的奥妙，于是大姐又说："汉无刚强，安身不长。当男子汉的，要有决断，要能把婆娘镇住，镇不住，家里就出乱子。媳妇到底是外来人，不是你一口奶一口汤喂大的，她跟你有啥情节？她就是根藤藤儿，攀住男人过日子，男人要是没骨头，攀不住，你说她着不着急？冒不冒火？她心里焦，又把男人吃定了，就找公公婆婆出气。"

接着大姐又说到李志。

说你别看李志像他妈头肥猪，大是大非面前，他还是有把管，有回青梅跟我闹脾气，两天不叫妈，那时豆豆还小，豆豆睡在沙发上，拉了屎，我去收拾，叫青梅扯纸给我，她扯了几张，不是递给我，是扔给我，李志见了，抓过手就打，打得口鼻流血。要不是我把揩屎的纸扔到他脸上，又把遥控板朝他砸过去，不晓得还要打成啥样子。说起来无情，可道理也就那个道理，人是苦虫，不打不成。当儿子的把媳妇治不住，她就治你两个老家伙。自从挨了那顿打，青梅就不敢乱闹脾气了。

这件事情，二姐还是头回听说，现在听了，老半天没言语。

见二姐闷在那里，大姐又把话扭过来，劝慰她："安苹还是不错的……现在生儿生女都一样，女儿还比儿子强些，你看我家丽丽，就比李志强得多。"

大姐觉得，安苹说是因为自己生了两个女儿，婆妈才嫌，才不愿意带，这话可能没错。但是二姐自己觉得，她从没这样想过，她不带，确实是怕麻烦，并不是嫌，同时她也觉得，自己的儿女自己带，是天经地义的事情。当年她生了子国，出了月子身上还不干净，肚子痛，腰也痛，可正逢双抢，想歇也歇不成，她还不是用背条把子国往身上一捆，就下田去。她并没说把娃儿扔给婆妈，也没说把娃儿送到娘家，扔给父亲。

当她听出大姐的意思，就说："我哪里在怪她生女儿？我才没怪过！"

她说的，或许是真的。不管怎样，生个女儿不愁嫁，皇帝的女儿不愁嫁，百姓的女儿照样不愁嫁。儿子就麻烦了，不在镇上买房，就找不到老婆，买了房，也不一定能找到老婆。

二姐又想到子国的婚事了。

但大姐不信她的话，还是按自己的思路说下去："青梅还不是生的女儿，看样子，她也没准备再生，你哥哥倒是想他们再生一个，最好是生个儿子。我无所谓，我有个豆豆就够了。你还有两个呢。那方敏跟方圆，都好手好脚，这就是福，不像那有些，长了个兔嘴，多出根六爪。况且老二还恁聪明！"

二姐的小孙女，跟她姐姐一样，看上去长得不讨喜，也不灵光，却是灵在脑瓜子里，大人逗她，你说一句，她接一句，接得慢悠悠的，像比大人还老练。在她更小的时候，有次到她大姨婆家，青梅故意喝问："这屋里哪个叫方圆？"她说："我哟，只有我才叫方圆啰。"青梅说："你不叫方圆。你叫方圆的话，你姐姐就该叫规矩，没有规矩不成方圆，你姐姐叫方敏，不叫规矩。"她说："叫不叫规矩又咋个哟，反正她是我姐姐就行了嘛。"青梅说："哪个说她是你姐姐？她是豆豆的姐姐，你没有姐姐。"她说："她是豆豆的姐姐，咋不跟豆豆住一屋哟？"青梅说："早上你在街上看到的那条花狗儿，是昨天看到的那条黑狗儿的姐姐，它们一个住在新街，一个住在老街，还不是没住一屋？"她说："我又不是狗儿，我是人。"接着又郑重交代："你这话莫叫我奶奶听见了哦，我奶奶气心大，她兴拿刀出来。"青梅说："拿刀出来做啥子？"她说："你自己想哦。"青梅便进厨房去，拿出把菜刀，隔着餐桌朝她乱晃，她却没半点儿畏惧，还是那慢悠悠的口气，说："我又没说奶奶拿刀出来杀你，是杀皮皮。"是说她奶奶拿刀，是削洋芋皮，只不过在她眼里，不是把洋芋皮削了，是杀了。惹得一屋子笑。她也从来没有小孩子的争，豆豆嫌她比自己小几个月，不跟她玩，姐姐也只愿意跟豆豆玩，她不哭不闹，就一个人玩；豆豆有了好吃的，只给她姐姐，她看一眼，见没有给她的，就淡然地转过头，继续玩自己的。有次她跟奶奶在回龙镇上，要回家去，等不到船，前面塌方，又坐不成摩托，便走路，一路上她都不要奶奶背，都自己走，走回家，她没说啥，奶奶却吵腿痛，又骂怎么等不到船，又骂她爷爷不去接，她就劝奶奶："奶奶，我们从那路上踩过来，路都没吵痛，你紧着吵啥子哟？"

个个都夸小孙女聪明，二姐自然高兴，却不十分高兴。对儿子，她对子国偏心，对孙女，她两个都疼；要说也有偏爱，倒是偏向老大的。老大不被人夸，所以更疼。再说她还带过老大一阵呢。

当大姐也夸老二，二姐就为老大说话，说方敏如何懂事，如何胆大，说她带方敏的时候，方敏才两岁多，有天晚上，睡到半夜，她突然听到窗子外面有人叹气，叹了气又喘粗气，喘了粗气又叹气，她吓得手脚都僵了，就把方敏摇醒，叫她听。方敏听了，不声不响地起来，拿着手电筒，爬到板凳上去，朝窗子外面照，照了一会儿说："奶奶，有个干猴三儿趴在墙壁上。"干猴三儿不足寸长，比小指拇还细，形如枯枝，肚子里生一种乳白色细丝，它那么小，肚里的细丝却无穷无尽，能把一头牛从头至尾缠住，在阴凉处没什么，一见了太阳光，那细丝就变成钢丝，且慢慢收紧，直到把牛缠死。这东西既会叹气，也会喘粗气。二姐听了，才关了窗，安心睡。

这里正说着话，利民走过来，对大姐说："红妹，要个人哭哦，只有你去哟。"

三十九

而今办丧事，都会请专业哭丧人，但他们要夜场那天才来，夜场之前，孝子最好哭一场，才算尽心。这不是普通哭法，而是扑到灵前，用二哥唱祭文的那种腔调，历数死者的一生。一生中的快乐事并不去数，只数苦情和功劳。倒不是把快乐事故意略过，而是因为，人，无论多么顺遂和富贵，当过完一生，回想一生，在记忆的箱子里，也取不出几件"快乐"。快乐是存不住的，它是指尖的流沙，甚至是天上的礼花，瞬间的耀眼过后，便沉寂于辽阔的黑暗。而且，快乐往往是自私的，追求到手，多数也只是偷着乐。痛苦则可以理直气壮地出门。在世人眼里，痛苦意味着承受，有时也意味着奉献。

所以哭丧人只哭后者。要哭到有人去拖，才能起来。如果旁边分明站着人，却不拖你，你就得不计日出日落，一直哭下去。拖一次还不能起来，要拖好几次。把你拖到了门口，你还得挣扎着，又扑到灵前去。如此反复，终于把你拖出门外，你不再用那种腔调了，却依然在哭，你要让余悲延续半个时辰左右，才能正常地跟人说话。正常的只是表情和口气，嗓子还不能正常，你要让嗓子哑到别人听不见你说什么，才能显出你哭得多么卖力，你的悲伤有多么深重，所以即使你的嗓子没那么哑，也要沉一沉，压一压。

当然专业哭丧人不受这种限制，他们并不去灵前，只在灵堂外支架帐篷，在帐篷里放个蒲团，跪在那蒲团上，用经过训练的气声，依照固定的起承转合，填入死者的身世，哭完了事。上面的哭法是指孝子哭丧。有些人成心打整孝子，站在门外听，站累了，就搭根板凳，坐着听，就是不去把人拖起来，孝子便使出各种招数，比如伤心得回不过气，哭半声，咳五声，咳得像是要吐出黄胆，心想该来拖了吧，还没来拖，就一家伙哭得晕死过去，往地上一扑，闭目打挺。为故意不拖，有些人彼此间结了好几年的仇。

事实上，而今的孝子也可不哭，大多数确实也没哭。这全看知客司的意思。知客司跟孝家好，想把这场丧事办得更圆满，让孝家更有体面，就会安排哭一场。

不过，安排孝子哭，既是好意，也是冒险，有些孝子不哭死者，只哭自己，哭自己在死者那里受到的委屈，连哭带骂，既骂死人，也骂相关的活人，就会弄得相当不堪，甚至让活人骂架和打斗，把一场丧事彻底搞砸。所以知客司安排孝子哭，有时候并不是好意。

四十

大姐听说让她去哭，吓一跳：“民哥哥，我不会哭哦！”利民说：“你不会咋办啰。”的确也是，哭丧一般都是女性，大姐是长女，她不哭谁哭？大姐知道躲不过，涨红了脸，问啥时候去？利民说就是这会子，刘显文他们刚念了《地藏经》，你去哭一场，正好接上。其实是不是哭丧正好接上了《地藏经》，利民也不知道。

大姐欠起身，咬着嘴，左顾右盼的。而利民的话早被一些人听见，经管音响的石头本来站在院坝抽烟，赶忙把烟扔了，说红姑姑，我把话筒收拾一下，把音量开到最大，保险县城都听得到。大姐说：“莫去收拾，我不要话筒！”石头嘻嘻笑，弯腰进了虚楼，很快跑回来，又弯腰进了灵堂。他个子高壮，不管进哪道门，都弯腰，实际也用不着，但他老觉得横框会撞了他的头。

利民听大姐说不要话筒，说有话筒为啥子不要？丧是要闹的，闹丧闹丧，不闹成不了丧。石头进灵堂后，拿起话筒喂喂两声，正经八百地宣布：“红姑姑要哭了，请各位把耳屎掏干净。”这一喊，所有人都知道了。侯大娘、占惠和郑三儿，最先从厨房出来。大姐骂着石头，往二哥屋里躲。占惠不由分说，跑过去把她逮住，往灵堂里押。

石头用根麻绳，将话筒绑在冰棺头厢下的板凳上，对大姐说：“红姑姑，你就跪在这里哭。”大姐笑着，挣扎着，但占惠使劲按她的头，把孝帕都揉垮了，散在地上。郑三儿忙捡起来，往大姐头上缠，缠好了，占惠又按，大姐说：“老子晓得！”占惠说晓得就对嘛，便松了手，跟人退出灵堂，站在门口听。连那些打麻将的也歇了手，都围过来。孝子哭丧，就像濒临灭绝的动物，见一面少一面，听一回少一回。

大姐背对人群，跪下去，腰身前倾，一手扶棺，一手撑地。这是哭的架势了。二姐和幺妹站在我身边，幺妹说："她还行呢，晓得呢。"二姐就笑。幺妹问二姐："叫你去你敢不敢？"二姐咧着嘴，摇着头，像很痛的样子。

可是大姐那边一直没哭出来，大嫂就笑着催："快些哟，我们活路忙哦！"侯大娘说："你当女儿的不哭，未必要你嫂子去哭？"二嫂说："嫂子哭也是大嫂去。"大嫂说："有些家里没女儿，知客司又叫哭的话，当媳妇的未必不去？"安苹和青梅把大嫂看了一眼，又恐慌又敬佩的样子。青梅说："大舅母，你去教妈一下子，不然怕要等到晚上都哭不了一声。"大姐听见，回头笑骂："老子正要哭出来，你又给我说回去了！"门口嚯嚯大笑。

侯大娘便制止，说你们莫逗她，哭有哭道，笑有笑道，不能岔了气儿，哭是最耗神的，男人的怒，女人的哭，都耗神。"我这辈子，"侯大娘说，"前前后后哭过七场，每场哭下来，半个月回不了阳。"没人接她的话，因为都不知道她去哪里哭过七场。给人的感觉，自从嫁到燕儿坡，侯大娘就再没回过那个名叫打火寨的娘家，更没听说过她回去给谁办了丧事，很可能她爹妈早就不在了。利民爷爷死的时候，她还没嫁过来，也还没跟贵爸订婚，自然没哭，利民奶奶死的时候，她就跟后来的郑三儿一样，一张嘴被婆妈撕得稀烂——婆妈在断气的前一刻，也撕过侯大娘的嘴，奇的是，婆妈病得连口水都没力气咽，撕她嘴的手却像铁钳子；婆妈死了，就算她想哭，也没法哭。不知道她去哪里哭过七场。

大姐到底哭起来了："我的爹呀……"

这一声过后，哭声断了，只是脊背一拱一拱的，无声地抽泣。当声音发出来，才知道不是抽泣，是在笑。门口的人也笑。二姐笑得没眼缝儿，幺妹笑得往下梭，抱住我，才没梭到地上。侯大娘骂大姐："没搭煞！"说大姐又哭又笑的，不知羞。"没搭煞"这个词，没有"不知羞"重，意思是这么个意思。大姐不笑了，又哭："我的爹呀……我的爸爸呀……"

这两声一叫，外面的人先笑了，大姐也跟着笑。

搭彩匠没到门口听，蹲在院坝里，兢兢业业做他的事，这时候对利民说："你这家伙也是整治人。现在当后人的，哪个还在为爹妈哭丧？后人不哭丧，才有专门的哭丧人，你整得孝子下不了台，哭丧人也以为你要敲他们饭碗。"利民嘿嘿几声，过来对郑三儿说："去把红妹拖起来，哭两声就可以了。"郑三儿就扬声问大姐："到底还哭不哭？不哭我就来拖哟。"侯大娘忙拦了："格外说！她咋个不哭？她妈死的时候没人哭，未必她爸爸死了还没人哭？"郑三儿那略为偏黄的眼珠，在眶子里轮了两圈，只差说"就你晓得，就你能干"。但她毕竟也没忙着去拖。

四十一

就在这短暂的间隙里，大姐静了下来。是那种被浸润的静。大姐的整个身体，都弥漫着青色的光。那是悲伤的颜色。从里到外的悲伤，让她这般静如深谷。即使是喧闹的悲伤，也是一种静。何况悲伤是不喧闹的。所有悲伤的声音，都是安静的声音。

大姐的头往下一点，叫一声："我的爹呀！"又停了，并没立即哭出下一句，却没有谁笑，也无任何响动，连猫狗鸡鸭，都不乱跑、不打鸣，院里院外，只听见搭彩匠织篾条的细响。人人都感觉有青色的水滴，往自己骨缝里渗。

接着就听见大姐的这一场好哭：

"我的爹呀！我记得你的死,记不得你的生。你记不得你的生，也记不得你的死。你是两头糊涂，糊里糊涂的，受了一世的苦！几十年前，世道上多了条贱命，燕儿坡添了个孤儿，你是咋个长大的哟，我的爸爸呀！野狗也有个窝儿，虫子也有个三亲，你的窝在哪里？亲在哪里？闻到别人家的饭香，你守在哪一家的门槛下？听到村子里的爆竹，你晓不晓得是年关？想起你当年那样样儿，倒不如像我们那二爸，一捧黄土盖脸面，看不见地，也望不到天；想起你当年那样样儿，我恨我自己不早生，我要早生几十年，我就做你的妈，你来当我的娃。可命不由我定啦，我的爹呀，你不死不灭地活过来，就是要做我们的爸爸。我们哪有恁贵重，要用你一辈子的苦来养育，我们又当真很贵重，四兄弟三姐妹，是你和妈结出的瓜，是你当爹当娘拉扯大。妈比你有才干，也比你有狠心，嫌日头重、夜里黑，就借一场伤寒儿，抽身走了个干净，只留下一摊急水，一艘破船，却没留下一句话。你垒出个坟头回来，见破船里一窝秧仔，顿时就，没个抓拿，你是咋个愁过来的？我的爸爸呀！日子一天天过，秧仔一天天长，碗大罐子小，犁宽田土窄，你的那双手板子，黑的是泥土，紫的是血痂，深的是裂口，厚的是茧巴，我的爹呀！馊的臭的，你就要过去，香的甜的，你就推过来，你是享不来福分，还是分不出香臭？爹呀！爸爸呀！我想不完你这一生，你这一生都在往后退，你这一生都在做别人的影儿，看得见时被人踩，看不见时不念它，殊不知，树无影儿比草低，人无影儿魂在哪儿？我想不完你这一生，你这一生被活路吃，被汗水泡，被焦心咬，被儿女啃，你被啃成一把骨，还担心儿女没啃够！你以为你是山堆子啊？几世人都啃不完啊？你就是根梁上草，啃了你，还嫌你苦，还嫌你瘦！我想不完你这一生，两手摊开，也该留几棵给自己，周身挂嘴，你也该晓得动一动牙……恩情山海债，唯有泪堪还，你就恁大个想头了，我的爸爸呀！我晓得你是我爸爸，却不晓得许成祥是你，你做了我们几十年爸爸，却没做过一回许成祥；都怪我们那爷爷奶奶，用了这么个好名字，骗完了你的一辈子，想起来耶，我呀，我这心子啊，痛啊，我的爹呀！好的是，你现在走啦，你就放心走吧，我活一天，许成祥就在我身上活一天，我爸爸就在我身上活一天。你的子孙代代传，我爸爸就活万万年。我又在骗你了，我也在骗我呀，落花不能返树，流水不能归源，人死如灯灭，犹如泼汤雪，万般都是虚场合，一生好比水中月，再过些时候儿呢，我也就记不得你了，我的爸爸呀！现在记得你，又能咋样啊？你分明要往火边煨，偏把你扣进冰窝儿堆，活着时还不能做主，死去了只由人摆布，你冷不冷啊？我的爹呀！你冷不冷啊？我的爹呀！你冷不冷啊？我的爹呀！（大姐用力拍打着冰棺。）一声一声叫我爹，越叫越远你的魂。没爹没娘，再老也是孤儿，你自己是个孤儿命，又叫我们无双亲，人人都说你慈爱，其实你也是狠心！……爸爸哟，三十三天天重天，白云里面住神仙，你到底也跟妈一样，抛下我们，做神仙去啦！”

父亲生日那天，大姐曾对他说：“你将来走了，我是不会哭的。”可她这一通哭下来，门口全在抹眼睛。她哭得很沉缓，最长七个字就断开，一般是四个字，许多时候还是两个字，断开之后，用各种衬词去哭，衬词占用的时间，比实词更长，因此，听的人不一定能听明白；但这并不重要，重要的那调子。极致的欢乐和悲伤，都是一种调子。

大嫂首先进去拖，但拖不动，大姐远远没有哭完。她哭她的下一段了。或许是因为前面过于用力，嗓子哑了，这时候哭得含混不清，但我还是听见了几个词，“火车”“偷二”“饿”“新疆”“肚子”“丽丽”“头发”，我都听见了。

大姐跟大姐夫，平时不说新疆这个词，现在她说出来了。

不过只能听出是个地名，听不出别的。

我还听见一个词，这个词把我吓一跳：枪。

但我后来想，可能是“抢”。我想起了住在李家岩村小旁边的那个女人，跑到大姐的田地里，跟她抢活路做。

大嫂抓住大姐的肩衣，使了劲拖，拖后几步，大姐又扑前去。大嫂带着哭腔，细声说：“你在哭爸爸呀红妹，哭这些做啥子？”她没经意前面竖着一支话筒，话筒的意义，就是不让人有言语上的秘密。所有人都听见了大嫂的劝，大姐却没听见，继续哭，音调凄切，真个让万民噤口，山川肃静。只是吐字越发含混，完全听不清了。或许不是吐字的问题，而是不了解，不熟悉。大姐是哭着另一个世界里的事。大嫂回过头，眼里滚着泪，嘴上带着笑，大声说：“你们进来帮个忙哦！”二嫂、弟媳和郑三儿，像才回过神，都跨进屋去，随后占惠也跨进屋去，拉的拉，搊的搊，把大姐架出了灵堂。

四十二

大姐没哭完，心里难受，就一直坐在那里流泪。但她没感觉到自己在流泪。她的脸已哭得发麻。二姐、幺妹、燕子、丽丽、青梅、秋月，还有二姐夫、先河、我和培亮，一大群人在院坝边陪着她。见丽丽跟着她妈流泪，培亮的眼圈也红猩猩的。他对丽丽贴肝贴肺，生怕她忙着累着，更怕她伤心。有次大姐去州城，晚饭后跟丽丽转小区，凡认识丽丽的大妈，都羡慕地对大姐说："你这个女儿才有福哦，你那女婿呀，把她当个闺女在养！"

泸川已被妈妈原谅，又吊住妈妈，燕子推他，说："乖儿，去给大姑婆拿瓶水来。"堆放碗筷的桌上，就放着水，但对泸川来说，那不足十米的距离，似有千万里，他去一趟，就是离了妈妈千万里，但怕妈妈不喜欢他，还是去了，箭一般射出去，箭一般飞回来，撞在妈妈怀里。燕子拍着他笑骂："你又把鞋跑落嘛！"然后接过水，递给她大姑。大姐不接，丽丽帮忙接了，倒出一些在手板心，浇到她妈脸上。大姐一把抹了，说："莫浪费！"

小兰又上了牌桌，没时间过来陪她大姑，似有些过意不去，听见她大姑说话，就在牌桌上喊："大姑，你那嗓子还清亮呢。"

一片声笑，但笑得很节制，笑里含着责备的意思。小兰也发觉说得不妥，便又说："这几天水紧张，不光矿泉水浪费不得，堰上接下来的水也浪费不得，你要晓得节哀哟大姑。"又笑。牌桌上有人说："要像小兰这样，有泪只往肚里流，免得费水洗脸。"小兰说："不是吗！我晓得爷爷最是个节约的，又最是个爱热闹的，所以我不跟大姑学，还恨病吃药，空了就摸几把麻将，让爷爷听到响声，心里欢喜。”说完哗的一声推了牌。她自抠了。“爷爷硬是欢喜起来了呢，”她哈哈连天地说，“保佑他孙女儿呢！”输了的就说：“你恁为你爷爷好，把赢下的钱给你爷爷用哦。”她说：“可惜爷爷现在不用我们这钱，不然不给他用，还给哪个？佳宝，你还差我四个。”四个就是四十块。对打“鸡屎牌”的人来说，是赢了把大牌。

小兰总是运气好，下一把麻将还没摸完，绕棺的锣声响了。

四十三

绕棺结束，就安席吃午饭。

拿上筷子，燕子就朝后山望。

把饭吃完，还在望。

后山是苍翠的林木。松树、柏树、青冈树、黄荆树、白桦树、板栗树，在不被特别需要的时候，它们只有一个名字，都叫树，树也知道它们有个统一的名字，彼此为邻，枝叶相交。午后没一丝风，那些不同的树种，像睡去了，用着同一个心脏呼吸。树丛间不见鸟影。这些天，硝烟太重，声音太响，加上不管是哭着，还是笑着，总荡着一股悲凉之雾，鸟们便暂时避到了别处。

林木下方的渠堰上，有一条陌生的黄狗，站定了朝院子观望，狗的眼神和燕子的眼神对上了，燕子说：“是哪里来的狗。”狗像是听见了，掴动四蹄，迈着小跑，朝西边去了。燕子说：“我还以为是棉花地碥下来的呢。”她一直在望达友。达友还没回来。

到下午三点过也没回来。

燕子几次想打电话去，拨号的瞬间，又打消了念头。她是觉得为难。她明显感觉到达友不喜欢沪川，沪川又不愿离她一步，达友回来，反而难处。

二哥又去哭唱了祭文。占惠拎了两桶潲水回家。小兰将上午赢的钱，又一个不剩地输了回去。王晴光家的鸡，去啄一颗鞭炮，那鞭炮还带着引线，它啄起来，别头一甩，甩出半米远，刚好让引线触着搭彩匠才扔下的烟头，引线一喷，砰！爆了。那鸡吓得往后一坐，翅膀裂开，像划水那样退出丈多远，才站起来，昂头跑到院坝边的梧桐树下，抻着脖子，一阵乱鸣，好像在说："是哪个狗日的放鞭炮，留着引线不放响，是故意整老子啊？又是哪个狗日的抽烟，烟锅巴不踩灭就乱扔，把那引线点着了！今天没炸到我不说，要是炸到了，老子当了鬼也要啄他几嘴！咯咯咯！咯咯咯！"

在时光的维度上，没有哪一刻是静止的，没有哪一刻不发生些事。但在燕子看来，什么事情也没有发生，因为达友还不见回来，也不给她一个电话。

她到底忍不住，掏出手机，拨过去了。

这回通了，也接了。结果达友没在棉花地碥，在街上。燕子说："你不是回老家吗？啥时候上的街？上街做啥子？"问了，又听几句，脸就红了，说我只是问一下，你就恁大的气，你把气发给哪个听？话虽如此，却是讨饶的口气。

大姐看不上，说："那燕子，像是怕达友一样。"大姐的情绪已完全恢复，又是说也有，笑也有，倒没像侯大娘说的那样，哭一场半个月也回不了阳。她说燕子那句，燕子并没听见，当燕子牵着沪川，高高兴兴地过来，大姐忧思重重地盯了她一眼。

燕子高兴，是因为达友说，他是骑幺爸的摩托上街的，正准备回来。

没过多久，达友果然回了。不止他一个，还有他儿子。达友上街，是去接儿子。他和前妻先就讲好，还立了协议，前妻再嫁之前，儿子由她带，一旦她找到男朋友，且到了谈婚论嫁的时候，就把儿子交给达友。作为女人，她才不想再嫁时带个拖油瓶。一直不知道达友的前妻住在哪里，或许是住在某个村里，达友跟她约好，让她把儿子送到街上，他去接来带一天，或许她本来就住在街上，照顾儿子上学。

达友从浙江回来，没去见过儿子，很可能是沪川来了，勾起了他对儿子的想念，本说要去看父母的，突然又改了主意。那小家伙名叫丁丁，虎头虎脑，生得紧致，又粉嘟嘟的，甚是漂亮，跟他爹一样的小眼睛，黑如点漆，见了生人，虽是偏了头，有些不好意思，但还能做到大大方方，达友牵着他，教他喊人，教一个他喊一个。到燕子跟前，达友说："这是阿姨。"丁丁就喊："阿姨。"燕子早用热辣辣的目光盯住他，他也早已感觉到了，因而喊阿姨的时候，反而不那么大方，是把头埋在他爸的两腿间，歪着脸喊。

燕子蹲下身，去抱他。而这时候，沪川还牵着妈妈的衣袖。当燕子把手伸出去，沪川就把手丢了，一声不吭的，躲到后面去。燕子抱起丁丁，回头找沪川，说："沪川，这是哥哥。"沪川没应声，也无任何反应，包括没有哭。大姐细声对我说："小娃儿比大人灵醒。小娃儿跟畜生一样，只凭气味，就晓得亲疏敌友。那燕子也是，虽说那娃儿比沪川矮些，可毕竟是哥哥，你把当哥哥的抱在怀里，你那样抱过沪川没有？造孽呀！"

达友腾出手来，摸烟给我们递。先河说："耶，你的烟像换了牌子呢。”秋月说：“我看看。”从她爸爸手里把烟接过，看一眼，又还给她爸爸。达友红了脸，说：“三不打湿抽包好的。”意思是偶尔抽包好烟。是四十多块钱一包的“天子”。燕子听见，说：“你不会是去找人家要的钱吧？”这个“人家”，都知道指谁。达友做出狠样，但在我们跟前，又不好狠的，便立即换了脸孔，看着我，轮眉鼓眼地说：“三爸，你晓不晓得县城出了大事情？”

听见这话，院里人抬的抬头，扭的扭脖子，齐声追问：“啥子事？”

典藏版

谁在敲门

下

罗伟章 著

GUANGXI NORMAL UNIVERSITY PRESS
广西师范大学出版社
·桂林·

第五章

一

数千年前，东轩地界有个叫陀夫的巴国将军，发动惊怖四方的王都政变；那王都，据独辫子考证，就在现今的巴河谷。陀夫开启了东轩动荡的历史。自巴以降，代代相袭：马铁匠抗税、万矮虎闹粮、崔胡子烧山、梁天棒屠城、印拐子毁庙、桂花油断堤……可谓数不胜数。最近的一次，是王大人兴军。王大人本名王船，出身清坪镇一个大地主家庭，民国十八年，他从莫斯科大学留学归来，叛祖离宗，开展地下活动，组建游击军，打击地方武装，所向披靡。

除刀光剑影，明火执仗，还有隐秘的申诉。

清同治七年，东轩大旱，却赋税倍增，致使殍馑枕藉。饥民无活路，便涌入城里，砸开粮仓，抢走万多斤粮食，过后清算，抓了二十余名骨干，将七人打入死牢。东轩的读书人，联名上书，历陈抢粮实不得已，请求宽恕。县衙罔闻，将那七人五花大绑，押入河边芦苇地。其时苇叶正黄，冷风抢道，七名刽子手分立人犯身后，屠刀并举，一声令下，刽子手裸露的胸膛上，同时喷来一摊热血。七颗头，四颗连着颈皮，三颗飞射出去，其中一颗蹦到水边，见颔下有条寸长的死鱼，便慌忙张嘴，一口含住。余下十多人，继续关在牢里，父母妻儿跟着糟践，病的病，亡的亡，充军的充军。次年秋闱，那些读书人中的一部分，去省城乡试，竟无一人答卷，都用蝇头小楷，详述去年东轩抢粮的前因后果。

为人间正道，他们自愿丢了前程。这是东轩历史上的无声惊雷。

听达友说，笔架山人在县城闹出了“大事情”。

事情是这样的：

这群人在那山上住了七八代，甚至十余代，那里的路是他们开，树是他们栽，地是他们种，人是他们生养，那里的每种气味都熟悉，一草一木都认得，却突然接到通知，要搬迁，搬到上游十七公里外中坝镇的安置点。

安置点名叫幸福家园，刚刚建好，就从好几个地方搬了住户进去，住半个多月，被子就长霉，玻窗的滑槽里，灌满从墙壁渗出的水。住户向镇长反映，说这房子嫩啊，嫩得摸一把就冒浆，再住下去，我这风湿要犯了，走不得路，起不了床，不死在这里，也要瘫在这里，我回老家住半年，等这里干爽了再来吧。

镇长的回答是一顿训斥，说你们就是穷苦惯了，叫你们幸福也幸福不来，墙壁没干，总要干的嘛！坚持一下嘛！回去咋行？训了，又红着脸交代：不仅不能离开，还要经常打扫卫生，把房前屋后打扫干净，既让领导能下脚，你们也真正有个幸福生活的样子。特别是不能乱说！领导问，你们就说感谢，说我们的日子好得很！

镇长说到这里，内中有人咕哝："好，好他妈个蛇蚂子。"

本是愁苦着的人，听见这话笑了。连镇长也笑了。

这有个典故。蛇蚂子是川东北方言，指雌性动物生殖器。前几年，省委卢书记到与东轩相邻的开阳县视察，车在乡村公路上跑，卢书记见远处的坡地上，有个锄地的老妇，临时起意，要去看望下子，便钻出车门，踏过浅草斜坡，沿垅沟走到老妇人身边，亲切地问："老人家，日子过得好吗？"卢书记是天津人，说的是普通话，老人听不懂，紧跟上来的市县一把手，忙着为她翻译。老人听了，横手揩了把泛白的鼻子，挺着脸说："好？好他妈个蛇蚂子！"随行人员脸都吓青了。幸亏卢书记没听懂。可他在问呢："她说什么？"个个噤若寒蝉。再不回话，就出事了，在这千钧一发之际，跟在市委书记身边的副秘书长，身体略微前倾，从容对答："她是说，现在的日子起码比以前好多了。"卢书记高兴起来，说这就对嘛，只要芝麻开花节节高，就有奔头，就有希望。

凝固的空气化开来，整片山野，洋溢着喜气。

这件事闹出两个结果：一是再有大领导来，无论落脚城市还是去往乡村，都提前安排妥当。二是那个化险为夷的副秘书长，迅速发达，先把副字去掉，很快又添了个副字——副市长；不久再添两个字——常务副市长。

他叫冯泉。

冯泉，估计很多人都忘记了，他曾在回龙镇当书记，并因不习水土，对大姐夫发狠，说不信收拾不下来一个土皇帝，要把大姐夫刮得一根毛不剩，结果差点儿酿成械斗，把自己弄翻船。果然翻了船，不过不是冯书记，而是赶场的村民。后来冯书记调走了，成了白马市凤凰区副区长，然后是区长、市委副秘书长，现在又成了常务副市长。

但“蛇蚂子”那样的好事，毕竟是千年等一回，即使等到，你也没有人家冯常务的敏捷，所以对冯常务的连升三级，你只有羡慕的份。

镇长笑过几声，便又正了脸，把前面的话重复了一遍，再次强调不许乱说，谁乱说，都不会有好果子吃！

二

这些事，笔架山人早有耳闻。

不要说幸福家园的房子是那般模样，就是天堂，他们也不想搬。

笔架山埋着他们的祖坟，有祖坟的地方就是家，他们舍不得搬。

于是不搬。

县政府正致力打造“山上的县城”，不搬怎行！村干部把全体村民召集到村委会，说研究对策。可就是这短短的两个钟头，世代祖居的屋舍，被嘎吱吱扒出了肠肝肚肺。村委会是处独立院落，离村舍远，院外古木森森，看不见也听不见村里的动静，加上吵闹，更听不见。那些人开完会，家就已七零八落，牲畜跑的跑掉了，压的压死了，锅碗瓢盆偶从断砖败墙中露出半个身子，往外一抠，破的；孩子的奖状，老人的遗照，将废墟翻个底朝天，竟也找不见，待终于在茅坑里找见，却是一泡渣，且屎尿横溢。

于是哭，坐在家的废墟上。

倒不是那种昏天黑地的哭法，而是无声地哭。不知道是哭不出声，还是如瑞松曾经说过的那样：现代人，情感被稀释，既丧失了欣喜若狂的能力，也丧失了号啕大哭的能力。

不管你用什么哭法，那地方都是不能久坐的：它已被征用了。

但笔架山人不甘心。

县城外，除有座漫水桥，还有一座四十米宽、三百米长的钢架桥，名叫清溪河大桥，二十年前建成，是连接河两岸的要道，河对面那条马路，通向三个邻县，若走老路去白马和重庆，也是从河对面去。笔架山人便把那桥作为人质，将它挟持了。他们在桥中间，堆了几十个黑乎乎的汽油桶，油桶正中，竖着一桶炸药。笔架山的男女老少，包括刚出生的婴儿和还在母腹中的胎儿，都聚在油桶那边的桥上，随时准备划燃一根火柴。县里闻讯，慌了手脚，连忙调动警察。桥上人见状，由不甘化为愤怒，并迅速改变方略：与其舍身成仁，不如取而代之。于是退出桥身，回到高处，用弹弓将一粒火种投向桥心。

达友说，清溪河大桥已炸成两截，数百村民持大刀斧头，冲过漫水桥，闯进城里，见猫杀猫，见狗杀狗，见人也就杀人。

“我扯谎的话，输根指拇！”达友说着，比出右手的食指。

他之所以有这底气,因为他是听辛宏才讲的。辛宏才住在上街，年不上三十，就做了回龙镇粮站站长，当然那是多年以前，那时候的回龙镇，还叫回龙乡，辛宏才在乡场的名声，远大于书记，村民交公粮，合不合格，评啥等级，都由他说了算。他恨不得将每颗粮食都咂一口，有一颗没咂出嘎嘣声，就拒绝过秤，给他下跪，把他叫爹，都是惘然。我很小的时候，常听见大人们交公粮回来，还在堰池沟，就厉声怒骂："辛宏才那野鸡日的，不遭雷劈，就遭水淹！"而在街上见到他，又无不是战战兢兢地巴结，正卖小菜，就送他几把小菜，正卖鸡蛋，就送他几个鸡蛋，待他走远，又下咒语，说他吃了烂屁眼。辛宏才一路地活过来，既没遭雷劈，也没遭水淹，活得眉毛都白了，还身体强健，行止轻巧，且再没人骂他。不去他胯下过活，就不骂了。非但不骂，还尊敬他。是因为他变了。他那铁石心肠，而今软得像烂柿子，见雀儿打架，也要站在树下劝，听到狗哭叫，也要抹泪水。他女儿嫁到了县城，他便常往县城跑。

今天，达友在中街碰见他时，他刚从县城的女儿家回来，达友给他敬烟，他点上烟，就讲起了县城的事。听众从五个到十个，从十个到二十个、三十个，团团地将他围住。

"难怪，"听的人说，"我才见俊芳两个在车上。"俊芳是辛宏才的女儿，意思是他女儿女婿，也回镇躲难来了。

"眼见动刀动枪，到处断手断脚，不回来，未必在那里等死？"辛宏才这样说着，流下了眼泪，为那些死伤的人。

三

达友带来的消息，让院坝里兴奋起来。

连难得歇手的搭彩匠，也用竹刀把篾条压住，丢心落肠地抽烟，像他已大功告成。其实他还有好多事情要做，灵塔的骨架虽已搭好，就像房子已经上梁，但墙壁未刷，窗花未雕，行茶办饭、坐卧起居的一应家什，也未添置。

那些打麻将的，尽管照样打，但嘴上说的，再不是麻将，而是依照各自的想象，描述县城里的砍杀之声，惊恐之状。

有人后悔今天没去赶县城，利民就说：“你现在去还来得及。”那人便摸一摸脑袋，嘿嘿笑，说算了，别的没啥，我吃饭还要靠这家伙。又有人说，把县城人杀光，县城的房价保险就像摔岩，我们卖两背篼洋芋，就能去买套房子，这辈子也当一回县城人。这话立即被嘲笑：“县城人死光了，房子更贵！”问为啥呢？答说：“以前是国家的县城，现在成了笔架山人的县城，就像国有企业成了集体企业。”王晴光脸一掉：“都差球不多！”王晴光一直说他女婿吃的是国家粮，说得多了，他自己也信了，但这时候，他大概想起了女婿上班的厂子拖欠工资的事，又气愤它为什么要垮掉，因而没有好声口；如果占惠说的是真的，他大女婿还杀了人，他更不会有好心情。小兰用麻将碰出一颗麻将，说：“八抬大轿抬我，我也不去县城住，阴气重！”

话出口，转眼看到培亮，忙停下了。是突然想到培亮的父母就住在县城。

培亮正吓得不行，他摸出手机，给父母打电话。知道父亲说不明白，就打给母亲。母亲关机，只好打给父亲。通了，却只响三声，挂了！培亮脸都青了，接着打，这回只响两声，又挂了！便站起身说：“我怕要回去一趟哦。”说得舌头都挢不转。

丽丽斥责：“你这会子回去？既然通了，就再打嘛！拿来我打！”

这边一吵闹，那边的人也才都知道了培亮的父母住在县城，便不好多议论，只安静下来，听这边说啥。丽丽把培亮的手机夺过去，还没拨，就响了。是父亲的号码，却是母亲在说。母亲打着哈哈，说你爸爸笨，两次都按错了键。手机音量足，旁人都听见那笑声。培亮又将手机一把抓过去，劈头盖脸地训斥母亲，问为啥子关机。

培亮是不发火的人，这时候火气却特别大。

其实听到母亲笑，他已放下心来，正因为放了心，他才发火。

母亲说我哪是关机，是没电了。培亮便把达友说的，重述了一遍，母亲听了，说："娘呢，有那个事？"然后说："我不晓得杀人，只晓得这几天怪怪的。"培亮问咋个怪法，母亲说，到处都在刷墙，到处都在扫地，还用高压水枪，把陈年老垢都冲洗了，前两天还准车走，今天车都不准走，遍街光堂堂的！培亮又着急起来，问他们在做啥。母亲说："要哟，还能做啥？汽车都不准走，我们这三轮还敢出动？"培亮便交代，叫赶紧囤几大箱方便面，几大箱矿泉水，就躲在家里。母亲应了，又问这边外公的丧礼排不排场，闹不闹热，丽丽累不累，爸妈身体好不好。又说："你外公在三医院那阵，也没人递个信儿，你爸妈下来，也没到我们这里耍，没给我们说声，害得我们也没去医院看看。"

这话，估计她已给培亮和丽丽说过，但培亮为让我们都清楚他爹妈是因为不知道父亲生病，才没去医院看望，便又高声大气地回母亲："我跟丽丽都不晓得外公生病，外公老我们才晓得。"

言毕，对母亲又是一番叮嘱。

"你妈们不晓得杀人，"培亮刚挂了电话，喜鹊说，"是他们住得背角。"

喜鹊是为父亲抹汗的人，我说过，这等人是丧家的功臣，只管吃，不做事，但村里人少，能做事的更少，这些天，喜鹊也天天来帮忙，放鞭炮，烧纸钱，搬东西，扫院坝，捡着活路就做，怕柴火不够烧，他还去春晌的山林，砍回了几百斤青冈棒。平日里，他上县城的时候，比一般人勤常，如果事主请他漆屋子、家具和棺材，自己又没备漆料，他就去县城进货，县城才能买到上好的川漆，原料越好，赚得越欢。有次他是跟大哥同去的，在民歌广场偶然碰到大姐夫，大姐夫说，他刚去看了培亮的爹妈，现在去县委，县委组织全县村支书去旭日新村参观。旭日新村在下游十公里处，比幸福家园修得早，是县里打造的新农村范本，一律的白墙绿瓦，翘角飞檐，村民开农家乐，跳摆手舞，供游客休闲娱乐。大姐夫离开后，喜鹊问培亮的爹妈住在哪儿，大哥说了，又说起培亮他爹那闷葫芦样，两人笑了一路。

“刷墙扫街，肯定是清除血迹。”喜鹊又说。

大家都赞同，说血那东西，是很奇怪的，特别是人血，要说脏，并不脏，可就是见不得；人人身上都有，但想不得它，也见不得它，想到了，见到了，麻烦就来了。

四

县城出这么大的事，怎么没个朋友吱一声？以前，芝麻大点事他们也要打个电话，这回的事惊天动地，却都哑了。或许，他们是想到我在给父亲办丧，不好打搅的。若是这样，倒也罢了，我担心的是，他们自顾不暇、自身难保。

我悄悄从王晴光和他母亲老房子之间的夹巷，抄近路去了后山。

所谓近路，就是没有路，夹巷过去是偏厦和茅坑，茅坑边有个两米高的土坎，坎上生着一棵歪脖子杏树，我抓住杏树的枝丫，爬了上去。也没爬多高，就在院子背后，房梁刚好挡了，院里人看不见我。屋后是稻田，我沿着田埂，向东去。田埂连着田埂，稻秧挨着稻秧，那些长得快的，梢头卷起，像包着头帕，或搭着盖头，是准备出阁的样子了。田里偶尔露一线水花，倒映出蓝天白云。蚱蜢蹬着翠绿的长腿，在青葱的叶片间跳跃，水花轻漾，蓝天摇动，然后又慢慢静下来。出了院子,空气里就笼着甜香。一切都这么和谐、美好。美好得没有卑微，路边和田畔的小草，也被天地滋养。

走过三五根田埂，见四下无人，我便站下来，摸出手机。这一刻，我真有些紧张。我在想把这个电话打给谁。还是打给瑞松，他是电视台的，信息灵通。

正像培亮打给他父亲一样，通了，却没接，不同的是，瑞松的电话是从头响到尾，不是中途挂断。打两次都这样。

于是又打给独辫子。

响过四声，接了。信号很不稳定。原来他去了百里峡。百里峡是东轩县最偏远的去处，与重庆某县接壤，奔腾的群山，挤出百里长峡，因而得名，那山比万源大山还恶，山民出门种一趟地，需走三几日，因此大多是在地头搭个蓼棚，就住在那里，种下了，收割了，才回，这一去就是大半年，出门时穿的那身衣服，已烂成绺绺，男人的头发也长过肩头。如此地界，竟传下来一种了不起的东西，名叫薅草锣鼓，边敲鼓边唱歌，其实就是劳作时鼓劲用的，但唱词很奇，跟偏荒二字全不搭界，十分典雅深邃："老者少者，细听我言：神农植下五谷，虫蝗忽然发现。天子无法可治，许下贺功良愿。招集天下歌郎，来到歌场挑选……"独辫子以前去过，没听见他们唱，这次听了，就准备赖在那里。

他说，他要让那里的每块石头都唱歌。

说到这种话题，独辫子总是一改沉默的天性，滔滔不绝起来。

我没对他说县城的事。听起来，他也不知道县城有过什么事。他是老县城，父母妻儿都在那里，连他都不知道……很可能是家人忌惮他工作起来的癫狂，加上百里峡山高路陡，怕他神思恍惚出意外，只要家人安好，就不告诉他。这样好。世间有两种智慧，一种是知道，一种是不知道，许多时候，不知道比知道好。就像占惠养的那头肥猪，不知道自己活不了几天，就比知道了要好。但我或许是多虑了，达友信誓旦旦带回来的消息，出于他的想象，或是出于辛宏才的想象。

五

我站立的地方，刚好能看到下面母亲的坟。本来也能看到奶奶的（奶奶死后，村里人帮忙，把她埋进了我们的坟山），但自从父亲腿摔了，特别是他住到拐枣坪后，每次大哥打扫坟茔（二哥从不管这事，春晌到了拐枣坪，也不管），都只打扫母亲的，将奶奶的遗弃，那坟上长满竹鞭、黄木、麻柳和红刺藤，说不定还盘着大蛇。一个彻底的荒芜世界。奶奶的坟旁，还有坟，想必是曾祖辈和高祖辈的，更是无法辨识，坟头上的土，被风吹走，被蚂蚁搬走，几乎看不出坟的样子了。

多年来，我习惯了祖坟的模样，但喇叭里传来的祭文，让我知道这里很快将添一座新坟。明年春雷响起之前，大哥再来打扫——春雷响后，就不能动坟，否则死者会被天雷惊吓，日夜不安——就要多拔出一倍的竹根和小树苗。再过些年，父母的坟也会被遗弃。

但这似乎也没什么值得悲伤的。我们担不起过于沉重的记忆。大约十年前，我跟中国诗人代表团去乌克兰，那里人说，记住自己的七代祖先，是义不容辞的责任，路上碰到一个小孩子，就逮住了问："你是谁家的孩子？你父亲的父亲是谁？祖父的父亲是谁？祖父的爷爷是谁？祖父的爷爷的爷爷是个怎样的人？干哪样活计为生？大伙儿是如何看待他的？"要是那小孩答不上来，小孩的父母就会受到责难。

当时听了，我很惭愧，但现在我想，毕竟，他们也只能记住七代，而今天的人，都是初民的后裔，断了任何一环，也就没有当下的某一个个体，可我们谈论狉狉獉獉茹毛饮血的先民时，都指着历史书上那些笨拙的图画发笑，谁曾去想自己身上正流淌着他们的精血？

二哥哭唱了祭文，阴阳师又开始念经。

近处听起来很模糊，到这屋后的田埂上，反而听得真切："吾本洪荒老母，无上地母元君。威威造化万物，荡荡养育群生。运度风云雷雨，产生日月星辰。初命盘古下世，混沌开辟乾坤。天聋地哑配合，身怀有孕十春。孕满产生六子，书著五典三坟。再命伏羲画易，教民嫁娶婚姻。三命神农下降，教民稼穑躬耕。四命轩辕下降，教民布帛衣襟。造化万物已毕，道气化之三清。今值下元顽世，人非上古朴淳。诸仙诸佛领旨，下界普化奸民。日夜纠察善恶，人间纤悉悠分。已曾临鸾显化，已曾出谕传经，怎奈孽冤种子，恶孽日造日深。至此有何良策，垂救下界生民……"

六

李志说他爸爸在开会，以为是顺口胡诌，其实是真的。

这天，尽管是周末，尽管大领导去的是县城，但全县除学校外，各部门都得上班，且比平时更要有个上班的样子。乡镇尤其如此。主要是害怕上访户。那些上访户比泥鳅还滑，分明没有漏洞，他却钻出一个漏洞，且憋住一口气，一钻就钻到省城，甚至北京。

就在我父亲出院那天，韩副镇长才去北京接回一个。

那人名叫秦元，但都叫他秦打滚，老君山梨树村人。多年前，计生干去捉秦打滚的老婆，蹲守好几天，才摸清他老婆藏在一个山洞里，又潜行到那山洞上方的松林蹲守，约莫半个时辰，见秦打滚端着空碗，腋下夹着穿脏的衣物，鬼鬼祟祟从洞里出来。洞下的土坪上，放着草花篮，秦打滚把碗和衣物用草掩了，背着花篮下山。待他走下几重岩，不可能再听到上面的动静，计生干便准备下手。正这时，洞口又爬出一个人。正是他老婆！那婆娘是出来撒尿的。真是天赐良机。待婆娘褪下裤子，计生干一拥而上，将她摁倒……

时隔七年，秦打滚不知发了哪股水，旧事重提，索要“公道”。秦打滚是说，有个叫敬小鹏的，将他老婆摁倒后，摸了他老婆的奶子，还摸了他老婆的下面。七年，两千多天，敬小鹏留在他老婆身上的指纹，早被雨打风吹去，刀也刮不出印儿，加上跟敬小鹏一起的几人，都说摸是摸过的，但摸的是肚子，奶子和下面，最多是不小心碰了，并没成心去摸，“一个怀孕婆，有啥摸头？”但秦打滚偏说敬小鹏是成心，敬小鹏摸了，还把手放到鼻孔底下闻过。他老婆当时，三魂去了两魂半，跟个死人差不多，能注意到这些细事？

纯粹是胡枝扯叶。

此外秦打滚还说，计生干杀了他家的鸡吃。秦打滚为只咸猪手，为一只鸡，要起“公道”来了。

他告的两宗事，都拿不出证据，得不到答复，于是上访。

竟上访到了北京。

接待他的工作人员刷了一下身份证，说，两个月内，有人会答复你。

所谓答复，就是被村干部和镇干部找去谈话。

秦打滚输不下那口气，就年年上访。

上访户不止村民，还有居民，开发商在滨河路挖的那个大坑，既坑了村民，也坑了居民，更多的是居民。尽管那大坑早变成荷塘，但一池浑水，填不满心口里的洞，荷叶荷花和蛙鸣，也不值几十万真金白银。为那件事上访的，一直没有断绝。某些人息访一阵，想一想，想不通，又去上访。就像一盏灯，熄了，又亮了，点亮那盏灯的，既可能是某句话，也可能是某种气味，就如过敏性鼻炎患者，简直弄不清是哪宗物事惹了他，让他又揪住了鼻子。

除了居民，还有乡镇职工。

林业站的龙运青就是个例子。

龙运青的老婆叫彭睿，也在林业站上班，两口子结婚没多少时日，彭睿去赶趟县城，再没回来。龙运青报了案，说他老婆遭了绑架。案件并无进展，便悬置在那里。三年过后，彭睿自己回来了。尽管她不说，但这三年时间里，很多人都知道，她是跟一个江苏人跑了，还在那边生了小孩。那江苏人不知来东轩干什么事，在县城滨河路听见彭睿打电话，见她长得好，声音也好，就凑上去，说她前世定给佛献过花，模样儿才这么好看，也给庙捐过钟，声音儿才这么好听，几说几说，就把她心说花了，跟那江苏人一道去吃饭，饭毕，又领她去买首饰，一买就买了九万多。她像是吃了迷药，成了那江苏人的木偶。她被那人带回江苏，另置别室，做了偏房。开始还对她热心热肠，待她生了孩子，就冷了。孩子出生后，她连见也没能见上一眼，甚至不知是男是女，就从她身边弄走了。她是被那江苏人借了个肚子。她独自一人，荒在那别室里。身体荒，心更荒。荒草连天。无可如何，只作归计。

她或许带了些钱回来，但看形景，也不会很多。

当然，这些内情，外人究竟也不清楚，外人所知道的，是她回来后,工作没了。龙运青便去闹,说当初彭睿被绑架,公安破不了案，她自己回来了，你们还要抹掉她饭碗？闹几次不成，他便跟踪镇党委书记。当时的书记姓黄，他把黄书记跟踪几天，突然去了黄书记的家。黄书记见他来，先就有几分不悦，他才不管，抓起茶几上的烟，抠出一支就抽。黄书记知来者不善，叫他走人。他却在沙发上坐了，二郎腿一跷，慢掩掩地问："黄书记，你大前天晚上十二点五十在哪里？昨天晚上一点十分在哪里？"这黄书记一听，连忙给他泡茶，彭睿的工作也顺利恢复了。

这不是很好吗？谁知那彭睿，竟跟龙运青再也过不下，龙运青没嫌她，她倒嫌起了龙运青，勉强跟龙运青过了几年，就坚决离了。离婚两年多，河运站站长的老婆病故，彭睿就嫁给了那站长。龙运青这时候又跳出来，又去翻案，说彭睿当年不是被绑架，是跟野男人私奔了，私奔长达三年，给单位连个假也没请，回来咋还能恢复工作？必须把工作给她搞掉。处理这事的黄书记已经退休，且吃财政饭的，都有名头、有档案，怎能说搞掉就搞掉？这不是儿戏。但不搞掉，龙运青就上访。他果然去了省城，还扬言要去北京，弄得镇领导焦头烂额。书记和镇长，都给彭睿的现任老公打了招呼，让他把龙运青稳住，不稳住，就拿他试问。弄得那河运站站长也焦头烂额。

还有更奇的上访户。

前年腊月二十八，北京的电话打到省上，省上打到市里，市里打到县里，县里打到回龙镇，让火速进京接人。隆冬时节，年关当前，寒风成为霸主，自北而南地吹刮，摇动平原山川，那个纵贯而来的电话，也如寒风般遒劲、凛冽。只是过于短促，连上访户的名字也没听清。镇上的主要领导都进了城，只留了一个叫宋年的副书记在，书记就指示宋年，叫他换身衣服就去北京。当然不是他一个人去，还要带两个身强力壮的帮手。接上访户，不是接出那幢大楼就了事，还要接回原籍，否则他一转身又去上访。

这带队的宋年，平时不管事，也管不了事，正因此，在街上听人打招呼，他客气得不得了，他不知道老百姓喜欢当官的客气，但如果你客气得没个章法，背后没个威严支撑，甚至把自己等同于老百姓，老百姓就看不起你。久而久之，给他打招呼的就少了，他便也自弃起来，尽管每天上班，却是和尚做了，并不撞钟，只图混到退休；与之相应，啥事都不再讲究，包括衣着，他那衣着跟身份很不般配，有时简直近于邋遢。书记之所以叫他换身衣服走，就是怕他像平时那样穿。你出去了，就代表一个地方的政府形象。

接上访户得赶时间，若去北京接，都是汽车送到重庆，再坐飞机进京。可镇政府的车都开走了。书记便又给我大姐夫打电话。大姐夫让杨津去送。若是别的领导带队，大姐夫定会陪同送到重庆，宋年去，就没必要累那一趟了。

宋年一行到了北京，接到手的，是对夫妻，鸦雀梁村的孙久善、雍琴两口子。这两口子多年在京打工，没听说过上访，他们那老家，跟燕儿坡邻界，最近又没甚工程，不至于占田占地、扒房拆屋，究竟是为哪般，也走了这条道路？

返程中，宋年一路细问，两口子只管紧着嘴。

终于有了件正经事做，宋年开始是很兴奋的，见怎么问也问不出来，心想那些远离家乡的人，也晓得我宋某人是根木桩，心就冷了，懒得问了，只要把人接回来，就算交差。

过了正月，才听鸦雀梁的人讲，孙久善两口子，根本就没啥事要上访，他们是买不到车票返乡过年，才想出了这一招。

这一招真妙，不仅免费回来，还坐了飞机！

宋年是个节俭人，从某种程度说，也是因为他节俭，才被上上下下的挤对。这是消费主义的时代，倡导的是大刀阔斧、天翻地覆，需要的是开源，不是节流，节流几乎就等于无能，是被小看的。但节俭这东西，不管把它当成病，还是当成美德，都是根子上的事，要改是很难的，宋年明知别人把他的节俭当成病，却也改不了，他想，去时坐飞机，是要赶那二十四小时，是不得已，回来就该坐火车，哪怕因此错过了与家人的团年饭。可确实买不到票，黄牛党手里，也只有正月初五过后的，在北京吃住一周，不是花得更多？又是不得已，返程才坐了飞机。

这事尽管荒唐，过了也就过了，谁知孙久善两口子的高招，不仅成为回龙镇，还成为整条河上的佳话，到去年底，效仿的多达数十人，要么在省城，要么在京城，都要去接，弄得七八个乡镇苦不堪言。乡镇无不是寅吃卯粮，再加上这笔开销，只差没宣告破产了。

我听大姐夫说，回龙镇更不堪。他们还有另一笔开销：上访户不仅要花钱去接，还影响镇领导的政绩和官阶，于是镇上就悄悄给老上访户发钱，每月一千块，将他们稳住。已有六个人领着这钱。这六个人前不久还去镇政府闹过，要求加"工资"。

七

但终归说起来，跑路也罢，花钱也罢，跟这次一比，都不算啥了。

这次是大领导来东轩。

往常去接人，反正见不着领导，就算老天开眼，领导刚好在你出入的场合露面，你也没机会上前搭讪，领导不知你是谁，也不知你来自何方。可既然领导来了东轩，指向就明确了，出了纰漏，那顶七品八品的官帽，怕就要换个脑袋。

让人担心的，是其中的某些家伙，知道有领导来，突然挑动某根神经，忍不住，要去拦领导的轿子。但这可能吗？沿路布哨，热兵器加冷兵器，数十公里闲人绝迹，万车皆无，只有领导和随从的车，等距离地跑在路上，谁想去拦，都要先让自己睡着，进入梦里。而且老实说，在这川渝鄂陕交界的大巴山区，几辈子也见不到这等阵仗，现在见了，眼睛瞪着不眨，嘴巴张了不闭，还嫌看不够也惊叹不够呢！古话说，见得稀奇事，胜活一世人，稀奇事见了，人又继续活着，便等于活了两世人，谁那么傻，要在自己寿树上动剪刀？

但不怕一万，就怕万一，事情没结，就要想到任何意外都可能发生。

头天下午，回龙镇就给村支书开了会，叫清查各村住户，掌握详细行踪。之所以没叫大姐夫，一是知道大姐夫死了岳父，正在办丧，更重要的，是李家岩村从没出过上访户。今天叫大姐夫去，是村支书有个汇报会，这个会任何人都不能缺席，否则少了一个村的情况，真出了意外，就没法交代。

大姐夫打早下山，并没先去镇上，而是下了山又上山，回了他的村子，各处走访。没外出打工的，都在村里，包括灰狗儿在内。大姐夫特别要看的，就是灰狗儿。灰狗儿跟李保顺一样，住的是单地方儿，周围没邻居。大姐夫去敲他窗子时，他还在床上挺着。他那家的格局，和二哥家相似，临窗有间屋子，灰狗儿就睡在那屋子里，且从不挂窗帘。挂了窗帘，他就是一个人睡，不挂，他就感觉跟整个村子睡在一起。虽如此，却并不证明灰狗儿喜欢和人打堆，事实上，他不大理人的，他认为一般人不值得他理。

这天，他穿着长裤，光着上身，早晨天凉，却啥都没盖，直杠杠横着，像一棵砍倒的树。大姐夫曲指敲窗，敲了几下，他非但没应，还翻过身去，头朝里，一摊松弛的、灰褐色的皮肉，耸肩缩背地蜷着。大姐夫接着敲，只敲出灰狗儿一串响屁。与此同时，门外的桉树上，一只喜鹊喳喳鸣叫，每叫一声，尾巴就翘一下。

大姐夫不敲了，说："这东西。"

说得很轻，灰狗儿却听出了是谁，一蹦就起来了，连忙跑到侧边开门，裤子都没扭正。

"李书记，"他说，"你不是在给你干老汉办丧吗？"

在我们那里，先前把岳父不叫爸爸，叫干爹，叫爸爸是最近一二十年的事，所以稍微上些年纪的，大多习惯把岳父说成干老汉。

灰狗儿显得格外精神，这不仅因为他早就醒着，还因为他见杨津也在，就知李书记是刚回来，回来得恁早，恁急，还特意来寻他，说明有事要他办，比如翻着白眼，往公路上一躺，拦人的车，往人家碗里吐泡口水，寻人骂架，骂上几声他就要挨打，挨打他不怕，他要的就是你打他，你打了他，你就有麻烦，你有了麻烦，他的事就办妥了。大姐夫给他安排事，从不细说做法，只说把那某某奈何一下，他就懂了，办法都由他自己去想。

有次大姐夫让他去奈何明月村的鲁庆，他得儿一声，就到明月村去了。明月村在镇子上游，傍河，大姐夫跟何老三的采砂船在那里作业，鲁庆却说这是明月村的河道，多次阻拦，还往铁筛子里泼沥青。这天灰狗儿先去找了何老三，请他指认谁是鲁庆，何老三说，那边地里的就是。当时，鲁庆正跟他老婆蹲在地里育苕秧。灰狗儿张眼察看了地形，计上心来。连着那地头的，只有一条路，他便去到路的高处，坐在一棵桤木树下抽烟。这烟是大姐夫给的，巴香清的红壳子。扔下一大堆烟头，鲁庆两口子起身，是要回家了。灰狗儿身上像爬着蚂蚁，痒，却痒得振奋。鲁庆走在前头，他老婆跟在后头，相距七八米远，灰狗儿放鲁庆过去，待他老婆爬上坎来，他堵住一个鼻孔，哗啦一声，另一个鼻孔里喷出一股子稀东西，喷在哪里他也没看清，就当成是喷在那女人的奶子上，他慌忙站起，说对不起呀兄弟妹儿，把衣裳给你弄脏了。说着跨前去，叉开手掌，在女人奶子上揩。女人哇的一声惊叫。鲁庆听见说话就已回头，当灰狗儿去揩他老婆的奶子，揩得胡乱晃荡，他挥着点锄，冲了过来。灰狗儿手上没停，转过脸迎接鲁庆。就在点锄砸下的瞬间，鲁庆怯了一下。这一怯就怯得发泡。他认出了这个人。这个全镇闻名的无赖，他认出来了。他早该认出来的，那人趴着屁股的样子，他就该认出来。鲁庆突然停下了，灰狗儿很不满意，把头往前伸："砸呀，你砸呀。"鲁庆却不敢砸。他怕了。他不怕镇领导，也不怕镇领导的亲朋好友、贴心豆瓣儿，但他怕灰狗儿。他不知道他的怕，让灰狗儿多么恨他。那女人已跑前几步，灰狗儿气不过，追上去，着实地在那奶子上揉搓。鲁庆眼睁睁地，连动都没敢动一下。灰狗儿由气转怒，日娘捣老子的，骂声不绝，竟也没了手段，快快地回转了。

他以为没完成任务，没想大姐夫依然给了他好处。每干一趟差事，大姐夫都会给他好处。当然好处也不是白给的，对大姐夫他们的采砂船，鲁庆再没敢放一个屁。

八

今天，灰狗儿想，他又有好处得了。

难怪有喜鹊叫。

可大姐夫并没有事情吩咐他，只说来看看他。灰狗儿有些灰心。大姐夫抓了根条凳坐了，又叫杨津坐。杨津坐之前，把凳子上的灰吹了。但大姐夫没吹，是直接坐下去的。坐下后，大姐夫对灰狗儿说："我跟杨津没吃早饭，你整点吃的。"

杨津诧异地看着大姐夫。刚才，一路上都有人留李书记吃饭，李书记都说要上街开会，没时间吃，他的干儿子广里，以及广里那个干瘪得像个纸人儿似的老婆，留他差点流出了眼泪，他都没答应，现在却主动找灰狗儿要起了吃的。

灰狗儿这家，说是狗窝，狗听了也会生气，积年的汗臭、鞋臭、口臭，让人宁愿不长鼻子。大姐夫没向杨津解释，只叫灰狗儿去生火，还说不急，你慢慢弄。灰狗儿的诧异，比杨津更深，有多少年没人来他家做客了？听大姐夫叫他弄饭，他还不信，又叫他生火，他才忙披了外衣，进了伙房。

伙房就在卧室旁边。这两间屋子，就是他的家。

不过对他而言，已经够宽，宽得空旷。他一边忙，一边跟大姐夫摆着龙门阵。他早就不习惯跟人摆龙门阵了，何况是跟支书，还是在他家里，因此都是大姐夫提起话头，他答，答得有些抢，每句话却拖着尾音，尾音里含着羞愧的亲切。

这再一次让杨津诧异。

这个让人厌弃又让人害怕，完全像坨狗屎的家伙，竟也有这样细腻的感情。

灰狗儿提了块腊肉出来。杨津又看了大姐夫一眼。杨津想的是，在他这里吃，越简便越好。可大姐夫却没拦，只说："你还可以嘛，现在还有腊肉。"灰狗儿脸红红的。是因为高兴。他作为主人家，到底也有道像样的菜待客。肉身长满白霉，散发出白霉和肉化合后的气味。灰狗儿烧了热水，倒进盆里，用丝瓜瓤把白霉搓洗了，再架到火上去烧。

肉香闹了一屋。

一种安详的、类同于幸福的气息。

若是灰狗儿自己吃，稍微过一下火，去掉猪皮上的汗味儿就行了，今天烧得滋滋乱响，油直往柴块上滴，把柴块滴黑，他才拿起来。他不能让客人嚼不动。烧了，洗了，刮了，切了，和土豆片炒。接着又煎了碗虎皮海椒。他还要去地里挑白菜，想烧个汤，大姐夫看了看时间，说行了，再挨我就来不及了。灰狗儿很过意不去，说只有两个菜。但大姐夫已坐上餐桌。那餐桌放在窖坑上面，窖坑的盖板削薄，承受不住桌子的重量，朝下窝，桌面有三寸厚，至少两寸是灰尘和油垢，灰尘油垢结成板，里面嵌着头发丝，揪都揪不下来。

灰狗儿满身汗，衣服都湿了，写酒添饭之前，他要把自己收拾干净，便扯下洗脸架上黑油油的帕子，在脸上搓，脸上搓了，又撩起衣服搓，前前后后搓了，又搓胳肢窝。搓完搭回去，取了筷子，端出酒碗。碗里乌一片黄一片，他怕脏着客人，又慌忙扯下帕子，就是他抹脸搓身的那条帕子，在碗里仔仔细细地横揩竖揩，揩几个来回，觉得揩干净了，再写酒。

杨津后来说："那个狗日的，老子当时差点就吐了。"

杨津以开车为由，滴酒未沾，大姐夫却是把那碗酒喝得干干净净，还眉头都没皱一下。这也是让杨津极其佩服的地方。再嫌脏，大姐夫也不显出来，不然会伤了人的心。干部当得好，就是不伤人的心，尤其是不伤卑微者的心，所以才有父母官这一说。

吃罢饭，大姐夫摸出一百元钱，递给灰狗儿。灰狗儿问："这是啥子钱呀李书记？"大姐夫说你莫管，你接到就是。灰狗儿却不接。这第三次让杨津诧异。在他的印象中，不管是给烟，还是给钱，灰狗儿从没推辞过。今天推辞，是他觉得，几十年没在家里请过客人，更没请过支书，难逢难遇请一顿，咋能收钱？大姐夫理解他这心思，也没坚持，把钱揣了，又摸出烟来抽。杨津却有些急，问他："你是几点开会？"

大姐夫说十一点，再坐十分钟就走。

在这一刻，杨津猛然明白，对灰狗儿，大姐夫是不放心的。

十分钟后就是十点，杨津也知道首长十点到县城，大姐夫是要把灰狗儿守到那时候。其实，就算灰狗儿有想法，九点钟走，也奔不到县城去,但大姐夫偏要守到十点正。他完全可以交给李前涛守，他今天最先去的，就是李前涛家，跟李前涛悄悄说了些话，就出来，李前涛也没留他吃饭，看来是知道他要亲自来守。这是一种态度，一份忠诚。没有那种态度和忠诚的人,就理解不了那种态度和忠诚。

大姐给大姐夫打电话的时候，大姐夫已经上街，正在开会，且正在发言。

九

第二天上午，大姐夫才回到燕儿坡。昨天，他们在镇政府正汇报情况，接到上面通知，说首长没能按时到东轩，要求把值班时间延长，延长到何时，照样是等通知。因此会没开完，就解散了，村干部各回各村。行政意义上的“村”，几乎已经解体——地界还在那里，可地界上的人，早星散各地。既然每个村都有人住到了街上，村干部们便也图省事，只在街上行走，有选择性地串门。大姐夫村里，没出过一个上访户，他却比世人尽心，把李家岩搬上街的住户串了个遍，而且来不及吃人家的请，就叫了杨津，又回到李家岩。

根据谭瑞松提供的首长行程，大姐夫在李家岩，会待到下午四点半左右。四点半之后，包括整个晚上，他都没回镇上的家。

那家里住着李志、子国，还有四喜和他女朋友申晓菲。四喜是八点一刻到的，他跟申晓菲洗了澡，李志才叫上几个伙计和贵兵父女，一起去吃牛排，贵兵吃了一个钟头，就带着女儿回去了，余下的又吃了两个多钟头。李志的伙计本想跟他到家里睡，四喜不乐意，因为他有龙门阵要跟两个表弟摆，伙计们听出四喜的口风，便散了。

回到滨河路，申晓菲先睡了，几兄弟则聚在客厅，听四喜讲他在哈尔滨中央大街的牛排馆里，怎样和晓菲的父母相见，又怎样让她父母乖乖就范。讲到天快亮，才各自躺下。

那时候也没见大姐夫回来。

十

这天，阴阳先生除了念经和领孝子绕棺，还要打发各路神仙。当然不能用打发这个词，要说“饯”。大神小神，数量众多，上文提到过的牛头马面使者、乌牙凤嘴神将、监押亡人冥官，包括灶神、火神、门神、财神，都属小神，日神、月神、土地神等，则是大神，都是做法事之初就设坛请来的，他们连日辛苦，到这天，成功地将死者褪了阳气，送达阴间，去阎王那里销号。父亲有什么号可销？我想起父亲的住院号00033428，我曾经以为是个吉利数字，却成为父亲的死亡代码，也成为他在阳间最后的身份证明。

如果那是父亲的“号”，父亲自个儿举着，在各路神仙引领下，去另一个世界换户口簿。换户口簿手续烦琐，要颠来倒去跑很多路，因此得对神仙们表示感谢，举办一个饯神会。上午，念了经，绕了棺，灵堂外的阶沿，就设了条桌，桌上桌下，码了大摞纸钱，都由二哥包好的，包成巴掌大小的袱子，也称牒札。刘显文就在牒札上写符，每位神仙写七七四十九封。

刘显文之所以成为师父，徒弟们都听他的，据说有两个原因。

第一个是说，某年月日，他跟一个姓童的阴阳，同去一丧家做道场，合棺时，童阴阳见刘显文的影子落到了棺材里，顿生恶念，陡然松手，将棺盖合上。影子惊叫一声，就被封在里面了。影子是人的魂，魂被捂死、被埋葬，刘显文即使活着，也只能痴痴傻傻地活，不可能再做阴阳了，至少在老君山地界，阴阳这门好生意，就被他童阴阳独霸了。棺盖合上后，是不能再打开的，否则埋下第七天，死者会在子夜时分，破棺而出，扒开窀穸，成为青面獠牙的草寇，先吃了自家亲人，再为害乡里。刘显文两眼翻白，但也就是喘口气的工夫，便镇定下来，双手交替着往外拉，像拉根纱巾似的，把自己的影子一寸一寸拉出棺木。然后进厨房去，拿来一块豆腐、一把菜刀，先将豆腐破开，再手一挥，把菜刀扔了，扔在灵堂外的石柱上，刀刃与石面相触，并没砍进去，可它定在那里，纵有九牛二虎之力，也不能将刀身摇动。就这样，把童阴谋的法力废了，童阴阳从此走了背运，听说远离家乡，做了乞丐。这一招刘显文是不传的，但徒弟们都望着，想他传给自己，因此也都听他，争相讨好他。

听他的第二个原因，就是他会写符。

单就那些字而言，谁都会写，但“一点灵光即是符，世人枉费墨和朱”，符分先天符和后天符，先天符就是那“灵光”，没有灵光的符，等于废纸一张，神仙是不会领受的。

此刻，刘显文穿了道袍，步罡踏斗，念动咒语，然后才方方正正坐了，运笔展纸。他写一手好字。二哥的字已经够好，但二哥说，刘显文的才是真好。和二哥的师父肖安一样，刘显文写的是唐楷，中正，大气，笔落纸上，一撇一捺，都有金石风。

我看着他写，禁不住赞叹："把你这字做旧，没人怀疑是古人留下来的。"他倒也不谦虚，停下手说："做我们这套活路，说得不好听是迷信，说好听点儿是传统文化。我是把它当传统文化看的。孔夫子也说慎终追远嘛。咋个慎终？咋个追远？还不是靠一套仪式。想来也对，一个人活几十年，死了，总不能草草埋了，要好生送走才对。古书上评论某人的死，说'备享哀荣'，哀荣不就是丧事办得隆重嘛，仪式弄得盛大嘛。仪式本身就是文化。既然是文化，还是传统文化，把字写好是起码的。好字，也是传统文化的一部分。"

说罢朝我笑。

从那自信的笑容里，我认出了以前那个名叫刘东的人。他额头宽阔，前额好大一片，不长头发，泛出亮光，我们那里称为"花精高"，说这样的人极聪明。

这个聪明人却始终没能考上大学。如果他上了大学，断不会来做阴阳，他不做阴阳，又会是谁来为我父亲念经超度？

有时候我觉得，一个人之所以走上某条路，不是他自己要走那条路，而是别人对他的需要。由此延伸，你认识了某个男人或女人，并结婚生子，不是由你或你们决定，而是你们的儿女决定，你们的儿女在那里呼唤，且强拉硬拽，促成你们相识，拉扯你们结婚。遗憾的是，世人总是把自己的婚姻，要么当成包办婚姻加以藐视，要么当成爱情结晶一味抒情，不知道背后有更高的规律。当年的刘东现在的刘显文，那么聪明，成绩又那么优秀，却复读几年也考不上大学，是因为有这山上山下的亡人要他护送，其中包括我父亲。

想到这里，我对刘显文就有了一分愧意，更多的是感激。

将符纸写完，已花去很长时间，写完了还要立即焚化。大哥不知从哪个旮旯搬来一个铁皮桶，说是修龙眼潭沟水库时装硝药用的，算得上古董了，它自己也做出成精为王的样子，黄袍加身，只是用棒子轻轻一敲，那皇袍便成齑粉，簌簌掉落。皇袍一碎，身子骨也跟着碎，惹出一阵嘲笑声。刘显文说："快莫敲，将就着用。"于是将它杵在阶沿，暂时作了饯神会的焚钱炉。二哥在头上缠了根青丝，站在炉旁，刘显文和他徒弟念上一段经文，比如这段经文是念给牛头马面使者的，二哥便将写给牛头马面使者的四十九封符纸，两两相对地棚在炉内，单出一封来，用打火机点燃，塞进底部。接着又是一段经文，又是那样烧化。

到下午三点过，才将各路神仙送走，也才安席吃午饭。

午饭吃完，碗筷洗了，小兰那帮牌客还没把场合铺设停当，四喜和申晓菲来了。

十一

当申晓菲走上院坝，整个院坝即刻焕然一新。这女子，像一束光，照得人眼花。这种俗套的比喻根本说明不了什么，她的那种美，就是让整个院坝焕然一新。这院坝里，像不是在办丧事，而是有了一场辉煌的喜事，具体是什么喜事，又说不出来。李志曾预言，说申晓菲也肯定是个丑八怪，可事实上，在这天——我父亲去世后的第五天，申晓菲走进这场丧礼，她就成为对美唯一的解释者，也成了对丧礼和死亡唯一的解释者。

死亡并不丑陋。死亡也不只是悲伤。包括死者本人，也不尽是失去。我不是死者，却也替死者感觉到了。

我当时想，如果来的是程护士，也不会赋予人们如此强烈的印象。但也难说。对只能依靠眼耳鼻舌声去感知世界的庸人而言，许多事情，没有现场，就没有全部。程护士是一个谜，是我在那医院里做的一个梦，永远也带入不到现场之中了。

申晓菲穿着牛仔裤，脖子上系根绿纱巾。北国人到了南方，随身携带着北国的寒气，把南方的夏季也变成了春天。

燕子去接了她哥哥的提包，四喜便让晓菲挽着他，向灵堂走去。不知道是不是他想跟晓菲显得一般高，或者，想在众人面前显示晓菲修长的双腿，四喜驼着背，走得一冲一冲的，比他的实际年龄老了十岁不止，连额头也没有往常的光亮；只是鬓角儿还是鬈须一样，翘起来。他们走到灵堂外，大姐才喊大嫂，说四喜回来了。大嫂跑出来，四喜已跟晓菲在并排磕头。磕了头起来，四喜满脸泪痕。“孝帕呢？我的孝帕呢？”他喊着说。大嫂像犯了错误，慌忙回身进屋，去撕孝帕。撕来两张，大姐接过一张，给晓菲戴，大嫂给四喜戴。晓菲摘了纱巾，跟四喜比肩站立，都把腰弯了。侯大娘就笑，说：“弯起腰杆还好看呢，像斗地主。”

这话像把时间扇了一巴掌，扇回到几十年前。

燕儿坡当年，只有一个地主，是个女地主，那女地主就是狗屁的母亲，名叫杨同舒，侯大娘在杨同舒那里，受到了在别处从没受过的屈辱。

最大的屈辱，就是杨同舒不敢跟她吵架。

她骂杨同舒是母猪、母狗、母兔、母羊，杨同舒都只管点头，骂杨同舒遭猪日、狗日，杨同舒还是点头。杨同舒生了个女儿，是狗屁的妹妹，三岁上死了，侯大娘说，你那女儿是卫峰家白儿叫去的，白儿想跟她成亲。杨同舒照样点头。许卫峰家的白儿，是头犍牛，吃了毒草——本来它能分辨毒草，但许卫峰的儿子往草里撒了尿，牛特别爱吃童子尿喷过的草，它吃得忘乎所以，加上尿是胀肚子的，毒液在血管里喧哗，白儿叫了三天三夜，痛苦了三天三夜，死了。比杨同舒的女儿早死一个礼拜。

杨同舒第三次点头的时候，侯大娘就知道，自己败了。

在这个地主婆面前，她成了彻头彻尾的失败者。

侯大娘的屈辱，就是由这种挫败感引起的。

现在杨同舒早就不在了，侯大娘说斗地主，没人跟她计较。狗屁同样不计较。当年斗杨同舒时，不少人朝杨同舒吐过口水，扔过破鞋，有的还动拳脚，喜鹊的父亲眼睛没瞎那阵，就朝杨同舒动过拳脚。但侯大娘从没干过这种事。

在燕儿坡，狗屁大概是最尊重侯大娘的一个人，就因为侯大娘在斗争会上，从没为难过她母亲。他不知道，侯大娘之所以不那样做，是不想陷入屈辱的深渊。对一个好舌好耳好手好脚却半点儿也不敢反抗的人下手，除了让侯大娘屈辱，再不会给她别的啥了。

别人不计较，侯大娘自己却计较起来，像那句话搅动了她的伤痛，脸色变得很难看，而且异样地沉默了，大姐给晓菲戴孝帕，老半天戴不周正，惹得众人笑，侯大娘竟也没有笑。

十二

刚吃过饭，阴阳先生需消化食物，还需要把消化掉的食物排泄出去，不会马上进灵堂做活路，四喜和晓菲，就在里面不出来。四喜站在冰棺头厢处，低头看他爷爷，不停地流泪。晓菲依在他身边，脸色绯红。孝帕的白，把那红捧出来。尽管父亲已顺利抵达阴间，但头七之前，他的魂魄还会回来，把他儿孙最后看上一眼，他看到申晓菲，再回阴间之后，在张鬼王鬼们面前，就多了一种夸耀，说我那大孙头媳妇，把一个村子都照亮了，让一个村子都显出贵气来了。

我们几姊妹，包括燕子和秋月，聚在灵堂外的阶沿，也就是为各路神仙饯行的地方（铁皮桶已搬走，石地上烙出一圈黑），大姐看着四喜流泪，细声说："你看那不要脸的，才会演戏哟。"她已经给李志打过电话，问李志跟子国为啥不和四喜哥哥一同上来，李志没回他妈的话，从头至尾只说四喜，说四喜是昨晚上回的，吃了牛排，又摆了一夜龙门阵；对龙门阵的内容，也详详细细汇报了。大姐说四喜会演戏，就因为他昨天不回来给爷爷磕头，去吃牛排的时候，还灌了九瓶啤酒。昨天毕竟晚了，今天早上该回嘛，也没有，一直睡到日上三竿，吃了午饭才动身，现在却做出伤心透了的样子。

"眼泪水是靠不住的，"大姐又说，"那是世上最不值钱的水，解不得渴，煮不得饭，灌不得田，连洗个手都不行。"幺妹就跟她开玩笑，说难怪，你哭爸爸的时候流那么多泪水，是晓得不值钱。大姐恨她。幺妹没看见大姐恨她，秋月偷偷把她妈的脸推过去，和她大姨的脸正对。但她大姨已经没恨了。幺妹不解，问秋月："啥子呀？"秋月却又不理她。自从申晓菲来，秋月的眼睛，就很难离开申晓菲。她自己的美，在申晓菲面前，显得那样朴拙，朴拙得不叫美。她在这种对比当中，表现出明显的自卑，而自卑恰恰是美的天敌。秋月看到了自己的天敌。天敌存在的意义，是让人知道躲避，秋月却相反，非但不躲，还下了死心眼，只朝申晓菲看。

四喜流过泪，就抱着膀子，把头伏在棺罩上，肩头剧烈地抽动。晓菲弯了腰，一只手把住他的背，凑近他发红的耳朵劝他。大姐见状，却又触动真情，说："他到底还是怄他爷爷。"大姐这是想到了洪泉，洪泉到现在还没说回来的话。燕子听了她大姑说，便接腔："自己的爷爷，哪有不怄的。"二姐不明所以地笑。幺妹却说："怄个屁！他是连那不值钱的东西也流不出来了，才做出这样子。"说得气狠狠的。她忆起了四喜骗她去做传销，也忆起了她的心口痛。现在她的心口已经不痛，只是想不得，想起来还是痛。好了伤疤忘了痛，那是因为伤疤好了，幺妹的伤疤从来就没好过。

"假呀，"幺妹又说，"假得很！"

可又像拿不准的样子，问我："三哥你说他是不是假的？"

我笑了笑，没说话。我想起曾经看过的一场篮球赛，解说员夸某个球员，说他浑身都是假动作。巧的是，解说员话刚出口，我就收到四喜的短信，说他一直忙于市场营销学的演讲，还要负责邀请襄阳——他说自己当时在湖北襄阳——各界名流，主办"未来大讲堂"，疏于向三爸问候，请三爸谅解。我没回他，因为我不信他。

这时候我想，四喜正和那球员一样，浑身都是假动作，却不能得到那球员得到的赞美，或许只是选错了职业。要么就是生错了时代，如果早生两千年，他又那般爱学习，说不定也拜了鬼谷子为师，脖子上挂六国相印，游走于诸侯国之间。

可从另一方面说，他又正是生对了时代，他游走的疆域，远大于两千年前的诸侯国，而且吃香喝辣，而且带回了一个申晓菲。

十三

幺妹腿发痒，一看是天天傍她站着，天天在抠她。

四喜回来，还没跟儿子见面呢。

天天望着他爸，也望着爸爸身边的人，想进去叫，又不敢，脸像火烧。幺妹顿时感觉到这小东西是颗定时炸弹。我们都猜想，四喜肯定没给晓菲说他有个养在父母家的儿子，还有个养在别人家的女儿。幺妹蹲下身，悄悄对天天说："莫忙叫爸爸哟。"天天从小不见妈，也很少见爸爸，醒世早，听幺姑婆这样交代，立即就懂了，郑重地点了点头。幺妹于是夸他，说天天最听话了。本来还想说比沪川听话多了，一看沪川站在燕子身后，就没说。自从燕子抱了达友的儿子，沪川就跟她妈保持一定距离，他妈走哪儿，他就跟哪儿，但不像刚来时那样紧跟，他妈去牵他，他也不搭手，看了让人着急。抱养的身份，让幺妹心里存着一块活着的伤疤，但她更懂得，凡事都要自己能撑，先不先就把自己放在弱者地位，幺妹最看不上，就像看不上兄弟的岳母开口闭口都说别人在整她一样。

大姐见天天那模样儿，心下不忍，把他拉到身边。天天便抓住他大姑婆。大姐后来说："抓得那紧，指甲直往我肉里钻！"这情景更让大姐难受，便扬声喊："四喜，行了，哭一场就够了。"四喜听了，头反而在冰罩上撞。只撞两下，晓菲把他抱开了。

晓菲说："别吓着爷爷。"

她说的当然是普通话，声音跟人一样美。

四喜在晓菲的搀扶下，走了出来。跨出门就看见天天，便蹲下身，去抱天天。天天往后一缩。四喜很吃惊，将泪痕一抹："儿子，你不认得爸爸啦？”这话让我们非常惊讶。天天看一眼他幺姑婆。他幺姑婆说：“叫啊，叫爸爸呀。”天天才高兴起来，扑到爸爸怀里。

四喜亲了天天，忙指着晓菲，对儿子说：“这是妈妈，叫妈妈。”

天天从小没见过妈妈，但妈妈每年都寄照片来的，对妈妈长相的熟悉，甚于熟悉自己的手。他分明知道面前的这位不是妈妈，但听爸爸一说，便连忙开口：“妈妈！”叫得脆生生的。还扑过去，抱住晓菲的腿，要妈妈抱。

大姐说：“将来比他爸爸还会呱人！”大姐这话，即使晓菲听见，也听不懂，她到这里来，就像到了陌生的国度，除了爸爸妈妈这种简单发音，别的话，全靠翻译。幸亏出门打工的多，会说普通话的也多，即使四喜没在身边，还有别的人为她翻译。见天天要抱，晓菲果然蹲了，把天天抱起来。天天把脸贴上去，贴在晓菲粉嫩的面庞上，小猪一样拱。恰逢大嫂又出来，见了，乐滋滋地说：“莫把阿姨弄脏了哦！”幺妹说：“人家不是叫阿姨，是叫妈妈。”大嫂喜得！慌忙改口：“莫把妈妈弄脏了。”说着跑过来，将自己的脏手在围腰上擦了，要把天天接下来。天天却不肯，死死箍住晓菲的脖子：“我要妈妈抱！”晓菲说：“好，妈妈抱，但你把妈妈抱痛了。”天天却不管，蹦跶着，像骑在一棵树上，晓菲便也像树那样摇晃。

大姐说：“下来，别个累不累？”

大姐没说“妈妈”，说成“别个”。

天天不下来，大姐就叫四喜来管管。

四喜把我们介绍给晓菲后，忙着敬烟去了。他已给我敬过。跟他大姑爹一样，散的是软中华。听见大姑叫，四喜转过头，朝天天轮一眼，天天就下来了。但刚下来，又要背，“妈妈背我。”他说。

晓菲没听懂，燕子笑笑的，说他要妈妈背。燕子的普通话比四喜还说得周正。晓菲闻言，果然又蹲下去，将孝帕上的麻丝理到胸前，把天天捞到背上。

别人只是笑，责怪天天不体恤“妈妈”，沪川却是眼眨眨的。

燕子也感觉到了，回身拉住沪川，低下身，柔声说：“想不想妈妈背？……妈妈本来想抱你，也想背你，可是你恁高个个子，又怕别人笑话你。”沪川不答言。

十四

天天在“妈妈”背上，倒没高兴多久，因为要上学去了。

占惠着实地往家里拎了几桶潲水，累得七吼八吼，汗水打湿了头发。她把空桶提上来，在二哥那里借的桶，也没说还，都搁进厨房去，出来便吆喝天天，说准备上街，然后走到牌桌上的许兴身后，撅着圆溜溜的屁股，朝许兴耳语。实在也没什么秘密，猜都猜得出来，无非是叫许兴别只晓得噇烟噇酒打牌，要随时往家里提潲水，趁这两天把猪再催肥些。

不知许兴听进去没有，只知占惠走后，他一桶潲水也没提过，都是抽了空子，去地里割猪草。菜地里，密密实实都是菜棵，割猪草也就是撇菜叶子，很快就撇满一花篮，也用不着煮熟，丢给猪生吃。谁知那肥猪这两天吃娇了，对生菜叶子毫无兴趣，只在饿极了时，才带着满腹怨气啃几口，致使到夜场那天，竟比占惠离开时瘦了。别人自然看不出瘦，但占惠能看出来。占惠一眼就看出她的猪瘦了。这当然是后话。

二哥听见占惠在吆喝天天上学，便从书案前起身，来到院坝。见占惠在跟许兴说悄悄话，二哥苦恼地盯了她一眼。占惠把悄悄话说完，朝二哥的窗口望去，没见人，像很惊慌的样子，猛然间又见二哥站在五米开外，又是惊慌一下，随即便很坦然，坦然到两人的眼神对上，却像是很淡然的样子。然后占惠转过身，又叫天天快些，说你马儿哥哥已经在堰池沟等着。边说,边下梯坎去。二哥的目光，追随她的背影，又不好过于直露，望一眼，自己把目光剪断。待他抬头再望，只望见了梧桐树荫下一团发暗的白光。

这些，都没逃过大姐的眼睛。

大姐对我说："到底是偷来的锣儿敲不得，——也是可怜。"

要去上学的真不少，清涟姐弟、方敏姐妹、豆豆、沪川、天天，还有达友的儿子丁丁。达友是必须上街的，他要亲手把儿子交到前妻手上，如果他骑春晌的摩托，就要带四个人走，其中包括沪川。达友说："带四个我不敢。"这是实话。他又不是做生意，做生意的载四个，是心里想钱（超过三个，乘客要额外加钱），把胆子想大了，否则也不敢冒险。但达友既是骑春晌的车，就不能不带上清涟姐弟，再加上他儿子，就是三个了，多出来的那个，只有沪川。他不想带沪川。好在他的这层意思，被沪川自己遮了：沪川也不愿跟他走。燕子听说达友上街，自然而然地，叫带上沪川，沪川闻言，立即就哭了。

他很久没哭过了。

是青梅解了围，青梅说："沪川，跟我一路。"

李志居然记得今天女儿要上学，怕青梅只托人把豆豆带回去，就给青梅发了短信，说他派了摩托来接她们母女。子国想到他侄女也要上街，就让李志派了两辆车。安苹和她的两个女儿，便坐在那另一辆车上，跟青梅一起走了。比天天他们晚走些时候。

十五

整个院坝，乃至整个村子，一下子清净了许多。这种清净是逗人喜爱的，尤其是上了岁数的人。孩子们去了，搅乱的秩序回来了，这丧礼，也才又有了丧礼的样子。近两天来，闹得哀乐都听不见，现在，那乐音又枝枝丫丫，丝罗藤缠。二哥的哭唱也字字清晰，当那声“万民噤口，山川肃静”一出，躺在冰棺里的父亲，又知道了他才是主角。

只是孝子少了。傍晚时分，绕了一场棺，凡上街去的，当天都没回，把孩子们算上，孝子就少了大半，灵堂里锣鼓敲得再闹热，也显出冷清。有一点笑声就好了，哪怕不合规矩。但没有人笑。因为人少，队伍拉得很稀，大姐夫拄着孝棍，在前面一栽一栽地蠕动，由于胖，两条腿尽量劈开，孝棍从两腿间漏出来，看上去像他的第三条腿。如此景象，竟也没人笑。都累了。但不是主要的。主要是冷清了。人躲避着人，人更需要人，从热闹到冷清，即使不悲凉，也自带悲凉。而这悲凉与死者无关，是生者的悲凉。

不笑还有个原因，就是有了个生客。绕棺之前，大姐叫晓菲别去，大姐夫把她短了：“你才笑人呢，她是孝子，为啥不去？”大姐说,我是怕她累呀。四喜把大姐的话译给晓菲,晓菲说：“我不累，大姑。”她说话时，没有任何附加动作，比如摆手，摇头，都没有，也没有任何多余的表情，全部意思，都用“话”本身传达。言毕，她站到四喜后面去。四喜却把她拉到前面。是为照顾她。一场棺绕下来，四喜的眼睛，一刻也没离开过晓菲，每次“叩首”，他跪下的同时，两只手都朝前伸一下，似要用自己的手掌，去为晓菲垫膝盖，只因为拿着香，不好去垫的；阴阳先生叫了“平身”，他再次把手伸前去，似要把晓菲捧起来。

这种无微不至，我们是如此熟悉。

当年冉晴来，菜是四喜夹，饭是四喜添，跨个门槛，也怕她不如几岁的小孩儿，脚提得不够高，绊倒了，因此只要看到冉晴跨门槛，四喜不管是在跟人说话，还是正做着什么事情，都立即停了嘴，也停了手，跑过去照护。

康芙蓉刚跟四喜交往的时候，四喜把她带回来过，那是冬天——燕儿坡的冬天冷得慌，尤其是水，三伏天也冰牙，到了冬季，水就自己长牙，再不怕冷的，洗手洗脸，都须烧热。水罐一直挂在火塘上，火一直烧着。整个冬季，只有睡觉，或家里没人，才用柴灰将火盖灭。罐里的水随时添，随时都在煮天暴地，想洗手脸，随时取用。康芙蓉洗脸，都是四喜为她倒水，将滚水倒进盆子里，再兑冷水，冷水不能兑太多，不然就温了，大冬天用温水洗脸，是特别没有意思的事情，那还不如就用冷水呢。水不能滚烫，但一定得烫，烫到只敢用指尖去绞帕子，将帕子绞出来，展开，热气蓬蓬地往脸上一捂，猛然间就体味出单调和枯涩中的华丽来了。四喜都是这样为康芙蓉绞帕子。有时候，帕子展开后还烫，烫得不像绵，而像烧红的铁，四喜便拈着两只角，哗哗抖两下，再递到康芙蓉手上，或直接捂到她脸上。他的这种细致，胜于父母待孩子。

他就从没这样为天天绞过帕子。

也从没担心过天天翻门槛时摔了。

如果天天也在这里绕棺，他同样不会想到他的膝盖。

至于对那个名叫蓉蓉的女儿，就更不消说了，他只是把她的照片存在手机里，偶尔想起，翻出来看一眼，说声："我女儿长得好乖哟。"又把手机揣回去。

十六

因午饭吃得晚，晚饭也跟着推后。绕棺出来，等晚饭的这段时间里，大姐悄悄给我们讲了李志告诉她的事情，也就是四喜告诉李志和子国的事情。

大姐说："听来，晓菲她爹妈也只晓得养，不晓得教。人到底不比一朵花。人不见世景，不去人堆里走跳，就不会识人。别的教得再好，不识人，等于没教。辛辛苦苦养出这么个好女儿，抱着天恁大个盼头，到头来却落到四喜手里……"又说："爹妈笨，你晓菲不笨，你看她那双眼睛，清亮得能见出河底下的贝壳儿，哪是笨人？可偏偏也上他的当。"

幺妹说："她哪是上当啊？看起来四喜把啥都告诉她了。"

大姐紧着脸，用力地扭了一下脖子。

她的这个动作，绕棺时就出现过多次。每当四喜伸出手，像要去给晓菲垫膝盖或把晓菲捧起来，走在我前面的大姐，就扭一下脖子。

她看到了一种循环。

在大姐眼里，那也是男人的遗传病，是遗传病的升级。升级的意思，不一定是变得更高级，有时候是变得更低级。

幺妹虽说晓菲不是上当，但也对大姐的话深有感触，因为她也养着女儿。

她的女儿秋月，正和我们挤在一堆。

每个养女的，都想找个好女婿。幺妹说，她在广东有个工友，那工友的哥哥，是四川宁阳县文化馆馆长，馆长生了个女儿，两条长腿子，和黄二妹差不多，样子也有黄二妹恁好看，读书成绩又出众，还会唱歌跳舞，大学毕业，到了川西德阳，在德阳当中学老师，教小半年书，谈了个男朋友，快放假时，她对父母说，春节要带男朋友回去。父母先是一惊，然后就天天盼，天天想着那未来的女婿是个啥样子。那时候还没有手机，不像现在能拍张照片发过去。两口子那心，跳得邻居都睡不着觉。既有担心，也有喜心。喜心刚起，咚一声掉下去，变成了担心。心摔痛了，又觉得女儿那么优秀，未必没长眼力？实在不必担心。这么一想，喜心又起。除这两样心，还有愁心和伤心。养在掌上的女儿，跳出父母的手掌了，奔世界去了，找男朋友了，跟着就会结婚，就会有自己的子女。但究竟说来，这愁心和伤心，也照样是喜心。女儿回来那天，当爹的，老早就去车站接。

他接到的，是站在女儿身边一个又矮又瘦的男人。

“比女儿矮个脑壳，”幺妹说，“听我那工友讲起来，瘦得跟幺哥差不多。”二姐听了就笑。大姐说：“那不就是个干猴三儿了？”

幺妹也笑，拐了大姐一下，接着说：那当爹的，就像去看放榜的考生，从头看到尾，又从尾看到头，都没自己的名字。他把女儿的东西一样一样接过来——女儿的行李，哪怕一个坤包，都是那小伙子背上的，小伙子手上提着，肩上横七竖八挎着，像个货郎，女儿则打着空手。人家就是这样把她哄上手的。她在家养得太娇，没晓菲那么娇，也差不多，去个人生地不熟的界面，碰上个男人，跟父母一样将就她，疼她，疼到如果能帮她出气儿，就连气儿也帮她出了，她就躺到那疼上去了。可她那爹本是要来接个白马王子的。

她爹把东西接了，就叫小伙子回去。女儿就哭。“跟你说的晓菲一样。”幺妹扯扯大姐的袖子。哭得没办法。当爹的怕碰见熟人，就近找了家宾馆，和女儿先进了宾馆房间，再叫小伙子去。在那房间里说些啥也不晓得，反正是挨到天黑，三人才小偷一样回了家。他那家离车站只有两公里多，他就是不敢大白天带女儿两个回去，怕碰见街坊邻舍丢脸。第二天，天没亮，他就把小伙子赶走了。以为这样,晾上一个假期,两个就冷了,断了。“哪晓得就像先河戒烟，”幺妹说，“戒个三二十天，又抽上了，比以前抽得更凶。”她爹觉得自己这一辈子都毁了，心里瘀青，只是别人看不见。一年过后，她爹查出癌症，几个月就死了。爹死不到两年，妈也得病死了。

“你说害不害人！”幺妹说。

话刚出口，秋月便站起身，磨磨蹭蹭的，走到暗沉沉的梧桐树下去。

大姐朝秋月的背影扫了一眼，又抬了头望天。星星多得天上装不下，不停地被挤爆，喷出亮闪闪的碎花子。大姐说：“爸爸住院的时候就说有雨，还怕下起雨来不好把他盘回家，结果到现在还晴着。老天爷是长眼睛的，怕下雨不好为他办丧。”随后突然接了幺妹的话，说：“只怕害人的事还没来呢。反正养女儿的，自己要多个心胸，要晓得管教。”

十七

利民终于通知安席。麻将一收，打掌盆的便鱼贯而出。冷盘刚上，酒就写上了，随后热菜出来。院子里白漫漫的。那白，仿佛不是灯光，也不是热气，而是香气，是香气的颜色。本以为午饭吃得晚，饿得也该慢些，不知人的胃也是人的心，该进食的时候没进食，胃就在那里着慌。所有人都猴急武扒，忙着挑菜，喝酒。

搭彩匠吃了两口，嫌清淡了些，想要辣酱，有人便朝厨房喊。郑三儿应了，从坛子里舀了半碗辣酱出来，跨出门，一眼看到她公公。贵爸还坐在院坝边的石磙上，谁也没注意到他。郑三儿脸一黑，大声问："爸爸你到底吃不吃？"贵爸哼一声，像才从回忆里醒来。我连忙下席去扶。郑三儿跑着把辣酱送到搭彩匠面前，返身回来，很过意不去的样子，说春明我来，你去吃你的。说着架住公公的臂膀，往席桌上走，边走边恨声恨气的："再晚，也要等到那口饭，不然就舍不得睡！"

喜鹊听了就笑："哪个不是？"指了指灵堂，"只有祥爸不是。"

说得很响。父亲想听的话，是能听见的。父亲好几天没吃饭，竟也不吵饿，看来确实不需要吃。人所有的快乐和悲伤，都起源于吃，父亲不再吃，没有快乐，但也没有悲伤了。

郑三儿把公公扶到席上，把筷子蹲齐整，递到公公手上，才又回厨房去。

厨房的人，还要忙活，别人吃了才能吃。

四喜和晓菲坐在里侧，傍着二哥家的阶沿，那里正好点着颗大灯，席面照得雪亮。为那种雪亮，我心里痛了一下。我想起独辫子和瑞松他们来那天，我不愿留他们吃饭，仿佛他们在这里吃顿饭，就会伤害到什么。是怕他们委屈，也怕他们嫌弃。主要是怕嫌弃——对我的故乡。这种对故乡的执念，究竟是连血带骨的亲情，还是不可救药的浪漫病？而且，我还有故乡吗？如果说父母生活的地方就是故乡，我母亲早死了，现在父亲也死了。大姐说女人没有故乡，我不是女人，同样也没有故乡了。故乡在我心里，就像一列奔跑的火车，车身已远去，只余下苍茫的汽笛和铁轨的震颤。

可就为那一丝震颤，我还是痛。四喜为啥要带晓菲坐到灯光里？油腻的桌面，脏污的碗筷，同席者的黄牙，都会在灯光里放大，晓菲不嫌弃吗？四喜不怕她嫌弃吗？

这么一想，我才明白，我是多么希望晓菲能嫁给四喜，成为我们家族的一员。

然而，四喜是不配的。在省城时，好些个夜晚，我念及老家的亲人，想到众多的侄儿侄女，就巴望他们当中有人，不怕吃苦，不怕受穷，敢于走一条别样的路，这条路，与众口一词的标准无关。但最终没有这样一个人。

连丽丽也不是。

丽丽落脚州城后，我借出差的机会，去她家待过个把钟头，几个房间看完，除看到广告纸，没见一页书，包括念书时的课本也踪影全无。很可能是毕业时烧掉了。听说有些大学，毕业之夜烧书，已成为一年一度的狂欢节。但这狂欢节并没维持多长时间，因为后来，上级规定，不许强迫学生购买教材，既如此，学生乐得不买，上课拿个手机就去了。如果老师要求把手机调成静音，搁在桌上，学生们便抄着手，既没书翻，也不做笔记，听神仙课。老师问：为什么连笔记也不做？回答说：现在不比以前，以前翻遍一座图书馆，也可能查不到某个知识，而今是互联网时代，问问度娘，大千世界，万事万物，两秒钟就能搜出来，还要笔记干啥？老师完全没有了存在感，很郁闷，也很恼怒，就说我讲的，网上查不到，你们必须做笔记，学期结束，必须交笔记本，笔记本算学分！这也好办，上届师兄师姐，有笔记挂在网上出售，买一本来，换个姓名就是了，反正老师也不跟学生接触，老师上完课，就回家写论文去了，没有论文，就评不上教授，也拿不到项目，书教得再好也不行，因此老师把一届学生教毕业，连张三李四都认不全，更别说认学生的笔迹。

丽丽属哪一种？

我想，她多半会听老师的话，认真做笔记。

她是一个好孩子。

但也仅仅是个好孩子。

不过这似乎也够了。生活本不需要那么多执着。没有执着，就没有妥协。同时，生活也不需要那么多淡泊。对世事的淡泊，或许正是对生活权利的放弃，甚至是对无能的修饰。吃苦和受穷，包括敢于吃苦，敢于受穷，都可能只是理想主义讴歌出的陷阱，还可能，正是这种建立在穷苦基础上的文明，阉割了骨子里的生力与活力。

但我还是感到遗憾。

在我的亲人中，四喜是最无畏的一个，他去外面闯荡，向城市索取，他索取到了日思夜想的美好，却没有足够的诚心和能力，去消受那种美好。他就像个穷惯了的暴发户，不知道如何处理突然到手的钱财。包括子国也一样，那个名叫山蕊的女子，他是无力消受的。不光是他们，我故乡的许多年轻人，都如此。

这是一种新的城乡差距。

这种差距，不是由喝泉水改为喝矿泉水，就能抹平。

十八

秋月和我们一桌，吃得懒心无肠，东一筷子，西一筷子，收回去的，却都是空筷子。她背向着四喜和晓菲，但我觉得，她背后是长眼睛的，一直盯住晓菲。

自从申晓菲来，她的话更少，基本不说话。

达友也是。我甚至觉得，达友把儿子送上街不马上回来，与四喜和晓菲都有关系。达友并不认识四喜，但早听说过，是从连娃子那里；连娃子和他都住在棉花地碥，四喜蒙了连娃子一半彩票奖金，连娃子的母亲传扬得那方的狗都听厌了。当达友知道四喜就是燕子的哥哥，他是有一种优越感的。对此大嫂也提起过，说达友在厂里偷懒，燕子有时数落他（燕子对我和她大姑，却没说达友偷懒，而是说有段时间他手伤了），达友回的话是："我总比你哥哥好。"他这次回来，听我们说起四喜，又无不是责难和哀叹的口气，心理上的优越感就更强烈了。可万万没想到，那个在众人口水里过活的家伙，竟是这样一个风度翩翩的人。

四喜只在刚上院坝时，才做出勾腰驼背的样子，从灵堂出来，去满院坝散烟，他就恢复了神采。那神采里有一种神秘，一种古老的向往。

整条河上，从来都没缺失过这样的传说：某个狗也嫌的浪荡子，有一天远离家乡，春夏秋冬，日复一日，他被家乡忘记，可突然间，他回来了，回来的这个人，带着远方的气息，那气息很生冷，可考究的衣着，逼人的气派，随便摸出来的大把银圆，让他一下子光芒闪耀。家乡人这才觉得，以前对他的看法，是大错特错了。他迅速成为被崇拜的冒险家。

那个劈杀了丑妹、还可能杀了我爷爷的许金洋，回来之初也是这样被崇拜的。从某种角度说，他一直被崇拜，只是人们不愿承认罢了。村里人骂着他心狠，然后又说到他临刑之前，还在跟行刑人开玩笑，并心平气和地表达他对死刑的看法。

相对于他的罪恶，许金洋死得是很晚的，抗战胜利都过去了两年多。他跟随刘湘，去前线打了日本，立下战功，日本投降，他又打解放军，同样立下“战功”，打解放军时，他所在的部队已整编，驻扎山东，不知什么事，他只身回到老家（有人说是因父亲病重，有人说是有秘密任务），被王大人王船捉了。当时，整个东轩县，都在王船手里。王船备了一辆牛车，牛车上竖根硕大柱子，将戴着脚镣手铐的许金洋，绑在柱子上，满县城游街，游完街，拉到西门操坝枪决。

“拿枪打没啥球意思，”许金洋对行刑人说，“还是刀砍来劲儿。杀人的全部乐趣，都在于手上的感觉。”他非常看不起日本人的高空轰炸，说在那飞机上，既看不到被杀者的恐惧，也看不到血肉横飞的场景，同样闻不到身体撕裂和烧焦的恶臭，“像那样子杀人，”他说，“简直是浪费。”杀人的快感，是由罪恶感培养的，罪恶感有多深，快感就有多深，在高空杀人，罪恶感相当微弱，便也谈不上快感。同理，用枪打，就不如用刀砍，刀砍能将对方身体的状况传递给你，刀从皮肉进去，在哪个瞬间碰到骨头，执刀人是很清楚的，骨头是对刀的反抗，刀因此变缺，或越发劲健，劈开骨头，进入另一片肉里，都会让执刀人提神醒脑：你猛然就懂得了什么叫权利，你为这……

话说到这里，枪响了。

他倒在血泊中，还说了半句，但听不见了。

“那个牛日的！”每当谈及许金洋的死，人们都以这样的话作结，像是骂，更像是赞叹。清溪河流域把赞美或赞叹，说成“呼”，骂一声许金洋牛日的，其实是在呼他。

那时候去到远方的人，出小丑，出乞丐，出魔鬼，出无名尸首，也出英雄豪杰。而今那些打工的，跑遍大半个中国，乃至漂洋过海（猴子岩村有到日本开饭馆的，鸦雀梁村有到塞拉利昂修公路的），都成了家常便饭，“远方”这个词，已从舌尖淡去，再过些年，它将彻底埋葬在字典里。但问题不在这里，而在于，如今离开家乡的，小丑、乞丐、无名尸首和魔鬼，都照样出，却不出英雄好汉了；即使魔鬼，也只敢在暗角留下几个脚板印，确切地说只是鬼，不是魔。如今的人变得平庸。

正因此，那种古已有之的神秘和向往，从来就没消失过。

初见四喜的达友，就如见到传说中的英雄。英雄好汉离不了两样东西装点，一是江山，二是美人。不一定两样占全，但必占其一。所谓江山，也不一定非要占山为王，像许金洋那样，具备了占山为王的可能性，也就算了。

四喜给达友递烟时，达友双手去接。四喜专注地盯了他一眼。但两个人都没说话。达友想叫一声哥，也没叫出口。错过了这次交流，他们之间，便没有了任何交流。后来，四喜知道了达友的身份，对他也是淡淡的。达友同样如此。达友的淡漠是装出来的，但装出来的淡漠也是淡漠。他们就像两个有着相同气味、怀着同样目的的人，不期而遇，狭路相逢。

如果达友不走，吃晚饭的时候，我相信，他也会和四喜背向而坐。

十九

晚饭吃了没多一会儿，大姐就说想睡了。

这么晚，不会再绕棺，就想早些睡。

回到老家睡觉，始终是件麻烦事，大哥家两张床，二哥家三张床，兄弟家两张床，但除了他们自己睡的，别的床都是光架子，要临时铺设。垫絮和被盖，放在帐顶或阁楼，从一堆黑乎乎的东西里扯出来，满屋子便喷出阳尘味儿、柴烟味儿、霉湿味儿和老鼠的尿臊味儿。铺的盖的，都硬如铁板，且一律是大棉絮，压得人透不过气。这时节，白天晒人，到了夜间，就凉了，不得不盖，那被子往身上一搭，又热得慌，可只要你翻个身，或伸一伸腿，就像碰到生铁，立即冰得醒过来。就是这样的铺位，客人多了，也不够睡，需去别人家搭铺。孩子们上学前，我和二姐夫、先河、培亮、华天等人，都是去利民和晴光家找床。今天似乎不必出去找，只是每架床多睡几个就是。

大姐问晓菲在哪儿，她想到要给晓菲安排个稍好的地方。

比较起来，兄弟家搭在阁楼上的床铺相对干爽，加上靠山墙，比别处清净些——喇叭上的哀乐，灵堂里敲锣打鼓的念经，都要闹到后半夜才停。

大姐让燕子去找晓菲。

四喜和晓菲都躲在虚楼上。不一会儿两人出来，大姐说：“晓菲，跟我去睡。”然后又点了幺妹。二姐说：“我呢？”大姐说你不怕挤的话，也去。但秋月离不得她妈，尽管不服爹妈管，口头上也说跟爹妈不亲，晚上睡觉，却又把妈缠住。

可大姐不让她跟去，“我已经给你三舅母（指郑三儿）说了，你和你丽丽姐去她那里睡。”秋月不肯，愁着脸，吊住她妈的膀子。幺妹说：“要不然，大姐二姐和晓菲去幺哥屋里，我跟丽丽和秋月去三嫂屋头。”大姐说：“要去春花去，你跟我们一起。”

说着把幺妹拖到身边，又一手拉了晓菲，往院坝底下走。是去上厕所。这是上床前必做的功课，特别是女性。每架床底下，都放着把夜壶，那夜壶张着青蛙嘴，男人好用，女人不好用。再说有些夜壶忘了倒，满满当当的，没法用；即使只有半壶，也不敢用，用了，便搅动起陈尿的辣味儿，辣得人眼睛痛、鼻子痛，不敢呼吸，像是泡在尿里。

四喜见几人下了院坝，连忙把手机的电筒打开，站在梯坎上，弓着身，为她们照亮。其实他大姑已经打开手电了。大姐说看得见，你莫瞎忙，你去把晓菲的包提出来，到处是火炮灰，让她换身衣裳。四喜应了，踅身进屋。这边二姐和秋月都没作声。二姐心想，平时都是几姊妹睡，今天有晓菲，大姐就不叫她去了，这是啥子意思？秋月则在那里掉眼泪。大姐她们从畜棚上来时，四喜忙着递包，又交代说：“大姑幺姑，晓菲怕冷，让她睡中间。”因此大姐和幺妹都没看到秋月掉泪。直到几个人进了春晌的屋子，二姐才气呼呼地对秋月说：“哭啥子？哪里不是困瞌睡？快去叫你丽丽姐，我们也困了！”

二十

院坝里，踩上去肉乎乎的，又带着轻微的骨感。那是死去的飞蛾。每夜点着大灯，打牌的要打到凌晨两三点，遍山飞蛾，便朝这里汇聚，前赴后继，往灯上扑。光芒是如何吸引了这小小的昆虫，让它们这般舍生忘死？它们先是聚在光焰的周围，在院坝里留下密集的阴影，然后被灯泡烫死，没烫死的，连续几个钟头扑腾，活活累死，没累死的，见灯突然灭了，一阵迷茫，就这样迷茫而死。每天早上，都要扫厚厚一层，垛子似的堆在院坝边的石磙旁，各家各户的鸡子放出去，都半扇着翅膀，朝那尸山疾奔，然后一嘴一嘴啄，胀得颈子邦硬，鸣都打不出来，也舍不得离开。

但现在还算不得早上。连厨房也没亮灯。

门躲躲闪闪地响了几声，两个人便从门里出来，轻手轻脚，从飞蛾的尸身上踏过。弯眉样的下弦月，还有满天星光，让两个影子如同漂浮在水上。走到院坝口，其中一人毅然踅回，径直朝灵堂走去。灵堂里只有冰棺下的长明灯，尽管长明灯照不见人间路，但没关系，两个蒲团并成的跪垫，就在门口，那人跨进门，跪下磕头。磕了两个，突然听见呼噜声，惊出一身冷汗。另一人跟过来，也听见呼噜声，脚下生根，手指颤动，但很快明白了那是刘显文。自从刘显文做了阴阳，他去丧家做事，丧家都无需派孝子夜里守灵，刘显文喜欢在灵堂睡觉，给他在墙角搭个地铺，他就睡到天亮。他把守护死者，当成自己的职责，不仅是职责，还是情谊——对死者的情谊。他睡在自家床上，也没有在灵堂睡得踏实。

磕头的又磕了两个，才静悄悄起身，出门，跟同伴下了院子。

树冠把月华和星光没收，每下一步梯坎，都像往深水里蹚一层。但两个人没照亮，只一人牵着另一人的手，把心长到脚板上去，细细探。下到平路，天光挣脱树冠的罗网，又在头顶朦胧地洇开。多日的好太阳，让路上起了层浮土，连草垛上也是。这正是两人需要的。浮土能吃了脚步声。

过了堰池沟，再走十数根田埂，斜斜地下七八米坡地，有块半亩见方的天然石盆，那石盆正中，起了栋木屋，住着一户人家。

这户人一人吃饱，全家不饿：他是喜鹊。

二十一

喜鹊先前的住处，和占惠起的新房隔着一小片竹林，爹妈去世后，他就弃了旧居，住到这里来了。那么一个爱说话、爱热闹的人，却要与村子拉开距离，单门独户住到这光溜溜的石盆上。

他在石盆上修房子的时候，来了个四方游走的风水先生，那先生在村里转了一圈，说不动人请他看地，就朝山下走，走到这里，见一个身材瘦削、皮肤紧扎、头发天然鬈曲的男人，正用錾子戳窝儿，旁边还摞着十数根小桶粗的树，知道是要起房子。先生用他那只老是流泪的独眼，定睛看了片时，又弯腰抠起一撮土，放进嘴里嚼，左边嚼了，舌头卷到右边，右边又嚼，之后将那粘满口水的土，吐到掌心，凑近鼻子闻一闻，扔掉，在裤腿上把手擦了，对石盆上的人说："这位老乡，有件事我想给你说破。"

喜鹊又錾了几锤，才抬头望过来。

先生说："你的这件事，要说比天大，就真的比天大。"喜鹊没回话，站起身，走到石盆边缘，取下挂在树枝上的衣裳，摸出十块钱递过去，说："你走吧，我正忙。"先生把钱接了，却不走，说："我收了你的钱，不为你说破，是我无德。"喜鹊说走吧走吧，就当你说过了。先生走了两步，又站住了问："这房子是为你自己修的？"

喜鹊说为我自己修的。

先生说："不出百日，有个过婚嫂要嫁给你。"

过婚嫂，又称回头人，是曾经结过婚的女人。

喜鹊这年三十四岁，依然苕人一根，对他来说，能结个过婚嫂，也是老天开眼。

听了先生的话，他说："谢你吉言。"然后拿起斧子，起树皮。

那树横在杩杈上，他要把树皮剥了，锯成板，做椽子用。

先生说："你正在犯我的吉言。"

喜鹊歇下手。

先生说："你在这石盆上起房，石上无土，草木不生。女人正是你的土。我刚才嚼石盆外的土，嚼出了女人的腥味儿，你要是不马上停工，那腥味儿就淡化了，女人就成了你的一场梦，你也无后。"

说完，拱拱手，下山去了。

喜鹊再没干活，在树上坐到天黑，才回老房子睡觉。但第二天，他又来了，且请来了石匠王晴光，木匠许成贵，还请了利民和我大哥为他拉锯。

听我大哥说，他这么固执，多半与他父亲有关。

他父亲名叫蒋兴福。

蒋兴福当年，是为这么一件事做证：有个四岁的男孩从堰池边过，掉进水里，村西的许会军也在堰池沟，见孩子落水，跳下去救。那时，池边除了那棵黄桷树，还有几棵洋槐，年年月月，洋槐的枯枝被风折断，在池水里泡得发黑，但枝上的屹针照样锋利，许会军被枝丫和屹针纠缠，没能及时捞出孩子，孩子便淹死了。

但孩子的父亲孙平六，一口咬定是许会军推下水的。

孙平六的话让人大惑不解。他们两家，关系非常好，许会军那时候打猎，打到一只斑鸠或画眉，也请孙平六喝酒，孙平六去他做骟匠的岳父家，拿回一个烘干了的猪卵牛睾，也要劈出一半，给许会军送去。孩子落水，怎么咬定是许会军推的？

两家大吵，然后是打。生产队出面解决，解决不下来，便请来大队干部，又请来公社武装部长。部长找孙平六单独谈话，主要是谈他和许会军之间有什么解不开的死扣。孙平六谈了，说些啥，别人都不知道，只有部长知道，部长口紧，不往外传，使那场谈话成为一个谜。后来，许、孙两家都离开了燕儿坡，由此成了永远的谜。

部长找孙平六谈了话，又找许会军取口供。

供词是对供词的否定。

这时候，最有说服力的只有证人。

部长正需要证人，证人就出现了，便是喜鹊的父亲蒋兴福。蒋兴福说，当时他在后山砍柴，看见会军在堰池沟淘红苕，过后又看见平六的儿子去堰池边玩耍，玩耍一阵掉下水去，落水的地方，离会军至少两丈远。意思是，不可能是许会军推的。

部长说：“你要为你的证言负责。”蒋兴福说：“我若果做了假证，双眼没落。”话音未落，他的两个眼睛就爆了。部长是共产党员，是唯物主义者，当然不会因为蒋兴福的眼睛爆了，就断定他做了假证，在部长那里，蒋兴福是唯一的证人，他的话就成为定案的关键。（部长后来说了一句话，听上去意味深长，却又让人摸不着头脑。他说：“有时候,你说出的句句是真,但真话并不等于公平。”）孙平六只好听部长的,哭天号地把孩子埋了。但民间有另一种标准，民间的标准就是天意。天意已经昭示，蒋兴福就是做了假证。

包括喜鹊也是这样看的,尽管父亲活着时,他从没找父亲问过。他不听先生的忠告，像是故意绝后，来承担父辈的罪愆。

二十二

这两个早行人，走到堰池沟，打开了手机电筒——是怕踩到横挡在路上的蛇。可到石盆上方，又把电筒灭了，手牵着手，朝前滑。喜鹊特别惊醒，我大哥黑夜转山，在梁那边放个屁，天亮后喜鹊就跑去埋怨，说他本来正做个好梦，被你春山一个屁搅了。

好在下了石盆，进入青冈林中，也没听见喜鹊醒来的声音。

青冈林是这片山野的主体，从遥远处横过来，又向遥远处横过去。每年春雷响过，看上去枯死的树干，咕嘟嘟上水，变得滋润，紧跟着冒出嫩芽，星星点点，绿成一片光雾，嫩芽的清香，使林中小兽不由自主地奔跑，鸟雀们溪水般的鸣唱，也香气四溢。秋风起时，叶子变黄，浅黄、深黄、金黄，一山的金黄，在越来越盛大的秋风中碰出金属音。再后，叶落了，光秃秃的枝柯伸向虚空。

两个早行人穿行其间的时节，青冈树锯齿形的叶片，已经长圆，华光灼灼，浓荫盖野。不过这是夜间，只能看到固体般的黑。外地人进来，会生出永无出头之日的压迫感，但因为陌生，会把别人的神圣和敬畏视为俗物。本地人识路，压迫感是淡了，却心里发毛。石盆下方的林子深处，埋着许多死人。都是死去的孩子。自从有了人、人群和村庄，也不知埋过多少死孩子。死孩子并不用土埋，只一律地用陶罐装了，搁在避雨的岩坎底下。

有年天干，没牛草割，占惠的婆妈崔雪花麻着胆子，进那林子去割牛草，刚进去，就听见哭声，还看见一个罐盖哗哗摇动，摇老半天摇开了，伸出个骷髅头。崔雪花并没退缩，继续在那里割草。她怕牛饿。她男人是饿死的，死前瘦得像把挂面，埋掉男人后，随便看见啥，她首先想的，就是他们饿不饿。她怕牛饿，同时想到，那骷髅多半也是饿了。把牛草割回去，她盛了大碗白米饭，拿了纸钱和柏香，再次进入林子，化给饿鬼们吃。慢慢地，骷髅就把头缩了回去。后来她把这事说给人听，吓得个个毛骨悚然。

幸亏她口齿不利索。

她是个朝鲜人，这是燕儿坡人都知道的。

此刻，两个早行人中的一个，想到崔雪花讲的那个骷髅头，身上发麻。那不知是谁家的孩子，如果长大，不知会长成什么样儿，也不知有一个怎样的妻子或丈夫。

两人之所以选这条路，没走村小那边的公路，一是这条路近，二是不像公路上有那么多人家。这条路上没有人家。这是先前的老路，久无人走，树枝、藤蔓和山茅草，差不多把路封了。两人亮着手机，踩在败叶上，从败叶中迤逦找路。有时候，撇开的树枝啪一声折回来，打着了后面的人，但不敢呼痛，也没停下脚步。只有猛然间听见前面游动的响声，才停下来等一等，等那响声过去，又继续赶路。

青冈林快走出头，头顶一只夜鸟，戛然啸叫，奋力扑打，像遇到抢劫或凶手。

两人吓得蹲下去，抱成一团。

啸叫和扑打声停歇，山野便死一般寂静。

但仔细听，能听到河水的吼声。

离河不是很远了。

不出十分钟，把林子钻透，看到了对面山上的火炬塔。

山顶，泛出青白的光。

离天亮也不是很远了。

不再害怕了。

两个人的腿，受惊的动物似的，瑟瑟发抖。实在需要歇一下。

便坐在一块石头上歇息。

“你莫恨他。”刚坐下，一个说。

“我不恨。”

“也莫恨我们。”

“我更不恨。”

这两句对话，并不顺畅，重复好几遍，对方才听懂。

一个是大姐，一个是晓菲。

大姐送晓菲走。

二十三

昨晚睡觉之前，大姐就起了心，要把晓菲送走。

不然她也不会把晓菲的包要来。

晓菲走不走，她也不知道，但她要把自己该做的事做了。她让幺妹去跟她和晓菲睡，就是让幺妹当翻译。大姐不会说普通话，连大姐夫那种夹生普通话也不会说。二姐同样不会。二姐跟幺妹一样在外打工，但她和任何人交流，都拒绝说普通话。外地人说普通话她管不着，本地人说，她就见不来。人家说句书面语，比如把困瞌睡说成睡觉，把今儿个说成今天，包括一些发音，比如把白酒不说成 biá 酒而说成 bái 酒，把斜坡不说成 xiá 坡而说成 xié 坡，她一律认为是咬文嚼字，听了就摇头，扁嘴，像忍着疼痛，并懒得搭腔。

后来幺妹说，那天晚上，她完全是被大姐逼着，受尽了折磨。大姐先问晓菲的家庭。晓菲虽是哈尔滨人，但根本没有那样的父母，她是跟爷爷奶奶长大的，父母生下她不久，就把她像只小狗，扔给爷爷奶奶，自己忙着做生意。父母的生意做得很远，横越松嫩平原，上呼伦贝尔高原，去满洲里，再去莫斯科和彼得堡，他们的家在路上，家当是随进随出的集装箱，集装箱里装些啥，晓菲也不知道。大姐问四喜见过她父母没有，晓菲说没有。大姐沉默了一会儿，问她父母说没说要给他们在哈尔滨买房子。晓菲以为这是大姐的要求，或者说是男方家长的要求，有些不自在起来。

阁楼里飘来阴阳先生的念经声，念经声分明来自院坝，却像来自后山，是院坝里的声音传到后山，再从后山洒落，阁楼里听到的，是声音的灰烬。

大姐听着声音的灰烬，看出晓菲误会了，想把四喜对李志和子国说的话告诉她，一时又拿不准李志是不是夸大了，或者干脆说了谎话，便忍下来，只说：年轻人，莫净想着靠父母，虽然你父母有钱，但那钱也不是平白无故来的，年轻人要晓得钱是怎样挣到手的，也要晓得钱是怎样挣不到手的，那样才是一辈子。只靠父母，就相当于一出社会，你就站在高楼上，平地和高楼之间的那段路，你没走，你的一辈子就缺那一块。世间没有捷径，该你走的路，你必须走。人不是以年龄来看岁数，是以走过的路来看，你分明只有二十岁，可有一段路跳过了，你实际上就有三十岁，甚至四十岁。

大姐说到这里，晓菲笑了。她身上有种从容的气度，给人不惊不诧、不喜不忧的感觉，但这时候她笑了，她说："大姑说得真好！"边说边鼓掌：只是做出鼓掌的样子，两只手板在靠近的瞬间，又分开了。

幺妹说，大姐见晓菲呼她，欢喜得脸都红了，于是又说到她女儿丽丽，说丽丽结婚时，父母要给她买房子，她坚决不肯要，说你们的房子也不是生就带来，我为啥要你们买？她要自己挣，我们当大人的，虽说心里疼她，但也欢喜她有志气，就听她的，不给她一分钱。

"大姐说这个打白那个扯谎，"幺妹皱着鼻子，"其实她自己就是个扯谎大王！"

晓菲不知情，听大姐说了丽丽，表态说，大姑你放心，我也是丽丽姐那样想的。

"这就对了嘛。"大姐说。

突然又问："你那样想，四喜呢？"

晓菲说："我还没跟他商量过这事，但他肯定也是那样想的。"

大姐的脸色就变了。

但她没就那个话题说下去，而是问："四喜告诉过你他结过婚？"

"告诉过。"

"你愿意来当后娘？"

"他也蛮可怜的，"晓菲说。这个"他"，是指天天。"不满三个月，妈就死了……"

大姐看了幺妹一眼。

幺妹很惊愕。她本来一直听着别人的故事，结果发现说的是自己的故事。

"你说的是她，"大姐指着幺妹，对晓菲说，"你幺姑才是不满三个月妈就死了。天天么，天天的妈活得好好的，前不久才给他寄了衣服来！"

二十四

"大姐心狠哪。"幺妹后来说。

晓菲听说天天的妈活着，就像听见一个死去多年的人又活了过来，吓一跳是自然的，主要是迷惑。那迷惑比惊吓还叫人生怜。可是大姐不顾。刀子已经亮出来，就不要只是比画，你那么比画一阵，最终还是要戳过去的。大姐觉得必须戳过去，不然就浪费了她一番苦心，也对不起自己的良心，更对不起面前这个如花似玉的人儿。既然这样，还不如在别人刚看见刀子甚至还没看见刀子的时候，就把事情了结。

她说，四喜的前妻叫冉晴，不是死了，是跟四喜离了。冉晴大着肚子，四喜就跟另一个女人好上了，冉晴和他闹，他说你把孩子打掉，我们离婚，冉晴不听，硬要把孩子生下来。四喜还以为冉晴舍不得他，其实冉晴早就冷了心，孩子不满半岁，就跟四喜离了。她是舍不得孩子。按理，她在哺乳期，她不想离，四喜是离不了的。她给了孩子一条命，连等到孩子断奶也等不及，就主动走人，可见那心冷透了。她给孩子取名天天,可能是想到自己一天一天地怀他，一天一天地流泪，就用儿子的名字，让自己记住那段苦日子，当然也是盼儿子一天一天长大。

父母离婚后，天天就和你晓菲一样，跟着爷爷奶奶。他吃了几个月母奶，就再闻不到妈妈的气味。他是喝奶粉长大的。奶粉里没有妈妈的气味，他哭着不吃，哭得气都回不过来，眼见就要哭死，哭不死也要饿死，他爷爷奶奶急得跺脚，只差没把楼板跺塌。幸好冉晴留下了件衣服，不知是拿丢了，还是有意给孩子留个念想，这衣服冉晴穿过将近一年，尽管洗过，会不会残余些气味在上头？也不晓得行不行，反正死马当活马医，他奶奶牵着那衣服的前胸，在奶粉里浸了一下，再给天天喂，天天不哭了，喝了！

他就是这样活过来的。

四喜只从父母身上剐钱，从没给过父母分文，有时候奶粉跟不上，就喂米汤。现在天天读书，成绩很好，读了小学读中学，读了中学读大学——天天说他要读大学，花钱的日子说来就来，他爷爷离不得家，离了家就害病，奶奶就去挣钱，恁大年纪，还出门打工，是天天的祖祖病了，他奶奶才回来的。

大姐说到这里，晓菲哭起来了。

二十五

“大姐心狠哪！”幺妹说。她才不管你哭不哭，接着又说了康芙蓉。说四喜跟康芙蓉生了个女儿，名叫蓉蓉。蓉蓉满月不久，四喜趁康芙蓉熟睡，从她身边跑了。他跑，是他对人本来就没有长性，再加上两个没扯结婚证，绊不住他。更直接的原因，是那段时间，康芙蓉老吵头痛，去医院检查，说脑壳里长了个瘤子，四喜就吓住了。他们住的房子，是康芙蓉父母的，她父母对女儿莫名其妙跟一个男人生了孩子，气得只想跳河，能供一套房子给你，证明他们虽然气，也无可奈何，就算认了，只等外孙女满月，让他们去把婚书领了。婚书没领，康芙蓉吵头痛，就去医院查出了病。你住着人家的房子，人家女儿生病，你总得找钱治吧？四喜哪有这个钱，哪有这个心！他有这个心，就不是四喜了。

他唯一想到的，就是赶紧脱手。

听到这里，晓菲不哭了。

她又是那副不惊不诧的样子，像在听一个陌生人的故事。

的确是陌生人的故事。

接下来，大姐问晓菲：“四喜说过他是大学生吗？”

晓菲听到四喜这名字，竟反应不过来。她认识的那个四喜，已经死了。她不知道大姐说的四喜，是哪一个了。大姐没待她回言，就说，那是假的，四喜从没念过大学，四喜就是个初中生，连初中都没念完。然后又说，四喜做传销，害了一家子。四喜赖人家的钱，害得她跟人大吵一架。四喜买手机不付余款，接到法院的传票，等等，都说了。

幺妹把这些讲给我们听的时候，二姐当即就对幺妹冒了火："晓菲听不懂她说话呀！你就不晓得另外说一套给晓菲听？"二姐想的是，晓菲这一走，四喜就没有女人了。幺妹很憋屈，说大姐说不来普通话，但听得懂普通话，我乱传她的话，你以为她不晓得？有几句话我埋着没传，她就鼓起眼睛恨我，说你也是养女儿的，你就把晓菲当成秋月，你想想你的秋月正被人家骗！幺妹说："我坐在那里像受刑，没办法，才依了她的。"

大姐对晓菲最后说的是："俗话说，一步行来错，回头已百年。晓菲，我劝你走。也不要等到天亮才走。天亮过后不好走。要走也走得逗人笑。虽说你不是这方人，不怕人笑，但被人笑总不是好事情。再说你也要给四喜留个脸，给我们留个脸。你走的话，我送你。"

晓菲的头动了一下，也不知是在摇还是在点。

"我听你的，大姑，"她终于说，"我走。现在就走。"

外面哀乐声停了，念经声停了，二哥的哭唱也停了，但打麻将的还没散，麻将声和牌客的说笑，成了唯一的声音，因而格外清晰。一种困倦的清晰。大姐说等等吧，再等等。等了半个多钟头，牌客散了，脚步声、关门声消失之后，夜晚归于天地，也归于死者。大姐这才带着晓菲，下了阁楼，出了院子。晓菲走到院坝边，又回到父亲灵前，给他磕了头。

大姐一直把晓菲送到桥头的岔道口，晓菲坐上了车，见车开过桥去，在河对面的公路上消失，大姐才离开。她连家也没回，就搭了摩托，回到燕儿坡。

二十六

这个早上是平静的。

大姐回来时，厨房在冒烟，阴阳在敲磬，搭彩匠在忙活，二哥在唱祭文。别的人，还很少起床。幺妹更是刚刚入睡；耽搁大半夜，把她瞌睡岔了，又想着大姐把晓菲送走了，大哥大嫂和四喜知道后，怎么得了！翻来覆去的，走了困，天亮才睡过去。

大姐从院坝上来，径直去了厨房，找到大嫂，问大哥呢？大嫂说，你大哥收拾水管去了。大姐哦了一声，等在那里。不一会儿大哥回来，大姐就把大哥大嫂叫出门，向院坝外走。走下七八步梯坎，才站住了。三个人占了三步梯子，大姐打头，大哥垫后，中间是大嫂。大姐摸出一千块钱，递给大嫂，说："晓菲给的，给天天的。"

大嫂忙把手往后缩，像那钱很烫。

"我们还没给她拿呢，"大嫂说，"我跟你大哥也是想，等丧事办完，给她拿些。我们还没拿，她拿了，像啥话哟！"大嫂说着，眉弯里开着花，脸透红。

我们曾担心晓菲知道有个天天，也担心晓菲知道后不喜欢天天，大哥大嫂自然更担心，结果晓菲不仅抱了天天，背了天天，让天天叫她妈妈，还给天天拿钱。

大姐见大嫂那样子，把脸别过去，是掩饰自己红了的眼圈。一缕阳光从树叶间探过来，轮焕出不规则的晶体，打在大姐脸上。她把那阳光拨了一下，低了头，温柔地撩起大嫂的围裙，把钱揣进她荷包里，说："晓菲走了。"

随后把头一扬，语气变得坚定起来："是我让她走的。这不是她该来的地方。”

待大哥大嫂明白过来，像遭了雷殛。

“我把她送上了街。”大姐又说，“她非要给天天一千块钱，我就带回来了。”

其实这钱是大姐给的。

晓菲上车前，大姐摸身上，摸出二千四百六十块，把六十块揣了，将二千四给晓菲，晓菲不要，说她有，大姐非给不可。大姐给人钱物，你拒绝，她会非常生气，她生气地对晓菲说：“你叫我一声大姑，大姑没别的给你，身上的钱，总共也就这些，你不要，我就说你是嫌少！”也不知晓菲听懂了多少，但她看出大姐在生气，就说她要一千，其余的给天天，就算是她送给天天的。大姐又把四百块塞过去，说在家里亏得，路上亏不得，路是冷的，只有钱才能把路焐热（大姐很可能又想起了她跟大姐夫去新疆的经历），多一块钱有多一块钱的用处，饿了买吃的，渴了买喝的，哪样不要钱！说你自己一路上小心些，你今后找人，莫只图漂亮，也莫只图嘴巴甜，要找个实诚人；不管那人生得啥模样，都要弄清他的来路，比如四喜说他是啥大学毕业，在哪家公司上班，你爹妈不关心，你也不关心？他说的公司又不是多远，就在哈尔滨，你也不去问问？你不问，正是你的好，说明你相信人，可这世道，骗子满天飞，还不是像以前那样阴悄悄骗，是打明了骗，你敢相信哪一个？一席话，那晓菲听得虽不十分真切，却也是眼泪巴沙的，说：“我记住了，大姑。”说着班车过来了。看样子，晓菲还不想上车，还想跟大姐说些话，可错过这一趟，就够等了（大姐还担心四喜找来了），坐组合车又贵，大姐便朝司机招了手，把晓菲推上车去。

这些，大姐都没说给大哥大嫂听，她只告诉他们晓菲走了。

大哥空了声鼻子，又咳了一声。

大嫂的脸依然红着，成了黑红。

“那不半夜就走啦？”大哥问。

大姐没直接回答，只说：“她本来就不该来。四喜载不着她。”意思是配不上她。

“昨天晚上，”大嫂说，“你们去睡了，四喜跟我摆了半天龙门阵，说他跟晓菲开了个网店，生意好，有时一天要赚一两千。他现在变了。”

大姐的怒火又被点燃：“他给李志说，他在做策划师，给晓菲说，他在和几个以色列人谈笔大交易，给你说，是在跟晓菲开网店，你用哪一颗心去信他？要说变了，也是变得更……”

大嫂不言声了。

大哥却说：“可能就是在谈交易嘛，未必晓菲不晓得？”

“晓菲晓得个屁！”大姐愤愤地说，“你是他爹，你晓不晓得他究竟在做啥子？昨晚上我问晓菲，她说四喜一直在谈那笔交易，我问她见过那些人没有，她说没见过，只是四喜白天出去，晚上回她那里，有时晚上也不回。四喜对她说的，全是假话，说他是大学毕业，说冉晴死了。没说康芙蓉，也没说蓉蓉——该说的不说，等同于假话。对你们说的，也是假话，啥晓菲的爹妈要给他们买房子，晓菲的爹妈从没说过，连见都没见过他。”

大哥也不言声了。

“既然一天就赚一两千，”大姐面向大嫂，“他回来给你拿钱没有？”

“他说走之前拿。”

“你等嘛！他是说从你这里拿，不是他拿给你！这次回来，全是用晓菲的。他说那交易谈成了，要挣上千万，现在还没谈成嘛，用晓菲的钱就用得正理该当嘛。一群俅脑壳！”

大哥大嫂站在梯坎上，任随越来越白的阳光，把半边脸照得发烫。

“那狗日的，咋个收场哦。”大嫂跐了一下脚。

大哥又空了一声鼻子，说：“去给他说声，让他自己去收场。”

大嫂在围裙上把手揩来揩去。回来这几天，她手上的裂口好些了，一好，就发黑，连手背也发黑，像是从手掌那边黑过来的。揩几下手，她转身上了院坝。这种事情，大哥是不会去说的，只有她这当妈的去说。再难，再不情愿，也要去。

大哥大姐也跟着上去。大嫂斜进屋，推开了傍虚楼的一间屋子，四喜睡在里面。门板用松木镶成，还是湿木就镶上去，水分一干，走了性，门板拱着，别不上闩，门一推就开。不一会儿，见四喜出来了，没梳头，也没洗脸，就弯腰驼背的，朝院坝外疾走。

大嫂已经把给天天的那一千块给了他，他自己身上，只有晓菲给的烟钱。他追晓菲去了。大嫂并没说晓菲为什么走，他也万万想不到自己亲人会出卖他。他担心过被出卖，但不是亲人，而是同乡，特别是侯大娘，好在晓菲听不懂这里的方言，再说除了睡觉，他跟晓菲形影不离，别人也没机会和她单独相处。如果不是他大姑叫晓菲去跟她睡，他就跟晓菲睡了，所谓“宁愿屋停丧，不要屋停双”，那是指客人，他是回自己家，不是客人，可大姑那样说了，他不好说啥的。他也担心过大姑和幺姑说漏了嘴，但只是一闪念的担心，一是他并不清楚幺姑的普通话说得能分清卷舌音和平舌音，也能分清前鼻音和后鼻音，二是他觉得，当着晓菲，大姑幺姑绝不会在他的事情上多话，尤其是大姑，对他那么好，那么维护，即使不小心说漏了嘴，也知道怎样挽回来。说漏嘴又挽回来，在他看来，就像呼吸一样自然和容易。

他以为晓菲是见不惯他老家的穷相才走的。

直到中午，除大哥大嫂大姐幺妹，然后幺妹起床后告诉了我和二姐，没人知道晓菲走了，也不知道四喜追去了。

开午饭时，利民安排席桌，没见四喜两个，才问。大姐说："晓菲家里出了点急事,他们赶回哈尔滨去了。"二嫂听见,问啥急事呀?大姐摇头，说不晓得。

正这时，打掌盆的出来了，掌盆是杉木做成的屉子，一次托着十几只碗碟,盛满了炒菜、蒸菜和汤汤水水,掌力不够,根本托不起,他们一出来，就高声吆喝："撞撞撞！"不管有没人挡道，都这么吆喝，仿佛是祖上传下来的规矩，表明客人很多，很拥挤，这家主人很体面，很尊贵。随着"撞撞撞"的吆喝声，鲊肉的香气，油炸豆腐的香气，海带炖排骨的香气，也喧喧嚷嚷，盖住了人声。关于四喜和晓菲的话题，便也打住了。

二十七

下午三点钟，孝子们绕一场棺出来，见灵塔搭好了。

灵塔放在院坝里，靠近灵堂外的阶沿。燕子顾不得腿酸，绕着塔身，前前后后看。一是花花绿绿的，确实好看，二是达友回来了，她心里喜。那塔高两米，长四米，宽两米，不仅人的灵，连人的躯体，也能住下去。骨架全用竹子，有门，有窗，门上钉兽首、挂铜环（用锡箔纸做的），窗上雕花鸟虫鱼。正面右墙，是一组狩猎图，一人骑在马上，弯弓搭箭，前方丛林里，是奔跑的梅花鹿。左墙是个院落，一道中门，五间享堂，院前一尊神碑、一棵大树，那树枝丫铺张，果实累累，树下烧着茶炊。两个披着刘海的童子，一人站在另一人肩上，够着手，想把透红的果实摘下来。

燕子嗨耶一声，说："爷爷住得这么豪华呀！"

这还不算，侧墙和后墙，贴满各种颜色的铜版纸，全是印制精美的图片，有电脑、电视、冰箱、汽车、除草机、游泳池，还有网球场和高尔夫球场。

灵塔上的物件，可不是随便布置的，据说搭彩匠在破工之前，要凝神端坐，端坐半个时辰，再用块黑布，从头上搭下来，将脸盖住，两手捏成莲花指，平放于膝，让自己冥冥入定，入定之后，他就跑到时间前面去了——跑向了未来，他在未来的城镇或乡野，看到了死者的来世，并据此为他们造塔，所以有的简陋，有的奢华。这个从猴子岩村来的赵姓师傅，是否也那样入定过，我没看见，趁现在空，想跟他聊聊，他却从大哥手里接了工钱，穿过侯大娘门外的巷子，急着回家去了。他那家离燕儿坡，要走三个多钟头。

他只把一幅富贵图留下来。

这幅图景，足以让我们对父亲的来世放心。

可燕子并不放心，她说爷爷从没骑过马，不怕从马背上摔下来？从没用过电脑，咋知道程序？还打高尔夫呢！他别把球杆当锄头使啊？说罢笑，笑得眼睛眯起来。

刘显文在一旁戴花冠，听见了说：那朱元璋，前世是头母狼，咬死过牛犊，又喂养过弃婴，母狼投胎为男身，先做讨口子，后当皇帝，这咋个讲呢？

燕子像是明白了些，但还是不放心，或者说更不放心，因为她觉得，爷爷的来世，定还是跟奶奶成一家，奶奶连电视也没见过，见到那些洋玩意儿，不要吓坏？刘显文笑一笑，没答，将花冠的系扣松了两格。花冠枝枝杈杈，由铁制成，皮面镀了铜粉，戴紧了硌人。

大姐把燕子拉开了："话多！"燕子便独自进了灵堂，到冰棺头厢处，对爷爷说："爷爷，奶奶没见过那些，你学会了，要慢慢教她哟。"

二十八

刘显文戴好花冠，叫大哥腾出两张桌子，他要在灵塔正前方设法坛。

除了放碗筷的桌子，每张桌上都在打麻将，大哥听见小兰在大呼小叫，就说："小兰，收了。"小兰赶紧出牌，但已经来不及，大哥和兄弟已抬走了旁边那一桌，麻将也是抬过去才收的，接着又抬走了小兰那一桌。二嫂站在二哥身边，细声说："恁多桌子，偏要抬小兰他们那桌，她明明又摸到了好牌。"说了才发现我在后面，便又笑起来，说："本来就该抬走，要给她爷爷拜塔。小兰那女儿，只晓得打牌！"

二哥没言声，帮着刘显文取道袍，那道袍一会儿穿，一会儿不穿，不穿的时候，就裹住一团，塞进包袱里，拉出来时，如同活了两百岁的人脸。石头说话口无遮拦，说那是猪尿泡，唯一的区别，猪尿泡是白的，刘显文的道袍是黑的；前胸后背，都绘着八卦图，有一圈白，不过要多长只眼睛，才能看出那白来。

许多人都跑出来看热闹，见两张桌子，垫一张，重一张，重的那张是翻倒过来，四脚朝天。刘显文顶花冠，着道袍，爬上桌面，再叫徒弟递给他令旗和师刀。他用的师刀，和千峰岭那端公用的相似，一把长剑，剑柄套着镔铁环，环上挂着牛角、发印和一串拇指大小的木雕神像。他一手执令旗，一手执师刀，在上面作法：围了四角疾跳，口中念念有词，师刀和令旗舞出“八”字。跳上几步，腿突然一跷，使那皱巴巴的道袍飞扬开。道袍外面是黑的，里面是红的，黑与红搭配，红就成为另一种黑，比黑还黑，更接近死亡，也更引人联想那个人人要去，但人人都很陌生的世界。

烈日当空，花冠和师刀，把阳光碰出叮叮当当的声响，每碰一下，都迸出火星子。刘显文跳了半个时辰，将令旗哗哗挥动，挥动十余下，掷下法坛，腾出双手，握住师刀，剑指长空，仰面祷祝，语快如风，也不知说些啥。几分钟后，收剑，闭目。

待眼睛睁开，作法结束。刘显文纵身跳下，将道袍一脱，身上就像在煮。

他喘着粗气，抽了支烟，去二哥的书案，写出一张巴掌宽的条幅来：“金刚赦罪大天尊。”他左手提着条幅，右手又拿了师刀，在那条幅上点、点、点，同时嘴皮子无声地动着。点了一袋烟工夫，才放下了。二哥懂他那一套，早调了糨糊，刘显文便用那糨糊，将条幅褙在灵塔正面，接着又把道袍穿上。

鼓锣齐鸣。孝子们要拜塔了。

院坝腾出一块地方，喜鹊将鸡屎、口痰和烟头扫去，大嫂进屋，拿出几床篾席铺着，孝子便齐崭崭跪在篾席上。饯神时用的铁皮桶，又搬了来，二哥又是头系青丝，在桶里烧岁头纸。亡人活了多少岁，就烧多少沓，一沓三张：上面是天，下面是地，中间是人。

在究竟该烧多少沓的时候，起了争执，有的说八十三，有的说八十四，还有说八十七的。二哥不管，只按他的来，最后烧了多少，也没人去数。

纸烧完，锣声鼓声泼天价响。锣鼓声歇，刘显文和他徒弟念咒：“茫茫丰都中，重重金刚山。灵宝无量光，洞照炎池烦。九幽诸罪魂，身随香云旛。定慧青莲花，上生神永安。”这是《破地狱咒》。“地狱门前一条河，养儿养女受奔波。儿女阳间充好汉，父在阴间坐冥河。念得百遍浅一尺，念得千遍不算多。救离我父出苦海，逍遥日子逍遥过。”这是《破冥河咒》。此外还有若干道咒语，若干条偈文，若干部经书。每念一句，锣声便起，孝子便磕头，不是直接跪着磕，而是站起来，再扑下去。站和扑的同时，口中高唱：“金刚——赦罪——大天啰——尊啰！”

要这样磕满九百九十九个头。

不能一次性磕完，一次性磕完要累死人的。磕上七八十个，就歇场。这比绕棺可怕多了，不仅头磕得密集，还是磕长头，还是在太阳坝里。一场下来，感觉也去阴间走了一遭。这不是比喻，而是实感。阴间和阳间，并没有明显界线。

拜过两场塔，太阳阴了，按理，该趁着凉快继续拜，早些完数，但孝子们没法弯腿，强行弯曲，就像刀砍过来。刘显文通情达理，说，那就明天请早。

二十九

黄昏时分，晚饭之前，四喜回来了。

都以为他追到哈尔滨去了，不会回来的。

他的头发和鬓角，都明显去理发店打整过，打整得不甚精细，但早上出门时的颓败一扫而光。见他这样子，我们都吃了一惊。二嫂忙问："四喜，说晓菲家里有事呀？"大姐向众人撒的那个谎，四喜并不知道，可他气定神闲，自自然然地把话接了："再大的事，抵得过给爷爷办丧事？我把她送到了车站，让她先回去，我把爷爷安埋了再去。"二嫂本来还想说啥，不好说了，直到今天，她女婿没来，儿子儿媳也没回来。郑三儿说："晓菲一个人走，你放心？"四喜和善地一笑，说没事三娘，我给她买了软卧。

这让我们也乱了章法。

趁那边忙着安席，大姐、二姐、幺妹和我，把四喜拍到虚楼上，想问个明白。

四喜说："晓菲在火车站等我，她晓得我要去，我也晓得她要等我。她站在广场上，没看到我的时候，还很镇定的样子，见了我，眼泪水一泼就出来了，跑过来把我抱住，叫我原谅她，说她以为这辈子再也见不到我了。她想跟我回来，是我叫她走的。我说别人都知道你走了，你又回去，怎么解释？你还是走，我把爷爷的事办完，马上就去哈尔滨。"

大姐张了张嘴，似乎想问些别的，但终于没问。她明显轻松下来，甚至高兴起来。整个白天，她一直受着煎熬。给晓菲讲那些事，她觉得该讲，但晓菲离去，又让大哥大嫂难过，当然也让四喜难过。

难怪一整天，大姐话都很少。好在晓菲跟四喜和好了。二姐也高兴，只是高兴里埋着忧伤，她在想，要是山蕊也像晓菲那样钟情，就不会离开她的子国了。

大哥大嫂丢下活路，踅进屋来。四喜又把对我们说过的，对爹妈说了一遍。大哥亮着眼睛骂："你个狗日的！"大嫂又把手在围裙上揩来揩去，说："人家对你巴心巴肝，你要对得起人家。你今后要踏踏实实做事，不要只图眼大心大。心比天大，不靠两只手，也是空心。"四喜说："我晓得呀妈，我一直都在认真做事，你们暂时还没看到成果，就以为我是耍搭汉。等看到成果那一天，我再给你们讲我是咋努力的。"说着给我和他爸递烟。

利民在叫大哥，大哥应一声，跑出去，脚底下像踩着风火轮。

我们也都出去，大嫂出菜，我们上席。

大姐一放下心里的包袱，就想到给李志打电话，往席桌上走的时候，她就拨过去了，先痛痛快快把李志骂了一通，再叫他明天一早就"滚上来"，给外公拜塔。

三十

但次日早上，李志有了冠冕堂皇的理由，可以挨到午后再来。

他三舅妈梨静今天到，他要带着子国，跟杨津去火车站接。梨静本说明天来的，改到了今天，我岳母昨天下午出了院，腿上打着石膏，回家坐在轮椅上，岳父可以把她推来推去。梨静耽搁了很多课，但想到给父亲拜塔，且过两天就是夜场，只好继续请别人代劳。儿子没来，他转眼就高考，老师又正给他们押题，实在不敢离开，他爷爷会原谅的。

快到下午两点，梨静拢了。是杨津送上来的。大姐怕梨静坐不惯摩托，给大姐夫一说，大姐夫便交代杨津，叫送到堰池沟，他恰好也有事情给杨津讲。

李志和子国本可搭车，偏不搭，李志的那些伙计，在街上闲着也是闲着，不如往山里跑一趟。山里的野风、野树和野花，在镇上是见不到的，站在山口望长河，那种碧绿和蜿蜒，镇里也见不到。镇里只能见到河水的脏。他们中多数是居民，少数跟李志一样，是从村里搬去的，但个个都认为自己是“野生”，当然不愿在乡里野，只愿在城里，可惜命不好，没能生在县城乃至更大的城市，爹妈又没本事，都没去城里买房。

镇子太小了，真要野，也野不起来，若产生错觉，把镇当成了城，就会像何老三那儿子，被铁链套进黑屋，或者像榨油厂那条老狗，被铁链套进废墟，只能用长时间的沉默和偶尔的号叫，去回忆过去，回忆自由，并证明自己活着。

何老三的儿子究竟是吸毒，还是得了梅毒，利民的话并非空穴来风，镇上也有议论。都认为他是吸毒加梅毒。在他活蹦乱跳的时候，抽支烟的工夫，也可能去排泄一通，只不过排泄的不是五谷杂粮。他爸那么讲究，那么轩昂，他却耸肩缩背，上县城去，也趿着拖板鞋。这成了他的某种写照。他只相信虚幻的、脆弱的、脆弱到转瞬即逝的快乐。这样的快乐勿需挺拔，也勿需干净。在他看来，挺拔和干净,都构不成快乐的源泉。脏才能。无论多么高贵的女人，嘴都不会干净，下体也不干净，最多，只是看上去干净。他就靠从“脏”里生出的快乐滋养着，养到不能快乐为止。

要是在城里，这种事会被人群淹没，从而不算事，镇上却不行。在镇上住一年，彼此就熟悉了。熟悉，真不是个好东西。

有那个活生生的标本摆在那里，几乎就堵了两条路：毒和性。这两条路一堵，还能怎么野？不如往山里跑，钓鱼、露营或者开摩托玩儿。

今天开摩托还有个乐趣，就是跟杨津比快。他们有的是本钱玩险，把弯道截成直道，故意往崖畔上开。崖畔上的风是黑色的，带着腥气。那是充满诱惑的气息。诱惑与危险，本质上是同一个词，没有危险，就谈不上诱惑。

和那天一样，又是来了四辆摩托，两架空着，另两架坐了李志和子国。每一架都比杨津开得快，他们在堰池沟抽完半支烟，杨津还在梁那边。

三十一

大姐、大姐夫和我，去堰池沟迎着。对杨津的行程，大姐夫了如指掌。只要他没坐在那车上，而那车上又坐着他关心的人，或者他等着杨津来接他，每隔三五分钟，大姐夫就要给杨津打电话。我们到堰池沟，抽过一支烟，杨津便到了。

梨静又是背着上次去三医院的那个单肩包，不过那包显得比上次更大，不是塞的东西多了，是她瘦了。她却看不见自己瘦，开口就问我：“你咋瘦成这样子？”

我也看不见自己瘦。这些天来，天天在一起的大姐，同样没看见我瘦。但梨静说我瘦了。那意思是瘦得非比寻常，差不多是暴瘦。

她这么一说，我才觉得自己肚子小了，腰带松了，身体有些飘，手朝脸上摸，巴掌在脸上游走，感觉到的只有巴掌，没有脸。看来确实瘦了。梨静还说我头发也白了，她把我的头扳下去，说白头发占了一半。

有这么严重吗？此前我是很少生白发的，在省城的家里，我坐在书房的电脑前，梨静进来，为我添茶水，或往我嘴里喂几片西洋参，站在我旁边，见到白发，就将它们拔去，像一个勤劳的农人拔掉稻田里的稗子。要是白了一半，就没法拔了。想象稻田里有一半的稗子，再将那稗子拔去的情形，眼睛便是大片大片光得可以走马的水皮。

大姐也跟过来看，说："硬是的呢，咋长了这么多？"

其实大姐也瘦了，也冒出不少银色的发根，前些天我没注意，现在注意到了。

我没言声，心想那些老话真没说错，父母是护在你面前的墙，父母不在，你就成了墙，抵刀挡箭，顶风冒雪，都成了你的事，自然就伤得狠些。许多时候，我们嘲笑老话，瞧不起老话，以为说几个新词，就能把老话推翻，殊不知，当你活到一定岁数，低头一瞅，才发现自己的大半截身子，都埋在老话里。

杨津从火车站过来时，回了趟家，带来黄二妹给大姐的两大包生脆葵花籽，杨津又给大姐夫带了条软中华，都是送的。大姐和大姐夫收了，大姐夫便叫李志和子国赶快去磕头。我们出来时，下午的拜塔已经开始，站在堰池沟，也能清晰地听见锣鼓声、念经声，还有"金刚赦罪大天啰尊啰"的祈祷。石头又在塔柱上绑了支话筒，从话筒里传出的，是二姐夫跟先河的声音，大姐夫和我不在，先河就和二姐夫跪在了前面。二姐夫的声音只是背景，衬得先河那嗓子格外响亮，他嗓门本来就大，又是放了声唱，不用话筒，也常常盖住所有人。因为一起一扑，说不准什么时候对准话筒，那声音就明暗不定，“金刚”两个字过后，再传来时，就可能是“尊啰”或只剩了一个“啰”字。

听见叫去拜塔，子国主动接了他三舅妈的包，李志接了他妈手里的葵花籽，又去接他爸手里的烟，手伸出去时，说：“放心哪，我不得动啊。”说得所有人都笑。他俩朝院坝走去，李志的那些伙计，便跟大姐和大姐夫打声招呼，开着摩托回镇子。

大姐看着飞驰而去的背影，高声呼喊：“开慢些！你狗日的些鬼使起了啊？”

远处一片声应答：“晓得大妈！”他们都把大姐叫大妈。

大姐夫这时候才给杨津说事。

是在县城买那套房子的事。

大姐夫原计划等父亲丧事办完再说，但粮食局的老张怕闪他，来电话催问，说不要的话，他好寻下家。大姐夫喜欢那套房，打定主意买，就叫杨津去替他办。我这才知道，大姐夫的钱，有很大一笔是存在杨津账上的。他自己和大姐的账户上，只存挖挖机和采砂船的收入，而这笔收入，至少半数借给了钱文。从其他渠道来的钱，大姐夫都让杨津存着。杨津只需向老张代交笔定金，让老张放心，再取张收条回来就是了。

三十二

杨津去了，我们往回走。没走几步，大姐夫说："坐下子，我这腿受不了。"

他的意思是躲一躲拜塔，能躲一时是一时。

我跟大姐也是这样想的，没说出口而已。腿确实受不了，走路都不敢弯膝盖，像装着木头义肢。奇怪的是，腿上真像散发出一股木头味儿。沟这边有几块石头，我们就坐在那石头上，除了梨静，都拣高处坐，不然就坐不下去。

大姐问起梨静她妈，又问起我们的儿子维生，梨静说了她妈，又说维生最近得了个怪毛病：突然对自己长相不满。今天牙齿不好，明天眼睛不好，后天鼻子不好，到大后天，又是耳朵不好、下巴不好。"都啥时候了，来这一套！"梨静说。

从她口气听出，这些天，儿子让她受了不少折磨。最折磨她的，是每天放学回家，维生都要站到盥洗间的镜子前，盯住自己看。不是看，是审视，是求证，从额头往下，一个器官一个器官审，直审到脖子，只差没拿了放大镜，挨个毛孔察看。耳朵有点儿招，眼球凸出了1毫米，鼻孔似乎大了些，最气人的，是说他下巴和脖子间的距离，短了2.3毫米。儿子个头高，是我们家族中最高的，上高三之前，一直是校篮球队的中锋，他那卧室里，便贴满了NBA明星照，他把自己的下巴，跟最喜欢的明星比，越比越不对劲儿，不厌其烦地并拢五指，去量下巴和脖子间的长度，或者说叫宽度。可以想见，他往那镜前一站，就生根长苗。

他并没在梨静教书的学校读书，他读书那学校离家有七站路，每天骑自行车来去，高三要十点钟才下晚自习，回到家，洗洗漱漱地收拾，稍不留心就十一点半过，而他单是站在那里端详自己，就挨到差不多十二点，不去吼几声，就不离开，也忘记了睡。早晨起床，又来一通。学习那么紧，又睡不够觉，十几岁的孩子，就长出眼袋来了。但他坚称长眼袋不是因为没睡好，是他眼球凸出了 1 毫米的缘故。

梨静本来气得不行，说到这里又忍不住笑。

大姐跟大姐夫也笑，大姐夫好奇的是，那 1 毫米和 2.3 毫米，是怎么量出来的？梨静说他有的是办法，他在灯前落下阴影，用尺子去量那阴影。

儿子这样子，让我想起自己的当年。

读中学的时候，我也有过相似的烦恼。还比他更严重。我不仅对自己长相不满，还对出身不满：如果我不是农民的儿子，我的父亲不是许成祥，我就不会这样贫穷和卑微。我给自己设想了很多个父亲，他们不是居民，就是干部，当然也有书上的名人。就连那个粮站站长辛宏才，我也想象过他是我父亲会怎样。最糟的是，我还对自己性别不满。我弄不清自己为什么要变成男人。我渴望自己是个女人。为什么渴望，说不清，就是渴望。夜间，躺在六十人睡的通铺里，听着同学们的鼾声，看着爬进窗口的月光，我忧伤地感觉到，自己是长着喉结、阴茎和睾丸的，而这些东西，我都不喜欢，我试图把阴茎和睾丸去掉，便将阴茎朝后扳，扳得像是没有了，可手一松，又弹回来。幸好在那时的见闻里，还没有变性一说，否则我会想到去变性。如前所述，“不知道”，真是老天的恩宠。

然而，那不可更改的事实，让我绝望。

绝望处是低处。我是个自卑的人。

尽管现在常常被请进大学校园和艺术团体讲课，人模人样地坐在台上，面对话筒，讲诗歌，也讲摄影——主要是讲诗歌，我讲着诗歌怎么凭借词语塑造生命，并称词语是生命的“第二起源”——免不了也受到一些崇拜，找我签名、合影，有时还提了毛笔，留下“墨宝”，但我知道，那个被崇拜的我不是真正的我，真正的我蹲在角落里，羡慕地看着被崇拜的我。“角落”这个词，成为我的空间和时间，也成为我诗歌里最显明的意象。

而今回忆起来，我最绝望的那段时间，正是高考之前。

我觉得儿子蛮可怜的。

但许多时候，同情心只是一种站在远处的情感，如果我在家里，见儿子那形景，早就暴跳如雷了。梨静比我有耐心，想尽了各种办法，去纾解儿子的情绪。先是说他帅。他自然不信。自己母亲的话，怎么信得！人言儿不嫌母丑，其实该说成母不嫌儿丑更恰当。梨静又约了从没见过维生的同事来家里，事先说好，请他们夸儿子，儿子刚开门进屋，那些同事便惊叹：“哎呀梨静，这是你儿子呀？”梨静说是啊，同事说：“这么帅个小伙子！比他爸爸帅多了！”多出来的这句话坏了事。儿子从来是不跟我比的，跟我比，就相当于比上不足比下有余。这种比法，是平庸的温床，远远不构成他的理想。梨静苦心孤诣导演了一场戏，费了酒饭茶果，结果是让儿子更加怀疑自己。

无计可施，只有用老办法，给他找鸡汤文、励志篇，把一个相貌寒酸却卓有成就的画家的文章，念给他听，其中两句是：“漂亮的面孔比比皆是，有趣的灵魂百里挑一。”念了又给他阐释，说灵魂要丰富才有趣，要深刻才有趣，要高尚才有趣，如此等等。越阐释越糟。这无疑是承认了：他确实长得不怎么样，他的鼻子眼睛耳朵下巴确实都有问题，只能依靠灵魂来支撑。

“我也懒得管他了，”梨静说，“今天早晨，我叫他这几天晚上去他舅舅家住，也顺便看看外婆，他不去，就愿意一个人在家。也好。有时候，儿女的烦恼是依赖出来的，没有父母依赖，可能就度过去了，天宽地阔了。”

三十三

院子那边，二哥在哭唱祭文，证明一个回合的拜塔已经结束。我们也便起身。

走到占惠屋后头，大嫂、二嫂、弟媳、二姐、幺妹、燕子和丽丽，一帮子都下来接。达友也下来，但他是去办货。

梨静不懂规矩，没在街上买圆鞭炮。新客到来，上院坝都要放鞭炮，告知死者，说我来了，我把我的悲伤也带来了。但梨静不知道，我也忘了提醒她。这时候，梨静又和大嫂们打着招呼，慢悠悠上梯坎，我说：“你还没参灵。”她也不懂啥叫参灵。我便领着她，以尽量疾走的步态，上了院坝，进了灵堂，叫她跪下磕头。磕完头起来，她去冰棺头厢处看父亲。父亲的盖脸纸，轻轻晃动。梨静说：“爸爸在吹气！”这话让我想起母亲鼻尖上的汗珠。但我现在是个中年男人，不是小孩子，知道父亲即便当时没死，躺在那冰棺里，几天严丝合缝地盖下来，不被闭死，也被冷死了。父亲逃无可逃。

我怕别人笑话梨静，对她说：“你小声些。冰棺里有制冷机，是制冷机在吹气。”梨静却不小声，指着盖脸纸说：“为啥盖那个？我看不见爸爸了。”

说着就红了眼圈，滴下泪来。

侯大娘说：“那老背时的，有福！大老远的儿媳回来，也为他掉眼泪。只可惜代珍福薄。”

代珍是我们母亲。

别人都把我们母亲叫“铁匠”,侯大娘一直是叫名字,因为叫“铁匠”，不仅指我们母亲打孩子能下狠手，还指她跟侯大娘吵架时寸土不让。侯大娘说着，自己的眼圈也红了，紧跟着嘴一咧，伤伤心心哭起来，把脸上的锅灰驱赶得乱跑。她是为我们母亲哭的。

石头把他奶奶呵斥开了。

石头和他爸爸利民一样，做事用心，对人和善，但对爷爷奶奶、爸爸妈妈，说话从来都是粗声大气，说得像砸。他妹妹雨点也是。

其实那就是他们对待亲人的方式。石头为给爷爷治病——治他的“慢”病，把打工挣来的钱，不是请医抓药，就是买补品，自己想去镇上买房，也没买成，好在他在工地上结识了个开阳女子，并让那女子成了他妻子。开阳县因为出了个“蛇蚂子事件”，远近闻名，其实它早就远近闻名，只不过现在名声更响。它虽与东轩相邻，却民风迥异，自古以来，开阳人成年过后，都惯于去路上谋生，在这带山河游走的篾匠、石匠、盖匠、弹花匠、泥瓦匠，多是开阳人，那些身上有功夫的，就卖打药、耍杂技，也当货郎、耍猴戏。从流动性上看，他们才更像巴人。但人类学家没这么定位，而是安了个洋名字，说开阳人是大巴山区的吉卜赛人。祖传的血脉，让他们看重路，不看重房子，石头不在镇上买房，他女人从不上心。他俩一直在河南打工，石头是回来办什么事，恰逢我父亲去世，就顺便过了我父亲的丧礼再走。毕竟两家住了几辈子邻居，而且他也记得自己是被春花姑姑带大的。

雨点也给爷爷奶奶拿钱，当然给父母的更多，她卖绣品的收入，至少掰出一半，送回娘家。为这事，她跟丈夫吵了不少架。但丈夫总是吵不过她，她和她哥哥，都是极有主见的人，说和做，都不遮遮掩掩，恰恰是这份坦荡，让人连个阴影也抓不住。

郑三儿对大姐说，侯大娘现在的主要心思，是挑拨石头和雨点跟父母的关系，如果当真，侯大娘又将面临一次失败。

三十四

弟媳来叫梨静吃饭。梨静跟李志和子国还没吃午饭。李志和子国不想吃，就梨静一个人吃。饭桌就摆在厨房，大嫂二嫂添了几大碗菜。火没熄过，饭菜都是热的。我和大姐二姐也去桌旁闲坐。不一会儿秋月进来，傍我坐了，扑在我肩上，眼光从我脖弯里溜出去，盯住她三舅妈看。我的脖子被她的呼吸弄得发痒。梨静低头吃饭，但感觉到脸上有一丝重量，抬头看见秋月，愣了一下。

她好几年没见秋月，就像占惠说的，当年是个小孩子，突然就长成了个大美女。大姐说："你认不认得？"梨静笑。明显是认不得了。大姐说："幺妹的女儿。"梨静很惊奇："未必是秋月？"喜欢得不得了，忙拈了块土豆喂过来。秋月张嘴接了，吃着，下巴在我肩上一紧一松。大姐撇嘴："哼，你们两个，都会惯使！我说的，怪毛病都是惯使出来的，你们也是这样惯使维生？"梨静说："才不得呢。他喜欢女儿。维生生下来的时候，护士抱给他看，见是个儿子，他连发奶的醪糟都不愿去给我买。后来维生学琴，一个音弹错，他就打。”

说着，梨静又拈了块瘦肉递过来，却见秋月满面泪痕。

梨静又是一惊，丢了筷子，弓身捧住秋月满月般的脸：“咋回事？为啥哭了？”这一说，秋月的泪水便往外泼，我的肩头和脖子，都湿漉漉的。梨静说，是不是漂亮女生都爱哭？何况……她用指头点了一下秋月那颗滴泪痣，接着从身上摸出纸巾，为她擦泪。

厨房里的人都笑，说秋月是给她三舅妈耍嗲，说你三舅舅恁喜欢女儿，你三舅妈又恁喜欢你，你干脆去给他们当女儿算了。

然后大嫂问：“是不是想去啊？不然为啥子哭啊？”秋月说：“我才不想！”这话让梨静有些尴尬，便笑着说：“好好好，不去不去。”又面对大嫂：“人家是怕去给我当女儿才哭的。”大嫂说：“从糠箩篼跳进米箩篼，还怕呢，就怕三舅妈不要呢。”

大姐见不来秋月那样子，说：“不晓得为啥子哭，没见你为你外公哭一回。”

梨静打圆场，拈着一块肉，问秋月还吃不吃。秋月摇摇头。

这一摇头，把她半边脸上的泪痕都擦在了我脸上。

她那脸滚烫，连泪水也是烫的。

燕子进来了，燕子说她刚才借东西去了——夜场说来就来，该借的碗筷和桌凳，需提前借好——没能陪三妈吃饭。说着眼睛一溜，见三妈的碗空了，就端了去添。梨静说不要了，我够了。燕子不依，说我只给三妈添一点点，三妈要吃了我添的这一点点。

大姐盯了秋月一眼。她心里又在比较。

梨静接了燕子递过来的碗，想起她哥哥，就问："你哥哥没回来？"

大嫂听见，扬声喊："四喜！"

傍虚楼的那道门吱的一声开了，四喜跑出来："噫，三妈啥时候来的？"

他拿着手机，满面通红，连鬓发也是红的。外面说话，他全然没听见。

院坝里嚓的一声，紧跟着繁密的锣鼓响。又要拜塔了。

梨静慌忙把几口饭刨下去。

三十五

达友来电话，问他晚些时候回来行不行，天黑前，贵兵就能把一起活路做完，然后跟他一同上来。贵兵开车不敢走那段土路，想坐他的摩托。贵兵和达友本也不熟，这几天达友多次上街，不知在哪个场合就熟了。电话打给燕子，燕子正拜塔，站起来没扑下去，把电话接了，就进屋去问厨师。这回达友上街，是买调料。厨师说今明两天都够，明天晚饭后给我就行，我要准备后天的。他是怕明天下雨，提早让买回来。二嫂听了，说："天晴得呜噜子叫，下屁雨呀？贵兵的活路是不是做完了啊？"意思是，既然调料不要恁急，天也不会下雨，达友可以在街上住一宿，等他贵兵哥哥把活路真正做完再上来。

大姐夫听见，也离开孝众，进厨房去，对二嫂说："你干脆叫贵兵莫来算了，爸爸有这些孝子，够了。"声音不大，却字字清晰地传进我们的耳朵。现在，那声“金刚赦罪大天尊”，差不多只有先河在唱了，但他在第四排，嗓子再亮，能被话筒收录的也有限。

大姐夫那种话，也只有他才说得出口。二嫂听了，打着哈哈，说我不是那意思呀光文，我是怕贵兵走了，几个小家伙没法呀。小兰又从队伍里出去，对她妈说：“贵兵先给我打过电话，说他妈上了街的。”二嫂便炸的一声：“那你早不开腔？害得我白挨你大姑爹骂！”大姐夫说：“幸亏不是你一个人才长了耳朵，问他们听见我骂你没有？”二嫂笑起来：“还没骂呢！你们最爱骂人，只是骂人不带脏字儿，就说没骂！”

大姐夫也笑，说你这话莫让别个听见了。

他说的“别个”，是指燕儿坡的几个村干部，他们今天上午就来了。

不沾亲带故，本可以夜场再来，据说是看大姐夫面上，也看我面上，提前来坐坐。其实彼此并没多少话说，我跟他们不熟，大姐夫虽然熟，相互间又很微妙，用八抬大轿把李光文抬到燕儿坡当书记的话，这边村干部早有耳闻，因此大家见面，都客客气气的，说话像举着盾牌，主要是挡，而不是交流。好在那几人爱打麻将，我和大姐夫陪他们聊一会儿，大姐夫就叫利民安排他们上桌子。桌子都挤满了，利民以他知客司的权威，赶开一桌人，把他们几个安顿了。上了牌桌，一下子自然和松快起来，加上我和大姐夫不打，是他们内伙子闹，又说又笑的，欢喜得很。他们来后，除了吃饭，去茅厕，一直在牌桌上。

燕子要给达友回话，却不知怎样回。大姐夫说：“叫事情办了就回来，等不等他贵兵哥哥都无所谓，未必贵兵还差那几个摩托钱，要搭他的车？”

二嫂又是一声：“都像你恁发财！”

大姐夫没回言，出来了。拜塔也告过一段落。大姐夫走到几个同僚身边，给他们发烟。村干部抽的烟，都是一个牌子，因此接烟的时候，就不像村民那样，一面脸一撑，大声说：“这像啥话哟！”一面又谦卑地伸了双手，同时明目鼓眼地盯住烟盒上的字和图案。干部们接烟，都接得很自在。不过有大姐夫在身边，他们玩麻将却玩得不自在。他们那种玩法，虽是村民不敢玩的，可怎能跟大姐夫比。

当哀乐放过一遍，二哥去哭唱祭文，没唱几声，他们就说时候不早了，走了。利民和大哥跑过来留，留得真心实意。对干部，不管背后怎样议论，到了跟前，都很是尊重。何况人家是来吊丧的，几人还合伙送了花圈。

花圈也是燕儿坡的稀奇物件，父亲之前，还没有哪位死者得过花圈。父亲得的第一个花圈，是我们单位领导让买的，领导关心我父亲的病况，我说已经去世，领导叹一声，安慰我几句，说你在那边买个花圈，代表单位送，以后回来报账。我知道这是单位的福利，谁的爹死了，妈死了，丈夫或妻子死了，都送个花圈，但我觉得燕儿坡不兴这套，不准备买，兄弟却不依，我接电话时，他在旁边，听了相当兴奋，说咋不买？买！当时达友正在街上办货，兄弟就给达友打电话，叫买一个，买最大的，最好的（领导就是这样给我交代的）。于是买了。二哥中规中矩地写上：“许成祥同志千古。”然后落了款。

我们单位是冠了省名的，在燕儿坡人看来，那就是省上送的了，当花圈像朵巨型葵花支在灵堂外，很多人站到面前去看。羡慕是自然的，可同时又想，你许春明有这么大个牌子，家乡“屎恁长一截”公路，却也不想法修通。所以对我本人而言，那花圈不仅没带来荣光，还让我抬不起头。

这事不知通过什么渠道，传到镇政府，书记和镇长也让人送了花圈来。他们送来第二天，燕儿坡的村干部来了，同样送了花圈。

现在村干部要走，利民和大哥留不住，大哥就伸手去拉，一手拉了支书，一手拉了主任。拉也拉不住，几人趔着身子，退到了院坝底下。退到那里，表明客人去意已决，也就不再拉了，只送。送到堰池沟回来，大哥才骂：“那个龟儿子！”骂的是支书徐炳。他想起那年徐炳送四喜的传票来，他接过看了，徐炳又一把扯过去，装模作样地从头看到尾，眼睛一挺，说：“嚯，我还以为是录取通知书呢，我还以为你娃儿考上大学或者光荣入伍了呢，结果是张法院传票！”每每想起这事，大哥就气得骂一声。

三十六

不知道燕子是怎样给达友回话的，达友当天并没回来。是第二天晌午回的，驮着调料，也驮着贵兵。两人说说笑笑上了院坝，燕子的脸就垮下去了。看来，燕子是叫他昨天回来，但同时也告诉了他调料暂时够用。燕子不会撒谎。如果说谎言是按人头分配给了每个家庭，大哥家的谎言，都被四喜占了，且严重超支。达友看见燕子垮脸，没言声，只做出狠样。贵兵去参灵的时候，达友把调料送进了厨房。

他刚跨出厨房门槛，一个白东西就追出来，发出一声闷响，同时听见厉声怒骂："妈卖屄，一点球事也做不好！"是厨师蒲根在骂。众人都吃了一惊，见扔在地上的，是一大瓶醋。幸亏瓶子是硬塑料，不是玻璃。

达友上街之前，蒲根开了张单子，单子顶格就是醋，现在他发什么火？

原来，他开的是三汇醋，达友买成了保宁醋。

达友的脚后跟被砸着，蹲下去摸。利民过来，慌忙把醋捡了，进厨房说："老蒲，保宁醋是牌子货，比三汇醋还贵，你发啥子鸡巴气哟？"

可蒲根又是妈天妈地一通好骂，说调料哪管贵贱？调料调料，要调才成料，我的生姜大蒜八角花椒，都是按三汇醋配的，你给我整成保宁醋，不是砸我牌子？利民说："都是醋，哪个尝得出来？"这话更把蒲根伤了，他每天夜里要忙到将近一点，天不亮又起床，起了床就进厨房（他自己不叫厨房，叫膳室），不站一刻闲桩，不说一句淡话，尽心尽力弄出吃的来，你竟没吃出味道！利民说不是没吃出味道，都说你做得好，卤菜炒菜蒸菜汤菜凉拌菜，样样好吃，好吃就是味道嘛，你说天底下的味道，哪样比得过"好吃"？

蒲根却不受这马屁，颈项青筋绷起，像绞着绳子，又骂了第三通，才说，保宁醋以粮食为体，中药为曲，是苦曲，而三汇醋是香曲，这当中不存在谁好谁坏，关键是搭配，苦曲有苦曲的搭配，香曲有香曲的搭配。他配的是香曲。

利民听得玄妙，笑着说："我们吃起来差球不多，都是一股子酸。"

然后把口气软下来，讨好地说：“老蒲，背时的，你就将这一回行不行？”

利民的意思是，刚才那瓶三斤装的醋，虽没摔烂，瓶子却硌花了，有了好几条纹印，又不比别的印子，一擦就去，这印子擦不去，拿回去退，多半退不了。

可他话音未落，蒲根就暴起一声：“球话！——你们要将就，就该请申胖娃，不该请我！”

申胖娃是山里的另一位厨师。

有年冉家湾的冉从京结儿媳，冉从京可能觉得，他二外公既参加过抗日战争，又参加过解放战争，胸前挂满了军功章，虽弃了糟糠，在外面有了另一个家，那年回黄金镇老家一趟，就再没回来过，但福荫所及，连他这个远房外孙也沾光，也有了排场，为儿子办婚宴，就请了两个厨师：一是申胖娃，一是蒲根。

他不知道双马同槽，是要尥蹄子的。

两个都不知道请了对方，见了面才知道，见面第一眼，就对出火星子，心头一撞，很不痛快。尤其是蒲根。蒲根要做厨房里的皇帝，你申胖娃愿意做臣子，也就罢了，可申胖娃怎么愿意做臣子？做了臣子，他今后还要不要在这条道上混？

蒲根迅速捕捉到了申胖娃的想法，但开始忍着，到第二天才爆发了。第二天下午做滑肉，做滑肉的程序是，圆勺将拌有地瓜粉的瘦肉团子舀进高汤，立即抽掉一根柴火，变为中火，煮二十分钟，再加包菜叶子。在蒲根看来，这不仅是程序，还是法则。然而，只煮了十九分半，申胖娃就加叶子进去了，蒲根怒火万丈，骂申胖娃球经不懂，当伙夫都不够格，别说当厨师。蒲根从不看钟表，但他知道那是十九分半。有人偷偷测过，蒲根做滑肉时，从下肉团子到加菜叶子，一定是二十分钟，加减不会超过五秒。申胖娃被骂得不像，跟蒲根对骂，说我不懂球经，你懂，可惜你妈生你的时候，你那脑壳遭牛屄子夹了，十九分半和二十分钟，究竟有多大区别？单是后面一句，就让蒲根半只眼也看不起他。

蒲根最不可原谅的，就是“差不多”和“将就”。

那回他叫拢冉从京，直接问留哪一个，冉从京劝和，他一听，家伙一收就走人。他在冉从京家忙了一天多，却分文不取：是他自己走的，老板并没赶他。

利民当然知道蒲根的脾气，却也被训得不尴不尬，便拎着那瓶醋，走出来。喜鹊许兴王晴光等人，在那里悄悄议论，说老蒲那卵人，啥都好，就是不通商量，一丑遮了百好。利民围过去，说：“那个野鸡巴日的。”这么骂着，又无可奈何，而且对蒲根暗暗佩服，就又叫来大哥，把那瓶醋举一举：“咋整？怕只有再安排人去跑一趟啰。”

三十七

大哥朝院坝边望。达友坐在那里，背向院子，燕子陪在旁边。燕子为他摸脚，被他一掌打开了。当醋瓶扔出来，达友蹲下去，燕子猛然间就觉得不该对他黑脸，连忙跑去扶他。他不让燕子扶，走到院坝边，坐在了青坎上。这时大哥望着达友的背影，问你那脚咋样啊达友？燕子答了：“都打肿了，他是不能骑车了！”说得很生气，很心疼。大哥就为难起来了。叫谁去呢？除了达友，会骑摩托的只有春晌，可春晌又忙着借东借西，特别是借那些桌椅板凳，不仅搬起来沉，开口之前还要给人磕头的。利民故意高声说："要是打出伤形，就去告老蒲，把他抓进牢房！"

但蒲根没答话。他又在考虑配方，比医生开药方还专注，根本没听到利民说啥。见蒲根没接言，且紧跟着听见他在剁肉，大哥就把利民手里的醋接了，放到春晌的老房子去，出来对利民说："等会儿我去找个三汇醋瓶子，把标签撕下来，贴在这瓶上，保险他也分不出来。那屄人，有时候是故意装行。"利民笑，又骂一声："那个野鸡巴日的！"

骂了就听蒲根剁肉的声音。他剁肉是使两把大刀，左右开弓，但快得只能看出一把刀，一把刀也看不真切，只见跳动的刀光，迷离的刀影。剁一阵，哗——！将那肉泥铲起来，几十斤肉也是那样铲起来，提向高处倾泻，如同拉起一条河流。这是翻面，也是把粘在一起的抖松。然后又剁。从头至尾，那声音不乱，是一条声音的河流。

利民骂，是因为他实在太佩服了，同时也知道，大哥的计谋是瞒不过蒲根的。

剁肉声毫无预兆地停下，但感觉没有停，只不过由剁肉声变成了怒吼声："我是把话说在前头的哈，晚上我要用醋哈！"

大哥这时正找来一个三汇醋瓶子，往上面淋着水，想把标签浸湿，好揭下来，利民过去拦了，说算了，老蒲那东西成了巫了，就算你换过标签，他连盖子都不揭，也闻得出你做了假，这个玩笑开不起，明天就是夜场，要是他把摊子一撂，就只有喊天了。你又不可能临时去请申胖娃，请他他也不会来，他两个整成了生死对头，你走东方，我就走西方，哪可能来收拾蒲根撂下的残局？

大哥一听，是这道理。而且大哥更清楚的是，就算申胖娃愿意来，他也不会弃了蒲根去请他。在老君山，厨师收三十块钱一个席，这是通价，比如这场事共办了五十桌席，厨师就得一千五。但实际收入远不止这数。是因为厨师跟阴阳一样，特别会要利市，正安席出菜，厨师却对知客司说："这蒸笼揭不开呢！"知客司懂了，去对老板说，老板就得去给厨师一个红包；正煎菜油，厨师对知客司说："这油炸水呢！"知客司又去对老板说，老板又得给个红包。如此等等，一日数次。申胖娃就是这样。

蒲根从不这样。老板给，他就收，不给从不强要。

于是大哥又朝院坝边望，望几眼说："达友呢，咋办啊，还是只有你去辛苦一趟了。"又是燕子答了："他这些天跑得还不辛苦？脚明明伤了，还要他去？未必只有他一个人会骑摩托？哥哥不是也会骑吗？"这才想起来，四喜也会骑的，他以前回来，经常把他幺爸的摩托骑来骑去。大哥心里有气，是气燕子。他亲眼见到了那瓶醋追出来，确实刮到了达友的脚，但只刮了边儿，并没真正砸着，痛一下是可能的，绝不至于伤，燕子却这么护他。

心里气，又不好发出来，大哥便扯了嗓子喊："四喜！四喜！"

四喜又是从傍虚楼的房间跑出来，又是握着手机，满面通红。出来后第一眼，是看院坝口。院坝口空空荡荡。又锐利地扫一眼院子。在他眼里，院子里也是空空荡荡。这才又失望又气恼地问一声："啥事呀爸爸？"

大哥还没回言，达友站起身，朝院坝口走。

大哥说："达友……吃了午饭再去嘛。"

达友已下了梯坎。

利民说："把这瓶醋带去试试，退得了就退。"

达友已走远了。

其实是能退的，是在黄二妹那里赊的，但大哥说不退算了，醋又放不臭。

四喜并没明白喊他干啥，又回房间去了，直到又拜塔才出来。

三十八

不知是不是因为蒲根心里冒火，午饭开得晚些。利民去厨房看了，刘显文问了利民情况，便又招呼徒弟，各执响器，站到灵塔前，锣鼓一敲，把孝子们引过去。这次拜塔，虽加进一个贵兵，却又少了好几个。大姐夫先就睡去了，他那一副胖大身体，实在撑不住了。大姐也吃不消，在那里磕了十几个头，就挪到旁边去坐下。二姐有低血糖，该吃饭时没吃饭，就心慌，她说自己从小就这样的，可为什么听到碗响就哭？小时候，还可以用哭把心慌掩了，现在没甚可掩，二姐感觉难受，便也挪过去，坐在大姐身边。

大姐看她抚心蹙眉的，知道她是低血糖犯了，叫她去厨房吃点儿啥。厨房有的是吃的，炸好的酥肉和面筋团，都盛在大窝盖里，每顿取用。但二姐不去。对食物，她有一种天生的羞耻感，像那是很私密的东西，不能随便去想，坐大席的时候，别人没坐，她不坐，别人没动筷子，她不动，别人没挑肉，她不挑，现在连席还没安，她哪能先吃。其实你去拿个面筋团吃了，没人知道，知道了也不会在意。大姐恨她一眼，双手撑地，站起身，进厨房给她拿了个出来。

二姐那脸本来泛白，现在急得通红，左顾右盼的，不敢接。大姐说：“你不接我就吼一声，说春花是饿死鬼变的呀，世人没吃就偷嘴？”幺妹边磕头边笑，二姐吓得慌忙把面筋团夺了，躲进灵堂。大姐脸一扭：“总是去给爸爸分一半嘛。”

这一扭脸，看到了秋月。秋月一直没来拜塔，背对人群，坐在梧桐树下，下巴顶着膝盖。晓菲走后，她并没变得活泛些，反而越发地往里沉。

拜塔还没结束，小兰接到她弟弟的电话。洪泉和碧桦回来了，已快下火车，洪泉问他姐夫哥上山没有，没上山的话，就坐他的车。小兰说贵兵的车开不过来，达友在街上，我叫他等你们。然后又解释了一番达友是谁。挂了电话，小兰又给达友打过去。

“那才方便啰！”大姐说。

这话是帮燕子说的。大姐见到秋月，脸就黑下来，说这话也说得气狠狠的。

燕子知道是帮她说的，大声回：“他只买瓶醋，车反正空着，本来就该把他们带回来哟。”

几个人到堰池沟时，都快开晚饭了。

三十九

院子里忙碌穿梭，灯影被人群撞得纷乱，飞蛾从山上山下潜流而来，奔赴它们的辉煌和死亡。喇叭里传出的哀乐，很难说只是为我父亲。但这阻挡不了食物的香气，也阻挡不了男女间的暧昧游戏和因此迸发出的欢声笑语。丽丽、小兰和燕子，等在院坝口。丽丽是等她同学，小兰是等她弟弟弟媳，燕子是等达友。小兰一边说着刚歇下手的麻将，一边双手叉腰，扭来扭去。她有好几天没跳广场舞，腰病又犯了。

当梧桐树下响起鞭炮声，二哥二嫂也迎过去。二嫂接了洪泉的包，碧桦的包达友背着，这时燕子接了。洪泉爱说话，可能是一路上说了不少话，说得投机，达友不再使性，燕子接包时，他温和地递过去，燕子也才放了心。丽丽去抓住碧桦的手，说我们又是好久不见了。两个拉着手，往灵堂走。碧桦比丽丽高挑，也比丽丽漂亮，但丽丽从来没有自惭形秽的感觉。即使面对晓菲，她同样没有那种感觉。丽丽和比自己漂亮的人相处，如同人与一只美丽的花瓶相处，这种本事，不知是天生的，还是修炼出来的。单从长相说，碧桦不输晓菲，但晓菲美得逼人，碧桦不逼人，没谈朋友的时候，她还会说出“没人追我”，实则是想表达没人敢追我那种话，结婚过后，她就像一棵飞来飞去的树扎下了根，浑身散发出朴素的安定。她和丽丽牵着手，并肩而行，也绝不会想到自己比丽丽漂亮。

走到灵堂门口，丽丽把手丢开，碧桦和洪泉进去，磕头。

磕了头起来，就上桌吃饭了。

四喜是在洪泉们参灵时走出那间屋子的，他到灵堂外张望一眼，便去占据一张桌子，洪泉两个出来，他就高声喊：“快过来快过来！”同时摸出烟，等着洪泉过去散给他。

洪泉去了，碧桦去了，李志去了，华天去了，丽丽和培亮去了，达友和燕子去了，贵兵和小兰去了，子强和子国去了，那一桌，便满满当当，挤着他们兄弟姊妹，劝酒、说话和欢笑声，闹得灯光也浮荡起来。

声音最响的是四喜。他突然来了精神，讲天南地北的奇闻趣事。这时候才听说，他不仅去过新加坡，还去过韩国、阿联酋、法国，甚至去过西印度洋的几个非洲国家，会说好些斯瓦希里语（我在旁边一桌，记住了他说的几个单词，后来回省城开会，顺便问一个研究非洲文学的教授，竟然全是说对的）。他说非洲人喜欢从日本买二手车，买回来漆都不刷，车上那些日本字还在；说有些非洲国家，周末商店全部关门，都上教堂去了，大马路空得可以练车，也可以睡觉。

李志是不信他的，哼一声："非洲经常打仗，你去了还回得来？"

四喜说话，都盯住洪泉，见李志问，才把眼睛斜过去。"凡打来打去的地方，"他说，"都有两样东西：资源或贫穷。没这两宗，通常是不打的。西非经常打，欧洲人说非洲是黑暗大陆，主要也是指西非；不过这里的黑暗，还有另外的含义，并不是个贬义词，是说人类早期，欧亚大陆，包括美洲大陆，外面的人都能进去，有了彼此的交流，但被热带雨林阻隔的非洲，很难进去，对它不了解，所以'黑暗'。西非打，东非不打，傍印度洋是东非。"

他这么一讲，李志开不起腔了。

当然别的人也开不起腔，包括洪泉。洪泉完全不关心这些事，只关心挣钱。

四喜回答了李志，便点烟，趁这空档，洪泉见缝插针地把话接了。洪泉说他所在的公司，如何吞并了另外两家公司，碧桦所在的公司，又如何由小公司变成了大公司，说他俩都考了驾照，前几天买了车，本想开回来，但这么远的路，暂时还不敢开。

小兰听着，扫了一眼贵兵，又转过头，扫了一眼我和她二姑幺姑。洪泉在镇上买房，从几家人那里借的钱，至今也没说还的话。可他眼珠喝得赤红，又在兴头上，注意不到姐姐的眼神，只管说下去，说碧桦在那家公司当会计，每月能挣一万多，他挣的，比她高一倍不止。小兰拦他："在那里吹嘛！"洪泉眼睛一鼓："我吹？"说着站起身，大声要酒："酒呢？——酒！"他们已喝完四斤多。

利民慌忙提了半胶壶过去，洪泉接了，围了桌子，给兄弟们写，却并没停下话头，说他与碧桦那家公司的老板是朋友，不然碧桦当不了会计，老板找会计，不是找自家人，就是找最信得过的人；说杨侯山柏树岭的那个木匠，当初还给他设卡，不想把女儿嫁给他！

小兰翕着嘴，带着歉意地看着碧桦，然后恨了她弟弟一声："我看你是酒喧多了！"碧桦却不恼，反而笑。因为她爸爸妈妈现在都变了，都对洪泉这个女婿非常满意。其实，他俩办酒席过后，她爸爸就没再说过怪话，镇上那房子，还是她爸爸去装修的，他早年出门打工，学过装修，二哥只花了材料钱，人工费全省了。

自从洪泉把话接过去，四喜又开不起腔了。他是在跟洪泉比。但真正把可以比的东西摆到桌面上，他才发现，他啥也没有。当洪泉说到每月能挣多少钱，说到镇上的房子，说到他爸妈一会子住村里，一会子住镇上，比城里的退休干部还安逸，四喜便塌着腰，一只手夹着烟，不停地弹着并不存在的烟灰，另一只手揣进裤兜里，像是怕冷一样。

四十

次日早饭刚吃过，占惠就上院坝来了。她知道今天是夜场，便早早地把孩子收拾进学堂，让马儿把她送回村里，马儿再上街去，照顾儿子和天天吃喝。到下午放了学，马儿还要把天天送回来坐夜。

占惠不是要赶来坐夜，有许兴在，她不必来的，更不必这么早来，但今天杀她家的猪，她不放心，要亲自回来过秤、点钱。刚上院坝，她就骂开了。骂许兴。许兴把猪喂瘦了！她说你个众人日的，只晓得自己捅屁眼，不晓得给猪喂一口！

许兴正和春晌从沟那边抬了张桌子过来，嘴里含着铜烟管，听见骂，有些蒙，待把桌子放下，才说："咋没喂哟，我天天去撇菜叶子。"

这正是让占惠愤怒的。她已经在猪圈里看到了菜叶子，而她上次走之前，在许兴耳边吹也吹地说，这几天提潲水喂，还叮嘱他勤快些，每天多提几桶，结果他耳朵打蚊子去了！那肥猪不肯吃，把菜叶踩得满圈是，屎尿也到处屙。你啥时候见它乱屙屎尿的？它是饿了，才顾不了干净。"仓廪实而知礼节，衣食足而知荣辱"，这话不只用来说人，还说畜生。养过畜生的都知道，饥的瘦的，往往也是脏的，饱的肥的，常常也是溜光水滑的。占惠愤怒，却又不好把愤怒的真正原因说出口，便又是一通不着边际的海骂。

真是一物降一物，许兴有一身好力气，可在占惠面前，就成了软柿子，比春晌在玉玲面前还不堪。他把烟管咬住，咂巴着，到底分心，管不住口水，一串口水滴溜下来。他忙着往回吸溜，没吸住，恰逢又起了风，那串口水被吹得飘起来，像根虫子，弯弯曲曲往前一搭，搭到占惠的衣襟上。占惠气得！跨前一步，右手横着一撸，把烟管从许兴嘴里撸过去。只听砰砰两声。第一声是烟管硌着许兴的牙齿，第二声是烟管在石坝上断成了两截。

大姐抱着早上换下的脏衣服，准备去堰池沟洗，没出门就听见占惠骂，一时不好出来的。占惠所骂的，不仅与许兴有关，也与丧家有关，丧家要买她的猪，而她的猪瘦了，仿佛丧家就整了她冤枉，占了她便宜。当占惠摔了许兴的烟管，大姐出来了。她觉得占惠做过了。你的猪瘦了，不是丧家趁着月黑头去抽了脂。你两口子闹，不该闹到丧家门口。

要是往常，占惠见了大姐，再在气头上，也会马上堆出笑脸，叫声“红姑姑”，可是今天她实在恼火，不仅没理大姐，还狠着又骂了许兴几句，而且说：“春山爸说要买我们的猪，猪瘦成那屃样儿，咋好卖给人家嘛！”

大姐还没搭言，先把利民吓坏了，利民正在屋里洗头，头上抹着香皂，就勾着脖子，滴着白沫跑出来，说占惠，人家没说不要哦，你这个玩笑开不得哟！占惠说：“那民爸爸说个话，我哪里是开玩笑？”利民说：“你没开玩笑就对，典田卖地，各人愿意，人家没说不要，就按约定买卖。”占惠说：“既是买卖，有买才有卖，有卖才有买。”这话很明白了，她是不愿卖了。至于约定，无非是打了个电话，又没签字画押。利民跑进屋，将头伸到坩埚口，端起盆子一淋，用帕子胡乱搓两下，又跑出来，扯长了颈子高喊：“春山！春山！”

大哥又收拾水管去了。今天的水不能断，渠堰两边的树林子，枯藤倒挂，枝丫蔽空，即便在这季节，有时也会飘下落叶，落叶朝水管口聚，就可能堵了，大哥要去打扫干净。堰从龙眼潭沟下来，到燕儿坡地界，有两里多是平坦的，若落叶过多，还可能把水堵在前面的某个地方，因此上游的大半里渠道，大哥都要打扫。他听不见利民喊他。

但是二哥出来了。

吃过早饭，二哥就坐到了书案前，听见占惠上院坝叫许兴，二哥身子一正，精神一振。他没想到占惠今天会回来。可紧接着，就听见占惠怒骂，然后听见占惠对利民说的话，听见利民喊大哥。二哥出来站在阶沿，将眼镜取了，声音不大不细，对占惠说："占惠，你的猪瘦了多少？"占惠并没因为看见二哥，也没因为二哥这样问她，就改了颜色，她说："我哪里晓得？我又没称。"二哥说："我帮你算个账。从你走那天算起，到今天是第五天，今天还不能算，只能算四天；其实只有三天多，但我给你算四天。每天瘦五斤可以嘛？四天，就是二十斤，你的猪如果是一百斤，就给你算一百二十斤，是三百斤，就给你算三百二十斤。"说完，二哥一刻也没停留，进屋去了。

父亲的丧事过后，二哥跟占惠断了。大姐说，用二十斤猪钱了一段孽缘，简直是菩萨保佑。大姐还像模像样地望空作了个揖，是作给那菩萨的，说是那菩萨出面，促使占惠来那场表演，让二哥看清了她到底有多绝情。

二哥的话，把占惠也有些镇住了，二哥进屋后，她才说："那树爸爸说个话，我只说我的猪瘦了，又没说别样。该多少斤头是多少斤头，哪个要你多算？"

正这时，杀猪匠狗屁从巷道过来。狗屁穿着齐踝深的黑皮裙，背着花篮，拄着高过人头的铁棍。皮裙油光鉴亮，不知有多少头猪，躺在那皮裙上饮了刀子。花篮沿口，别着各类刀具，捅的割的砍的，一应俱全，都粘满旧年的血迹。拄在手里的铁棍，叫挺杖，是通经络用的，把猪杀死，从蹄腕处破开一道小口，用挺杖从那口子捅进去；狗屁好手段，铁棍进入猪的身体，竟能弯来绕去，自在游走，所到之处，似水奔流。如此将四蹄、躯干、脖颈和耳根都疏通过了，再把嘴贴近口子，吹气。气流跟着挺杖走过的线路再走一遍，猪就变得圆滚滚的，四蹄也变得硬邦邦的。这是为了开水烫后便于剐毛。狗屁不仅力气大，肺活量也大，将猪吹成鼓，使了劲按，也按不出个坑儿，用指头一弹，就能弹出响声，这时候，他才取开血殷殷的嘴，用早备好的细麻丝，缠住气口。

利民见狗屁来了，怕占惠又反悔，连忙说："许兴，你跟占惠去把猪吆上来。"

又问兄弟："春晌，你那大锅还能用不？"

兄弟说能用。

"赶快烧一锅水，"利民说。

今天事情多，人手不够，正考虑让谁去烧，转眼见他爸爸站在春晌的阶沿，就说："爸爸，你也做点子事，你去烧刨汤水行不行？"那水烧来烫猪，烫了好刨毛，因此叫了刨汤水。贵爸听见让他做事，猛然间惊醒似的，忙说："行哪！我咋不行啰？"

春晌那屋里没接水管，他便用桶去厨房提，把大锅提满，贵爸也挪进屋去了。春晌从大哥家抱了捆柴来，贵爸点上火，春晌说："贵爸，你慢点儿哟。"是叫他小心，别让火燃到灶孔外面。老年人手脚不灵便，衣襟不利索，把火拖出来，点燃了柴屹崂，有时直接燃着了衣裳，把房子烧成灰，把人烧成弯曲的炭。这种事，二面山上发生过好几起。

四十一

利民安排停当，就闪身不见了，占惠再想说啥，找不到人说，只好回去吆猪。许兴跟着。占惠那神情，是相当沮丧的，她以为要过了晌午才杀猪，早知道现在就杀，该不动声色，先提桶潲水喂了。当然现在也可以提回去喂，但个个眼睛盯着，怎么好做出来。因为沮丧，就越发对许兴来气，回去的路上，许兴又遭了多少刻薄，就不知道了。

没过多久，看见那猪从占惠屋后的小路冒出头来，然后身子冒出来，再后，是一根破竹篙在它屁股上拍打，接着，许兴拿破竹篙的手，被猪身和竹篙牵出。占惠走在后面。

猪肩负着使命，但强迫的不叫使命，是命运，使命是主动的，命运则需要承受。猪不知道自己的命运，嘴鼻里发出“咕咕”的声音，乖巧地走着。只是身体过于沉重，红石子坡地又打滑，走得很是吃力，很不优雅。这似乎让它遗憾，也担心主人着急。

快把坡地走完，它却突然站住。

以为是它累了，结果不是。

只见它艰难而又机警地抬了头，抽动着艳红的鼻子，再不愿跨步。

它嗅到了危险的气息。

许兴用力拍打，高声叫骂，它就是不动。许兴去推。这一推，它干脆打了转身。肚皮擦着地面，一时转不过去。转过去还得了！只要头朝下，它多半把不住滑，就摔下去了。这一摔，只有摔死下场。摔死了就是死猪，死猪是不能与活猪等价的。这且不说，万一蹦上房梁，不要把房子压垮半边！许兴扔了竹篙，扑下去，像顶一堵墙那样，用肩膀去顶它的颈项。占惠也扑下去，双手抠住地面，拿头撑住它的肋骨。它吭哧吭哧，喘着粗气，几乎睁不开的眼睛，像两粒子弹。主人把它出卖了，它承受不了这样的悲伤，便奋力一拱。顶住它的两个人下滑半米,它也跟着滑了半米。人和猪的肚皮，同时刮着地面，地皮刮掉一层，露出湿红的肉。再往下滑，是更陡也更光滑的坡面,就不可能止住了。但它似乎有了鱼死网破的决心，从头到尾，滚动着力气，又去拱那两个惊恐叫骂的人。

“干啥子！”

这一声喊，让时间停止。

是狗屁在喊。他在院坝口，朝猪喊。

猪听见他的呵斥，骤然间老实了，老实得像抽了骨头，只剩一堆肉。

许兴和占惠趁势爬起来。许兴拾起竹篙，对猪一阵猛打。几乎不见毛发的猪背上，像开花一样，开出不均匀的血痕。

杀猪匠是猪的天敌，正如杀狗匠是狗的天敌。我曾见一条大黄狗，不幸从油菜花地穿过，油菜花的闷香，挟裹着三月的春愁，使它忧郁、迷乱，并因此成了疯狗，见人就咬，人要将它置于死地，但不敢近身，只远远地朝它扔石头。这无济于事。惊惧时分，一个杀狗匠来了。杀狗匠一声儿不言语，只把手轻轻一招，那狗就窜着头，朝他走过去。他坐在土塄上等着。待狗走到面前，他近乎温柔地抬起狗的下巴，将刀子捅进它的喉咙。刀抽出来，血往外呛，他又是近乎温柔地把刀子在狗身上鐾干净，然后放了手，狗倒下去，把地上的血溅开。整个过程，狗没哼过一声，只是簌簌乱颤，并这样乱颤着撒了泡尿。它一生中的最后一泡尿，混入汩汩涌流的血水，映照着它悲惨的晚景。

我也见过那些骟牛匠，舀碗清水，两手平端，站在牛身旁，对牛说几句人听不懂的话，然后把碗举得老高，张了嘴，将水泻进嘴里，腮帮子鼓着，接着啪的一声，将碗摔碎，再卟的一口，把水噀于牛背，并在牛屁股上轻轻一拍，牛便自动分开后蹄，让他去胯间弄刀；牛痛得皮毛潮湿，但绝不动一下，直到把睾丸挤出来，又缝好针。我还听说过猫的天敌：野狸子。野狸子一出现，猫就像使了定根法，若是一群猫，全都如此，它们站在那里，等着挑选，选中了谁，野狸子用尾巴轻轻一扫，那猫就跟着它走，走到水边，猫低头狂喝，它则躺在一旁，眯着眼睛养神。猫喝得身上肿胀，不一会儿就拉了屎尿；拉了再喝，喝了再拉，直到野狸子觉得，猫的肠胃已清洗干净，才站起来，生吞活剥地吃它……

自从杀猪匠狗屁喊过那声，猪就成了野狸子面前的猫。许兴见状，越发使力地挥动竹篙，猪身上的血痕连成片，但不敢再反抗了，甚至也没有反抗的想法了。

就这样上了院坝。

站在院坝里，它比在圈里显得小了许多，但一点儿也看不出瘦，脖子还是层层叠叠，尾巴还是嵌进肉缝里。狗屁起眼一观，说："三百七的样子。"这么大的猪，他到底也不能搂在怀里捅刀子，何况还要过秤。便将它四蹄绑了，再绑在一根宽面板凳上。又是特务许兴石头几个壮汉，用杠子抬了，利民执掌一杆大秤，占惠站在他旁边。三百九十一斤。然后称那根板凳，十九斤，猪是三百七十二。作为杀猪匠，狗屁有那眼力。

四十二

这时候，我离开院坝，又朝后山去了。我连梨静也没叫，她坐在春晌的老房子里看书，只要离了家和学校，她走一步都带着书，上下班的地铁上，也是读书度过的。我不叫她，并不是怕耽误她读书，而是不想引人注意。

结果还是被注意到了。

没走几步，就听见李志在嗤笑："三舅舅又不敢看。"然后是大姐在叫我。我没应声,加快了脚步。大姐没再喊。院坝里实在闹热，大姐也顾不了紧喊。我们小时候，杀猪是节日，这节日与春节、与热气腾腾的幸福生活联系在一起。到而今，吃猪肉已变得平常，人们差不多忘记这个节日了，尤其是小字辈。县委张书记调来后，大力弘扬传统文化，除打造民歌广场，还着手让式微和湮灭的节日起死回生，其中就包括"年猪节"。

很可能因为狗屁究竟只是个业余屠夫，震慑力虽然足够，却没足够到不让猪叫。我刚到屋后的田埂，就听到它锐声尖叫。三声过后，变得混沌，我知道是有人捏住了它的嘴，还有人压住了它的身。长刀捅进去，它会抽搐，而过于剧烈的抽搐，会泼洒了血水。它颈项底下放着盆子，接它的血，盆里还放了盐，血冷却后，盐能帮助凝成血旺。那是一道好菜，不能抛撒。即使又捏又压，叫声依然震彻地皮。

我希望那声音快点结束，是希望它快点死去。死去就没有恐惧了。恐惧比死亡更可怕，也更没有尊严。我感觉那猪冒犯了我。你为啥要叫呢！你的叫声让我不适。世间的许多情感，都是由叫声引起的。鱼不会叫，杀鱼的时候，就以为它不痛，也不怕死，人的感觉就非常迟钝。可是叫了又怎样的？只是引来围观罢了。院里没有小孩，但如我这般年纪的，以及比我年长和略微年轻的，看杀猪，都是一种温暖的记忆。对猪而言，它的叫声没有任何意义。

正如我，躲到这屋后来，没有任何意义。

要说有，就是它指证的苍白。还有虚伪。

湿漉漉的生活，总是映照出我的苍白和虚伪。

四十三

我曾与谭瑞松讨论过这事。

话题是从“善”开始的。他说：善是智人发展到后期虚构出来的概念，目的是和强大的基因对抗，正如虚构了时间，是想和强大的空间对抗。善要对抗的基因，当然是恶。举个例子，雄性射精，并不是所有精子都奔着投胎去，射一次精，就是射出一个国家，那国家有严密的社会结构，也有严密的分工，国王、警察、清道夫、产业工人……一样不少。精子里的产业工人，叫取卵精，负责跟卵子结合，繁衍后代；警察叫杀手精，负责消灭敌人。自然界和人类，并非都是一夫一妻制，即使是，也有偷情的、遭迷奸和强奸的，雌性的子宫里，就可能留存着别国雄性的精子，精子警察就是在精子国王的指挥下，抓捕并处死那些敌人，让自己国家的取卵精畅行无阻。就是说，生命还是一股稀东西时，就分出了敌我，就有了你死我活的拼杀。所以一种生命折磨、消费甚至剪除另一种生命，是与生俱来的秉性，与善恶无关。当然智人到底是智人，智人的本事，是既可顺从基因，又能突破基因。智人发现，如果只是顺从——也就是顺从基因里的恶，显然不利于维护统治和维系种群。

于是虚构出善。

任何一个概念，只要虚构出来，就有了物质性，并天然地赋予了力量。这是智人的本事，也是智人的悲哀。

不过这些都将成为过时话了，智人也快走到穷途末路，不久以后，生化人将出现，并最终取代智人。生化人没有痛感。没有痛感也就没有感情，尤其是没有深刻的感情。他们可以冷漠到连性生活也不愿过，更别说爱情。除没有痛感，还没有恐惧，包括没有对死亡的恐惧。没有死亡的恐惧等同于没有死亡。一切宗教、哲学和艺术，都把死亡作为思考的起点，当“死亡”这个命题解体，现行的种种观念，也随之解体。连医学也会解体，特别是西医。西医的出发点，是把人先当成死人，一个器官一个器官地去分解，没有了死亡，你还分解什么？同时，没有了死亡，也就谈不上生命。当生与死的对立不存在，公与私、正与邪、美与丑、善与恶……的对立，将完全失效。

说到这里，瑞松又猴头八相地，说：“那几种对立失效，还要艺术干啥子？”

由此再次庆幸他母亲砍掉那棵大榕树，断了他的文运，是有先见之明。“我妈简直是个先知。”他说，“先知都是没有多少文化的。

先知的意义，不是他说了什么，而是他引领后人能说些什么。像我妈，大字不识，却能跟天地接通，我读过那么多书，写过诗歌和小说，结果天门闭了，地门也关了，可见文化不是个好东西。文化让人丧失灵性，丧失感应和预知的能力。被文化训练得太聪明的人，也不可能有多少品位。你看我现在，年岁长了，个儿低了，可是品位高了。”

他把脚踮起来，顿着脖子，挺着腰板，侧脸朝我乐呵。

乐呵一阵，见我没回应，又把脚放平，变得严肃起来，说：“你总是觉得自己虚伪，晓得为啥子不？是因为你把自己看得太高了。你在追求完美。而世间的完美只存在于局限当中。你要跟自己的局限达成和解。再说，自视过高，其实是很可笑的，如果灵魂真的不灭，到未来的某一天，回过头看，再牛的人，再特立独行的人，都归于当时的潮流。没有例外。史家书写，只用几句话，就能囊括万象。”

我默不作声。他说得太不靠谱了。我说过，我是个低处的人。

“要么，”他接着说，“就是你的心太软。心软也会陷入虚伪。社会赞美真实和刚强，其实赞美的就是心硬。古话说，阳刚乃诸德之首，阳刚的前提，是心硬。我们读《红楼梦》，为啥子读到王熙凤死了就没趣味？其实等不到她死，她病了就没趣味了。因为整部书里，九成以上都是阴质人，极少几个才有阳刚气，王熙凤名列第一。她是一束光，尽管是杂色的。可阳光不也是杂色的吗？这杂色的阳光，能让万物生长，阳光没了，众生寂灭，大地荒芜，从哪里去找趣味？——你要让自己的心硬起来！你别急，我给你开几味中药，你回去和白萝卜炖，吃三五几天，把气血提起来，心自然就硬了。心软没别的原因，就是气血不足。”

我很后悔和他讨论。

就像后悔在大姐们面前说自己不敢看杀生一样。

四十四

站在这屋后的田埂上，我不愿深想，就随意张看。我看见大姐和燕子到堰池沟洗衣服去了。燕子洗，大姐站在一旁，跟她说话，边说边朝上面望，明显是在找我。我躲到一棵酸枣树后，坐在被不停踩踏却顽强生长的草垛上，抽了几支烟，便回转。

猪已开膛破肚，狗屁带着几个人在清理肠子。他先挤掉肠里的粪便，再用挺杖把肠子翻过来，丢进烫毛的黄桶里洗。猪肠里的粪便味儿，只有烫猪毛的水才能去除。

听大姐夫说，过完秤，钱就数给了占惠。猪是三百七十二斤，二哥给占惠算三百九十二斤。占惠那时候，心气已平和了许多，是因为那猪争气，过完秤，在挨刀之前，它才拉了一大泡热屎。那一大泡屎，占惠也当成自己赚的。二哥多给她二十斤猪钱，她不收。她说树爸才笑人呢！二哥却坚决给她。大嫂二嫂和弟媳都在场，弟媳短二哥："二哥算了哇。三百九十二斤，等于把那根板凳算上，还要添一斤，你说占惠她可不可能收嘛。"二哥乜了弟媳一眼，说："多出这二十斤，不均摊，我一个人出。"

要在平时，二嫂听见这话不要跳起来，可这天竟完全站在了二哥一边，说："开始春树就说了多算二十斤，说话要算数。"言毕把钱从二哥手里夺过，塞进了占惠的荷包。

占惠开始骂许兴那一通，以及她说的那些话，许多人都听见的，这时候弄得她很有些下不了台。下不了台还有个原因：二嫂把钱塞进她包里，就拿来扫把和铁锨，扫那堆猪屎。这堆猪屎是啥时候拉的，别人也是见在眼里的。占惠想把钱摸出来还了，可不知为什么——听大姐夫说，主要不是舍不得那一百多块钱，而是像伤了心一样。二哥见二嫂跟他站在一边，那脸色很欣慰，甚至很骄傲，二哥的样子，伤了占惠的心——她迟疑了一下。这一迟疑，荷包里的钱变凉了。变凉了的东西，不好再摸出来还人家了。

最后，多出来的百多块，还是三家平摊的。这是大姐夫的主意。大姐夫去对大哥和春晌说："难得二哥有个男子汉气概，你们也要支持他。再说买猪本来就是三家的事，如果二哥不出来说那个话，占惠她死个舅子不卖，那才把你们旷起！"大哥和春晌都满心应承。

那天，占惠没趣地在院坝里站了一会儿，回家去了。到中午，利民通知安席，大哥问许兴："占惠呢？叫占惠来吃饭。"许兴说："管她的！"不去。大哥就到院坝口喊，喊不答应，利民又去广播上喊，连喊三遍。菜都快上齐了，却还不见占惠来。大哥摸出手机，大嫂拦了，说她下去请。毕竟，天天是占惠在带，尽管给了工钱，人家带了，就是一份情。大嫂去看了占惠家的前门后门，都是锁着的，不得已才打电话问，结果她早就上街去了。

四十五

午饭过后，赶紧拜塔。

刘显文计着数，孝子再磕一百零三个头，就凑够九百九十九个了。

于是一鼓作气。

不过这最后一次拜塔，比昨天中午那场，人更少，完全沦为了形式。大姐是不能来的，她拿了菜刀，去春晌的空猪圈里，杀从她家运上来的鸡。那些鸡才是真的瘦了，它们关在那里，有人想起，去撒些米粒或玉米粒，想不起就不管，几天过去，仿佛只剩了一簇簇移动的鸡毛。要是眼睛没瞎，还可能飞出圈栏，去竹林里找虫子吃，眼睛一瞎，打不到方向，只能乱扑腾，越扑腾越没了力气。大姐夫也不能来，他要当“礼桌”，也就是记礼簿——清溪河流域叫写人情。春晌老房子的阶沿上，又摆了张条桌，吃过午饭，大姐夫就去那里坐了，喜鹊接钱、报数，他记；喜鹊的脖子上，挂着个装钱的提包。

夜场号客，是晚上那顿，但客人通常会提前到来，一是尽哀悼之意，二是先把人情挂好，不然都等到天黑，太拥挤。老君山的红事白事，送礼金都不兴送红包白包，而是让“礼桌”现场记下名字和数目，有些重名的，还要批注，比如桑树田有个王五，红岩头也有个王五，一百块钱是红岩头的王五送的，就要在名字后面批上红岩头三个字，假如两个王五都住在红岩头，就要批上他是谁的儿子，或谁的男人，或谁的爸爸；数目不能用阿拉伯数字，而是用大写。这样就非常慢。

大姐和大姐夫不能来拜塔，连二姐夫和先河也不能来，他们跟着大哥和春晌忙，把没到位的各样家伙全部摆设到位。拜塔少了先河，就像少了十个人，甚至少了全部，因为没有他，孝子们几乎是沉默的，那句“金刚赦罪大天尊”，也不喊出声。阴阳先生敲着响器，念着经文，却得不到孝子回应，便也提不起精神。

拜了一阵，连五十个头也没磕满，刘显文就将锣声一收。

剩了那些没磕完的头，怕是要让父亲受些苦了，只能在冥河里多坐些日子了。

但已经顾不得他了。

四十六

早上把许兴的口水吹到占惠身上的那股风，一掠就过了，都以为它走远了，却没走远，它像蝙蝠，躲进瓦沟，下午四点多钟，西斜的太阳闪了下腰，风便瞅准时机，纠结同伙，集体出动，把院外的树叶胡乱揉搓。树很不高兴，可是人高兴。太热了，太阳照着时热得烫，阴下去热得闷。男人们敞开衣襟，引诱风扑到肚皮和胸膛上，同时抬头，看是不是兴天了。并没有。天蓝到了九天之外。那些还种着田地的，就高兴不起来了。晴了好多个日子，稻田虽有渠水灌溉，但渠水哪有雨水好，渠水只能让稻秧活着，雨水才能帮它们长筋骨。

当然也不急这一时，今天是许成祥的夜场，最好别下雨。

人越来越多，大部分我都不认识，包括达友的父母、青梅的母亲，都是别人介绍我才知道。达友的父母言语响快，倒不像传说中老跟人结仇的样子。盛军的母亲也想来，但不好来的，就请人带了礼。十张席桌摆在院坝,将院坝抬高了一米多。照厨师蒲根的计划，共有三十五到四十个席，要安四轮，是吃流水席。

那一阵风过，利民就在广播上通知安席。他的嗓门比平时扩了两倍，仿佛不这样，就灌不进那么多人的耳朵。人人都想坐头席，一是吃了好走，二是头席干净。每张桌旁，都放了个大锑铁盆子，一席吃罢，妇人们将碗筷往盆里一收，倒半桶水进去，撅着屁股，涮那么几下，又端上桌，许多时候，连碗筷上的咖喱子也没洗掉。抢席桌，打麻将的得天独厚，他们原地坐了，迅速由牌客变成了食客。当一席围满，还没开吃，每个人身后就都站着个人，盯住你——是在等你吃完，他好抢下一席；怕别人掐了列，都站得死紧，是贴在背上，甚至趴在背上。这让席上的人很吃力，尤其是心理负担重，每拈一筷子，似乎都是对身后的人怠慢，于是含着愧意，加紧往嘴里刨。为抢速度，也为把好饮食带回家慢慢品尝，特别是给没来坐席的家人品尝，鸡鱼牛肉兔丁上来，都是将自己那一份拈出来。

桌上放了食品袋，供客人随意取用。以前也拈烧白和鲊肉，现在拈这些的少了，除非家里喂着猫狗。今天尤其少。占惠家的那头猪，实在太肥。而今，乡里人也跟城里人一样，吃不惯肥肉，他们喂的猪，多为瘦肉猪，瘦肉猪长肉，是长一饼一饼的精瘦肉，而占惠家的这头猪，不是瘦肉猪。他们既不把烧白和鲊肉拈走，自己也不吃；要吃，也是先将肥的撕掉，只吃瘦的和蒸得溜的皮子。

席安到第三轮，天色突然一黑。

不该有这么黑的，太阳才刚落山呢。

是乌云罩过来了。

这时候丝丝儿风也没有，乌云却自己长了脚。那云看不出厚，但能感觉出它的厚，也并不太乌，而是呈青黄色。这样的云是属于时间的，表明很快会下雨，且是大雨。利民像个正遭遇敌军围困部落头目，在喇叭上高呼："抓紧抓紧！各位抓紧！上菜的抓紧！吃饭的抓紧！还没挂人情的抓紧！"这次不止播三遍，一直在那里呼喊。每喊一声，天空就朝下压一层，院坝里的一切，奇异地给人浮在天上的感觉，轮焕出虚幻的黄光。利民所在的虚楼，看不见院里的情景，可他闻到了空气里飘来的臭鸡蛋味儿，这气味儿表明，不是大雨，是暴雨。梧桐也承受不住天空的挤压，叶尖蜷曲。王晴光家的几只鸡，本在下面的土路上东一嘴西一嘴地啄，突然站定，颈毛裂开，霎时犹豫之后，便朝院坝疾奔。

利民见状，喊得越发急迫了。

四十七

但他的喊声终被炮仗淹没。是来狮子队了。

那狮子，摇头摆尾地跳上院坝，大如磨盘、名叫地雷的鞭炮，在身后炸出黄烟，凝成更低的云，狮子便像在云里跳，跳给天上的人。

利民早有安排，在院坝外侧，留了两米宽的通道，狮子沿通道跳至灵堂外，站下来，吐着舌头，睒着眼睛，似有无尽的悲痛。悲痛过度，骨头酥软，就匍匐下去，周身乱颤，头偏向左，又偏向右。它在哭。哭不出声，只是抽搐，眼见就要憋过气去。吃饭的尽管还是抢着吃，等席的也照样努着劲儿，却都免不了腾出心思，为它难过。好在终于哭出来。哭声是跟上来的唢呐。三个男人,一个女人，穿着猩猩红的对襟衫子，登上院坝口。唢呐像朵花，在嘴上长出尺余长的花茎。几人鼓着腮帮,吹奏《一池水》。到灵堂外便两人一组，依门枋相向而立，狮子卧在中间。站定之后，吹《大悲调》，一声一顿，掏心掏肺。那麦管为舌的乐器，即使吹《百鸟朝凤》，也是那样悲伤。是大地和粮食赋予的悲伤，来自本源。

狮子不再抽搐，但照旧不能站立。院坝口那边，又跳上来一个大头和尚，硬塑料做成的戏脸，阔如桌面。“和尚”手执拂尘，奔奔扑扑到了狮子跟前，用拂尘在狮背上抚触。他安慰着狮子，却禁不住自己伤心，左手五指并拢，在眼睛上刮，从左刮到右，又从右刮到左，再把手高高扬起，奋力一甩；他刮下的眼泪似有几十斤重，不这样用力，就甩不出去一样。甩了一回，又甩一回，才又去安慰狮子，拂尘从狮头滑向狮尾，再从狮尾滑回来。狮子被解劝，慢慢地、很无力地起身，又摇头摆尾地跳。跳着跳着，忘了伤痛，欢快起来，又是舔毛，又是搔痒，又是打滚，又是抠耳朵，逗得满院坝乱笑。

与此同时，唢呐也变了腔儿，吹的是《四季调》和《潇洒走一回》。

这期间，鞭炮声一直没停，呛得桌子都咳嗽。蜡黄的烟尘，固体般团团涌起，遮没了房顶，也遮没了后山的林子，然后纷纷扬扬洒落，菜里汤里饭盆里，布满黑灰和纸屑。但人们是不会嫌弃的，这气味，这灰尘，都是婚丧嫁娶的一部分。

鞭炮不停，狮子就得没完没了地跳，唢呐就得没完没了地吹。

待终于停歇，唢呐声便骤然断掉，狮子翻身剥皮，露出两个一脸热汗气喘吁吁的中年——偏向老年——男人。

停歇不足五秒，“地雷”再响。爆炸声中，只听一声呼哨，刀片似的，从院坝口割过来。这是又一拨狮子。前面那拨是文狮，这一拨是武狮，两人挂着狮皮，叠肩而立，墩子不从通道走，故意在席间弯弯绕绕飞跑，至灵堂门外，肩上的纵身跃下，翻滚腾挪。

这拨狮子过去，是哭丧队、丧舞队。

炮仗声把他们送上院坝，依然没停。响得这么密集，这么长久，是丧家的体面，也是亡人的福分。吃饭和等饭的，都在议论，说养个在省上工作的儿子就是不同。儿子在省上，女婿又当支书，不该他许成祥享福，还该谁享福？

正这么说着，又上来一群人，“地雷”就是他们买的，狮子队、哭丧队、丧舞队，也是他们请的。那是何老三、杨津和大姐夫的干儿干女。干儿干女并没来齐，读军校的李成中就没能来，但他母亲来了。灰狗儿也跟在后面，眼睛乱溜，双手反剪，屁股一趴一趴地走着。他的出现，让人产生幻觉，以为这是在镇上，或去镇上的路上，平时见他，都是那种场合，凡见了他，就知道又有人倒霉。今天不是那场合，却也怕，当晚辈的，都悄声给多年没上过街的老人交代：“小心些哟，莫去碰那个人啰，那个人惹不起哟。”老人耳背，加上鞭炮还在炸响，听不清说啥，说的人又不敢大声，怕大声了被灰狗儿听见。

没参过灵的，赶紧去参灵。但灰狗儿没去，他觉得，自己既不是李书记的部下，也不是李书记的司机、合伙人和干儿子，因此不必去。

大姐夫忙了小半天，现在松下来，便起身来迎。利民也迎过来。那岩崩似的炮仗，使地皮震颤，扩音器开到最大，利民喊破嗓子叫“抓紧”，也挤不进人的耳孔，他便出来了，而且他作为知客司，本身也有迎宾的义务。鞭炮声正是提醒他来了客人。

利民忙着给客人递烟。丧家的烟是由利民保管的，也由他散发。烟分两种：巴香清的绿壳子和白壳子。只有厨师、阴阳师、搭彩匠以及出殡那天的抬丧人，才能抽绿壳子，普通帮忙的，只能抽白壳子，客人更是。当然村干部来，不管是燕儿坡的还是李家岩的，都发绿壳子。体面人来，也发绿壳子。利民知道，由他经管的一财一物，都是丧家的财物，也是丧家对他的信任，绝不能随便抛撒。他那荷包里，随时揣着两种烟，绿壳子揣左边，白壳子揣右边，是把手伸向左边还是右边，得提前有个判断。

他这时候的判断是，对村干部、何老三和杨津，伸左边，对别的人，伸右边。可这种分别实在打眼，他便想了个法子，先给何老三、杨津和干部们发了，就把烟盒一捏，表明里面空了，得另摸一盒。捏那一下只是个虚拟动作。然后他假装扔烟盒，却像没地方扔的样子，就往荷包里塞，还没塞进去，却漏出一支来，他愣了一下，说："还有哇，我以为完了呢。"这时鞭炮声已停，那句遮掩的话，他自己听起来都酸耳朵。

无可奈何，只好把剩下的拿出来散。

他万分可惜，心里骂着自己，却怎么也没想到，散到灰狗儿门口，灰狗儿却不接。

"我不抽那种烟，"灰狗儿缓缓地摇着头说，"我一般是抽红壳子。"

利民傻了片刻。

待回过味儿，他很想忍，实在忍不住，就笑着说："主任跟文书都在抽，你怕也还是抽得。"说着看了大姐夫一眼。大姐夫没接那眼神，只是说："我的烟也完了，给我一支。"利民开始没给大姐夫发烟，听见这话（他知道是假话），忙递一支过去。大姐夫点了，利民又看了灰狗儿一眼。灰狗儿也没接那眼神。

后来听说，灰狗儿来，没买一圆鞭炮、一刀冥纸，请这样队那样队，也没出份子，同时没用现金挂人情。他的理由是，大姐夫曾带着杨津去他家吃早饭，饭后给他一百元钱，他没收，那一百元，就算他吊丧挂的人情了。

看来，他对大姐夫那天为什么去他家吃饭，已有察觉。

四十八

天色越发苍黄，利民又往虚楼上去。没走两步，就听见轰隆一声。天垮了。看不见雨点。雨点和雨点连成了片。天不是下雨，是决堤。满院坝是奔跑的影子。利民也不去虚楼上喊了，返身帮忙收菜。他是一个好头目，敌人到来前，全力动员，敌人逼近，就以身作则，投入白刃战。仿佛顷刻工夫，桌上就收光了，人就退到了阶沿和屋里。虽如此，却个个都淋成了水鬼。男人们把上衣脱下来绞。杨津穿上衣服时，尽管胖大，还不至于胖大得让人不信，衣服一脱，就叫人无法相信：世上真有这么肥壮的人吗？有人握了拳头，去他身上擂，像擂在石墙上，只差没折断指骨。

人们说笑着，但说笑声听起来很虚幻，话从自己嘴里出来，却像是别人的声音。只有雨声是实在的。平地起水，院坝成了池子，鸡蛋大的雨泡，拥挤着，撞击着，不由自主地打着旋子，朝微微倾斜的边地上移，直到翻过梯坎，摔到崖下。

我站在厨房门口，看雨正看得好，二姐从背后拉我，把我拉进四喜睡觉的那个房间。四喜搭根矮凳，坐在墙角，低头弄手机。幺妹坐在床上，明显是等我们的样子。

刚进屋，二姐还没把门关上，幺妹就说："三哥，你说大姐是不是个人！"

我吃了一惊。

原来是为送礼。

大姐要送一万，二姐和幺妹自然是跟大姐走，可她们没恁大家底，只想送五千。从还情的角度说，五千已经超出了大哥二哥和春晌以前送给她们的总和。大姐听了，说，送多送少，是各人的心意，你们送五千也行，送一千也行，或者像那些百客，送个一百两百就是。大姐是要挣面子，自己父亲死了，收的情少，被人谈论起来，就说那一家子人缘浅，生者和死者，都脸上无光。所以有些人家做事，至亲好友提前跟事主商量好，送的情，超出本想送出的十倍，事后再暗中把多送的取走。但大姐是不会这样做的，她说送一万，就实打实。二姐和幺妹想不通，一大家人的面子，为啥要她们去挣？

这时候二姐说："我也想多送，可惜手长衣袖短。大姐是逼我们。她给青梅拿工资，就是逼我，这会子又来逼。"幺妹连忙接腔："把我们逼死，她来燕儿坡上坟，连个打伴儿的也没得！"听上去，姐妹俩对大姐的怨气，由来已久，难怪有时候她们正细声说话，见大姐过去，立即停了，或把话转了。我不知怎样回言。我还以为她们经常麻烦大姐，对大姐只有感激。我问她们最后送了多少，二姐说："逼成那样，还敢少送？幸好晓得她要逼，钱是准备着的。"然后气鼓气胀地说，春节过后，他们根本没挣到钱，挣那一点儿，又被安苹要去买了衣裙，现在是把老米米都掏尽了。幺妹说你还好呢，先河二月间生了两场病，一次是结石，一次是胃痛，住了十几天院。二姐说我好啥子？方云腰杆酸，酸一阵就痛，痛得整夜呻唤，可天不亮照样起床，照样去做活路，不敢歇，更不敢去住院。幺妹说，哪里是不敢？是想钱想疯了。二姐气得耳根一红："你不想钱，是你有钱，你为啥子不送两万？”

正这么吵着，大姐和燕子推门进来了。

四十九

雨声响亮，门外是听不见里面说话的，但刚才还争执不下的姐妹俩,还是对了下眼神,抿着嘴笑。大姐问：“笑啥子呀？”幺妹说：“笑啥你也要管？笑四喜。晓菲走了,他就一天到晚抱住手机不丢。”

大姐朝四喜望去。四喜完全沉浸在自己的世界里。我们猜想，他肯定是在跟晓菲联系。大姐不想理他，把目光收回，感慨地说：“妈死的时候下雨，爸爸办夜又下雨，到底是一家人。”燕子听了，说这雨是奶奶派来的，来把爷爷接走。大姐说：“你奶奶也不是个好人，只晓得把你爷爷接走，就不管后人为不为难。”

确实为难。如果一直这么下，不仅席安不完，剩下的客人还无法离开，就要为他们找床铺。哪里去找那么多床铺。

雨像是听见大姐的抱怨，又下了不到二十分钟，停了。

利民急匆匆走到虚楼，大声呼喊：“安席安席，赶紧安席！”

我们也都出去。院坝干净得像是洗过，石地上的水花子，映照着刚刚亮起的灯光，泛出红晕。席安好，却没多少人吃。外地客人怕雨下成山洪，不好回去，更担心冲崩了自家田埂，都赶着时间，冒雨跑了。何老三跑得最快，他怕河里涨大水，要去把采砂船缆住。连达友的父母、青梅的母亲和李家岩的所有人，也全不在了。听兄弟说，灰狗儿本想留下，是大姐夫给李前涛使个眼色，李前涛便抓了块塑料布，往他自己和灰狗儿头上一笼，不由分说，抱住灰狗儿的肩，快步下了梯坎。杨津还在。他明天要接大姐夫回去，再说刚下过大雨，那段土路不好开车。

大哥顿着脚，叹着气。客人没吃就走，虽怪不着老板，也是老板欠的一份情，而且饭菜剩那么多，吃不过来，把猪狗加上也吃不过来，只有倒掉。

已经倒掉很多了，几个茅厕都装满了。

蒲根也顿脚。他希望更多人品尝到他的手艺，尤其希望能碰上知味的食客。

在此之前——第二轮席快结束的时候，他和利民争过几句。

利民见客人不吃肥肉，浪费太狠，怪蒲根把肉切厚了。肉切得厚，是蒲根的一贯风格，又不是今天才这样，但利民的意思是，做厨也要与时俱进，以前切大肉，是因为缺肉，老板心痛，客人喜欢，现在不缺肉吃，见了大肉就摆脱壳，何况这猪太肥，肉再一厚，砌在碗里，白漫漫的，别说吃，看一眼也冒酸水。利民还说，缺肉的时候，大肉虽让老板心痛，却也能为老板争脸，现在不仅挣不了脸，还丢脸。蒲根听了，目肿筋浮，说他做厨就是做厨，从没想过为谁争脸，当然也没想过给谁丢脸；说厨师的本事，就是在普通食材甚至低劣的食材上做文章；说他做的烧白和鲊肉，就算厚过砖头，带五指肥膘，吃起来也不腻口；说人就是要吃些肥肉才长神经，多数人身上啥都不缺，就缺神经。

说到这里，他抽根筷子，疾步走到院坝，去一桌席上，把客人嫌弃的鲊肉，一次串起来三块，像嚼萝卜那样嚼来吃了。客人嚯嚯乱叫，有人把烧白递到他面前，叫他再吃。他果然又吃了两块。遗憾的是，客人只把这当成风趣的插曲，也当成蒲根为自己打的广告。

这让蒲根伤心。他希望后面坐席的，是带着舌头来的。却被雨搅了局，人都跑了。

席围不满，利民就让所有帮忙的，包括狮子队、哭丧队、丧舞队，都上桌。

饭后，放花筒。花筒如桶，杵在院坝边。死者在家里住几天，就放几桶。共九桶。每桶二十支。喜鹊拿根熄了明火的柴棍，一支一支点，柴棍往前伸一下，就听到一声响哨，直奔星空。暴雨洗净了地面，也洗净了天空，星星比往常稀疏，却粒粒饱满，像是即将绽放的白玉兰。花炮绽放的，却是红菊，北京红、点绛唇、凌霜志士、紫云飞月、天茑回春……眨眼的闪烁之后，便融入黑暗。浓烈的火药味儿，跟随寂灭降落，在院坝里弥漫。

五十

当最后一声响哨奔向天空，哭丧队便去灵堂外的阶沿，支搭帐幔。帐幔煞白，尖顶凸腰。一个男子去灵堂，抱了个蒲团放进去，一个女子便钻入帐幔，跪在蒲团上，手执话筒，哭丧。起句两声："我的爹呀！我的爸爸呀！"就跟大姐哭丧一样，但比大姐喊得通透、宛转。下雨那段时间，哭丧人已从二哥那里，问了父亲的生平，她就从父亲的幼年开始哭，手无片纸，却哭得不跳台，不走样，可见确是吃这碗饭的。每哭几声，就叫一声"我的爹呀，我的爸爸呀"，伴随着悲痛欲绝的抽泣。她的几个同伴（叫"伴哭"），东西南北站了，应和她叫爹，叫爸爸，也跟她一同抽泣。这是一个组合，名"和顺组合"。

兄弟跟我坐在一根大板凳上，听着波浪般涌动的抽泣声，眼泪花子直浸，把一张脸都浸湿了，然后哽咽着对我说：“三哥，我听起来不舒服。”问为啥，他说，明明不是他们爹，却叫得恁痛，假得很。我嗯了一声。但并不是同意他。我把自己变成了局外人，哭丧人和亡人，都与我没有了血肉联系，因此便欣赏着哭丧人的表演。帐幔里那女子，声音真好，低回圆润，似能逢山开路，遇水搭桥。从外面，只能看见她投在帐幔上的影子，那影子一仰一伏，时不时捶击胸脯，抓扯头发。她是把哭丧当成事业来做的。

哭到父亲跟母亲结婚，停下了。哭声刚停，“伴哭”便高声问：“孝家有没有？”兄弟和大哥他们,都高声回答：“有！”“伴哭”说：“孝家有，现过手！”话音一落，利民就递了个早备好的红包过去，哭丧的女子便钻出来。

这是告一段落。接下来让给丧舞队和狮子队。他们表演了各自的段落，哭丧队再接上。依次轮流，直至五更。空档期里，抓紧睡觉，这是他们行走江湖练就的本领。丧家能提供一两张床，就算不错了，他们便男男女女，挤到那床上。除文狮队是中老年，其余都是年轻男女，也不管，全是扎笋子似的挤着睡。因为忙乱，那床下是否放了夜壶，也说不定，没放，或夜壶满了，他们小解，就往地上一蹲，随便屙。

丧舞队名叫“舞者无敌”，共六人，二男四女。他们上场，院坝里顿时安静下来。男着玄黑舞服，女着透明轻纱，轻纱里只穿内裤和胸罩。主跳是个女子，高挑身材，只是瘦，细脚伶仃的，她连胸罩也没穿，只用两块类似于创可贴的东西，把乳头贴了；她那么瘦，乳房却丰满得打闪，仿佛长在她身上的，是别人的乳房。那舞蹈无非是弯腰，曲腿，双手高举，循环转圈，可观众个个都看得专注。是一种紧张的专注。

即便如此，我们看着，也怯于睁眼。

只是，在别人那里，说是不敢睁眼，其实还是想看，为自己父亲办丧，就难为情了。

幸亏那几个女子没脱，一直穿着轻纱。

我朝不多的观众瞄了一眼，发现看得最专心的，是喜鹊和杨津。两人的眼球都有些发硬。杨津这么爱看，让我诧异。

至于不久的将来，杨津竟丢了美丽贤淑的黄二妹，和那主跳出双入对，就不仅让人诧异，还明白了为什么叫“舞者无敌”。

五十一

我背上被使劲拍打。是大哥。大哥说，要封函了，想见爸爸最后一面，就马上去。封函，就是合棺盖，仿佛那是一封信，封了口要寄走，只是再也收不到回音了。我跟大哥急匆匆出去。不一会儿梨静也来了。梨静的手里拿着本书，竟是我的诗集，她说，她专门带来的，放到父亲棺材里，让父亲也知道他三儿子在干什么，到了阴间也好放心。父亲生前，对我的职业不了然，又见我抽的烟竟没有大姐夫抽得好，为我心焦，梨静就多次对我说，你把你的书拿回家，让爸爸看看，爸爸认字不多，至少认得许春明三个字，这样他就知道你干着正事，心里也欢喜。我一次也没答应。现在更不会答应。

我的那些诗歌，父亲看不懂，可我担心阎王能看懂，我曾在丰都城的天子殿见过阎王像，那是个相貌端庄且文质彬彬的人。我诗里没有神，是说，没有成像的神，而阎王是成像的，他见了不生气？当他知道这诗正是新亡人许成祥的儿子所写，不给许成祥额外的罪受？再说，既然父亲看不懂，他就会怀疑，单凭那些长长短短的句子，也能在世间混饭吃？如此，只会越发地为我担忧。

父亲的儿孙辈，都到了。刘显文站在头厢，念着辞灵咒："故去亡人你听真，孝男孝女来辞灵。亡魂自此西天去，白马黄镫上征程。旧事凡尘莫牵挂，扬鞭奋蹄逍遥津。"几天下来，刘显文那嗓子哑成了烧煳的饭菜，他便抻长脖子，尽力说得高声。利民候在门口，听刘显文念罢，进来给他个红包，又出去了。刘显文便指挥徒弟，启开冰棺的棺罩。

父亲像是又活过来了。他那眉毛上带着冰花，脸却再不是铅灰色，而是很滋润，很细腻，连皱纹也少了许多，而且笑眯眯的。四喜伏上去，哭，呼喊爷爷。听哥哥哭得伤心，燕子也伏上去哭喊。达友上前，拉燕子，但燕子抓住棺舷，拉不动。达友撇着牙，神情恼怒，像燕子这样哭，是件很丢脸的事，便使了劲儿拉。他穿着无袖衫，手臂上古铜色的肌肉，一棱一棱的。垫在冰棺下的凳子，嘎吱吱摇晃。

四喜一面哭，一面侧脸怒视达友。达友那身穿着，就不是个辞灵的样子，还来摇爷爷的睡床！达友没看见四喜的眼神，猛地用力，终将燕子扯开，朝门外搡。四喜双目一瞪，骂声"龟儿子"，追过去。达友回头。就在他回头的瞬间，四喜揪住了他的衣领。达友愣了一下，丢开燕子，来揪四喜。这两个气味相同、性质相同、早就暗怀敌意的人，终于打起来。哗！撞向门枋。哗！退向影壁。然后一同倒下。大哥、二姐夫、先河、培亮、洪泉，都涌了过去。地上的人爬起来，脸色紫涨，还握了拳头，要击打对方，但被众人分开。燕子推着达友，出灵堂去了。

大哥这时候才骂出来："硬不是他妈个东西！——两个都不是东西！这哪里是两个人？是两条疯狗！"

与死者的告别，就这样结束了。

五十二

接下来，要把父亲从冰棺移到木棺。漆得油亮的木棺已抬进来，并排放在另两根大板凳上，揭下的棺盖，傍壁儿竖着。刘显文手抚木棺，正色诵祝："这口寿材你细看，边边缝缝勾得严。后边矮来后边窄，前边高来前边宽。里厢足有六尺六，外墙足有七尺三。寿材做成养亡魂，丢心落肠下九泉。金童玉女来引路，神仙界上做神仙。"言毕，利民递了红包，刘显文的徒弟，便把硬邦邦的亡人捧起来，换了床铺。木棺头部，垫了两寸厚的冥纸，做父亲的枕头。但二哥又端进满满一花篮冥纸，都叠成了方块，大小不均，厚薄不一，用于"扎棺"：塞进死者和棺材间的缝隙，头、身、腿、脚，空气能进的缝隙也塞满，直到用了力抽，想把一沓纸抽出来，却根本抽不动为止。父亲像张画片，嵌在冥纸围成的墙里。接着把盖脸纸为他盖上，才盖材板。

盖板之前，刘显文掐着指头，依照亡人的甲子（也不知把父亲算的八十三岁、八十四岁还是八十七岁），推算出哪些至亲犯煞。犯煞的不能看合棺。不仅不能看，还不能听见合棺的响声，否则流年不顺。

算出的结果，大哥、我、幺妹三人需避，我们便出了灵堂。因不能听到响声，大哥拉住我，快步下院坝，幺妹跟着。刚到院坝口，我就听见那声响了，响得似有似无，阴气沉沉，但我确实听见了。不知大哥和幺妹听见没有。

三兄妹下到梯坎中央。

这是黎明前的黑夜，灯光之外，黑成固体，再分不出石头泥土、树木花草、河流山川，也分不出天地、人兽和生死。幽微的神秘里，有了嘤嘤的哭泣声。连哭泣声也是黑色的。幺妹的手摸过来，摸到我脸上。但不是我在哭。是大哥。

父亲病中和死后，我没见大哥哭过，现在却哭得伤心断肠。幺妹和我又去安慰大哥。也说不出什么话，只一人逮住他一只手。

几分钟后，上面传来闷响，一声接一声。是在钉长命钉。待响声落下，大哥便带着哭腔说："我们上去。"还有活路等着他。他要赶紧调糯米膏，涂在棺盖与棺身的闭合处，不让空气进去，更不让蚂蚁进去，尽管空气和蚂蚁，一时都进不去。

再想睡，已不能够。我和幺妹去了大哥的虚楼，见大姐、二姐、梨静和燕子，都在那里安慰达友。达友坐了张杌子，伏在苞谷壳上。二哥腾过来的苞谷壳，怕风吹走，压得很瓷实，上面还搭了尼龙口袋，口袋上又压了木板。这些天，达友跑上跑下，四喜却啥事没做，打架还是他先动手，因此都同情达友。燕子骂她哥哥，说"哥哥像他妈个癫子"。想必四喜就在旁边屋里，他能听见，但里面悄无声息，肯定又在弄手机，对手机之外的世界，充耳不闻。我不明白达友为什么非要以那样的方式，把燕子从灵堂扯开，是因为不喜欢四喜，就不愿燕子和四喜一起哭吗？是他内心有了某种焦灼，才显得如此毛躁吗？

至于四喜声嘶力竭的哭喊，却是情理之中的，也和他惯常的做派一致。有时候，所谓欺骗，或许还有另外的解释。人们在意的是行为，也只从行为去解释欺骗，而事实上，内心和行为之间的落差，才构成最隐秘也最恒久的欺骗。从这个角度说，四喜反而是亮堂的。

但达友毕竟还算外人，即使和燕子结了婚，也不如四喜亲，于是我便也过去，拍了拍达友的肩，说这件事情，是四喜错了。

说着见旁边还躺着个人。厨房漏过来的灯光很薄，可单看衣服，就知道是秋月。

秋月躺那里干啥？

我说："秋月，要睡床上去睡，早晨冷。"大姐说："叫过几次了，不听。"言毕提高声音："听见没得？"照样纹丝不动，浓密的头发铺开来，一绺儿搭在达友裸露的右臂上。大姐恨了幺妹一眼。幺妹感觉到大姐在恨她，对秋月说："你三舅舅的话都不听了？你大姨的话都不听了？"得不到回应，便进屋去，拿出件外套，披在秋月身上。燕子也去拿了件外套，披在达友身上，同时把秋月的那绺头发刨开了。

五十三

曙色从大地上涌起，虚楼底下浮起一线青光，照见瓦砾、碗碴、瘦弱的小草、鞭炮和花筒的碎屑，也照见梧桐树下的碾盆。若干年前，燕儿坡人收了谷子，都来这里碾米，收了甘蔗，也来这里碾糖水。碾盆旁边有个磨盆，若干年前，燕儿坡人要推麦面，推苞谷糁儿，也是把牛牵过来。而今是早就废弃了，碾盆和磨盆里，如果不是这些天积了纸屑，就能看见几寸厚的泥土。那个重若千斤的碾子，安静地停在那里，或许是永远地停在那里。对它们而言，时间死了。它们不被需要了。家家都有小型打米机和磨面机。连那些拉碾推磨的牛，也卖的卖，杀的杀。现在村里养牛的很少，因为耕田也不再靠牛，都用微耕机，又叫旋耕机。耕牛和碾盆磨盆一样，成为渐次消失的事物。

数万年或者说数十万年的人类历程中，不知有多少消失的事物。

我父亲，也成了消失的一部分。

晨光上移，虚楼的木板已能分辨，梧桐的叶尖上，晨光粒粒悬挂，像稍微一丝动静，就会抖落、摔碎。但迅速地，晨光长进了叶脉。树叶是天空的神经，树叶一亮，天就亮了。天际横着清冷的云。

外面锣鼓声起。除四喜和躺着的两人，我们都出去。这时响锣，是要把棺材移出灵堂，搬进院坝；这叫出宅——出阳宅。从此，躺在棺材里的人，就彻底走出悲欣交集的人世间。刘显文未执响器，只着道袍，戴花冠，持令旗。令旗一挥，响器齐歇。刘显文双目紧闭，嘴皮子动着，却并不发声。随后眼睛突然一睁，说声："起！"

又是特务、许兴、狗屁、石头四个力士，在棺材上套了大索，两根杠子穿进索扣，发声喊，棺材便浮起来。因特务视力不好，王晴光傍着他，为他指路，同时也提防出现闪失，好帮忙扶一把。棺材离凳，并不急着走，还要听刘显文念咒："咒椁联殃煞殓堂，忌押罡钱幡引圹。符券步告破山开，起净回谢真阴阳。"咒语声停，在脚下烧几张画符的冥纸。冥纸点燃，利民过去，给刘显文一个红包。接过红包，刘显文将道袍一撩，揣进裤兜，又才挥动令旗。抬丧人照令旗指示的方向——尽管只有一个方向，但令旗不指，就等于没有方向——挪动脚步。棺材微微晃悠着，翻过门槛去了。

兄弟已在院坝外侧放了两根大板凳。棺材沉沉地在凳上落下，一领深绛色铭旌便将棺材盖住，刘显文拿瓶矿泉水，往那铭旌上淋，称为点铭旌，一点铭旌头，二点铭旌腰，三点铭旌尾，四点铭旌左，五点铭旌右，每点一处，就封几句话，比如“一点铭旌头，头上有青天，天佑子孙万世，世事通达明光”之类，都是顶真格的句子。点铭旌的时候，大哥作为长男，戴着纸扎的孝帽，匍匐于地。铭旌点毕，利民递了红包，大哥才起身，去棺材上封糯米膏。糯米膏不只糯米，还有高粱，或许还有别的，暗红色，暗得发黑，与棺材的颜色相衬。那黏稠之物，装在瓷盆里，大哥一把一把抓起来，往棺材接缝处抹，只是不能叫抹，叫封。其实已封过了，反正还剩些，再封一次。

封毕，大哥手上粘了厚厚一层，便在棺材上刮，刮不净的，进屋去洗。

他刚洗了手出来，阴阳便敲出密不透风的锣鼓响。

发丧的时辰到了。

五十四

大嫂去叫四喜，四喜出来，达友和秋月也跟出来，若有所失又若有所思地站在孝众里。抬杠上肩，孝子便卟的一声跪下去。这叫

“谢孝”，也叫“跪孝”：跪给抬丧人。若路程远，中途换肩，得再跪。我们的祖坟不算远，再说能抬丧的，就那几个，无人可换，因此只跪起棺和落棺。阴阳敲锣打鼓开路，棺材随行。棺材后面是孝子。绕棺时那身重孝，被大哥穿了，走在头里，勾首弓腰地捧着孝盆。其后二哥，打着千秋幡，兄弟和二姐夫抱了花圈，先河、培亮、洪泉和达友抬着灵塔，四喜也要去抬，却使不上手，就把手扶在上面。孝子后面是哭丧队、丧舞队和两拨狮子，他们要送完丧，才算交差。文狮队的四支唢呐压阵，三男一女，卖力地吹着，吹的是《魂祭》和《送葬曲》。

路已经铲过，昨夜积成的水洼，已用大扫把清理过，水洼周围，留着竹枝划过的痕迹。但坑儿里还有残水，抬丧人从残水里踏过，发出撞击般的声响。好在路不滑。下小雨才滑，大雨将表皮剥掉，露出硬骨，反而不滑。

祖坟近在眼前。竹林间的路上，又横着两根大板凳，也不知是谁扛过去的。喜鹊和几个妇人，包括侯大娘，都站在一旁，下巴顶着锄把。他们是来挖墓的，我们那里叫打井。以前打井，都是男人的活，从没让妇人干过，更不会让侯大娘这种年纪的妇人去干，而今实在找不到人手了。若是阴阳掐算的破土日子，在夜场之前一两天，井提前打出来，得派人日夜看守，不许任何东西从那井里穿过，包括一条蛇，一只甲虫，否则就占了那匣地，带走了那脉风水，亡人便只能享一方枯地，永不生发。没见派人看守，证明刘显文看的破土时辰，是昨天半夜甚至前半夜。也就是说，喜鹊和侯大娘他们，最迟半夜就出动了。

当棺材在井旁的板凳上落下，孝子又是叶的一声跪下去。

只有秋月没跪。起棺时她就没跪。她嫌脏。墓地比院坝更脏，飘落的竹叶，被雨打进泥里，像是泥土也烂了，成了大地上的溃疡。

棺材放稳，孝子平身。大哥拣块有石头的地方，摔碎了孝盆。一声响过，大姐夫便说："抽支烟。"说着挨个发烟。他那膝盖上沾满泥土，还沾着几片竹叶。大姐过去，把竹叶为他拈了，又抓了地上的干净叶子，为他揩。大姐夫手一拍，说管它的，回去再说。说时没站稳，差点滑到墓穴里去。众人想笑，又不好笑的。刘显文说，这是吉兆。想笑的听了，才笑出来。至于为什么是吉兆，那是不必问的，阴阳说是就是。大姐夫也笑，说爸爸是想我去给他看看地基，这地基夯得不错嘛，好嘛。

确实好，近两米深处，土质干暖，井穴是标准的长方形，拍打得平平展展，且用石灰笔直地画了条中轴线。只是，父亲的墓并没傍着母亲，母亲在东，父亲在西，中间隔了几座老坟。可能因为东边是菜地，西边是荒地，死者不能占了菜地。然而，父母却失望了。尤其是母亲。她没见过公公婆婆（公公下落不明，没埋在这里，但婆婆在），更没见过公公婆婆的上辈人，她跟他们不认识，孤孤单单地待在坟里，等着父亲，等几十年，等到父亲死了，她高高兴兴地迎着，结果又隔这么远。

抽过烟，刘显文朝井里撒土。这土从十字路口挖来，叫四方土，撒了四方土，后人便能吃在四方，喝在四方，去四方发达。

随后，男人们扤着杠子，把棺材往墓穴里滑。

其间刘显文念亡人入墓咒："天门正开，地户遇闭。金鸡正鸣，玉犬正咬。生魂散尽，死魂遂方。亡人已向西方，死魂还来入墓。东遇王公，西遇王母。按镇中央戊己土。"咒毕，利民递个红包过去，棺材也落入了墓中，头厢面对长河，腿脚顶住后山。因有中轴线帮忙，头尾直如墨斗弹过。但这并不算数，刘显文还要用根长木杠校正，叫拨棺。拨棺的目的，不是拨正棺身，而是拨正风水。风水的厉害，就在于只差一根头发丝，便可能呈吉凶两极。刘显文那动作，完全是虚拟的。也只能如此。照他那身板，怎么可能撬动，何况根本没有下杠子的地方。他那么拨一下，说："万水走过走千山，大神加持我拨棺。新逝亡人怀大德，保佑子孙万万年。"说罢，利民递个红包过去。他又那么拨一下，说："子孙个个不一般，不做财主就做官。鲤鱼一跳出龙门，家兴户旺万万年。"说罢，利民又递个红包过去。

当利民递了四个红包，就说："行了，封了这些好话就够了。"

刘显文便收了杠子。

这时，大嫂端过一升子米来，递给刘显文，刘显文让孝子牵着衣襟，沿墓穴背向而立，他则站到高处，向孝子撒米，叫撒发财米，谁衣襟里接得多，谁将来就发大财。听说撒发财米，我撤了。梨静见我撤了，她也撤了。接着大姐夫也撤了。大姐夫说："我们算了，让你们去发财。"大姐恨他一眼，想说他，人多，又在墓地，不好说，就低了头，庄严地牵着衣襟。刘显文一把一把撒米，边撒边封话："一颗两颗三四颗，遍地五谷遍地歌。黄金有价食无价，高车大马缠绫罗。"利民上前，给了红包，说可以了，他便停下来。

也不知谁接得多些。

随后，大哥、兄弟、二姐夫、先河、子强、喜鹊几人，便朝墓穴掀土。掀土的同时，刘显文念安坟咒："赫赫扬扬，日出东方。吾今安坟，永保吉祥。银蛇回洞，玉鼠归仓。金蟾入穴，归位永康。

收回风水，万年风光。妖邪远退，不要祸殃。发福生财，诸事隆昌。吾奉太上老君，急急如律令。”念毕，利民再递个红包过去。

将打井时取出的土回填，还垒不出坟的样子，大哥便又去地里背土。堰塘里侧，有两分旱地，老早就是我们家的自留地，分家时分给了大哥。二姐夫、先河和子强，也去找了花篮，拿了铁锹，一起背土。挖到很深，土也是湿的，团团粘住。今天只是先填一些，勉强垒出坟的形状，等土干了，再往上加。这边，兄弟摸出打火机，烧灵塔、铭旌、花圈等物。喜鹊负责放鞭炮，先将圆炮打散，在坟前弯来绕去，摆放得像车站入口，然后点燃头子，便如多米诺骨牌。一时间，响器齐鸣，炮仗飞炸，火光冲天。火苗熛得竹叶滋啦啦响，焦黑地卷起来，几根嫩竹经不住烘烤，应和着鼓炮唢呐，砰砰炸开，肚腹里喷出白浪浪的热烟。

这成为死者最后的热闹。

第六章

一

在乡间待了将近一月，回到省城，觉得城市是多么好。城市里充满可能性。不过那是在很年轻的时候。像我这种，已在城市混油了，也便看穿了，宇宙般广阔的天地，每颗星星也只能运行在自己的轨道上，否则就是毁灭。形式上，除政府要地和军事重地，我可以踏入任意一条大街，钻进任何一条小巷，但那些大街小巷，并不和我发生命运联系。真正和我发生联系的，是百花路5号的画报编辑部，银沙街8号的家，凉水桥岳父母的住处，儿子维生念书的华翔中学，妻子梨静教书的东坡一中，就这些了。

从老家归来那天，进了家门，放了东西——东西很沉，大姐不仅给了榨菜、藠头、豆瓣酱，还给了腊肉和菜籽油——澡也没洗，就去看岳母。岳母虽坐在轮椅上，但精神爽利。听梨静说，交警刚判下来时，岳母没心痛自己的腿，只心痛钱，愁眉苦脸，唉声叹气。

现在已过了那个时期。她把轮椅当成了玩具，扳动把手，在屋子里窜来窜去，她一忽儿面向我们，一忽儿背向我们，过问着父亲的丧礼，我每答一句，她都“嗨呀”一声，说那太累人了，你们一定累坏了。于是叫我们回去，赶紧补觉。刚出门，又听见她“嗨呀”，是差点忘了给维生拿西洋参。梨静去奔丧那天，她就让维生的舅舅送了一瓶去，今天又叫岳父上同仁堂买了，说复习和考试的时候，压几片在舌头底下，压一会儿嚼来咽了，提气。其实维生根本不会吃，先头那瓶放在茶几上，封也没开。岳父从冰箱里取出，递给梨静。这时岳母又要说啥，轮到岳父“嗨呀”：“嗨呀，话多！”砰一声将门闭了。

我和梨静就走了。

对我一个月内多出来的白发，岳父和岳母都没在意。或许在他们眼里，头发没全白，就算年轻。回来时路过小区旁边的花园，见几拨人在那里下“坝坝棋”。黄桷树下，一群老人穿着与年龄不符的艳装，齐整整排成两列，前面站着个指挥，戴着白手套，那手轻轻一扇，歌声起了，全是几十年前的老歌；歌声真是慈祥的，能留住人们一去不返的青春。健身器旁，几个老者在秀肌肉，同时说些永远说不完的国事，永远都是道听途说。曲径通幽的回廊里，两对年轻男女，死死地缠在一起，似天塌地陷也分不开。

这些经年不变的景象，让我觉得自己从未离开过，父亲也没有死。第二天去单位，同事们打着招呼，很日常，像我昨天还在上班。没人注意我的白发，也没人问我父亲的事，我自然也没把买花圈的费用拿去找领导报销。我桌上添了几本书、几封信，其中一封是独辫子寄来的，是他去百里峡拍摄的照片，他沿山沿岭，找来百名土著，挎着腰鼓，穿着新崭崭的土布绣花坎肩，表演几近失传的薅草锣鼓。衣服和腰鼓，定是独辫子自己花钱买的。为发掘他需要的文化，他经常贴钱，包括那次在千峰岭，为他打太平锣的端公虽说不收钱，走的时候，独辫子还是给了他二百块。他当年做的那点儿生意，怕是早就抠得没底了。

日子就这样过。

幼年丧母，中年丧父，就这么回事。

无论大事小事，都得丢下，立即投入另一宗事：儿子的高考。这事我们帮不上忙，只能干着急。人世间的事，大多如此。比如父亲的病，父亲的死，说再多的话，花再多的钱，磕再多的头，流再多的泪，都只能由他自己去承担。

儿子到底也知道轻重，考试的几天里，不再去镜子前求证他的五官和下巴，每考一科回来，腔也不开，就坐到书桌前，复习下个科目。梨静笑他临时抱佛脚，但在我看来，临时抱佛脚总比坐以待毙强。梨静便又嘲笑我，说："难怪！"是说难怪儿子会说那些话。儿子曾说，他是我的一粒精子，他想不通我的一粒精子，怎么就让他长了肠肝肚肺，还会做数学题。他没遗传父母的思维基因，不喜欢模糊的想象，因而数学好，语文不好。他的话直接抹杀了母亲的功劳，梨静就不乐意了，为他洗床上用品时，见被子上画着明明暗暗的地图，就指着那些地图对他说："要是没有我，你就是这个样子，长肠肝肚肺了吗？会做数学题吗？"说得儿子很不好意思，便干脆破了脸，念出两句顺口溜："子子孙孙化作泥，四海漂泊随缘去。"说得梨静差点笑破了肚皮。她其实很欣赏儿子对父亲的认同。女人大抵都这样。

分数下来，比照往年，儿子超出二本线很多，但距一本又差些。够了，可以了。我和梨静都很高兴，是因为比我们预想的好。不过，高兴了不到五分钟，就又遗憾。要不是高考前闪那一下，就上一本了。但接着又说服自己：够了，可以了。便又高兴起来。这后面的高兴，已不叫高兴了，它被深深的遗憾挟制了。只差一点点啊！

然而我们都很清楚，若上了一本，我们又会想，为什么不再高一点？再高一点就能读名校了。如果上了一般名校，接着还会想：本来可以读北大清华的。

这是人心的常态。

好在一切都恢复了常态。

二

这个星期六，一家人去看了岳母（她已能拄着拐杖下地），回到家，我坐在电脑前，为独辫子回了信（主编同意发表他的作品），然后准备写首诗。关于父亲的。昨天，我坐地铁去单位，听身边一个女子打电话，说："爸爸，黄哥中午来。"那声"爸爸"，让我心痛。我暗地里祝福她，她是有爸爸的人，而我没有了。

我早听人讲，父母的去世，开始可能还不会有太深的感觉，但到某一个时刻，会突然的抓心抓肺。我有个朋友，父亲去世大半年也没什么，那天他开着车，无任何因由，猛然间想起父亲，心如刀扎，便把车停下，伤心断肠地哭。我呢？我的那个神秘时刻还没有到来。这些日子，我闭上眼睛就做梦，可梦里没有父亲，一次也没有过。昨天晚上，我就想为父亲写首诗，但我奢望能梦见父亲，结果梦见了许多不相干的人，就是没有父亲。

俗话说，喷嚏鼻子痒，梦是心头想。我梦不到父亲，是不想父亲了吗？不是这样的。我真的很想他。正因此，才让我感觉到不可逆转的绝望。我刚学写诗那阵，以为自己找到了打开世界的钥匙，世界由我塑造，以至于胆大包天的，说什么词语是生命的“第二起源”，后来渐渐明白，艺术从来都只能解释世界，不能塑造，更不能预知。同时也明白了，要解释是不可能的，世间的全部复杂性，都存在于已经发生过的事件，比如母亲去世，父亲去世，我可以给出若干种解释，每一种解释都可能是正确的，也可能是错误的，因此等于没有解释。而未来，却相对简单得多。像我父亲的未来，就是不可逆转——就这么简单。

不可逆转的，还有我再不能跟父亲见面了。

父亲和我，真是茫茫万古了。

我今天的这首诗，就从茫茫万古开始。

我惊讶地发现，并不是人死后才进入茫茫万古，活着的人，包括活着的亲人，包括活在身边的亲人，无不如此。就说儿子，从数亿精子中独独被唤醒，无非是幸运罢了。从概率上讲，单个的人是不存在的。这正应了瑞松的话，再特立独行的个体，到头来其实都是活在潮流当中。而且同样一个人，还可能同时活在不同的宇宙，你突然产生了焦虑或喜乐，是因为活在另一个宇宙的自己遭遇了烦心事、高兴事。你和你的另一个自己，却永远不能见面。你和你自己，也是茫茫万古。

我就这样写下去，一口气写了九十多行，累了，便点上一支烟，边抽烟，边从头看下来。这一看才发现坏了事。太感伤，也太明确。

这不是我要的。我要的是一种骑墙艺术。骑墙并不是个坏词，却长时间地遭到误解。人们喜欢站队，不喜欢观望，喜欢答案，不喜欢解决答案的方法。而我正在试图给出答案。

每当写不好一首诗，我就觉得，自己的余生都不会写诗了。

这样的苦恼，伴随我的全部写作，也伴随我的全部生活。

三

正这么苦恼着的时候，电话响了。

是燕子。燕子说："三爸，你晓不晓得呀？"

我有些蒙，问晓得啥子？

她说："达友在跟秋月耍朋友。"

是她在达友手机上发现的。燕子从不翻达友的手机，可是这天，达友洗澡时，那部躺在茶几上的银灰色手机，就轻声叫她了，手机说："燕子。"燕子答应了。手机说："你就不看看我？"燕子说："你又不是我的，不看。"说罢低头蒙沙发。

他们还没出门，在街上装修房子。

房子是早就买好的，百多平米的清水房，位于中街背后的苏湾，就在吊脚楼茶坊下面。里面搭了床铺，能睡，只是锅碗瓢盆、桌椅板凳，包括一应电器，都未及添置，还不能过日子。他们这次回来，是打算把房子装修好，家具添设齐备，领了婚书再走。本以为爷爷住一阵院就好了，那样的话，还要办了婚宴再走。燕子跟盛军结婚，没办婚宴，这回想办一场。结果爷爷死了，不好跟身就办喜事，准备春节回来补办。

现在房子已装修完毕，只是简装，铺了地板砖，找贵兵刷了墙粉，买了些日常用具。燕子的钱是用尽了，而达友不找燕子要钱，就没有钱。装修和买办的开销，达友的父母出了两万，大哥大嫂出了一万。大哥是绝意不出的，十一万五的房款，全是燕子付了，产权证上却写着两人的名字，后期花个三两万，还找女方父母要？他又不是光文，光文给丽丽出钱，是有那底子。他没有。可达友的父母说，他们只有两万，再要，只有卖血。说得气狠狠的，像大哥大嫂在逼他们。大嫂心想，毕竟是亲家，将来还要长处，就摸了一万。燕子拿去，买了几样家具。沙发刚买回来，达友洗澡时，燕子往上面蒙罩子。

那手机就瞅这空当，找燕子说话，要燕子看它。

听燕子说不看，手机嗤笑几声，说："有好东西也不看？"燕子怔了片时，说我的手机虽然比你便宜，里面还不是有好东西。那手机说："你的好东西跟我的不一样。你有的别人也有，我有的只有我有。"燕子没答言，够着身子，哗啦一声，把带蕾丝花边的纱罩扯过来。用力猛了些，只差没扯破。正这时，手机响了，是微信的声音。手机说："这就是好东西。要看趁早——当真不看？"燕子定在那里，脸发烫，头皮发紧，呼吸急促。

她就这样跟那手机犟了一会儿，到底别过身，拿起来。

微信是秋月发来的。秋月说："坏蛋，不理我？"

紧跟着又来一条："再有五秒钟不理我，我就回去找你！"

秋月而今在安徽淮南。外公的丧礼过后，她再不愿上学，便办了假身份证（十九岁）和假文凭（高中毕业），出门打工。但拒绝和爹妈同往，独自去了安徽，进了电器厂。

燕子等着下一条信息。秋月并不负她，下一条马上就到：“哦，对不起坏蛋，我忘了你说你要洗澡。嘻嘻。其实没忘，我只是问你，你洗澡洗这么长时间？你是不是在骗我？是不是把我忘了？没良心的！该不是她发现了，正罚你跪吧？你不是说她不看你手机吗？我还巴不得她看呢。她看了，就知道了。她知道了，就啥都知道了。”

这么一长串。秋月的手指动得真快。燕子一时有些犯晕。首先是那个“她”字。她是谁？当然是她，燕子，但秋月一直是喊姐姐的，现在变成“她”了。她和她，仿佛不再是姐妹，而是路人，甚至是敌人。其次是秋月竟能把话说得这么清楚。秋月成绩差得没谱，上初中后，老师要求写日记，一年到头，她的日记都是同一句话：“白天。晚上。”最多调个顺序：“晚上。白天。”写的作文，从不超过半页纸，且没一句是完整的。可她给达友的信息，不仅完整，还意味深长。最意味深长的一句是，“就啥都知道了”，这是什么意思？燕子悟不透，就往前翻，才发现两人的微信若打印了砌成墙，能把回龙镇围起来。

四

卫生间停了水响，达友在喊燕子。

可能并没甚事，只是担心。尽管燕子不看他手机，可万一看了呢？自从和燕子好上，两人的手机就用着同一个密码，后来达友想改，怕弄巧成拙，惹燕子疑心。燕子早就疑心了，他费了好大精神，才把她哄过来……为表明自己的忠诚，让她进一步相信自己，某些时候，比如说今天洗澡，他才故意把手机搁在客厅，表明他没有秘密。可这样做了，又没法不提心吊胆。太冒险了。就算燕子不专门去看，万一秋月忍不住，又发信息来，燕子怕误他什么事，就会帮他看一眼。这是完全可能的。尽管时日短，可对秋月，他就像咬着铁钉知道硌牙，吞下陈醋知道酸胃。女人分两种，一种是水，一种是火，水让人看不透，即便清澈的小溪，也有看不透的地方，火则不留余地，里外红，一旦点着，就直奔目标。火的目标就是焚烧。而秋月是团烈火。

达友把握得住燕子，却把握不住秋月。因此刚关了花洒，他便喊燕子。

燕子听见他喊，没答应，出门去了。

她那房子在五楼，下到楼底，给我打了电话，便径直去了她大姑家。

给我打电话时，几乎带着玩笑的口吻，去她大姑家，进门就泪眼婆娑。

大姐后来说，听了燕子的话，她老半天没言语。她看到了一种悲哀的轮回。还有报应。达友骗燕子的套路，跟四喜骗别人家的女子，彻头彻尾是同一个套路。大姐悲哀，是想不通四喜造下的孽，为啥要应在燕子身上。她觉得老天不公。可下细一想，自古日头照好人，也照歹人，老天从来就没说自己是公平的。

这么想了，大姐心里沉重。待燕子只管哭不再说的时候，她摸出手机，给我拨通，把燕子哭诉的话转述了，接着冷笑几声，把秋月"唉唉"一阵。只能"唉唉"，骂都骂不出来。其实她是很想打电话去骂秋月的，可不知道秋月的号码，告诉幺妹们吗，不仅没用，还会记她的恶。记她的恶她不怕，主要是没用处。她曾经对二姐说，幺妹两口子就像两头牛，只晓得护犊子，也不管长处短处。二姐听了就笑。只要与己无关，二姐是绝不会管三闲的，她分明知道的事，如果这事会惹是非，问到她，她也慌忙摇手："我不晓得哟！"大姐懒得给幺妹他们说，也懒得给二姐说，给我打过电话，又拨给大姐夫。

大姐夫并没打牌，却也没好气，愤愤地应一声，就掐了。他正在杨津店里，跟钱文说话。杨津那店子，上面有层阁楼，低矮，逼仄，因存了杂货，更窄，大姐夫和钱文，嵌在杂货的缝里，被醋味儿、酱油味儿和盐巴味儿沤着，沤得不像两个活物。阁楼上没窗户，大姐夫又故意不开灯，黑得连说出的话也像涂了锅灰。钱文找大姐夫借的高利贷，已给不出利息，更别说还本金。大姐夫让钱文听着，若再拖，他只好拿别的办法解决。

他掐了大姐的电话，二十分钟后回到家，才知道原委。

这时燕子已不再哭，只红肿着眼睛。达友打来无数个电话，她都没接。但大姐夫听不来那电话响，脖子一梗："再响，老子把手机给你砸了！关了！"燕子就把手机关了。大姐夫说："你就住在我家，住十天半月，三年两载，都行，反正莫理那狗日的！他求爹爹，告奶奶，都莫理！你理了，他把你骗死我也不管！"燕子听话地应了，就在她大姑家住了下来。

但没住上四天，就溜出去，跟达友会了面。

达友设了苦肉计。每天夜里，他都猫到滨河路，给燕子发信，直到天明。燕子躺在床上，不眨眼地翻看。达友说：我就在你楼下。或者：我就在你门外。然后说：我把手机放在客厅，就是让你看的，你都看到了，秋月那样烦我，我有几句回她？偶尔回几句，也是想到她是你表妹，不好伤她。这话说得燕子有些糊涂，她这才觉得，除秋月新发的几条，别的，她都没十分看清，具体是达友发给秋月的多，还是秋月发给达友的多，更不了然，至于说些啥，则完全是一团糨糊，唯有那么一种印象，就是满篇的亲亲爱爱，但似乎又没说出口，只是些“坏蛋”“傻瓜”之类。这能说明什么呢？表妹和表姐的男朋友之间，说几句黏糊糊的话，也是有的。燕子觉得，是不是自己气量太窄，把达友冤枉了。

正这么想，达友又在微信上哭，一句一个表情包，都是大滴的蓝色眼泪，说他从小就没人疼爱，爹妈都是自私鬼，只爱自己，不爱他，爷爷奶奶又死得早，他差不多跟爷爷（指燕子的爷爷）一样，是孤儿长大的，从小学二年级到初中毕业，书学费和生活费，就由他自己挣，捡桐子，挖麦冬，剐桦树皮，割梭叶子草，凡能挣几分钱的，啥事情没做过？好几次摔下岩，人事不省，只差没一口气不来死了。后来结了婚，很快又离，表面的原因是她脾气孬，说话冲人，动不动就摔盆砸碗，其实真正的原因说不出口，可现在也只好说出来：她裹上别的男人，给他戴了绿帽子。“只有遇到你，我才像个人样。你要是不愿跟我好，我也没怨言。我无非又回到老路上，孤孤单单去过，只祝你幸福就是了。”

一席话，说得燕子那心，像冰块遭遇滚水。

她是半夜溜出去的。天亮，大姐起来做早饭，煮的是绿豆稀饭，昨天大姐见燕子嘴皮发干，怕她上火，想用绿豆稀饭为她败败火。高压锅都吐气了，还不见燕子起床，大姐就有些奇怪。每天，不管她起多早，燕子听到响动，必跟身就到了客厅，洗漱过后，进厨房帮忙。大姐去燕子睡的房间查看。门关得好好的，扭开，床却是空的，被子叠得四四方方。

大姐当即就知道，燕子走了，会达友去了。

但她还是给燕子打了电话。关机。

大姐便进卧室去，把大姐夫摇醒，对大姐夫说了。

大姐夫一言没发，翻过身，又接着睡。

那天上午十一点左右，燕子主动给她大姑打电话来，把达友的身世，达友对她的好，枝枝叶叶讲给大姑听。大姐问她："究竟是对你好，还是想靠着你？"燕子答不上来，只说："他可怜兮兮的，要是我也丢下他不管，他咋办啰？"大姐说："你是邹灯投胎呀？"燕子又答不上来。大姐说："以后遇到啥事情，莫到我面前哭。我更不会帮你哭。我才哭过我爸爸，哭够了，也哭累了，不会恁蠢，还把别人家的棺材搬到自家门前来哭。"

这是把燕子推开了。

燕子一听，伤伤心心哭起来。哭几声叫"大姑"。

大姐没应，等在那里。

等一阵没有声息，但大姐还是没挂，还在等她再说些啥。

是燕子主动挂的。

就在那当天，燕子和达友去办了结婚手续。

五

父亲丧事期间，我曾请教刘显文关于死后的事。

他说，人死第一天，灵魂出壳，赶往冥界，赶一阵折回来，把家看上一眼，又加紧赶路；第二天过金鸡岭，凡生前杀过鸡的，在此被鸡鬼拦阻，鸡鬼钢齿铁爪，怒翎扑啄，报前世之恨；第三天，过野狗山，凡生前杀过狗的，在此被狗魂撕咬；第四天到丰都城，那是鬼世界，也可说是亡人的祖国；第五天到望乡台，亡魂在此转身，回望生前故地；第六天到奈何桥，饮忘川水；第七天到一殿阎罗，受阴司提审。所以人死第七天，要烧头七，为的是上下打点，力争重罪轻判。阴司审案，要审二十一天，二十一天过后，案情基本明朗，法官宣布休庭，三七烧纸，便是给亡人买补品，多日下来，亡人精神紧张，心思疲惫，身体亏空。

头七和三七都很重要，但更重要的，是五七。

人死三十五天，才知道自己死了。之前都浑浑噩噩，以为自己没死，到五七这天，发现每节骨头都松了，再也爬不起来了，于是长叹一声，说："我死了。"这声长叹，有哀叹在里面，但主要是庆幸。对一个死人来说，认识到自己死了，与一个活人认识到自己活着，具有同等意义。

可也是这天午后，亡魂将被押进五殿阎罗，接受终审判决。

五殿阎罗形貌凶恶，执法严苛，但因其本人只有女儿，便喜欢天下女儿，这天由女儿主祭，阎罗会很高兴，并可能因此宽恕了亡人的某些罪行。

五七的前两天，大姐打电话给我，问我要不要回去。大姐的意思，我虽是儿子，可比她们当女儿的还走得远，差不多也就算女儿了。我完全忘了这事，十天前答应了云南某大学邀请，要去讲课，时间正好冲突，就没回去。

结果只有大姐设祭，二姐和幺妹早出门了。

熟食祭品，是在大哥家筹备。好在大嫂没出门。是大哥不让她出门。大嫂本人也犹豫，她怕大哥一个人在家，半夜三更出去转山，万一摔了岩，那才喊天。再说燕子又结了婚，跟达友回了浙江的老厂，也算了过一桩事。至于天天将来的书学费，只有车到山前再看。大嫂在，加上玉玲也上燕儿坡帮忙，一切都很顺当。春晌和玉玲也没出门。没有父亲绊脚，兄弟两口子再不出去走跳，有些推不过去，且自己也觉钱紧，玉玲就说出门，但春晌赖着，赖得自己都不好意思，便到处放言，说要外出打工。只是今天推明天，明天推后天。

六

五七烧过，接着烧了六七，大哥便承头，招呼二哥、大姐和兄弟，忙着准备尾七。尾七称为断七，也称满七或圆七，需再次请来刘显文，敲锣打鼓，念经拜忏。

人还没招呼拢，离开后再无音讯的四喜，突然来了电话，说他跟晓菲的房子已经买下，花了八十二万，全是晓菲爹妈出的，但晓菲的爹妈只愿出七十万，留十二万让他出，没别的意思，只要他一份心。他和以色列人的那笔生意，还没谈下来，很快就会谈妥了，只是谈妥之前，他没钱，望爸妈出面，找他大姑和三爸借。于是大哥打电话给我，说借六万，能多借更好，把十二万借齐最好，免得他去找大姐，又多个债主。我一听头就炸了，舌头发僵。大哥见我为难，就说，我去问问你大姐，看她能借多少，她那里差下的，你到时给我凑齐啊。说毕，大哥大嫂忙丢下为父亲烧尾七的事，上街去找大姐。

上了街，却先没到滨河路，是去了苏湾，站在燕子的房子楼下，朝上张望。那房子由达友的母亲住着。她住在里面，收佣金，帮人带孩子，其中包括她孙子丁丁。丁丁的母亲大概又在谈婚论嫁，把儿子还给了达友。大哥见那窗口挂着的衣服,有一件是达友母亲的，气得咬牙。大嫂拉他走，说我说不来，你偏要来，来望几眼又咋样的？只惹一身气受。

大哥生气，是燕子出钱买的房，却由别人去住，而且燕子半句话不问自己爹妈，直接把钥匙给了婆妈，说：“妈，你去街上住，照顾丁丁读书。”像丁丁是她亲生儿子,沪川倒不是了。大嫂劝大哥，说女儿嫁了，就是别人的人了，再说燕子晓得你离不得老窝子，真叫你来住，你还懒得来，房子就是让人住的，久了不住，阴气一生，鬼就进去了。其实大嫂还想着另一件事：她儿子的房子，还不是女方买的，这仿佛是冥冥中的一场交易。

大哥还在那里磨蹭，大嫂逼着他走了。

大嫂说：“今天是来做啥子的？莫忘了正事！”

难得的是大姐夫也在家。大姐借钱给娘家姊妹，每一笔都要先给大姐夫讲的，他在家，就更简便了。大哥接了大姐夫递来的烟，正要说事，大姐夫又进里屋，给他拿了半条巴香清的红壳子，大哥交给大嫂收了，说：“四喜现在对了，房子买下了。”

大姐夫很惊异。农历四月中旬的那天半夜,大姐把申晓菲送走，天亮后四喜追去，黄昏时分回来，说晓菲在火车站等他，见了他流眼泪，大姐夫根本就不信。四喜或许追去了，但他见到的，是陌生人的海，晓菲早就没了影儿。白马市各方面落后，却是南来北往的枢纽，出行淡季，任何时候去，都能买到票，无需半个钟头，就可以走人。四喜见不到晓菲，便在市里打理了头发，回来了，然后编了一套说辞。大姐夫就是这样想的。

结果想错了。

可是他怎么会错呢？大姐夫从不轻易认错，是因为他认为自己不会错，即使在上级面前认错，也口头不似心头。他问大哥，那房子买在哪里，以什么方式买，花了多少钱。当大哥说到十二万由四喜出，大姐夫便两手往前一推："莫说了，假的！"

只这一句，就让大哥讪讪地，不好张口说借钱的事了。

但关于四喜的话，他还没说完，于是又说到四喜跟以色列人谈的那笔生意。大姐夫横脸听着，听一阵实在听不下去，吐出一口黄烟，指头敲着大理石桌面，把大哥拦了："你们当大人的，该长脑壳的时候，还是要长个脑壳才行，你听他哪一句落得了靠？先说全是晓菲爹妈出，跟着又说只出七十万。既然有了七十万，先给个首付不行？不是说他那笔大生意很快就谈成吗？谈成了还怕给不出十二万？纯粹拿纸棺材唬人！"

屋子里静了片刻，大嫂说话了。

大嫂说，她也给四喜这样讲，但四喜说，他岳父母不同意，要买，现时就付全款，不买就一辈子不买。大姐夫又把她拦了："那就不买嘛！听四喜给李志和子国讲起来，着急的又不是他，是晓菲的爹妈。"大嫂捏着手指，捏一阵说："那晓菲就可怜了嘛，她死心塌地要跟四喜。"大姐夫说："她爹妈都不心疼，你疼啥子？"大嫂说："她哭得恁伤心，我哪有不疼的。"大姐夫说："她啥时候在哭？"大嫂说："四喜打电话来，我说没钱，又不好借，说我们为你借钱，横竖是找你大姑爹和你三爸（大嫂就这样把借钱的事说了），借得我们都没个数，哪有脸再开口？你大姑爹跟你三爸又不是造钱的，他们的钱还不是藤上的瓜儿，摘一个少一个。这时候晓菲把电话接过去，哭，把我一口一个妈，说妈耶，四喜不好给大姑爹和三爸说，你们去说看，这回我爸妈是下了狠心的，满足不了，他们就快刀斩乱麻。”

大姐夫吸一口烟，眯着眼睛问：“你能肯定那就是晓菲？”

大嫂脸色一震：“不是晓菲未必是别个？”

大姐夫哼一声：“不说十成，至少九成半不是晓菲！”

在大嫂听来，大姐夫完全是日头底下说梦话，便笑了，说：“未必哪个还装成晓菲？有这种事？未必晓菲的声音我也听不出来？我就恁糊涂？”大姐夫暴起一声：“你听得出来个屁！不怕你在外面跑，天底下人说普通话，你听起来都是一个腔儿。”言毕又用指头敲桌面：“一个人是托，两个人是簧，三个人是局，四喜是花钱雇了个女的，给你们演了套双簧！”大嫂轮着眼睛，老半天反应不过来。大姐夫说：“你们不信，马上给晓菲打电话问。”

却没有谁留了晓菲的号码。

大嫂便也不言声了，又捏指头。

可事情并没有个了结。

是借还是不借？

“不借，”大姐夫说，“这回坚决不借！”

大哥空了两声鼻子。大嫂半低着头，头发没梳齐整，一绺儿从缠了毛线的胶圈里滑脱，把半边脸一分为二。“只可惜了那个媳妇儿。”大嫂就那样半低着头说。“那是不是你媳妇儿？”大姐夫冷笑，“要说可惜，哪个不可惜？但比晓菲还好的也多得很，她们没当你媳妇儿，你是不是都去可惜？”大嫂抬起头，看了大姐夫一眼，似乎想笑，可笑没出来，眼泪出来了。

这又让大姐夫吃惊了。他没想到大嫂会流泪。

大嫂在我们眼里，是地母一般的人物，再大的灾殃，都不发怨言，不流泪水，只是默默地，能缝补的缝补，不能缝补的承受。四月间她回来那天，去三医院看父亲，进病房就惊惊乍乍，当时大姐夫虽不在场，后来听大姐说起，也觉得那不像大嫂。现在这样子，更不像了。是啥时候变了？谁也说不清。恐怕她自己也说不清。

扛了几十年，本以为会越来越好，肩上的担子会越来越轻，结果不是，终于扛不住了。燕子跟达友的事，或者说达友跟秋月的事，大姐也告诉了她，大嫂听了，就像垮了半边的房子又被抽了根柱子，大姐才后悔不该对她说。幸亏燕子还是和达友结了婚。

七

大姐一直没搭言。

是她也怀疑。她跟晓菲谈过，她比大姐夫更有理由怀疑。可见了大嫂这样子，一百个疑心也被埋了。她看着大姐夫，几分怯意地说："万一这回是真的呢？"

"这话说了几万回了！"大姐夫吼一声，把只抽了半截的烟往烟缸里一杵，站起身，恼怒地说："管你们的哟！"说着去门口，换鞋，出门，把门关得山响。

虽如此，但大姐知道，大姐夫其实是同意了借钱。

大姐便对大哥大嫂说："依我，也不要十二万一次给他，先给个五六万，看他咋说。我借你们四万。也只能借这个数了。再大的草树，你揪一把，我揪一把，还不揪光了。揪的人不怜悯，草树自己晓得痛。再说我家里也有个不争气的。光文几次赌咒发誓，说要把他分出去，可真要下手，又顾惜了。也不是顾惜，确实是没法分。我是不想回老家去住的，街上又只有这套房子，未必你还能让李志回老家去？那不要他的命！现在的年轻人，屁本事没有，屁钱没一个，也看不起老家了。”大哥说：“你们县城不是还有一套？”大姐说：“那房子才开始装修。虽说四样都好好的，究竟是二手房，别人住过，别人住过的房子，不重新装，就还像是别人的房子。装好了我也不去住。我就想待在镇上。镇上到处是熟人。更不敢让李志去住，池子大了，不越加没个王法。”

大姐叹息一声，又说：“娃儿小的时候，左也乖，右也乖，早也将就，晚也将就，待娃儿大了，才晓得害他没本事。他分明没本事，你能眼睁睁见他饿死？还有豆豆呢！”

大姐重重地叹息一声，接着开始的话说：“我借给你们四万，你们再问春明借个一两万，顶了天开这个口，五万六万、七万八万，那样的话莫说！你们只看到他手头比你们活套些，不晓得蛇大窟窿也大。再说爸爸治病，全是他拿钱，将来给祖坟修山，多半又是啃他。梨静的妈出了车祸，这一大家子，哪个去瞄过一眼？当时没去，倒说是因为爸爸病了，跟着就老了，实在错不开身，可是过后又有几个想到过？再说维生又考了大学，昨天我问，说刚收到通知书，是天津的啥学校，天远地远的，就不数些米米出去？”

大姐说一句，大哥大嫂点一下头。

最终，我给大哥借了一万。他要的是两万，梨静不同意，说免不下大哥大嫂的情，给一万吧。她把借说成给，是知道反正收不回来。而且说完就出门去了。这是晚上九点过，没什么事需要她出门。待她下了两层楼，我去门口扬声问她，她说出去走走，我说陪她，她也不让。这边的我，那边的大姐，都被自家亲人治得深怀愧疚。如果这钱是大哥大嫂用，梨静不会这般计较的，却不是，而是给四喜。她想不通自己辛辛苦苦挣来的钱，为什么要请一个寄生虫来帮她挥霍。她给自己买衣服，上三百的就要掂量，买鞋子，上一百五的就舍不得。

大哥把五万块转给了四喜。

八

可就在那几天过后，便有人在武汉碰见了四喜。

碰见他的人名叫肖飞，是二哥的师父肖安的幺儿子。肖飞离开燕儿坡多年，但前些年，他婆娘跟人跑了，听说勾走他婆娘的男人，是老家清溪河流域的，肖飞回来找过，给燕儿坡每家每户送了礼，每家每户也便请他吃饭，大哥请他那天，恰恰四喜在家。他离开时，四喜还小，因中途见过，在武汉的那家“两江酒家”，他一眼就认出来了。肖飞在两江酒家跑堂。四喜没认出他，大声武气喊他“服务员”，他也就没好相认。

那天真是两江酒家的黄道吉日，跟四喜同来的一男三女，喝了三瓶茅台。坐在四喜左边那个女的，头发绿的黄的，根根直立，像全世界的天线都并到了她头上；她直接将整瓶茅台倒进高脚大杯，插根吸管进去，血红的嘴将吸管噙住，滋啦一声，就下去老长一截。这女的动不动就滚到四喜怀里，还伸了舌头，去舔四喜的耳垂子。

肖飞看着不像，就没再往那桌去。五个人似乎也不高兴他这样的半老男人在面前晃。餐厅酒楼的堂倌，本来都该是二十岁上下的，那样客人才喜欢，生意才红火，肖飞四十好几，之所以还能端了堂倌这碗饭，只因时下的小年轻，大都不愿干这种伺候人的活。四喜去结账时，肖飞很想跟他打声招呼，可四喜左搂右抱，不好招呼的。

说来也是凑着缘法，那第三天，肖飞又碰见了二姐夫。父亲丧事过后，二姐一家依然走的湖北，先去了荆州，后去了武汉。这天午后，二姐夫趁工地上闲，就满街乱窜，找小时工做，路过两江酒家，竟听见有人喊他。再没想到会是肖飞。肖飞在老家时，二姐夫年节往燕儿坡走动，两人经常打堆。二姐夫从小过着水上生活，撒网，下排钩，夜里在船上睡，若上游起山洪，下游的河心会哭，有红月亮的晚上，月光与水光相接，像从河里伸出千百只毛茸茸的手。这些事在山里人听来，完全是另一番天地，不仅新奇，还充满冒险的乐趣。后来，肖飞几兄弟到新疆落户，就是肖飞带的头。

去到那口外世界，新奇是足够了，却从此得下一种病：怀乡病。只是不说。肖飞不说，他父亲肖安也不说。他们表达对老家的怀想，都用同一种方式：鄙薄老家，说老家这不行那不好，比他们落户的地方，差蛮天远！

碰到老朋友，肖飞亲热得不得了，问二姐夫在哪里务工，现在正往哪里去。二姐夫不好说出来找零活，就说随便逛逛，肖飞便非要请他喝酒。午后时分，酒家也闲，肖飞把二姐夫拖到对门一家小店，点了几个冷盘，要了瓶枝江大曲。几杯下肚，肖飞就开始鄙薄老家。二姐夫不想听他那些话。二姐夫觉得，既然是老朋友，就不必说那些话。何况把老家骂得越狠，越显出你的落寞。肖飞似乎也感觉到了，就转了话题，乐呵呵地说到四喜。

二姐夫听了不信，因为就在大前天，也就是肖飞说碰到四喜的当天，他给大哥打过电话，大哥说，四喜在哈尔滨南岗区看房子，原先看准的那套，要八十二万，他只有七十五万，只好换一套。二姐夫没想到，他的不信，伤了肖飞的心。肖飞跟他三个哥哥去新疆，包棉花地，后来大哥出事，他自己老婆跟人跑了，父亲又得了病，他就把地退了，到口内打工，说的是找老婆，其实这么多年过去，找到了又怎样的？跟别人都过热了，是另一个男人的老婆了。找老婆的心思早就淡了，但想碰到老家人的心思，一直浓烈。只要他离开前长成形的，没有他认不出来的，老了，肥了，瘦了，或者穷了富了，他都能一眼准。不光燕儿坡，整条清溪河上的熟人，一个个都被他养在心里。四喜当年没长成形，可他中途见过，哪会认错？在他看来，说他认错，不是嫌他眼睛钝，而是伤了他对老乡暗藏的感情。

二姐夫不明白他的这些念头，见他面带悲戚，还以为仅仅是因为不信他的缘故，就摸出手机，给大哥打过去："大哥，等于我跟肖飞在喝酒，等于他也在武汉，等于他说，大前天他在武汉碰到四喜是咋回事？"

大哥立即跟四喜联系。

手机打烂也联系不上。

这之后大约半个月，福州的江华问大姐夫："有个叫许四喜的，说是春红姐的侄儿，是不是？"大姐夫说是呀，咋啦？江华说，是就行，没事。大姐夫虽在麻将桌上，不想接听电话，但起了疑心，便挖着问，江华才说，四喜想找他借钱，在福州投资项目。大姐夫将麻将一扔，一只幺鸡从桌上蹦起来，差点啄到对面韩副镇长的眼睛。“一分也不能借！”大姐夫厉声说，“借了就是肉包子打狗！我把话说在前头的，你到时候莫怪我没提醒你！”江华说：“我其实也晓得是假的。我只给了他两千。他是咋找到我的，我也不清楚，但他把你们的关系说得恁明白，我猜确实是春红姐的侄儿。两千就算送的。他那样子，像饭都吃不起了。”

打完麻将回家，大姐夫对大姐说了。

“你说‘万一’，”大姐夫喝过一口大姐递过去的茶，吼着说，“世上不是没有万一，但既然叫万一，就抵不过九千九百九十九！”说罢把茶盅使劲往桌上一蹾，溅得满桌的黄汤。

大姐一声儿没言语，只扯了纸巾擦桌子。

从那以后，四喜就在我们心目中死了。

九

但正如一位前辈诗人所说：“有的人死了，他还活着。”

这里，“他”不是指四喜，也不是指一个人，是指几个神秘的人。

起因是清溪河里的鱼再次遭到毒杀。

这是第三次了。第一次距今，有将近十年，第二次，仅在几十天前。两次都没能抓到凶手。大姐夫说，第二次是因天然气泄漏，但官方并没这样定性，跟第一次一样，只当成了一桩悬案。旧案未揭，新案又起，而且这次分外不同，前两次，都是在回龙镇以下河段，这次上溯到黄金镇，白浪浪的一条大河，不但死了鱼，还死了以鱼为食的生物。回龙镇的那只白鹭，从此消失，镇外的河沿，再也见不到它孤单的身影。饮过河水的牛，有的断了气，有的口吐白沫，四蹄抽搐，等着断气。县委张书记拍桌子骂娘，把河务官、环保局局长和公安局局长，都请进办公室，站成一排，听他骂。命令就在骂声中下达：限十日内，将凶犯擒获，即使那龟儿子上了天，入了土。

一时间，整条河上风声鹤唳。各乡镇设点，稍有嫌疑的，都找去盘问，离河很远的也不放过。这阵仗，比第二次大多了，第二次到村寨调查，只在村委会和几个大院子转转，抽两支烟，说几句场面上的话，就回转了，这次是把人通知到乡镇，单个盘问。

燕儿坡去的是王晴光。李家岩去的是灰狗儿。这事让王晴光很愤怒。当他知道自己竟和灰狗儿同列，就不只是愤怒了。到回龙蹲点的，是县刑侦队的胡队长，王晴光不好好回答胡队长的问题，还尖声质问，说你们胀着国家的干饭，却好歹不分，忠奸不明，只听一个老苕人嚼卵子，就把我抓了？胡队长说，我们没抓你，是问你。但不明白王晴光说的老苕人指谁。王晴光怀疑是喜鹊告了他。那回喜鹊说，他们去厕泡尿，王晴光就能下河放了毒，看来是用了心说的。

可听胡队长的意思，并不是喜鹊告状。

这更让王晴光焦躁，没人告他，抓他干吗？他便也学张书记，拍桌子骂娘。燕儿坡的支书徐炳在场，徐炳又拉又劝的，说叫你来，既不是我，也不是胡队长，是派出所随机抽样，抽到哪个是哪个，你发啥子鸡巴脾气？

胡队长却没顺着徐炳的话说，也没跟王晴光计较，只轻言细语告诉他：盘问你王晴光，是你家里出了杀人嫌犯，至今在逃；凡这条河上的嫌犯、逃犯、前科人员，包括他们的亲属，自然还包括囚犯的亲属，都是怀疑对象，又不只针对你。

王晴光听见这话，顿时萎了，从镇政府出来，眼见胡子就长了一截，乱蓬蓬地把嘴封住。他大女婿杀人的事，朱占惠说给大姐时，还仅仅是暗渠里的流言，现在得到了证实，经徐炳一倡扬，还有谁不知道的！

从此，王晴光就垮了下去，不仅脚力大不如前，还变得泥土般沉默。

十

五天过后，蹲点的走了。

凶犯抓住了吗？电视没见报道，也没听到风声；县法院门口，倒是过些天就贴张布告，但都是诈骗犯、强奸犯、抢劫犯、拐卖犯、杀人犯。没一个是朝河里放毒的。像没有人放过毒。加上很快迎来一场大雨，涨了一河洪水，把啥都冲洗干净了。

回龙镇的街头巷尾，熟人碰了面，开始还相互打探，问你们村找去盘问的，抓走没有？结果没有谁被抓走。王晴光没抓走。灰狗儿没抓走。拐骗妇女且先奸后卖、被拉到西门操坝敲了砂罐的曾财和夏述国，他们的数十口亲人，也是一个都没抓走。住在街上的，像张大超这种，属前科人员，当然要盘问，但张大超照旧穿着灰布衣服，木雕泥塑般坐在他那稀饭庄园里，从早坐到晚。亚琼因为好赌，烫死了儿子，成了游手好闲的典型，游手好闲免不了生事，因此也找去盘问，可她也一如往常，过一阵就从镇上消失几天，或把自己在家里关几天，若走在街上，没人在跟前，也嘻嘻笑，见了人就拉住说话，说她儿子结婚那天，坐了六十几桌，她那儿媳生得乖乖巧巧的，俊俊俏俏的，一递一声叫她“妈”，叫得那甜！

一切都没有变化。

要说有，就是在集市路口，竖了若干宣传牌，牌子上写着这样的话：“如果没有水，不出几天，嘴唇会消失，牙龈会变黑，鼻子会缩小，眼皮会僵死。”人们看着，觉得那不是屁话吗？大河汤汤，咋会没水？天上还落雨呢！中心校的桂老师退休前是教地理的，这时发现了自己的新价值，只要听见议论，他就凑上去讲解，连那出租锅盆碗盏的生意也做得不尽心了，他说，不是见水就能用，只有淡水能用，地球上的淡水只占3%，这3%主要是冰，将近90%的冰在南极洲，湖泊、江河包括水库的存量，只占0.036%，雨能落下来的，只占0.001%。说到这里，桂老师指着或远或近的宣传牌，言辞越发慷慨：“那上面说的水，是指能用的，不能用的算不了数，海水倒是多，能用吗？再说我们离大海，有十万八千里呢！我们这里只有一条清溪河，清溪河毒了，我们的嘴巴就不见了，鼻子就缩短了，牙龈就变黑了，然后就死了，死了还不能闭眼睛，因为眼皮早就僵了。鱼眼睛你们是见过的吧？”

出于对桂老师的尊重，人们张嘴听着，有时还诺诺连声，像终于明白过来，很是赞同的样子，其实心里在笑。清溪河毒了，不是又干净了吗？不是又在喂猪喂牛行茶办饭吗？谁的嘴巴不见了？谁的鼻子缩短了？

人们只期待一件事：抓住凶手，看些热闹。

但明显又是轰了一场空雷。

渐渐地，就淡忘了，懒得问，也懒得说。都有了活路要忙。坝下的稻谷已出穗，山里的也已扬花，需赶紧杀虫，不然虫子卷入花心，便只长壳，不灌浆，到收割季节，谷子却瘪得像掐死的虱子，只剩了一张皮。还要紧着薅草。那些眨个眼睛就蔓延开的鲊板草，除草剂也杀不死，非要农人像他们祖辈父辈那样，也像他们年轻时候那样，以最原始的方式，光着脚下田，用脚趾抠出块根，踩入泥里，才甘心伏法。忙了田里，还要忙地里，油菜已割过，跟身就割麦子。直到把麦子收进粮仓，乡村的日头才会慢下来。

离割谷子还有些天，那些街上有房的，就离了祖屋，去街上住着。

每到这样的时节，回龙镇都有一种困倦的兴奋。长天老日的，呵欠一个接一个，却又舍不得回屋去躺着，生怕往床上一躺，就错过了闲时光阴。茶馆里，从早到晚烟雾腾腾。各家店子，都聚了三五几人，说话说得嘴皮发麻。也因此，镇子里添出了许多话头，却又不知道出处。话头的出处本就如时尚的出处，是人世间最诡秘的事件：永远查不到出处。

十一

这天，大姐去了黄二妹的店子。

时候尚早，黄二妹刚理完货架，背对了门站着，像在想事。大姐进屋，说："发啥子痴呀二妹？"把黄二妹吓一跳，回头见是大姐，连忙笑开了，端张凳子，放到大姐屁股底下。她店里有十余张塑料凳，高的矮的，红的绿的，每天早上，她都先抹了凳子，再理货架，是怕店门一开，就有人来耍子儿。她不能让进她店子的人，没有干净凳子坐。大姐坐了，黄二妹摇着蛋青色的暗格森女裙，撮来半瓢生脆葵花，大姐抓了一把，黄二妹自己也抓了一把，放了木瓢，裙摆一撩，跟大姐对面坐了。当舌尖抿出第一粒瓜仁，见店里店外无人，黄二妹便低声说：“姐，听说放毒的有了眉目。”

大姐一愣：“放啥毒啊？”

黄二妹更加低声：“朝河里放毒啊。”

这腔调，让大姐猛然想到灰狗儿。灰狗儿被请到镇上盘问过后，回到李家岩，朝暮骂，说他不是嫌犯、逃犯、囚犯、前科人员，也不是他们的爹，凭啥问他？大姐夫听信，专程回去安抚，可他照骂不误。这是以前从没有过的。他非但不听大姐夫劝，还说：“有人巴不得把我整进鸡圈，最好敲了我的砂罐，他就太平了——没恁安逸！我没得半个人的好处，顶了天，不过是换手抠背！”说得硬铮铮的。

大姐夫暗自吃了一惊，把提包从左手换到了右手。他那提包里，装了整条巴香清的红壳子，本是要给灰狗儿的，现在决定不给，只让李前涛通知在家的村民，都到村小操场开会。大姐夫站在旗杆基座上，叉着腰讲话，从笔架山的打造，讲到清溪河的治理，说：“河里不仅放不得毒，还倒不得垃圾。河水清了，山才会秀，天底下，从没见脏河旁边有好山，河是山的眼睛，也是山的心，眼睛不好，心也不好，你还怎么好？要是眼睛和心不仅脏，还有毒，别人就不只嫌你、躲你，还要收拾你！恶人自有恶人磨，恶人见了没奈何！”

台下人听了，都明白话里所指，鄙弃地望着灰狗儿。大姐夫却点到为止，把话丢开，又以惯常的气概，勾画李家岩的前景，让大家听着都有个投奔。然后说：“灰狗儿被找去盘问，是代表李家岩被盘问，不能因为盘问他了，就对他另眼相看。大家都有个毛病，某人分明没错，可只要被调查过，就认为他没错也有错，就是戴罪之身。今后要是出了别的事情，很可能去的就不是灰狗儿，而是你我，未必你我也就有罪了？”

说完这些，大姐夫宣布散会。广里留他吃饭，他答应了。他刚跟李前涛和杨津去广里家坐下，灰狗儿便跟了来，向李书记道歉，说他皮糙人粗，舌头没斤两，要李书记谅解。大姐夫当然谅解，连娃子的母亲骂他，骂的话牛也踩不烂，他都能谅解。饭菜快上桌，灰狗儿起身，广里两口子腔也不开，大姐夫却把他留了，说喝了酒再去嘛，回去现生火，难得打淘神嘛。灰狗儿抬起来的屁股，又放回了原位。那一刻，灰狗儿又是灰狗儿，又对李书记毕恭毕敬。骨子里的卑微，大恩大德收买不了，小恩小惠倒往往见效。幸好没把整条烟给他，大姐夫想，这种人，能给一支，就不给一包，能给一包，就不给一条。

那天下午，大姐夫回到镇上，没去茶馆，先进了家门。大姐在阳台上晾衣服，回身见大姐夫坐在客厅，很诧异。见他黑着脸，闷头抽烟，更诧异，问咋啦？大姐夫说：“灰狗儿那狗日的，莫给老子惹出事来。”只说这一句，不再说了。当时大姐就想，未必硬是灰狗儿放了毒？他放毒有啥说头？不过大姐也知道，有些人做可恶事，不要说头，就是想做。真是灰狗儿的话，大姐夫就有灾吃。东轩实行连坐法，属下犯事，部门和村镇领导也脱不了爪爪。张书记来后，推翻了过去的许多政策，但把这一项保留了，且更严厉，先前警告的，现在记过，先前记过的，现在撤职，先前撤职的，现在开除。

直待那阵风头过了，灰狗儿照样吃他的饭，睡他的觉，逢赶场天，照样沟子一趴一趴的，往镇上走，人们见了他，照样像见一坨长着牙齿的屎，大姐才放下心来。

现在听黄二妹这一说，放下的心又悬起来了。

十二

要说当干部，大姐早就觉得，大姐夫当得太久了，也当得太累了。住在村上那些年，半夜三更都有人敲门，说他家儿媳喝农药了，母牛下不出崽了，梦到自己死去多年的爷爷住在丝瓜藤里，是不是该为他造个灵塔烧化了……眼皮上的瞌睡吊起千斤重，大姐夫也要起来，能用话回的就用话回，不能，电筒一拿就跟人走。后来住到镇上，除赶场天，敲门的是少了，可电话没断过。大姐夫打牌时，接大姐的电话才忌讳，接村民的从不忌讳。有些电话来自远方，是李家岩出门打工的，他们在远方的城里，被闷了工钱，出了工伤，或在事故中死了，眼睛或魂魄，就望向娘家，由本人或亲人，找李书记。

像鄢敏的那种死法，处理起来虽然难，还不算太难，毕竟在本村；难的是外地，你人生地不熟，没人知道你是个村支书，就是知道，中国有一百八十多万个村呢！然而，凡需要大姐夫去的，他都不推。他在穿着上是个随便的人，但为了去外地帮村民讨公道，特制了一套西装，银灰色，火红领带，深棕皮鞋。他去了，没一次不让村民满意，本以为只能讨三万，结果讨回了五万，本以为只能等死，结果对方出钱，送进了医院。有时候，他从外地回来很新鲜，有时候却很郁闷——这多半是受了气。他被外地人小看了。那套西装也没能帮上忙。虽说村支书不算啥，可中国十几亿人，村支书毕竟有百多万，他不该被小看。

大姐自己，则因为大姐夫的缘故，成日里不是寂寞着，就是累着。但她更为大姐夫累。累成那样子，不当也就不当，挑子一撂，腿直了，腰也直了，人都要显得高些。当干部得了些好处不假，但大姐并不十分看重，至少不像二哥以为的那样看重。二哥却又说：你现在说不看重，等你不当干部那天，才晓得没一时一刻不看重。大姐听了，气得回不出话。为表明自己真不看重，也是跟二哥赌气，父亲丧礼过后，村民和干儿干女再送鸡来，她一律不收。

不看重好处，却看重脸面。

大姐看人，也像二哥，只把人分成两种，二哥眼里是愚笨的和聪明的，大姐眼里是要脸的和不要脸的。在大姐那里，脸面比吃饭穿衣重要。

要是大姐夫撤了职，几十年的老脸就丢尽了。人家才不管你几十年的辛苦，一旦被撤，那些辛苦都成了脏，成了罪，你有十个好心，立马成了十一个奸心。主动辞吗？首先大姐夫多半就不愿。大姐夫有个说法，说不是县太爷才是父母官，凡是官，无论大小，都是父母官，这一辞，相当于舍了儿女不管，他忍不下心。另一方面，你见过几个主动辞官的？在人们心目中，辞官，证明你有问题，是逼你辞，不是主动辞。上了那副架子，就只有一条路：越飞越高。要是中途跌下来，你有万个理由，也遭耻笑。

这么想了，大姐就觉得，某些地方，大姐夫跟春晌和燕子一样，整死不听劝，当初她再三对他说，灰狗儿是无药可治的脓疮，只能让他烂，他朝人家碗里吐口水，拦人家的车，人家骂他，打他，骂死打死，是他自己的事。可大姐夫不听，总为他捡脚子，还请他喝酒，给他拿烟。你这样怜悯他，值不值？一个五保户，领着国家的钱，每次领了钱，就赖在镇上的茶馆，跟一帮人打川叶子牌，一打就是三天五日，甚至十天半月，反正不把领来的津贴输光，就不回村里去，怜悯这样的人，值不值？这样的人叫他一声烂脓，都是高看了他。

可大姐夫就是不听劝。

养着蛤蟆，结果得了水虫儿病。

灰狗儿朝河里放毒，也要把你拉下马！

——然而，黄二妹却不是那样说的。

十三

黄二妹说，朝河里放毒的，不是活人，是死人。

不是一个死人，是三个死人。

三个死人都是李家岩人。

三个李家岩的死人，被钢丝和石头镇在了河底。

大姐被一粒瓜子壳卡了喉咙，蒙了嘴咳，咳得脸通红才咳出来，才问："你听哪个说的呀？"黄二妹说："都在说。"咋会都在说？陈年旧事了，当年在回龙镇任党委一把手的冯书记，现已升任白马市副市长；关键是，那事做得相当隐秘，是咋漏出来的？

大姐笑了一下："这里离丰都远嘛。"意思是丰都才是鬼世界，那三个死去多年的人，怎能跑这么远的路，回来放毒，还一而再再而三地回来。

黄二妹却没笑，说：“说三个死人放毒，鬼也不信，可这话未免会引出一桩事来。”稍做停顿，又说：“姐，你还是给光文哥打个预防针，叫他该提防的要提防。每个人有每个人的势，时运旺，佛见了也躲，运星淡了，小夜叉也敢拦。倒不是说光文哥时运不旺，他就是太旺了，又仗着自己能干，凡事没个收捡，不把人往眼睛里搁，说话做事没个避讳，有些人听了、见了，难免不往心里存，到时候放出来，咬你一口，你才晓得痛。等痛起来又迟了。俗话说，没家亲引不出外鬼，对某些身边人，有一个心也要留半个。”

这是体己话了。

大姐知道再不能敷衍，又剥了几粒瓜子，便起身告辞。

回到家，入眼就见什锦槅上满架的好酒。大姐低头默思片刻，给大姐夫打电话，叫他回来。大姐夫接电话的口气，证明他并没打牌。挂了手机，大姐就开始收酒。除茅台、五粮液，别的她一律不知贵贱，只听大哥那次说，土罐罐无所谓，她就只把土罐留着，其余的全收进里屋。父亲曾睡过的那间屋子，有两个立柜，塞满了枕头、棉絮，还有豆豆小时候用过的背裙和玩具，大姐都取出来，堆在床上，空出位置放酒。

十四

大姐夫进屋时，大姐已把她觉得该收的都收了，正在立柜前整理。大姐夫首先注意到的，并不是什锦槅空了，而是屋子黯淡了。物能衬物，就是好物，花花绿绿的什锦槅，经包装华美的好酒一衬，显得分外贵气，好酒没了，什锦槅便败了，牵动整个屋子失了颜色。大姐夫简直怀疑自己走错了家门。而且又不见大姐。便大声喊："春红！春红！"

大姐所在的房间，本就离客厅远，又拐两道角，还堆了满床杂物，声音被截留，听不见。喊好几声也没听见。大姐夫把手伸向裤兜，摸烟，烟没摸出来，眼前却像飞来一把钩子，把他的眼光钩向墙壁。顿时寒气森森。这分明是强盗钻了屋。

多年来，乡村都没强盗了，可近段时间又有了。是城里的强盗转入了乡村。城里监控多，不好下手。前些天，孙剃头丢了部相机，是他儿子孙俊为他买的，值十多万，孙俊所在的学校，由学生票选名师，孙俊得票最多，学校奖励了五十万，他掰出奖金，给父亲置办了一部哈苏单反。孙剃头以前用的最贵的相机，也不超过两万，收到儿子孝敬的高档货，舍不得用，用红绸裹了，放在床头柜上，每晚睡前摸一摸，结果被强盗摸走了。

强盗不仅在镇上活动，还去村里。就在孙剃头失盗前后，李成中家丢了头肥猪。他家傍公路，那天，他妈走人户去了，他爸下地干活，黄昏时分回转，离家半里地，见路上停着辆小卡车，车厢口搭着块宽木板，一个四五十岁的男人，把一头肥猪朝木板上赶，整死赶不上去，成中他爸连忙放了锄头，又拉又扯地帮他。猪哭喊着，可耳朵被擒住，尾巴被揪住，到底抗不过，被关进了车里。那陌生男人将木板扔上去，喘吁吁地说，猪从山顶买来（他指了指柏树岭的方向），车板没关严，运到这里，猪跳下来，要不是摔伤了腿，多半就跑进林子，变成野猪了。然后对帮忙的连声感谢。男人发动车子的时候，成中他爸扛着锄头，回去了。走到屋外，见猪圈门开着，心里才咯噔一声，扑过去瞅，瞅了一个空。是那人把车停在那边，过来把猪赶过去的。他帮着强盗，把自己的猪偷走了。难怪那畜生叫得像哭。他狠狠地打自己耳光，恨自己竟没把自家的猪认出来，也没听出猪为啥子哭。

大姐夫想起这些，连忙给大姐打电话。

结果大姐的手机就放在什锦槅底座上，骤然一响，把大姐夫吓一跳。

十五

自己吓自己，就这样近乎偶然地侵入了大姐夫的生活。

他不喜欢这种生活。

可对一种生活的发现，往往正是从不喜欢开始的。他任大姐把好酒藏了，只留下土罐，尽管土罐里也是好酒，但酒不说话，只用牌子和包装说话，没牌子，又缺包装，就不被识别。大姐夫同样不喜欢不被识别的生活。锦衣夜行，又何必穿锦衣？

而且人经不起点醒。大姐夫觉得，大姐那样藏藏躲躲，使他的行止像不再光明正大了。这让他难受。意识到自己阴影的存在，没有人不难受。就是齐天大圣，见了自己的阴影，即被如来佛称为“二心”的六耳猕猴，同样有撕裂般的痛感。但齐天大圣是幸运的，有佛帮他，凡人谁帮？大姐夫谁帮？大姐夫会被阴影拖入深渊。他果真被拖入了深渊，深渊下的泥塘，看上去是泥，踩下去又像水，使他落不到实处。

这时候，被他刻意忘记的往事，又从黑巷子钻出来，嬉皮笑脸地和他打招呼。

那是多年前的事了。

那时候，他领着大姐，去新疆找他的远亲。亲戚名叫黄钟，大姐夫该叫表叔。黄钟闯新疆时，几乎还是个孩子，去了就没再回来，不仅不回，还没个音信。都以为他死了。可在大姐夫上高中后，他舅舅突然收到一封信，来自石河子，寄信人正是黄钟。舅舅到李家岩，让外甥帮忙回信。那年月，远方有个亲戚，相当于在暗夜里亮起了一盏灯，至少在想象当中，那盏灯能照耀穷困。大姐夫的回信里，除尽叙家事，还表达了对一盏灯的喜悦。自此，表叔就只给他写信。当时，表叔的儿子也上高中，和大姐夫同级，表叔便让大姐夫寄些口内的试卷去，让儿子见识。大姐夫每参加一次测试，老师批阅后，都附上答案，寄给表叔。考试密集，找试卷不难，难的是邮资。学校三分钱一份小菜，汤汤水水沤在黄桶里，老远就闻到烂叶子味儿，可在大姐夫心里，那已是人间美味；自从寄资料，那美味就和他远了。他只能刨几口净饭，有时净饭也没得吃。

这样过了一年多，表叔在一封信里问：收到钱没有？说他在上封信里，夹了十块钱。但大姐夫没收到，找生活委员问，答言是：从生活老师手里接过来的每封信，都交给了收信人。可大姐夫疑心，又去问生活老师，生活老师说，都给你们生活委员了。他觉得，那十块钱被生活委员闷了。十块啊，他要吃几个月！上课、走路、睡觉，他都想象着生活委员收到那封信，摸一摸，感觉里面有纸，又不光是纸，或者不光是一般的纸，照一照，照见了钱的花纹，于是往裤兜一塞，趁人不备，撕开来，把钱抽了，将信揉了，扔进茅坑。他甚至想起，有天，生活委员无端地瞟了他两眼，神情异样。隆冬时节，朔风凄紧，校园里黄叶飘落，每片叶子，在他眼里都是那十块钱，每股冷风，都是生活委员撕信封的手。

钱没收到，却又不好给表叔讲，就说收到了，谢谢表叔。从此把试卷寄得更殷勤，更仔细。只是，以前的试卷上画满红勾，后来的到处是叉，寄之前，他把名字挖了，在旁边写上另一个名字，像这试卷不是他的，是别人的。

高中毕业后，表叔和他断了联系。

往后的几年里，他写了不下十封信去，一封也不见回。但这无关紧要，他记着那十块钱的恩情，也记着表叔对他的好，心想前去投奔，表叔定会给他安排个前程。表叔是说过这话的，表叔说："我在这边管理农场，你将来考上大学，学了技术，过来帮我撑持。"然后又说到新疆的辽阔和物产，那物产不仅有漫无边际的棉花和甜得死人的葡萄，还有比口内多两个钟头的白天，说夏天的时候，到夜里十点，还能看到晚霞。大姐夫被那十块钱害了，没能考上大学，但他想，去表叔那里，不能大处撑持，在小处帮忙，是绝对没问题的。

于是就去了，带着并没结婚却是新婚的妻子。

按信封上的地址，找到石河子幸福路，又很顺利地找到了表叔的家。那时候的家不像现在，现在的家搬来搬去，那时候要把一个家住老，才能称为家。

彼此从未谋面，但一说起，表叔和表婶便亲热地把两人迎进屋。大姐夫当年，还没修炼成淡入淡出的本领，还相当敏感纤细，他一眼就认出，表叔一家的亲热，是居高临下的亲热。甚至连这也说不上，而是在亲热的同时，就在推你离开，是送客时的亲热。表叔当初为何远离家乡，除父母早亡，穷得过不走，还有什么更深层的原因，他并不清楚，但他看得出表叔对家乡没有怀念。非但如此，还拒绝。尽管拒绝也是一种怀念，可毕竟是带刺的，碰不得。几年前，他之所以写信回去，很可能只是因为儿子需要内地的资源。

表叔的儿子比大姐夫小两个月，大姐夫就问表弟呢？表叔说，北大毕业，留在北京了。大姐夫红了脸。你还为表弟寄资料呢，结果人家考上了北大……但大姐夫从不纠结于某种情绪，他红一下脸，就要表叔带他去看农场。表叔说，这里是军垦区，不能随便带人去。大姐夫无言。他这才知道，没取得某种身份，连看一眼也不成，别说打帮手。这也怪不得表叔，表叔说的是“考上大学，学了技术”，你自己没能做到。

就这样，不尴不尬的，在表叔家住了三天。到第四天，表婶不再顾忌，面若冰霜，表叔也不大跟他们说话，每顿饭，感觉不是在亲戚家吃，而是在蹭，且几乎不炒什么菜。吃过饭，大姐去洗碗，表婶不让她洗，“我自己来，谢谢你。”表婶说。而开始两天是让她洗的。

趁表叔表婶不在跟前，大姐问大姐夫：“还有脸住？”

大姐夫早就没脸了，可怎么走呢？荷包抠穿，也抠不出一个子儿了。

唯一的出路，是找表叔借。这天晚上，他当着表婶的面，向表叔开了口。表婶陡然起身，带翻了桌上的水杯：一个印着“××团”的搪瓷缸子。

表婶进了里屋，再没出来。

大姐夫又向表叔开口，表叔不应。大姐夫开了三次口，说明自己的难处，表叔都没应。只是给他们指了条路，说从这里，有去伊犁的货车，我明天给你们找辆货车，免费搭，去了伊犁，就能找到活干。

这时候，大姐夫猛然醒悟：看表叔的做派，当初说给他寄了十块钱，绝对是谎话。表叔用一句谎话来了结欠下的情。他错怪生活委员了。而且耽误了自己的前程。他们班有两个考上大学，按他高一的成绩，本可以成为第三个的。

大姐到了这口外世界，已是觉得地老天荒，听说还要坐一整天车，朝更远的地方去，当场就乌了脸。可大姐夫只盯了她一眼，就爽快地答应了表叔。

当晚后半夜，大姐夫把大姐摇醒，咬着大姐的耳朵说：表叔瞒着表婶，借给了我们三百块，我们现在就走，悄悄走，免得表婶醒来起疑心，让表叔不好过。

大姐如获赦免，翻身起床，拎上包裹——包裹很轻，来时，给表叔带了四十多斤玉米和绿豆，此外还有半块腊肉，现在只剩两件换洗衣服——跟大姐夫没入了夜色。

但没能马上离开。大姐在那里待了半年，大姐夫待了三年。其间，大姐一个人，去过表叔家两次，两次都是还钱，一次还了四角，一次还了十块。四角是他们从市区到火车站花掉的，十块是表叔说曾经寄给大姐夫的。还了那影子般的十块钱,大姐独自踏上了归程。她怀身子了。她揣着紧巴巴的路费，一路饿，见别人吃东西，就使劲咽口水，让肚里的孩子吃她的口水。后来丽丽个子不高，大姐一直认为是那几天饿矮了。

那些日子，大姐成了两头烧的蜡烛，一面牵挂远在天涯的丈夫，一面受着婆妈的虐待。但最大的苦楚，是丈夫的事不能向任何人说，无一人能为她分忧。

十六

我是很晚才知道这件事。那时候，大姐夫已不在家，去了别处，我到那个“别处”去看他，之后顺道回了回龙镇，跟大姐独处时，她讲了他们在新疆的经历。

讲完了，听完了，姐弟俩便沉默。整个屋子因沉默而变得冰凉，大姐又才开口：“早晓得这样，我不该捡了他的好酒。捡了他的酒，他每次回到家，都心慌意乱地站在酒柜前，东摸摸，西摸摸。你哥呀，”大姐抹了一下眼睛，“他把好东西搁在明处，有时也不是显摆，是穷怕了，穷出病根儿来了，要眼里光亮，他才心里踏实。想起来呢，也是可怜。”

大姐缓缓地摇着头，目光放到很远，远到苍茫。

自从有了那场口外的遭遇，大姐在她的衣胞里，除装着一个丽丽，后来又装着一个李志，还装着大姐夫。大姐夫从新疆回来后，性情变了，在外人眼里，他更肯笑了，也更爱说了。只有大姐才知道背后的底子。他在家待不住，天天往镇上跑，寻人打牌，像唯有牌桌才能帮他忘记，大姐的百般劝慰，倒帮不了他，还惹他发怒。对此，大姐是这样看的：一个人，有再多的苦，再多的怨，如果到最后也只剩了苦，只剩了怨，这个人就不值啥。

正因此，大姐才回娘家，找父亲诉苦，因为父亲曾说大姐夫有出息。虽是诉苦，但那口气，不只是妻子的苦，还有母亲的苦。父亲自然是听不出这些的，父亲自己，很大程度也被我们母亲装在衣胞里，他过惯了那样的生活。只是，父亲跟大姐夫不同，大姐也跟母亲不同，当大姐下定决心，把苦和怨变成养料，要一根一根去扳掉大姐夫身上的刺，大姐夫便成长为一个真正的男人，不仅当了干部，还被上级信任，被村民拥戴。

然而，你是再好的树叶儿，长留树上，也要被新叶挤对。村主任李普倒说比大姐夫年长，再说他本身也不大管事，可文书李前涛就难讲了。他年轻，想管事，也能管事，未必他就没个想法？村里的财务都从他手上过，他掌握着大姐夫的根根毛毛，要是他有想法，你又老占着窝子，难保不生事端。

大姐便用这些话去提醒大姐夫，还把黄二妹说的转给他听，叫他提防身边人。

大姐夫听了，沉吟在那里。

当初怀疑生活委员，已让他尝够了疑人的苦头。怀疑和恨，都是最磨人的牵挂，比爱一个人的牵挂更加抓心抓肺。正因为知道，他才连灰狗儿也不愿怀疑，说过那句“莫给老子惹出事来”，就丢开了。何况李前涛是他最信任的手下呢！出于骄傲，大姐夫不允许也不相信自己身边有仇人和对手。他对大姐说：“莫出去乱听。二妹说没家亲引不出外鬼，那家亲不是身边人，是你自己的心。自己心里没鬼，世上就没有鬼。”

大姐抿了抿嘴，没再多说。

毕竟，一切都只是猜测。

但大姐还是常去人堆里走动，一面跟人说着不相干的话，一面尖着耳朵，捕捉话里游丝般的暗示。没有那样的暗示。其实大姐夫自己也在听，也没听到那样的暗示。

即使有，也被新的话题淹了。

十七

乡镇上，话题总是转得很快。要是没有话题，无法想象人们该怎样生活下去。话题是飞来飞去的虫子，人是扑向虫子的鸟，每一只鸟都很饥饿。

现在追逐的那只虫子，是张铁匠。

张铁匠已经很老了。

镇上的年轻一辈，总觉得他生下来就这么老，生下来就是个铁匠，其实他也年轻过，且先是做了船夫，跟人跑货运，从十五岁跑到二十四岁。二十四岁那年，他随东家走了趟远路，从清溪河到州河，从州河到渠江，从渠江到嘉陵江，从嘉陵江到长江，并在重庆朝天门，见识了怎样的码头才配叫码头，“大呀！”往后的几十年，他常常这样望天感叹，像朝天门码头有天那么大。那种大把他镇住了，也把他撑开了。

船夫多浪言浪语，见了河边洗衣淘菜的妇人，就用骚话撩拨，妇人不理，就越说越荤，越说越邪，妇人终于忍不住，祖宗八代地嚷骂。妇人一骂，船夫就笑。骂得越狠，笑得越欢。他们单调的水上生涯，就是这样挨过来的。而张铁匠是个例外，人称“羞鸡子”，满身姑娘气。十七岁那年，他真被一个伙计当成姑娘，在黑夜里插屁股，他也只晓得哭。

但跑了那趟重庆，让他换了副骨头，不仅行卧挺阔，还拐回了个狐媚子婆娘。自婆娘进屋，他不再去水上混，拜了师父，扯风箱打铁。他打了几十年铁，筋骨便也铁一般硬，尽管脸上皱纹重叠，说话做事，都还肝精火旺。当干农活的少了，几乎没人再去找他修理农具，他便专做成品，刀瓢锅铲，都是厨房里的那一套；镇上人口日日渐长，餐馆酒楼越来越多，生意倒比先前更红火。

都以为他还要做一百年铁匠，可给何老三打了那副链子，他就歇手了。

何老三当时，提了个大抬罐去，抬罐里装着几把锈刀、两坨生铁，说："张老爹，把这些都给我毁了，打副链子。"那链子打出来，两米多长，三十多斤，像条怒蟒。哪知何老三是拿去套儿子的呢！早知道，张铁匠不会接手的。何老三的儿子不争气，这是事实，但不争气的人也是人，不该用铁链子套住。张铁匠觉得自己作孽了，尽管无意，也带了过，便劈了风箱，清了铺子，摆张茶几，搭把竹椅，一早一晚的，坐在那竹椅上喝盖碗茶，只用孔孔眼眼的衣服，来证明和怀念他的身份。茶喝够了，他就趿双拖板鞋，街前街后到处走，本没什么事，却走得风快，像有急事要办。

他那铺子清净了些时日，现在又热闹起来，只不过没打铁，而是堆放米、油、纸巾、榨菜、金针菇、豆腐干、鸭脚板……全包装成袋。以前硬撅撅的铁味儿，变成了酸酸辣辣的食品味儿。每天都有人前去，将那些东西背走，一律免费。他那里永远不缺，背走又补上。他的屋子很宽，比大姐夫的宽多了，是并排着的四大间，东西再多些也装得下。

这事一传十，十传百，便十个百个的，挎了背篼，挨到他铺子前。去了才知，并非免费，而是先交钱：比如你交一万，满年还你两万，你可将这两万兑现，也可继续放在他账上，如此，你就有了两万底金，再过一年，就能收四万。怕你不放心，你交一万的同时，可去他铺子背走一万的货。

这是真的吗？是真的，已有人领到了钱。退一步说，即使亏了，不是先就领回一万的货了吗？当然没有谁真正领齐，堆一万块钱的纸巾榨菜之类，你没恁大家屋；但既然钱在一年内翻倍，领不领那点儿东西，就无所谓了。听说是张铁匠有个亲戚在县里，亲戚的熟人在市里，熟人的熟人在省里和中央，这项惠民工程，是从中央来的。

回龙镇炸开了锅。这比那些地下钱庄，比红火一阵就偃旗息鼓的六合彩，可靠多了。

十八

张铁匠的事刚传开，陈猪毛就死了。

陈猪毛瘫了将近三年，早被忘记，包括他年轻时候的风流事，也不当一回事了。人们嘴上还是常常提到他，但那只是个符号，真正谈的不是他，是他养子陈九，说陈九是菩萨转世，陈猪毛运气好，这转世的菩萨，摊到了他头上。

谁知陈猪毛的死，特别是他的那种死法，又让他在众人嘴里活了过来。

死的前两天，他“吭吭”直吼，吼得嘴鼻出血。平时他不这么吼的，只有老熟人去看他才吼。陈九去卫生院请来医生，医生瞄了一眼说：莫说我没办法，你弄到北京去也一样，你给他说几句宽心话，让他死算了，对他来说，死不算坏事情。陈九便跪到床前，说爸爸，你想走就走吧，我的事你放心，我出去打两年工，结个女将，生个伢子，你坟前少不了祭扫的人。这么说了，陈猪毛还是吼。这陈九心想，可能是父亲想见他的老朋友吧？可下细默念，发现他似乎说不上有什么朋友，陈九便去把曾经看望过他的熟人找来。结果根本不管用。其中一个灵机一动，说："他是不是想见尚仲兵啊？"

这话被陈猪毛听见了，他不吼了！

关于养父和尚仲兵之间的事，陈九自然也知道。那一刻，他有些伤心。养父认定尚仲兵是他亲儿子，在生命的最后时刻，想的只是见他亲儿子。

陈九愣着没动。他是不好去叫尚仲兵。尚仲兵不仅不认那个账，还曾扬言要杀了养父，现在却去叫他来见？陈九愣了四五分钟光景，床上的人又吼起来。

他只好出门去了。

一刻钟左右，陈九跑回来，跑得满头大汗。谁也不知道他是否去见了尚仲兵。那天，尚仲兵的茶馆里，照样有几桌牌客，但没有人注意到，过后又不好拿这话去问尚仲兵。陈九回来后，又跪到床前去，抓住养父的手，说："爸爸，我是兵娃子……"

话音未落，陈猪毛头一偏，死了。

这事传来传去，都为陈九鸣不平。为服侍那老东西，陈九做的事，真的只有菩萨才做得出来。何况还丢了女朋友。那女子离开陈九后，还暗暗地等了他一年，实在等不住，才寻人嫁了。

陈猪毛的丧事，在回龙镇，恐怕自古以来都是独一无二的。全镇出动，帮陈九操办，菜啊肉的，也是各家各户送去，桂老师免费提供了他的那套用具，住在盛军老家一碗水的几个阴阳，免费念经超度，在我父亲丧礼上表演过的“舞者无敌”，还有两拨吹鼓手，同样免费提供了服务。“舞者无敌”的那个主跳，虽是镇上人，平时却不大在镇上抛头露面，她小时候去市里学川剧，最简单的声腔还没学会，更不会吐火和变脸，剧团就垮了，便在江湖上行走，因此镇里认识她的不多；陈猪毛夜场那天，她穿着果绿色的薄纱跳舞，人们指指点点，相互打听，才问出是老街焦麻子的女儿，名叫焦艳。那焦麻子脸上没个平地，他女人年轻时就圆滚滚的，却生出这么个女儿来，虽无十分颜色，可要论动人，回龙镇还难找第二个。

安埋了养父，陈九出远门打工去了。

镇子也暂时安静下来，又各忙各的事务。

大姐夫忙的，是去县城看他的房子。那房子还没装修完，请了培亮的父亲帮忙照管，他那闷葫芦样，能照管个啥？无非是立个桩子罢了。大姐夫不放心，要随时下去看看。

这天，他坐上杨津的车，开出几百米，杨津停靠在路边，说：“焦艳说她去县城办事，想搭车。”说着焦艳就过来了，朝大姐夫笑一笑，拉开后门。

大姐夫见到她，才想起焦艳是谁。

他侧脸看了杨津一眼。

十九

大姐接二连三地接到电话，是二姐、幺妹和燕子打来的，都问同一宗事：怎样朝张铁匠那里投钱。大姐冒火：“狗鼻子咋恁灵，几千里路都闻到了？”

幺妹打电话时，听大姐这样说，先河在旁边喊：“大姐耶，人长个鼻子，不就是闻钱味儿的吗？”幺妹便笑。但不是平时那种笑法。幺妹跟大姐一样，要笑就笑开，现在笑得不开。是心里对大姐有气。早就有气了。单说父亲去世，大姐不仅逼她和二姐送出去一万礼金，还多次针对秋月说阴阳怪气的话，像秋月硬是跟达友有啥事情一样，只差没对秋月宣判。结果呢？结果燕子好好地和达友结了婚，却逼得秋月退了学！幺妹觉得，要不是大姐那样逼，秋月是不会退学的，她眼下成绩不好，但花开有早晚，难说今后也不好。自从安埋了父亲，幺妹回到广东，再没跟大姐联系过。若不是听说张铁匠那里有好事，还懒得联系。

大姐接了电话，就去张铁匠那里打探。

张铁匠见了大姐，忙弓身让座，叫老婆泡茶。他老婆也有副好身体，不见生病，只是严重发福了，肚子里像还装着个肚子，而且脸变得四四方方，仿佛光阴是一双手，在她脸上又固执又精心地拍打，年年月月，活生生把一张锥子脸，拍成了砖头脸，再想狐媚，不仅年龄不饶人，肚子和脸型也不允许了。

大姐不要茶，但张铁匠的老婆还是喘吁吁地泡来一杯，放在大姐面前的竹几上。张铁匠跟大姐对面坐了，倾着上身，一五一十地，给大姐讲那道理。大姐听得头痛，终于听出那道理就是没有道理。投一万，隔年收两万，还能先领走一万的货，算起来，就是你啥也没出，却平白得两万块钱，这有什么道理？然而，张三李四王麻子，确实都领到钱了，又是最大的道理，是硬道理。

大姐把从张铁匠那里听来的，说给大姐夫听。大姐夫竟也听不出道理，只相信了那硬道理。但到底半信半疑，便对大姐说：“钱比不得别样，自古大半的事，都是钱生出来的。万物都是一样生一样，龙生龙，凤生凤，老鼠生儿打地洞，但是钱生两样：既生钱，又生事。你给春花她们说，这个要自己拿主意，最好先稳一下。”

大姐把这话传过去，幺妹和燕子也就罢了，二姐却急起来。她太需要钱。她要用钱给子国招一个老婆。在二姐看来，山蕊离开子国，不是子国不好，是因为穷。子国后来迟迟找不到个中意的，还是因为穷。像现在这样打工，虽也能挣出个柴米油盐，但要发家，让一只体体面面的鸟到这棵树上来歇脚、做窝，却不能够。

二姐就在那里算账：如果投五万，明年就是十万，投十万，明年就是二十万，以此类推，还不算先不先拿走的货物。这么越算越睡不着觉。她想试一把，可又害怕这一试，试得血本无归。于是又去问幺妹和燕子。她俩都没那打算。特别是燕子。燕子在手机上查，说这相当于击鼓传花，传到接不上趟，整个就玩不下去。击鼓传花玩不下去，不过散伙了事，这个玩不下去，就崩了盘，只能看着白花花的银子化雪地成水。而且张铁匠那人，不过是年轻时候当过船夫，最高光的业绩是拐回了个女人，后来就一辈子打铁，他恁啥子能通到中央去？就说他有亲戚，亲戚有熟人，熟人又有熟人，可一棵矮牵牛，究竟也长不上天。

二姐听这样一说，就把那心思收了。

但收得并不甘心，还在那里纠结。纠结的是另一本账：我不投，别人投了，到时候却并没崩盘，别人就赚了，别人赚了，就等于我亏了。这么一算，又睡不着觉，勉强睡过去，也是刚闭上眼睛，就扑过来水阴阴一片森林，怪兽出没，岩崩树垮，心里一惊，醒过来，看时间，才过去两三分钟。

人身上的肉是睡里长的，醒时吃再多的肉，也抵不过失眠吃走你身上的肉，二姐本来就瘦，经了这一番熬煎，瘦得更没个样儿，嘴皮都包不住牙齿。二姐夫急得不行，好在知她病根，就说："等于干脆我们自己开个厂，等于叫子国去经营。"二姐一听，使劲儿拧二姐夫的肉皮子。她以为他遭了梦魇。昨天他们才清了存款，死期活期算尽，只七万多，你就拿这七万多去开厂？早是没外人听见，不然把人笑出毛病，你还要赔医药费。二姐夫说："等于也不开石磨厂，等于也不开家具厂，等于也不开电圈厂，等于……"

二姐就不耐烦了，依着他的腔调，大声斥责："等于这厂不开那厂不开，等于未必开茅厕厂？"

二姐夫最怕二姐冒火。他振作精神，把"等于"也省掉了，干净利落地说："我们开个火炮厂，开到老家去。我们住那地方，跟邻居隔着一条沟，又不影响别人。几间空房子，摆设机器也宽敞。清坪和回龙进火炮，都是去县城，我们把厂开起来，莫说销两个镇，销一个镇就发了。"

几句话把二姐说得动了心。二姐想的是，有了个厂，就跟打工不一样，让子国去经营，子国就是老板，还没听说过哪个老板找不到个女人。

事情定下来，二姐夫就打电话。

是打给我，说："春明，这回这个事，你就要帮我哟。"

意思是我以前没帮过他。这也是实情。但二姐夫强调的，以前是我不愿帮，这回愿不愿都得帮。于是他就把事情说了。

听说他要办厂，我很兴奋。大姐夫曾说，我们家的人，出门打工恁多年，也没见哪个想长个翅膀、当个老板，可见天生是打工的命。他这话当然不包括四喜，四喜倒是随时都长着翅膀，长得满身是，然而满身翅膀的家伙，不仅不能飞，走路都难。现在二姐夫却要办厂了。接着又听见他说，他想办的，是火炮厂，我便心里一沉，说：火炮厂危险，前不久河南就有个火炮厂爆了，死了十几个人。今年大年初一，住在我们小区对面街上的一个妇女，也被火炮炸死了。她本来是卖香烟的，春节期间偷偷进了几万块钱火炮来卖，没想街上小孩子玩烟花，火灰子飞进她店子，天塌地陷地炸起来了，一个老婆婆出门买菜，正走在路上，先听到巨响，然后一只胖手端端正正掉进她的菜篮子，当场吓得晕死过去。

我说完，那边却半天没有声息。

以为信号断了，正要挂了重打，话传过来了："请你给我说一样不危险的事。人该背时的时候，喝口水还梗死了呢。"

说得很淡然，倒显出我前面像是在做一场表演。

其实我说的都是事实，只是口气上夸大了些。

正是口气上的夸大，使我明白自己想推脱，虽然我还不知道二姐夫要我帮什么忙。

这时候他才说了：他要我帮忙办执照。开始还以为是借钱呢。我已没什么钱能往外借了。但比较起来，宁愿亲人找我借钱，也别指派我去和人打交道。那些所谓交道，就是求人。谭瑞松一再提到的特权，本质上不是拥有权，是伤害权。每求一次人，就是受一次伤害。

我猜想，执照那东西一定难办，就问二姐夫给光文哥说没有。

"不用说，说了也白说，这事要县里批。"二姐夫这样回答。

他也明白大姐夫的势力范围。

沉默片刻,我说好,我尽量。这是留有余地了。做了多年滥好人,无数次吃做滥好人的亏,我深知余地留不得,你留一寸,人家就当成一尺,甚至一丈。可我就是狠不下心,砰一声把门关死。在我这里,门不只是门,还是态度,一个陌生人从门外过,我也要等那陌生人走过之后,才把门轻轻关上,生怕关出响声,对人家不礼貌。

更别说门外站着的是二姐夫。

二十

放了电话,我觉头冷,紧跟着头晕,是留下的门缝刮进的风,吹得我着了寒。现在关门已来不及了。其实也来得及,只是更下不去手。我便坐在那里骂自己,说许春明啦许春明,你哪里是不忍心,你是要保住自己的体面,表明你并非无用。这么多年过来,谁又不知道你呢?你还有什么体面可言呢?你这是抓起屎往自己脸上糊。人家说屁股大吊心,你的屁股又不大,怎么也把心吊得沉沉的呢?正这么骂着,窗外刺柏树上一只翠鸟,口齿不清地朝着我鸣叫,我向它看过去,它就飞走了,越过对面的屋脊,飞到我看不见的地方去了。

要是我也能像它,不高兴就飞走,让人看不见,该有多好。

我不如一只鸟的自由。

这又是一句废话。谁又能比得上一只鸟的自由?鸟遭遇的风险,比人多出数倍,但它们吃饱喝足,就无所求,人是有所求的,且从不知足。这倒让我想起一首古歌来:“终日忙忙只为饥,馋得饱来便思衣。衣食两般俱丰足,房中又少美貌妻。娶下娇妻并美妾,出入无轿少马骑。驴马成群轿已备，田地不广用不支。买得良田千万顷，又无官职被人欺。七品五品犹嫌小，四品三品仍嫌低。一品当朝为宰相，又思君王坐一时。心满意足为天子，更望万世无死期。”我没恁大志向，只为那早就丢掉的体面，我就艰于挣扎了。

抽上一支烟，我冷静了些，心想还是给大姐夫说说。

大姐夫声音很高：“不怕该债的精穷，只怕讨债的英雄，不信试试看！”这是什么意思？我正摸不着头脑，又听见大姐夫说：“喂，春明啦？”我才知道前面不是对我说话。我说你忙吗？忙我就等会儿再打来。他说忙完了，啥事？我便说了二姐夫的事。

“那×人！”大姐夫气狠狠地，“看起来精精灵灵，其实是个石头心子！我吹也吹地对他说，办火炮厂办不出个前景，现在县城已经不准放，过不了三两年，镇上怕也不准了，你卖给鬼？颠转过来，让鬼给人放火炮？再说造那东西，机器要一大堆，自动包装机、收缩包装机、整卷打包机，还有制袋机、木粉机，我也说不上来，反正多得很！你买了机器，万里长征才走第一步，光是原料从哪里进，就把人尿急出来！”

这表明，二姐夫也给大姐夫说过的，只是没说通。

“我是不管，”大姐夫接着说，“各衣另饭，想管也管不了。”

大姐夫以前不是这样说话的，证明他伤心了。

或许也证明，亲人们不再听他的了。

二十一

又过几天，二姐夫来电话，说他带子国回了老家，也是该他有这条财路，刚在市里下车，就见白马广播电视报庆祝创刊二十五周年，免费散发报纸，那报上登着一则广告，正是他需要的东西，厂家在长沙，东轩恰好有个代理商，他给代理商联系了，说买机器六万八，还负责办证。听二姐夫这样一说，我长出了一口气。也因此，才敢于再次劝他，把大姐夫的话又对他说了一遍。他听着，然后说："他！还不是怕麻烦，不想帮我。依他说来，光证件就要装一抽屉，又是生产证又是环保证又是营销证，缺一样就是非法，说声取缔，屁都不敢放一个。我只想问他自己做的那些事，有几样是合法的？可他还不是把支书当得上好！"

这种满口戾气的话，从二姐夫嘴里说出来，着实让我惊讶。

是从什么时候，都变得这样焦躁？

二姐夫把四万八打给了代理商。

那代理商姓何，名叫何全，打款之前，二姐夫跟何全见了面，何全也去二姐夫的老家看了，说这里开厂，好得很。双方便在院坝里签了合同。合同是何全早打印好的，只需签上名字就是。因是子国经营，便也由子国签字；没地方铺纸，是贴在院坝边一棵李子树上签的。子国是甲方，厂家是乙方，乙方由何全代签。同时何全拿走了子国两张照片，说办证用。钱打过去一段时间，机器寄来了，拆开了看，锈的。问何全，说可能是路上淋了雨。二姐夫手巧，依照图纸，组装起来，灌了柴油发动，声音如敲破锣，皮带如同抽筋，抽几下不抽了，死了。又问何全。何全说咋回事？我来看看，我正要找你收那两万余款呢。二姐夫说想收余款，先把机器弄叫，把证件拿来再说。何全说那还用说。二姐夫便等他来。却一等不来，二等不来，等了五天，也白等不来。

二姐夫无奈，便直接跟厂家联系，那合同上有厂家的号码。厂家问二姐夫怎样订购的，二姐夫说钱打给了何全，事情是何全在办。对方问何全是谁？二姐夫说不是你们的代理商吗？对方语气冷了，说我们不知道，你把钱给了谁，找谁问去。

绕了一圈，二姐夫又打给何全。

何全的语气倒热，却是点着了的那种热，说我还有两万块钱没收，未必怕我跑了？我还怕你跑呢！

然而又过几天，依旧不见人影。

二姐夫又气又急，再次联系我，把前后经过，讲给我听。

我说他不来，你就天天打电话。二姐夫说我每天都打十几次。我说你就打几十次！二姐夫说："好嘛。"说得软软的。

三天过后，他对我说，那狗日的还是没来。我问他知不知道何全住哪儿，他说不知道。我说你告诉他，他再不答复，两万余款就不付了。二姐夫听了，在那边笑。是苦笑。他苦笑着说："我拿四万八，买回几坨废铁。人家给我几坨废铁，整走我四万八。我没恁傻，还要再给他两万，他也没恁傻，为贪这两万，把四万八也要吐出来。"

这意思我听明白了，那个叫何全的人，不会出现了，二姐夫被骗了。

我说："那你告诉他，说你要去报案。"

二姐夫说："我也想过报案，可报了案又咋的？你还指望能追回？"

我也知道，不到走投无路，老实人不愿走那条路，就像老鼠不愿见猫，不仅是经验，还是基因决定的。老实人也有老实人的基因。

我说的是老实人，不是老百姓，我从不认为“老百姓”是一个种类。

“你再联系一次，”我对二姐夫说，“就说你正去报案，看他咋说。”

二十二

“好好好，好得很！”听了二姐夫的话，何全连声说，“你不去，我也要去呢！合同上白纸黑字，说收到机器三天内把余款付清，这都多少天了？龟儿子，皮面老实，骨里无赖！怪老子眼珠子遭鸡啄了，没看出来。把机器搞烂，还诬赖我骗你，说不准是把好的藏了，故意摆出个烂东西行诈。你那脑壳里就长那么点儿狗髓！你以为这一摆弄，两万块就能赖脱？不仅赖不脱，还要给滞纳金，还要你龟儿子去坐牢！我就不信治不住一个乡巴佬！”

二姐夫气得吐清口水。

“你给那狗日的打个电话，”他吐着清口水对我说，“吓吓他狗日的！”

我也是怒气冲冲，就仗着那股子怒气，并且真以为能把人吓住的样子，拨了那个号码。

却是关机。打若干次都关机。

从那以后，何全的那个号码，再也不通，后来干脆停机了。

只剩那一条路了。

两天后，二姐夫从派出所出来，立即跟我联系，说有个中年警察做了记录，但态度冷淡。说着又是那句：“春明，这回你要帮我哟！”

他让我给县公安局领导打声招呼，说这样子才顶事。

接完电话，我抠出一支烟来，抚摸着烟身。我第一次凭手感觉察到烟的长度。摸来摸去，就那么长。手下重些，显得滞涩，手下轻些，显得轻滑，如此而已。它并不能给我更多启示。于是我把烟点上，几分钟内，它将变成灰烬。在它成为灰烬之前，我抬头望着远处，目光越过平原山川，飞向老家的县城。我想起有一年，跟白马和东轩的几个文朋诗友，乘船夜游清溪河，插科打诨，一路欢笑。周遭是黑色的背景，外景越黑，内心越亮，是亮到深渊里的那种亮。偶尔的远照，平添了与河流间的某种私趣。那是多么快乐的时光。县城外的清溪河，留给我的就是雅致和快乐。我们那帮人，雅致不来，可装出来的雅致却让快乐翻倍，快乐得近乎野蛮。我陷在那种回忆里，不愿意出来。可二姐夫在等我打招呼呢！

我问自己：我凭什么给公安局领导打招呼？

不凭什么，只能托人。

于是我把东轩的朋友一个个拉到脑子里亮相，然后使用排除法。

排到最后，又只剩了一个谭瑞松。

怎么也没想到，开腔我就是二姐夫的口气："瑞松，这回你要帮我哟。"

瑞松很诧异，听我把事情一讲，他变得平静了，说："四万八，对你二姐夫来说，可能是笔巨款，摊开了看，又微不足道。我跟公安没啥交往，就是有，你这案子也摆不上台面。最近县里出了桩大案，从上到下，都忙那大案去了，哪有精力管你一根豆芽？陈术良你知道的吧？"我说知道。瑞松说："他妈被绑架了。绑匪开口就要五千万。绑架案有个规律，索要赎金超过两百万的，即使给了，也要撕票。陈术良这人智商高，大学拿的是双文凭，先读警校，再读建院，一个牛脑壳，一个马屁股，但他能让牛脑壳长个马屁股，也能让马脑壳长个牛屁股。他非常清楚那条规律，一听五千万，就晓得他妈活不成了。他平时抠得没底，听说他们十几个老同学去市里莲花湖聚会，同学心想，他是亿万富翁，定要管他们吃住，结果一瓶矿泉水他也舍不得请，最终还是AA制；这且不说，连支烟他也舍不得散，烟盒从不露面，抠烟都是从荷包里抠，抠出一支就沾在嘴上。”

说到这里，瑞松便又一如既往，用他那已经“成功变傻”的智力和嘴才，触类旁通，任情挥洒，说世间的会有一万种，最无聊的是同学会，同学会无非是攀比，毕业一两年，比工作，再往后，比老公，比老婆，比孩子，再往后，比钱，比成就，比孙子，再往后，比病，比皱纹，比白头发，比提早买好的墓地。年轻时的同学会还可说，到中年过后，大多变成了一种脏。就在前些天，西门操坝还有三二十个人，在那里搞同学会，四十大几的人，玩气球耍，女的把吹胀的气球背在屁股上，双手撑住电线杆，男的从后面一耸一耸的去顶，直到把气球顶爆，“真脏！”瑞松说，“比夫子巷还脏。夫子巷其实并不脏。他们那种搞法，真是脏死了，可个个都笑岔了气！”

我不能再听他这么漫无边际地胡侃了，又硬生生把话题扯回来。“陈术良当然不会给赎金，”瑞松说，“但那人抠是抠，却是个孝子，为救妈，他硬是给县委县府捐了一千万，给公安局又捐了一千万，叫无论如何把他妈救出来。你想想，人家出了两千万血本，你二姐夫那四万八，好不好意思算个事？何况这边还是正大光明的，毕竟人命关天。”

我无言以对。

我也没给二姐夫回话，就那么拖着。

二十三

新历七月的一天，弟媳去给父亲上坟。

这是个平常的日子：跟死去的父亲没有任何关系的日子，不是死期和生期,离烧百期也还有几天。但玉玲却把那坟上得中规中矩。

她先去镇上，买了个笑眯眯的猪头和大包香蜡纸钱，回到燕儿坡，打扫了又是三个月没住的屋子，洗净了灶台上的中锅，将整颗猪头放进锅里，架青冈柴火煮。煮得变色，再撒盐进去。想到父亲是害脑出血死的，盐不能重，便收着撒，本该撒五勺，第五勺撒到一半，就把另一半勾回了罐里。那是个凸肚圆口的白瓷罐，我记事时，它就老太爷似的，蹲在碗柜最底层。罐里除了盐，还有切成指头大小的猪油，平时炒菜，用筷子夹一颗，丢进锅里去熬。好些日子没上来过，盖子一揭，她连忙别过脸，但还是哈了喉咙，便端到门口看，见油果儿被沤得烂黄。再吃不得了。于是夹出来，一颗一颗扔进院坝，给畜生吃。

父亲丧事过后，院里多了几条畜生：四只狗，两只猫。猫是别人送的，大哥养一只，利民养一只，都很逼鼠，自从它们到来，老鼠都转了场，朱占惠说，全跑到她家去了，她买来各样老鼠药，让许兴屋前屋后撒，那卖老鼠药的，肚子上捆个干喇叭，上街下街的一路叫："不怕你家老鼠多，就怕你家没老鼠，老鼠闻了死光光，就死在你面前……"结果老鼠没毒死几只，倒让她家的鸡死了个干净。四只狗都是自己跑来的，也不知来自哪一面山，想必是主人搬走了，不要它们了。狗自动上门，是要旺家，于是争着养，王晴光养了两只，大哥和利民各养一只。

但不久，王晴光和老婆汤群，离开燕儿坡，跟女儿住去了。王晴光做任何事情，都做得神秘兮兮的，燕儿坡人不知道他们跟了哪个女儿，只猜多半跟着大女，大女婿背着命债，亡命天涯，大女儿独自带着孩子，身上累，心里苦，还常遭大妈的儿子威胁，说杀人犯再不投案，就弄死他后人，断了他的根，王晴光两口子住过去，好歹多双眼睛，也为女儿壮胆。

他们这一走，两只狗没个着落，利民又养了。

照侯大娘的意思，王晴光养过的，不想养。郑三儿也是这话。在这个问题上，婆媳俩达成了一致。但利民说，它们是畜生，畜生又不晓得晴光的为人，开始跟了晴光，是因为晴光见它们露面，马上就往屋里唤，它们就认作家了。

利民虽是养着，却经常没给够饭，狗们老是垂着头，见块石子也啃两下。这时见了玉玲扔出的油果，一拥而上。大哥养的那只，全身灰，因此叫了灰狗儿，也是取笑李家岩那个灰狗儿的意思；灰狗儿比别的狗大许多，只用两口，就咬断一只狗的腿，撕开另一只狗额上的皮。两个小家伙哀鸣着，躲到一边疗伤，别的猫啊狗的，再不敢近前，眼巴巴看着灰狗儿在那里摆弄。其实是不能吃的，盐味过重，猫狗吃了不仅掉毛，还会生病，甚至猝死。猫狗都知道这厉害。

扔完油果，玉玲回身蹲到灶前，将大火变成中火，煮了半个时辰，再将中火变成微火，又焖了半个时辰，用筷子去穿，熟了，只是熟得不很透，不过确实熟了。正要起锅，忆起曾经歪派她的话，说父亲明明秃牙，还煮锅巴饭，便又把大漏勺缩回，添了水，继续煮，直煮到骨肉分离，才熄了灶火，余出柴块，架进火塘，挂了锅罐做饭。米是她从拐枣坪带来的，还带了一窝白菜、几根蒜苗。

米饭煮开，米粒儿只打着抿笑，便滗了，在明火上蒸，蒸干水汽，又在火石上煨。不经意间，就把饭煨出锅巴来了。玉玲揭开盖子，香气一扑，她深吸一口，禁不住拿了铁瓢来，在罐里刮。轻轻一刮，就刮下来一整张。米下得少，全都变成了锅巴，白中带黄，脆得能听见脆的响声。她喜爱吃这样的饭。可猛然想起，这顿饭是要先敬父亲的，便立时感到羞愧，更怕被人看见。

偏偏在这时候，门口落下一个阴影。

抬了头，见是大嫂。她以为是侯大娘呢。不过，她更怕是谁，也说不出个定准。谁都怕，谁都不想见。好在都不晓得她要干啥。她回村时，满院人都不在，侯大娘的门开着，但侯大娘也不在，只从那屋子深处，间或传出贵爸的咳嗽声。大哥大嫂在经管苞谷，还少一担粪，大嫂回来挑，见这边敞着门，过来查看，看到玉玲在闻锅巴香。

大嫂一手拿着点锄，一手倚着门枋，问玉玲啥时候回来的，说你要吃饭，在我那里吃就是，何必又打淘神自己煮。玉玲说，反正要熏些柴火，不然房子要蛀垮啦。大嫂说你没做饭的话，我现在就给你做，你做了，我就还要去忙活路。玉玲说，大嫂你自己去忙。大嫂便去阶沿放了点锄，又去茅厕，舀出一担粪挑走了。

玉玲洗出个印花搪瓷圆盘（她当年的陪嫁），将整颗猪头放在圆盘正中，旁边放了半碗饭，饭是用米汤泡过的，泡得发胀，像是炒米。她两手捧着盘子，右手的两根指头，勾住一根水红色塑料袋，里面装着香蜡纸钱，出门下院坝去了。几条狗跟着她。倒不仅仅为那肉香和饭香，它们是太寂寞，见一个人来，新鲜。因为扔出的油果不能吃，几个小家伙不再嫉羡灰狗儿，彼此显出融洽和高兴的神色。断了腿的狗，虽是一蹶一拐，嘴上却像在笑。破了额头的狗，每跑一步，额上铜钱大的一块皮，都像树叶儿被风吹着，它也不惧痛，一路迈着小跑；这是条母狗，浑身白，就叫了白儿，有回豆豆上来看见，说白儿是个“女生”。快到祖坟，玉玲回过头，吼几声，狗们就停下了，或站或坐，望着她进入竹林。

坟地又落满竹叶，长满荒草，玉玲想去拿把锄头来铲一下，又怕耽误了工夫，让院里人从坡地回来看见她，便用手又刨又扯，打整出空地。她把供品放在父亲坟前，掏出火柴，蜡烛点了，杵在地上，柏香点了，插进泥里，柏香在前，蜡烛在后，是用青烟告知亡灵，说有后人来上供了，再用烛光为亡人照亮冥路——尽管在阳间这是白天。然后，她摸出厚厚几扎纸钱，一张一张捻开，才去蜡烛上点。这是为了让纸钱燃尽，让父亲把钱收全。纸钱一旦点着，就不能翻动，否则别的亡灵会来哄抢。她并没放鞭炮，是不想叫人听见，知道她平白无故地来上坟。

纸钱燃起来，她就跪下了，叫一声：“爸爸耶！”

这一声喊过，双泪直流，哽哽咽咽，说不出话。

事实上并没有更多的话说，哽咽一阵，她说：“爸爸耶，我给你烧纸来了，你好处升天，苦处用钱。你莫光晓得收钱，你要听我说。自从你死了，牛鬼蛇神就出来了，你为啥子也不管管啰？你该管管才对。你去那阴间，究竟干了啥子职业？你一辈子做个善心人，阎王未必不给你个奖励？没派你个好差？你做的那差使，未必一个牛鬼蛇神也管不住？爸爸耶，你听到我的话没得？你要听啰，记得要管啰，你还有孙儿孙女哟！”

就说了这么多。说完又流泪，并流着泪磕了头。

起身来，看着纸钱烧成黑灰，她又端着供品，回去了。

狗一直等在那边，见她走到前面，又跟上去。

她原是要吃了饭再回拐枣坪的，现在没心思吃，就将那猪头和米饭，都装进塑料袋，一窝白菜和几根蒜苗，正要装，想想扔了。扔到了院坝边，让鸡啄。回头见几只精瘦的狗，可怜兮兮地坐成一排，望着她的一举一动，又把饭掏出来扔过去。灰狗儿龇了龇牙，别的狗就不敢动了。她说：“你还体面呢，恁占强！”说罢，开门进屋，剔下几块肉，猫啊狗的，一人一块，小猫小狗叼着就跑，灰狗儿要去追，被玉玲喝住了。随后她下山去了。

二十四

这件事，仿佛无人知晓，但我早说过，乡间没有秘密。自从有了工业革命，天地的灵性就退守乡间，或许正是天地的灵性播散了秘密。那一天还没过完，上上下下就听人传，说玉玲去给她老人公上坟了。也不知经了谁的嘴，传到大姐耳朵里。大姐哼一声，说：“她对那老汉咋恁好了？那老汉活着的时候，左看碍目，右看障眼，等他死了，倒给他敬猪头肉了，也晓得求他了。她不是早就想跑吗，现在为啥也怕了？”说到这里，大姐默然。

默然良久，咬牙切齿起来：“我再没看出来，那春晌也不是个东西！”

原来，玉玲去祭父亲，求告父亲“管管”，她要他管的，就是春晌。

还有把春晌弄得神魂颠倒的“牛鬼蛇神”。

那“牛鬼蛇神”，是春晌一个初中同学。

她是市里人，十二岁那年，父亲成为援藏干部，为解决家属分居，母亲随行，她也在那边联系好了学校。一家三口，沿了川藏线，迤逦而去，谁知刚进二郎山，她那脖子就直起来。二郎山虽是险峻，却说不上高，才 2000 多米，那一路过去，折多山、高尔寺山、剪子弯山，哪一座不超过 4000 米？一家人要去的阿里，平均海拔在 4500 米以上。可才到二郎山，她就像抽了血的鸡崽，不吭个气儿，只软在那里，嘴皮乌青。进入芒康，实在不行了，不仅呕吐，使了劲儿掐，也不知道痛。再往前走，怕是要收了小命。父母思来想去，决定把她送回去。可市里没个亲人，搁哪里寄养？计较半天，只有搁到她舅婆家。她舅婆在东轩县回龙镇，三间房子，只住了舅婆一人，虽一间开着茶馆，也足够宽敞。这么定了，母亲便带着女儿，原路返回。老人家住在回龙镇老街——现在是看不到那房子了，被那场大水卷走了——房屋的柱头插进河水，白天黑夜，河水浪一下，又浪一下，房子就成了一艘船，孤单，漂泊。

这种况味儿，母亲离去的当晚，她就感觉到了。

但她在这里一住三年，直到念完初中。

那时候，村上的可以住校，街上的不住，每天早上，别的居民孩子，要是没来得及吃早饭，无非是在路上买个馒头，她却是买包子，且一律买肉包子。到了学校，包子吃完，肉香依在，从她嘴里丝丝儿漫出来。那些涎脸的，说不是肉香，是她的香，凑过去闻。她乐于这种布施，只要有人来闻，无论男女，她都朝着对方哈气。同学们开始嘻哈打笑，可慢慢觉得，这个城里来的人是在取笑他们，就不跟她玩了。

她想，肯定是自己开始哈出的有肉香，后来没有，所以同学生气。

第二天，她找舅婆多要了两倍早点钱。

舅婆以为她是头天晚饭没吃饱，谁知往后天天如此。

舅婆跟去察看，才知道了原委。

她把包子分给了同学，今天给这个，明天给那个。往天她吃三个，现在买九个，却把七个给出去，自己吃两个，有时只吃一个。看那情形，又不像同学强要。舅婆因为开着茶馆，才没时间为她做早饭，现在再忙，也让她吃了出门。可她依然要钱，说没吃够。舅婆这才把她点穿，第一次严正地教训她，说你爹妈虽比别人挣得多些，可那是从苦寒里挣来的，你却不晓得顾惜！她一听，就哭了。她哭，并不是顾惜父母，而是无论怎样讨好，同学都不跟她亲。因为她是城里人。三年过后，她回市里读书，城里同学又把她当成乡下人；在她身上，已深深浸染了乡下人的气息，因此城里同学也不跟她亲。

从此，她就像一直睡在舅婆的那间船屋里，扎不下根，落不到实……

二十五

玉玲去上了坟，传来传去，都知道了她为啥上坟：春晌已三天没回家。

既然说亮了，玉玲也不要那脸，跑到大姐家哭。大姐怜悯她，开始却不是怜悯的口气，问她有没有那些事——是说煮锅巴饭给父亲吃，自己偷偷吃肉，没吃完倒给猪，动不动就说要跟春晌离，把父亲吓得日夜不得安生……玉玲一声儿没言语，只是哭。大姐绞了根帕子，摔给她擦脸，她没擦，只窜着头，将帕子捂在眼睛上。

这时候大姐拨通了春晌的电话，开腔就上天入地一通臭骂。玉玲听着，慢慢不哭了，把脸抹了，去洗手间搓了帕子，擤了鼻涕，把两个早已褪色的耳环也取下来洗了，对着镜子戴上后，再出来，烂红着眼睛说："大姐，我回去了，我还有两分地的苞谷没管。"大姐恨起一声："管屁！他在外面胡整，你不胡整，未必要也要不来？你就住在我家，他一天不回来，你就一天不回去！猪啊鸡的饿死，庄稼干死，你就当不晓得！要烂大家烂，你怕啥子？趁你在街上，把清涟两姊妹也接过来吃饭，补几天油水。"

大姐这么说了，玉玲就不说走的话，见有人给大姐送了菜来，就帮大姐理菜，该洗的洗，该晒的晒，该放冰箱的放冰箱。理完菜，又帮大姐拖地，客厅、阳台、卧室、厕所，旮旮角角拖干净了，再找不到事做，于是又焦躁起来，又说："大姐，我回去了。"是想到怎么能把猪啊鸡的饿死，怎么能让庄稼干死。大姐盯她一眼，想说啥，却没说出口，只是拉开冰箱，取出用保鲜膜裹着的四大块肉，也不知是猪肉牛肉还是野味儿，让她送两块到她姐姐那里，煮给孩子吃，余两块自己带回去。

玉玲便走了。

当天黄昏，春晌在大姐家露了面。大姐一见那干筋瘦壳的样子，劈头盖脸就把骂泼过去。泼够了，才说玉玲来哭过了，又添些话头，说清涟姐弟也晓得了，也只管哭。春晌接二连三抽烟，抽了五支烟，出去了，不知是看孩子去了，还是直接回了拐枣坪。

他刚出脚，大姐就给我打电话，先气冲冲地讲了这一整天的事，然后就笑，笑着说：都可怜，玉玲可怜，春晌也可怜。竟越笑越收不住。

是对市里那个女的好奇。

那是个怎样的人？咋把春晌看上的？

当初玉玲嫁给春晌，是玉玲那妈跟碧桦那爹一样，觉得自己养了个宝贝女儿，要仗着这宝贝女儿讨彩头，一拖二挨的，就混得蛹儿成了茧儿，加上玉玲那妈又跟侯大娘一样，满村结仇，媒人也懒得上门去，后来还是被称为“吉普赛人”的一个开阳篾匠做了媒，那开阳人姓朱，朱篾匠先在拐枣坪做了工，又上燕儿坡做，两处都做了个多月，做得熟了，知晓了好些事，结识了好些人，跟我们父亲特别说得来，很同情父亲的苦恼。父亲最大的苦恼，就是幺儿子老也找不到女人，怕他走了喜鹊的路。朱篾匠听了，想起拐枣坪的杜玉玲，就从中撮合，本也没抱希望，却成了。

但究竟说来，玉玲看上春晌，一是年龄去了，二是也还有说头，毕竟他三哥在省上，大姐夫又做着村干部，虽是李家岩的村干部，电筒光照不到燕儿坡来，可家里有个气象在。

那市里的女人又图啥子？

大姐吩咐我，说过几天你回来给爸爸烧百期，在市里见见那个女的。我说市里百多万人口，哪里见去？大姐说没事，我想办法要到那个人的电话。她果然通过玉玲，从春晌那里弄到了号码。玉玲偷看春晌的手机，见有百十个联系人，别的都有名有姓，只有一个很古怪，叫“嘿”，看到这个“嘿”，玉玲当即就嘿了一声：“就是这个‘嘿’了！”

二十六

父亲烧百期的前一天，我回到市里。打定主意在市里住一夜，就订了宾馆。那宾馆位于州河右岸,来凤路北面。我只要在市里住，宾馆倒不固定，但一定是住在来凤路。来凤路是国道，我上大学时，到市里坐火车，就打来凤路过；上大学之前，我从没见过城市，这是第一次见，城市绚烂中的沉着，沉着中的华丽，首先是来凤路呈现给我的。我这回住的宾馆叫“雅阁”，房间轩敞，只是临街，吵得很，不知为什么叫了雅阁。雅的第一要义，当是静。

但也无所谓，吵闹，或许正合了我的心境。我现在静不下来。

有件事搅得我烦躁不安。

并不是怎样跟“嘿”联系，而是想到二姐夫。

二姐夫带着子国，早离开老家，又回武汉去了。他买回的机器，也不知是堆在屋里，扔在院坝，还是当废铁卖了。他报那警，正如谭瑞松说，无非是棵豆芽，别人打不上眼。陈术良的母亲倒是并没被撕票，早已解救出来——也不是解救，是她自己回来的。原来，绑架她的是她儿女，也就是陈术良的兄弟姐妹，共五人，他们怨恨陈术良挣那么多，却不给他们用，就在母亲身上动心思，把母亲挟持到千峰岭，安置在某个黑漆漆的山洞里，事先备了铺的盖的、吃的喝的，母亲不饥不寒，只是见不到天日。一个礼拜后，不知是良心发现，还是带去的水米告罄，或者慑于压力，几人把母亲放了，先开车将母亲送到五花镇，再让她自己搭班车回城。

绑架自己母亲，也是绑架，中途放了，照样是绑架，绑匪是否伏法，就不清楚了，只听满县人骂陈术良，说你既有十亿八亿，给兄弟姐妹一家千把万，又值啥的？你不愿给兄弟姐妹，却给了县政府，给了公安局，可不可惜？何况还不是他们救出来的！

这件大案了了，二姐夫的案子还是不见动静。二姐夫去问过好几次，人家的回答都是：急啥？牛儿羊儿还要又拉又扯才能牵进屋，犯罪分子就那么容易抓？二姐夫死了心，放弃了，走了。而我没能给他一个答复。他回武汉后，我给他打过电话，他干巴巴地回我几声问候，就挂了。父亲烧百期，外出打工的不会回来，我可以免去碰见二姐夫的尴尬，可一往老家的路上走，就禁不住掂量这些事。

我发现，自己在外面混得越久，欠亲人的就越多，欠故乡的也越多。

这辈子，我是永远享受不到荣归故里的感觉了。

某些时候，当我坐在省城的家里，读书写作到深夜，猛可间听见遥远处飘来一丝音乐，不管是什么乐曲，都会让我怀念故乡，怀念那些烟烟润润的日子，但想起自己没能力给故乡一丁点儿实实在在的好处，便颓然知晓，我是连乡愁的资格也没有的。

我丢掉了故乡，也不敢有乡愁。

二十七

在宾馆坐到下午四点多钟，我想，现在跟那人联系吗？当真要联系吗？

这么想着，我摸出了电脑。电脑能帮我平复心情。但实在也没什么意义。别说写诗，连一行文字也看不下去。而且饿了。说不清缘由，只要独自离家，我就随时感觉到饿。

出去走走吧，走走就不饿了。且走一阵就可以吃晚饭了。我并不想请那人吃饭，那会让我觉得莫名其妙。因此即使跟她联系，也不必现在。

国道两侧是街，这和回龙镇新街相似，只是气派悬隔。有些商家，将空调外挂机贴在墙脚，不经意从那里过，像泼过来一盆开水。白马市的地形，比东轩县城更像重庆，张眼难见平地，出门不是上，就是下，男人们这么上上下下地走，倒没见出特别来，女人却一律的腰扭得好，如河边柳枝，无风自动。

那人是怎么看上春晌的？

我比大姐疑惑更深。

就这样走过来风路，向东一拐，骤然见到一块陈旧的匾额，觉得眼熟，原来是白马报社。以前到白马，报社是我常去的，里面有几个朋友，后来，跟那些朋友生疏了，不再联系了。难怪这条路都没认出来。对一条路的陌生，不是因为路变了（尽管这也是事实），是对路上的人陌生了。

世易时移，说的都是失去。

正在那里出神，一个黑瘦妇人凑到我身边，低声而亲热地和我说话，听半天，才听出她是要拉我入教，劝我去教堂做礼拜。我说我不做礼拜，只读《圣经》。她说，而今是圣灵时代，上帝的教义，只有上帝才能解释，你不听布道，咋能读懂？我说既然这样，到哪里去听？她说我不正给你讲吗？我说你又不是上帝。她眼睛一瞪，脸色立时愠怒起来。我无意冒犯她，对她微微鞠了一躬，说声谢谢，走了。

不远处是家茶楼，实在太热，加上逛街也没啥意思，便进到茶楼里去，要了杯巴山雀舌，坐在那里慢慢喝。客少，空阔，远处一桌打牌的，并不能影响到我。且这里能点餐，待会儿吃饭，也免得挪地方。

我这人，到底没个庄严气象，十分钟前，还在为时光的流逝和人世的变更而感叹，还在为冒犯了那传教妇人而愧疚，这时候却又想起一则笑话来。一个关于“嘿”的笑话。是听回龙镇陈芽讲的。那时候，大姐夫跟万平、陈芽和张大超，还是铁哥们儿，有次我回去，跟他们在饭桌上，陈芽说：世人捉奸，不管玩啥花样儿，其实都是一种捉法，县城有个女子，姓花，人称花姑娘，花姑娘捉奸，是另一种捉法。有天她回家去，推开卧室门，嘿——，见丈夫跟个女人正颠鸾倒凤，她愣了一下，把门关了，轻手轻脚下楼，逛个街，购个物，再回去，又推开卧室门，里面啥人没有，被子叠得整整齐齐，床单铺得平平展展，嘿——，原来是个幻觉！“人家高明，”陈芽说，“她捉奸，就是不捉！”

想起这笑话，那两声“嘿”，还刀片般割人。

到六点半钟，我点简餐吃了，才摸出手机，给“嘿”打电话。

二十八

往后的日子里，我会时不时想起那天的事，我进一步相信，这世上，的确有地母般的女人。我大嫂和大姐，都是那样的女人，但她们是传统型地母，她们宽恕了你，接纳了你，呵护了你，你即使感觉到了，也不一定能认识到；而这个女人完全不同，她首先就让你认识到，至于能不能感觉，是无所谓的。

那天我给她打电话，说："请问你是……"话马上接过了："我是贺怡，加贝贺，心台怡。"这让我暗自吃了一惊。当今世道，人人都像演员，扭个屁股也想万人知道，而人人又都像特工，假名假姓地把自己藏起来，她却开口就自报家门，还担心同音字混淆。我说贺怡你好，我是许春晌的……话音未落，她说："你是春明哥嘛！你在哪里？"我再次吃惊。看来，春晌跟她的关系，确实非同一般了。我说我在白马。她说："啊？我请你吃饭！"我连忙说已吃过，且撒谎说是朋友请的，现在报社附近的檀香茶楼。

不到二十分钟，她来了。走到跟前叫我，我才知道她来了。那次在三医院，瑞松说我跟春晌长得像，我还很恼火，看来不怪他眼睛邪。人的基因数和草的几乎相同，说人如草芥，并不只是个轻视语；笼统地看一片草，看不出芳劲油嫩，笼统地看一群人，也看不出张三李四，何况我和春晌是一母所生。在这样的时候，我总禁不住对自己失望。

不过老实说，她，贺怡，更让我失望。她丝毫不像个白马女人。在白马，随便拉个女人出来，黑是可能的，却不像她这样从里往外黑，更不像她这样矮、这样胖。她矮胖得像只圆桶，要不是胸脯鼓得过于打眼的话。我勉强笑了一下，指了指对面的椅子，请她坐，又叫服务生泡茶，然后琢磨怎样提起话头。她却先不先开了腔，无半句虚言，直接讲她为什么去回龙镇念书，在那里和春晌做了同学，可她记不起有这样一个同学。把幼儿班算上，她读过十九年书，绝大多数同学都忘了，但回龙镇的记得，是因为她对那里的同学讨好过，“对自己讨好过的人，是忘不了的。”她这样说。然而就是记不住有个许春晌。“是前些天，有个当年的同学给我看初中毕业照，我一个个都能叫出名字，可叫不出许春晌。我简直就没见过这么个人。同学提醒我，说许春晌老是坐最后一排，三年不说一句话。嘿——”

这一声，让我差点笑出来，赶忙喝茶遮过去。

她后面说话，动不动就“嘿”一声。难怪春晌要在手机上存个“嘿”。

她一点也不掩饰，说是她请春晌见面的。她不能容忍自己曾经那样忽视过一个人。一直以来，她都觉得自己在那班上最边缘，没想到有人更边缘，竟三年没说一句话。她边缘，但她存在，被疏远，被嫌弃，都是一种存在，而那个人不存在。她当时的眼睛里，肯定也没有他的席位，更不可能去讨好他，给他包子吃。单为这一点，就让她心痛。她本以为忍一忍就过了，可那痛见风长，终于忍不住，才想方设法弄到春晌的号码。

春晌接到她的电话，夸张地“哦哦哦”的，但她并没留出更多时间让他表达虚饰的喜悦，照例的无半句虚言，便邀他去市里，说要请他吃顿饭。她说这是她的全部目的。想当年，班上那么多人吃了她的包子，却没给许春晌吃过，她要用一顿饭来补偿。

春晌不好意思，说不了，谢谢你，然后又说我请你。她就来火气了：“嘿，都是同学，客那些气干啥子？我最见不来扭手扭脚的人！”春晌讪讪地笑。

在和春晌简短的交谈中，她发现对他是不能客气的，你对他客气，他就无所适从，对他凶，他马上就很听话。“春明哥，”她说，“我当时不晓得你们老早就死了妈，不然就明白道理在哪里了。爹是顶梁柱，妈是承重墙，柱没了，家还在，墙垮了，家就毁了。特别是从小没妈的人，嘿，就像从小没妈的狗——这话你别多心——一生都在找奶吃。因为没有奶，奶就成为他们的最高权威，反过来，他们又把权威当成奶，谁管得住他们，或者说谁愿意管他们，就以为谁有奶给他们，就服从。我这里说的，也不单指像你和春晌那种情况，多数人的妈没死，可那些当妈的，也只晓得把奶喂进儿女嘴巴，不晓得喂进这里，”她指了指脑门儿，“所以多数人的一生，都在认权威，找服从。”

她一直没动过茶水，我端起她的杯子，朝垃圾篓倾了沫子，又为她添上。她不动声色，继续说话。说她跟春晌见面，都是春晌到市里，前两次像我们今天这样，坐着喝茶，当然先是一起吃了饭。说到吃饭，我说我是吃过了，你还没吃吧？她笑起来，说你看我这身板，两三天不吃也饿不着。这意思是她没吃。我便忙叫服务生，让送份便餐来。服务生说做菜的师傅下班了，中餐没有了，要水饺的话，可以下水饺。她又说不吃，但我非要服务生煮二两来。我说不清自己的情绪。我只是觉得，她不像开始那样丑了。她笑起来甚至很好看。

我也是在认一种权威吗？权威都没有丑的。权威超越了美丑。

抑或恰恰相反，我是要让她明白，你吃不吃，并不由你自己说了算。

水饺很快端上来。她下筷子的时候，我摸出烟来抽。摁燃打火机，才问她：“我可以抽烟吗？”她嘴巴搁在碗口，眼皮翻上来，瞋我。那真是地母般的眼神，有责备，也有包容。“我最见不来扭手扭脚的人！”我想起她对春晌说的这句话，就把烟点了。

二十九

最后一个饺子还没下肚，她又说开了。说的是春晌跟她的最近一次见面，也就是几天前的那次。春晌坐班车到南城，在车站旁边订了旅馆，打电话给她，说在那里等她。她去了。她可以不去的。她怎么能在廉价的汽车旅馆跟一个男人见面。

可是她去得很乐意。她觉得，春晌是拿出男子汉的气概来了。以前都是她请他吃、请他喝、请他住，这回他要自己掌握遥控器了，无奈囊中羞涩，只好看菜下饭。

“这次他住了三天，”她说，“我们天天见。这碍不着我，我是个不婚主义者。我曾经结过婚，但是个不婚主义者。那三天，嘿，我们晚晚都睡一起。前两天，他躺我怀里，讲他从小没妈，讲老婆怎样看不起他，兄弟姐妹怎样踏谑他，连父亲的生日也不去他家走动。父亲过最后一个生日，嘿，也是去大姐家过的。”

接下来，她详细描述了父亲过最后一个生日的头一天，春晌接了我的电话，玉玲怎样骂他，他怎样牵着父亲出门，怎样把摩托推到公路上，回身抱起父亲，把父亲像袋土豆那样在后座搁稳，他再骑上去，接过父亲的拐杖，插进自己后领，一路下山。

“讲着讲着，”她说，“春晌哭了。一齁一齁地哭。我说你想哭就好生哭，顺手把他把怀里一搂。”

她做了个搂的动作，是往乳房上搂的。我几乎不敢正眼看她，是因为那乳房实在打眼，她坐在那里，像满身只长着乳房。

春晌听了她的话，果然哭得鼻涕眼泪的。“只差没把我叫妈，”她轻轻晃着下巴说，“要是叫，我会答应的。我绝对是会答应的。可惜他一直没叫出口。”

这时不晃下巴了，只挺了挺被自身的重量压得抬不起头的胸脯，怜惜地睃我一眼。

我躲过她的眼神，问她：“春晌只说这些，没说别的？”

“我明白你的意思，”她快速接言，“是问说没说你们的好。没说。可恰恰是从他那些话里，我听出了你们对他的好。我刚才也说了，他是个找奶吃的人，是个只会服从的人，所以他其实需要你们那样待他，嘿，不然他更没个主张。”

这么含糊其词地转过，她又说她和春晌。说那第三夜。“第三夜，他要跟我做爱，嘿，我没同意。我只让他抱我。我对他说，妄念生过错，过错生贪欲，贪欲生后悔，而后悔无药可治，所以世上千般残忍，后悔最残忍。何况我是希望他把我叫妈呢。”

她又是怜惜地睃我一眼。

这个地母般的女人，更确切地说，这个想做地母的女人，是个多么孤独的人。

我说：“谢谢你。”

她斜脸笑了一下：“这是逐客令吗？”

我说不是，是真的谢谢你。

“你放心，”她正色说，“我跟春晌没发生过了不得的事，我也再不会见他。我当年的债还了，他也长大了。你们大姐那天打电话给他，我是在旁边的，我听见了大姐骂他的那些话。大姐骂错了。”

我并不知道大姐骂了些什么，只猜想可能有些话会伤害到她，于是说：“如果大姐伤害了你，我替她向你道歉。”

“没有没有，”她连连摆手，“我是说她骂春晌骂错了。嘿，你们大姐，”她挑拣着字眼说，“可能是个眉眼里扫人的人吧？”

“哪里呀，大姐有些地方像我们妈，有些地方像我们爸，嘴上厉害，心地慈善。妈死过后，特别是后面这些年，要不是大姐，很多事情都很难说。”

“是这样啊……”她缓缓地说。

然后头一扬：“春明哥，那我走了。”

我把她送出座位，她却去到吧台，埋了单。我没过去和她争。今天，在我这里，她没能满足“保护”的欲望，如果再不让她埋单，几乎是不人道的。

三十

我独自在那茶楼里，又坐了半个来钟头，才回宾馆去。

刚进宾馆电梯，大姐的电话来了。大姐把声音压得很低，是怕我正跟“嘿”见面。我说没见成，打电话去，人家见是个陌生号码，不接。大姐听了，很失望，说早晓得这样，今天就该回来，又何必在市里住一夜。接着问我住哪里，现在让杨津来接我好不好。我说算了，这么晚了。

整夜我都想着贺怡这个人。说不出缘由，想着她，就想到回龙镇上的亚琼。

亚琼我只见过一次，是她儿子被烫死大约两年过后。

不知是因为消瘦，还是本来如此，她颧骨很高，但高的又不像骨头，而是两粒凸出的硬肉。小兰那次跟我一起，亚琼见了小兰，就过来牵她袖子，拉她说话，小兰说莫抓我，我今儿个没工夫，我要陪侍我三爸逛街。说着袖子一扯。没想抓那么紧，扯得亚琼一个趔趄。小兰有些过意不去,笑着把她抱住,去摸她脸,边摸边说："亚琼你别的都长得一般般，就是这两坨肉好。"说的正是颧骨。

旁边店子上一个老太婆听了，嘴一翘，脸一掉。是不同意小兰。在清溪河，说高颧骨女人是克夫的，亚琼没克夫，却把儿子克死了，把儿子克死，等于克夫，想想她那男人，儿子死后再不回来，不回家也罢了，连这地界也不回，只把父母接了过去。人之所以修个房子，祖祖辈辈定居下来，不就是为了和过世的祖先生活在一起吗？去个没祖坟的地方，那日子还能叫日子吗？小兰知道老太婆的意思，说刘三婆你不晓得，这两坨肉叫苹果肌，电视上那些女明星，要花成千上万的钱，往里头填这填那，才能整出这两坨肉来，整得还没有亚琼的好看。老太婆又是脸一掉："女明星！有哪个女明星是顾惜男人的？"

亚琼听她们说话，像与己无关，一直笑笑的，眼睛在小兰和老太婆之间转来转去，且不知啥时候，又牵住了小兰的袖子。小兰发现后，干脆一掌把那手打开。正这时，老太婆的孙子从里间出来，亚琼便连忙去抱，老太婆厉声呵斥，亚琼吓得手一缩，却在缩回的刹那，又伸出去，把那三岁大的孩子抱了一下，在额头上亲了一下，才迅速逃离。老太婆骂着逃跑的背影，还把拐杖扔过去。拐杖落在亚琼身后。听到响声，她回过头，竟无丁点儿难堪，只是满脸幸福的样子。

细想起来，贺怡和亚琼，实在也说不出哪里像。

可我就是觉得像。

人与人之间，的确存在着不可估量的联系，每一种联系都不能彻底解释，却都隐秘地成为你命运的一部分。于是我又想到东轩县三医院的那个程护士。我是个没有耐性的人，父亲住院期间，却耐性十足，这不是我多有孝心，是因为有个程护士。程护士帮助了我，让我不会因为没有好好陪父亲走最后一程而遗憾。我还听说，大姐常在人前夸耀，说我如何离不开父亲的病床，去她家休整一夜，心里也当猫抓。由此，在父老乡亲面前，我博得了孝道的美名。是程护士让我这个丧失了体面的人，保住了最后一张面子。

后来找不到程护士，是不是她也像贺怡，担心我生妄念，从而生后悔？

若此，她便是我的佛。

贺怡也是春晌的佛吗？有了与贺怡的那场遭遇，春晌真的“长大了”吗？

三十一

杨津打电话来，我还没起床。他来得真早，才七点过呢，就到了宾馆楼下。

收拾了下楼，杨津坐在大堂的沙发上抽烟，见了我，忙起身接过我的包，朝外面走。我退了房，刚出自动门，见那车子的副驾上，下来一个女的。一眼就认出是跳丧舞的焦艳。杨津跟她裹上，大姐告诉过我，大姐说，早晓得，爸爸办丧不该请她，把二妹害了！其实这事不由大姐说了算，本身就是杨津他们请的。听了大姐说，我生出一种近乎惆怅的情绪，心想一个男人，怎么可能丢了黄二妹那样一个女人。说丢又没真丢，还留着夫妻的名分。

这时候，焦艳虽是搽了脂粉，却头发蓬松，像是才醒过来，只匆忙打扮了一下。我怀疑他们昨晚就来了，多半也住在雅阁。想到在同一家宾馆里，有个你熟悉的人，在你睡觉的时候，正和他的情妇在床上操劳，我有了一些生理上的不适。

焦艳从车上下来，坐到后排去，让我坐副驾。乡里人认为副驾是个尊贵的位置，听说官员们让手下或警卫坐副驾，很是惊讶，后来听说是怕撞车，也挡不法之徒射来的枪弹，才恍然大悟，但想一想，觉得那是人家命贵，自己又不比人家，就还是认为副驾尊贵。可这样把如胶似漆的两个人拆开，我很为难，让焦艳去坐原位。焦艳没回言，杨津回了："她哪有资格！"这声口，俨然是把她当家属看待的。真是家属也自在些，却又不是，我这方面，说啥都怕踩着地雷，便不说，只听杨津说。麻烦的是，杨津也没多少话，往常他特别感兴趣的话题，比如大姐夫、灰狗儿、何老三的儿子，都不大提。或许是累了一夜的缘故。

就这样，几乎沉默着开到回龙镇。

过了桥，听见岔道口傍岩的砖墙里发出半声嗥叫，焦艳就下了。

她下车时，上面又传来铁链响，只是明显不如几个月前的力道了。

杨津要把我送到滨河路，但我坚持在南门码头上方的公路下了。

从候客的摩托车丛中穿过，向北走一小段，便是废弃的榨油厂。断垣残壁，依然立在那里，里面依然荒草蓬勃，只是那条老狗不在了。是那半声嗥叫和铁链子响，让我想来看看它。它不在，我陡然松快起来。某些事物的消失，原来是这样的使人愉悦。至于是怎样消失的，又以什么方式消失，似乎不必去想。那是无能为力的难题。人的一生，就是不断承认难题，丢掉（而不是解决）难题，丢得没有难题的时候，就把一生打发过去了。

可那个套着铁链子的人，难题还在。他不如一条狗。

大姐在等我吃早饭。大姐夫和李志一家都已吃过，李志抽这空当，打桌球去了，青梅送孩子上学去了，大姐夫联系上燕儿坡的车子去了。大姐说，今天小兰、青梅都去，二哥二嫂也在街上，到拐枣坪又要带上春晌和玉玲，杨津那车坐不下，干脆找辆长安车，免得有的坐小车，有的坐摩托，东一个西一个的。

吃着饭，大姐下细问我怎样给“嘿”打电话，人家怎样不接。见我答得含混，又不耐烦，大姐便转了话题，压低声音问：“焦艳在没在车上？”

我笑了一下，大姐就知道在了。

她接下来说的，印证了我的猜想：昨天晚上，大姐给我通了话，去黄二妹的店子闲坐，二妹到中街给一个腿上不便的老婆婆送货去了，只杨津在那里，大姐就说了明天一早去接我的话。杨津裸着上身，本是懒懒的，把一堆肉摊在靠背椅上，这时兴奋起来：“我现在就去，等会儿二妹回来，你帮我说声。”大姐当即明白了他的心思，说我不说，要说你自己说，我是叫你明天去。杨津说：“现在去,明天能打早回来。你就给二妹说今天回来,到时候我扯个故儿。”说着已起身，进里间取了件衬衣，没来得及穿，就出去开了车门。大姐帮忙守着店子，十多分钟后，黄二妹回来，她便照杨津的吩咐对二妹讲了。跟二妹摆了一歇龙门阵，大姐回了家。回家看了大半个钟头电视，二妹打电话来，说姐，那杨津才不争气哟，才进市区，就跟别人擦刮了，在那里扯经，要明天才能把春明接回来。大姐只好装出十分担忧的样子，问人伤到没有，又说明天回来没啥的，反正明天才是爸爸的百期。

“二妹是装傻，”大姐说，“她晓得杨津在撒谎。”

我一直没言声。

我不知道说什么好。

三十二

买好祭品，把人吆喝齐，就是十点过。正上车，大哥又打电话，让买条鱼中午吃。买了鱼，车开出两百米，大姐又说忘了件东西，是一包农药，占惠叫带给许兴的。这么一等二挨，到燕儿坡，大嫂早把饭做好，大哥已把祭品备下，说现在就去上坟，鱼等会儿回来煮。可玉玲不同意，说爸爸最爱吃鱼，上坟咋不给他端鱼去？二哥哎呀一声：“死知府不如活老鼠，死都死了，做啥子都是假的。”玉玲却显出从没有过的固执，非要把鱼煮熟。

我到阶沿上去，到处张望。

院子里更空了，石板、碌碡和房舍，满怀“空”出来的忧伤。争抢油果的那些畜生，不见一只，大概是等不到人喂，不如自己进山找吃的。院坝边很光趟，像脱掉了衣服的感觉。是少了那棵梧桐树。父亲办那场丧事，梧桐树被鞭炮炸死了，不是炸死，也是吓死了。父亲下葬那天洒在它叶片上的晨光，是它最后的光辉。而今，死去的树身被锯掉，只剩了炭黑的断桩。

在我的故乡，又有了一样消失的事物。

鱼很快煮熟，玉玲挑出两块大的，细心理了刺，才放进碗里，装进筛子，端到坟前。

点了柏香和鱼蜡，二哥念诵“洋票经”。买纸钱的时候，商家说，阴间也与时俱进了，用票子了，烧些票子吧。并特别交代，烧之前，把印在上面的经文念念，就等于加持过，搁万万年也不贬值。那票子跟人民币一个格式，只是随便一张都上亿，最高的达百亿。大哥见了，说：“这票子一烧，爸爸比陈术良还有钱了。”

话出口才觉不妥。自陈术良的母亲遭了绑架，有人就故意在大哥二哥跟前说：“陈术良该挨！像你们家，光文挣了钱，春明挣了钱，都舍得大把大把给你们用，陈术良舍不得！”有次大姐夫也在场，大姐夫听了，说：“挣啥钱啰，自己都没得用，哪有钱给他们。”说得不尴不尬，像不把自己的钱大把大把地给兄弟姐妹，是宗天大的罪过。

此刻，大哥收了嘴，二哥神情微妙地沉了下脸，拿出几扎洋票来，先举三炷香作了揖，再念经：“洋票要念洋票经，张张洋票如纹银。洋票当中一尊佛，四四方方放光明。”念了，在蜡烛上点燃，也把其他冥纸点燃。接下来是放鞭炮。放鞭炮之前，二哥叫要磕头的，赶紧去磕头。二哥自己是从不给祖坟磕头的，他多少年来做着礼生那一套，但也最不信那一套。连“洋票经”他也不想念，是大姐说，买都买了，你就念一下嘛！当然也可以让我们念，但大姐觉得，二哥是礼生，他念应该更起作用。

玉玲听说磕头，第一个去跪下了。刚跪下，小兰和青梅也跑去，一边一个，把玉玲夹在中间。玉玲却又起来，让她俩先磕，她要单独磕。小兰笑嘻嘻的，说幺妈，单独磕是不是就能多自抠几盘？说着也要起来，也要单独磕，被青梅一把扯住。两人笑作一团。

笑够了，正要磕下去，小兰又问她爸：“磕三个还是四个？我忘了。”大姐恨起一声：“你怕是跟许兴学！”二哥便又说起清溪河流域把给死人磕三个、给活人四个，改成给死人磕四个、给活人磕三个，改得不对，说那个“拜”字，左边三横，是拜死人，右边四横，是拜活人。小兰说：“万一左边是拜活人呢？”二哥说：“写字是从左到右写，左在前，右在后，死者为大，要放在前头。”小兰听说，便磕了三个。青梅却磕了四个。大姐说：“没个规矩啦！”

青梅退下来，玉玲马上又去跪了，捣蒜般磕了八个，磕完还不起来，跪着说：“爸爸耶，你一死，牛鬼蛇神就出来了，你要晓得管啰！”说着又是四双八拜。

坟前一时雅静下来。

我偷看了春晌一眼，他又露出那副龅牙腔，嘴皮子抖动。二哥也不想提说这样的事，不耐烦地问：“还有没有磕头的？”我们都赶紧去磕了头，二哥便点燃了鞭炮。

蜡黄色的烟雾还凝聚在竹丛中，我们就去大哥家了。父亲的百日祭，就这样结束了。往后是周年、二周年、三周年，三周年一过，他就跟母亲一样，亲人只在年节时才会例行公事地想起他，别的时日，就没他的事了。

三十三

我回省城编过一期杂志，到十月初，燕子才打电话问她大姑："爷爷烧百期你们上去没得？"大姐没好气："你不回来，也没一个电话，我们哪敢上去哟？"燕子那边便没声音。大姐正要挂，却听见燕子在抽泣。大姐才觉得不该生气。她本来就没认真对燕子生气，爷爷烧百期不回来，不打电话，算不上什么大事情，在外的晚辈，都没回来，都没打电话。各人有各人的忙处，特别是年轻人，长长久久的一辈子才刚刚开始，哪能为个死人紧着耽搁。只是燕子更有孝心，就免不了对她苛刻些。但她也不该是恁小气的人，因为一句气话就哭。

大姐心子一提，忙问："啥事情？"

她是有了预感。

所谓预感，是有种子先埋在那里，没告诉你一声就发芽了。

因此预感无非是事实的提前抵达。

"达友和秋月根本没断。"燕子说。

她又看了达友的手机。秋月发去的信息，有一条是这样说的："那天我终于做了女人，终于知道做个女人有多美满。那天是六月四号，我生生世世记得那日子。"

新历六月四号，即旧历四月二十二，是安葬她外公的当天。

三十四

秋月记得那日子，我们也记得。那天从墓地回来，吃过早饭，二姐、幺妹和梨静，跟随青梅去了大姐家里，大姐夫他们也都走了。只我和大姐留下来。是怕几兄弟算账时起争吵。结果还好，只争了几句，并没吵，午饭后，我和大姐便也回镇上去了。

进屋见青梅不在，大姐问起，二姐说，她回了娘家，豆豆放学之前她再过来接。这时大姐夫从厕所出来，大姐很诧异，说你咋有闲心待在家里？大姐夫没理会，接着他们开始的话说。之前他们在评品刚刚过去的丧礼，评出的结果是，在家的三兄弟，春晌最不得力。二哥把礼生那一套做得周吴郑王，一应安排，都是大哥，春晌只是跑腿，还跑得磕磕绊绊。幸亏是合办，要单靠春晌，绝对是端出一锅夹生饭。

说了一歇，大姐摸出电话打给丽丽。

吃过午饭，杨津就把丽丽和培亮送走了。

大姐挂了机，说："刚上了火车。"大姐夫几分钟前才给杨津打过电话，这时点了下头，问："借出去的钱收回来没有？"大姐说："我也想收，可丧钱不比喜钱，开不了那口。"大姐夫哼一声："过了这村没那店，再想收，只等石头开花马长角，你不信看！"

大姐当然信。她苦恼地抿了一下嘴。她的娘家兄弟，把钱借到手，总是自己先就忘了，没忘也装着忘了，而且相信你也忘了。大姐夫虽不认真计较，也让大姐没面子。自古赖债不富，他们却能赖就赖，就恁大个气候。这是让大姐非常失望的。她那样抿了下嘴，想起几兄弟也找我们借了钱，也是千年万年地赖着，就又给梨静解释，说他们现在具体，等宽裕些……大姐夫打断她："宽裕多难说？只有一块钱，觉得十块钱宽裕，有十块钱，觉得百块钱也不宽裕。要是跟陈术良比，钱是山上的柞叶子，还认为自己是个穷人。"

正这时，敲门声响了。是燕子来了。大姐问，你哥哥呢？燕子说哥哥连镇都没进，直接在桥头搭组合车走了，"又是找爹妈要的钱，要了多少也不晓得"。大姐脸一沉："你爹妈那人！"不耐烦说她爹妈。叫他们莫给四喜钱，说了几百回，也是白说。又问达友咋没来，问达友还怄气不。燕子说不了，上了街，他欢欢喜喜的，跟我去小兰姐家，坐了会子，给他妈打电话，结果手机声音小得像墨蚊叫，就去县城修理去了。

大姐夫听着，脖子一顿，顿了一忽儿，又软下去。

大姐看着笑："我以为你要打鸣呢。"大姐夫没答言，摸出烟来，点上后，才想起递给我一支，随后望着燕子："镇上又不是没有修理店。"燕子说，达友说了，他那手机前几天就这样，他到镇上办货，找他们修过，说是喇叭坏了，没那配件。大姐夫呼呼有声地吐出一口烟，转脸斜睨着幺妹。那怪异的神情，大姐看不上，问咋啦？大姐夫这才问幺妹："秋月呢？秋月在哪儿？"幺妹说在逛街。大姐夫暴起一声："信嘛！她啥时候去逛街的？回龙镇有多大个街，要逛几个钟头？叫贵爸来逛，也要不了恁长久！"

原来，他们下山后，华天坐船回了清坪的学校，秋月对她爸妈说，她这几天累得慌，想休息一夜，明天再回去。先河说："哎呀，看你呀。"这是先河对女儿说话的惯用口气。秋月便说她去逛街，连午饭也没回来吃。吃饭之前，幺妹给她打电话，她说碰到个同学，同学请她在店里吃，便没管她。

可大姐夫说，他亲眼看见秋月钻进了一辆组合车，他还以为秋月是嫌船慢，坐组合车到县城，再从县城折到清坪——那样也比坐船快。他还很奇怪，不是说秋月晕车吗？不是说她最怕的不是死，是坐车吗？但也没多想，他当时刚从镇政府过来（他给书记镇长包括韩副镇长都送了条烟去，感激镇里为岳父送了花圈），坐在杨津的店子上，向黄二妹打听大哥他们赊了多少东西。他只是不经意间看见了从街对面上车的秋月。

那大约是上午十点钟的样子。

"秋月既没在回龙镇，"大姐夫板上钉钉地说，"也没在清坪镇！"

她在哪里，几乎就很清楚了。

她为什么去那里，几乎也清楚了。

燕子脸绯红。达友走，也是十点钟左右，但没在杨津对面上车。是她把达友送到马路上的，一路走，一路说要陪他去，达友说不需要，说你这几天跪惨了，好生歇两天，说我虽然跑上跑下，其实还不如绕棺和拜塔累人。说着到了孙剃头店门外，那里刚好停着辆组合车，说是去县城，差一个人，达友就上了。孙剃头在上街，离杨津的店子远着呢。

可这能说明什么呢？

达友没跟秋月同坐一辆车，又能说明什么呢？

燕子掏出手机，急忙拨给达友。通了，没接。

幺妹拨给秋月。关机。

燕子把手机握着，出门去了，也不知去干啥。

幺妹也出去了。换鞋的时候，就拨通了先河的电话，问先河在哪儿，又问跟哪些人打。二姐忙问："打啥子？"幺妹说，先河在洪泉家里，跟洪泉、碧桦和二姐夫打麻将。二姐脸一浸，起身，比幺妹脚步还快地下了楼。她是不要二姐夫打麻将的，说他手臭，一上桌就输；这次回来，耽搁恁久不说，还明目鼓眼送出去一万，哪经得起再输。

门没关，大姐夫去关上，过来说："两个绝对是到县城开房去了。"

大姐一声怒吼："放你娘的……"

大姐夫又摸出烟，递给我一支，自己含一支在嘴上，摁燃打火机，快点着时，却又熄了，面向大姐，眼睛朝地，只把眉毛撑起来，说你骂不骂都是那回事，到时候你就晓得。大姐那样子，像是要哭出来了。终究没哭，只把伤心化为怒气，或者没有伤心，只有怒气，一股脑儿对着大姐夫出，说我们不懂开房啥子意思，你光文才懂。竟越说越气，越说越难听。大姐夫露出可怜相。是因为我在，梨静也在。在我和梨静面前，尤其在梨静面前，他是以回龙镇的能干人存在的，不仅能干，对村务和家庭，都很上心，因此里外受尊重。他不知道大姐已给我们说过李家岩村小旁的那个女人。现在大姐又提到那个女人，但没说李家岩，也没说村小，只说到一个女人的名字，叫庆芳，说庆芳那男人，虽说瘫了，要不是你，也死不了恁快，庆芳过后也不会以烂为烂，去跟了个混球，天天挨打，经不住打，吊颈死了。正是从"瘫了"这话，我和梨静明白了庆芳是谁，也才第一次听说她已经死了。

三十五

大姐夫就像春晌描述的那匹马，硬撑着，但明显撑不住。我怕他们吵起来，就拦大姐："莫闹，我给秋月打电话看。"

大姐又是一声怒吼："打屁！"

随后转过半个身，朝我发火，说秋月是她爹妈惯出来的，也是你惯出来的。

大姐夫本来被摁在水里，现在有了机会，便露出头来，眼睛一轮，很威严地训斥大姐："你莫乱咬人行不行？讲点儿理行不行？春明见过她几回，就把她惯出来了？"

大姐悲哀地沉默了。

沉默片刻，摇着头："秋月呀，不是个好东西呀……他是你啥人？是你燕子姐姐的人哪！你就恁不要天良？你才多大个人，就做出这种……事？"

这证明，大姐其实是认了大姐夫的判断。

她这才说起，她是等秋月再长大些，就介绍给他干儿子李成中。是李成中自己看上了秋月。去年夏天，李成中从军校放假回来，在大姐家见到秋月，悄悄对大姐说，他想跟秋月耍朋友，要大姐为他做保山。那时候，秋月还不满十五岁，尽管看上去有十八九岁了。听说她那么小，该漂亮的却都漂亮出来了，李成中越发心爱，就把大姐一口一个"妈"，说他可以等几年的，要妈为他留心。大姐说，她当时是点了头的，还暗地里为秋月欢喜，嫁给成中，无疑是个好归宿。成中不仅有出息，还长得一身帅气，又读着军校，将来不会复员，只会转业，秋月也跟着有了个旱涝保收的衣食饭碗。

“幸亏！”大姐说。

是说幸亏没介绍给成中，也幸亏秋月提早现了相，免得将来去害成中。

又说：“这是啥时候？是你外公才落土！……眼窝子恁浅，一个任达友，就让你连外公的丧礼和亲戚的名分都顾不上了。不要天良，不要脸！”

大姐一直忍着，没把“不要脸”三个字说出口，终于忍不住。

“我早就看出来了，”大姐夫说。怕大姐顶他，说得很细声。但大姐沉浸在悲哀里，不但没顶他，还说：“哪个没看出来？我还几次三番提醒幺妹两个，只差没把话说白。”

大姐夫说：“我叫春明也去提醒，你去没去？”

我抽着烟，没回话。是回不出话。我还不太相信他们真开房去了，便摸出手机，给秋月打过去。照样关机。关机就意味着一个深渊。没有手机的时代，一年半载没个声息，也觉得对方在那里，有了手机，一时半刻联系不上，就觉得是深渊了。尽管不信，我却不得不去凝视那个深渊。我从中看到了自己的深渊。其实也算不上深渊，很浅的，说白了，就是不敢承担。我这个把同情的触觉伸向大地万物的人，一个世界主义者，面对身边人身边事，立即将自己变成聋子，变成瞎子；不聋不瞎，也是站到远处去，能撇清最好。别的不说，今早五更天里，秋月躺在达友身旁，如果我硬将她拖走，恐怕也不会有眼下的深渊。但我没有。我只是那么喊了一声，就认为尽了责任。

可究竟说来，我又有什么错？我叫了她去床上睡，她大姨也叫了，叫好几次，然后她妈又叫了，她都像生根长苗。我当时想，或许是八九天来耽搁了瞌睡，随便有个躺的地方，就躺得昏天黑地，不想动窝，不想被打搅……

大姐夫见我不回言，说："春明哪，你呀，当说不说叫啥子？叫懦！"

我想起二哥曾经说过，懦弱比暴虐更坏，心头一震。

大姐开始责怪我，现在又为我开脱，说哪里怪他？要怪也是怪先河跟幺妹，他们才是她爹妈。接着把幺妹两个骂了一通，说世人都爱养儿，其实，养女才最能查验配不配做爹妈。幺妹两个不配。你看那电视上，说儿是泥做的，女是水做的，泥土不论肥薄，都有个定性，水没定性，当爹妈的，就要淘条沟，引她朝向阳处流。幺妹两个，特别是先河，女儿分明流向烂泥塘，也不管，还把不管当成是对女儿的好。你不管,要你这爹妈做啥子？爹妈只是用来生的？猪也会生，牛也会生！先河还说穷养儿子富养女，狗屁！未必你混恁大年岁，不晓得穷有底富无疆？你给了粗服布衣，她就要绫罗绸缎，你给了绫罗绸缎，她就要金珠宝贝！

大姐夫听着，"喊"一声，说我开始说陈术良，你还短我。

话犹未了，大姐恨过去，大姐夫连忙哑了口。

大姐接着骂，骂了大人，又骂秋月，说你看那秋月，眼睛看人的时候，故意把脸儿愁了，把两个眼睛虚起来，像是被太阳照了，又像自古以来的愁都被她一个人担了。投胎为女，做出这样子，就不是个好东西的样子。中街刘拐子那二媳妇，就是那样虚起眼睛看人，结果把自己看成了个笑话，她越觉得自个儿体面，越是个笑话。"秋月呀……"大姐说，说着脸一横，"要是碰在老子手上，先不先把她那眼睛打圆再说！"

可惜秋月不是她女儿，她不能伸了手就打。不是女儿，却是外甥女，外甥女掉进粪坑，她这当姨妈的，想说不溅几滴臭，也是自欺欺人罢了。

骂了秋月，又骂燕子："心好，就是不长眼睛，更不长脑壳——长的是他妈个猪脑壳！达友说他手机坏了，她就信，多半是他故意把声音关小的，她也信！"骂了燕子，又骂达友。一个三十岁的男人，把个十五六岁的女孩勾上手，算不上强，只见出脏。

"棉花地碥的人都脏！"大姐说。

她这是想起了连娃子的母亲。大姐一般不跟人骂架，但真骂起来，就活灵活现地见出她是如何继承了母亲的口恶。母亲当年的那一口好骂，一鞭一条痕，一掴一掌血，寻她吵架的侯大娘，能把鸟兽虫鱼骂得只管躲，母亲则能将它们骂哭，令它们羞愧，恨不得往地缝里钻，恨不得一头撞死。母亲的这本事，无耗无损地传给了大姐。可那回在街上，大姐和连娃子的母亲骂架，明显是骂输了。连娃子的母亲骂大姐夫欺男霸女，喝村民血汗，大姐气得闭口拙舌，至今提起，还耿耿于怀。

三十六

幺妹、先河跟燕子，迟迟不见来回个话，大姐这么骂来骂去，也起不到作用，大姐夫就准备出门了。出门没牌打，也可找人说闲天。能说闲天，证明没烦恼，烦恼当前，也能拿闲天冲一冲。他走到门口，正换鞋，大姐说："你又去哪里？春明跟梨静明天就走，你也不能陪陪？他们这一走，就不晓得啥时候回来，人说爹娘在是家，爹娘不在是路，路普天下有，何必要来你这条路？”梨静忙说：“大姐你说的。爸爸不在，还有你们呢。”大姐夫便在门口犹豫。梨静见状，说：“要不这样子，我们也出去逛逛。”大姐夫说，要得，你们逛会子就回来，我也去不了多久。说罢先出了门。梨静叫大姐同去，大姐恍恍惚惚的，没听见。

我扯了一下梨静的袖子，我们就出去了。

又把大姐一个人扔在家里。

关门之前，我见大姐摸出手机，摁下两个键，又把手机往茶几上一扔。她是想打给谁呢？打给丈夫吗？丈夫刚走。打给女儿吗？进屋一会儿就打过，女儿女婿那时候在火车上，此刻依然在火车上，不用问也知道的。白马到州城，没有动车，更无高铁，路程不如去省城远，时间却要多花将近两个钟头。不打给丈夫，也不打给女儿，是打给儿子吗？更不像。起先听二姐说，她们上街后，就没见李志和子国的影子，也不知是钓鱼去了，还是在哪里玩桌球，打电话去，无非是骂几句，反正叫不回来；叫回来又怎样的？连凳子都不会挨，又要出门。大姐那样子，似乎也并不知道要打给谁。

她有一个家，还有那么多兄弟姐妹，想打个电话的时候，却不知道要打给谁。

这是冷场天，街上几乎听不见声音。

一条沉默的街。

什么都是老样子。自然的，并不因为老君山的燕儿坡死了个人，就会变一个样子。我和梨静并排走着，两条影子也并排走着，我们便如影子般没有言语。

刚经历数日的喧嚷，就习惯了喧闹，简直受不住这沉默，仿佛眼里的一切，包括我自己，都在沉默里腐烂。又热。热气扑出的，也是一股子腐烂味儿。实在没甚逛头。梨静本就不想出来，她是怕大姐强把大姐夫留住，让大姐夫为难。

走过一程，见大姐夫坐在杨津店门口。没见杨津。他送丽丽和培亮去市里，恐怕还没回来。或许应该回来了，只是不愿回来。黄二妹穿一条米黄色裙子，从店里出来，在门口一闪，裙摆扇了半圈，又进去了。梨静说："不去那边吧。"她跟我一样，怕打招呼。要是人世间不必打那么多招呼，想象不出是什么样子，可能更好，也可能更坏。

不想招呼，便只能躲。

于是我们躲了，往回走。

谁想刚转过身,就跟陈芽打了照面。他窝在旁边一家五金店里，那神情，分明看到了我们，只是也不想招呼，待我们走过了，才把脸露出来，哪知道我们会突然转身呢。打了照面，他便把脸笑开了，惯抖包袱讲笑话的长嘴，叫着我的名字，同时跑过来发烟，说春明你回来这么久，还没走？说着，神色很是尴尬。我知道他是因为没去参加父亲的丧礼。大姐夫当年的几个铁哥们儿，陈芽、万平、张大超，都没去。既然他假装不知，我也就顺着，说我有些事情处理。然后他问我啥时候走，说他晚上请我们，说他跟光文也是好长时间没打过堆，晚上喝顿酒。我道了谢，说以后吧，日子还长。就和梨静回到滨河路。

本该回大姐家去，却没有，而是去滨河路的堤埂上坐了。我不愿面对大姐的寂寞。没人愿意面对别人的寂寞，包括大姐的。但正如不愿和父亲单独相处，当父亲真的离开——不要说死去，就是回了兄弟家，也会把寂寞扔给我自己。照梨静的意思，今天下午就走，毕竟她母亲还坐在轮椅上，且过几天儿子就进考场，是我说在大姐家再住一夜。我想起二姐和幺妹说大姐的那些话。我感觉到，成日里热闹着的大姐，其实是个孤单的人，是最需要安慰的人。只是，像我这样，即使多住十天半月，又能给她怎样的安慰？

三十七

达友是傍晚才回的。没回他大姑家，是跟燕子在他们的新房子里。

听说达友回了，大姐问秋月，达友说，他没看见秋月。

“他们哪里在一起？乱嚼！”幺妹说。

下午从洪泉家过来后，幺妹一直没说过话，这是说的第一句话，也不知说给谁听的。

先河便又给秋月打电话，依然关机。

这问题就严重了。比跟达友在一起还严重。

“咋办呢？”先河说，“只有打 110 啰。”

大姐听了，摸出手机，却不是打 110，而是打给燕子，要燕子让达友接电话。大姐说：“达友，我再问你一声，你跟秋月见没见？没见的话，就打 110，秋月到现在还不见人。”

达友的回答是：没见。

大姐说：“好嘛。”然后手一挥，对先河说：“打。”

是叫他报警。其实大姐不愿报警。她凭直觉，更是凭对大姐夫断事的信任，坚信达友和秋月就是在厮混，她怕一旦报警，招惹得世人皆知，就把脸丢大了。一个姑娘家丢了脸，比不得刘拐子那二媳妇，也比不得朱占惠，她们都是女人，女人的脸是秋天的梨，被马蜂叮了，不过是多几个硬橛子，愿意吃的，也能绕着牙花子啃几嘴，姑娘的脸是花蒂未脱的青杏，经不起叮，一叮就干死在枝头，甚至离了枝头，落进泥里。

可一个说没见，一个没回来，而且电话也不通，不报警咋办呢？

先河摁着手机。他那手机声音很响，摁个键响一声。

还没响到第三声，门口闪进一个人来。

正是秋月。

门没关，她推门进来，低头换了鞋，见客厅这么多人，也没甚言语，低头从门厅拐过去，进了里屋。她行动疲惫，脸色也不好。

一时间哑静下来。

大姐肿着脸，看住幺妹，意思是幺妹跟先河该去问问。但两个人都没动。大姐要自己去，走两步停了，转过身，对刚接回豆豆不久的青梅说："你们是姊妹，好说话，你去对她说，叫她莫跟达友跑，那跑不出个前景，只有跳火坑。她不是晕车吗？你问她咋不怕晕车了？"

青梅看了她幺姨一眼，犹犹豫豫去了。

几分钟后过来说："我对她说了，她说她晓得。"

"晓得"是啥意思？

个个都在等她的否认，但她没有。

她只说"晓得"。

不过她也没承认。

没承认，就当没那回事了。

都是这样想的。

可又怎么可能真这样想？不仅大姐和大姐夫不能，燕子也一直心存疑虑。

疑虑终究变成了事实。

三十八

十月初这天，大姐听了燕子哭，听了燕子说，要骂，一时心往上撞，撞得头晕，不知道骂谁，便在屋子里转。除了她自己，屋里没有一个人。

燕子在那边继续说："大姑，我们这两天就回来，把婚离了。"大姐这才怒吼一声："你多体面！"吼得唾沫乱飞。她揩了下嘴巴，才吼出下面的话："跟盛军才离多久？又离！跟达友又才结多久？你硬是把结婚当成换衣裳！你一个女人家呢，跟哪个学？！"燕子听了，不哭了，说："大姑，我晓得我是个女人家，不该随便，但我没随便，秋月在安徽等达友呢，达友要去跟她私奔呢。"言语镇定，像是说别人的事。

挂了机，大姐顺势坐在沙发扶手上，感觉不到屁股底下放着电视遥控板，也感觉不到悲喜。手机还握着，机身突然一震，接着吱吱叫唤，叫起来就不停，一条紧跟一条，全是秋月和达友互发的微信截屏，燕子转给她了。大姐翻着看，看得心惊肉跳。头一条就是："有身体，真好！"这是秋月发的；"心肝儿，你晓不晓得我最喜欢你哪里？"这是达友发的。对大姐来说，是看到了另外的物种，那个物种除了有身体，再没有别的。

她只看了十来条，就全部转发给了幺妹。

幺妹给我打电话来，叫声“三哥”，就放声大哭。听见先河也在旁边哭。幺妹哭着说：“任达友那狗日的，都三十岁的人啦，我秋月上前天才满十六哇！”

我问她跟大姐联系没有，她说大姐的电话一直占线，说咋办啰，先河已买了车票，要赶到安徽去，先打断秋月的腿，再去找任达友，要把任达友杀了。

先河确实赶到了安徽。见到女儿，早忘了打断她腿的话，只说：“把工辞了，跟我去广东。”秋月当然不去，还横眉竖目，叫莫管她，“我是小鸡崽的时候，你们没管过我，我长大了，才把翅膀伸过来，我不稀罕！”越说越气，撵她爸走，立刻就走！先河风尘仆仆赶来，到女儿租房，没喝过一口水，就被当成讨口子驱赶，伤心得只差没当场落泪。但秋月看不见，也顾不上，照她和达友的约定，达友明天就过来，他们就离开所有熟人，远走高飞，哪怕从此不见爹娘，不回老家。不见爹娘她能呼吸，不见达友不能呼吸。

可她联系不上达友了，达友的手机关了。

三十九

差不多就在先河走进女儿租房的时候，达友和燕子回了回龙镇。

在回龙镇下了车，达友没去苏湾的房子看母亲和儿子，而是紧跟燕子，去了大姐家。

又是大姐一人在家，达友进屋，一膝头跪了下去。

大姐冷笑一声："莫给我跪。跪给我做啥子？"说着拿上手机，进了里屋，给大姐夫打电话。大姐夫又在牌桌上，气呼呼地问啥事情，大姐说燕子和达友回来了，达友正跪在客厅里。大姐夫一下子就把电话掐了。昨天晚饭过后，大姐给他说了燕子的事，又把燕子发回的截屏让他看，他看了，把大姐的手机朝茶几上一扔，就出了门，夜里回来，大姐没睡，等着他，但他先就用话堵了大姐的嘴："有正经话就说，没有就睡，反正莫给我说你们家那些事，一句都莫说！"大姐果然就没说。是她自己就觉得不好说。

可今天不说不行，人家跪在那里。这辈子，大姐只受过干儿子广里的跪，别的干儿干女来拜，有的也要跪，被她拦了。受人的跪，是受了人的尊重，别人尊重你，你就得接过别人的重负或罪愆，在大姐看来，达友的罪愆是男人的种族遗传病，她受不起，更不愿接手，接了手也治不住。世间最难治的病，不是瘟疫，不是癌症，是遗传病。她窝在里屋不出去,尖着耳朵听大门响。大姐夫掐了电话，并不表明他一定不愿回来，真正遇到事情，他从没躲过，不管是村里的事，家里的事，还是镇领导吩咐的事，再麻烦，再棘手，他都迎上去，而且总能料理得妥妥帖帖。他气燕子，是因为燕子当初不听他的，非要跑出他家，跟达友会了面，还结了婚；气是气，可燕子的好，他也是经常挂在嘴上的。大姐只等听到门响，就出去。可这间屋离客厅远，听不太清，门是响过，又拿不准是不是自家的门。她就等着燕子来叫她。如果大姑爹回来，燕子会来叫的。然而，像过了十年八年，也不见动静。

大姐就自己出去了。

客厅里只有燕子一人。

达友走了，去下街储蓄所对面，找二爹二妈，要给他们下跪。

但二哥二嫂都回了燕儿坡。

达友便租了摩托，去拐枣坪，给幺爸幺妈下跪。

他不知道幺爸幺妈打工去了。

父亲烧了百期，春晌依然不想出门，玉玲说："安埋了爸爸就说走，今天推了推明天，推到说烧完七走，烧完七又说烧了百期走，现在百期烧过了，还不走？你不走，我也不走，你去哪儿，我也去哪儿，你去白马，我跟着，我就要看看是他妈个啥子狐狸精！"

春晌听了，怒火万丈。不是玉玲的话伤了他，与往常那些指天骂地比起来，这算什么骂。烧着春晌那把火的，是贺怡换号了，他找不到她了。玉玲哭起来。她没见过春晌发火，而今天，他不仅不顾倚着门枋察看事态的母亲，老子翻天地乱嚷，还伸手抓起吹火筒。玉玲说："你要打我？我说你那小娘子是狐狸精，你心疼了？说她狐狸精，是说她有本事勾男人，又不是骂她。"然后头一窜："你打！要打就打死，莫只打残，打残了你要服侍，不想服侍也不行，打死了你就清净了。"春晌把吹火筒握了一阵，扔进了柴屹崂。这时门口的人才说话："这才怪呢，我正等着收尸，又不打了！"玉玲跑过去，把她妈推开，把门闭了，回来又把头伸过去。

具体怎样收场的，就不清楚了，只听大姐说，他两个现在好了，好得都不像了，玉玲再不骂春晌，跟春晌到她家来，说也有，笑也有，有理无理挽住春晌的膀子；玉玲脖子上有半根头发丝儿，春晌也细心地为她拈了。这么好上几天，两口子就背着咵滋滋响的那种绿色编织袋，一同走了。走的是河南——本来不想走河南，要跟二姐他们去武汉，春晌打电话时，二姐夫说，我这里的活路你做不下来。

又想跟幺妹去广东，幺妹说，这边人满了。都不想要他两个，嫌春晌懒，嫌玉玲慢，去了，虽是各挣各的钱，但看着胀眼睛。后来听说利民的儿子石头在河南包了工程,春晌又跟石头联系。石头也嫌，只是不好拒绝的，就笑，说你行不行啊？春晌说："行！我在万源大面山的时候，把马累死的活都干过，你那活路做不下来？"石头又笑："一辈子只晓得吹你在大面山！"然后说："行的话，来嘛。"于是就去了。

达友还不知道幺爸幺妈走了，要去下跪，也没跪成。

于是直奔燕儿坡。

这回跪成了。

大哥大嫂都上坡去了,但二哥二嫂的门开着,达友就跨进屋去。天色阴阴的，山林子里刮着风，风偷偷溜进村子，在瓦沟和榫头间打着呼哨，屋里的人没注意夹道上的脚步声，二哥提桶猪食，从那风门里出来,猛然看见个人进来,对着他倒头扑下去,吓得手一松,桶杵在地上，底子齐整整脱了箍，黑水漫流，淹了达友的膝盖。达友叫一声："二爹。"二哥才认出他，脑子里轰然闪过几个念头，先以为是大哥大嫂出了事，但大哥他们分明去了松林坡，大哥在捣松枝，大嫂在捡松斗，这些天，镇上有人收购松斗，说掏出里面的松子儿，能卖大价钱，但松斗很便宜，捡一天半天，包提袋扛，也就挣一二十块，还要自己下力背到镇上，要是搭摩托，多的都去了，燕儿坡没人捡，只有大哥大嫂捡。

二哥是看见大哥他们上坡去的，最多两个钟头前。达友不是在浙江吗，就算他岳父母出了事，咋这么快就跑回来了？或许是他自己的大人生病，他早就回了，现在病人死了，来请礼生。但请人办丧是要磕头的，达友没磕头，扑下去后，腰就竖起来，直挺挺跪着。

二哥很迷惑："这是啥事呀？"达友说："二爹，我错了。"二哥更是摸不着头脑。

达友跟秋月没断，还要去和秋月私奔，二哥二嫂都不知道。家里姊妹间的背霉事，能瞒住二哥二嫂的，都尽量瞒，是觉得告诉他们，反正也得不到一些儿同情，有时还幸灾乐祸。达友进这家的时间不长，不明白这些形景。

二哥听达友说他错了，问啥事情错了。

达友以为是审他，就从头至尾招供。

二嫂在里屋弄针线，听见声音，忙跑出来，待达友招供完毕，她一把将他拉起来，说你的这些话，再莫提起，世上啥都缺，就不缺耳报神！说着下巴朝东边一勾，压低了声音："要是你侯大婆晓得了，还不给你当高音喇叭！"然后返身回去，把手里的花针别在笸箩里一块碎布头上，出来说："我去松林坡叫你爹妈。"

四十

大哥大嫂前天就从大姐那里知道了，现在二嫂来叫，明白二哥二嫂也知道了，听说达友回了，问燕子呢？说不晓得，只达友一个人。大哥嗯了一声，照例戴着顶破草帽，用长竹竿捣松斗，松斗砸下来，打得他的头砰砰响。大嫂在下面捡，同样被松斗砸着，还被刺藤划破手脸。两个人都没多话，二嫂便觉无趣，先走了。

又过了个把时辰，大哥大嫂才回来。听见开门，达友忙从他二爹家奔出来，几步跨过院子，接过岳母肩上的花篮，随他们进屋。

又是一膝头跪下去。大哥大嫂洗了手，大哥去生火，大嫂过来拉达友。达友不动。大哥说："男儿膝下有黄金，莫随便跪人。"引火柴突突地冒着青烟，熏得大哥睁不开眼，他是眯着眼睛说的。达友说："爸爸，我错了。"大哥说："你错了咋办呢？你要我给你下跪，说原谅你的错，你就对了？"达友无言。大嫂说："你要跪，该先去跪给你幺姑们，你害了人家女儿！"达友说："幺姑们远，不然我也去跪了。"大嫂说："你跑回来下跪，秋月晓得不？"达友说："不晓得，我发誓再不跟她联系。"

大嫂的头就有些昏厥。

她眼睛里不再是达友，而是四喜，四喜就是这样害人家女儿的……

大哥把火生上，铫罐里掺了水，挂上铁搭钩，达友还不起来。大哥说："我这家里是站人的，不是跪人的，你再不起来，我就去把人都叫拢来看，反正皮是臊尽的，我又不怕。"正这么说着，听见侯大娘在外面说天气，且越说越近，大哥连忙过去，使力扯了达友一把，达友向前一栽，扶住灶台才站稳了，侯大娘也刚好到了门口，说："噫，那娃儿啥时候来的？燕子呢？"达友惊魂稍定，说燕子在街上。大哥大嫂也才知道燕子跟着回了，只是没回娘家来。侯大娘说："莫不是怀上了，回来养娃娃？"达友讪讪地，说哪里恁快呀，是回来办事情。大嫂请侯大娘进屋坐，侯大娘说不坐了，那老东西（指贵爸）一个礼拜拉不出屎，眼睛烧得像炉塘里的铁弹子，我去挖些魔芋来，炖了给他退火。

达友是吃了晚饭才下山的。

四十一

就在达友下山途中，小兰竟舍得没去茶馆，吃过晚饭，到荷塘边跳了两曲广场舞，就来了她大姑家。是她妈对她说了达友和燕子回来了，又说了达友独自上山下跪的事，她便来大姑家看究竟。燕子在洗碗，大姐在打电话。见了小兰，大姐指了指茶几上的水杯，是叫把水杯递给她。这个电话打得很久了，是打给我的，大姐说，燕子非离不可，可一个女人家，离一次，又离一次，就离滑了。我心里悲哀，不知说啥。

悲哀，似乎是一个诗人的权利，却永远于事无补。

大姐也知道从我这里讨不到主意，可她想找个人诉说。大姐夫回家吃晚饭时，既不让她说，也不让燕子说；这天李志又不在，青梅从学校接了女儿，又去了娘家，只他们三个人吃，吃得只听见吃的声音。不过，尽管大姐夫一言不发，大姐还是心里安稳。要当真不理燕子，他就不会回来吃饭。近来，他回家吃饭的时候，比以前更少。吃过饭，大姐正想着怎样开口说一说，大姐夫却又起身出门去了。

见大姑要水，小兰把杯子递过去。大姐喝了一口，喝呛了，咳，我趁势说："好了大姐。"大姐也是这意思，挂了。她那咳，或许是装出来的，是不想让小兰听。燕子听见大姑咳，从厨房跑出来，要为她捶背，见了小兰，欢欢喜喜的，说小兰姐给大姑捶一下，我还有个锅没洗。洗了锅出来，大姐又进里屋接电话去了，是幺妹打来的。燕子便跟小兰坐在沙发上，小兰问咋回事，燕子全对她讲了。也不知是不长心胸，还是对谁都信任，燕子不像家里别的人，在二哥一家人面前，把有些事藏着掖着，她从不，是怎样就怎样说。她说达友又像上次，哄她，给她求情——这样又把上回的事透露了——但这次是没用了。人的心是玻璃做的，只够伤一次，一次伤裂了，还可以忍一次，第二次再伤，就碎了。

她还拿她幺妈的爸爸说话。

玉玲的父亲，春晌的岳父，得肝癌的前两年，肝上就痛过，去医院检查，医生说，你已经是酒精肝了，你现在戒酒，还有救，继续喝，就没救了。回家后，他听人说，有一种草药能治肝病，只是回龙镇找不到，一问，整个东轩都找不到，主产区在江浙，他便托在江苏打工的熟人，买了几大包寄回来，像兔子吃草那样，一天三顿，每顿三匹，没想那东西泻肚子，开始几天拉得像垮岩，几天后不拉了，把寄回的草药吃完，肝也不痛了。可是他又喝酒了。玉玲的母亲又哭又骂又夺杯子，啥牌子耍尽，也拦不住他灌黄汤。玉玲的母亲就说："如果开始检查就说你不行了，我会怄你，今后我不会怄了，你不听话，是自己讨的。"到底喝成了肝癌，把草药当饭吃也是惘然，死了。玉玲的母亲果然就没流一滴眼泪。

"死了都不伤心，"燕子说，"莫说离了。我也是给过他机会的。"

正说着，她爸给她打电话，说达友去给他们和给他二爹二妈下跪过了，现在又下山了。燕子不想听，听几句挂了，对小兰说："你看嘛，没被我逮住的时候，跟秋月爱得火里火发，还要去私奔，逮住了，就回来到处跪，是不是个东西？你又把秋月往哪里搁？"随后勾着腰，望了望她大姑房间的方向，见大姑没过来，又说："他还对我讲，秋月那之前就不是处女，秋月说她六月四号那天终于做了女人的话，纯粹是谎话。你说人家一个姑娘家，你就这样子坏她？

你不管好自己，她是不是处女有你屁相干？”

这些话，都被小兰记在心里。往后很长一段时间里，秋月天天给燕子发信息，说燕子破坏了她和达友的感情，不仅对燕子张口大骂，还说要把燕子“整死”，小兰知道后，把达友说她的那些话，还有达友下跪的视频，都发给秋月，秋月那边才安静了。那时候，秋月在广东。她爸把她带不走，是她妈又跑到安徽，两人合力把她押走的。先河所谓杀了任达友的话，早丢开了，只要女儿没被拐走，就夜夜都是圆月。

四十二

小兰录那视频，是达友跪给大姐夫。

达友下山，依然没去看母亲和儿子，径直又去了大姐家。他很清楚，要摆平这件事，岳父岳母并不重要，重要的是大姑爹。当然还有三爸，也就是我。但三爸住得远，说话行事，也不如大姑爹有决断。他在大姐家等到十一点，大姐夫才回来。

大姐夫换鞋时，达友就朝他跪下了。

小兰一直没回去，陪着燕子，见达友跪，偷偷打开了手机视频。

当时也没别的意图，就是突发奇想。

大姐夫换了鞋过来，见达友跪在那里，瞄了一眼，如同瞄一眼横在屋中间的凳子，他从“凳子”旁边绕过，叫大姐：“春红，熬碗红糖姜汤我喝，我像有点感冒。”燕子听了，忙起身去厨房。大姐差不多一直在接电话、打电话，这时“哦哦哦”的，挂了机，从那边屋里过来，接过大姐夫脱下的上衣，一摸水淋淋的，说：“钻野塘子去了？”大姐夫没回言。

他是见钱文去了。五个钟头前，他在回家吃晚饭的路上，碰见钱文在街上出现——他好些天没出现过了，钱文见大姐夫过来，吓得脚下一跳，站住了，浑身抖。大姐夫问他：“你抖啥子？”钱文说：“李书记，下个月，我保证。”大姐夫摸出烟来点上，说：“我再信你一次。”说了就往前走，走一段回过头，见钱文也往前走。虽已是十月天气，照样热得慌，别人是能少披一根纱就绝不多带一根线，钱文却穿着长裤子，走起路来一拐一拐的。这让大姐夫想起春晌，又想起父亲。春晌大热天穿长袖衣，是遮烫出的疤痕，父亲走路一拐一拐的，是腿摔断过，钱文是为啥子？大姐夫冷笑一声，几个大步追过去，说：“晚上我再去找你。”也不知找到他又说了些啥。

大姐进里屋，拿出件背心，让大姐夫穿上。大姐夫点上烟，问小兰咋没去打牌，小兰嘻嘻笑，说这几天手气背，打个幺二三都输上百。因大姐夫坐在沙发上，达友便背向着他，听他跟小兰说了一回，达友转过身，膝行几步，说：“大姑爹，我错了。”大姐夫吸了口烟，“你不是错了，”他说，“你是犯了罪。你跟秋月开房的时候，秋月还是未成年人。和未成年人上床，就算是她拉你去，你也算强奸。你是强奸犯，哪里只是错了？”

达友是第一次听说这理儿，面色青紫。

大姐夫接着说：“你来找我，完全没用。你的事情，要大路沟才能解决。”

大路沟是东轩最著名的监狱，是个煤矿监狱，犯人都要下井挖煤。清溪河流域骂人，除骂到绝处说“走西门操坝的路”，其次就是“去大路沟”。

达友听了，像钱文那样抖。大姐夫鄙夷地盯住他，说：“把你整到大路沟，太简单了，只把你跟秋月的微信交上去，把秋月的户口簿交上去，再加个诉状，就成了。”随后说他已跟我联系过（其实没有），说我马上写状子，还会给县里的某某打招呼。

达友的眼泪出来了，一口一声叫“大姑爹”。

事实上，就像父亲下葬那天傍晚不想报警一样，现在也不想去告达友。最终也没有去告。照大姐的说法，是想到父亲丧事期间，达友很卖力，心里不忍，再说，“又不是他一个人的错，秋月也有错，你看秋月那……”最难听的话，没说出口。大姐恨达友，更恨秋月，恨达友是把他当外人恨，恨秋月是当成亲人恨，恨亲人比恨外人更恨。但不告达友，更主要的却还是为秋月着想。告了，等于是公布秋月的丑事，把秋月推到风口，唾沫屎尿，都往她身上扑。她才十六岁呢！不仅没去告，大姐还苦劝燕子别离。但燕子已铁了心。她就像奔死奔活要跟达友结婚一样，奔死奔活也要和他离婚。

离婚得分割财产。达友和燕子，本没什么财产好分，苏湾那套房子，是燕子出钱买的，后来装修，达友的父母出过两万，把房子归还燕子，把两万退回去，就算结了，至于达友的母亲在里面住了那么久，还用那房子挣了钱，就不去计较了。

燕子是这样想的，我们都是这样想的。

可是想得太简单了。

离婚过后，达友就消失于茫茫人海，既不管父母，也不管儿子，当然也没去和秋月私奔。直到很久以后才听说，他到了山东青岛，拐走了他亲表妹，他表妹十多岁去青岛打工，在那边结识了个包工头，那包工头离了发妻，娶了她。达友找去时，表妹已有个五岁的女儿，开着两家超市，鬼使神差，竟统着大笔钱，跟家里气都不吭一声儿，就和达友去西藏旅游，将近一个月，才落汤鸡似的回来，气得那年过花甲的包工头吐血。

这话传到回龙镇，大姐摇着头说："龟瓮里走了鳖，左右是他一家子。"

说着又想到燕子的那套房子。

那房子一直被达友的母亲霸着。

燕子叫她搬，她撒痴撒泼。燕子把锁砸了，她满街嚷嚷，说燕子偷走了她几万块现金。燕子去法院申诉，法院说，这是你跟任达友的纠纷，你要把任达友找到。可去哪里找？只听说，他拐走表妹那次，可能在表妹那里骗到一笔钱，买了辆车开，又撞死了人，弃车逃跑了，车是套牌，身份证又是假的，至今未能归案。

四十三

"你可以惹强人，万不能惹小人。"谭瑞松说。

这是燕子离婚将近两年后，有天独辫子到省城办事，瑞松正好休假，也到了省城，我们仨难得地在省城相聚，坐在茶桌上，瑞松说了那句话。

虽在省城，出口却净是东轩的事。

那天独辫子愁愁闷闷的。他家住顶楼，他在房顶加盖了一层，用于出租，每年有八千块收入。这时候，笔架山已经成为县城的一部分，漫水桥正待拆除，为围河造湖做准备，但没了这座桥，两岸往来不便，虽有清溪河大桥，一是绕路，二是车多，县里便规划在漫水桥原址，再建一座钢架桥，规划成形，张书记灵机一动，改了主意；他想到了川西都江堰横跨岷江的竹索桥，既能通行，又成景点，于是去省建院请了工程师，按竹索桥设计。

而今的东轩县城，若以面积论，比先前扩了两倍不止。城市一大，想象就多，想象一多，机会也多——机会首先就是想象出来的，到东轩创业的、打工的，日增一日，那些人背着行囊，大路小路地挤过来，像独辫子这样的房东，都牵着口袋收钱，独辫子正考虑涨价呢，张书记却一声令下：所有违章建筑，一律清理！

张书记到东轩，已近三年。以前的县官，都走马灯似的换，张书记却一直待着，他自己说是不愿走，连升迁也不愿意，说他已过盛年，时日不多，就想盯住一个地方挖，望能挖出一口好井。张书记当年参加高考，作文就是《挖井》，他的立意，正如他现在的想法。那篇作文得了满分，收录在《全国高考优秀作文选》里，那个年代的学生，许多人都读过，文中以豹子捕猎作比，说豹子先是观察，选中一头瘦弱的猎物，便直追过去，追击途中，身旁再有简便易扑的，也绝不改变目标。张书记经过实地调研和请专家论证，深感东轩虽有回龙镇和马伏岭的天然气，但那是国家的，不是东轩的，东轩从中捞不到多少油水，而除了天然气和几个不成规模的煤矿，就没别的了。

——但也还有，那是绿水青山。

想到此，张书记两眼便被绿水青山照亮，桌子一拍，心下已定：打造旅游大县，搞全域旅游。如果张书记翻一翻卷宗，就会发现，这思路早在前几任就提出过了，否则回龙镇就不会有人去修“品质楼”，滨河路就不会出现那个大坑。但张书记把功劳归到自己头上，也并不过分，再好的思路，不去实施，等于没有。张书记跟前几任不同的是，他要把构想变成现实，他多次说，构想一旦产生，本身就提供了形式，这形式就是行动。

既然开发旅游，首先要做的事，是洗脸。县城是东轩县的脸。

这一洗，就把独辫子每年将近万块钱的收入洗掉了。

对独辫子来说，这本不算什么事，如果他不把钱给千峰岭打太平锣的端公，不给百里峡的土著买坎肩和腰鼓，也不购买昂贵的装备去考察光明峡的悬棺洞——他真用了速降绳，钻进那洞子里去了，发现六具船形石棺，棺里骸骨宛然，他拍了照片，写了材料，第六次申报非遗，第六次失败——他家里就并不缺了柴米油盐。

可不让他做这些，他又是谁呢？

独辫子就这样说着他的烦心事。话题是可以传染的，加上又是贴心兄弟，我便也说起自己的烦心事。那段时间，最烦心的就是燕子的那套房子。

瑞松听了，就说可惹强人，不能惹小人，强人下死手也是干脆利落,小人却是跟你磨。没几个人能经得起磨。接着又说到他弟弟：“我不能说我弟弟是小人，可他那磨的工夫，唯小人才有。”说小人正是在跟人磨的过程中，发现生活的意义。但磨也分层次，多数人是跟仇人磨，没有仇人，就想象或制造一个仇人，这样磨出来的，只是发黑的血浆子，他以为是别人的血浆子，其实也有他自己的。“像我弟弟那种，是跟领导磨，领导是啥？领导是你的光，是你的翡翠，你跟领导磨，即使磨不出荣华富贵，也能磨出个大路朝天。”

说了就笑，摸出他弟弟给的特权烟散。

独辫子接过他的烟，说：“在你眼里，像你弟弟那种小人，其实蛮可爱的。”瑞松把烟点了，呼滋滋吸一口，说：“不是可爱，是标准！你看自古以来，那些屁股底下有椅子的，除极少数可以称为政治家，又有极少数可以称为实干家，绝大部分都是小人，而这些小人构成了社会的标准。小人更懂得一个道理：有了位，才有位能，有了职，才有职能，有了位能和职能，才能实现势能，啥子叫势能？势能就是无所不能。无所不能，构成社会的最高标准。”独辫子听了，冷笑一声：“你这个变傻的人，看起来比我们都精灵些。”

瑞松又吸一口烟，说：“变傻恁容易？聪明人变傻，比傻子变聪明，难百倍千倍，所以才说‘难得糊涂’。世水太深，伪心做人……”话音未落，却又把双手高高举起：“不说这些了，我傻，我是傻子，我投降！”

待把手放下，又盯住我问：“春明，你那姐夫哥呢？咋样？”

我说不咋样，还是老样子。

其实不是老样子了。

我很长时间没回去过，大姐夫也没怎么打过电话。他以前是爱给我打电话的，啥事没有，也打个电话来，若有事，哪怕那件事跟他天悬地隔，电话也如雨点。父亲去世一年后的七月二十二，日全食，那日全食从印度过来，经西藏、四川再到长江下游，省城是上午 9 点 11 分天黑，14 分天开，老家也差不多，在这三分钟时间里，大姐夫给我打了五个电话：天黑下来了，黑得更黑了，全黑了，看见星星了，又亮了。

说不清从什么时候起，他的电话少了。

三个月前，听大姐说，回龙镇的栗镇长调到五花镇当书记去了，韩副镇长成了韩镇长，韩镇长上任的当天晚上，大姐夫摆了桌酒席，喝到半夜回来，醉成一摊烂泥，倒在客厅沙发上睡，一咕噜滚到地上，身上肉重，砸得楼板打闪。青梅和豆豆那天在家，恰逢豆豆起来上厕所，听到响声，开灯一看，是爷爷摔了，跑过去扶。她哪能扶动。大姐夫自己也醒了，想爬起来，手脚在地上乱刨，就是起不来，豆豆见状，吓得哭着去喊奶奶。大姐跑出来，又叫起青梅，婆媳俩又拖又抱，把他弄上沙发。大姐夫却不睡了，歪坐着，嘶声大哭，边哭边骂，骂大姐，骂李志，骂青梅，也骂不在眼前的女儿女婿，只不骂豆豆，说他为这个家，掏心劳神，当牛做马，他要死了，却只有豆豆管他。

“幸好那天风大，”大姐说，“窗户关得严，不然被人听去，臊不尽的皮！”我问后来呢？大姐说：“第二天酒醒了，听我跟青梅说起，他自己都不好×意思，只扯起口口笑。”

大姐说给我听时，也是笑几声、骂几声，骂也是笑着骂。她只把他当成了酒疯子，不知道有酒盖脸，最能真情流露。大姐夫或许真的疲惫了。人人都在朝上走，而他没有。他当然不会去跟韩镇长比，但杨津说过的桂花镇燃灯村的支书，还有谭瑞松的弟弟，都能在县里走跳，浸润得前门也开，后门也开，他却不能。

往后的日子里，每当想起这件事，都觉得大姐夫是被我害了。他不如当了矿长的燃灯村支书有钱，但跟瑞松的弟弟比，他的原始资源只有好的，没有差的，可为什么人家能挤进那道门，他却不能？是他口拙、人笨、舍不得出血？都不是。唯一的原因，是他心里有依赖，以为内弟在省上，县里自有内弟帮忙打理，且比他本人出面好得多。后来他知道内弟靠不住，却照旧抱着幻想。人一旦有了依赖心，就很难根除，分明靠不住，也用幻想去支撑。

四十四

瑞松听我说大姐夫是老样子，提醒说："老样子就好，但也要注意新动向。最近几年，东轩被处分的，包括降级撤职开除移交司法机关，都是副科级以下干部。像去年，全县处理了三十人，股长、副股长占了十九人，村支书和村主任占了十一人。县里就恁大个潭子，凡副科级以上，都跟县领导有瓜葛，处分他们，必然拔出萝卜带出泥，所以揪人之前，上面都先撑起一把伞，那些连根带梢的，都请到伞下乘凉，等这边鸡飞狗跳过了，天下太平了，又出来指点江山。但我弟弟是安全的，他和县领导的关系，普通科级干部根本比不上。你姐夫哥好像……你姐夫哥姓李是吧？叫李啥子文？"

我说叫李光文。

"哦，我记成了李清文，"瑞松说，"那回我问弟弟，全县的村干部，有哪些被县领导看顾着，他数了六七个，没有你姐夫哥的名字，连个姓李的也没得。不被看顾，本身就是危险。"

我不想谈这话题。独辫子也不想谈，他对这些事不感兴趣。趁瑞松停下喝茶的时候，独辫子问："你好坏在电视台当喉舌，打造全域旅游的进展咋样了？"

瑞松说，旅游得有核心景区，张书记认为，唯百里峡堪当此任。百里峡山恶，恶得天下独绝，因此又恰恰构成特色。爬上峡东箕帚山，透过风洞看月亮，竟看到一张须发偾张的脸，色如重枣，大如磨盘，鼻子眼睛栩栩如生，眼睛还会眨，胡子还会动。峡中乱石林立，碧水穿流，吼声如雷。石堑里生阳鱼，也生娃娃鱼。阳鱼形如梭子，两寸长的一条吃下去，就流鼻血，可见阳气丰沛，是补肾的。娃娃鱼是保护动物，不能吃，但能成为一种证明，证明那里生态好，娃娃鱼对水质特别讲究；也能构成一种向往，它那婴儿般的叫声，尽管很难听见，可总想听见，觉得到了百里峡，就能够听见。加之河床倾斜，坡度很大，在石丛中辟一条航道，即能用作漂流。百里长漂，你去哪里见过？唯一的不足，是偏远了些，然而所谓偏远，不过是自我中心主义，在东轩人看来，北京还偏远呢。百里峡离县城偏，离重庆却近，等于远了小市场，近了大市场。再说，偏远不是空间概念，是时间概念，从县城修条快速通道过去，一个钟头就到了，无非是吃顿饭的工夫。从市里过去也一样。

独辫子早知道核心景区选在了百里峡。他问的不是这个，而是文化构想。张书记曾说，文化是景区的灵魂，没有文化的美景，如同没有气质的美人，看一眼可以，经不起看二眼。美人经不起看，回到闺房，生过闷气，找人嫁了算数，景区经不起看，就亏大了。在张书记的蓝图里，这既是他为官一生的垫棺之作，也是东轩人世世代代的福祉，要是斥资数十亿、上百亿，热闹一阵就门可罗雀，他这作品就败了。

鉴于此，张书记首先要敲定的，不是核心景区，是核心文化。他把文化分为显文化和隐文化，显文化是实体文化，比如有个寺庙，有个道观，有个苏东坡，有个张大千，隐文化是神话传说，包括埋入墓葬和成为化石的文化。

两者相较，张书记更欣赏隐文化，隐文化可以发挥。开发景区，尤其需要隐文化。东轩的显文化本身就是白纸一张，禅寺道观倒有，都很平常，不比那少林武当。至于名人，数来数去，只数出个王船和罗思举，王船虽被民间尊为王大人，职位却不高，解放后，做过两任行署专员，就关进牛棚，并死在里面，终究还只是个地方性名人；罗思举生于老君山，做过几省提督，赐太子少保，数次被皇帝召见，地位自然比王船高得多，且功劳巨大，是清道光年间三大国家支柱之一，可他的主要功绩，是镇压白莲教义军，政治上就一团墨黑，完全不能考虑。显文化如此，隐文化也远不如张书记曾经任职的川西某县。

好在还有个巴文化。巴文化的重镇在重庆,他们修了巴人广场，在重庆忠县，还塑了巴国著名将领巴曼子像，但这无关紧要，因为那不是作为景区打造的。东轩县回龙镇，有巴人街，同样也有巴人广场（尽管规模不能和重庆的同日而语），而且有那把青铜剑（现存于省博物馆）。张书记听说，文化馆有个叫周宣的，做过多方考证，写过多篇论文，还去香港开过有关巴人的会议，就让县委办通知，他要见一见这个人。

周宣，就是独辫子。

独辫子自然是第一次进县委书记办公室，见那写字台上一面国旗，国旗旁边一面党旗，顿感庄严肃穆。庄严肃穆是冷质的，独辫子立时感觉到冷。加上引他来的党办秘书小屈，小心翼翼地叫着张书记，虽是小心翼翼，也不至于听不见，但张书记没应声，一直低头批阅文件，独辫子就觉得冷不可忍，夹手夹脚，拱肩缩背。等张书记抬头看见，叫他坐，他竟傻子似的不知道坐，还是小屈叫他坐，他才明白了意思。

他斜签着屁股坐下后，小屈出去了，他觉得自己被拖进了深水，拖他的人却丢了手。幸亏张书记是个利索人，开门见山，就问巴人和巴文化。这话头把独辫子救了，他从深渊里冒出头，思如潮涌，侃侃而谈，从巴人的兴起，说到巴人的战争和迁徙。开始，张书记跟他隔着宽大的写字台，当他说到千峰岭的端公，说那端公是远古巴人的活化石，张书记站起身，坐到靠墙的沙发上去，拍了拍身边，让独辫子也坐过去。

这一说，就说了两个钟头。张书记召见人，从不是这种召见法，包括姿态和时间。

到最后，张书记说："你回去再好好研究。"

出了县委大院，独辫子感觉踩在云朵上，马上给瑞松打电话，请他喝酒。两个在卡吧坐定，把酒来斟，见独辫子兴奋，瑞松也为他高兴，只是感慨："成功如同女人怀胎，怀上了，远亲近友都来祝贺，却不知是被搞了多少回才怀上的。"

但不管怎样，到底怀上了。

独辫子一兴奋，言语间未免轻露，不只对瑞松，还对认识的许多人，说张书记听了他的意见，已决定核心景区选在千峰岭。本来回龙镇街区可选，巴河谷更可选，但两处作为大型景区的硬件都不具备，何况巴河谷根本就进不去，唯一剩下的，就是千峰岭了。千峰岭不仅是古代巴人的退守之地，存留着巴文化的活化石，论风光，也丝毫不输百里峡，甚至更好；早有人说，神农架、张家界和千峰岭，共同构成了中国华中与西南神异地貌金三角。

谁知，后来传出的消息，却是百里峡。

张书记叮嘱独辫子"再好好研究"，独辫子废寝忘食地，又弄出好几万字来，张书记也没说要看。更让独辫子沮丧的是，核心景区选定之前，请了十余个专家，都是外地来的，在县里活动了大半个月，也没让他参与。

四十五

听他俩这么说来说去，我才听出，独辫子今天愁闷，拆了他加盖的房子还是其次。

瑞松比我更明白独辫子的心思，就笑话他："有人搞一回就怀上了，有人搞一万回也怀不上。人家张书记叫你好好研究，不是对你的研究感兴趣，是说你的研究是扯×蛋。"

独辫子脸红筋涨的，想发作，又不发，就笑。

"我这话不是刻薄你，"瑞松却不跟他笑，"你确实是扯×蛋。千峰岭是基本农田你晓不晓得？你去千峰岭搭个窝棚，卫星一扫，保险要响警报，为啥？基本农田嘛，国家要保十八亿亩红线嘛。巴河谷是良田沃土，被天然气公司占了，野猪岭脚下是良田沃土，被那个从没开过工的工业园占了，还有许许多多的好田好地，被这个占了那个占了，东轩的基本农田就远不达标，于是把一座数十平方公里的雄奇大山，划为基本农田。这下好了，政府想占田地，尽管占！有千峰岭那片'基本农田'顶着，随你拳打脚踢，只管高枕无忧。"

独辫子看来知道这事，面部抽搐，"假呀，"他抽搐着，愤愤地说，"人长个脑壳，不是用来求真，是用来造假。从上到下，从下到上，就一个字：假！"

"砍一枝损百林，不是搞研究的态度，"瑞松故作正经地把独辫子拦了，"世界就是个幻象，只要有足够的想象力，假的就能变成真的。搞研究同样如此。你独辫子就是缺乏想象力。想象力的命脉，不是天马行空，而是服从于内部机制。你要找到那个内部机制。找不到，你的想象就毬毛不值。比如坚贞爱情和倚门卖笑，表面上判若云泥，其实都服从于同一种机制：生存选择。骨子里是一样的！”

独辫子抽搐得更厉害了，说：“你说的那个世界，是一个动物的世界、死去的世界。”就这一句，接不下去了。但这明显不能表达他的意思，急得头皮底下像笼着一盆火。

瑞松见状，又连忙牵衣拉袖地安慰他：“你独辫子也该知足了，领导还是把你捡进篮子里的，不是叫你去拍了宣传照吗？”

于是又说到独辫子为百里峡拍宣传照。

县里就一个要求：打眼。独辫子想了半天，想不出花样儿来，便回到老路上去——这还是瑞松为他支的招，瑞松说，艺术这东西，能想出新花样当然好，实在想不出，就向老办法求救——让女人和山水合体。这样的照片，首先入目的，一定是女人，然后才是山水，所以女人是命门，事关成败。有明星女人再好不过，可那要花大价钱，据说可要到千万，县里没说给这笔钱，真给，又不会请他独辫子拍了。

只能选普通女人。普通女人凭啥打眼？第一自然是长得好，又不能只是长得好，不然就如张书记所说，经不起看，因此还得有气质，可气质多难说？气质如同饭菜，众口难调，即使同一人，也是今天爱清纯，明天恋风骚。独辫子便决定再向老办法靠一步：不仅向女人求救，还向女人的肉体求救。

这是宣传照，要拿上台面的，赤裸裸的肉体肯定不行，需欲遮还露，欲露还遮，你看到了想看的，却永远看不透。他设计的场景，是让女人着薄纱，去百里峡戏水。既是戏水，一个不行，至少两个。文化馆有舞蹈班，个个修腿蜂腰，脸蛋迷人，他便去物色。那些女子，天天在那里节食、把杆、劈腿，不就是为了待选和被选，有朝一日亮相显名吗？都把独辫子围住，争着为“辫子老师”倒茶。但听独辫子说了细节，就都翘一翘嘴，回练功房去了。那细节是：只穿薄纱，不穿胸罩和内裤，且让水把薄纱湿透，水不能深过膝盖。见她们有顾虑，独辫子想，毕竟是东轩，人心纯朴，这是好处，不好的是，到底少见识，缺大志，没勇气为艺术献身。于是说：为保护你们的隐私，把头发打散，甩前来，把脸盖住。听到这话，连“辫子老师”也懒得叫了。好容易出个镜，不说把脸放大，却要盖住！独辫子在文化馆选不到人，就到社会上选，所谓社会，就是熟人圈子，同辈熟人是不可能的，只能选熟人的女儿，结果弄得独辫子自己开不了口，嗫嚅半天，却是拿另外的话搪塞开，然后怏怏而回。

只好另辟蹊径了。

据瑞松描述，某天夜里，独辫子像个老嫖客（“屁！”独辫子反对这说法，“我比见张书记还紧张！”），去了夫子巷，出了这家进那家，看有没有中意的。都不中意。那些女人，太老了。有一个脸上嫩，身材也好，结果把手伸出来，见起着皱巴，那脸是用粉抹嫩的，是粉嫩，不是脸嫩。这么进进出出地不干事，他离开夫子巷时，女人们站在门洞口嘲笑他，说他不是那东西衰了，是根本没长。嘲笑声把他送出很远。他想躲到背阴处逃走，可惜光光的头皮不争气，像颗大灯泡，一路暴露他的行踪。

最后，他是去夜总会选了两个。

那照片是去重庆洗印的，洗了若干张，装在实木镜框里，特意给张书记送了一帧去，听说张书记挂在了他的办公室。

“拍得确实好，”瑞松说，“水色碧绿，水珠银白，古老的水色水珠，被青春的肉体诱惑，欢欣腾挪，如青鲫过江、红雨乱落。青春的肉体又辉映着暮日落霞，形成强烈的诘问、感叹和冲突。给过春明没有？”他问独辫子。我说没有。“该给，”瑞松说，“在画报发一下。不止因为拍得好，给点儿稿费，多少也为独辫子帮补几个。他自掏腰包，花三千大洋，又包车包饭，才请动两个妹儿。还不算拿到重庆去印。”独辫子忙说：“这是宣传照，有广告性质，春明拿去不好处理。”瑞松就笑，说你这人，百样都好，就是太迂。

又说：说你迂，你又不迂，你晓得选奶大的，还让薄纱飘到人家腿根。

说着拍脚打掌：“要是张书记晓得两个妹儿的来路，不知做何感想。”

随后摸出特权烟散。散到独辫子门口，并不急着把烟递到独辫子手上，只在他鼻尖底下晃，边晃边说：“你经常鄙视我的烟，像很有文化人的骨气，可为了讨好张书记，你啥子手段没使出来？连妓女都赔上了！”独辫子红着脸申辩，说我眼里没有妓女，只有美女。这话又被瑞松逮住：“你倒是学得快，晓得妓女和美女都服从于同一种内部机制。嘿嘿，我倒宁愿说我是妓女。我是妓女！我是妓女！”

旁边一桌茶客别过脸来，看他那副五大三粗胡子拉碴的样子，先是目瞪口呆，然后蒙着嘴笑。

四十六

瑞松这话，我当时没觉得怎样，很久以后的某一天，我坐在皇驿大酒店的会议室，才突然被它击中。

皇驿大酒店在省城北京路上，是家老牌五星级酒店。这天有个剧本审读会在里面开。关于巴人的剧本。张书记派人，去全国考察景区，他自己也亲赴多地，然后汇总各方意见，觉得景区该有一台剧，要么实景剧，要么舞台剧，总之得有。百里峡受地形所限，做实景剧不现实，便决定修个剧院，搞部经典剧目，长年上演。东轩的核心文化既是巴文化，自然该是一台巴人剧。又是去北京，花大价钱请了大牌导演，导演组建团队，去东轩采风三天，回去写了剧本。这天，他们从北京飞到我们省城，张书记也带着县里一班人赶到省城，并在省城请了文艺界和史学界七八位专家，都去皇驿酒店，讨论剧本。

也不知泛了哪股水，专家里面竟有我的名字。五天前，就把剧本电子版发到了我的邮箱，我看了，首先题目就烧心，叫《梦回巴国》。我知道这是跟风，此前有个《梦回大唐》，据说很火。可人家回大唐，是回到万国来贺，回到李白杜甫，你回巴国干什么？回到战争、迁徙、边缘和败亡吗？其次是内容，以巴王的爱情故事贯穿，那爱情，无非是男女在桃林里追逐，在野溪边嬉戏。对巴地的史实和风俗表达，可谓全不搭调。巴分两支，一支蛇巴，一支虎巴，蛇巴射虎，虎巴崇虎，都在一个“敬”字上：敬畏和敬爱。从回龙镇发现的那把龙纹青铜剑看，活跃在清溪河流域的，是蛇巴，而剧中的巴王，却戴“王”字头饰。从头至尾，充满虚饰夸张和廉价想象，比如巴人水战，是站在一根竹子上，不知道是驾独木舟；巴王大婚，是在祭庙里，由臣子献上玉器，不知道巴人心中最辉煌的场所，是山林大泽，最高贵的礼物，是猎物。

我写了满满一页意见，打算认真提出来，心想这也算是为家乡做的一点贡献吧。

走到宾馆门口，东轩的宣传部部长迎着。这人姓姜，我以前没见过，经他手下介绍，才知道是家乡的领导，心想当了专家，待遇到底不同，以前我回东轩，都是谭瑞松独辫子等几个草根朋友接待，而今是县委常委到大门口握手来了。

握过手，我便朝电梯走，准备上十九楼的会议室，姜部长却追过来送。只是他跨着大步，情形倒不像他送我，像我送他。两人走到宽阔的大厅中央，他停下了，等于是在前面拦住了我。他凑前半步，细声说："许老师，这个剧本张书记相当满意，麻烦你就不要提任何意见啊。"

我怔在那里，手不自觉地朝裤兜碰了一下。

揣在裤兜里那张写得满满当当的纸，几秒钟前还如同宝石，现在成了废纸。

但不甘心，还想说说我的想法。正要说，姜部长的手下在那边喊他了。是省历史学会会长到了。这人我是认识的，对巴蜀文化深有研究，是个令人尊敬的老学者，回龙镇闹出那把青铜剑后，他也去实地考察过。姜部长听见喊，朝我拱拱手，跑过去了。

会开了两个半小时，剧组先谈构思和预设的演出效果，然后各路专家发言，专家们从创意、布景、舞美、音乐、对巴文化的深刻把握、对现代高科技的娴熟运用等诸多方面，对剧本和剧组，给予了全方位肯定和理论性概括，尽管布景、舞美、音乐之类，都没亲见亲闻，只是听他们陈述。没有一个人说半句不好，包括我，也包括历史学会会长。

那时候，瑞松说的那些话，就子弹般朝我射来。

四十七

然而，我已很难被洞穿。我的身上已布满甲垢。即使听到子弹的哨音，有了那么一点儿惊觉，也迅速陷入生活的泥沼，并成为泥沼的一部分。我知道这样说有失体统。但更不成体统的话还在后面，只是我永远也不会说出来。我们都是生活的吸血鬼，而且口味很重。有一些生活，分明已经腐烂，但它流出的尸水，照样成为我们的营养，甚至癖好。

我深深地记得，瑞松从南方回来，把妻子当成他的菩萨，且扇着电杆的耳光，大骂“谭瑞松你个狗日的”，发誓要用尽下半辈子的光阴，来向妻子赎罪。可在他跟妻子和好一年左右，我俩见面，他却神情荒凉，问他，他不说，于是我就不问。我知道不问他才会说。

果然就说了。

说曾经让他“痴”的那个女人，听说他身体恢复，又密集地表达对他的爱意，劝说他再去南方。他“理性地”表明了自己的态度。谁知他越理性，对方越疯。于是他只好不接电话，不回短信。仅仅两三天，疯狂的痴就演变为疯狂的仇恨，每天发来数十条信息，臭骂加诅咒，唾沫横飞，言辞刻毒，掘地三尺，也翻不出爱的根苗。他一律不回。后来也懒得看，见是她发来的，瞟上半眼就直接删除。过了很长时日，她才慢慢泄气，发得少了、更少了、干脆没有了。这本来是件好事，他却因此失落。他喝着那段生活的尸水，就被尸水喂养；从另一方面说，他是以表面回避实则主动的方式，榨取那段生活的尸水。

谁都一样。

我是说谁都一样。

我们都无力承担一种生活的失去，哪怕那种生活已经腐烂。

瑞松这个变傻的人，倒是比我想得透彻，他说，疯狂其实是一种寂寞，越寂寞越疯狂，越疯狂越寂寞，疯狂之后是更大的寂寞。现代人，要么不爱，要么疯狂，两者的版图上，都没有爱。只有一样东西：寂寞。

四十八

就在参加剧本讨论会的那天夜里，我做了个梦，梦见我睡在一个草棚底下，到处漏雨。我在梦里想，那些从小住在深宅大院的，会不会跟我做同样的梦？这么想着，雨越下越大，床铺淋漓，只好起来。仿佛是黄昏，见门前积着泥汤，便拿扫把去扫，却把幺妹从泥汤里扫出来，把我吓得！她呼呼睡着，我把她拍醒，说你啥时候来的？为啥子不进屋，要睡在这泥汤里？她撇了下嘴，说，你那家里还不是泥汤。我回头看家，却什么也看不见了。

第二天上午，我就接到幺妹的电话。

她很长日子没来过电话了。

秋月出了那场事，幺妹并不觉得是秋月的错，而是亲人的错，特别是大姐和我的错。那段时间，大姐和我给她打电话的时候最多，叫把秋月管好，一是别再跟达友有任何瓜葛，不然毁了一辈子，二是怕她含羞，并因此做出傻事来。后来知道，她不仅没半点儿羞愧，还辱骂和威胁燕子，我们便又叮嘱幺妹，让她叫秋月摸着胸口好生想想，她和燕子之间，到底是谁伤害了谁。幺妹每次接电话，都哦哦哦的，满口应承，过后却对二姐说："差点把我们一家子逼死了哇，那些黑心肠！"又说："到底燕子是内侄女，秋月是外侄女，分得清！"二姐把这话转给大姐，大姐再说给我。自从没能帮二姐夫忙，二姐一家就不再主动跟我联系了。幺妹也是。彼此之间，就像幺姨跟我们一样。我因此怅惘，却也感觉轻松。对家里的事情，我越来越不想听，越来越不想知道。父亲在时，我眼里挂着个蜂巢，那蜂巢存着风险，但也知道它酿蜜，父亲不在了，蜂巢破了，破开来的只有险，没有蜜。

但幺妹终于又打电话来了。

正是说她女儿秋月。

先河曾经以为，女儿没被拐走，一切就都圆满，哪知秋月被带往广东后，就像生着大病，不哭不闹，却起坐无常，三更半夜也开门出去，坐在楼梯口。父母悬着心，再苦再累，也拿根牙签撑眼皮，跟前跟后地劝说、服侍，她非但不听，还张口指骂。这样熬到秋深时节，她能在床上把夜晚躺过去了，还能跟母亲去菜市场了，只是照旧少言语，没魂儿。幺妹想，十六七岁的姑娘，说起来也可以找男朋友了，有了男朋友，魂儿有了依附，影子就会回来，便托工友牵线，说了个本地小伙。秋月在家乡已坏了名声（并没听见人传，但很多人似乎都知道），今后嫁回去，免不了被说谈头，还会受男人的气，不如嫁远些。

幺妹对我说，她找人牵线的那个小伙，名叫易开蒙，父亲开着家小厂，易开蒙就在父亲的厂里打帮手，牵线的工友，也曾在那里做事，跟碧桦当年在白马市一样，敲键盘录文件。广东本地人，是不大肯娶外地媳妇的，何况还是个打工妹儿，待见了秋月，易开蒙被秋月的漂亮镇住了。其实不是被漂亮镇住，是被气场镇住。在秋月眼里，才不管你是不是本地人，她眼里只有人，没有本地人，也不管你是一贫如洗还是家财万贯，这样的气场是扫人的，你自以为的优势，在她面前完全失效。两人便交往起来。很快，秋月住到了男方家里，离父母打工的地方，有三十多公里路。

"秋月怀了，"幺妹说，"都怀七八个月了。"

我迟钝地哦了一声。

幺妹该是当成喜事告诉我的，我心里却有种难言的惆怅。

但幺妹接下来的话，把我冻住了，连惆怅也成了奢侈。

她说，眼见娃儿就要生出来，男方却要退婚。事情是这样的：前些天，她跟先河想，尽管秋月两个没办证，但那是迟早的事情，实际上就是夫妻了，便给了秋月六万块钱，既是女方父母的态度，也让秋月为孩子备些衣帽鞋袜。亲家听说后，叫秋月把钱交出来，秋月不干，说是我爹妈给我的，为什么要交？对方就说她少调失教，不懂规矩，说女方父母给的钱，不管是给在你手上，还是给在开蒙手上，都要交给男方父母。广东是否有那规矩，幺妹跟先河也不知道，知道了也觉得是混账规矩，便支持秋月，同时想，这钱是小两口儿的，女婿天然地该站在他们一边，谁知易开蒙平时不出腔不出气，差不多就是第二个子强，可说到这事，却言谈滚滚，每颗唾沫星子，都是指责秋月和岳父岳母。

"那样子比他爹妈还凶，"幺妹说，"像要啃人的生肉，这哪里是丈夫和女婿？分明就是一把架在颈项上的刀子！"接着又说：

“秋月现在回到我们这里了，身上多出了七八斤，去做人流已经不好做，我们想等她生下来，把娃儿往男方一丢就走人，再不去惹那些狗日的！”

既然都决定了，问我还有什么意义？

我这样想，但没说出口，只问告诉大姐没有。

“没有！”幺妹说。

又跟一句：“他们那些有钱人！”

关于秋月的事，她怪我和大姐，但更怪大姐，大姐说话更干脆，也更不留情面。

很明显，幺妹想从我这里讨主意，可我能有什么主意给她呢？我只是劝她，说一方有一俗，如果那确实是人家的规矩，就依，生个娃儿究竟不比生个鸡蛋，一丢就完事。

幺妹不想听这样的话。

她像是很后悔给我说的样子，含糊几句，挂了。

挂电话的时候，她或许会想：大姐是有钱人，你也是，大姐家有人当干部，你吃着公家饭，跟我们这些打工的农民，不是一路人，想的事，说的话，都捏不到一块儿去。

四十九

这是个周末，接幺妹的电话之前，我正坐在书桌前写诗。我本想在这里引几句我写的诗，但最终放弃了。作为一个诗人，讲了这么长一篇故事，却从没直接引用过我自己的诗，一句也没有。不引是对的，我的那些诗歌，无非是纸做的房子，云做的裤子。

接了幺妹的电话，我更这样认为。便关了电脑，摸出烟抽。抽着烟，我想着幺妹说大姐的那句话。那仅仅是句气话吗？来自血缘的亲情，当真敌不过“有钱人”和“没钱人”的分野？“没钱人”的痛，包括他们的绝情，我当真再不能体会？

对此我并不承认。就像我们不承认许许多多的东西。

但我这时候挂念的，的确也不是幺妹一家的无奈，而是秋月肚里的那个孩子。那孩子如果是个先知，就该明白，自己还没出生，命运就决定了：一个没有母亲的孩子。

自幼失去母亲的恐惧，在我指尖上活过来。我拿起手机，给大姐拨过去。

“管他们的哟。”听完我的话，大姐这样说。

说得很不上心。这出乎我的意料。我本来想，大姐比我有主意，更比我侃切，她定能给出一个万全之策。然而，对亲人间的事，她像是比我还倦怠。

但大姐为自己找着理由：“外婆叫我少说话，我该听她的。”

我心里暗暗生气，也不知是生谁的气。

不过大姐毕竟是大姐，她哼哼两声，又说：“眼下的年轻人，不像我们这些老一辈哪。”这话重复两三遍，才接着说：“老辈子人，闹得透里透，也还有帮子连着，不得随便散架，现在的人，没见咋闹过，却是说离就要离。”

我听得不明不白。秋月跟那个叫易开蒙的闹没闹，大姐没见过；而且他们婚都没结，也谈不上离不离。她又是在说燕子吗？燕子跟达友离后，大姐曾极力劝说，让她和盛军复婚，燕子只不松口，说宁愿打一辈子单身。可燕子不管跟盛军还是跟达友，都不能说没闹过。

大姐见我发蒙，焦躁起来，说你读恁多书，咋恁笨拙拙的？

见我照旧蒙着，她只好明言：她没说秋月，也没说燕子。她现在没有精力说她们。

她说的是她的儿媳妇青梅。

五十

我胸口像在举行跳高比赛。难道青梅也要离？

大姐说，也没说离，只是想走。半个月前的有天晚上，青梅少有的没回娘家，刚到九点，就带豆豆去睡了，大姐夫在外面陪客人吃了饭，回来换衣裳，他那衣裳溅了油渍，换了衣裳进里屋取烟，从青梅卧室外面过，见风窗口亮着灯，里面却没声息，就问豆豆睡没有，睡了就把灯关了，不然孩子长不高。这是丽丽和李志的教训。丽丽个子不高，倒说是大姐从新疆回来的路上饿的，李志却也不高。看来另有原因。大姐夫听说，孩子开灯睡觉，就不分泌生长素，才想起丽丽七岁李志四岁那年，杨侯山修鹰嘴岩水库，大人三更天还在工地上，姐弟害怕，就开着灯睡；丽丽读到小学四年级，他们又在村小旁边开过一阵小卖铺，春耕秋收时节，大人忙不过来，姐弟俩去守店子，也是开着灯睡。万不能让豆豆再吃这亏。

青梅听到公公喊，模糊地应了。

大姐夫回到客厅，跟大姐说过几句话，抽过半支烟，正准备出门打场夜牌，见青梅穿得规规矩矩地出来，拎着个大布包。

正疑惑，青梅说：“爸爸，妈，我走了。”

还以为她跟李志商量了要出门打工，这本身就让人诧异，谁知还不算，她是要离开李志，离开这个家。

大姐心头一梗，看样子就要发作，大姐夫把她拦了，叫青梅坐。青梅便坐在茶几对面的小凳上。她身子娇小，往那凳上一坐，又被茶几一挡，更小。大姐夫问是不是跟李志说好的，她说没有，他反正常年不落屋，说不说都没关系。问她往哪里走，她不答。大姐夫把半支烟杵了，又点上一支，说："看来你是想妥当的，这很好，我跟你妈都支持你。李志配不上你，你晓得，我们也晓得。我也没多话对你说，我要说的是，你出去过得顺，我们都喜欢，过得不顺，随时回来。你也不用交钥匙，我们也不会换锁，我们把你当女儿看待，这个家里，永远有你的碗端，永远有你一个房间睡瞌睡。豆豆我们会好生养，会教她好生读书，好生做人，绝不让她成她爸爸的样子，这个你尽管放心。"

"青梅听了几句，"这时候大姐说，"就眼泪水长流。等你哥把话说完，她扑在桌子上哭，哭一阵起身，当着我们的面，把包打开，取出几件换洗衣裳。她只带了换洗衣裳，别的啥都没带。怪得很，她平时穿得周周正正，洗晒了衣裳，都是叠得齐齐整整，这时候取出的几件，却像从坛子里头摸出来。她拿着衣裳去了卫生间，在盆子里透了水，挂到阳台上去，就回房去了。我偷偷去门外听，听见她又在哭。"

那天晚上，大姐听了很久，青梅一直在哭。当大姐回到客厅，大姐夫已扔下满缸子烟锅巴，每支烟都是吸两口，杵了，又点一支。大姐说："青梅在哭。"大姐夫没搭腔。两人默默无言的，坐了也不知多长时间，大姐夫使个眼色，叫大姐再去听。大姐去了，回来愁着脸，摇摇头，大姐夫就懂了。他摸出电话，打给李志，问他在哪儿，李志说啥事呀？大姐夫提口就骂，像个妇人那样骂，说你娘卖×，你把婆娘都要脱啦，还问啥事，还不晓得归屋！

李志迷糊着，一时也分辨不出“婆娘要脱”是什么意思，以为青梅在接送豆豆的路上出了事——前些天街上就出过事，一个爷爷送孙女上学，被一辆大卡车撞飞，爷爷当场粉身碎骨，两条死蛇样的手臂，还把孙女箍住，孙女也满身是血，但还有一口气，送到县医院去了。李志打了一整天桌球,刚跟伙计们去了老街尽头的滩地，在“夜·啤酒”的五彩灯下坐了，脑子里还全是球碰球的声音，时间在他那里，成了一团糨糊，同时也只有想到车祸，他才记得起女儿有上学下学这件事。

他提着心听他爸说，听了几句，那心噔的一声，落进腔子里。

“这样啊，”他说，“她要走,走她的哟,只是叫她要走就走远些，莫现在我眼前。”

大姐夫气得睁目。

这气，也不止针对李志。青梅要走这件事，伤到他骨髓里去了。父亲过最后一个生日那天，因为青梅买几个生姜也说要给她报销，大姐就提醒，说你这样惯使，别到哪一天鸡飞蛋打。大姐夫当时回的是：“她敢？我没将就恁狠！”在他心里，其实不是青梅不敢,而是不会,论家庭条件,论公公婆婆如何待她,她也该死心塌地。现在却要走。她这一走，不光是抛弃李志，抛弃这个家和这个家的体面，还把大姐夫的自信和自尊，戳了个血窟窿。此外大姐夫还想到豆豆。青梅走了，豆豆就成了没娘的娃。燕子那儿子沪川，去燕儿坡参加他祖外公的丧礼，是怎样在娘面前讨好卖乖受委屈，大姐夫是见在眼里的。还有天天，天天的性格虽是活泼些，可他独自走在街上，都是窜着脑壳，听见别人叫声“妈”，就惊惊慌慌的，扭着个黑瘦的细颈项到处瞅。未必要豆豆也成这样子？

越想越气，直叫李志赶快“滚回来”。

“那天他倒是回来得快，”大姐说，“你哥搁了电话，第二支烟没抽完，他就进了屋。”

刚到客厅，就挨了一拳。

那一拳打在腮帮上，半边脸立时发泡，嘴角流出血涎子。

大姐夫成了心，今晚要刮掉他一层皮，让他重新长皮，于是喝令他跪下。谁知“跪下”两个字才出口，李志也提起了拳头。当然没砸过来，却是准备砸过来的样子。大姐夫紧跟着又是两拳。儿媳不顾他一片心，儿子也不顾？那两拳打在李志的锁骨和胸膛上，伤心和愤怒，都埋在那拳头里。正要打第四拳，李志身子一别，弯腰撮起了茶几上的水果刀。紫色牛角柄,五寸不锈钢刀身,雪亮,锋利。大姐一步跳过去，横在两人中间，随后去抱住李志，夺他的刀。没想到这个四体不勤的家伙，手那么硬，指拇像钢筋，钳子都夹不开。

大姐去夺刀时，大姐夫坐下了。他左手还夹着烟，烧到烟蒂，发出臭味儿。他的整个生活，就是一股子臭味儿。那提起的拳头，那明晃晃的水果刀，把他击垮了。正如他醉哭的那天夜里所说，几十年来，他为这个家操尽了心，却没人体谅他。非但不体谅，他的亲儿子,还对他以刀相向。他一生都是败的,败透了,穿胸透骨的透。

李志自己把刀扔了。

刀从桌上蹦到地上。李志把刀踢了一脚，才哭诉。从停他学开始哭，说他本来要好生念书的，硬是不让他念，不然他“也会跟姐姐一样，上了大学，那时候你们就不说我的谈头了”。又说：“在你们心里，姐姐是块金元宝，我是一坨臭狗屎！”后来，让他开茶馆，开烧烤店，开冷饮店，开洗脚坊，开这样开那样，都是开一阵就不让他开。

大姐暴起一声：“你想看为啥子不叫你开？好比开茶馆，你是老板，你一天到晚人影子不见，只是开个门，关个门，鬼才去你那里打牌！”李志便说：“是哪个硬叫我开茶馆的？是我想开？开茶馆的都要自己会赌，也要自己爱赌，是不是要我成个赌棍？”大姐又问：“那洗脚坊呢？”李志说：“你只说洗脚坊洗脚坊，你晓不晓得洗脚坊是做啥子的？你以为是洗脚的？”然后身子一挺：“我想自己挣钱，挣干净钱，现在没挣，将来要挣！我不要坑蒙拐骗来的钱，歪门邪道来的钱，整人害人来的钱！——你以为我不晓得！”

这个“你”字，是对着墙壁说的。

那面墙上是更加黯淡的什锦槅。

现在，土罐罐酒也被大姐收捡了，大姐夫自己要喝，是去里屋倒，来了客人要喝，是用口大杯，去里屋浞出来。在大姐夫眼里，这非但不是光明正大的生活，简直是偷鸡递狗的生活了。

然而生活就这样去了，还根本说不清是怎么去的。

尽管我已觉察到大姐夫再不是老样子，可外在的一切并没有改变，他的村支书还是做得稳稳当当，跟镇领导还是打牌、喝酒、去县城，何老三还是跟他合伙经营挖挖机和采砂船，杨津还是他的专职司机，李前涛还是对他跟前跟后，灰狗儿还是从他手上接烟，干儿干女还是为他送来菜蔬水果，广里还是为他种庄稼，为他养“自己吃的”猪。

这些都没有变。

而这些没变，就说不出哪里变了。

但确确实实又变了。

如果没变，李志对着墙壁说的那个“你”，大姐夫就不会认为是指他，大姐也不会。可是现在，他们都知道李志指的是谁。大姐夫眼神内收，一言不发。

若干时日后，他亲口对我讲起这段往事，说他当时感觉自己被摁在了水底下，身上绑着石头。李家岩那三个沉身河底的人，成了三个光骨头架子，却都拖着石头朝他爬过来。如果不是大姐的一声暴喝把他惊醒，他会失声惊叫。

大姐暴喝一声，给了李志一巴掌，不过是打在他厚实的背上，“你多体面！”大姐吼着说，“你自己不识平仄，怪大人？你要充能干，就莫用大人的钱！从今往后，你自己养婆娘娃儿！养得活就养，养不活，婆娘跑了，娃儿饿死，我们就当是聋子、瞎子！哪个不是只有一辈子？你是一辈子，我跟你爸也是一辈子。到时候，我跟你爸像你外公那样，两腿一伸，眼睛一闭，一辈子也就完了。完了好呢，你将来当了讨口子，臊皮也臊不到死人脸上！”

李志一屁股坐在凳子上，紧跟着站起来，冲进卧室去了。

大姐怕他打青梅，连忙追过去。还没追到，门砰的一声闭了。大姐紧着心，站在外面听。除了听见青梅像开始那样哭，没有别的声音。

“现在没啥事了，”大姐这时候对我说，“两口子又好了。李志说青梅咬了他几口，他没还嘴，说得笑嘻嘻的。你哥给他们规定了任务，让他们尽早怀二胎。只要怀上娃儿，青梅那心就定了。娃儿几岁过后，心会倦，会散，再怀上，又定了。女人就这个命。”

五十一

从燕儿坡上去，走半个钟头，能见到一块长满青苔的岩石，那岩石像个正急急赶路，却突然肚子痛起来的人，痛不可忍，便站定了，把腰窝进去，腿和腰之间的豁口，被荆棘和野藤封住，看不到里面的情景，如果能看见，就是看见了一个人的出生地。

这个人我前面提到过的，即清道光年间三大国家支柱之一，名叫罗思举。

家道如此贫寒，贫寒到没有家，只能生于岩洞，却能登上提督宝座，且成为国家柱石，靠的是慧心、胆魄、慈悲和适度的流氓气质。

罗思举晚年，写过一本书，是他的自传，因他谥号壮勇，后人便将他这本十余万字的自传，命名《罗壮勇公年谱》，点校出版。我很晚才读到，见里面的很大篇幅，写的都是清溪河，是老君山和杨侯山。大半生军旅生涯，踏破万里山河，心里最重的，却还是家乡，家乡不仅给了他父精母血的生命，也是他事业的发祥地：白莲教的烽烟，起自东轩，燎原中国，罗思举徭办义军，首先就从老君山和杨侯山开始。书中，他把这两座山称为“对影山”，说它们互为本体，也互为影子：老君山有人挠痒，杨侯山就有人发笑；老君山有人下牢，杨侯山就有人犯事；老君山有人生病，杨侯山就会死人；如此等等。

挠痒和发笑是不好去印证的，下牢和犯事，生病与死人，倒可以比对着看看。

最近，老君山有人下牢吗？

有的。

是那个师政委。

老君山有人生病吗？

也有的。

是朱占惠。

朱占惠得了一种怪病。开始，她几天内变得幼蚕一样白，白得亮晶晶的，惹得一般姑娘媳妇羡慕，说她返老还童了。占惠自己也信了真，有空儿就站到镜子前，笑眯眯地看自己，看了脸，又捞起袖子看。许兴说："还脱光了看呢，越看越嫌我，说我配不上她。"谁知道白了又紫呢！紫也罢了，还硬。后来去县医院检查，说这是一种病，叫硬皮病。其实硬皮病只是个简便称呼，她皮硬，肉也硬，硬得像骨头，而那骨头又软得像肉，立不起来，更走不得，只好弄回燕儿坡。她在燕儿坡好多天没出过门了。

可怕的不是出不了门，是舌头要往肚子里掉。舌头也是肉，也会变硬，边硬边卷，卷成根辣椒模样，肚子里就像伸出一只手来，要把那辣椒摘掉。这时得立即下药。县医院开了药，几大包青霉胺，前个把月吃了有效，再吃就白吃了。马儿在网上查，说上海某医院有独家配方，专治这病。寄钱去邮购来，果然不差。可后来发现，那药只能缓，不能治。不过缓也就算治了。当舌头后缩，就吃一颗，吃了，下落止住，慢慢变软（身上其余部位并不跟着变软），恢复原状。

师政委隔得远，平时又没见过那人，他下了牢也议论几天，无非因为他出生在老君山，几天过后，就不再谈他了。而朱占惠那病，清溪河流域从没听说过，因为稀奇，也因为她在身边，走哪儿都有人摆谈。燕儿坡住到镇上去的，闲着无事，更是拿占惠打发日月。

这天大姐去买菜，刚从码头的錾子路走到榨油厂废墟前，就被靳嫂和向三娘拦住——她俩先前住在燕儿坡西院，也就是许金洋曾住过的院子，占惠在那院子住过两个多月，因此她们和占惠当过几十天邻居，便天然地觉得该对占惠更关心些，碰了面，第一句是问吃了没得，第二句就扯到占惠身上了。今天她们站在那里，已说了将近两个钟头。

两人见了大姐，把大姐拦下，问这些天去燕儿坡没有，大姐说我过段时间才去，给我妈烧生期。“占惠现在如何哟？”大姐问。靳嫂笑：“我们也多久没回去过了，正想问你呢。”靳嫂年龄跟大姐差不多，却发如银刺。大姐摇摇头，说人啦，天生靠五谷杂粮养，不该靠药，靠药养，心里想的，就只是病，眼里见的，也只是病，见得多了，见啥都是病，说出的话，也是生了病的病话。由此及彼，大姐就说到我们幺姨。幺姨端了几十年药碗，手上端出茧巴，每过些日子，就要用刀把那茧巴剥掉，不然痛得慌，待茧巴多得剥不过来，人就死了。

幺姨是半个月前死的。

只是听说。如同父亲的丧事我们没通知幺姨一家，幺姨的丧事也没通知我们。还听说，幺姨下葬的同时，就修了坟山，立了墓碑，碑上的族亲，我们家只列了母亲。

“就说不把我们往眼睛里搁，该不该把爸爸刻上去？”

大姐这样给靳嫂和向三娘说着，脸色一浸，很是悲戚。

但她悲戚的，或许并不是没把父亲的名字刻在幺姨的墓碑上，而是幺姨死了这一事实。我们的长辈亲人，全不在了。而幺姨又格外不同些，她太像母亲了。

母亲很早就死了，天底下最像母亲的那个人，也死了。

靳嫂从没见过我们幺姨，向三娘很年轻的时候见过，那时候我们母亲活着，幺姨喜欢朝燕儿坡跑。但不管见没见过，她们想说的，都不是幺姨，是占惠。靳嫂便说起占惠吃那药，说那药的样子，跟羊子屎长得一个脸面儿。大姐说："贵呢，七八块钱一颗！吃一颗还只好管个把时辰。"靳嫂拍打着大姐的袖口："背时的耶，哪管得了恁久？上个礼拜我回去——"大姐说："你不是多久没回去过吗？"靳嫂眉毛一撑："四五天了，还不久？长二田的苞谷前两天就该扳了，他不管，我也懒球得管！"

这后一句是针对她男人说的。她男人以前在镇上屠宰场帮工，后来屠宰场没了，又去船上帮工，先上采砂船，觉得那活路既累人又枯燥，就学了撒网，置办了打鱼船，头几年，白鲢花鲢的不落空，颇能过日子，自从河里的鱼接连遭到毒杀，再难打到，便歇多于做，真正的三天打鱼两天晒网；他歇着的时候，靳嫂让他回燕坡看顾庄稼，他理也不理，早饭一吃就钻进茶馆。靳嫂的田地没荒过半分，都是靠她一个人做出来的。

"上个礼拜我回去，"靳嫂接着开始的话说，"听说占惠刚吃过药，就去看她，才跟我说了三句半，舌头就挎不转了，喉咙就鼓起来。还个把时辰呢！"大姐说："噫——"靳嫂又是拍打着大姐的袖口，意思是别打岔，让她把话说完。她说："我看着害怕，说你好生养，就抽身出门。出了门，还听见她那喉咙咕咕响，像蛇吞青蛙。"

大姐说："你不给她按颗药进去？她那指拇像长老了的柴枝，

弯不过来，她吃药全靠许兴帮忙。”

“就是怕嘛！”靳嫂说，“幸亏我晓得许兴在窑儿田淋茄子，赶忙跑去叫他。”

向三娘年龄大，耳朵不好使，但只要是她想听的，都能听进耳朵里去。听了靳嫂的话，她下巴一扬，左右看了，压低声音：“你也犯不着去叫许兴，没恁严重。那占惠，最是一副势利心肠。上回子黄艳去看她，摆小半天龙门阵，一直嘻嘻哈哈的，屁事没得！她那心肠是长在舌头上的，你面上没光，她那舌头就不待见，要是体面人在跟前，比蛇芯子还滑溜！”

几句话说得靳嫂不像。特别是说到黄艳。

靳嫂和黄艳是妯娌，合不来，以前住在燕儿坡，间天吵架，虽不比当年我母亲和侯大娘闹出的阵仗，也照样掀起平地风波。后来黄艳的儿子当兵去了，在濒临东海当海军，自从儿子入伍，黄艳逢人就说：“没有杀龙技，不敢下东海！”比王晴光当初吹他女儿女婿，还来得陡。去年，她儿子转业，进了白马市青花区法院，只要听到车响，哪怕正解手，她也慌忙提了裤子，跑到门口，高声问：“法院的车接我来了？”也不知问谁。

她而今住在上街，楼上楼下的邻居，是几个外村人，开始还以为她犯了事，法院要押她走，回回这样，才打听出来，也才知道她是显摆，见不惯，就到处说。靳嫂住在中街与下街交界处，与黄艳隔着百十家店铺，还隔着幼儿园、农业银行、驾校报名点、邮政储蓄所，隔着成千上万的人口和未经统计的猫狗，但人说人的话，是长腿的，黄艳显摆的事，某天传到靳嫂耳朵里，靳嫂听了，并不跟着人嘲笑黄艳，只在心里认了黄艳的儿子在法院工作的事实，便一言不发的，撤身回去，打鸡骂狗。

靳嫂自己没那福分，生的两个儿子，实诚倒是实诚，不过也只剩了实诚，跟两块泥巴相似，兄弟俩出门打工，干的活也和泥巴有关，是砖匠。

大姐见靳嫂不尴不尬，便对向三娘说："不是那样的呀，害病的人，神定不住，能定住的时候，药效就管得久些，神散了，或者那天她很想说话，心里一急，反而说几句就不行了。占的是许兴对她好，那么贵的药，占惠跟前的药罐子里没断过。"

"还不是靠马儿，"靳嫂缓过气来，很感激大姐似的，赶忙接腔，"马儿做几年摩的生意，风里雨里攒下几个钱，都填了他妈的嘴巴子。"

"那倒也是。"大姐说，"马儿那狗日的，以前青天朗日的也唱哀乐，都说他神兮兮的，笨拙拙的，结果恁有孝心，给他妈治病，硬是不惜钱。"

又说："虽说马儿有孝心，可究竟不能二十四个时候守着他妈，要是许兴对占惠差些，还不是等于零。自从占惠不好，许兴就没耍过，不是在坡上做活路，就是守在占惠床头。"

向三娘听了，脸一掉："好是好，不值得！"

便又说起占惠跟保寒、学勤、镇勋乱搞的事。

没人提我二哥。但看向三娘和靳嫂那神情，她们对占惠跟二哥的事情，知道得不耐烦了，嘴上没提，脸上提了。

大姐说："我买菜去了。"说着就走了。

五十二

买菜回来，大姐就给我打电话。我以为她要说秋月，却不是，是说占惠。说完叹息一声，感叹着人的命。说占惠是多要强多能干的一个人，哪想到不上五十岁，就成了那样儿。接着又说到二哥，说二哥到底是个没情分的，占惠病成了一块石头，他也没说去望一眼。燕儿坡人，只要没出远门，大多去过，二哥却没去。二嫂倒是去过两回，可想必占惠还是想二哥去看看。然后又说，占惠不能带天天，大哥只好把天天交给别人，短时间换了几家，每一家都比占惠收得贵，伙食还不如占惠开得好。

说着又是一声叹息，像不胜重负。

我知道天天的钱是大姐在给。

同时，兄弟的女儿清涟已初中毕业，去县城第二中学念高中，并没考上，还是我找瑞松帮忙，又交了高价，才去做了插班生；人进去了，钱又紧张，兄弟和弟媳打着工，按理能够负担孩子读书，也不知是不善管钱，还是又被舅子老表借走了，或者存起来舍不得用，一有支出，就给大姐和我打电话。

我等着大姐说说秋月，但她始终没说。

秋月肚里的那个孩子，早该生下来了，是男是女，是否丢给男家就走了人，秋月现在是什么景况，虽说心里拒绝知道，其实还是想知道，想了，却又怯于知道。人在很年轻的时候，想和怯之间，想胜于怯，活到一定岁数，就反过来了。

既然这样，我又怎能去苛求大姐？她比我年长七岁，再是性格刚强，该钝的也钝了。她多半和我一样，没跟幺妹联系，真联系过，不可能不告诉我。

大姐现在能主动联系的人，越来越少了，在外面的，除女儿丽丽和干儿子成中，几乎只剩下我。二姐、兄弟和幺妹，还有燕子洪泉子强他们，包括她在黄金镇做豆腐生意的二叔子一家，她不是不想联系，可每次拿起电话，都觉得那电话很沉。

跟亲人之间，大姐和我一样，被什么东西阻隔了。

这东西是钱，又不仅仅是钱。

只有说别人的事，大姐才又成了大姐，隔着几百公里路，我也能感觉到她的神采。她继续说占惠，说占惠也是可怜，得了世人不见的怪病，还被天上地下地谈论。有人还说她是遭了报应。向三娘就是这样说的。向三娘说："现在的人不信报应，你不信，未必就不报应？天老爷是洗着眼睛的，做了腌臜事可恶事，他老人家眼睛一眨，你就要倒霉。"

大姐不喜欢这种咒语，觉得向三娘诅咒的，除了占惠，还有跟占惠乱搞的人。

其中包括二哥。

可真要这样说，二哥倒是没被老天爷看见。

他后人争气。小兰两口儿，存款一天天沉重，二哥在女儿女婿那里借的钱，便可以毫无心理负担地捂着不还。小兰的女儿聪儿，到初三的时候，突然改了样儿，先是眼睛近视了，戴上了眼镜，人也跟着变得斯文起来，走路手都不摇的，更别说和男生打架、抽烟；成绩也好了，好得像点燃的烟花，噌一声就上了天，最终以全校第二名，考到县中去了。洪泉和碧桦，据说能月进十万，并且生了儿子，是回到镇上生的，满月后碧桦就去了苏州，把儿子扔给公公婆婆。那小家伙名叫奔奔，是个语言天才，爸爸妈妈都还不大会叫，就会说一句话："给爷爷整点钱回来。"有理无理，二哥就拨通洪泉的电话，几句说过，便把手机捂到孙子耳朵上："奔奔，叫爸爸。"奔奔不叫爸爸，只说："给爷爷整点钱回来。"儿子的生活费和父母的辛苦钱，虽是按月给足的，可洪泉听了，也不好不再寄些。

二哥手头，比先前宽裕了许多。

"我们几姊妹，"大姐说，"只有二哥过得好。"

我没回言。

奔奔办满月酒的时候，我让大姐代我送些钱，她接我电话，就说到人家都办满月酒了，可那丽丽还没说怀肚子的话。又是一年多过去，丽丽照样没怀，大姐心里，免不了空着。可她又拿年轻人没办法，丽丽上班忙事，假日里就跟培亮到处玩，像人只有现世，人活一辈子，也只有现世的一辈子。她对丽丽说，人家培亮是独生子，不像你还有弟弟，你要给人家添个娃娃才对，丽丽的回答都是："那妈！管得宽！"

不过，大姐那样感叹，也不单指这个。摊开了看，大哥、二姐和春晌，以前的那些问题都没有解决，比如二姐的心病——子国的婚事，至今还是一块心病，且是越长越大的心病。

"唉，"大姐说，"不像占惠那样子，就算好日子了。"

于是又回过头说占惠。

在与占惠的比较当中，许多生活的不如意，都释然了。

五十三

按罗思举的说法，老君山有人下牢，杨侯山就有人犯事，老君山有人生病，杨侯山就会死人，现在从老君山出去的政委下了牢，燕儿坡也有人病着，杨侯山人犯事了吗？杨侯山死人了吗？

一个封建官僚的话，哪能信得。

杨侯山有天然气，老君山还没见挖出石油来呢！

第七章

一

我母亲的生期在旧历九月十八，多年以来，都是大姐承头去为她烧纸，要是大姐忘了，父亲会提醒她，父亲去世后，没人提醒了，好在大姐还记得，大姐说："到哪一天我也忘了，就当没那个大人了。"这有点气话的意思。是气几个弟兄。大姐不去，就没人去，大哥分明住在燕儿坡，也不主动去，二哥更是，大姐去了他也不去。

今年，大姐夫跟大姐一起，上燕儿坡去为母亲挂了坟，回大哥家的路上，顺道再一次去看朱占惠。刚进占惠家门，大姐夫就接到电话，让他速去镇上开会。

是郑县长带着宣讲团来了。郑县长上任不到三个月，第一次来回龙镇。第一次来就带着特殊任务。说特殊，是因为重要。张书记亲自构想并亲口提出了一个全县性行动，叫"红灯笼行动"，县委县府主要领导充分领会之后，成立宣讲团，到各机关、社区、乡镇和学校传达。回龙镇是重镇，便由郏县长带队前来。原计划后天来的，明天郏县长有事进京，又不能误了“行动”进展，临时决定今天来，召开学习会，镇领导和村支书都得参加。

郏县长从政之前，是某高校教师，教古典文学，据说对《楚辞》深有研究，但他身上没有丝毫“旧”气。他说古典文学的好，就在于它永远和时代并行，比如《离骚》，通篇的核心推动力是忠——怨也是忠，“忧愤忧思”还是忠；忠是没有时代性的，所谓没有，就是无处不在，无时不新。有这个忠字打旗，思想就能统一，就能百川归海。因此郏县长又说，如果要给政治归类，应归入数学，数学之所以成为科学的元帅，就因为能长程运算，而且再长也不走样。数学作为最“忠诚”的科学，无意中描述了政治的全部奥秘。郏县长指出，“红灯笼行动”是张书记构建文明东轩的创举，是东轩目前最大的政治，全县干部群众，务必拿出数学一般的忠诚，吃深吃透，落地生根。

说起来倒也不复杂，就是倡扬传统道德，归结为八字古语：孝悌忠信、礼义廉耻。简称人生八德。张书记在县里讲话时，旁征博引，以生动事例，把每个字掰开来讲，要求全县人民，用这八德去比照自己的言行，各机关、社区、村寨，由一把手牵头，逐门逐户评比，八德俱在，就在家门上挂盏红灯笼。德行不止藏在心里，德行是可以外化的，红灯笼就是外化，有没有，一目了然。没能挂上红灯笼，在邻里间就很难立足。

张书记的良苦用心，是郏县长特别强调的。目前，清溪河的治理已经开始，拦河造湖即将完工，县城两岸，合而不密，离而不弃，买卖往来，商机勃发，商机生富足，富足生从容，从容生优雅；县城人民已过上好日子，接下来，是让全县人民都过上好日子。张书记审时度势，立足长远，确立了全域旅游的发展思路。但须充分汲取外地经验，杜绝景区数票子、沿路数车子的畸形模式，要让全县人民都数票子。票子从哪里来？游客为你送来。但游客不是来送票子的，是来看风景的。人心是最好的风景，是风景中的风景，人心不正，再好的自然风光，也糟蹋了，人家来一回，就不来了，而今是信息时代，来过的在网上一发布，没来的也不来了。所以张书记费尽苦心，要建设文明东轩，请出那八个字来。

“孝顺父母为孝，敬爱兄长为悌，”郏县长以他的专业学养，为大家阐释，“忠么，中心为忠，大而言之，是把党和国家搁在正中间，小而言之，是把东轩搁在正中间。信是说人话，人言为信嘛，你开始说这个挂件五块钱，等别人拿上手，你改口说五十，就不是人话了。礼是示人以曲，你自己弯腰，别人就高了，你让别人显得高，你自己反而更高。义是人字出头再加一点，是说别人有难，你要出手相助。廉和耻就不用我解释了吧？”

“一旦建成旅游大县，”郏县长接着说，“没挂红灯笼的，游客都不往他家去，既不去吃饭、住宿，也不去买东西，他就连活下去都难。不过张书记也讲到，我们的老百姓是纯朴的，也是善良的，要让绝大部分人都有红灯笼挂。但绝大部分不等于全部，要是全部都挂，就失去意义了。那么多大比例不能挂？百分之五不高吧？当然不高，可以说很低了。好，就百分之五。各村寨，各社区，都要评选出那百分之五。”

最后，郏县长强调，红灯笼是政府的奖励，因此不让老百姓出钱，由县里拨专款定做。全县一百三十多万人口，三十多万户，除掉那百分之五，也同样超过三十万户，何况这次不是以户口为单位，是以住家为单位，只要那房子里住着人，就算一个家，这么算下来，怕要接近五十万户。“假如一个灯笼十块钱，大家扳扳指拇，政府要贴多少进去？单从钱的角度讲，也不是儿戏，也要让那些不能挂红灯笼的，就是挂不上！”

二

中午时分，大姐夫走出镇政府。

阳光底下，他将拍红的手掌搓一搓，心里盘算着。

李家岩村 3484 人，765 户，百分之五，就是将近 40 户。但大姐夫算的不是这个，而是：你凭啥不让这 40户挂红灯笼？有的好说，比如李合作家里，儿子在火车上抢劫，还把手伸进姑娘媳妇的内裤，看藏钱没有，判了十二年徒刑，这个不该挂；冉从权家里，儿子在外偷电缆，判了十年徒刑，也不该挂。但有些就不好办，像李保顺和鄢敏通奸，鄢敏死在李保顺床上，照理，李保顺家不该挂，可他婆娘施淑玉是受害者，她该不该？相同的道理，鄢敏的男人李财也是受害者，鄢敏死后，李财没再讨，独自一人养孩子，还常去岳父母家走动，岳父母有个三灾六病，他都跑到跟前，奉汤奉药，他又该不该？还有，像李昌学家里，母亲一辈子对邻里恨五骂六，而李昌学两口子，包括他父亲，却又特别和善，这跟燕儿坡许利民和侯大娘差不多，不同的是，利民和父母分了家，李昌学和父母没分家。难就难在没分家。

还远不止这些难处。

下了九十九石梯，大姐夫拿定主意：立即回村，召集村委会，听听手下的意见。

自从当上支书，大事小情，就由大姐夫说了算，他何曾听过手下的意见？这回如此慎重，足见事情棘手。

多数时候，村委会是把人叫到街上来开，但今天，大姐夫决定回李家岩去。这事关系到家门家户，尽管对家门家户都了如指掌，可再了解得透彻，也不如回到现场那样清晰。

三

大姐夫传达了郏县长的宣讲精神，便单刀直入地谈事，首先就谈到李财。果然把人难住了。照李普的意见，鄢敏早死了，现在不是鄢敏家，是李财家，李财对他岳父岳母，虽比不得陈九对他养父，也尽够了，他那红灯笼，该挂。但这话被李前涛驳了回去，李前涛说，李财家的户口簿上，至今写着鄢敏的名字，咋能说不是鄢敏家？就算把鄢敏的名字抹掉，未必别人不晓得她是李财的婆娘？不晓得她跟李保顺通奸？说完，李前涛看了大姐夫一眼。只有他才明白大姐夫的心思。如果李财家都挂红灯笼，如何完成任务？不仅李财家不能挂，某些千该万该的，也不能挂。这除了任务所逼，还要余出一盏来给灰狗儿。按理，灰狗儿是那百分之五的天然人选，但大姐夫深知，灰狗儿自己不要脸，却希望别人给他脸，要是不给，他身上的那股烂劲儿，是可以把铁也锈掉的。

但这时候，大姐夫没接李前涛的眼神，摸出烟来散了。

正把烟点上，听到外面奔跑着呼喊：“李书记！李书记！”

接着是牛喘之声，又接着才喊出下面的话："出事了！出事了！"

大姐夫忙出门来，见是桐子树岩的傻子金二娃。问啥事，金二娃说，他见他婆娘偷偷拿了瓶百草枯，多半不是给草喝，是她自己喝。问她为啥要喝百草枯，说他妈指骂他婆娘。说完，金二娃打个转身，又脱兔一样朝来路奔去。

几个干部都笑。大姐夫笑着说："你说那狗日的傻，他又不傻，百草枯是杀草的，打明里拿就是，偷偷拿，就是有问题了。你说他不傻，又傻得屙牛屎，既然看见了，为啥不问个子曰，给她夺了？等你这么跑来跑去，真要喝的话，你回去人都硬了。"

桐子树岩是李家岩村的上界，与柏树岭等高，三伏天走到那里，也冷气森森，冷的不是温度，是高，高得令人胆寒，黑崖耸峙，白云垂挂，举一下手，就能摸到天的感觉。

说了金二娃，又说金二娃的婆娘。

傻人有傻福，金二娃那婆娘名叫林秀英，是个俊女子，只是得过小儿麻痹症，腿上有残疾，才嫁了个傻子。虽有残疾，山里的活路，她没一样落下过。可惜当婆妈的不晓得珍惜，三天两头骂，骂她的残疾。大姐夫上去调解过，可没什么作用，后来才听说，是婆妈怀疑儿媳跟公公乱搞。难怪那老太婆骂儿媳时，必定指使丈夫同骂，丈夫不骂，就把羞死祖宗的话，连肠带肺地扒出来。迫于无奈，老头子便也跟着骂。男人不骂不说，一骂就是荷叶莲花藕、鸡巴卵子球。一个二十多岁的女子，怎么听得过来，何况还是公公骂她。

在这样的家里过活，寻死，也难说不是一条出路。

金二娃没来报告就罢了，既然报告了，干部就不能不管。当然可以给桐子树岩的村民组长申明义打电话，让他去处理，但申明义那人，行止浮薄，经不得场面，人命关天的事，多半处理不下来，还要村干部去才行。

要在往常，大姐夫会亲自去的，但今天不行。今天有泰山压顶。大姐夫问："谁跑一趟？"问了，左右扫视，觉得除了李前涛，还能指靠谁？可李前涛走了，事情又怎么商量？

大姐夫又接上一支烟。这当口，李前涛说："李书记，我去走一趟。"大姐夫说："嗯？"李前涛已经起身。大姐夫说："你去？"李前涛说我去。大姐夫沉吟霎时，说："行嘛。快去快回。"李前涛应了，回家骑了摩托，朝桐子树岩赶。

他这一去，就没回来。

四

电话打不通，问申明义，申明义说没见到他。再问金二娃家的事，申明义说："没听见啥子事呀。"说完连忙跑到金二娃家去，见金二娃四仰八叉躺在偏厦的凉板儿上挺尸，呼噜扯得山响，他爸在阶沿编背篼，他妈在割牛草，他婆娘林秀英，用粪水兑了柴灰，正朝庄稼地里背。申明义先没见到婆媳二人，听阶沿上的老汉说了，不放心，朝那条路追去，确实看到林秀英一高一低走在前面，花篮里湿臭的柴灰一路洒落，她婆妈在旁边的林子里，见了媳妇就骂，说像你这样拐到地里,大半都抛撒了。申明义还批评了老太婆几句。

那时候，是下午三点多钟。

大姐夫耐着性子，又等了半个多钟头，其间不停地给李前涛打电话。每次都是忙音。同时，申明义也带着几个人，到桐子树岩的家家户户找寻。

音信全无。

大姐夫的心狂跳起来。金二娃来报告出事了，结果没出事，现在有可能当真出了事。或许，金二娃那傻子就是个勾魂鬼，借着说他女人，勾走了李前涛的魂。

人的预感不是神迹，而是千真万确地存在着，以平实而又无处不在的方式存在着，只是时候未到，便不为人知。李前涛出脚不上半个钟头，大姐夫就感觉到一丝凉意，他当时还开玩笑，说前涛像根挺杖，往山里一跑，疏通了山的筋脉，山上的冷气就灌下来了。

现在想来，那时候的李前涛，很可能就出事了。

大姐夫将面前拟出的十余个名单一推（其中很自然地添上了金二娃家），说："找人！"

村干部们骑了摩托，沿路查看。

包括大姐夫也是骑摩托。近半年来，他用杨津的车少了。杨津和焦艳已形影不离，杨津公然跑到焦麻子家，杀鸡宰鸭，裸着上身去厨房炒菜。焦麻子两口子，竟都很欢迎他，也很喜欢他，说他炒的菜好吃，俨然把杨津当成了女婿。被抛在一边的黄二妹，而今成了回龙镇的笑柄。黄二妹为人好，人家口头不笑，心头笑。女人落到这步田地，总是被人笑的。人这一辈子，就是笑别人和被人笑，就这样把一辈子走完。如此情形，去用杨津的车，而杨津往往又要带上焦艳，大姐觉得对不住黄二妹，就叫大姐夫少用。大姐夫自己也是这样想的。当然可以另找人替，又怕冷了杨津的心，毕竟合作这么多年，且还有着千丝万缕的瓜葛。于是大姐夫心一横，自己学了摩托。他本想去上个驾校，买辆小车，大姐不同意，大姐说，别的村干部都骑摩托，你一个人开小车，不胀眼睛？你以前用杨津的小车，那是你不会开车，办事又赶时间，人家想说，也是含着骨头吐不出，你既然自己开，就开摩托好了。

骑着摩托，在去桐子树岩的路上开个来回，也没见李前涛的影子。

有段悬崖边，草丛倒伏，似被轮胎碾过，未必是从这里栽下了深谷？站在崖口，探头一望，岚烟上涌，罡风横吹，深谷中一股吸力，要把人吞了进去。那是没有时间的去处，万万年前，那里的时间就已死亡，其阴森诡异，远胜凤鸣山的光明峡。大姐夫想象着李前涛连车带人翻落的景况，一个越来越小的点，小成羊，小成兔子，小成苍蝇，然后融入牛奶般的岚烟里，而盛牛奶的杯子，没有底，更不知底下怎样，因为从没人去过。

到夜里六点多钟，大姐夫回村，先告知了李前涛的老婆鲁小羊，然后发动全村男女，备电筒火把，满山满谷寻。晚秋时节，深山里黑得迅捷，太阳沉下去，夜色就骤雨般降落，黛青的树丛，加深了黑暗的深度，于是电筒齐明，火把四起，那阵势，自然比当年燕儿坡人去土匪洞找邹灯，浩大得多。边找边喊：“前涛——前涛喂——”声音凄厉。人自从有了名字，就是供人喊的，可当你不停地喊，大声地喊，即使满心欢喜，也会喊出凄厉来。人的名字经不住喊，喊着喊着，最终的命运就化进去了。在这深山的夜里，喊一个很可能已经不需要名字的人，越发凄厉得毛骨生寒。

就这样找到天亮，喊到天亮，不过是惊扰了走兽飞禽。

大姐夫掏出电话，接连不断地拨，拨给住到街上去的李家岩人，除学生和残疾，都丢下活路，歇下生意，火速回村。如此凑成四百多人，分成数十支，不局限于去桐子树岩的路段，方圆十数公里，凡人能去的，都搜寻了个干净。

干干净净的没有李前涛。

活的死的都没有。

活不见人，死不见尸，其实也就是死了。

且在寻找途中，有人在山林里见到了一摊血。

那是谁的血？为什么流了那些血？

人人嘴上不说，人人心里都在想：这些年，人少了，林子密了，山里究竟有怎样的猛兽，它们潜踪匿迹，哪里说得清。

那个封建官僚罗思举，此时此刻，或许正躲在他的书里冷笑……

五

鲁小羊从柜子里扒出一条白被单，牙齿咬住，哗哗地撕下一绺，缠在自己头上。紧跟着，又去伙房旁边的空屋搭灵堂。大姐夫不愿看到这灵堂，但也只能如此了。

找李前涛的时候，大姐也回去了。凡是大姐夫对全体村民下的命令，大姐总是带头执行。而且她现在更能走得开，孙女豆豆到了县城，进了最好的红瓦房小学，青梅住进了县城的房子，照顾女儿。李志有时去，多数时候留在镇上。大姐曾担心他住到县城去更没王法，结果他根本不愿在县城待，前一刻说他去了县城，后一刻又见他回来了。他并没去挣他的“干净钱”，只在镇上过他过惯了的日子。回村找人他倒是积极的，不仅自己去了，还带上了那几个不是李家岩人的伙计，别人不愿钻的刺笼子，他也去钻，脸上划出好几道血印。当鲁小羊把孝帕一戴，他又嘻嘻哈哈的，坐上伙计的摩托，朝镇上飞奔，一路安排着去吃哪家店子。大姐却不能走，她要留下来，帮忙办丧。

没有死人的灵堂和丧礼，李家岩人是第一次见到。多年前翻船失踪的三个人，既没设灵堂，也没办丧礼，据说那几家人本来是要办的，但旁人说，又没见他们尸骨，说不准没死呢，你这一办丧，不等于咒他死？于是就不办了。也有人对鲁小羊这样说,可她坚持。山上比不得河里，山是硬的，河是软的。还有那摊血呢！她那可怜的男人，没啥活路了。她要请来僧道，为男人超度。灵堂里虽没有死人，却有停尸板，停尸板上卧一领长衫青衣，青衣里塞着李前涛生前穿过的和用过的，塞得和李前涛差不多胖瘦，头部放了块脸状木头，木头上搭着盖脸纸，脚底轮一双软底皂靴，晃眼看去，仿佛李前涛就躺在那里。

大姐夫任期，李前涛是李家岩村第一个离世的干部，又是因公殉职，大姐夫便把这场丧礼，变成了一场追悼会，由他亲任治丧委员会主任，亲自致悼词。

当然乡村的那一套规矩还是要的，且规矩为大：请阴阳先生看期，在家里停几天，再办夜，再出殡，等等。大姐夫充当的，大体相当于利民在我父亲丧礼上的角色。

六

我父亲去世后，李前涛来过，送的礼还很重，既请了响器和表演队，还送了三千元现金。这三千元是大哥二哥和春晌平分的，现在要去还情，大哥就跟二哥和春晌商量。还情可以描还，也可以多还，但绝不能少还，这也是规矩。但二哥说，响器啥的，又不是李前涛单独请的，是跟李普、光文的干儿干女加上杨津，一群人打伙请的，扯不清，要还也没法还，就一家凑一千，把三千现金还了，也懒得去人，叫春红帮忙把情挂上就是。大哥和春晌也都同意。春晌本身在河南，也不可能专门为这事回来。

夜场那天，大哥给大姐打电话。打老半天没接。多半是太吵，听不见。便又打给大姐夫。他知道大姐夫的手机总是贴身揣着，听不见铃声,也能觉察振动。大姐夫果然接了。听大哥一说,他来了气："你们以为人家没见过钱？"大哥讪讪地，又说了请响器等不好请的话。大姐夫说："那些不好请，不请就是了，总要来人嘛！人情人情，先有人再有情嘛！人都不来，丧咋个闹？夜咋个办？收一堆钱就叫办夜？人家硬是没见过钱？"

二哥站在大哥身边，大姐夫的话听得明白，听了说："是他手下，多不得了！"又说："哪个不晓得李前涛有钱？"二哥是心里有气，分明是大姐夫在主火办丧，却没请他去当礼生。尽管老君山有老君山的礼生，杨侯山有杨侯山的礼生，各管各的界，但实际做起来，并没那么见净，全看主火的人安排。

二哥最终也没去，是大哥一个人去的。

去了才知道，二哥是对的，他去实在多余。人山人海，像整条清溪河流域的人都上了杨侯山，到了李家岩。连镇上也派人去了。大哥只是挤进厨房，跟大姐见了一面，连大姐夫的面也没见着，更没办法挤到礼桌边挂情，结果还是把他跟二哥的各一千块，还有他帮春晌垫的一千块，交给大姐，让她代挂。交了钱，饭都没吃，他就下山了。

快到河边，他听见了高音喇叭里传来大姐夫的声音，舒缓，沉郁，跟他平时说话语速较快、略带尖利的嗓子很不相同。是在致悼词。一个人死后有悼词，就不枉来世上走一遭了，就是祖坟冒青烟了。农民只有礼生哭唱的祭文，没有悼词，李前涛也是个农民，可他是农民里的干部，到底跟农民不一样。

大哥羡慕起了李前涛。

可惜这是个窝宕子，回音层层叠叠，加上近旁的清溪河怒涛拍岸，便只能听见大姐夫致悼词的调子，听不清一句整话。

七

清溪河发源于重庆东北部白芷山。与天下所有江河发源地一样，水，如同山的眼泪，流出来，只是感激这个世界，是对这个世界满怀忧伤的祝福。

白芷山距万源大面山仅几十公里，昂然峭拔，睥睨群雄，把鲜血沃染过的大面山也不放在眼里的样子，但上到二千七百米高处，却拓出一片宽展平地，全是风化的黑石头。专家们说，这些石头，已在地球上生活了五亿年。石上铺薄土，土上长蕨草，水，就奇异地从蕨草的根部涌出，看样子并不打算去往远方，只在石坪和蕨草间，随风漫流，连响声也没有；偶尔听到淙淙的声音，却不是流水声，是风吹水响。

坪东有个小小的缺口，高不足二米，缺口之下是乱石滩，斜斜的一路乱到山下，形成数十公里石槽。这些石头与坪上的完全两样，白似银镀，远处望去，如川泻堤，雪浪滔天。石槽里的风也不比坪上，周年四季，自上而下，鼓荡呼号，那些眼泪般的水花，被风领走，在槽道里蜿蜒。它是多么瘦弱，仿佛一个哽咽，就会回到山的内心，无论如何它也不会想到，自诞生之日，它就是带着使命的，就必须走出大山，接溪纳流，形成奔涌的大河，滋润谷地中的万物，书写一部文明史。

这条河流，进入东轩之前，叫中河，至东轩黄金镇口，与野溪河交汇，便叫了清溪河。清溪河并不遵循“大河向东流”的陈规，而是曲折西进，在回龙镇境内，一南一北，与两条河欢乐拥抱，气势便越发浩荡起来。那两条河，北为巴河，南为后巴河，两条河的命名，如同青铜器，闪烁着斑驳的幽光。数千年前，有一支以渔业为生、以弓弩为图腾的巴人，穿越干旱、洪涝、猛兽、刀箭和绚烂而神秘的流星雨，在细如发丝的夹缝中，寻觅栖身之所。他们找到了清溪河。从这个意义上讲，清溪河是为他们而生的。可许多时候，说不清谁才是世界的原因，或许正是因为将有一支巴人到来，才提前有了清溪河，如此，巴人便成为清溪河的原因。

原因和结果之间，相距万余年。

曾经，这个世界是缓慢的。后来快起来了。当快到“快刀斩乱麻”，就快成一种霸气。刀子成了人们的心，心因此变得坚硬和简陋，心里装的，再没有对这个世界忧伤的祝福，只有锋利和寒光。人们以锋利和寒光对待生养自己的大地，包括润泽大地的河流。

清溪河自不能免。

清溪河脏了数十年。

数十年足以毁灭一条河。水还是流，但已很难叫河水。以前的清溪河，可游泳，可洗衣洗菜，飘荡在河流上的，是纤夫们粗鲁的玩笑和爱情的哀歌，随着木船让位给汽划子，让位给快艇，纤夫便在河上绝迹，因纤夫撩拨而忍羞詈骂的洗衣妇，也跟着在河上绝迹。连打鱼的也少了，一是鱼变少了，二是河面洇着乳白或蜡黄的浆子，扑出刺鼻的气味儿，加之各种说不过来名字的浮渣，稍不留心就扎破网线。

古往今来，有多少人死在这条河里？不知道。

又有多少死尸没打捞出来？也不知道。

生发于河上的事故和阴谋，自从有了河流，有了人类，恐怕就没断绝过吧。

一条河流的脏，从来就不只是看得见的部分。

八

在一个阳光明艳的日子，张书记坐了船，亲自查看河流治理，从县城一直查到回龙镇。回龙镇老街居民排便，历来都是在后楼板挖个洞，屎尿就从那洞口出去，河成了他们的大茅坑。怕水上人家看见，就在洞外横栏上，搭床草席，或竖个篾笆箦。洞坑靠近柱头，柱头插于浅滩，日久天长，柱头上被屎尿裹了一层又一层，黑得惊心动魄；枯水季，浅滩外露，也是那般黑，蚊蝇的轰响，盖过河吼。张书记到来时，柱头和滩面都变绿了，是镇里花费数万元，买来军绿色油漆，从上到下、从头至尾地漆过。滨河路下的河滩，土都翻过一遍，撒上了草籽，别说便纸和鸡毛鸭毛，就连烟头也难寻一颗。

张书记相当满意，说，清溪河是巴人的母亲河，也是我们的母亲河，谁污染了母亲河，谁就不能挂红灯笼！

这件事情，不是大姐夫对我说的，是谭瑞松。

谭瑞松跟着采访。晚上电视播出后，瑞松给我打电话，说去了我们镇子，然后大吹特吹他的丰功伟绩。主要是让张书记高兴。张书记看了电视，立即表扬了台长，台长便向谭瑞松转达了张书记的表扬。

瑞松嘿嘿地笑了一阵，说："清溪河是我们的母亲河，为啥现在才晓得？是因为中央下了文，说要保护环境，治理河流。中央不下文，我们就连自己的妈都不认得。想那当年，苏东坡去了西湖，就有了苏堤，范仲淹去了泰州，就有了捍海堰，都有自己的想法和见解，知道怎样为当地百姓做好事。现在的某些官员没有见解，而见解才是生物进化的最高成果。"

客观地说，瑞松的话有失偏颇，现在的官员并非都没有见解，张书记为清正民风，不是就独创性地构想了"红灯笼行动"吗？

九

"红灯笼行动"像水的波纹，一圈一圈扩展开。先是在县城。这天，大姐夫去县城，出了高速路口（回龙镇去市里和县城，现在都修了高速路），就见沿路住户，灯笼高挂。他在水仙路下了车，过条马路，入一道铁门，便进了小区；说小区不准确，这地方表面是商品房，其实是环保局自己修的，廉价卖给职工，粮食局的老张，老婆是环保局副局长，因而享受到一百四十平米，六十多万卖给大姐夫，也赚了多半。那房子在四楼上。大姐夫像特别喜欢“四”这个数字，回龙镇的房子在四楼，县城的又在四楼，大概是取四通八达的意思。他爬着楼梯,一路上去,见三楼右手边,居然没挂红灯笼,心里一沉，便紧着两步，再爬一层，见自己住的402，红灯笼像颗红太阳，饱满结实地悬于门框，垂着明黄色的穗子，灯笼肚上，印着“八德”，竖行书写，一行一德，正面看见两德，轻轻一拨，又见两德，拨满一圈，八德俱在；下部骨圈，有行细字：“中共东轩县委制”。

看到这些，大姐夫心里的那份沉，才化为甜丝丝的紫烟。

其实他昨天傍晚就知道了。昨天青梅打电话，欢欢喜喜地说：“挂灯笼了哦！”电话是打给大姐的，大姐又打给大姐夫，大姐夫下了牌桌，回到家，又给青梅拨过去，枝枝叶叶问了，又叫青梅拍了照片，发到他手机上。可他还是要看见实物，摸到穗子的滑润和灯笼绸缎般的手感，才能放心。在这件事上，他比大姐还急迫。大姐不急，大姐觉得，她家里挂红灯笼，是天经地义的，挂了她当然高兴，出去到处说：“县城都挂灯笼了，不晓得回龙啥时候挂。”也只是高兴而已，不像大姐夫这样执念。他来县城，对大姐说的是有事，对别人说的是看孙女，只有他自己知道，他是为了看自家门上的红灯笼。

青梅见公公来了，忙关了手机的摄像头。她在拍视频。来到县城，没熟人摆龙门阵，不好打发日子，她就做起了微商代销。销化妆品。每天，她要拍若干段视频，在楼道里拍，去街道上拍，拍自己提着个精致的藤编篮，篮里装着代理品牌，是她正去为客户送货的意思；有的是在家里拍，先清水洗了脸，让人看她的脸，然后贴面膜，贴上十来分钟，把面膜揭下，再让人看她的脸，比对着这张脸和那张脸，是不是更滋润、更粉嫩，这是展示产品的效果。

大姐夫进屋时，青梅刚要把面膜朝脸上贴。

阳光从窗户照进来，把客厅照得像是露天坝。这套房隔间多，客厅相对就小，加上两座宽大的沙发一摆，甚至显得局促。大姐夫不喜欢局促，却偏偏又买了那么大的沙发。青梅为他倒水过来时，他坐在沙发上抽烟，心里想着：局促不是因为空间小，是装的东西太多了。他似乎不愿就此深想下去，便抬头望着天花板。

房子在老张手里时，已装修过，从老张手里买过来，四样都换了，连墙壁和天花板也另刮了粉。是贵兵来刮的。才多少时日？顶上就卷了，像旱了整年的地衣。贵兵不是这般手艺的。是没收钱的缘故。当时大姐夫说给钱，但贵兵哪里好收？没有他大姑爹，他在回龙镇的那片天，就不可能像现在这般明朗。他只收了材料费。结果就做出这副模样。

青梅见公公在望天花板，说："爸爸，啥时候叫贵兵哥哥来把上面铲了。"

是说宁愿旧，也不要这样的新。

大姐夫听着，禁不住暗气上涌。

但他不想表露，再说也不想破坏见到红灯笼时的愉快感觉，就问青梅："楼下 301 没挂灯笼，是为啥子？"青梅笑嘻嘻的："昨天我听他们吵，像是说那屋里出过小偷。是那家人的儿子，偷了别人一部手机，心里不安，第二天跑到恩光堂去忏悔，对上帝说自己的罪。没想失主也在教堂，听他说在哪里偷的，是啥牌子，就晓得是偷了他的，当场就把他捉了。"大姐夫心头一震。然后问："吵啥呢？”青梅说：“人家也想挂呀。那一家人都信教，说上帝原谅所有悔过的人，他儿子悔过了，又去派出所关过了，手机也还了，为啥子不给他们挂？”大姐夫嗯了一声，想问些别的，比如，给我们家挂红灯笼，有人来调查过吗？又是怎样调查的？但出口的话却是：“想来，确实也该挂。”

说这话时，眼皮就有些耷拉。

青梅知道，他是想睡了。只要不打牌，不干事，他是坐不久的。青梅说：“爸爸，你去床上睡一会儿嘛，过会子我就做午饭。”大姐夫看了看蹲在电视柜上的座钟，说：“还早呢。”说着眼睛已经闭上，打起了呼噜。青梅便不管他，进了里屋，继续拍她的视频。

十

大姐夫扯着呼噜，却没真正睡过去，照他自己的说法，是扯的“醒呼噜”。这在他是前所未有的新鲜事。他之所以有那么好的精力，就因为随时可以睡过去。现在却常常只能“模仿睡觉”。当他闭上眼睛，打着呼噜，身边人说话，他听不见，从他身上把钥匙摸走，手机摸走，他也不知道，可他脑子里清晰地转着念头。

多日以后，他给我讲起这天的事，说他首先想到的，是头顶上的天花板，并因此使呼噜声像起皱纹那样折叠了一下。

贵兵咋能这样待他？早听大姐说，贵兵现在，有些拿糖做醋，见了她，招呼也待打不打的，大姐夫听了还不信，可有天他招待几个人在店里喝酒，其中一个跟贵兵的外婆沾亲，趁别的客人没到，那人对大姐夫说：“我时常对贵兵讲，你在你大姑爹跟前，要不得花腔，要论耍花腔，你起眼看看，这大河上下，有几个耍得过你大姑爹？没有你大姑爹撑腰子，你再粗再大，也是个细贵兵，你在回龙镇走跳，脚步儿就没恁圆泛。”大姐夫听这人言语浮荡，就没应声，过后把大姐说的合起来一想，深感事出有因。但究竟是什么因，又不知道。

而今，大姐夫不知道的事情，越来越多。

或者说，他想知道的事情，越来越多。

想了贵兵，又想没挂红灯笼的301。说不出缘由，那家人的儿子去恩光堂的举动，让他鼻子发酸。恩光堂是基督教堂，那家人的儿子，做了坏事，就跑去教堂，向上帝忏悔。这让他生出一种心痛。其实他不懂忏悔这个词，这个词在他自己的和他熟悉的生活中，都不存在。他当然听说过“举头三尺有神明”，但那无非是说说罢了，谁也没见过神明。一个人做了坏事，就一个人知道，若有可能，绝不让第二个人知道——这才是他通晓的法则。

不过，301没挂红灯笼，为啥子要跟人吵呢？

在李家岩，“红灯笼行动”评选期间，另一项行动接踵而至：选贫困户。前几年已选过，但论政策的硬度和补贴的力度，都远不如这次。那些在外打工、做生意、日子过得风生水起的人家，为得补助，就把老人分出去，另立户头，老人气都喘不匀，更不能下地干活，衣食无着，自然就是贫困户了。李家岩本是765户，突然间，变成834户，活生生多出69户。以前不能挂红灯笼的，只需选出38.25户，四舍五入，是38户，现在则需选出41.7户，同样四舍五入，是42户。这算好的，河对面的燕儿坡，多出来91户，弄得支书徐炳焦头烂额。

但大姐夫相反，他正是从这当中，嗅到了脱身的良机。

他挨个打电话，对那些临时和父母分家的人说：你们这是钻政策的空子，真这样干，你们家就不能挂红灯笼。那些人问："李书记，挂了红灯笼，国家能给多少补助？"大姐夫说，这是荣誉，没有补助。那些人又问："不挂有没有惩罚？"大姐夫说，别的惩罚没有，就是脸上无光。对方就笑，说我们小老百姓，脸上本就无光。大姐夫便再次提醒，说东轩要建旅游大县，将来的村村寨寨，都是旅游景点，你家没有红灯笼，就不被信任，游客就不去你家吃住，也不去你家买东西。对方又笑，说李书记耶，除非游客的脑壳遭门板夹了，才会往我们那山上跑。大姐夫说，那就不挂了？"不挂！"异口同声。

但大姐夫觉得，当儿女的，毕竟没住在家里，灯笼挂与不挂，胀不到眼，也刺不到心，还得问问家里的老人。老人早和儿女通过气，说："挂那家什做啥子？抱柴进屋的时候，还搞住了呢。再说这农村，烟熏火燎，要不了几天，红灯笼就成了黑灯笼，挂个黑灯笼不晦气？"

既然如此，事情就太好办了。

整个回龙镇，大姐夫第一个把不能挂红灯笼的名单报了上去。

他的方法被迅速效仿，几天之后，回龙镇的这项任务，就完成了。

如此波及上游的黄金镇，下游的清坪镇。只是清坪镇的柳叶村有些古怪，全村都要挂红灯笼，不当贫困户，分明很贫困，也不当，是怕当了，祖坟里的老骨头发火，给后人投噩梦。更怕的被人瞧不起，后人接不到婆娘。村支书不得不去那些殷实人家走动、劝说，说你家里有车，哪个不晓得？你家里在镇上有房子，在县城也有房子，哪个不晓得？世人都晓得，还怕后人找不到女人？找十个八个也行嘛！你就不挂红灯笼，当贫困户吧！

睡梦中，大姐夫想着这些事，鼻息像是笑了一声。

却笑得不响亮。他是觉得，自己分明为镇上解决了一大难题，党委书记却没在任何场合表扬过他。现在的镇党委书记，是当年的韩副镇长，后来的韩镇长……除柳叶村人，那么多人宁愿当贫困户，也不愿挂红灯笼，301 却跟人吵……头疼，想从密集的思绪里挣出来……出来后却没见天宽地阔。前方是没有尽头的路，路两边是大漠荒烟。紧跟着又没入水底，几架变成白骨的人，拖着沉重的石头朝他爬过来……心里一急，呼噜声分外昂扬。

昂扬到极致，咔嚓，断了。

呼噜声一断，青梅就知道，公公醒了。

她贴在脸上的面膜还没揭下来呢。

也就是说，大姐夫扯他的“醒呼噜”，还不到十分钟。

十一

青梅顾不得多的，忙又关了视频，将面膜一扒拉，跑到客厅，为公公添水。

其实不用添。

大姐夫问起孙女，问她习不习惯，中午在学校吃得好不好，得没得过老师夸奖，想不想爷爷奶奶和外婆。这些话，来一回问一回，青梅也是问一回答一回。问了，答了，大姐夫便掏出钱夹，又像取砖那样，取出一扎，递给青梅。青梅身子一趔，说：“不要哇，爸爸。”大姐夫将拿钱的手挥一下，青梅就接了。她很喜欢公公下来，公公每次来，都给她钱，而且她发现，要是听说豆豆乖，公公就把钱给得更多些，因此豆豆有一分乖，她就说成五分，比如豆豆说，老师说我写字有进步，她就说成：老师说豆豆字写得好。豆豆说到某件事情时，提到了爷爷奶奶，她就说成是豆豆想爷爷奶奶。她和女儿的开销，公公婆婆是按月给的，给得很充足，因此青梅接了公公的钱，都是存进自己卡里。

对此，大姐夫也知道，心里也会起疙瘩。自从被儿子儿媳伤了那一回，他就想，春红是对的，不能再惯使了，更不能随便给青梅钱了。

但任何东西都有惯性，且越是强悍的人，往往在惯性面前越是束手无策。

更糟的是，除了用钱去关心晚辈，他再没有别的办法了。

可钱能管用吗？青梅的那些歪歪心思，用一场哭就能洗去吗？

他完全没有把握。

越来越多的事，逸出了他的掌控之外。

不过在这一点上，大姐夫是想多了。青梅现在，除了尽量往卡里存钱，再无别的念想，也没有任何焦虑。县城的这套房子，公公婆婆怕李志坐吃山空，户主就写了他们，没写她和李志，但这无所谓，她知道反正是他们的，大姑子又不可能回来跟他们争。这么安然下来，那种守活寡的感觉，竟慢慢消失，身体也跟着沉睡了，李志来也可，不来也可。

只是有时候，她会猛然一阵惊觉：我是不是老了？

而她，还不满二十五岁。

大姐夫把钱夹揣进裤兜，站起身来。

青梅说："爸爸你想出去转街，就去转会子，中午回来吃饭就是。"大姐夫说："我还有事情要办，办完就回去，不来吃饭了。"青梅哦了一声，大姐夫就朝门口走。

出了门，门已关上，却又敲开，问："李志呢？"青梅说他大前天下来过一回，陪豆豆买了文具盒，不是就回镇上去了吗？大姐夫骂了一声。几天来，他没在镇上看见李志，也没在家里看见。他那样子，跟何老三那儿子有啥区别！何老三那儿子早就以为要死的，至今却也没死，只听说，他基本不再嗥叫，也不摇铁链子——他现在完全成了个瞎子，坐在那里如同干尸，不再需要套住，铁链已经解开。像那样还好呢，免得乱花钱。

大姐夫骂了，眼睛朝青梅上下一溜。是看她肚子。那肚子瘪得像没长肠肝肚肺。他早给他们下了任务，让他们再生一个，有一阵，青梅像是怀了的感觉，结果无非是那段时间她吃得，多装了两碗饭进去。女儿那边，至今没说要孩子的话，这让他着急，但女儿生下的，究竟是男方骨血，要急也该是培亮的爹妈。他真正急的，是青梅的肚子。有豆豆这个孙女，他已相当满意，可所谓满意，是心里已埋了欠缺，真正满意的人，不会去在意满意不满意。他还想要个孙子。孙女也行，最好是孙子。但李志和青梅老不在一起，就像种子不和土地在一起，从哪里去长出庄稼来！

十二

大姐夫对青梅说他有事，也不是随便说。

他想去恩光堂看看。

多次从恩光堂路过，却从没进去过，甚至都没认真看过一眼。只是有一次，他和杨津从一个地方出来，经过那里，见两段漆黑的栅栏，中间留一道门，二十步之内，又是一道门，从那门里隐隐传出风琴声和唱诗班的歌声，唱些啥，就不知道了。

下了楼，出了小区铁门，即刻市声盈耳。面前宽阔的马路，车如流水。这是条国道，不管朝哪个方向，一直走一直走，都能达三江，通四海。大姐夫在街上站了片刻，向左一拐。向左是下坡路，下百十米，过人行道，再走一程，便分出一条岔路来，岔路口两侧，堆放着数十个铁丝笼，笼子里挤着本来洁白却不再洁白的鸽子，因过于拥挤，彼此撕扯，呼痛和抗议声不绝，粪便多喷在同伴腿上，甚至头上，臭气火苗似的，在阳光里扑腾。它们都是肉鸽，等着人买去宰杀。进入这条岔道，顺坡下去，便是夫子巷了。出夫子巷，过三医院和民歌广场，就能走到中心花园，恩光堂就在中心花园附近。

但大姐夫没走这条路，而是径直朝前。前面有县第一人民医院，有先前的电影院、现在的红旗超市，有石锅豆腐、龙信酒店……石锅豆腐是个餐厅，装潢精美，不仅豆腐好吃，各样都好吃，最好吃的是青豆腐焖爬爬虾。走到石锅豆腐门前，尽管时间尚早，根本不饿，想起无数次进去就餐的情景，大姐夫还是咽了咽口水，手不自觉地往石狮头上一搭。石狮以趴着的姿势，卧于门的左侧，那头上已搭过无数只手，男人的和女人的手，每只手都洗得很干净，却把汉白玉摸得黑沉沉的。摸了石狮，又摸出烟来点上，抽着烟离开。走着，猛然听到雏莺出谷的声音：“欢迎回家！”抬头看，是龙信酒店到了。龙信酒店是东轩最高级的酒店，有总统套房，也有风情套房，俄罗斯风情、土耳其风情、巴黎风情、米兰风情、云南风情、蒙古风情……抢手得很，不提前预订，是住不成的。这时候，八个高挑女子，着深蓝紧身旗袍，凹凸有致地分列于门前的丹墀上，见人路过，都“欢迎回家”。先前，她们在腰间挂了号牌，拎着个袖珍手袋儿，内行才知道，那手袋里啥也不装，只装安全套；现在风声紧，号牌还在，手袋免了，只用滴溜溜转的眼睛告诉男客：一切照旧，欢迎回家！

再过去，有个三百平米的空坝。其实是停车的地方。这时段，车开出去了，便被大妈们占据，跳广场舞。舞场北面，傍着一幢大楼，大楼外墙喷绘着巨幅广告：“水，生命之源。”水花珍珠般环绕着两个披头曲身的女人。这是独辫子为百里峡拍的那张宣传照，而今四处悬挂、喷绘或投影。这证明百里峡的打造已如火如荼。

大姐夫到此，像是走累了，便在坝子边沿坐下来。那里有几个用铁链捆住的石礅。大妈们放的音乐，是西部风格的，高亢激越，大起大落，可大姐夫听不见。

他只听见那雏莺出谷的声音。

这里距恩光堂不是很远了，可大姐夫不想去了。

“那是信教人去的，我又不信教，不信教的人去信教人去的地方，无非是旅游，我又不是来旅游。我再没地方去，也不可能到东轩县城来旅游。”

后来的某一天，大姐夫详详细细给我描述了他这天的经历，说他想到旅游，就想起那年跟杨津、何老三和李前涛去泰国，印象中，从曼谷到清迈，一路上除了进购物点，就是进一家接一家的寺庙，寺庙里的清规戒律，比如不能手指佛像，不能脚踏门槛（踏门槛是踏佛的肩），不能踩到和尚的影子（和尚的影子代表着和尚本人），等等，让他感觉到神圣，他也才明白，世间的许多清规戒律，不是约束人的，是让你感觉神圣的。

他说了老半天，其实并不是想说这些，而是想说他的几个伙计。

伙计们都风流云散了。

杨津的车基本不坐了，不坐他的车，也就不再有多少联系；存放在杨津账上的钱，买县城的房子只动用了小部分，但那张卡是大姐夫逮着的，也就和存在自己账上一样心安。何老三已不大出门。自从治理清溪河，采砂作业全面禁止，大姐夫跟何老三的那艘采砂船，本想卖掉，可既然整条河流禁住采砂，卖给谁去？船被拖到岸上，成了废铁。船性如鱼，生就是长在水里的，有了水，就摇头摆尾的生动，否则便成死物，等着生锈，慢慢在时光里烂掉。他们还有挖挖机，但挖挖机也派不上用场，回龙镇能挖的地方，挖得差不多了。好在把挖挖机卖给了黄金镇一个包工头。与何老三没有了合作，就像过了多年的夫妻，突然不在一口锅里吃饭，不在一张床上睡觉，短时间的不适过后，就感觉到，先前那种唇齿相依的关系，无非只是一种习惯。在河上做着事那阵，何老三可以不去想儿子，现在不做，就不能不想，越想越没想头。一个没有想头的人，是不大愿意出动的。

——杨津是那样，何老三是这样，至于李前涛，干脆死了！

大姐夫结交的这几个人，都散了。就如他早年结交的万平、陈芽、张大超，为一些明明白白或不明不白的因由，说散也就散了。

这样一想，更没心思去恩光堂。

于是决定不去。

可是又去哪里呢?

当然可以回镇上，也可以去叫青梅做饭吃，但那太无趣了。

来趟县城，不该这么无趣的。

十三

大姐夫坐的位置，能穿过楼房，望到笔架山：那立在山上的县城。那部分县城他去得少，是因为不熟悉。从这件事看出，喜欢花样百出风风火火的大姐夫，其实是个恋旧的人。他现在就很恋旧，想到要是有杨津在，情况就会大不一样。先前出来玩儿，总以为杨津只是配角，此刻才知道，主角是离不得配角的，在某些场合，主角离了配角，就成了傻子，成了懦夫，寸步难行。

去看看培亮的父母吧，他这样想着，站起身，拍拍屁股。

还没迈步，就觉得那不更加无趣?便即刻打消了那念头，只信步朝前走。

生活是如此平凡，街道是如此没有色彩，尽管许多店面都取着洋名或洋名的谐音，像衣拉客、香榭里榭、旧金山、神户……衣拉客自然是卖衣服的，香榭里榭是卖香水的，旧金山是卖珠宝首饰的（之所以不怕一个“旧”字，是说自己卖的都是老货，老货才真），神户是卖女性生殖护理品的。若实在找不出个洋名，就加上“国际”

二字，比如龙信酒店，全称叫国际龙信酒店。笔架山上有个按摩洗脚坊，叫国际休闲中心。一个几省市交界的偏远县城，被抛入“国际”，就像一片树叶被抛入汪洋，茫然失措，不由自主。

大姐夫就有这感觉。

可走到小北街，前面一个背影，使他打了个激灵，心思也变得专注起来。

那人个子不高，身体消瘦，走路一蹶一拐，绝像某个人。

在李前涛的追悼会上，大姐夫就曾见过这个背影。当时他正致悼词。悼词不比别样，他中规中矩地写了稿子，照着念，念到最后一句：“李前涛同志永垂不朽！”便把眼睛抬起来，见人群的外围，就有那么一个背影，正一蹶一拐地离去。

他愣了一下：这人跟李前涛有交情？

不过，把那个“朽”字念完，他就丢下了，不再去想。人太多，事情太乱，他太忙。

而此刻，人更多，却都与他没有关系。

只有那个一蹶一拐的人跟他有关系——似乎有。

他往左侧靠了一下，偏过头，想看清那人的左脸。但那人拐进了楼道。

这证明不是他。大姐夫想。

是又怎样的？大姐夫又想。

但他毕竟没朝前去，而是沿着斜坡，进了滨河路。

县城的滨河路非镇上能比，数十米宽，四公里多长，滚滚人流中，杵着黑乎乎的推车，卖凉虾、冰粉、麻圆、蛋烘糕，稠腻的青烟里，挟裹着尿骚气：四公里多的路上，没有一个厕所，白天不好当着人撒尿，到夜里，去滨河路闲逛，内急起来，就跑到栏杆处方便。栏外的河水，变成了湖，水位提升数米，湖面荡着两艘打鱼船，但不打鱼，只用长竹竿绑着网篼，捡水上的脏物。突然一声尖叫。有只老鼠从下水道跑出来，吓着了一个女子。那当真是只老鼠吗？它长着老鼠的样子，却干瘦得像个标本，成一张壳，这张壳竟然活着，闻到油烟味儿，想出来找吃的。那女子尖叫过后，她男朋友见了，一脚朝老鼠踏去。老鼠没半点儿挣扎，连尾巴也没动一下，头从鞋底露出来，乌黑的眼睛睁着，向这个世界做最后的道别。

大姐夫完全没了心情，见就近有条巷子，便踅了进去。

十四

这巷子也有个名字，叫水咕噜巷。真是名副其实，满地是水。原来是个菜市场，主卖水产品。某些小店铺夹杂其间。大姐夫从没打这里走过，也想不到竟这么深，走老半天还望不到头，像钻入了一根肠子。肠子的腥膻、黏糊、黑暗和深长，这巷子里都有。想起回龙镇上那些当娘的，对儿女不满，就骂："你是从老子肠子里头爬出来的！……"真是惊心。许多普普通通的话，细想都很惊心。或者说，真正惊心的，都很普通和日常。

地上越来越湿，大姐夫提着裤腿，走得小心翼翼。

正后悔不该走这条路，听到人喊："大姑爹！"

站下来张望，没看见谁。

"天下的大姑爹多的是，"他想，"又不光是你才当了大姑爹。"只因为声音熟悉，免不了诧异罢了。

正要启步，右手边的梯坎上，塑料门帘水波似的动荡起来，从那波纹里挣出一颗头、一张脸，然后是一个身子，再后，帘片在身后相互拍打，打出肉乎乎的响声。

大姐夫第一眼钝在那里，定睛看了，才认出是燕子。

咋会是燕子？

离婚过后，燕子收不回那套房子，在家耽误三个多月，还是收不回，就去了浙江。两年后，她回过一趟老家，继续收房子，继续收不回。我给瑞松和独辫子讲这件事时，燕子正在老家，天天跟达友的母亲周旋，可她完全不是对手。最后还是大姐夫看不下去，动用了灰狗儿，才把问题解决了。灰狗儿那些天，晚上睡大姐夫为他订的宾馆，白天去苏湾的吊脚楼喝茶，喝得尿来了，屎来了，就跑到燕子那房门口去屙，反正隔得不远。这么屙了七八天，并不见效，他就守在楼下，等达友的母亲拎着菜篮子出来，便尾随上去，摊主敢卖菜给她，他就朝那摊位吐口水，还躺到摊主跟前，一句话不说地翻白眼。摊主又气又怕，但知道惹不起灰狗儿，就驱赶达友的母亲，老远见了就赶，她蹭过来也没用，反正不跟她做生意，一根葱的生意也不做。她的菜篮子去是空的，来也是空的。自己不吃也罢了，还养着孙儿呢，还养着别人家的孩子呢。只能认输了。她叫了燕子去，交了钥匙，向燕子求情，说她现在没个来路，只能去租房，帮人带孩子过活，求燕子给她大姑爹说说，让灰狗儿放过她。燕子答应了，把她曾经出的两万块钱还给她，并加付了利息，之后换了门锁，又去了浙江。

她是啥时候回东轩来的？

十五

门帘上方，写着“顶尖派”，旁边另有仨字：“洗染烫”。燕子笑容满面的，走下梯坎，说大姑爹，这里路烂得很。笑容里含着躲闪和莫名的愧疚。大姐夫正要问话，燕子却又转身上去。大姐夫跟着。帘子一掀，气味就呛过来。是那种消毒药水的气味。店里只有三张椅子，一张空着，两张坐了人，镜子里照出两人的脸，都是四十岁上下的女人的脸，如炒菜时多烧了一把火，纵鬼斧神工，也唤不回那种鲜亮来了。大姐夫想起多年前陈芽讲的一个笑话，那笑话本身已记不住，陈芽对那笑话的总结倒还记得，他说，中年男人突然把自己当小伙子打扮，基本可以断定找了野婆娘，中年女人勤常地把自己的头脸整来整去，基本可以断定她男人找了野婆娘。不过而今想来，事情哪是那样简单的。

坐在椅子上的两个女人，其中一人心事重重地玩着手机，头上堆着黄不拉叽的黏稠物，大姐夫想不出别的形容，只觉得那像粪便。真像。另一人身后，站着个师傅，左手铁齿梳，右手吹风机，把那头发吹得根根直立，钢丝般颤动。师傅是个男的，面容不过三十出头，却已秃顶。燕子走到他身边，比画两下，他便朝大姐夫笑，指了指傍墙的沙发，然后又忙活路。那活路是等不得的，药水沤着头发，时间长了会让头发断根。

燕子叫大姐夫坐，大姐夫心下疑惑，加之气味难闻，电吹风又吵人，妇人头上的那堆东西，又让他生理上很不适，便不想坐。

见大姐夫要走，师傅又朝燕子比画，燕子说，好，晓得了。说了又向大姐夫解释师傅的意思：“他叫我去给你买瓶水，叫你吃了午饭再走。”大姐夫朝师傅道了谢，摸出烟来递过去。燕子连忙拦了：“里面不能抽烟，药水沾不得火星子。”

既不能抽烟，大姐夫更要走了。燕子只好送他出门。师傅又朝大姐夫笑，大姐夫也朝师傅笑，并笑着对师傅说：“以后去回龙镇耍。”说着出门。燕子追出来，说：“大姑爹，都快十一点了，你不吃了饭走，我这心头不落。”说巷子那边有餐馆，就去那里吃。大姐夫嘴上说，我又不饿，吃啥子饭呢？心里正要叫燕子出去，问个究竟。燕子说，现在不饿，总有饿的时候，餐馆旁边有茶馆，我陪你先去茶馆坐会子。

门市对面，有条侧身而过的小路，仅十余米长，走到尽头便开阔起来：果真有餐馆，也有茶馆，都比较粗放，和巷道的风格一脉相承。

燕子领着她大姑爹，上了一家茶馆的二楼，选傍窗的卡座坐了。服务生跟着过来。燕子知道大姑爹讲究，为他点了普洱，自己要了苦荞。

茶送上来，服务生离去后，燕子把卡座的门帘一拉，嘻嘻笑，笑得撑不住，便伏在茶几上笑。大姐夫莫名其妙，问笑啥子？燕子不答，只把笑收住。大姐夫又问：“你是啥时候回东轩的？”燕子还是不答。“未必你一直没去浙江，一直在东轩？”

燕子半低了头，“也不是，”她说，“但确实回来很长时间了。现在外头的钱不好挣，很多厂开不下去。特别是石磨厂，环保不达标，大部分拆了。没拆的，撵来撵去，撵上三趟，百把万就扔进水里了，老板就熄火了。不撵你，也不拆你的话，就都是白天停工，晚上开工，像做贼。”

大姐夫摸出烟抽，抽两口说：“也不给家里说声……你在里面学理发？”

燕子嘟了嘟嘴，算是回答。

其实不需要问，也不需要答，从燕子的头发就看出来了：拉过吹过，也烫过染过，染成棕色，一大束归在脑脊，用线圈扎住，像头上长着大把枯草。一点儿也不好看，比燕子本来的样子差远了。不知为啥，在理发店上班的很多年轻人，都爱把自己的头发整得人鬼不分。如果“顶尖派”那师傅没秃顶，多半也要整出个怪模样来。

燕子咬着嘴唇。牙齿没咬下去，又是扑哧一声。

大姐夫说：“癫了哇？究竟笑啥子？”燕子说：“我笑你叫他去回龙镇耍。”大姐夫更不解，说这有啥子好笑的？我早猜出他是你师傅才说那话，去不去是他的事，说不说是我的事。燕子又笑，笑着说：“你没看出他是个聋哑人？”这倒让大姐夫吃了一惊。怪不得燕子跟他比来比去。“你也会比？”他问燕子。燕子说：“时间长了，就会了。”大姐夫抽几口烟，又重复那句话：“也不给家里说声。”

接着说到燕子的头发：“人模鬼样的。人家孙剃头，当一辈子剃头匠，可他自己一辈子留寸头，那才像个剃头匠的样子，顾客把头交给他，才放心。”燕子笑，说他是剃头，我们是理发，不同的；即使都是理发，人的头好理，鬼的头也好理，人模鬼样的头不好理，孙剃头理一个头多少钱？五块！到我们这里，少了五百莫想出门！

大姐夫嗤一声：“幸好你大姑不来上你们的当，要不然早把家整穷了。”

燕子又是一阵笑。

大姐夫喝茶的时候，燕子喊一声：“大姑爹。”

喊了，却不说话。

大姐夫把茶杯放下。放下又端起来，把粘在嘴皮上的一片茶叶吐进去。

燕子抠着左手的大拇指。那指背上文着一朵凤仙花。她在浙江做工时，受过伤——她对大姐和我说，达友的手曾经受过伤，其实不是达友，是她自己——左手拇指留下了几厘米长的疤痕，便文了一朵花掩住。

大姐夫还等着她说话呢。

她叫那一声，明显就是有话说。

她终于说："大姑爹，你没看出我变了？"

大姐夫说："咋没看出来？变难看了。"

事实上，他最深的感觉，是燕子身上没有光了。作为女性，身上有光的时候，再老都是个女子，那层光消失，再年轻也是个女人了。

女子和女人之间，横亘着"生活"这条大河。

燕子低着眼睛笑几声，说："不是头发让我难看了，是我胖了……我怀孕了。"

大姐夫一时没了言语。

"就是他，"燕子说，一直低着眼睛，"他叫秦轩，爸爸是以前的化肥厂职工，化肥厂垮了，但还是有退休工资，妈是做保险的。他还有个妹妹，在市中医院当护士。他比我大两岁，从没结过婚。总之条件还可以。但这些事,大姑爹你晓得我也不看重。我看重的，是他是个哑巴。我本来打定主意这辈子不再找人，但后来一想，哑巴还是可以找的。我听的甜言蜜语太多了，受的骗太多了，就想跟一个不会说话的人过……我把我的事情也全部对他们说了，他们没说嫌弃的话……你回去，给我爸妈讲也可以，不讲也可以。”

十六

大姐夫没吃燕子的饭，只喝了半个钟头茶，就包了车，回镇上去了。

他本来不是这样打算的。

坐在车上，他一路上想，燕子跟那个名叫秦轩的人，看样子已扯过结婚证了，娃儿都怀上了。即使不办婚礼，双方父母该不该见个面？听燕子说来，那家人也不是毫无见识，一个活生生的女儿跟了你儿子，还是那样一个儿子，该不该给女方父母说声？尽管燕子已嫁过两次，但凭她的条件，再嫁个周正男人，并不着难，她却说就想找个不会说话的，还说对方没嫌弃她。这让大姐夫伤感。接着他又想起小北街上那个一蹶一拐的人。那个人像钱文。尽管没看清那人的左脸是否会发出毛玻璃似的亮光，但那身材和步态，都只能是钱文。钱文在县城并不奇怪，可进那楼道干啥子？楼道入口处，竖着“老干局”的牌子，红漆写在铝板上，用根木棒支着。老干局十年前就搬走了，楼上的几大间房，租给了几家事务所，做啥业务也不清楚，感觉都没干正经营生，否则不会用一块废弃的牌子掩人耳目。虽说一条小虾米，翻不出滔天浪，钱文去哪儿，跟哪些人接触，都无所谓，但毕竟坏了心情。

大姐夫觉得，这趟县城之行，除见了红灯笼，别的都很糟糕。

而他来县城，当真是想看那红灯笼吗？

答案飘忽不定。至少不肯定。

可以肯定的是：他不想待在镇上。镇上越来越不好玩了。他的主要玩法是打牌，麻将馆倒是照旧兴旺，却都是打鸡屎牌，他的那种打法，再难找到牌友。整个回龙镇，只有张铁匠那生意声大势大，别的行当，都像抽了水的鱼塘。是外面寄回的钱少了。正像燕子所说，外面的厂子即使没拆，没垮，也只敢偷偷摸摸上夜工，做一夜躲几天，无非挣个饭钱。多少年来，镇上的活力不是天上掉下来的，是靠外出务工者输血，当务工者自己的血化成了水，镇子就腿软筋麻，目倦神疲。

镇上是这样，村里更寂寥，眼见的活物，除三两只茫然的狗、寂静的鸡，就是变得更老的老人。老人们无声无息地，倚墙枯坐，似有若无地忆着往事。未来已不属于他们。甚至此刻也不属于他们。他们看到的山川，是往事里的山川，看到的人，也是往事里的人。大姐夫回村，见了老人，上前招呼，得到的不是应答，而是一颗白花花的头，缓缓地伸前来，虚着浑浊的眼睛审视，待审视真切，才叫一声："李书记呀！"然后问李书记啥时候回来的，请李书记进屋坐。大姐夫当然不会进屋，他从那声招呼里，闻到的只是旧时光的气息，他们口里的李书记，与此时此刻的李书记，也根本不是同一个人。

这还不算，好些人还干脆死了。

河对面的燕儿坡，侯大娘和贵爸顽强地活着，尤其是贵爸，都慢成那样子，可他活着。因为侯大娘和贵爸争气，燕儿坡这两三年还没大死老人。李家岩就不同了。李家岩的老人你催我，我催你，如同城里老人邀约着出门旅游一样。不过他们被催去的，是另一个世界。催不走，就拉走。广里就是被拉走的。前些日，广里死了。那天他跟老婆沈涓去挖地，他走在头里，分明是平整的田埂，却向前一栽，长摆摆扑下去，锄头扔出老远，锄刃把一只蹲在田埂上养神的青蛙，切成两半，蛙腿朝天抽搐。沈涓开口就骂："阎王拉你狗日的去充军哪？鬼使起了哇？"骂着，见广里手脚抽搐，才慌了神，蹲下身，一把将他拗过来。已是眼皮上翻，口吐白沫。沈涓"妈呀"一声，连忙把他往肩上架。亏她那纸人儿似的身体，背着七十公斤重的男人，磕磕绊绊背回家，横在床上，又打电话叫医生。

从去年起，各村都配了乡村医生，在村委会修了卫生室：诊断室、治疗室、输液室，一应俱全。其实没几个人去看病。人本来就少，加上村里人只要没倒上床，就不认为是病，而真的倒上床，乡村医生又毫无办法。就说某些贫困户，因全额免费，害个头疼脑热的也要弄药，照样不找乡村医生，而是去镇卫生院。人家吃公家饭的，到底比乡村医生让人放心。以前都靠乡村医生，而今时代变了，都由喝泉水改为喝矿泉水了。他们甚至也看不起卫生院，直接就住到县医院去。鸦雀梁有个贫困户，在县医院住了多日，花了上万，你问他为啥住院，他不会隐瞒的，他会很骄傲地告诉你："感冒！吃药也可，不吃药也可。"

当然，乡村医生也不是毫无用处，像广里搭了急病，沈涓就知道打电话叫。电话一搁，见广里两眼发直，细声咕哝，听不清咕哝些啥。正要去掐他人中，他脖子一梗，喉结牵动，越说越响，终于吼起来："你周身大粪，也怪我？我最多淝了你的脚，咋淝到你头上去了？"紧跟着二目鼓凸，万分惊恐，满口告饶。待医生背着药箱过来，人已断气。

这事传出去，都说，是李争社把广里拉走了。争社是三个月前死的。当初，他欺负广里，不准广里一家从他门前过，广里果然就不敢过，后来拜了李书记当干爹，胆子才大起来，过得理直气壮，还故意挑着粪，泼泼洒洒地过，把粪水泼在人家门槛上，臭烘烘流进屋，争社也不敢言语。他忍了恁多年，现在去了阴间，当了鬼，就找广里算总账来了。至于为什么广里说争社满身大粪，就不知道了。

老人倒麻秆似的死去，又不见年轻人回来安居乐业，即使外面的厂子垮了，不得已回到老家，也是打个响片，养两天神，便又飘回城里；他们在城市里游荡，听此起彼伏的车声，吹横七竖八的风，一身的体力，不知去哪里出卖，便在风里耗散，或在风里变得凌厉。李家岩的八百多个户头，有名无实，像阴魂的户头。大姐夫听说，城里某些事业单位，卡死了不准进人，那单位上的人老了，退了，然后死了——单位还在，单位上的人却成了鬼，只能交给阎王管辖。而今的李家岩，还被大姐夫管着，可有时候他会手心发寒，不知道自己握着的印把子，哪一天会被阎王收去。这让他越发不想回去。要回，也是办了要紧事务，再去李前涛家坐会子就离开。李前涛因公殉职，留下孤儿寡母，大姐夫每次去，都给他老婆鲁小羊拿笔钱。钱一递一收，大姐夫就走了，不愿在村里多待。

十七

可事情来了，作为村支书，不想多待也不行。

前些日子选出的贫困户，少数是真贫困，多数是自愿不挂红灯笼。红灯笼还没挂到镇上，更没挂到村里，扶贫干部却三天两头进村，为贫困户送来米粮油肉、鸡秧鸭苗，有时还拿现金，非贫困户就眼红，见了扶贫干部就生气，路也不指，狗也不撵，甚至拦道问理，开腔咒骂，说你们那眼睛遭球日瞎了，连个真假也认不得。

扶贫干部被骂了，就找到大姐夫，说李书记，识别真假不是我们的事哟。大姐夫听了，心里冒火，去对非贫困户说："有得必有失，有失也有得，贫困户现在得点小利，等将来建成旅游大县，游客只去你们家，不去他们家，你们就得大利了，闹球啥呢？"

这话怎么听，都更像是对贫困户冒火。

事实上也是。某些贫困户真把自己当成了爷，要干部用两只手和一颗心去服侍。半个月前的一天上午，完全没个征兆，就刮起大风，下起暴雨，大姐夫当时在镇上开会，一时回不了村，就让李普带人，扛着木棒，去为李超撑房子。李超住在语录碑那边，老婆常年生病，是个真贫困户。李普叫上村委会的，去把房子为他撑了，又操起木盆瓜瓢，清理灌进伙房的积水，而李超自己，从头至尾抄着手。李普忍了一歇，忍不住，说："我记得上回李书记就叫你把阳沟掏深些，为啥子不听？"李超说："我的阳沟历来就恁深。"李普又忍了一歇，还是忍不住，说："阳沟浅了，水流不赢，今年暴雨又勤，下一回灌一回，你自己也安逸？我们回回来帮你揩屁股，你心里也过得去？"说这话时，李普胫骨以下踩在浊水里，虽披着雨衣，却连内裤也已湿透。那李超听了，哼一声："当干部的，该！"

李普气得心口一堵，却找不出言语回过去。是不敢回。上级随时下来调查群众对干部的满意度，满意度不达标，就是失职。不少人就是这样威胁干部："我现在让你能干两天，等问我满不满意的时候，你龟儿子才晓得！”

从李超家回去，李普给大姐夫打电话，说李书记，我不想干了，我的年纪也大了。李普当了那么多年影子，从没说过不干的话，李前涛死后，大姐夫眼里有了他，许多事让他出头料理，是一个真资格的干部的样子了，他却说不想干了。

不想干是不行的。大姐夫再想找帮手，不好找，村里都是些老头子老太婆，路都快走不动了。李普虽然少决断，可他差半年才上六十，还算年轻，身体也好，再说他熟悉村里的状况，有他在，大姐夫也省心些。

但真要省心，也不能够。

十八

政府要给贫困户修房子。这消息一出，就像炸了油锅，烫得非贫困户蹦起八丈高。对那些病穷的、残穷的、傻穷的，无话可说，可另一些人，不为别的，就为一个懒字！我几辈子人哪，没日没夜挣哪，才挣出一套房子来，你一大家子懒眉日眼，挑担粪去地里也怕费力，穷下去了，穷得房子穿眼漏壁，也没钱修——现在好了，政府帮你修来了！

这事比给贫困户送米送油和拿几百块现金，烧心多了。

非贫困户叉腰鼓噪，吵翻了天，说看见没有，现在又是穷人掌权了，他们闹革命，打江山，政府为他们修的房子，就是他们打江山打下来的！

又是在村小操场，大姐夫又是站在旗杆基座上讲话。杨津曾经疑惑："李书记一个高中生，咋来恁大学问？"其实不只是他，天然气公司的王经理、高经理，包括镇里的干部，也包括我，都疑惑。而今想来，大姐夫的学问都是听来的，他不像四喜那样到处翻书看，但他善于听，且有本事把听到的都化为自己的。

这天他说："扶贫不放弃懒人，证明了啥子？证明了政府的责任心！这话咋讲呢？我给你们讲个故事。几千年前，中国有个帝王叫尧，那是个好帝王，尧以后是舜，舜也是个好帝王，我们现在夸人生得慈善，就说他尧眉舜目。我要讲的故事，说的是尧。有一天，尧在路上走，见抓住两个小偷，尧说，放了他俩，把我关进去吧，他们偷，不怪他们，是我没把他们教育好。故事完了，就这么简单。现在的政府，跟尧是一样的，是尧眉舜目的政府。懒人你我都见不来，都瞧不上，未必政府就瞧得上？政府瞧不上，却没去怪懒人，是把责任往自己身上揽，这要多大的心胸？你们，当然也包括我，是前世修了福，才赶上这个好时候，遇到这个好政府，珍惜都来球不及，还闹啥子？我就不明白你们闹啥子。这个我也不紧说，我只要你们回去照照镜子，看自己除了比懒人勤快，是不是就没有眼屎、鼻屎、耳屎，如果有，要是某一天政府说，凡是有眼屎的，都拉到西门操坝去！你听了会咋想？是不是也希望也有个尧眉舜目的政府出来搭救你，就像搭救那两个小偷，搭救现在的懒人？"

说到这里，大姐夫点上一支烟，接着讲："你们回去，包着铺盖认真想，想不明白就再想，还想不明白，再来找我帮你想。我现在要说另一件事。你们家家户户都有木桶，我问你们，木桶装水的多少，是啥子决定的？细娃儿都答得出来，是短板决定的。这叫'木桶效应'。只有把短板补齐，水量才能增加，也只有把短板补齐，才不担心水流出去。有人满，有人不满，终有一天，满的就要流向不满的，这个道理未必很费脑筋？如果你觉得费脑筋，我就打个比方，去鹰嘴岩水库捅个眼，水就会流走，去清溪河捅个眼，水还是那么多。为啥呢？鹰嘴岩水库只有它自己满，清溪河是到处都满，大家都满。大家满，才能向前奔。清溪河能向前奔，鹰嘴岩水库能吗？敢吗？”

非贫困户们听着，望了望天。

天上云开雾散。

但散得不透。

支书的话里，好像有不对头的地方。

具体哪里不对头，又指不出来。

于是沉默。

而大姐夫要的，不是沉默。

干部当得久了，大姐夫深知，沉默也是一种声音，这种声音是暧昧的，且往往是反向的。先前，无论他说啥，下面不是叫好就是鼓掌，现在却沉默了。

如果是徐炳，或者别的村干部，只要说了不再闹，就是自己的威望，就万事大吉，但大姐夫不这样想。不闹，可能平了事，却不一定平心。他要的是平心。不仅如此，还要心悦诚服、衷心拥护。他早已习惯了被衷心拥护。他要他想的，就是手下所有人想的，他高兴，别人也该高兴，他愤怒，别人也该愤怒。可是现在，他发现天下的路不止一条，李家岩的路也不止一条。最糟的是，他竟然找不回那种能量，让李家岩的路只变成一条。

十九

东轩为保住国家级贫困县，要求各乡镇申报的贫困发生率，不得低于十一个百分点。政令如山。幸好有个“红灯笼行动”，不然更麻烦。但以前的贫困村、贫困乡镇和贫困县，只管坐收拨款，款子下来，随你干啥，现在可不行，现在是专款专用，发钱到户。正因此，让很多人后悔。大姐夫就后悔。早知如此，他根本不会让李家岩当贫困村。他从这件事情上发现，自己的脑壳远不如先前好使了。先前他凭直觉就能嗅出，这回的贫困村当不得，当了，就是捉虱子上身。他不仅要抵制李家岩成为贫困村，还会去提醒镇党委，让回龙镇也不能成为贫困镇。不过后一宗只是想想而已。韩书记和以前那些书记不同，以前那些书记，开始不跟大姐夫是朋友，后来成了朋友，韩书记以前是朋友，后来不是朋友。既然不是朋友，他也就不必去多那个嘴，多那个嘴人家也不听。

自己捉虱子上身，别人就只嫌你还不够痒。全县从各行各业，抽调了八百余名干部，下村当第一书记。既然叫第一书记，就要比村支书高一篾块儿。

好在大姐夫不必为此烦恼，派到李家岩的，是县中的教导主任，只在李家岩打了个照面，就没再来过，他知道村支书李光文是个厉害角色，他来，即使不受夹磨，也是多余的，再说学校的工作丢不开，本身也来不了。所以大姐夫还如先前，诸事做主。

别的村子就没恁轻松了。比如燕儿坡，第一书记不是本县人，是省档案局来的，驻扎在村里。那人名叫华运翔，很把自己的“第一”当回事，多次批评徐炳，说他工作不力，徐炳心里不忿，便串通手下，为他设卡，弄得他寸步难行。可偏偏华运翔是个一根筋，越难，越有劲头。去档案局之前，他当过十八年兵，有个跟他同时转业的战友，做生意发了财，他便动员那战友到燕儿坡投资，种植天麻和白及。燕儿坡大片大片的青冈林，正是天麻和白及的“幸福家园”。因牵涉将来运输，那战友首先拿出百余万元，把四公里多土路硬化了。

这是燕儿坡人心头的一根刺，现在终于拔掉了。

拔掉这根刺的，不是镇政府，不是村干部，也不是许春明，而是与清溪河没有任何关系，与老君山没有任何关系，且下派两年就要离开的第一书记。第一书记来自省上，许春明也在省上，但许春明的那个省上，比华运翔的那个省上大，所以他那眼里心里，都是钢板做的衙门，小老百姓进不去——故乡人就是这样议论我的。我毕竟住得远，不会亲耳听到，对徐炳的议论不比我少，而且更具体，更实在，比如“吃肉不吐骨头”“肉吃了，骨头嚼了，连汤也不留一口”，这样的话，以前是背后说，现在当着徐炳的面也说。

尽管大姐夫不受这种闲气，可他还是对自己很不满。

他开始以为，李家岩的第一书记不碍他事，现在才明白，只要别的村有了第一书记，就不可能不碍他事。华运翔带来的那个战友，到燕儿坡租用村民柴山，并让技术员领着村民松土，挖坑，埋入圆木，培育菌床。做这事说不上累，却百元一天，燕儿坡住到街上去的，好些都回老家挣钱。李家岩却没这好事。原以为李光文最能干，不仅燕儿坡，好几个村都说要用八抬大轿，把李光文抬去当书记，而今不那样想了。

大姐夫的心情越来越坏。坏心情是把钩子，能把诸般恶劣情绪都钩出来。包括那个在县城小北街上一蹶一拐的人，也冷不丁窜出来。那人像电影里的某个单镜头，突兀地出现，突兀地消失，你被不断涌现的情节抓过去，把那个镜头忘了，可等它再次出现，才明白它从未离开过，它一直躲在暗处，窥探着剧中人的全部生活。

那个人真是钱文吗？如果是，自从在小北街见那一眼，再没见过。而就是那次，也只是见到一个背影。两年前，大姐夫的哥哥因为婆娘的麻风病老治不断根，便不再信医，转而信命。信命的人，说他命坏，他不服气，说他命好，又怕敷衍，总之是表面相信，内心忐忑，因此要不断求证。有回大姐夫从老街过，见他哥哥正让人看手相，那个下巴尖儿飘着几根黄胡子的术士，看了手掌，又看手背，说高手不是看手掌，是看手背。大姐夫听着，还以为是吹牛，现在才明白那是真的。若干年来，他探究人，趋附人，拉拢人，挟控人，都是通过眼睛，他从眼睛里接收别人的信息，也传递自己的信息，没想到背影比正面重要，也比眼睛重要。背影是一个深渊，扑朔迷离，不可测度。即使背上长满眼睛，那眼睛也只看别人，不让别人看它。这么说来，钱文一而再地把背影给他，不是随随便便的，是有预谋的。

二十

大姐夫隐隐约约地觉得，自己不想待在镇上，也不想回村，或许不是厌倦村镇的寡淡，而是有所回避。觉察到这一点，他就深切地怀念起了李前涛。有些话，他只能对李前涛说，也只有李前涛能理解他和帮助他。无数次和李前涛去县城玩，他发现李前涛跟三教九流的人，多有来往，他们的玩法，许多时候也是那些人引领，正因此，大姐夫一个人去县城，才感觉到那般无趣。可惜他从没留过那些人的电话，实在说来，那都是些上不得台面的人。可此时此刻，他们个个都变得很可爱，很坚实，甚至成了某种心理依靠。

情不自禁地，大姐夫又调出了李前涛的号码。

李前涛死后，大姐夫没删他的号码。他看着那串数字，抑制不住拨过去的冲动。

安埋李前涛不上一个月，他就有过那种冲动。

那天他打了牌，又喝了夜酒，凌晨两点才往家走，走到滨河路，穿堂风一吹，酒醒了，闷沉沉的身体也轻松下来，便踱到堤埂上去，坐下来抽烟。风扫走烟灰，烟头猩红。头顶乌云低垂，天地一统，只有他手里的红，招引着夜色。他把烟头倒过来，捂进掌心，让自己没入黑暗。但远处昏黄的灯光，慢慢游过来。四周不见一个人影，右手边的楼房，和镇子一道，在睡梦里重浊地呼吸着。连河水也睡了。河水是在奔流和吼声中沉睡。唯他是醒着的。他心里发痒，是猛然间觉得，除了他，还有个东西醒着。那是李前涛的手机号。他使劲吸了口烟，又吸了口烟，抖抖索索摸出电话，调出李前涛的名字。打吗？真想！打过去只有两种结果，一是不通，这是很自然的结果，当时既没找到李前涛的尸身，也没寻见他的手机，而且当时就打过，就不通，多半是摔坏了；二是通了，这就太可怕了，他就是跟一个死人联系上了！

那天他打没打，别的人后来才知道。

但这天没有。这天他克制住了。

冲动克制了，却克制不住恶劣情绪，以至于出门喝酒打牌的心情也没有，只偎在家里。

二十一

结婚三十年来，大姐很少有过这样的日子：两个人的日子。她的日子是水上的日子，偶尔靠岸，就是她的节日。只要大姐夫在家，即使在家打呼噜，也能让大姐摸到家的温度，也是个家的样子。现在大姐夫不出去了，大姐天天在岸上，这才觉得自己早习惯了水上的日子。她能给大姐夫说的话，每天就那么多：少喝酒，少打牌，少熬夜，少抽烟，少去人前显摆。这么几句，翻来覆去说，说上一个钟头，也不知说多少遍了。一个钟头，差不多就是大姐每天醒着时能见到大姐夫的时间，许多时候还不满一个钟头。她能为大姐夫做的事，也只有那么多：做饭添饭（如果大姐夫回来吃），洗衣刷鞋（如果脏了），斟茶递水——斟茶递水没有条件，不管大姐夫在不在，她都为他泡上茶，她坐在沙发上，眼睛盯着电视，每过一会儿，就不自觉地把茶杯递过去，递过去没人接，才察觉除了自己，整个屋子是空的。

现在大姐夫不出去了，大姐递过去的茶有人接了。

她却奇异地感觉更空。

是再不能重复那个动作了吗？

重复一个没有结果的动作，也可以把一个人的心填满吗？

问题还在于，以前空，大姐是自在的，现在空得不自在。她收回来的手里，没有茶杯，这让她茫然失措。不自在还因为，白天里的大片时光，她要搂着布巾子擦地板，大姐夫在家，免不了碍手碍脚。而且他不停地抽烟，越叫少抽，越抽得厉害，又不把烟灰认真弹进烟缸。烟灰在烟上的时候，是白的，飞到地上，就变黑了，刚擦过的地板，又脏了；即使没变黑，照样是一种脏。原来，白也是一种脏。

当大姐夫在家待到第三天，大姐问他："镇上没会？村里头没事情？"

大姐夫脸色一暗。

大姐就知道，他是心里有事。有些事他是不愿说的。

不说，大姐也不问，只躲进里屋，给我打电话，说大姐夫这几天，不出门，也不往躺椅上去，只横在沙发上看电视，尽看些幼儿节目，说他是想豆豆呢，那些节目连豆豆也早看不上眼了。说着大姐笑起来。每每说到大姐夫，除了说他的花花事，大姐老是笑，如果大姐夫在跟前，她就边笑边恨，恨着也是笑。她是把大姐夫当成了装在自己衣胞里的孩子。

说了一阵大姐夫，大姐突然问我："占惠死了你晓不晓得？"

我啊了一声。

"半个月前死的，"大姐说，"她那样子，活起也是可怜。"

又说："二哥这回倒是表现好，当了礼生，又抬棺木。"

其实不是二哥表现好，是实在找不到人下力。

为我父亲抬丧的几个，石头在河南，特务搬到了河下游。听说特务是来了好运，他舅父住在清坪，虽不在街上，但当路，来往人等在那里歇脚，买水、称凉虾、打点心，生意不断，颇能过日子。舅母早死了，舅父快上七十，膝下又无儿女，就把特务一家叫去，为他养老送终，赠予那份家业。特务虽是弱视，可很能来事，去后就开了“私家宴”，专卖稀罕口食，每过些天，就有神秘人物去那里吃喝，短短的时日，他挣下的钱，就顶舅父挣大半辈子。特务走了，狗屁也搬下了山。狗屁在山脚与镇子之间，孤零零地起了幢房子。不知为什么要去那里起房子。那房前屋后，都是深密的芦苇，凡粗壮些的秆梢，都挂着枯枝和绒草搭建的窝，为结实，还将相邻的苇秆缠绕捆绑；开始以为是鸟窝，结果不是，是老鼠窝。自古都认定了老鼠是打地洞，现在才明白，老鼠也住了楼房。如果想种田地，倒也不愁，二三十米高处，田地有的是，被人荒在那里，生了洋槐、灌木和杂草，但依稀的垄沟和埂子，看出曾经出过庄稼，只要不惜力气，还能继续出庄稼。

几个主要劳力不在，二哥也只能放下礼生的架子。再说朱占惠那人，不知道是不是因为后来完全说不了话，把车载斗量的话吞进了肚子里，肚子便鼓起来，特别硬，特别沉，像二哥这个年纪的男人不下力，单是抬走她那肚子都难。

二十二

大姐说了占惠，又说春晌和玉玲。这些她说过无数遍了。有时候我感觉到，不让大姐说话，几乎是残忍的，因此再忙，她再是重三遍四，我都尽量听。春晌的女儿清涟已没再读书，她高考只考了二百多分，正愁没人要，东北有个民办学校发来通知，让去学护士，她去了，不到两个月又回来了，说很少上课，即使上，老师都是做了PPT，照着念，学生都说，当老师太简单了，会做PPT就能当，听着烦，不是耍游戏，就是耍朋友，才那点儿时间，班上就有了六七对恋人，都去外面租了房子，夫妻一般过起了日子。现在清涟上福建打工去了。她弟弟朝晖还在读，就在县城，是由先前的师范校改成的职高，朋友倒没耍，却手机不离眼前，有时青梅叫他去吃饭，也是一手拿筷子，一手拿手机。

春晌两口子在石头那里做工，以前每天做十个小时，现在减了半数，不是原料短缺，就是资金断流。即便这样，也还赖在那里，回来更没个挣钱的出路。拐枣坪没有，燕儿坡也没有，种天麻和白及的活早干完了，百元一天的好事没有了。

而今，老板只雇了喜鹊看守。喜鹊尽职尽责的，怕石盆上守不住，便去青冈林里搭了窝棚，吃住都在里面，还养了条恶狗。那狗的爹，是大哥养的灰狗儿，妈是利民家养的白儿，就是豆豆说是个"女生"的那位，曾经为一粒油果，被灰狗儿撕破了额头。它们的孩子,喜鹊取名豹子。豹子的爹妈都死了。灰狗儿不知去哪里咬架，伤了颈项，头朝一边歪，走不稳路，走几步就滚，大哥杀了它，吃了肉。利民养的三只，两只不见了，多半是被人偷去，下了汤锅；唯有"女生"白儿，在后山的岩堑生了几只小狗。本就没吃饱过，生了孩子更饿，侯大娘和郑三儿嫌它，不给喂，它叫一阵，又跑回去喂奶。自个儿都饿着，哪有奶水？小狗一叫，它又跑回来叫。郑三儿听得烦，便寻着踪迹，找到那岩堑，捅把锄头进去，把小狗夯成了浆子。只有一只没夯着，白儿叼着它，跑到喜鹊那石盆底下的青冈林里，哭！从明哭到夜，从夜哭到明。喜鹊听着可怜，端了饭去，可它听见脚步声，叼着孩子就跑。也没跑多远，喜鹊照样能听见它的哭声。两天后没见哭了，喜鹊再寻去，见白儿已经断气。但它孩子活着，在母亲松弛苍白的奶头上拱。喜鹊收养了它。

“豹子记了两代仇，”大姐说，“除了喜鹊，见人就咬。”

这让我想起瑞松的话。瑞松曾说，以前的乡里人，自己吃不饱，也总有一口是留给畜生的，现在日子好过了，却舍不得给畜生了。他们大多不再爱畜生。他们把爱畜生的事，交给了城里人。但畜生到了城里，不叫畜生，叫宠物。农业文明是与爱畜生血肉相连的。农业文明的衰落，正从不爱畜生开始。

“碧桦的事你晓不晓得？”大姐又是突然问一声。

碧桦有什么事，我真不晓得。大姐像故意把我不晓得的事留到后面来说，这样我就有耐心听下去。她说碧桦那公司，是生产手机的，高仿别人的手机外壳，被告了，碧桦虽是打工的，毕竟是会计，成为主犯之一，抓进了派出所。这事二哥二嫂想藏，但那是一团火，藏在心里烧心，藏在胃里烧胃。没过两天，外人都知道了，外人知道的标志，是突然跟你亲近起来，走到你身边的时候比平常多，东一句西一句，无话找话跟你说。二嫂知道外人知道了，就拉下脸，成天骂，说这一大家子真要出个坐牢的，也不该是她家里的。这话都听得明白，都想到一个人。那个被我们遗忘了的人，据说走投无路地回了白马市，又跟康芙蓉在一起。康芙蓉的头痛好了，她那瘤子是良性，早处理了。杨树台有人在市里做工，见到过他，说他热情得很，就是身上没钱，钱都是康芙蓉的，他花着康芙蓉的钱，却常常出去跟女人鬼混。

“我们都是二嫂那样想的，”大姐说，“可是二嫂太过分了。”

好在事情没闹大，洪泉不知通过什么手段，交了笔罚款，竟让碧桦出来了。而别的几个主犯，都移交给了检察院。“二嫂这下才不得了哦，像她儿媳妇进了派出所，却没关进牢里，是多体面的事情，到处说：‘我们不靠别个，靠自己！’小兰也是这话。”

“你晓得她们说的别个是哪个？”大姐问我。

我当然晓得。出了那样的大事，二哥二嫂，包括洪泉，都没给我讲，更没像二姐夫那样，说“这回你就要帮我哟”，这本是我求之不得的，可当真不讲，又让我难过。他们若是找我，我无非是再做一回滥好人，半根指头的忙也帮不了；在东轩境内都帮不了，别说远在苏州。我难过的，是在他们心目中，我彻底沦落为一个无用的人了。

我一直等着大姐说说秋月，可她跟那回一样，始终没说。看来她也像我，既没接到幺妹的电话，也没给幺妹打过电话。她只是提了一句燕子：“燕子，唉……造孽呀！”

说了燕子，又回过头说大姐夫，又是那样笑。

二十三

大姐给我打电话的第二天，大姐夫又出动了。

也就是说，他在家待了四天，将近一百个钟头。

对瞬息万变的世界而言，一百个钟头是多么漫长。许许多多的事情已经发生，印度乡间的蝴蝶已扇过翅膀，大西洋的风暴正在形成。

与大姐夫息息相关的李家岩，而今闹得怎样，李普没来电话，想必也不至于怎样，但另一宗事，却是李普难以掌握的，那是上面来的暗访组。

暗访组经常来，查访的内容包罗万象。暗访组成员被称为考员，国家下来的叫国考员，省里下来的叫省考员，以此类推。考员进村，不通知任何人，且都入乡随俗，穿当地衣服，拿当地物件，你以为是过路的，或者是哪家的亲戚，完全不引起注意。

当大姐夫走出门，见到阳光，四天来在家里想过的事情，就青烟一样散了。

大姐以为大姐夫赖在家里看幼儿节目，其实，他是以无需动脑的节目打掩护，想一些以前从不想的事。像李超那种不通情理的，并非个别，这是为什么？他们对干部本是恭恭敬敬的，那恭恭敬敬也是十分真诚的，为什么稍微给个机会，就变了嘴脸？

大姐夫琢磨来琢磨去，想到了“还债”两个字。

谁还债？还谁的债？这问题像道虚掩的门，只需轻轻一推，就能看见答案，但大姐夫没推门，他脚步一拐，去了别处。他想的是，国家花那么多钱，乡村的基础设施却并没有根本改变，要修的路，多数地方早就修好了，没修的依然没修，燕儿坡那几公里，如果没有老板来投资，照样没修；不搞基础设施，送来些鸡秧鸭苗，这一茬养过，下一茬呢？乡村的再生能力依然微弱。有了类似李超那样的想法，贫困户的内生动力，甚至比以前更加微弱。

李超还不算。

柏树岭村有个叫赵大平的，只要在电视上看到开会，立马就打电话给他的帮扶干部曹霞，厉声质问：“你有恁多时间坐主席台，为啥子不来看我？”而那会议可能是中央的、省上的，最低也是县里的，作为县招商局的普通员工，曹霞哪有资格参会，更别说坐主席台。但赵大平说，我看见了，你就是坐了，最近两天，你必须从主席台下来，赶来看我（意思是给他送米送油送现金），不然我就说你从没来过。他当真那样说了。曹霞向他求情，求得眼泪巴沙，他也不改口。事实上，她早按规定次数走访过。单位给她安排了五个帮扶对象（白马市有人被安排了十六个），分属不同乡镇，她全都按规定次数走访过，路费又不能报销，她一个月的工资，少半撒在路上，多半给帮扶对象送礼。

这边说不通，她就找领导申诉，结果是又被质问："你说你去了，痕迹呢？"

有关部门给帮扶干部都发了指导书，说去贫困户家里，至少两人一起，便于拍照片，录视频，镜头里，要有你和贫困户的合影，要跟贫困户交谈，要把水管打开，把厕所门打开……这样照了、录了，还要有文字记录。这叫"留痕迹"。此外还要不断重复自己的单位、姓名，并让贫困户重复，直到把你牢牢记住，调查组问起，能一口就把你说出来。这些，曹霞都没做。她觉得，让人家不断重复你的名字，不是把人当傻子？不是对人不尊重？有一种真实也是虚假，她不想要那种虚假。

上级还规定，去了，最好在贫困户家吃顿饭。当然须付伙食费，等于是换一种方式扶贫。曹霞无论去哪家，都吃了便饭，筷子一丢，就掏出一百元（哪怕此前已用信封装了几百给他们）。没有人推脱过，连句话也没有，都是把钱一接，便撩开前襟，揣进裤兜。即使在食店吃，也会讨声谢谢，何况你可能只吃了十块，却给了一百。想当年，农村那么穷，树上的果子也不收完，留给雀子过冬，总有半碗冷饭，是给过路人的……

"扎心啊，"曹霞说，"我死的心都有。"

——那是流着眼泪给赵大平求情过后。

但赵大平也不算。

燕儿坡第一书记华运翔，自己家境并不好，老婆在省城摆地摊，晚上才敢摆出来，儿子刚上初中，正是用钱的时候，可一听贫困户哭穷，他就摸荷包。有天，他在杨树台跟贫困户谈心，一个名叫马翠的妇人（大姐说，就是我们父亲去世那天，蹲在猪圈里边解手边跟大姐说话的那位），又说起她的女儿。她女儿十七岁那年，出门打工，腊月初五回来，到腊月二十八却要走，她就来了气，说人家天远地远，也要奔回家过年，你分明在家，偏偏要走？女儿说，年前好找工作，过了年不好找。她说，你怕误了挣钱，我给你一个月工钱！女儿没回言，过会子进里屋，不声不响喝了农药，死了。

“我又没格外说啥子，我是怜悯她年纪小，留她跟爹妈吃顿团年饭，她为啥子恁大的气心啰，为啥子恁想不开哟！”马翠说着，哭起来。女儿已死十三年，可想起来她就哭，早把眼睛哭烂了。她不知道正是自己那句话，给了女儿致命一击：你给工钱？你要是给得起钱，就不会断了我的学业。女儿成绩好，考上了县中，但拿不出钱让她读。辍学后，她在家闷了些日子，霜降那天出门，腊月初五回来了，为什么不像别人抵拢春节才回？女儿没说，爹妈也没问，女儿咋想的，在外面有过怎样的遭遇，到她死了，当大人的也不知情。

华运翔见马翠哭得伤心，摸出三百块钱递给她。刚递出去，面前就是一堆手。他就一户一百地给。那天，他身上揣了七百块，都是百零券，给了马翠三百，只能再给四户。可在场的不下十户。给完了，他两手摊开，说没有了。没拿到钱的，先是失望，继而怀疑，随之变得凶狠。他清晰地看到了那眼神的变化，便把口袋翻过来，说真没有了。可面前的手不仅没收回去，还伸得更直。没有是啥意思？你给了别人，不给我们，咋就能没有了呢？

“不给钱，莫想走人！”他们喊着说。

华运翔打了个寒战，别开众人就走。

没走几步就被擒获。

毕竟是军人出身，脖颈和膀子一甩，再走。但已不是走，是跑。

却又摔倒在地。是有人向前一扑，扯住了他的裤腿。

当他挣扎着向前爬，裤子就像剥皮那样剥掉了。

他是穿着内裤逃回村委会的。

这件事让支书徐炳非常解气，见人就说，边说边笑，说世间啥都能缺，笑料不能缺，笑料是补人的，胜过人参燕窝。

徐炳笑，韩书记也笑。不过韩书记的笑里没有笑，只有气。

那件事出了没多久，县扶贫移民局孟局长到回龙镇检查工作，回龙镇目前最拿得出手的，是燕儿坡的天麻和白及，韩书记就把孟局长带往燕儿坡。先到村委会，一干人和局长书记见了面，陪同看了宣传栏和公示栏，正要朝种植区走，却下雨了。韩书记便征求孟局长的意见，说现在去也看不出个名堂，都埋在土里，还没长出苗苗。他是考虑修到堰池沟的公路，和那片林子隔着一程，要下到林子里，只能步行，全是土路，涴脚不说，还打滑。孟局长听了，微笑着摇摇头。不去不行啊，带着县电视台的记者呢。

徐炳迅速领会了领导的意思，说就在村委会外面拍几个镜头吧。那外面也是林子，虽生杂木，主体还是青冈树，跟种植区的样子差不多。记者也心领神会，附和徐炳。

孟局长望了望天，说行嘛。

于是徐炳忙着找雨伞。孟局长说不要伞，张书记下乡，再大的雨也不撑伞。

镜头里要四个人露脸：孟局长、韩书记、华运翔和徐炳。

华运翔却陡然一句：“你们去，我不去，我不搞你们那种形式主义！”

满场结冰。

最后都去了种植区，然后回镇上吃午饭。华运翔说他要填扶贫卡，不去了。

“好嘛好嘛。”韩书记说。是巴不得他不去。

下山途中和饭桌上，徐炳数次代华运翔向孟局长和韩书记道歉。孟局长开始还绷着脸，说老华也是对的。没绷上两分钟，绷不住了，说：“到基层干工作，首先要熟悉这方水土，摸清这方水土的脾气。乡村人世世代代住过来，藕连着丝，千丝万缕，像他那样搞，看上去正派，其实一样都搞不走！正派多简单，脸一马就正派了，可你不能一直马着脸，你总得把脸放下来，把脸放下来后，才真正考验一个干部的水平。以前没有第一书记，农村干部都不会做工作了？”这徐炳听着，忙又代华运翔道歉。

韩书记是不能道歉的，越道歉越给孟局长没脸。今天得罪了孟局长。在这节骨眼上，怎么能得罪扶贫移民局局长！

韩书记笑着，说那龟儿子，就那卵德性！

又说，他以前爱穿松紧裤，现在不敢了，现在都扎皮带。

孟局长很疑惑。桌上八个人，凡本镇的，都很兴奋，都想讲给孟局长听，但那么好的故事，只能留给书记讲。韩书记便笑几声，讲起华运翔被贫困户剥掉裤子的事情。

孟局长别着脸：“哦，哦。”哦两声放声大笑。

原来是这么一个不知人心的宝货，他不生气了。

二十四

华运翔变成了这带山河的笑柄。

结束下派过后，他出版过一本手记，叫《我的730天》，书中说，他被剥了裤子那天，回去穿上裤子，又出门走动。望着野风里的山体，觉得这里条件实在太差，累断脊梁，也无非活命。居然祖祖辈辈把命活了过来，真不简单。他们现在还不知礼，是因为穷。再有知识，再有气节，再有精神，穷是不成的。事实上，一个人内涵越深广，精神越丰饶，越容易在物质面前受难。受难本身就构成意义。但对那些没受过教育的人，穷构不成任何意义，只会把人变得卑微或粗野。富起来就好了。光种那点儿天麻和白及，离富起来还有相当遥远的距离。何况那是老板的，不是村民的。如果再能动员人来燕儿坡投资就好了。现在的投资人，不怕地偏，不怕路远，就怕当地没人。去县城参加第一书记代表大会时，他听千峰岭鸡唱乡麻柳村的第一书记说，他上省城找了个老板，让老板到麻柳村经营厚朴和黄栀子，见那险山恶水，人家根本没说啥，还兴致勃勃的，一问到人，结果十里八村难得见人，寻虱子一样寻出几个，都是七十岁以上的，便腔也不开，转身就走了。燕儿坡就面临这样的困局。

怎样才能把年轻一辈吸引回来？

他利用各种关系，又联系来两个老板，到燕儿坡种藤椒、白苕和麦冬，还建了个猪根子加工厂；猪根子是一种野粮，困难年代救过人命，现在是没人吃了，但真的好吃，特别是磨成粉，用来熬粥，不仅味道鲜美，还滋脾养胃。但这一切，全半途而废。都因缺人手。他千方百计招回了几个年轻人，但没过上一个季度，就又回到城里。老板挣不到钱，除了他那个战友，也很快撤资。

尽管那时候，燕儿坡早已宣布脱贫，但华运翔是以失败者的面目离开的。

中坝镇“幸福家园”那种事，到处都在发生。只要建了个安置点，领导就一拨一拨去，去之前必扎台子，去的当天必请腰鼓队，必用无人机和记者立体拍摄。如此，两三万轻轻松松就花出去了。

二十五

大姐夫心里想的，他自然不会对外人说，要不是多日以后向我说起，别人就永远不知道他那样想过。想，不是他该做的。正如那个下牢的师政委，别的都不该做，唯有执行。既然让他执行，他就去。杨津曾说，李书记是个忠诚的人，你没有他的那种忠诚，就理解不了他的忠诚。杨津到底是见过世面的。

当那些想法在阳光里蒸发，大姐夫意识到，他的当务之急，是掌握最新情况。

掌握情况并不难，可掌握了又怎样的？他不能堵了别人的嘴。嘴那东西，是心的阀门，心里有话，嘴就会张开。除非把心也堵住。他怀念能把心堵住的日子。

既然叫怀念，证明已经过去了。而且他明白自己心里的症结。曾经，他家里也穷，非常穷，按大姐的说法，“穷得舔脚板”，那时候没有人来为他们送米送油，没有人来为他们修房子，也没有干部用两只手和一颗心来服侍他们。可是现在，他却要那样去做。在他家穷得舔脚板的那些年，只有两三户伸手拉过一把，可偏偏他们都没成为贫困户，这其中包括李保顺。在他很小的时候，有年春节，李保顺的爷爷把他父亲叫去，给了一笼猪肺，让他们不至于过年吃不上肉。往后的几十年，只要独自路过李保顺的爷爷坟前，大姐夫都会点燃一支烟，敬在坟山上。而他服侍的人，没拉过也就罢了，有的还伸脚踹，把欺穷当成娱乐。

这些他都记着的，但他是干部，有些能往明里记，有些则是记得也装着不记得，该他去服侍的时候还跑得飞快：差这差那，赶紧送去，没有事情，也嘘寒问暖；如果遇到刮风下雨，就像那回李普去李超家，撑了房子清积水，清了积水还把屋子打扫干净。

只是，他装着忘记了的人和事，会冷不防在时间的废墟里发芽。

一旦这样，比想起小北街上那个一蹶一拐的人，还坏他的情绪。

情绪坏了，简单的事情也变得复杂，也无从着手。

正在左右为难的时候，事情自动有了转机。

政府为贫困户修房子，不是就地修，也不是修在镇上，是在镇子去县城的高速路口附近。说附近，其实有将近十公里，不通公交，只靠走，脚步快，也要走个多钟头。那地方叫龙井湾，原是一条数十丈深的峡谷，天然气公司建脱硫厂，推平了几座山丘，泥土运过来，将峡谷填了。而今，龙井湾像一张压皱的床单，平坦的底子上，微见起伏，房子错错落落，修了几百幢，杨侯山和老君山的贫困户，都去那里居住。

四周没有农田，只种了些树，桂花树、紫荆树、白果树，都是风景树，由老板承包，准备随时卖给城里。贫困户想种田，只能走几十里地，回到老地方。

但政府说，要在龙井湾辟李子园，种蜂糖李，那东西要卖五十元一斤，今后，所有龙井湾的住户，都是李子园里的工人，除草、施肥、打药、收获、包装、冷冻、运输，都由贫困户去做，此外还要建电商平台，将来让龙井湾的李子销往全国，出口海外，到那时，贫困户早成小康之家，成了骄傲的龙井湾人。

可“今后”和“将来”是什么时候？

“那时”又是什么时候？

他们不喜欢这样的词。

贫困户和非贫困户都不喜欢。

非但不喜欢，还对这样的词感到害怕。

很多贫困户打了退堂鼓，不愿搬。

二十六

我老家的那层院子，除已不在那里居住的王晴光，都不愿挂红灯笼，因此都成了贫困户，也都不愿意搬。利民不愿，是他有两个老人，他怕老人在龙井湾百岁之后，却要拉回燕儿坡安葬，就麻烦死了。有天徐炳到那院子去，说龙井湾也划了墓地，焦啥子？侯大娘听见这话就一阵臭骂，不好骂徐炳，也不敢骂儿子儿媳，就骂贵爸，像一切都是贵爸的错，同时也暗示她要比贵爸早死。她真的比贵爸早死两年，这当然是后话。人的命运，包括生命的长短，有时候是被点点滴滴暗示出来的，本来不是那样，暗示得多了，就成那样了。在龙井湾下葬是要火化的，侯大娘怕，但她更怕去那陌生地界，将来到了阴间，能说话的鬼也没几个，她再想去挖掘别人的秘密，就难了。那该多寂寞。

大哥开始打算搬，一是他不像利民，有风雨飘摇的老人在，二是搬迁户提前给了一万块钱——政府为贫困户修房子，以人头算，每人二十五平米，贫困户自筹部分资金，但每户不能超过一万，回龙镇却不管你家是独人还是多人，也不管你的房子是二十五平米还是百多平米，都收足一万——大哥舍不得那一万块钱。他想的是，先把房子弄到手，再回来住，过上几年，说不准就能像遍布镇上的小产权房，能出手卖掉。但徐炳那次来说，凡政府扶持搬走的，都要把老房子拆掉，还做耕地或林地。徐炳让各搬迁户做好准备，要带走的家私，提前打包，到时候一车装走，莫等铲车开过来，房子整垮了，才哭天号地说弄烂了这样，打碎了那样，到那时号也没用，没人认那个账的。

大哥听了，立即决定不搬。

他站在伙房，朝屋顶上望。屋顶很高，是因为当风，矮了，烟出不去。同样因为当风，且砌的是单砖，砖块手掌一样薄，免不了有风险。可几十年来，八九级大风也不知经了多少回，挑梁嘎吱吱乱响，房子柳条似的摆动，也并没有垮。

伙房看了，又去院坝里看，然后跑到虚楼底下看。

起这房子时的情状，就一个浪头打回来，将他淹在里面。

那时候，母亲已闭了眼，睡在棺材里，埋到了堰池沟那边，母亲坟上，已长出胎毛似的看麦娘，那草会一天天长高，若不去收拾，会长成纷披的乱草，秋季枯黄，春来返青，这些是无需说的。要说的是，父亲常在鸡不叫狗不咬的夜半时分，去那坟前独坐，一袋接一袋吸烟，每吸一口烟，就在心里说句话："代珍哪，"吸烟，"你这婆娘哦，"吸烟，"你的心狠啰，"吸烟，"你要嫌我，"吸烟，"也不该撂恁大个挑子，"吸烟，"挑子里装的，"吸烟，"都是你一个个屙出来的呀！"父亲绕来绕去地说，始终没说山上山下量就了他，量他带不大那包针，那包针即使命大，能像野猫野狗一样长圆，四个儿子也注定要当苕人。他不说，是怕母亲心痛，也怕母亲看不起他。他觉得，母亲生时看不起他，去了阴间照样看不起他。于是，母亲死去半年，他就摇铃打鼓地要起新房。

那时候还能随意处置自留柴山，我们柴山里的树都不大，又在阴坡，树从出生那天起，就歪来扭去找阳光，长得七拱八翘，所以大哥家的楼板才到处翕缝。别人家起房，打头就要请十几二十个活路，当时请活路不给工钱，但要一天煮两顿饭，第二顿饭即使没酒肉，也得炸一筲箕油粑粑。时至今日，说起那吃食，我顿时就能闻到一种富贵气，这富贵气远胜高车大马、穿金戴银。一家炸油粑粑，满村都能闻到，村外的林子里，鸟兽欢跃，鸣噪不休，仿佛也是它们的节日。我们家既没清油，也没灰面，做不起那好东西，便也请不起人，父亲就靠自己，集体收工后，他就提着斧子进山。

太阳早已落土，月亮升上来，父亲饿着肚子，借着月光，斧子把月光劈成碎片，在山的对岸碰出回声，给他应答。那些树是多么小啊，父亲不把它们叫树，叫树儿，他抚摸着那些孩子般的树儿，心里积聚着难言的愧疚和痛楚。大哥是常常跟父亲一起的。二哥偶尔去，去了也嘟嘴愁眉的不卖力；当时他还疯狂地读着四处搜罗来的书，这种形而下的劳动，让他厌倦。父亲和大哥扛着树，回到家，月光都走到院坝中央了。

把树收齐，父亲才请了木匠、石匠、泥瓦匠。一口气，他领头起了两间房，那是大哥二哥的窝，有了窝，不怕引不来人同宿。果然就引来了大嫂二嫂。

从那以后，父亲再没起过房，他对人说的是，我三儿子不要我的房子，他迟早是公家的人，我幺儿子有老房子住。而事实上，他就像濒临绝境的困兽，从绝境中逃出来，余生就陷在后怕里，再也尝不出欢欣和悲苦，更意识不到自己的平庸和不凡。

大哥回想着他和父亲度过的那段日子。

那段日子没有白天，只有夜晚。

在那些夜晚里，只有他和父亲。

他膝头一弯蹲下去，嗡嗡哭。

徐炳早走了，大嫂在忙着做饭，待把饭做好，喊大哥吃，喊几声不应，出门查看，才见他蹲在虚楼底下，哭得肩膀一抽一抽的。大嫂吓得手一丫，眼里没了梯坎，也不知怎么就到了大哥身边，一把将他拉起来，问他啥事情。

“我想爸爸……”大哥说。

父亲去世后，这是大哥第一次为他哭。

把父亲从冰棺移到木棺的那天夜里，他也哭过，但那不是为父亲哭。至少不全是。这是第一次只为父亲哭。

他像我那个把车停在十字路口哭他父亲的朋友，遭遇了那个神秘的时刻。

不过在大哥这里，并不神秘。

大嫂把大哥劝进屋，大哥又说：“我不想搬家。”

大嫂都已经在为搬家做准备了，听大哥这一说，一时没了主意。不过她听大哥的。大嫂和大姐一样，认为做了女人，就没了故乡，女人过一辈子，无非是丈夫去哪儿，就跟到哪儿。丈夫不愿去龙井湾，她也就守在燕儿坡。

二十七

单是那层院子，利民和大哥都不愿搬。反倒是二哥无所谓，他跟二嫂在街上住惯了，而且洪泉特别交代，叫别把奔奔带回老家养，说野山野地的，养不出个气质。天麻和白及种完，二哥二嫂就没再回过燕儿坡，老家的房子，瓦沟里歇满蝙蝠，挑梁上蹦着松鼠。过不了更多时日，那房子就会垮掉，政府想推，推就是。推了旧的，换套新的，就是赚头。

别的地方情形相似：镇上有房的贫困户，搬也可，不搬也可，镇上没房、一直住在老家的，大都不愿搬。由此，大姐夫得出一个结论：天底下没一样事情是无缘无故的，去镇上买房，先要有那意愿，没意愿就没动力，车没动力跑不快，人没动力就等着受穷；某些人本来不穷，完全有能力去镇上买房，但就是不买，是因为心穷，心穷比钱穷还穷。

这话也不是泛泛而谈，而是有所指的。在李家岩，最不愿搬的是灰狗儿。原以为，给灰狗儿一盏红灯笼是非常困难的事，但大姐夫发明出来的方法，使困难的事情变得简单。灰狗儿的那盏，早给他计划在那里，他又是五保户，便也享受贫困户待遇。意思是说，灰狗儿享受着贫困户和非贫困户的双重待遇。大姐夫深知，从钱的角度说，灰狗儿其实不穷，国家的补助不算，单从他手里弄到的，也绝对强过一个普通打工的。他就是心穷。穷了一辈子。心穷分为三种，一是穷钱，二是穷德，三是又穷钱又穷德。灰狗儿是几样穷。

不过到现在，灰狗儿确实是没钱用了。

因为大姐夫不再支使他了。

自从那次因被盘问放了狠话，除燕子的事情，不得已，大姐夫才动用过灰狗儿一次，此外再没支使过他。他实在也没多大利用价值了，到底年岁也大了，身体一天不如一天，再往人家碗里吐口痰，经不住耳刮子和拳头了，再往汽车底下躺，腰腿也不再那么灵便。近来，他连做饭吃都有心无力一样，许多时候只吃两顿，有时只吃一顿。他可以住到敬老院去的，回龙镇没修敬老院，但黄金镇有，不叫敬老院，叫康养中心，回龙镇的老人有那要求，都是去黄金镇的康养中心。大姐夫曾问过灰狗儿，问他去不去，“我才不去跟那些鼻脓口水的老东西混！”他说。他看不起老人，更不承认自己已经是个老人。

不再被支使，灰狗儿就断了主要财路，国家的那点补助他又看不上，更不珍惜，每回去镇上领了，都泡茶馆打牌，直到包里的几个钱跳进别人荷包，心里才踏实，才回村。大姐夫说过他几次，先前说他，他会听，听了又犯，现在是完全不听。

虽如此，大姐夫只要在街上碰见他，还是照样请他吃喝，给他拿烟。

让大姐夫诧异的是，不让灰狗儿做事，哪怕只请他吃碗小面，只递给他一支烟，他也一副含羞带愧的样子。以前给他吩咐事情，有的做到了，有的没做到，没做到照样给他好处，他收下好处，并不觉得手软，大概是想到下次还能效力。现在没有下次了。

对有些人，比如对干儿干女，大姐夫不要他们含羞带愧，包括广里死了，大姐夫给广里的老婆沈涓拿钱，就像给青梅拿钱，是公公给儿媳拿钱；不过沈涓自己也懂事，以前往大姐家送东送西，都是广里，沈涓上街的时候不多，丈夫死后，她不仅没荒了这条路，还比丈夫先前来得勤常，拔出几棵好葱，也想到保爹保妈。对李前涛的老婆鲁小羊，大姐夫也不要她含羞带愧，他给鲁小羊钱，都说是村上的补贴，其实是他自己掏的腰包。

但对灰狗儿，大姐夫有另一番心思。某些时候，他仿佛成心要让灰狗儿明白自己在被施舍，比如灰狗儿刚吃过他请的小面，正揩嘴巴，他就问："油水重不重？"

那就是个烂脓，可在某种程度上，那个烂脓又是他的合伙人。

这让大姐夫厌恶。

于公于私，于情于理，大姐夫都希望灰狗儿搬离李家岩。灰狗儿不愿搬，大姐夫就去做他工作，说你李登福——原来灰狗儿叫李登福，亏大姐夫记得——又不像别人需要交钱，你那一万块，都是村上交了，整个李家岩，哪个有这待遇？只有你一个，没有第二个。不仅李家岩，全镇也找不出第二个。燕儿坡那喜鹊你是晓得的嘛，他还不是个五保户，如果他去龙井湾，鬼大爷帮他交钱？他可以不去，是因为他有正经职业，要为老板守林子，老板认他实诚，相信他，只要他守；表面上他是帮老板守，其实是帮公家，那是回龙镇的招商引资项目。前些日子孟局长去检查工作，韩书记就带到了燕儿坡，你不看电视，没见局长书记跟喜鹊握手。龙井湾哪里不好？地方好，房子好，你住过去，哪里不安逸？你住过去了，不是我就不管你了，你是我李家岩的人，我能不管？

意思是还会请他吃喝，给他拿烟。

灰狗儿的回答，是拿起扫把扫地。

他怕有几十年没扫过地了。

二十八

龙井湾的房子马上竣工，搬迁在即。县里说元旦前要全部入住，作为给新年的献礼，张书记还要在元旦当天亲自到场剪彩。可这时候，大姐夫却面临更大的困局：李家岩人盯住灰狗儿，别的村子盯住李家岩。李光文是出了名的能人，连第一书记都不敢在那里扎场（李家岩的第一书记是自己不来，但传来传去，都说成是被大姐夫赶走的），别的村子说，李家岩该搬的搬了，我们就搬。李家岩人则说，灰狗儿搬了，我们就搬。

许多年来，灰狗儿都是大姐夫手头的一枚棋子，而今这枚棋子将了他自己的军。

又不能一条绳子把他捆到龙井湾，只能再找他谈。

从上半年开始，灰狗儿基本是领补助才上街，平时来得少，或许是因为腿脚不便，或许是本来就不想来。大姐夫只好回村去。

就在他准备回去的这天上午，李家岩有几个人，昨天去河下游吃了人家喜酒，今天打早回来，路过村小，见外墙斑驳，墙心探头探脑长出几株蕨草，就细声说："李书记现在像不大管事呢。"是想起先前，那墙上稍有污迹，李书记都派灰狗儿去擦洗。想到灰狗儿，其中一人脖子一顿："噫，那狗日的像多久没见呢。"

灰狗儿上街的时候少了，串门的时候却多了，他走到人家院子，并不打招呼，只鬼影子那样站一会儿。可好些天没见那鬼影子了。几人从村小右侧上了岩坎，碰到李普，就说给李普，李普也才警觉。他默了默日子，看灰狗儿是不是上街领补助去了，可日子不对，这个月的补助早发放过，灰狗儿输光了回来那天，还到李普的院子转悠过。

李普本是去收拾水管的，也不去了，径直赶到灰狗儿家。

只要出门，灰狗儿都只在门环上系根稻草。现在就如此。这让李普放心，证明他没死在里面。不光五保户，那些有儿有女的，儿女不在身边，邻居也出了远门，死在家里，烂出尸水，才被过路人闻出来，这种事对河两岸都有过。

虽然知道灰狗儿不在家，李普还是扯断稻草，开门进去查看。

确实没人。旮旮旯旯都没有。

人不在，就没法联系，灰狗儿从不用手机，也没个亲友。

五保户加贫困户，怠慢不得，李普连忙报告给大姐夫。

大姐夫正骑着摩托，走在回村的路上，听了报告，加大马力，赶回村子，亲自去灰狗儿家，看了床脚，又挪开饭桌，揭了窖板，下去用电筒照。只照出三个长了白毛的红苕。接着去屋后的茅厕，用长把粪瓢搅，只搅起来一只烂出肠子的老鼠。然后发动男女老少，像当初寻找李前涛那样，沟沟畔畔也不放过。这天是冬至节，百草萧疏，木叶枯黄，整片山野，准备着以空和静，严肃地迎接冬天的到来。它似乎没有精力也没有心情，藏下一个人。

都以为他像李前涛一样失踪了，或者说像李前涛一样死了。当大姐夫去镇里报告这事，镇里个个喜悦，民政所长出口长气，说：

“那龟儿子，少了他是少个祸害。不管他死没死，只要几年不露面，就销了他户口。”

可民政所长说过这话不到半个月，就有在市里打工的回来说，他在靠近来风路的二马路上，看见过灰狗儿，灰狗儿像流浪狗一样正翻垃圾桶，翻到一块香蕉皮，几口就嚼来吞了。

这个烂了一辈子的人，离开故土，讨口去了。

他没在故土上烂到死，终归说起来，也是他留给故土的一点慈悲。

二十九

就在灰狗儿出走的那段时间，大哥被树成了抗拒政策的典型。

他到处放话，说绝不搬迁。

不想搬的贫困户，正等个人出头。灰狗儿最先出头，可他不在了。就算他在，也不好去跟他学，学一个没死也成死人的人，坟里的祖先也不答应。到底需要个正经人出头。

现在许春山出头了，太好了！

干部问起，他们说：许春山搬，我们就搬。

而许春山不搬。

于是大哥就成了典型。

树典型之前，人家仁至义尽，先派人给大哥讲道理，且没喊大哥去镇上，是到燕儿坡来，坐在大哥家里。那人是个刚毕业的哲学系研究生，姓崔，把大哥一口一个叔叔，把大嫂一口一个娘娘，大哥大嫂也便叫他小崔。小崔跟叔叔娘娘讲话，就像导师给他讲话，

“叔叔，”他说，“你的想法还停留在农业社会，农业社会里，人是植物性的存在，把自己生活的土地，天然地当成家乡。现在是城镇社会。在发达国家，早就是世界城市和世界都市的社会。都市的功能，是挑战乡村，否定乡村，打破封闭的乡土关切，用世界主义取代家乡或者故乡，用资本的务实精神，取代对传统的敬意。我们中国人，慎终追远的历史太长了，拖在身后的尾巴，比身体还重。”小崔笑了笑，又说：“现代人由独立走向联合，由区域走向整体……意味着要被时代抛弃。”

这些话，大哥一句也没听懂，大嫂更没听懂，但他们都听懂了“被抛弃”。这让他们恐慌。但同时又想，被抛弃了，就没人来管他们，也不会来拆他们的房子，因此脸上忧喜交替，抱着手臂，埋头坐在那里，只不言声。

小崔感觉到，自己并没说服对方，便又补充：“我讲的这些，不是我的意思，是斯宾格勒的意思。”大哥以为斯宾格勒是个中央领导，可电视上没大听说过，看来最多是个省领导，便抬了头，说：“我三兄弟也在省上。”小崔愣了一下，明显很惊讶，然后问：“三叔在哪个部门？”这却把大哥难住了。我具体干啥，他从来就没清楚过。回答不了，就含糊其词：“他们那门前有站岗的，进去要证件，还要先通报，不通报，有证件也进不了。”

这多半是从我口里听去的。有回我去省委宣传部开会，分明带着会议通知，岗哨也以深度怀疑的目光，反复盘查，还问开会在几楼。这事让我耿耿于怀，很可能就在某些场合讲起过。

小崔听大哥那样说，肃然起敬，以越发谦卑的口气，说叔叔，政策是中央传到省上，省上传到地方，既然三叔在省上，你就更该支持他的工作不是？

大哥没回话，只叫大嫂给小崔煮荷包蛋吃，且先声明：“吃我的，不收你钱。帮扶干部来吃饭，我也从不收钱。”这是实话。这院子里，二哥和利民都收，但大哥大嫂不收，侯大娘也不收。小崔不吃，说不饿，而且有规定，不能随便吃老百姓的饭。大哥说：“这不是饭，是蛋，这也不是老百姓的蛋，是叔叔的蛋。”他是真心喜欢了这个人。就这样，跟小崔越说越亲热，小崔也把蛋吃了。新鲜醪糟煮的，溏心淋漓，吃得很香。

然而，当小崔最后要大哥点个头时，大哥却没点头，而是说：“不搬。死也不搬。”

他那反面典型，便在劫难逃。

他把自己三兄弟抬出来，能唬住小年轻，怎能唬住韩书记？韩书记又不是不知道他三兄弟许春明的底细。许春明就是个编画报的，就是个写诗的。许春明跟省长吃过饭，以前他信，现在不信了。当真跟省长吃过饭，不是神仙也沾露气，出动时虽不说排军喝道，也自有一股子霸气在，可那许春明回来，比个农民工都不如，阴悄悄的。李光文说他舅子回到县城就被请得不落地，后来韩书记也打听清楚了，请许春明的，就是几个舞文弄墨的同道，说白了都不是什么体面人，甚至算不上正经人，其中有个谭瑞松，从水电局出走，到南方鬼混，差点遭年轻妹儿用一双嫩腿子夹死，怕死，才鬼模鬼样回到东轩。水电局不要他，难得电视台把他收留了。听说前段时间有了发达的迹象，跟拍张书记，立了功，台长想把他的关系转过来，成为电视台的正式职工，还要提拔他，比如当个副主任啥的。他一听这话，两手举到天上，脖子却往里缩，只差没缩进肚子，说你今天提拔我，我今天走人，明天提拔我，我明天走人。可见是个糊不上墙的。许春明结交的，就是这号人，你还想他有多大个气候？别的不说，燕儿坡的那段路他都没本事修，还靠外人来修。那年他父亲去世，镇上送了花圈，当时是栗镇长的主意，真没必要。

这些想法，韩书记是明确说给人的，传来传去，传到大姐夫耳朵里，大姐夫又转给我。大姐夫的意思是，韩书记后来不待见他，除官升了，架子拿大了，还因为我太不中用。我稍微中点儿用，莫说排不上品的镇党委书记，就是县委书记，也要凑上来献勤儿。马伏岭半山腰的黄花镇，有个人在上海市政府机关负点儿小责，回到老家来，张书记接待不说，还把他老家辟成了全县水蜜桃示范园。还是上海呢，不是本省呢！

“你本来有能量，”大姐夫说，“但要放出来才叫能量，不放，别人就不晓得，不晓得，等于没有。好比我们这里的天然气，一直关在山里头的话，鬼大爷才多看你一眼。”

大姐夫叹息一声，又说到碧桦出那么大的事，都没找我，是对我彻底失望了。

他口头上说的是二哥对我失望，其实是他自己。

韩书记看穿了我，和他疏远，他女儿丽丽，花九万多找了个合同工，要我帮忙转正，我却始终没能做到。而今丽丽早已辞掉那工作，进了家合资公司，挣的钱比先前多几倍，丽丽自己高兴，他却不高兴。他送女儿读了大学，是希望她端上公家饭碗的。

三十

反面典型倒不会戴高帽游街，也不会挨斗，可麻烦也在这里：只知道不会怎样，不知道会怎样。大哥慌了神，说：“我不当贫困户行不行？”

他太天真了。名字是报上去的，人家验收，是验收许春山这个名字，这个名字就像一粒土豆，该放进筐子却没有放，支书徐炳和韩书记都得背书。大哥又说，我交出的那一万也不要了。不要是肯定的，想要也要不成，但得把你送进龙井湾的新房子。

听了这通解说，大哥才明白，一旦登上“贫困号”这艘船，就不能随便下船，只能去指定的地方、按规定的时间和方式下船。母亲曾在这家里生孩子，父亲曾在这家里生病，母亲洋溢的血气和父亲病中的叮嘱，都成了废墟，成了野草和虫子的世界。方法是一成不变的。

没了退路，反而激起了大哥的勇气，他不慌了，更不怕了，说谁来抓他，他就跟谁拼命。不止嘴上说，还当真去备了大桶汽油，囤在影墙下的八仙桌旁，说有人敢来，他就一把拉进屋，把门闩了，朝油桶扔火。他这方法，也是一成不变的。

那段时间，大哥天天守在家里，只把大嫂撵出去。大嫂明白他的心思，故意说：你就晓得躲懒，你不上坡，我也耍，我又不是耍不来。她打定主意，要死，跟大哥一起死。大哥没奈何，就骂，骂也骂不走。弄得家里阴风惨惨，看到啥都是冷的。

三十一

这天，大姐夫上院坝时，大哥又在骂大嫂，骂得很难听。难听的不是话粗，是绝情。大哥从不对大嫂这样的。大姐夫不声不响，过去递烟。大哥靠着柱头蹲在阶沿，当一个阴影落在他面前，他噌的一声起立，披着的衣服从肩头滑落，掉下梯坎，盖住一摊翠绿色的鸡屎。

见是大姐夫，大哥也一时没悟过来，愣怔着把烟接了。

大哥突然停了骂，大嫂觉得奇怪，从家里出来，看见大姐夫，忙又返身进屋，舀出一盆水，让大姐夫洗脸。他是骑摩托来的，摩托停在堰池沟，走这几步路，还吹着冷风，也走出满脸汗水。

听见大嫂喊着大姐夫的名字，利民也出来。

大姐夫又去递烟。点烟时，郑三儿端出靠背椅，放在院坝，请大姐夫坐。大姐夫坐了，说街上闹得慌，上山来清静一下。问为啥闹呢？今天又不是赶场日子。大姐夫说，孙剃头死了，昨晚上吃饭，吃着吃着就死了。

这话把侯大娘又引出来了，侯大娘说："难怪！"说她前晚上做了个梦，梦见她背两个南瓜去卖，街上人多得起饼饼，像没修新街那阵，动一寸都把人等老，那些人的头发，见风长，拖到屁股丫，眨眼间拖到地上，黑水一样涌起来，把人淹了，满条街上，再也看不见人，也看不见房子，只看见堆山填河的头发。她一直没明白是啥征兆，结果是剃头匠死了。

话没落脚，郑三儿进屋去，往猪食锅里敹糠。

利民轮眼盯住他妈："啥事情你都有个先知先觉，早晓得该去说神嘛！回龙镇的剃头匠好几十个，死了个孙剃头，就开不成席了！”

侯大娘哼哼哼的，并不反驳。

大哥也才抽出空子，问大姐夫：“孙剃头离滨河路恁远，咋闹恁狠？”大姐夫说，阵仗大呀！孝棚从上街扯到中街，高音喇叭架了几十根电杆，火炮从早到晚放，还有三架电子礼炮车，动不动就砰砰一阵。利民吐了泡清口水，说孙剃头那儿子孙俊，虽是教大学，到底只是个教书匠，没想到风光成这样子。大姐夫说，教书匠有隐形资源，再大的领导，都是教书匠的学生，加上孙俊那学校好，领导想把儿孙送进去读书。

接着，大姐夫说孙俊如何能干，去好几个国家做过访问学者。大前年正月间，孙俊从芬兰归来，回了趟镇子，跟他摆了一歇龙门阵，孙俊说自己是在芬兰过的春节，腊月三十天晚上——我们是晚上，芬兰是白天——几千华人聚在一个大礼堂，看春节联欢晚会，节目开播前，全体起立，高唱国歌，那声势！国内人不晓得爱国，出了国才爱国。国家强大了，华人有底气，爱国也爱得地动山摇。接着又说孙俊有年在加拿大过端午节，华人搞龙舟大赛，赛场飘扬着两面国旗，一面是加拿大的枫叶旗，另一面是中国的五星红旗。只有华人才有这待遇。当地有不少越南人、意大利人，他们过传统节日，都不能升自己国家的国旗。

大姐夫说完，又散烟。

利民接了烟，笑笑地说：“都说我们国家强大，我们咋不晓得？”

“不晓得是啥子意思？”大姐夫问。

但他并不需要回答，吸一口烟，说："你们住在山上，土地薄，出行不便，政府就在龙井湾给你们修了房子，请你们去住。几百幢，全是钢筋水泥房！如果国家还是几十年前的样子，能这样帮补你？"利民嘿嘿笑，大哥恨他一眼："你笑得出来，我笑不出来。"

大姐夫说："你不是一样？"

"一样个屁呀！"大哥脸一斜，望着院坝外的远处，"那个狗日的！结个婆娘又离了，后来找无数个，都没结进家门，没上到户头上去。天天的户口也一直没上，今年去上，不准上了，说有些贫困户为多得面积，弄虚作假。我这是个大活人，又不是泥巴团儿捏出来的，咋个假法？我那本本儿上，就只有三个人，房子也只能住七十五平米。利民倒安逸，不算贵爸跟侯大娘，也有六个（石头有两个女儿），比我多了一倍，钱却交得一样多。"

利民就笑："原来你是为这个事才拗起整？"

"我倒不是为这事哟。"大哥说。

大姐夫却相信利民说的，哼一声："要是算那小账，就只有算到阴沟里去。国家是个大盘子，个个都算小账的话，大账也变成了小账。你这样算，那非贫困户咋想？"

大哥开始真不是这样算的，不知怎么算出这本账来。

他抽两口烟，提起他那反面典型。这事虽没下文件，也没个正式通知，但全镇都在传，全镇都知道。大姐夫说："你改了，就又成了典型，成个好典型。"大哥可没那心思。他是铁了心不改。刚才说他算小账，更不能改。便又问是不是要抓他去关黑屋子，听说有人已经关起来了。大姐夫变了脸："你听哪个说的？你指名道姓说个人头出来，哪个遭关了？"大哥指不出来。大姐夫说："我一再讲，莫信谣言。那些都是谣言。谣言是一坨屎，分明是个好东西，抓把屎一糊，就臭了。”大哥不服：“为啥子让人把好东西也当成屎？这其中就没得个道理？谣言又是咋来的？啥事情都含一半吐一半，不出谣言才怪！虽然我指不出个张三李四，可是无风不起浪。”

大姐夫听着生气，扔了烟屁股，就说回去了。

说着下了梯坎，喊都喊不住。

对大姐夫的这次行动，有两种说法，一说是他怕大哥吃亏，上来找大哥沟通，二说是韩书记让他来的，韩书记知道许春山是他大舅子，派他来做工作。

我始终没从大姐夫那里得到确证。

唯一可以确证的，是他没能说服大哥。

而且，他也并没十分用心去说服。

三十二

但不是对大哥没有影响。

看来不会关黑屋子，也没人关了黑屋子，大哥就像全身披挂的武士，成心赴死，到头来才发现，跟他打斗的，不过是一架风车。松弛下来，才觉得身上发冷。所谓点燃汽油桶和人同归于尽，也无非说说罢了。他跟父亲一样，不想死，还想活。那个他提头就骂的人，毕竟是他儿子，儿子至今没个收缘结果，他要等着他浪子回头的那一天。女儿的事他也早知道了，那个秃了顶的哑巴女婿也见了，女儿跟哑巴生的孩子——一个白白胖胖的男孩，他和大嫂都抱过好些回了。心里的遗憾，别人是不知道的，表面上，他跟大嫂都很喜欢，既喜欢女婿，也喜欢孩子。毕竟女婿干着一门正经营生，又勤快知礼，家里条件也好。凡事都要退一步想，如果秦轩不是个聋子，不是个哑巴，作为正宗县城人，挑剩了，也挑不到燕子头上。大哥要看着那个白白胖胖的孩子长大成人。说死的话，太早了！

这么想了，大哥又才发现，根本问题并没有解决：他怕的不是关黑屋子，是推了他的家；他想点汽油桶，不是因为抓他去关黑屋子，是将他关起来后好推掉他的家。

可他在家里守着，别人就不能推吗？

他是人，人能抗得过机器吗？

大哥又怕了。

这回怕，想到的方法，不再是点汽油桶，而是求人。

大姐夫的态度他已知晓，他唯一能求的，只有我了。有天夜里，他打电话给我，说他了解到一个“内情”，国家说的是，房子不安全的贫困户才搬，他那房子安全得很，让我给扶贫移民办讲讲情，把他贫困户的名单勾销了。我已经从大姐夫那里知道不能随便勾销，当然更主要的是不认识那些人，就给大哥讲道理。而我的那些道理，包括说你那房子虽然几十年没垮，但风一吹就甩圆了，你跟大嫂住那里我们也不放心之类，他早从别处听厌了，不愿意听，只要我照他的话去做。如此，我自然又是答应下来。

还在踌躇找谁帮忙（未必又找谭瑞松？），新的情况出现了。

当“红灯笼行动”推进到清坪镇，承诺不挂红灯笼的贫困户，九成反了水，原因是非贫困户也得了补助，比如扶贫单位来送鸭子，给贫困户每家三十只，捎带也给非贫困户二十只，三十和二十，虽有区别，也见不出多大个区别，说白了几乎就没有区别。

更重要的是，张书记的全域旅游构想，看样子不只是想想。百里峡已开门迎客，《梦回巴国》也已上演——首演那天，县里邀请那回讨论剧本的专家，都去东轩观看，我有事，没去成，据看过的人讲，演出相当精彩，观众席嘎吱吱上升，高于舞台，像在二楼的包厢里；又嘎吱吱下沉，低于舞台，顶上云雾缭绕，像望着天界。巴王和一个艳丽妖娆的女子在野溪边嬉戏时，每张座椅都喷出水珠，情景交融，连上了年纪的观众，也被注入青春活力。总之非常成功。百里峡是龙头，龙头一摆，全身都动，全域旅游指日可待，到那时，别自己家门没挂红灯笼，游客不来买东西，也不来吃住，就亏大了，就真的要披一身穷皮了。

反水有什么用？先就说好的。

现在，贫困户也当上了，你们说不好取，不取也行，但红灯笼必须挂！不挂，就去告，就上访！

真去上访，事态就相当严重。县里经过一番商讨，做出决定：首批红灯笼，除作奸犯科的人家，都挂。与此相应，今后给贫困户三十只鸭子，非贫困户也得三十只！

三十三

红灯笼挂到回龙镇时，这政策已经落地。我老家那层院子，因不是贫困户的王晴光没在那里住，本无人可以挂红灯笼，现在也有了。是利民跟他父母。原说元旦之前，贫困户都搬到龙井湾，张书记还要在元旦那天去剪彩，后来又推迟到春节后剪彩。但搬迁计划并没改变。利民和他父母跟大哥二哥一样，没搬，至少没在规定时间内搬，可也挂了红灯笼。

大哥家却没挂。

枪打出头鸟，是因为出头鸟太不把枪当回事。

大哥家没挂，二哥家竟也没挂。

还是因为碧桦那件事。

知道那件事的太多了。加上二嫂沉不住气，传得更广。

但大姐说，二哥二嫂都怀疑是大哥们去打了破锣，跟大哥大嫂话也不说了。

不仅恨大哥大嫂，也恨我。

就在这年腊月，儿子放假回来，想到春节车挤，我还可能值班，便抽个周末，带着妻儿回到老家去。因第二天就离开，在大姐家吃了午饭，立即租车上燕儿坡，去祖坟前磕了头，给父母新修的坟山挂了坟边，早早地在大哥家吃了晚饭，又下山。估计二哥家也吃过晚饭了，一家三口便决定去坐会儿。没打电话，直接去的。二哥开了门，脸骤然一黑。进了屋，他冷冷地叫二嫂。二嫂在里屋，仿佛在跟孙子说话，听见喊，应了，二哥说："春明他们来了。"二嫂就没声音了，人也不出来。我跟二哥抽完两支烟，起身告辞，二嫂还是没出来。

下了楼，我对梨静说，二哥二嫂心情不好，这楼上楼下都挂了红灯笼，就他们没挂。不说还罢，一说，梨静火冒三丈。她并不知道红灯笼意味着什么，还以为跟贴福字一样，想贴就贴，不想贴就不贴。"我是来走亲戚的，"她说，"不是来受气的！你们家的人，最不要良心！"一篙竿打死一船人。但这是在我老家，我只能压住性子，又把红灯笼是咋回事讲了几句。"是我不让他挂？"梨静高声质问。幸好周围没人。儿子站在身边，却根本顾不上我们，他刚谈了个女朋友，正忙乎着语音来语音去，很甜蜜的样子。

当时，大哥二哥不能挂红灯笼，是给我打过电话的，我以很洒脱的口气，说不挂就不挂嘛，那有啥了不得？帮不上忙，我便以这种方式推托。他们定然看穿了我，搁了电话，不知道怎样怪我。或许怪都懒得怪，只后悔给一个本来就无用的家伙下话。

短短的时间里，单大哥就给我下过两次话，两次都等于零。他倒不像二哥，今天去他家，他还是那样热情。但世间有一种热情，底子是冰做的。

这些，我能感觉到，梨静也能。大哥当初打电话让我求人勾销他的贫困户时，梨静是在旁边听见的，大哥很委屈，很无助，说分明大半都不愿搬，却不跟他站到同一条船上，害他一个人去背黑锅。梨静听了还很同情大哥，对我说：就像有些天真的人，说一个时代的命运，由时代里的人共同承担，殊不知在时代更替的关口，别人都转向了，只你留在那里，那你就承担去；共同承担这话，从来就不成立。只有个别，没有共同。为此，她还为那些“个别”唏嘘了一阵。可是此刻，她越想越气，不再唏嘘，大声说：“为你们家的事，你求过多少人？着过多少难？事情一来，晚上觉也不睡，只坐在那里抽烟。你没为你的诗歌那样过，也没为我和儿子那样过！……又不是故意不办。这种人，不办也好！自己做下的事，就该自己去受，你去讲啥人情？还是诗人呢！批判别人的时候，正义得不得了，落到自己家，正义马上成了缩头乌龟。你那正义是假的！——最不要良心！”

她口口声声“不要良心”，多半是想到几兄弟在我们这里借的钱，至今也不说还的话，给父母亲修坟山，也一个子儿不出，一万七千多块，都是我们掏了。

我不仅在老家，在我自己家里，也成不被待见的人了。

三十四

利民和侯大娘家把红灯笼一挂，显得大哥二哥的家门特别荒凉。

比较而言，二哥家的荒凉，没大哥家显眼。二哥住在街上，要挂，也是挂街上的家，燕儿坡人基本不去二哥街上的家。他不请人去。二嫂以前会请，但请了别人也不去，都知道她是嘴上人情。不显眼，没人去，并不等于不计较。二嫂逛街的时候明显少了，不得已下楼，比如陪孩子，买菜，或者办些不得不办的事务，也总带着一副可怜相，不敢抬头望人门前。不望也罢了，偏偏又把眼皮翻上去，快速地、偷偷地望，那样子越发可怜。

小兰见不来她妈的样子，恶挣挣地说："你还不如像亚琼那样呢！"

亚琼家也没挂红灯笼。

一个嗜赌如命致使孩子烫死的女人，一个不耕不织，只隔段时间就朝巴河谷和县城跑，跑一趟回来就有钱用的女人，当然不能挂。

可你不给她挂，她就自己设法。

有天早上，亚琼的邻居出门买菜，回来时竟开错了门。是看到门上挂着红灯笼，就以为是自己家，钥匙老半天伸不进去，也没反应过来，正巧他女儿出来，见爸爸在开别人家的门。父女俩对视，一脸疑惑。抬头望，更加疑惑。亚琼不是没有红灯笼吗？再看看自家门上，灯笼好好地挂在那里。或许是居委会觉得亚琼不是故意烫死孩子，去巴河谷和县城，也是生活无着，迫不得已，怜悯她，就把灯笼为她挂上了？

可就在当天，中街有人传出自家灯笼被偷了。

亚琼的邻居一听，就知道了是咋回事。但他没说出去。亚琼偷远处的，不偷他的，是她的一份情。她再疯疯癫癫，也知道兔子不吃窝边草。

紧跟着，丢灯笼的越来越多，竟有40多家。整个镇子，只有36家没挂，即使36家都偷，也不至于丢那么多。居委会不服，并没报案，只暗中招集大妈，私下走访。走访的结果，不能挂的36家，35家都只贴着陈旧的春联，唯亚琼门上挂着一盏。发现这事的，是个精干的老大妈，对亚琼这种人最瞧不上眼，黄赌毒，占了两样，现在加上偷，凑成三样了。她站在亚琼门前，使劲拍打，手拍肿，也只听见门响，没有人声。像里面没有人。

确实也有好些天没见亚琼的影子了。

她将那门上的灯笼解下来，回去报告了情况。

居委会便去那门上贴了张条子，让亚琼见了条子，到居委会去一趟。两天后没见去，便再次上门。那张条子就像渔民下的网，现在去收网。结果发现，鱼没网到，只网到鱼留下的一句话："灯笼是我捡来的，谁给我拿走了？"这句话留在那张条子的下方，铅笔写在购物单上。这是人们第一次见亚琼的字，竟写得横平竖直。与此同时，那门上又挂着一盏红灯笼。居委会哭笑不得，敲门，依然不开，只好又把灯笼取走了。

而别人家的灯笼，继续丢失。

回龙镇除了储蓄所，别处都没装监控。尽管张大超伙同人偷了天然气公司的钻锚，也没想到装监控；尽管孙剃头丢了那部价值十多万的相机后，又发生过数十起失窃案，照样没装监控。有人说是怕花钱，其实不是，跟别的开销比，那算什么钱。最根本的是，乡镇是熟人社会，你无法想象在监控里看到自己的熟人，边走路边挖鼻孔、倚在墙角撒尿，或者内裤没穿舒服，走几步就伸到下面去扯一下。到某一天，熟人社会彻底瓦解，中国就能像小崔说的那样，进入世界城市或世界都市的社会了。而今还没到那一步，但监控也必须装，再不装，日子就没法正常运转。只喝泉水不喝矿泉水，能过日子吗？书生之见是能,但事实上不能。你办酒设席不发矿泉水，你自己就会感觉到，周围的世界都在疏远你，甚至与你为敌。

要装监控，老街好说，一个摄像头就照了全境，新街却是弯弯曲曲，战线又长，因此上、中、下街和重要场所，都得装。红灯笼不比一个钻锚、一部相机，也不比金银细软，而是关系德行和风化，是长长久久的事情。

这事办起来并不复杂，钱拨出来，找工程公司全县境内和东轩至白马高速路上安装监控，小半天就解决了。

都以为再没人敢偷红灯笼，可一夜过去，又丢了十余盏。

调出监控一看，看到一个披头散发的女人。

那女人像红外线里的夜行动物，轮着白眼，提着个大口袋，一荡一荡地在街上游走，走到临街的门前，取了这家的灯笼，又取那家的，取下来都装进口袋里。

尽管很不清晰，但谁都能认出她是谁。

只能交给派出所了。

派出所的三个民警，径直朝亚琼家走去。

三十五

其中两人都对亚琼的住处熟悉，那五个月大的孩子被烫死那天，亚琼在屋里哭号、撞墙，旁人不知因由，只为透壁而出的绝望震慑，慌忙报警，那两个民警到过现场。

这时，三人去了下街黄花巷，爬上四楼，转到五楼的楼道，抬眼就看见亚琼家门上又挂着一盏红灯笼。几人快步上去，并没动那灯笼，只是敲门。敲不开就擂。擂也擂不开。

家伙是带上的，几车几扭，破门而入。

亚琼坐在客厅，搂着一个婴儿澡盆（两个民警曾见过那澡盆），唧唧咕咕只管说，对来人视而不见。民警问她话，也不答。于是搜。

房间搜完，没有。

屋子里有三间房，两大一小，小的是间空房，大的是两间卧室。所谓空房，只是没放床，其实堆得满满的，是几十床从超市买来的被子，包装袋从未拆过。民警开始还以为，这些东西也是偷的，但其中一个民警想起来，他仿佛听他妈说过，有段时间，亚琼几乎天天去买被子，为她儿子结婚用。另两个民警听了，说不出个感觉，只是惊诧。更惊诧的是卧室：两间卧室都搭着床罩，床罩上灰尘很厚，黑乎乎的，门枋和墙角，蛛丝网结，拨开蛛网时，有种撕裂感，发出肉质的细响。仿佛这房子的主人，从没到床上睡过。一时间，只觉阴气浸骨，拿不准是入了人居还是进了鬼宅，也拿不准坐在客厅里的女人是人是鬼。

三人不声不响，到女人面前站了片刻，本想离开，但分明知道还有客厅阳台没搜，不搜说不过去，就去搜了。

将近七十盏灯笼，齐齐整整码在那里。

阳台没装窗户，怕飘雨把灯笼打湿，就用一把很大的遮阳伞，轮在栏杆里侧。

民警看过监控，证据确凿，因此来的时候带着几根麻袋。他们用麻袋把灯笼装了，又到客厅问女人话，问她为啥子要偷这么多。

照样不答，只搂着澡盆，且弓着腰，像那个长了黑斑的塑料盆，沉得她端不起。

是她觉得那澡盆里的孩子长大了。

她那脸上，绽放出安详而幸福的笑容。

三个民警对视一眼，走了。

当然，并没忘记取下门上的灯笼。

可就在那天晚上，亚琼再次出动，又偷了六盏。

对一个疯疯癫癫的女人，政府和派出所又能把她怎样的？

只能给各家各户打招呼，叫好生保管。好生保管的意思，就是睡觉前摘下来，捡进家里。睡得晚还好说，要是睡得早，先不先摘了，别人还以为你没资格挂呢！而且总有那么个时候忘记收捡，却被偷了，即使政府认账，给你补，也要好些天才能补上，这一拖，现在无所谓，将来呢？特别是临街的家都做着生意，且都是前店后家的格局，挂在家门上的红灯笼，实际是挂在店铺门上。店铺门上的红灯笼不仅是荣誉，还是钱。就目前而言，东轩还跟别处一样，沿途数车子，百里峡景区数票子，但如同把挂红灯笼一路挂过来，景区也会一路延伸过来，到那时，你的店铺没挂，哪怕只有半天没挂，损失的也是真金白银。

这么一想，觉得收捡并不是办法。

真正的办法是惩办偷儿，让她害怕，让她不敢偷。

从此以后，回龙镇的夜晚就多了一种声音：一个女人凄厉的惨叫声。

三十六

某些夜半时分，这声音会让二嫂从梦中惊醒，她听着，像听石头底下冒出的声音，阴森而陈旧。惨叫声里，夹杂着若隐若现的笑声。那笑声同样是陈旧的。二嫂轻手轻脚起床，披了衣服，伏到窗口去看。灯影迷蒙，孤寂的街道上，偶有一只猫跑过，不见一个人。但惨叫声时高时低传过来，像在河水里浮荡。“该打！打死才好！”二嫂离开窗口，这样喊着说，“非要挂那×？不挂过不得人日子？老子不信就过不得人日子！”

说了，又骂：“那些野鸡巴日的，心才狠啰，都是许金洋的种！”

有天夜里，二嫂骂了几句，竟哭起来。

哭声把二哥唤醒，问啥子事？二嫂哭着说：“你听嘛，那些狗日的，要把亚琼打死哪！”

二哥被吵了瞌睡，气得！“有你屁相干！”话没落脚，倒头又睡了。

也是在亚琼的惨叫声里，一个人溜进了镇子。

这人衣衫褴褛，长发戳肩——那头发结成饼，比刷把还硬。要不是他走路“趴着沟子”，已经没人认得出他是灰狗儿，特别是在夜晚。

当时，听说灰狗儿在市里讨口，大姐夫怕丢李家岩的脸，也不想李家岩人受委屈，专门去找过他的，没找到，回来又给李志拿了笔钱，派给他一个任务，让他去县城和市里，啥事不干，只有理无理去街上溜达，看有没有灰狗儿的影子。李志得言，心想在镇上待久了，出去新鲜几天也好，便吆喝几个伙计，去两座城市尽情玩耍，玩耍过程中，确实也寻了数十条大街，上百条小巷，都没见到灰狗儿。既然这样，大姐夫心也安了，不再过问了。

那东西不是已经死在外面，就是将要死在外面。只能由他了。

然而，在这个只有灯光没有月光的夜晚，灰狗儿回到了镇子。

他看见那个惨叫的女人，从某家店铺门前爬起来，用袖口揩着脸上和嘴角的血，一路低哭着，从亮处走向暗处，又从暗处走向亮处，然后拐了角，消失不见。他则一直坐在暗处，背靠砖墙。那堵墙位于中街和下街交界地带，与另两堵墙围成个烟囱模样，高二米多，里面五平米左右的空间，曾经用来焚烧垃圾，后来不准在街上烧，但三面墙并没拆，像随时准备重操旧业的样子，墙体内的世界，成了野猫野狗的地盘。为争夺这块地盘，常在深更半夜撕咬、狂吠、嚎叫和疾奔。

而这天夜里是安静的，仿佛野猫野狗要让全镇人听见那个女人的惨叫，同时更知道有个叫灰狗儿的人，要来这里暂住，便都跑得远远地避开。

灰狗儿在那里坐到天麻麻亮，起身走向镇政府，爬到那高台上等候。

他是什么时候离开镇政府的，镇上人并不知晓。

事实上他没有离开，他只是出来买了包烟，又登上九十九级石梯。烟店老板坐在柜台里，看不见他走路的姿势，也就没把他认出来。别说街上的人，就是李家岩人，不看步态，同样认不出来。他穿得一身新，头发洗过了，散发出柠檬的甜香。这样子的灰狗儿，是很难认的。自从买了那包烟，他再没出来过。是不许出来。据说擅自上街买烟，他也遭了一顿训斥。他就住在高台上的某个房间里，烟、水、饭，都有专人送去。

直到另一个人出现，他才自由了。

这另一个人，是早已死去的李前涛。

三十七

许多人都怀疑李前涛没死，包括他老婆鲁小羊。尽管鲁小羊吹吹打打地为他办丧，请来僧道为他超度，可夜深人静时分，她还是禁不住想，去桐子树岩的那条路，李前涛是跑熟的，跑了百十回没出事，偏偏这一回就出了事？她像大姐夫一样，留着李前涛的号码，并且无数次拨过去，先是说无法接通，后来竟通了，却是别人在用，一个女人。她不相信那个女人只是简简单单的“别人”，就说：“我找前涛。”对方没听清，问：“找哪个？”她说：“李前涛！”声音放大了，语气也变得板硬。对方说：“打错了。”说完挂了。她又打，反复打，打得对方烦躁起来。烦躁她也打，对方就骂。骂也照打不误，直到被拉入黑名单。其实被拉入黑名单还在打，只是再也打不通了。

那么多人怀疑李前涛没死，只有大姐夫相信他死了。

——先是希望这个人不存在，然后让自己相信：这个人确实死了。

说不清从哪一天起，从哪件事起，大姐夫有了一种沉重的预感。是从大姐捡了他好酒那天吗？真说不清。作为一个当干部的人，沉重的预感或许多多少少都与钱有关。李前涛是李家岩的文书，管理着村里的财务，大姐夫知道，他那账目是乱的，要他重新编造，并且做到天衣无缝，难。财务到底不同于《病案登记》。与其这样……大姐夫当机立断，去对李前涛说："你出去躲些日子，躲到啥时候看情况，反正我不叫你回来，你就绝不能回来。这事只有你我晓得，你我之外，鬼都不能晓得。家里的事尽管放心，你婆娘娃儿我会照顾好。"大姐夫的话，李前涛都听。何况他也隐隐约约听说过，有人在提醒李书记，让他注意身边人，说"没家亲引不出外鬼"。李书记这样安排他，是不是在试探他？

他没有犹豫，一口就应了。

把应该准备的，都精心准备妥当，可好几天过去，也没想出怎么个躲法。

真是天假其便，正开村委会，桐子树岩的金二娃跑下来，叫去看他婆娘是不是喝了百草枯。这机会太好了，村干部都在场，都知道这件事，桐子树岩又能方便地"出事"。大姐夫问"谁跑一趟"时，飞快地朝李前涛使了个眼色。李前涛钝了霎时，明白过来，便主动请缨。他就在那路上"失踪"了，或者说"死"了。

他将摩托推下山谷（大姐夫和李普等人，曾看出悬崖边被摩托碾轧的痕迹），再取出手机卡，长指甲朝正中一顶，撇了，弯腰扯根铁丝草，把那小小的卡片捆在一块石头上，像在河上打水漂，投向山谷的岚烟。石头脱手，他便扎进林子，向西横越。

这片林子有多大？不知道。只知道朝河流的方向走，就离县城越近，离回龙越远。傍晚时分，他从林子出来，走向河沿，戴着一顶长叶披垂的藤帽。河上有汽划子奔跑，是从上游来的，他差点儿就犯下一个错误：向汽划子招手。只要招手，船会弯过来，载上他。沿河都是这样搭船的。他突然觉得，那船老板是回龙镇人，且跟他认识，还觉得那人已看见了他。清溪河上的汽划子，老板都自己开，驾驶窗里，视线开阔。都是头上这顶藤帽惹的祸。天气又不热，还是傍晚，戴它干吗？他想把帽子摘掉，可那不更要现出原形？多亏了河边有一小块地，地里躺着把锄头，他就扛着那把锄头，弓腰塌背爬上坡地。

汽划子远去了，留下一河烂水，还有斜阳余晖古铜色的光芒。

他扔下锄头，加快脚步，赶在黑夜来临前转过河嘴，再翻过一座跨在河汊上的石拱桥，就见前方灯火丛集。那是清坪镇。到了清坪就好说了。他租辆摩托，去了县城，在县城吃了碗面，又租车去了市里。

他是在市里落脚，还是去了更远的远方，连大姐夫也不知情。"安埋李前涛"不上一个月，确切地说是第二十七天，大姐夫打了牌，喝了夜酒，凌晨两点过往家走，走到滨河路停下了，坐到堤埂上去抽烟，抽了半盒烟，终于拨了李前涛的手机。

也就是说，那天夜里，大姐夫没能克制住自己的冲动。

"你拨打的电话暂时无法接通。"

听到这句话，大姐夫吁了口气，感觉天宽地阔。于是他重三遍四地拨打，为的是听那声"暂时无法接通"。

直到黎明，他才回家去了。

之所以选这个日子，是因为这天（应该说是头天），县里派了审计组，到村镇查账。各村管账的文书，将最近五年的账本送到镇政府去。而李家岩能送的，只有李前涛“死后”的账目。李前涛的丧事过后，大姐夫领着村干部，将李前涛的办公桌撬开，见里面除了两枚一元的硬币，一支漏在角落早已发霉的香烟，啥也没有。大姐夫当即报告了镇上，镇上来人，查看了村委会办公室，又去李前涛家里，都片纸未见。因这缘故，有人说，李前涛是自杀：畏罪自杀。但这传言并没流行开，毕竟人都死了，而且也无任何证据。

这天，镇上领导，包括韩书记，给审计组解释，说这事当时就有备案。审计组哼哼两声，没再多言。大姐夫交了差，可心里总觉得，韩书记的解释和审计组的哼哼，背后都大有深意。当时他就涌起一种冲动，想溜空子拨打李前涛的手机，晚上也不准备出去玩。可那太反常了，就忍到了凌晨。

提示音告诉他，李前涛是联系不上的，回龙镇和李家岩的天地，还是那样宽阔。

但那种天宽地阔的感觉，随着黎明过去，太阳升起，便烟消云散了。

那只是黑暗里的感觉。

三十八

“我是中了连环套，”大姐夫对我说。

那时候，他是在大路沟。

没有介绍信，是不能探访大路沟的，好在谭瑞松有个同学在大路沟煤矿监狱做保卫科长，瑞松陪我去，利用那同学的关系，进了那道森严的铁门。

铁门很沉，里面的地板同样沉。厚实的水泥地，像躺着的城墙。瑞松的同学领着我俩，沿斜坡登向高处。那同学姓夏，我恭恭敬敬地叫他夏科长。按理，我是瑞松的朋友，他是瑞松的同学，瑞松和他一见面，就拍拍打打，怪话连篇，可见关系不错，我完全可以对他直呼其名，但情不自已的，就叫了夏科长。昨天，瑞松就给他打了电话，他通知了大姐夫。

我们先去了夏科长的宿舍。他家安在县城，每个周末都回县城去，这里只是上班时过夜的地方。单位上的房子，老得掉牙，地板是磨石，墙壁潮黑，客厅的窗下，横着一张破沙发。跟培亮父母的租房差不多了。不同的是，夏科长的沙发上，堆着脏衣服臭袜子，内裤和袜子搅在一起。纯粹单身汉的架势。他进厨房烧水。灶台比墙壁还黑，烧水的锑锅，东凸西凹，盖子也歪七拱八，满身残疾。

我一分钟也不想在这里待，只想立马见到大姐夫，可到了这神秘地界，只能听夏科长的，就像到了医院，病人心急火燎，医生却在那里慢条斯理，可也只能听医生的。

水烧好，倒进一个古董样的瓷盅，让我们喝。瑞松说："你这盅子接过尿？"他是看到内壁上的黄垢。夏科长哈哈笑，说你不是变傻了吗，咋还是恁精灵？瑞松说："我还没傻到尿都认不出来，看来革命尚未成功。"说着摸出烟散。

是我熟悉的那种烟。

今天中午，我从省城回到县城，见到瑞松时，他弟弟也在，还请瑞松、我和独辫子吃了饭。饭桌上，瑞松说要陪我去大路沟看我姐夫，也就是当过村支书的那位。他弟弟听了，全没在意，只一勺一勺舀碗里的鲍鱼粥吃。吃了，就结账先走了，说他申请了个项目，要去找武常委批示。走之前，问哥哥烟够不够，瑞松说将就，他便又从黑皮包里掏出两包，放到哥哥面前。

瑞松把烟散给我和夏科长，我没点，甚至也不想接，瑞松却催促："抽啊！你怕没有？昨天我弟弟才给了我一条，我揣了四包在身上，今天又给两包，就六包了。"言毕从衣兜和裤兜里，摸出五包整的，码在桌上。夏科长拿走了两包。瑞松连忙扔给我一包，把余下的往兜里塞。我把那包烟还给他。他很惊讶："你啥时候变得恁婆婆妈妈的？"硬塞给我。他一点儿也看不出我的情绪。从这个角度说，他真是很傻的。

抽过两支烟，夏科长说："走嘛，去看看嘛。"

三十九

监狱本身很小，它的大部分区域，是在大山深处的矿道里。下了楼，转过一片林荫和一个花台，就到了监舍。要不是夏科长说，还不知道是监舍：只见铁门，不见房子。门有两道，立在三米高处。门外的水泥台面，并无岗哨，右侧十余米，是警卫室，一个狱警坐在里面。夏科长过去交涉了几句，狱警便拿着大串钥匙，过来把门打开。铁门响起的声音如嘶声哭叫，叫一回，又叫一回。登上台面，铁门内侧几无立足之地，一面笔陡的石梯，齐着门根直通下去，似通向万丈深渊。监舍就在那深渊里。起步时两腿打闪，影颤魂栗。

渊底，一绺水泥平台，宽不过两米，等距离站着几根大柱子，支着伸出来的屋檐。迎面是个小卖铺，真是小，只卖白壳子巴香清，还有少许威化饼，威化饼都用塑料袋封了，吊在铁杆上。小卖铺是后来搭建的，木质，旁边的监舍则是整排水泥平房。

每道门都开着，安着上下铺床。紧邻铺子的门梁上，标着“0019”，有个人睡在傍里的上铺，深紫色的毯子裹得严严实实，连头也裹住。我以为那是大姐夫，正要进去，夏科长说：“这边。”才知道错了，随他走向东头。

大姐夫独自坐在门背后的床上，见了夏科长，慌忙立正。他瘦了，瘦得都认不出来。他进来的时间还很短，就瘦成这样了。那颗我不熟悉的光头，在浑浊的光线里，露出暗黄的头皮。囚服上的油漆编号7295，就是他的名字了。

我父亲除了叫许成祥，还有一个名字叫00033428。

我大姐夫除了叫李光文，还有一个名字叫7295。

“7295，”夏科长说，“你兄弟看你来了。你要好好改造，莫辜负了亲人对你的希望。”大姐夫鞠了一躬，说：“谢谢领导。”夏科长抬眼张看，见每张床上的被盖，都叠成了豆腐块，没再说啥，出去了。瑞松这时倒很懂事，也跟着出去，出去之前，看了大姐夫一眼，大姐夫朝他笑，带着感激；不是感激他领我来看他，而是感激父亲住院期间，瑞松多次去医院，还多次请我吃饭，父亲去世后，他又和几个朋友跑到燕儿坡，在父亲灵前磕头。

“这是你睡的床？”我问大姐夫开始坐的下铺。他说是。我便坐下了。

他也坐下。

我身上带着好烟，是他以前抽惯的那种，在县城专门买的。此外还有瑞松给的那包。但这时候我没拿出来，是怕刺激他。开始瑞松就刺激了我，别说他。

我给了他我平时抽的，为他点燃。

他吸着，脸上没有任何表情。

这让我想起他曾经说，给外人一包烟，外人对你有说不尽的好话，给亲人一包烟，亲人却在想：为啥只给一包，不给一条？他这话当时让我很不自在，而他却像现在，没有任何表情。他这样子让我茫然，更让我心痛。人是没法不去比的。我的脑海里，浮现出瑞松的弟弟喝鲍鱼粥的样子，还有他说去找武常委批示项目的样子。可这种比较毫无意义，就问大姐夫吃不吃得饱，每天下井几个钟头。他答着，我简直一句也没听清。我看着他的手。两只手都溃烂了，是握撅头打起血泡，又把血泡磨破。

他下意识地把手藏了一下，问我："你大姐晓不晓得你来？"

我说不晓得。

"莫给她说。"

是指莫说他的手。

这证明大姐来看他，并没有我今天的待遇，他们只能隔窗对话。隔窗对话不叫对话，以那种方式说出的话，是最没意思也最不想说的话。难怪大姐探监回去，给我打电话时都无法对大姐夫的状况有个像样的描述，都是含糊地说几句，就更加含糊地叹气。

"我是中了连环套，"大姐夫突然说。

说得很小声，是怕夏科长听见。

其实听不见。夏科长和瑞松在远处说话，瑞松嘎嘎嘎的笑声，听起来也隔山隔水。

大姐夫亮着眼睛，讲他怎样中了连环套。

四十

挽套的人，是韩书记。

韩书记恨他。

这恨，在韩书记当副镇长时就种下了。恨和爱不一样，爱种下去，不一定生根发芽，恨是一定要的。恨比爱顽强。所谓君子报仇，十年不晚，说的就是恨的顽强。有些恨发不出来，一辈子捂在心里，就在心里变成石头，最终把整颗心化为石头。大姐夫从没得罪过韩副镇长，但那时候，他在书记和镇长心目中的位置，超过了韩副镇长，就为这个，韩副镇长恨他。当韩副镇长成了韩镇长，进而成了韩书记，恨的种子就破土而出，长成大树，枝繁叶茂，把大姐夫罩住。大姐夫成了阴影里的人。只是他开始并没察觉。如果一直不察觉，也好，一旦稍有醒悟，恨你的人比你自己还先感觉到，这时，恨里便掺杂了恐惧——再强势的人，当知道别人知道你在恨他，也会恐惧，消除恐惧的最好方式，是行动，是把对方摁进水里。韩书记虽是上级，要把大姐夫摁倒也非易事，否则直截了当就是了，不必挽套。

韩书记挽的套一环扣一环，先大，后小，直到勒紧大姐夫的脖子。

大套是冯泉递过来的。

因为把“好他妈个蛇蚂子”解说为“起码比以前好多了”，立下大功，冯泉的官运越发亨通，由副秘书长做了副市长，又做了常务副市长。可上到这位置，他的前程像到了头，再不见动静。当动静传来，是被双规。他贪污和收受贿赂，达一亿六千多万，此外还与七十二个女人上过床。被双规后，他拒不交代经济问题，只说跟女人上床的事，还有一些别的事。这“别的事”，首先就是他任回龙镇党委书记期间，辖区内的清溪河翻了船，死了五个人，按规定，一次事故只能死三个，超过三个一把手免职，在这风口浪尖，是李家岩的村支书李光文帮了他，李光文设计，把他村里的三个死者绑在了水底下。

对巨额经济犯而言，这无非是小事一桩，对大姐夫就不同了。大姐夫在冯常务面前，连苍蝇也算不上，冯常务抠痒痒的事，对大姐夫就是致命的。

但冯泉被双规，大姐夫毫不知情。曾经，他们的确是死死的朋友，可有一种朋友只属于特定空间，出了那空间，关系自动解除。大姐夫不知道的事，韩书记却知道。不仅知道冯泉被双规，还知道他双规期间闹出的许多笑话。

挤冯泉的肚皮，是要他吐真正的丝，对他那些口水、胃液或饭渣，即使有兴趣，也顾不过来。而正是那些东西，通过隐秘的渠道，四方流布，流到回龙镇，韩书记有选择地截留了。关于那三个死者，大河上下早有传言，但传言有屁用，民间流传着比这大一万倍的事呢！关键是看与这传言有关的人是站着还是躺着，现在冯常务躺着了，传言就可以变成事实。

韩书记不动声色，着人悄悄找来三个死者的家属，问起当年那场船难。

四十一

“是处理好的。”三家人说。

“处理得满意不？”

“满意。”

“满意就好。那，你们回去吧。”

三家人出去了，却又返回来，问：“韩书记，好些年前的事，问这个做啥子？”

“要随时调查群众的满意度，”韩书记说，“不光调查眼下的，还有以前的。”

说着低头看文件。最多看了十秒，却像过了许久、看得很累的样子，挺着下巴伸懒腰。下巴一挺，见三家人还在，非常惊讶：“你们……”

三家人说：“韩书记，既然说到这个事，我们能不能提个要求？”

“满意就行了嘛，要求不能一个接一个提嘛。”

“也没别的要求，只想把尸身捞起来，好叫他们入土为安。”

“当年的事我也晓得些，”韩书记说，“人家潜水员都没办法，你恁能干？何况过去这么多年，说个不好听的话，早就只剩一把骨头了，冲到海里头去了！”

三家人说：“那也是他们的命……倒是没冲到海里。他们就在翻船的地方。”

韩书记笑了：“说你们没读过书，又怕得罪你们；再没读过书，也该晓得水是活的。”

三家人说：“我们晓得。”

“晓得还乱说？”

三家人彼此对视一眼。

其中一个七十多岁的老头子，名叫李魁，脸颊陷进两个深坑，像不陷那么深，就装不下他的悲伤。当时死的，是他女儿，女儿头天回娘家看父母，第二天去赶场，准备赶了场再回婆家，结果淹死了。这时候，李魁脸上的两个坑儿，像受伤的蝴蝶，挣扎着扇动翅膀，待扇不动，才声音颤抖地说：“他们是用石头绑着的。”

韩书记瞪大双目：“啥意思？”

话已出口，再藏已藏不住，李魁就把支书李光文当时怎样跟他们谈，一五一十讲了。然后说：“李书记也是一片好心。”

另两家也说：“李书记是好心。”

韩书记摸出烟点上，浓浓地吐出一口烟雾，说：“只说事，莫对干部作评价。干部好不好，上级心里有数。”

三家人不知说啥了。

“没别的了？”韩书记问。

都不作声。

“那就回去吧，”韩书记说，“至于你们提的要求，”摇摇头，“把尸身捞起来，那成啥话？那不是跟光文书记过不去？既然你们认为光文书记好，就要保护他。”

李魁脸上的蝴蝶又扇动起来，扇一阵说：“李书记好是好，就是……”

韩书记说：“没关系，有啥说啥，才是真正保护干部。”

于是李魁就说了。

他开始想说的，无非是李书记把他们亲人绑在河底，全不跟他们商量，而是先就定了。虽然事后把说好的钱给足了，可这么大的事，也该先商量才对。他只准备说这个的，根本没想到会说那么多，多得把他自己都吓一跳。——他说李书记有十多个干儿干女，表面上没给干儿干女好处，可凡是拜到他门下的，吃穿用度手都宽了，在村里说话，都高声大气，走路都迈八字脚。说李书记暗中指使灰狗儿，只要他看不惯的人，就让灰狗儿去打整，他请灰狗儿吃喝，给灰狗儿拿烟，说出去的是照顾五保户，其实是把灰狗儿当枪使。灰狗儿自己是明明白白的，他不承认受了照顾，只说他跟李书记是“换手抠背”。说李书记霸过一个女人，后来跟那女人闹翻了，李书记一脚踢去，踢青了她的奶膛子……

说到这里，李魁突然住了口，惊惊诧诧地看向另外两家人。

那两家人都低着眼睛。

韩书记问：“没有了？”

李魁不作声。

另两家人也不作声。

韩书记说：“那，回去吧。”

他们出门去了，走得很急。开始提的那要求，也不敢再提起。甚至都忘了。

四十二

接下来，韩书记找了灰狗儿。

他跟灰狗儿谈了些啥，就不知道了。谈了那次话，灰狗儿就出走了。若干时日后，应和着一个女人的惨叫声，灰狗儿回到镇子；他回来不到一个礼拜，“死去”的李前涛被带了回来。由此推测，韩书记是让灰狗儿去找李前涛。按理，韩书记会给他一笔钱，灰狗儿不至于讨口，很可能是钱拿到手，先就猫进茶馆输掉了。

李前涛的失踪或死亡，韩书记开先就起疑心，为李前涛办丧那天，他派人去坐夜，面子是哀悼，里子是窥探。别的没探出啥，倒是停尸板上的丧衣和木头脸，比真正的死人还阴冷，让派去的人几天睡不着觉。韩书记也睡不着。越看不出破绽，他的怀疑越深。但他照样不动声色。那时候他还是韩镇长，过于出跳，也不相宜；毕竟，书记和李光文的关系相当好，书记爱摆家宴，多数时候，李光文都在场。当位子易主，韩镇长成了韩书记，手上的牌就全由他出了。如果那三家人是第一张牌，灰狗儿就是第二张。他坚信，凭灰狗儿的那股子烂劲儿和咬劲儿，只要李前涛活着，就是活在蛇洞里，灰狗儿也能扒拉出来。

灰狗儿不重要，重要的是李前涛，因此真正的第二张牌，其实是李前涛。

跟李前涛同样重要的，还有一个人。

是钱文。

钱文的腿是被大姐夫弄瘸的。

当然不是大姐夫本人，是他让李前涛找他县城那些三教九流的朋友。李前涛的朋友把钱文挟持到千峰岭，在一个终年积雪、远离村落、连猴子也不去的地界，把钱文剥光，像根肉笋那样，栽到齐膝深的雪地里，他们则在几十米开外，烧一堆枯枝，烤肉，喝酒。五分钟不到，那根肉笋就跪下告饶，说他回去就想法还钱。但没人理他。钱文犁着雪尘，爬过来，捣蒜般磕头，额尖硌出了血印——是碰着了暗冰。雪之下是暗冰，火堆旁边，雪被玷污，烂出窟窿，暗冰却坚硬如铁。他得到的回答，是光屁股上被踢了一脚。

踢他的人后来说，钱文的屁股像块石头，快冻裂的石头，要是再加些力，真能踢成八瓣。踢了那一脚，便喝令他站回原地，不然就把他扔下山谷。山谷里有饿狼悲鸣。怕死，只能照命令行事，钱文身上像有万千虫子奔跑，是火的温暖唤醒了僵死过去的皮肤，但瞬息之间，又变僵了。火堆边的几人，喝下一瓶酒，才把他放了。

他活着回去了，可是腿冻坏了，医治很长时间，也没好起来。

那次大姐夫在小北街见到的背影，就是钱文，他去竖着"老干局"牌子的楼上，找姜哥。姜哥在东轩很有名头，他做的事，跟大姐夫是一样的：放贷。不同之处，是姜哥以公司的名义，且利息如同刀矛。他手下养着一群虎狼，既帮自己讨债，也收受佣金，替人"灭仇消灾"。可惜的是，姜哥和李前涛那些朋友，都是江湖上走的，彼此浸润很深。姜哥之所以能在东轩的江湖混得风生水起，凭的是个义气；所谓义气，就是朋友希望他做的，他一定做，朋友不希望他做的，他一定不做。在这件事上，钱文出再高的价，姜哥也不会做。

钱文也算回龙镇上的一个人物，韩书记早认识，有段时间，他见钱文腿瘸了，后来隐约听说，钱文的腿瘸得蹊跷。他现在就把钱文找去问。若说询问的过程是一场剧目，几乎和那三家人演出的一模一样。当钱文说了经过，韩书记说："你回去写个情况，老老实实写，不要添油加醋，当然也不要简省。写好先放着，我叫你啥时候交，你就啥时候交。"

李前涛的下落明确后，钱文的"情况"交上去了。

四十三

韩书记打出的每一张牌，都能把大姐夫逼到墙角。

只是，从李前涛的账簿上，却没查出什么漏洞，村上的钱，都用于修公路、渠堰、蓄水池，还用于拆迁补偿、访贫问苦。有人说，这是因为曾在回龙镇任职的领导，除冯泉落马，别的都坐在交椅上，都必须保李光文。不管是不是这样，大姐夫后来被判刑，主要罪名确实与钱无关，是说他动用黑社会组织，限制他人人身自由，摧残他人身体。当然也怀疑他的财产来源，但他经营过挖挖机和采砂船，更重要的是，丽丽买房的时候，他给我打过八十万欠条，这张虚假欠条，保住了他的全部家产。

可以说，这是我为大姐夫帮上的唯一的忙。

四十四

离开大路沟，我回了回龙镇。结果大姐和二哥都不在镇上。他们上燕儿坡去了。许兴要给朱占惠迁坟，请他们去帮忙。大姐去做饭，二哥刨坟、抬棺和下葬。那山上的贫困户，到底都住到了龙井湾，大哥说他“死也不搬”，最终却也明白了，在一条奔流的大河里，你活着是逐水流，死了也是逐水流。但老家的房子还没拆，平时，他们都是住在老地方，这些天，上级又要到龙井湾检查，因为有领导来，每家每户都须留人，我们那层院子，大嫂和郑三儿留在龙井湾了，侯大娘和贵爸当然也没回来，侯大娘来来去去的没什么事，贵爸就难了。燕儿坡没走的男人，多是老天泼地，勉强能帮许兴忙的，只有大哥、利民、二哥和喜鹊。

许兴为占惠迁坟，是占惠自己要求迁。

农历五月十二，是许兴母亲崔雪花的生期，许兴去给母亲上坟，顺便也给父亲和妻子烧了纸，当他蹲到妻子坟前，便听到哭声，张了眼望，并不见一个人，哭声却凄凄哀哀，如蝇在耳。他以为是幻听，骂了自己一声。

可就在当天晚上，他睡下不久，占惠就投梦来了。

占惠掩面抽泣，全不是生前的样子。许兴吃了一惊，连忙安慰她，说好听的话给她听，说你看见没有？我们家挂红灯笼了！当初为占惠治病，许兴虽有儿子帮衬，还是闹得家徒四壁，但他不当贫困户，要挂红灯笼。他知道占惠生前被人说谈头，觉得这红灯笼一挂，别人就不会再说她谈头。但占惠对那红灯笼没有丝毫兴趣，还是哭，说她去了阴间，照样得着那怪病，你又紧着不来，连个喂药的人也没有。说我病了也就病了，我是担心娃儿，怕他们也得那病。说怪病的来头，多半是祖坟出了拐，你当时要是动一下祖坟，我就不会病，更不会死。你把我的坟迁走，我好了，娃儿也保平安。许兴听得耳满，问她："往哪里迁？"占惠却已哭着转身，飘然离去，许兴去追，脚下一绊，摔倒在地。这才醒过来。

绊他的是被子，他摔倒不是在梦里，是真的摔下了床。

接下来的好几夜，许兴都早早上床，等占惠再来。可她再也没有来。

许兴想，她是叫我去问阴阳先生吧？于是就去问刘显文。

占惠的那匣地，当初就是刘显文看的，他能怎么说呢？

他总不能说当初我看错了。

许兴问不出名堂，就去问神。

问神，就是问阴神婆。

四十五

刘显文听说他要去问阴神婆，冷笑一声，说："祖坟是人的根，根是随便能动的？"又说，阴神婆不是没法力，但那是以前，现在的阴神婆，满身铜臭气，法力早就废了。说我们做阴阳的，每年都要去阴间开会，叫"走阴曹"，出发前，躺到床上，周身邦硬，跟个死人没区别，但家里人都晓得我是开会去了，不以为怪，待会议结束，灵体合一，打个喷嚏，又醒过来。会议也没啥特别，都是念些不痛不痒的文件，安排些不必安排的工作，然后就喝茶，聊天，游地府，逛灵河。在地府和灵河里，哪样臭气没闻过？尸臭、血臭、内脏臭……常人看来，最臭的该是内脏吧？其实不是，是血臭，血是体脉，脉者，通道也，贵乎流动而不可淹滞，淹滞必臭，臭得像削铁的刀子，一刀一刀割人。闻过了血臭，心想这该是最臭的吧？

可又不是！

有天，阎王爷亲自起驾，坐了六十四乘大轿，领他们去一个地方，老远就见紫光升腾，随行众人暗自欣喜，肠胃蠕动，以为阎王奖赏他们造化有功，又怜悯他们连日辛苦，要让各位见些世面，摆场大宴。这么想了，脚下劲头十足，紧跟左右。又行百十步，突然有人狂呼乱叫，自抠眼目。是一股臭气袭来，顷刻间紊乱了神经。阎王不为所动，轿夫疾步而行，受不住的，死就死了，不死，回到阳间也成个废人。

刘显文说，那次，包括他在内，只有不到三层到了紫光深处，阎王下轿，拂袖一挥，紫光变白，照见脚底满谷钱币，从古时的绳币、贝币、刀头币，到现在的镍币纸币，应有尽有，臭气蒸腾。阎王看着他身边这些道行高深的嫡系，说："这叫铜臭。你们都是好样的，没被铜臭熏倒。"说毕又是拂袖一挥，钱币变成了人，鼻削唇烂，腹剖胸裂。虽如此，还是能认出一些来：赵高、石崇、董卓、和珅、任强、朱清木、盛礼英……

刘显文的这番话，是在邮政储蓄所外面说的，那天又当场，听的人围了两三层。他们根本不知道赵高等人，要么是官场硕鼠，要么是巨富不仁，也不知道任强等人，是近些年省内挖出的贪腐分子，以为爱了钱，摸了钱，将来就要去那铜臭谷，因此听得冷气森森。特别是刚存过款取过款的，面色严峻。

但也有不怕事的。内中一个三十来岁的妇人，鼻翼洒着几粒白雀斑，背着个半大花篮，花篮里是刚买来的两只猪秧，她笑嘻嘻地看着刘显文，说你给人家做道场，就不该收钱，为啥子也要收？还越收越贵呢，还想方设法整人家利市呢！

刘显文抹了把精光的额头，不屑地盯了妇人一眼，说："我收的不是钱，是功德。我多收一分，丧家就多一分功德，亡人去了阴间，就少受些罪。"

妇人还是笑嘻嘻的："为啥多出钱就少受罪？"

刘显文却不答，只看着众人说："朱占惠得病的时候，没找我，找我的话，现在绝对还活起的。人的魂分为三重境，上境竹竿魂，中境磨子魂，下境扫把魂，竹竿魂俊秀挺拔，磨子魂循环劳苦，扫把魂污出秽生。"说着，右手扣成金刚指，上下左右，依次比画，每比画一下，就念一声咒语：“一画成江，二画成河，三画人延寿，四画鬼断绝！”说占惠分明是被鬼撞上了，凡被鬼撞上，是竹竿魂的，念了这咒，会听到哇啦哇啦的惨叫，那是鬼死的死了，逃的逃了；若是磨子魂，当即可进米水，只是元气不充，还需卧床些时日；要是扫把魂，会听到笑声，那是鬼在嘲笑。阴阳法力不够，鬼才嘲笑。

那妇人不再笑嘻嘻，而是嘻嘻笑，说：“你恁能干，别人不找你，你就不能主动上门？你找上门去，还能挣一笔钱呢！”

刘显文愠怒地盯住妇人：“我们收点儿报酬，无非是糊口，大部分是要上交的。我还好，我既能请神，也能拘神遣将，要是法力差些，只能请，不能拘，花费就更大了。”

妇人说：“你们是上交给神仙和阎王？”

刘显文说：“他们是我们的领导，不给他们还给哪个？”

妇人嘴一扁：“那证明神仙和阎王也不是好东西，也该去那铜臭谷。”

这话大逆不道了，妇人的脸，被责备的眼神遮了个严实，她便车身走了。

背上的猪秧咕咕叫，像也在指责她。

望着妇人的背影，留下来的一番好骂，说那婆娘不积口德，将来总要吃亏。刘显文没骂，他是阴阳，还有哪一种人间看不透？还有哪一种人生不能原谅？

他只是将就妇人的话，继续解说如今的阴神婆何以失了法力：除有铜臭气，还对自己的话不负责。以前的阴神婆，主张人迁坟，必说出缘由，比如：你家那某某的坟里，有白蚁咬棺，亡魂害怕，就让生人得病，提醒你想办法，把遗骨埋个清净地方。这样说了，启墓时，阴神婆要跟去，同时带着刀斧手，锹锄挖开墓穴，阴神婆就把脖子伸出去，刀斧手袒着胳膊，举着大砍刀，见了白蚁，砍刀收回，若是没有，一刀下去，阴神婆身首异处。现在你见过谁这样？嘴皮子一碰，啥话都敢出口，反正不担责嘛！不担责，就没有畏惧，更没有敬畏，没有敬畏的神界不是好神界，没有敬畏的人间也不是好人间，哪里不好？只晓得起哄嘛，起哄有啥子好的？非说它好，就是两宗好，一是哄了就散，二是哄得收不住，成了洪水猛兽。

四十六

尽管刘显文有这些说法，许兴还是去了清坪镇的柳叶村，也就是所有人都不愿当贫困户，只想挂红灯笼的那个村子。那里有个叫孙凤的，十岁前是个普通女孩，过了十岁生日，她上山割猪草，摔了岩，是寸草不生的石壁，高过百丈，她爹妈哭天泼地跑去，想着也只是收尸，谁知她皮都没伤，说有个长着翅膀的人，托着她，巡天飞了七七四十九天，见了列位仙班。从此就开始说神。到而今说了四十年了。

许兴找去时，孙凤正走了茅厕回来，她把坐在火塘边的客人盯了两眼，哼一声："我以为你不来了呢！"许兴周身一麻，心想这地界我从没来过，孙凤也从没到过燕儿坡，她竟然晓得我是谁，也晓得我家里有阴病？顿时起身，恭敬肃立，说我早想来的，没问到路。那孙凤接口就赏过来："路是长在心上的，有心就有路！"

这等于是责怪许兴了，责怪他先前没有治好老婆阳病的意愿，现在又没有治好老婆阴病的意愿。许兴不敢言声。

孙凤走向洗脸架，挽了袖子，将就瓷盆里浑浊的脏水洗了手，在衣襟上揩两下，右手就朝许兴摊过来。许兴愣了片刻，才明白是要钱。他带着六百块钱，来的路上想的是，她要多少给多少，六百肯定够了，不够也没办法，如果她说随意给，就给一百。可这时候，他被阴神婆的两句话镇住了，手伸向口袋，将六百块一把抓出来，递了过去。

孙凤接了钱，眼都不过，朝旁边桌上的篓子里一丢，命家人避了，站到许兴跟前，踮着脚尖，摸了许兴的额头，又摸胸口，接着叫许兴闭眼，听她说神，说的啥也听不真，只隐约听见“安行五岳，八海之闻，凶秽消荡，道气长存”，说了一支烟工夫，叫许兴开眼。那时她已坐在桌前，铺了草纸，拿了毛笔，在纸上画。先画左上方：似乎是口箱子，箱子旁边，一条僵卧的长虫，是蛇吗？又不像蛇，头尾一般粗细，说是根木棒，是根绳子，都行。再画正下方：又是一口箱子模样，西南方横块石头，正东方开满繁花。画完，递给许兴。许兴看了，全不了然，问如何解，问死也不答一句。

许兴又说，他这次来，是想给婆娘迁坟，能不能迁，迁了有没有用，都望仙姑指点。

得到的回答，是深不见底的沉默。

许兴觉得自己进入了一条黑巷子，压得透不过气。

他承受不住，就出来了。

下段荒草丛生的土路，就到了河沿。身上分文不名，坐不成船，只得沿河上行。这条路，若干年前是官道，后来绝了驿马，却也算条大路，自从河上有了汽划子，有了快艇，人的脚就懒了。久无人走，芭茅丛生，已经没有了路。许兴寻着路的陈迹，手刨腿撸，还免不了割破脸颊和耳朵。走过一程，又把那张纸掏出来看，才陡然明白，那箱子不是箱子，是占惠的棺材。阴神婆画符之前，他并没说半个字要给婆娘迁坟，阴神婆却早已通晓。那条长虫，不管是不是蛇，伸得直僵僵的，硬翘翘的，单一个“硬”字，就点到许兴的穴——那定是占惠得病的源头。石头繁花处，该是她应去的地方。

回到燕儿坡，许兴按图索骥。

找来找去，竟在镇勋的祖坟里找到。

还有好几处像，却都不如镇勋的祖坟那么像。

就是这里了。好在镇勋一家早就离开，再没回来过，看样子也不会回来了。后人不回来，祖坟也就没了那个“祖”字，只剩了坟，这辈人过了，当地也没有谁记得的时候，就变成野坟。镇勋的祖坟目前还算不上野坟，但多年没享过祭，一派荒烟蔓草，与野坟无异。石头和繁花，不偏不倚，恰在镇勋母亲的墓旁，一时间，不知道它们是早就在那里，还是因为阴神婆画了那道符，才自天而降地出现在那里。

当这消息传开，燕儿坡人说，人哪，到底是有命的，不管你认不认，命都在你的命里。想当初，镇勋为占惠耕了那么多地，犁了那么多田，占惠薄情，连牛也不愿借给他使，伤了他的心，吃了他一拳头，从此两人丢开，镇勋带着家小，浪迹去了，以为这辈子再不会有啥交集，哪晓得占惠死个舅子盯上了你，还要借你的祖坟葬她。

刘显文虽不高兴动他看过的地，既然人家铁了心迁坟，请他看期，他也照样看。看的期就是我回去那天。许兴带着孙凤画的符纸，刘显文接过，瞄了一眼就还给他，问：“占惠当时得病是哪个时辰？”许兴说，有天吃早饭，她一根筷子掉地上，低了头捡，手指却弯不过来，话也说不明白。又补充说，那天早饭吃得比较晚。刘显文估计，大约是巳时，便掐指念诵：“巳时得病言不开，男轻女重从南来，原是自家饿死鬼，出门撞到病人怀。”

念毕说：需五更天破坟，日上三竿，遗骨入土。

四十七

我去到燕儿坡，坟都迁过了，大姐正烧肉做饭。

虽是许兴做事，却是在大哥家做饭，是因为许兴家动了阴土，犯生煞，七天七夜不得去外人。他要提个腊肉来，大哥说不要，他这里有一块。那块腊肉挂在火搭钩上，熏成了黑铁模样，连饥饿的老鼠也没法下口，再不吃，就挂坏了。

许兴还在收拾坟山，几个帮忙的就收了工。

喜鹊下林子去了，只等开饭的时候再来。大哥二哥和利民，转回到堰池沟，坐下来抽了两支烟，歇了一回气，才回到院子，摸出许兴给的红包。——许兴原本没打算给，只一人给了包巴香清的绿壳子。他大概确实给不出钱了，另外他想的是，村里人那么少，不彼此帮衬，稍微大些的事体，就做不下来，他也要帮别人的，比如我父亲办丧，八九天，他天天在场，见事做事，也只是得烟，并没得钱。他没想到办丧和迁坟，是两码子事，迁坟先得挖坟，是晦气的。当占惠重新入土，还没见给钱的迹象，二哥便向利民耳语，说做这种活路，不得个红包冲喜，将来走不了向阳路。利民觉得有理，加上二哥是礼生，更熟悉这门道上的弊害，便去对许兴说：“许兴哪，我们不是要找你要劳力费，是这活路阴气重，要用喜钱煞一煞，也不论多少，你随便给几个就是。”许兴听了，很是愧疚，忙丢了铁锹，跑回家封钱。真是用红包封来的，只是褪了色，看上去是撕下旧年的春联，再撕下没写字的角落制成。

当时谁也不好把红包拆开了看，现在才拆了。

每封二十块，都是十元一张的，两张。

他们接到红包时，手指都捻过一下，感觉到指肚的滑动，知道是两张，便以为是两百。

结果是二十。

大哥和利民都笑。二哥也黑着脸笑。他跑一趟，去来的摩托费都不够。更别说昨天就上来，不到五更就出动，点着大汽灯去挖坟，累得腰酸背痛。他黑脸笑着，去找柴枝戳鞋底。他那鞋底沾满坟地带来的泥土。到自家阶沿抽两根，都太软，就进屋去找。

大哥摸出烟，给利民散了，说：“你们得二十，是得净钱，我才亏，出了力，还贴一块腊肉。”利民把烟点上，细声说：“你当哥的，本来就该哟。”是说，这是为占惠做事，二哥本该请客，二哥不请，当老大的出个头，也在情在理。两人笑，笑得很细声，是怕二哥听见。

可细声的笑也立即收了，是看见侯大娘上院坝来了。

利民脸一撑：“妈，你咋回来了？”

“我不回来做啥子？”侯大娘挺着脖子，“那些人今天也说来，明天也说来，结果今天也没来，明天也不来，每天大清早，就把我们吆起来扫路，扫得尘尘儿没得，结果只干净了野猫野狗的蹄子。就是来了，有你爸爸在那里嘛。”

接着又说：“我就想他们来看看呢，一个比蜗牛还慢的老东西，住到那阴秋秋的地方，看他熬不熬得过今年！”

说得气愤愤的。

其实她没想这些。她想的是回来看热闹。村里已没多少热闹可看了，迁坟还算得上一桩。几个帮忙的刚离开坟地，侯大娘就到了。她早已听说了孙凤的符纸和刘显文的掐算，便径直去了镇勋的祖坟，站在那里瞅。许兴给她打了招呼，就汗水巴拉地忙活。那片繁花已溜得稀烂，许兴干脆铲掉，收拾平整后，在占惠坟前点了三炷香，放了一圆鞭炮，烧了两沓纸钱，又去打扫镇勋父母的坟，仔仔细细，一丝不苟，仿佛这样做了，两个老亡人就会喜欢占惠，占惠再犯病，就会帮她喂药。打扫干净了，同样点了香，放了鞭炮，烧了纸钱。

这时候，侯大娘说了许兴怎样为镇勋收拾祖坟：锄杂草，清浮土，点柏香，放鞭炮，烧纸钱，末了还跪下磕头，磕头的时候，眼泪水一满就出来了。

话音未落，利民嘴一扯：“是，许兴在流眼泪水，他那眼泪水硬是多得没地方流！”

侯大娘并不辩解，只说：“那许兴还认呢。”

不知道她是啥意思。利民肿着腮帮，大声说：“我说你那嘴巴子讨嫌！你说他认啥子？他占了人家坟地，把旁边的坟打扫一下，动了人家阴土，放圆鞭炮，烧几张纸，是正理该当的事情，他又认了啥子？”侯大娘被儿子训得不像，脸一弯，不敢回嘴，说：“我说了啥子哟？我又没说啥子。”却又说：“那占惠，坟迁可惜了。我问许兴，他说占惠那寿材，像刚搁进去，泥巴都不沾，证明刘显文看的是匣好地。迁可惜了。”

迁没迁可惜不知道，先头那圹穴里，确实相当干爽，更没有僵卧的长虫。

对此，大哥和利民都同意侯大娘的话，却都没应她，应了，她会越发上头，越发说出些天上地下的话来。

侯大娘没了趣味，便朝家去，才上阶沿，就骂开了："你狗日的硬是体面，还没上九十，黄瓜还没起蒂蒂，就装成两百岁的样子！你装得恁好，为啥子不去演戏哟？你那全套子戏文，就是叫老子服侍你！我上辈子作了啥子孽，要来给你这万世充军的当一辈子长年！"

骂了，才想起贵爸没在家呢，在龙井湾呢。

于是抹着眼睛，连屋都没进，又转身下山。大哥留她吃饭，利民也大声武气叫她吃了再走，可她能留吗？她不赶紧回去，贵爸就要饿一顿。儿媳是不会给他一口饭吃的。

四十八

我和大姐在大哥家住了一夜。

我本来不打算住，是大姐要住。午饭后二哥下山的时候，我就想跟大姐也去镇上，关于大姐夫的有些话，我只想跟她单独说。大姐却说，她好久没上来过，过了今天，又不知啥时候才能来，住一夜再回去。我说,我这次是从县城那边过来的。加上"那边"二字，是暗示我已去过大路沟。大姐先是用钉子般的眼神锥我一眼，随即避开了，问大哥有些啥活路，她帮忙做半天。大哥说做啥子活路？你跟春明耍就是。大姐说，爸爸跟妈那坟又荒在那里，去收拾一下嘛。大哥不好意思地笑两声，说我跟你大嫂在两个地方跑来跑去，不得空，是有多久没收拾了。大姐便去门背后拿了锄头，又问大哥剩没剩香蜡纸钱，有剩的话，去坟前烧了。大姐每次上来挂坟，都买几大包祭品，常常没用完。大哥说剩是剩的，平白无故烧啥纸钱？大姐说，烧纸钱本来就是平白无故的，你以为过年过节烧，生期死期烧，他们硬是就晓得？就能收了去买菜买肉？说了嗔怪地笑。大哥便进里屋，拎个塑料袋出来。

整个下午，三兄妹都在祖坟前忙碌。

当然只是大哥跟大姐忙，我无非是东铲一下西铲一下地做样子。

这种情景，已多年不曾有过了。山野宁静，坟里的祖先，和山野一样宁静，但祖先们的絮语，我们并不需要用耳朵去听。大姐说着母亲，说母亲是如何能干，如何跟侯大娘吵架，每次侯大娘都吵不赢。说到这里，大姐就笑。可没赢的至今活着，赢了的早就死了，大姐便又叹息一声。接着说父亲，说父亲那些怄人的事，现在想起来还怄人，大姐便停下手，蹙着额头，看我跟大哥，我们笑，她也笑，笑得收不住，笑出眼泪花子，然后说："这家里，靠爸爸呀。妈虽然能干，是个偷懒的，早不早就死了，不靠爸爸撑持，不晓得是啥样子。能干不是一时一刻的事，是一辈子磨出来的，磨出来的能干才是真能干。爸爸是真能干，妈是假能干。"言毕恨着母亲的坟茔，"懒球得给你打扫！"说了又笑，并走到已经打扫过的母亲坟前，把新飘下的几片竹叶捡开。

这些话，父母是听见的。这只有我们才能感觉到。不仅听见，还跟我们一起说笑。我们是来打扫祖坟，而坟里的祖先，却在领着我们劳作。我们既是有父母的人，也是有爷爷奶奶的人；尽管这里没有爷爷的坟，但我们都觉得他在。

这样的感觉，已经多年没有过了。

其实是从来就没有过。

我很庆幸听了大姐。如果回到镇上，跟大姐单独相处，就必然要说到大姐夫。开始我想给大姐说说大姐夫，现在不想了。既不想说他那溃烂的手（而且他也交代了不说），更不想说我们离开监舍时的情景：大姐夫把我们三人送到石梯底下（石梯是他的边界，他不能登上半步），夏科长和瑞松边走边说话，我无言地爬着，爬到中途，回头看他，他那眼神让我震撼，也让我惊悚。那是渴望自由的眼神，也是对自由人充满仇恨的眼神。自由在高处，而他在深渊。自由人爬得越高，他陷得越深。

还有我不想说的。

大姐夫反复重申他是“中了连环套”后，神情悲戚。他悲戚的不是中了套，是说他和女人的关系，说他逼死了孙庆芳，这也罢了，还说他跟黄二妹有一腿。

这话是谁说出去的，无从查证，杨津和黄二妹都被叫去问过话，他们是咋说的，大姐夫也不清楚，但他那判决书上，确实有腐化堕落这一条。

指认他和别的女人腐化堕落，他不计较，说他跟黄二妹，就没法不计较。

杨津裹上焦艳一些时日后，就常常大明其白地不回家，大姐夫却照样去黄二妹的店子上坐，这是事实。后来，趁焦艳出门演出，杨津就瞅空子猫回家里，见到大姐夫，杨津都忙着递烟。两人并没觉得什么。大姐夫抽着杨津递来的烟，抽出一股破碎味儿，便对杨津说："我骑摩托不方便，你还是来给我开车吧。"

杨津知道，这是劝他回到原来的生活。他是多么渴望回到原来的生活。他疲惫了。焦艳不是他能消受的，她身上那种流浪气，首先就让他承受不住。从前他跑秦巴山地，日头赶着月头地奔在路上，但那路是在脚下，不是在心里，焦艳的路是在心里，她坐着不动，也给人风尘仆仆的感觉。她只喜欢这样的生活。杨津顺她，便开着车，跟着她的"舞者无敌"，在大河上下游走。他要是不想去，她从不勉强，更不会像一般女人，用柔情和泪水使男人屈服。然而杨津自己丢不下，他疲惫，主要就是自己丢不下，因此处处小心，生怕她恼，不随她出门，从不说不想或不愿，而是撒谎，说身体不舒服。他利用"身体不舒服"，悄悄回到家里。可这个家已回不来了。黄二妹见了他，就像见客人，开始是装客气，后来客气得自自然然，杨津便知道，他和家之间，已树起了一道墙。

要是没有这道墙，黄二妹蓬头垢面地找他哭闹，向他求情，他会回来吗？

也回不来了。他自己心里早就有了一道墙。

杨津心里为什么也有墙，大姐夫说他并不知情。他只想着为他们好，多次劝他们彼此珍惜。结果闹到最后，说他跟黄二妹有一腿！

除了这件事让他伤心，他还对我说，几十年来，他辛辛苦苦为李家岩人做事，他把自己当成他们的父母官，可抓他那天，听说不少村民竟然欢喜得放了鞭炮。

他一直认为自己是被拥戴的。

"只是李魁死了，"他说，"喝农药死的。那又何必呢？你光明正大说我坏话，我并不记恨你，你又何犯于死呢？”

——这些事，我都不想给大姐提起了。

四十九

“你看见没有？”大姐问我。

这时候，我和她刚进她镇上的家。

我看见了。

从大路沟回来，我没跟大姐联系，直接到镇上敲她的门，那时候我就看见了。

她门上的红灯笼被取掉了。

“前天下午才来取的，”大姐说，“还是有人为你哥说话，不然早就取了。”

屋子里照旧纤尘不染，只是更加落寞了。

越干净，越落寞。

“李志呢？去了县城？”

“打工去了，”大姐接过我的挎包，放到什锦橱上，“爸爸出了事，他也醒了悟，去福建找他江叔叔，在里面帮工，每月能挣八九千。听他江叔叔说，他完全变了个人，有些事他没想到，李志能帮他想到。江华那人义气，不像有些人，求你的时候舌头能舔你屁股，你没用处了，还坐了牢，就恨不得把你当臭虫，一脚踩死。李志除了拿正份工资，江华说还要给他分红。这明摆着就是提携他。他能这样，我也放心了。只是，非要当爹的出了事，当儿的才晓得醒悟，这价钱也太高了。”

我去烧开水，大姐说：“你坐，我来。”把锑锅接过，打开水龙头接水。

压力很足，锑锅被水打得砰砰乱响。

水烧过，大姐为我泡好茶（是大姐夫以前常用的茶盅），坐到我对面。

我立时感到紧张，我不知道要跟大姐说什么。

她已看出我去过大路沟，要是她问起……

可大姐根本不要我说，开门见山告诉我：“你哥以前坐过牢。”

其实我早就隐隐约约猜到了，但听大姐这样说出来，还是心头一震。

大姐扯掉头上的胶圈，把头发打散，重新笼好，便给我讲起他们去新疆的经历。

五十

大姐夫从表叔那里拿走的三百块钱，不是借的，是偷的。当他连开三次口，找表叔借钱，表叔都不应，还让他们身无分文地去伊犁，他就起了心。他想，三讨不如一偷，而且算不上偷，是要回他的本钱。躺上床后，他就睁着眼睛，暗暗地在那里算账，给表弟寄了多少回资料，花了多少邮资……当然没花到三百，但那是几年前的物价，现在物价涨了。何况还让他错怪了别人，耽误了自己，又帮表弟考上了北大。他是怎样在黑沉沉的夜里，找到表叔的钱柜，又是怎样神不知鬼不觉地把钱柜撬开，只能说是奇迹。钱柜里装着九百块，他按算出的数目，取走了三分之一。天蒙蒙亮，表婶睁开眼睛，即刻嗅出了贼味儿，慌忙起床，确认之后，把表叔一把扯起来，破口大骂，骂他的贼亲。

表叔去报了警。

捉贼很容易，往火车站去就是。那时候火车少，等大半天也等不来一趟。

两人连车票还没买上，三百块钱，只花了四角公交费。

对自己的罪行，大姐夫没做任何辩解。

他被判刑三年，关进了北野监狱。

这期间，表叔去看过他一次，对他说："这边人我熟，你安心改造。他们要发函到你们乡，我也说不必发，你家属在，就算知会了。你表婶让我给老家写信，我假装写了，也寄了，其实没写也没寄。你表婶是个文盲，不知道啥的，你放心。"

算起来，这是表叔对他的恩典。

而表婶不仅叫表叔告知老家，还对他的量刑很不满，说像这种家伙，关三年怎么行？要关就关一辈子，关老死算数。你让他关三年出来，还不又去偷？偷着偷着，就要抢了，抢了普通人家，就要抢银行了，先是拿着板斧抢，后来就持枪抢劫了！还不如现在就枪毙了呢！

（大姐哭父亲的时候，说了个"枪"字，就是为这件事吗？我当时还以为是听错了，以为她说的是"抢"，是说村小旁那个名叫孙庆芳的女人跟她抢活路做。）

表婶的那些话，是当着大姐吼出来的。大姐只是瞧她两眼，一言未回。

因对偷钱的事毫不知情，大姐免于处分，便去北野监狱不远的地方，做了洗衣妇，在铁窗外陪着大姐夫。可身上的那团肉已装了半个肚子，不回老家，那团肉简直没个活路。她把做洗衣妇挣来的钱，去还了表叔四角，那是他们从三百块里花掉的；在大姐夫的要求下，又去还了表叔十块。随后，给大姐夫买了两身衣服，给了些零花钱，大姐便揣着紧巴巴的路费，踏上了归程。

“幸好老家没人晓得，”大姐说，“也难得表叔有那份善心。”

只要那边没人说，当年那荒漫漫的空间，足以让人隐藏。当大姐夫从监狱出来，坐上开往内地的火车，一切都像风一样消散。可那只是对外界而言，对他本人，开过刀的地方，碰着了就会痛。我想起父亲过最后一个生日的前一天，我和大姐夫从张大超的稀饭庄园出来，他本说要为刚出狱的张大超接风，背了人，却说：“接屁！一个坐牢出来的！”说得字字戳骨。他那么恨，原来不是恨张大超，是恨张大超让他忆起了自己那段不堪回首的往事。

“我不该捡了他的好酒。”姐弟俩沉默一阵，大姐叹息着说。

她说大姐夫是穷出了病根，只有把好东西摆在光亮处，心里才踏实。

“他两次坐牢，”大姐又说，“都是因为穷。一次是自己穷，一次是别人穷，他去扶穷，他不晓得穷是碰不得的，一碰，又把自己弄进牢里去了。他早就该退下来了！”

说完这些，大姐突然不再说大姐夫，而是说起家里别的人，说二哥，说玉玲，说小兰，说秋月，以前说他们，大多说他们的谈头，今天说的，全是他们的好处。她特别说到四喜，说四喜后来，开腔就是谎话，不是他品德坏，是他实在没啥真话可说了。

大姐原谅了所有人。

五十一

大哥打电话来的时候，我正坐在去北京的高铁上。

“你大姐走了。”大哥说。

“去哪里了？”

大哥顿了片刻，说：“上吊走的。”

“……”

“她那人哪，硬是想不通！你哥坐牢她都能挺过来，取了她家的红灯笼，她就受不了。她没说过，但我们都晓得，她是为那红灯笼死的。”

“……啥时候的事？”

火车呼啸着钻进洞子，信号断了。

后记

2016年秋天，一个清冷的日子，我去川西芦山县报到。这样的生活我已经习惯了，单位每年都有下派任务，各位都忙，我似乎闲些，正好支配。芦山人更忙，三年前，这里经历了一场大地震，自那以后，他们便取消了周末，工作状态是五加二、白加黑、雨加晴，重心自然是围绕经济建设。而我挂职的文联，在其中帮不上忙。事实上，这里的文联既存在，又不存在：某间办公室门上，确实贴了张A4纸，上面打印着“文联”两个字，但它隶属于宣传部，机构设置只有一个副主席，副主席手下没有兵，办公室是宣传部的，干的事同样是宣传部的。本来，我也可以跟着在宣传部干，但县里觉得，我是挂在文联，应该专职做文联的工作，否则不合规定。而文联没有具体的工作。如果我提出成立些什么协会，比如他们没有作家协会，是不是可以成立起来，我又感觉到，这实在太奢侈了。人家在为恢复生产和生活日夜拼搏呢。而且，写作究竟是个体的，独立的，真正的作家珍视这种个体性和独立性，协会不协会的，与他们关系不大。

可这样一来，我就有些手足无措了。

好在也习惯了。之前一年，我在川东北宣汉县下派，也是文联，虽建制完整，但要说多少事，也说不上。不同之处在于，宣汉正着力旅游开发，需文联提供文化支撑，而且那里是我老家，有志趣相投的朋友，在文联的支持下，朋友开着私车，去万山老林的巴山大峡谷，走进云端里的农家，在农家过夜，谈天。车只能开到山脚，上山需步行，沿陡峭山路，一爬就是五六个钟头。农家好客，把他们最好的饮食拿出来招待。只是冷，盛夏时节，入夜也得烧着旺火。当天没感觉有多累，睡一觉起来，才知腿痛，动一步就痛得钻心，平路还好，偏偏沟谷深切，路都站着，路旁即绝壁，寸草不生，走起来真是要命。从峡谷出来，又去县境内几条大河的源头，顺流下行，看溪流怎样变成河流，静谧怎样变得喧嚣，又怎样曲里拐弯地滋养了万千生灵。甚至在荒烟蔓草丛中，刨出几段残存古道，竟是旧文人笔记里的荔枝古道——当年杨贵妃吃的荔枝，是从川南经川东北入陕西，进长安，“一骑红尘妃子笑”，耳朵里，骤然传来唐代的马蹄声。

我把在宣汉的“发现”，写成长长短短的文字，在《光明日报》《人民文学》等报刊发表。来到芦山，我可以做同样的事务吗？看来也不必。我想要几本写芦山的书，得到的是薄薄的几页宣传册，想了解县里的作家，包括他们的创作门类和实绩，他们回答说现在忙不过来，以后给你资料。确实忙，在食堂吃饭，男男女女谈的都是工作，而我听不懂，也插不进。我成了一个多余人。非但如此，还碍手碍脚，且要人家租房子。这让我心里愧疚。于是想，下派实在不该只当成任务来完成，首先要考虑人家是否需要，不然像我这样，其实是扰民的。

但事已至此，总得待一阵，我便开展起了自己的活动。

首先去震中。报到的当天就去过，现在是重访。那地方离县城不远，名叫白伙村。除一块石头上漆着“震中”字样，已看不出地震的任何痕迹了。整个芦山，若不去地震博物馆，都看不出地震过的痕迹。芦山人的“忙”，正体现在这“看不出”。白伙村新修的住房，取川西民居样式，是一户一幢的乡间别墅。却没有人。上次来还见到几个人，这次一个也没见到。有家二楼的回廊上，挂了满栏杆苞谷，也听见母鸡的呓语，但大门紧锁。青壮年都打工去了，留守的老人和孩子，大概正不是该待在家里的时候。然后跑县城，新县城，老县城，见街走街，见巷穿巷，边闲逛，边记下一些地名和店名，猛然间听到一个人喊另一个人的名字，也把那名字记下来。但都不刻意，往往是从早走到黑，记下的只是最后见到和听到的名字，如海水抹平沙滩。累了，就在街边歇歇。饿了，就进入一家饭馆。有时一天吃一顿，有时一天吃五顿。某一天饿得实在不行，点的饭菜够三个人吃，但也吃得精光，结果肚子痛了两天。芦山属边地县，北靠汶川，南接天全，翻山过去，不是阿坝就是甘孜。全县仅 10 余万人口，比宣汉少 120 多万。但芦山的 10 余万人里，却有近 20 个民族。县城空阔、平坦，站在大街的一头，张眼望去，遥遥地能望到几个模糊的身影。这光景是寂寞的。

即使在著名的根雕一条街，也难见到人。芦山根雕著名，是因为料好，金丝楠木的雨点、丝绸和波浪纹，出自天然，看一眼，就能听到雨打密叶，也能触到丝滑的手感。它们用旷古的光阴，书写着生活的细节。多年以来，芦山集中了一批根雕艺术家和经销商。我走进一家，主人姓吴，墙上挂的奖状，证明了他在业界的地位。他的作品以残荷为主题，20 年不变，问缘由，说残之能全，伏之能动，死之能生。地震过后，订购他作品的相当多，遍布全国。一个姓余的经销商，生意做得很大，待人十分热情，我先声明了只看，不买，他说没关系，领着我楼上楼下参观。楼层舒阔，摆满成品。从楼上下来，他漂亮的夫人已坐在茶桌前，为一个不买的客人泡工夫茶。闲谈中，余老板说，这样的馆他有三个，馆里分藏品和卖品，若是藏品，出再高的价也不卖，麻烦的是有些领导来，看上了，你几百万也舍不得出手的,这时候只好白送出去。但这种送法只伤财，不伤心，伤心的是你巴肝巴肠把一件好东西送给领导，领导见黑乎乎的，不识货，当着你的面，转手就给了别人。为求一个“好”字，他馆里不养人，有了原料，请人去做，他说如果养人，比如养个擅做观音像的，不管你什么料，他都朝观音像上去想，就把原料给你毁了；还有的，说自己啥都会做，这种人更信不得。他拍着我的肩，朗声说：“哥，要是有人对你说他啥都会，你不要信他，因为他是个骗子。”

就在那天回到住处，我写下了这部小说的第一句：

“有时候，敲门声是人的脸，也是人的心，哪种人敲出哪种声音，就跟哪种人会说出哪种梦话一样。”

为什么这样写，又将写成一部怎样的小说，我是不知道的。

这一句放在那里，一直放着。

当我从芦山回到成都，有天刚在餐桌边坐下，准备吃午饭，电视里响起歌声，歌词是什么不知道，画面上活动着几个穿民族服装的男女，什么民族也不知道。他们荷锄走在田间，边走边唱。我身上一阵抽搐，继之泪水滂沱。儿子不明所以，困窘而好笑地望着他妈妈。咋回事？前一秒钟还高高兴兴，怎么突然就哭起来？妻子先不言声，过一阵对儿子说："你爸爸想他老家了。"其实不是。就是歌声打人，情不自禁。唱的人脸上带笑，应该是欢快的，但我觉得那不是他们在唱。那是他们祖先的声音。他们的祖先挽着裤腿，把爱情系在头发上，弓腰趴背，在大地上劳作。天空苍黄，如同逝去的时光，人，就这样穿越时光的帷幕，一步步走到今天。人是多么坚韧而孤独，又是多么孤独而坚韧。回想离开芦山那天，阳光明丽，路旁的芦山河，静静流淌，河岸的芦苇和灌木，在风中轻颤，倒影仿佛也有了力量，把河水拨出微细的波纹。四野安静，安静得连车轮滚动的声音也显得突兀。当时，我心里或许就响起过那种寂寥的欢歌。

可妻子到底又是对的。

最深的寂寥，是故乡或者说老家给我的。

我老家在山上。那山名叫老君山，是个没有特色的名字，全国的老君山，想必不下百座吧？正如我在书中所写，我故乡的老君山，是大巴山脉的弃子。大巴山从摩天岭出发，斜向东南，一路奔跑，嫌负担过重，边跑边扔下大把的儿女，女儿成为谷地，儿子成为山峰。老君山孤零零地，立于县境东北角，眼巴巴望着自己的母亲，像个荡妇似的扑向湖北神农架。也不知历经几世几劫，在某个晴朝或雨夕，一行人拖家带口，从大巴山扑去的方向，疲惫地走来。这是明洪武二年事，湖湘民众“奉旨入川”。老君山被母亲遗弃，而今又迎来母亲奔赴地的子民。这群人若再坚持一下，就能走到沃野千里的成都平原，到不了成都，至少也能走到有小成都之称的开江县——那只需再翻几座山，再渡几条河即可，但他们太累了，不想再走了。于是止步息肩，安营扎寨，斩荆伐木，寒耕暑耘，鸡鸣和炊烟，捧出一带村庄。村庄卧于老君山的肚脐眼，也像肚脐眼那样小，小到失去了方位，你可以说，村庄的南方坐落在北方，东方坐落在西方。可它竟叫了千河村。这名字让人遥想：先民所来之地，定是水网密布，河汊纵横。他们被迫离开故土，就把故土的名字打进行李，落脚后又含进嘴里。不仅如此，给孩子取名，也大多含“水”，江、河、湖、海，喊一声，到处都应。事实上，那整片地界，既无江也无湖，自然更没有海；河只有一条，需站到村东黄桷树下，目光沉落至900米深处，才能见到那条瘦弱的飘带，随山取势，弯弯绕绕，绕到天尽头。

——那就是我小说里随时出现的清溪河。

也是这部小说里的清溪河。

我的祖先为什么没下到河沿，而是选择了山，推测起来，很可能是出于安全的考虑。为了安全，宁愿开门见山，出门走山。久而久之，在他们的词汇里，没有登山，只有爬山，因山势陡峻，需把自己还原为动物，四肢着地；也没有远处，远处就是高处或低处。但他们已经认了这个故乡。山下河流给予的想象，越来越苍茫。更重要的在于，第一批老人在山里去世了。父母的坟头长着这里的荒草，父母的尸骨肥着这里的土地，这里就是他们的家。

丰收的时候是那样稀罕。要么缺水，要么缺太阳。水和太阳都是天上的，皇帝也管不了天上的事。饥饿随时醒着，随时要来敲门。在关于四川荒年的记述中，川东北的宣汉县总是在册，宣汉县的普光镇，普光镇的千河村，总是在册。剥树皮，掘草根，靠山吃山。当草木俱尽依然“道殣相属”，就吃土；当可吃的土也吃尽，就坐在墙角望天，让满腹荒凉爬上额头。饥饿就这样植入基因，在体内世代喧哗，成为隐秘的悲伤。时至今日，千河村人吃饭，必用大碗，去外面做客，若主人用小碗盛饭，他们就着慌，生怕吃不饱。他们把大碗叫“懂碗”，意思是大碗才懂他们的心思，才能为他们提供保证。为此我写过一部书，叫《饥饿百年》。那是十多年前的事了。如果你读过那部书，就能发现这部书和那部书之间的联系。《饥饿百年》是山的文明，《谁在敲门》是河的文明。山河这个词，说的正是它们的骨肉联系——传统文明和现代文明的骨肉联系。

法国史学家布罗代尔说：“山排斥伟大的历史，排斥它带来的好处和坏处。”这话多半是事实，整体是傲慢或者促狭。文明是排斥不了的，没有哪种文明的保存，是通过排斥而取得了成功。山千千万万年矗立在那里，人类和存续于人类的文明，则如同河水，流动既是河水的体态，也是河水的使命。一滴水，再加一滴水，不是两滴水，是一大滴水，这是水与河的关系，是自我与他者的关系，也是个体与时代的关系。但没有一个时代是孤立的。每个时代下的人们，骨髓里都敲打着古歌。祖辈的付出与寂寞，深潜于我们的生命。而前方和更前方，是生命唯一的方向，我们的歌哭悲欣，证明了我们在朝着那方向，认真生活。

每念及此，就让我深深感动。

于是，在那顿泪流满面的午饭之后，我打开在芦山留下的文档，顺着那第一句，往下写了。清溪河与芦山河，成了同一条河——同样的复活与生长。说不准，在芦山听到的某个人的名字，也改头换面在小说里出现了。我写作不喜欢拟提纲，再长的小说也不拟提纲。感觉是脆弱的，一个针眼就会走气，我要呵护那种写作的“秘密”。提纲会泄露秘密。真正让我停下来的，是给人物取名字，名字并无深意，却也是个事，随着作品的进行，他（她）跟你天天见面，朝夕相处，熟悉得能看透皮肤，没有深意的名字，便自带深意了。当然这也只是个人情形，我知道有些作家，写个十多万字的小说，竟拟了五六万字的提纲，我真是佩服他们。他们这样做，把什么都规定好了，修改量想必会少去许多，而我的修改量非常大。不过，说实话，修改小说真是快乐。

这部小说最初的名字，叫《家春秋》。听上去显得有些狂妄，似乎要把伟大的巴老“家·春·秋”三部曲一笔收下。当然我没有这样的意思，但也免不了令人遐想。出版社就提到这事，没说我狂妄，只说跟巴金的小说太同名。我原拟了几个小标题，第一个小标题就是《谁在敲门》，那就把这个小标题变成书名吧。出版社觉得非常好。我后来想，确实也比《家春秋》好，而且好很多。成稿把小标题去掉了，是因为我不想在河上修堤坝。之所以还分了章节，完全是从阅读习惯考虑的。

我老家的河流是奔腾的，奔腾而峻急，我让它慢下来，抚触自己易感丰饶的内心，在意自己的平凡、拼争、眼泪和欢笑。

感谢广西师范大学出版社，感谢梁文春女士的悉心编辑。

2020 年 4 月于成都

附 录

《红楼梦》传统、生活史诗与“人类文明新形态”[1]

李云雷

罗伟章的《谁在敲门》对当代生活做出了整体性描绘，是近年来长篇小说最为重要的收获之一。在这部长达63万字的长篇小说中，作者以耐心与细致的艺术方式，深入到当代中国乡村的内部皱褶和细微之处，在世道人心之变中勾勒出时代之变与中国之变。小说以“我”回乡为父亲过生日、父亲生病、父亲的葬礼为主要线索，描绘了“我”与六个兄弟姐妹及其子女、孙子女的生活故事，并从这个大家庭延伸到时代的各个方面，为我们描画出一幅时代生活的全景。小说出版后，被不同的评论家称为“现代版《清明上河图》”[2]、

1. 原文刊于《当代文坛》2022 年第 1 期（总第 261 期）。

2. 梁文春：《罗伟章〈谁在敲门〉：平凡人的平凡一生》，中国作家网 2021 年 8 月 17 日。

“乡土《红楼梦》”[1]、“大河小说”[2]等，在我看来，作者或许借鉴了上述经典作品的某些因素，但更重要的在于作者寻找到了一种独特的艺术形式和叙述方法，为我们勾勒出了一幅整体的时代生活画卷，也呈现出了我们这个时代“人类文明新形态”[3]的丰富性与新颖性。

《红楼梦》传统、生活史诗与“包罗万象的世界”

《谁在敲门》的故事与结构说起来很简单，第一、二章写为父亲过生日，第三章写父亲生病住院，第四、五章写父亲的葬礼，第六、七章写家族的后续故事。但作者的叙述重心不在于故事，而在于生活，在于众多人物在生活河流中的微妙变化，在于丰富复杂的人际关系及其网络，以及时代之变所带来的人心之变与风俗之变。

小说中出场的人物有上百个，作者以“父亲”和这个大家庭为中心，建构起了一个复杂的人际关系网络，这里有卑微但处于家庭核心位置的父亲，有地母般的大姐和呼风唤雨的大姐夫，有被儿子丢尽脸面的大哥、一毛不拔的二哥和远在省城的“我”，以及二姐、弟弟和幺妹；第三代中有大姐的儿子李志、儿媳青梅和女儿丽丽，有大哥的儿子四喜与女儿燕子，二哥的儿子洪泉、女儿小兰和女婿朱贵兵，“我”的儿子维生，二姐的两个儿子子强、子国，兄弟的女儿清涟、儿子朝晖，幺妹的女儿秋月、儿子华天等；以及第四代

---

1. 罗昕：《罗伟章〈谁在敲门〉：它是乡土〈红楼梦〉吗？》，澎湃新闻 2021 年 6 月 15 日；黄德海《罗伟章长篇小说〈谁在敲门〉：万物复苏的声音》，《文艺报》2021 年 8 月 6 日。
2. 刘小波：《罗伟章〈谁在敲门〉：大河小说的“经”与个体叙事的“纬”》，中国作家网 2021 年 9 月 23 日。
3. 习近平《在庆祝中国共产党成立 100 周年大会上的讲话》，人民出版社 2021 年 7 月，第 14 页。

聪儿、天天、豆豆等。在家族成员之外，与父亲相关的，还有老家燕儿坡的侯大娘、亚琼、喜鹊、灰狗等一众邻居；与大姐夫相关的还有他的司机杨津，熟人钱文、生意伙伴何老三等人，以及灰狗儿等李家岩的村民、韩镇长等各级领导和众多干儿子；与二哥相关的还有他的相好朱占惠及其一家；与弟弟相关的还有他的初中女同学后来的“情人”贺怡；等等。这些人物编织成一个庞大的人际关系网络，作者传承了《红楼梦》等世情小说的传统，在复杂的叙事脉络中展现了世道人心及其变化。

小说中的父亲“跟兄弟住，而兄弟去他岳母的村里起了房子，跟他岳母住了烟火邻居，尽管那名叫拐枣坪的地界，悬在半山，比我们老家燕儿坡，低了二百多米，我也不想去那里给父亲过生”[1]。而父亲之所以跟着“兄弟”住，也是经历了几次波折后才最后做出的选择，“父亲每顿吃饭，有汤就用汤泡，没汤就用水泡，泡得汤汤水水都冰了，锅巴才散骨架。大姐有次去见了，当即把父亲拉到大哥家，让他跟大哥住。在大哥家住了些日子，大姐又上去，私下里问过得好不好，父亲说好。问现在好还是以前好，说现在好。大姐笑，说，才一个月，你就胖了些，脸色也有了个脸色的样子，早该这样！父亲也笑，却是笑得忧忧愁愁，嗫嚅半天才说：‘春红，你听爸爸说，我还是去跟春晌住。’大姐忙问缘由，父亲说：‘我怕给你大哥添麻烦。’大姐霍地起身，把父亲拉进了二哥家里。你怕给老大添麻烦，在老二家住一个月，再回老大家，这么轮换着，麻烦就减了半，看你还有啥话说！可父亲只在二哥家住了十天，就自

1. 罗伟章：《谁在敲门》，广西师范大学出版社 2021 年版，第 2 页。

作主张，拄着拐杖，进了他幺儿子的屋”[1]，这还只是波折的一部分。年老的“父亲”有四个儿子、三个女儿，但最后他选择跟最小的儿子同住，还离开了老家燕儿坡，搬到儿子岳母所在的拐枣坪，这当然有很多原因：把“我”给的钱留给小儿子，帮小儿子看住媳妇，“活满一百可奖励一台彩电，父亲想为春晌挣台彩电”[2]，等等。但更重要的是人情亲疏，比如“提到房子，我望了二哥一眼。二哥才有多余的房子。二哥望着别处”[3]。在这里，作者对世道人心之微妙有着深刻的体察，也为我们展现出“父亲”的真实处境。我们可以看到，在传统文化中处于权威位置的“父亲”，在时代的变迁中逐渐衰落。

取代父亲中心位置的是大姐和大姐夫一家，大姐夫是一个乡村能人，是李家岩的村支书，“他在村民中的威信，不是摇旗儿摇出来的。全镇没通乡村公路的时候，他就上下奔走，四处筹资，把李家岩的路凿通了，非但不要村民出一分钱，还为他们挣好处……他回到家，往躺椅上一歪就打呼噜，但为村里的事，又可以几天几夜不眨眼。有年杨侯山遭雷劈，发山火，他一个昼夜冲在头里，小腿和脊背都被烧伤，火救下来，却没休息，也没去医院，而是忙着安排受灾户，给他们找住处，筹米粮”[4]。大姐夫除了帮村民争取利益，还可以在关键时刻为领导分忧，包括为领导隐瞒事故、保证村里不出上访户等，所以“若干年来，历届镇领导，都是我大姐夫的朋友”[5]。在家庭生活中，大姐和大姐夫也是众多兄弟姐妹的联络中心，大姐

1. 罗伟章：《谁在敲门》，广西师范大学出版社 2021 年版，第 52 页。
2. 罗伟章：《谁在敲门》，广西师范大学出版社 2021 年版，第 98 页。
3. 罗伟章：《谁在敲门》，广西师范大学出版社 2021 年版，第 53 页。
4. 罗伟章：《谁在敲门》，广西师范大学出版社 2021 年版，第 39—40 页。
5. 罗伟章：《谁在敲门》，广西师范大学出版社 2021 年版，第 41 页。

家住在回龙镇，不仅是“我”每次回乡的停留之处，也是众多亲友的落脚地，“逢赶场日子，大姐家的门响得更勤，娘家燕儿坡这边，婆家李家岩那边，那些打着露水赶早场的村民，背了山货来卖，一时又没开市，就把大姐的门敲开，进来闲坐、抽烟”。[1]大姐夫是一个人情练达、世事洞明之人，“父亲瞄大姐夫那一眼，大姐夫是见着的，也明白父亲的意思，他喝下一口酒，看着我说：‘我手上是有不少活路，我把活路包过来，再转包出去，但我绝不包给自家亲人……这好比你给外人拿包烟，外人对你有说不尽的好话，你给亲人拿包烟，他心里却在冒泡：为啥只给一包，不是给一条？——不如不给。’”[2]兄弟姐妹之间的感情与感觉也很微妙，“二哥二嫂住到镇上后，大姐请过他们无数，却从不见回请。小兰也是，从没请过她大姑。有次大姐向我抱怨，说小兰跟她爹妈一个德性，吃倒泰山不谢土。不回请也罢，还见不得你有钱用，你有钱用或可能有钱用，都得罪了他”[3]。这里的描写显示出作者对人情与人际关系刻画之细微。

在现代家族小说中，无论是巴金的《家》、老舍的《四世同堂》还是陈忠实的《白鹿原》，主要讲述的都是“父亲和儿子们”的故事，只有极少数如《许茂和他的女儿们》讲述的是“父亲和女儿们”的故事，但在《谁在敲门》中，罗伟章讲述的则是“父亲和儿女们”的故事，并将“大姐”“大姐夫”作为小说叙述的中心，这既显示出我们这个时代的男女平等意识、家族文化的衰落，也让小说具有

1. 罗伟章：《谁在敲门》，广西师范大学出版社 2021 年版，第 31 页。
2. 罗伟章：《谁在敲门》，广西师范大学出版社 2021 年版，第 41 页。
3. 罗伟章：《谁在敲门》，广西师范大学出版社 2021 年版，第 50 页。

更多女性柔和的视角和色彩。但与《红楼梦》《金瓶梅》等聚焦众多青年女性不同,《谁在敲门》所聚焦的是大姐、二姐、幺妹以及大嫂、二嫂、弟媳等中年女性,《谁在敲门》重点关注的也不是青年男女的情感、欲望与恋爱故事,而是大家庭中人与人之间微妙的“隔”与“不隔”,人生在世的生老病死,以及一个大家庭在时代中的命运。

罗伟章在小说中建构起一个复杂的艺术世界,这个世界不仅人物众多、人际关系微妙复杂,而且置身于中国的社会结构和时代的巨大变迁之中,这个世界的底座是老君山、杨侯山下的村庄燕儿坡、拐枣坪、李家岩,向上一层是回龙镇、清坪镇、黄金镇,再向上是东轩县城,再向上是白马市,再向上是省城,整体构成了一个完整的地理与社会空间图景。白马市和省城只是作为远景出现,为小说勾勒出一个开阔的背景,作者主要以燕儿坡和回龙镇为中心,通过网状叙事为我们描述出各行各业的变化、新旧风俗的交替,呈现出一个“包罗万象的世界”和百科全书般的博学。这正是《红楼梦》《金瓶梅》等中国“奇书体”小说不同于现代西方小说之处。在《谁在敲门》中,罗伟章打破了西方小说的叙述模式,借鉴“奇书体”小说,以新的叙述方式重建了一种“包罗万象”的气魄,写出了我们这个时代新旧交替与气象万千的生活史诗。

无能之“我”:零度写作与渔樵史观

《谁在敲门》的叙述视角很独特,小说是通过“我”来讲述的,而“我”既是故事的参与者,也是故事的旁观者,既与小说中的其他人物如父亲、大姐、大姐夫等人有一种血缘关系上的亲近，又有一种心理上的疏离。作者的叙事态度与“零度写作”相似，冷静、客观，但又有一定的感情色彩。“我”在燕儿坡长大，考上大学离开家乡，在省城一家画报社工作，是一位诗人。“今天下午，我进大姐家门，放下背包，洗了把脸，第三个动作，就是给兄弟打电话。我不是跟他商量，只是告诉他，说我回来了，叫他把父亲送到镇上来，也就是送到大姐家来。他说……我没让他说，就把电话挂了。”[1]在这简短的叙述中，可以显示出，“我”在这个家庭中的独特位置。对生活在乡村和镇上的兄弟姐妹而言，来自“省城”的“我”，显然具有一种不言而喻的优越性与权威感。

但另一方面，“我”的权威感又没有真正的实力作为支撑，有时难免会遇到尴尬，尤其是在面对亲友超出自己能力范围的要求时，比如大姐夫，“有一阵，镇政府招干，是从村干部里提拔，镇领导都倾向于他，可这事要县里决定，县里超出了他的势力范围，但我在省上，省上这张大网撒下去，就把县里罩住了。他是这样想的，于是让我撒网。问题是，我不是在‘省上’，是在省城。他不管，三更半夜地打电话催逼。我说我不认识县领导，他就火了，说你每次回来，都被县城的三朋四友请得不落地，你不认识，未必他们也不认识？要是万事都帮不上忙，交朋友还有啥球意思？我只得又挨个去问，四处托人。最终也没能落实。这事让大姐夫很看不上我”[2]。“那段日子，我深刻地理解了什么叫无能。无能的人，就是总想着别人帮你的人。可别人为什么帮你？别人不帮你，你心里就怨，并

---

1. 罗伟章：《谁在敲门》，广西师范大学出版社 2021 年版，第 3 页。
2. 罗伟章：《谁在敲门》，广西师范大学出版社 2021 年版，第 22 页。

很可能因此看轻了旧友。到这时候，你就由无能的人，变成了无耻的人。我差些就沦落到这地步。”[1]

这里的叙述者“我”，与《红楼梦》中“天下无能第一，古今不肖无双”的贾宝玉既有相似之处，又有所不同。相似之处在于，在一般人眼里和世俗的价值评价体系中，他们都是“无能”的，但他们都有自己独特的精神追求，不足为外人道也，“尤其羞于出口的，是说自己是个诗人。诗歌是我最私密的灵魂，也是我最私密的肉体”[2]。不同之处在于，贾宝玉作为一个钟鸣鼎食之家的“富贵闲人”，不需要去面对和处理世俗事务，而来自燕儿坡贫穷人家的“我”，却不得不深陷世俗的罗网，并因亲友的过高期待而陷入尴尬之境，痛切地感受到自己的无能。如果说贾宝玉是内心“不愿”，那么“我”则是“愿而不能”，这是更深一层的痛苦与悲哀。“悲哀，似乎是一个诗人的权利，却永远于事无补。”[3]另一个不同之处在于，贾宝玉是《红楼梦》中浓墨重彩刻画的主人公，而在《谁在敲门》中，“我”主要是一个旁观者，主要是为进入父亲、大姐夫的村镇世界提供一个独特视角，小说重点关注的不是“我”，而是“我”眼中的世界。

但这个世界正是因为“我”的视角才呈现出独特的色彩，“我”讲述的都是自己亲人的故事，但又处于相对超脱的位置，所以可以相对客观冷静地面对和书写。巴尔扎克自称是法国社会的“书记员”，这主要是指他用小说的形式展示了 19 世纪前期整个法国的社

1. 罗伟章：《谁在敲门》，广西师范大学出版社 2021 年版，第 22—23 页。
2. 罗伟章：《谁在敲门》，广西师范大学出版社 2021 年版，第 273 页。
3. 罗伟章：《谁在敲门》，广西师范大学出版社 2021 年版，第 535 页。

会生活。在《谁在敲门》中，我们可以看到罗伟章也承担起了“书记员”的角色，他将中国乡村社会在时代中各个层面的变化都收入其中，为我们呈现出了一幅斑驳陆离而又丰富多彩的时代画卷。

小说中的燕儿坡，老一代人还生活在传统的世界和观念里，有像侯大娘、王晴光、邹灯、“父亲”这样的人，中年一代的大哥、二哥、兄弟、二姐、幺妹等则逐渐离开了家乡，或者到外地打工，或者到镇上买房，而更年轻一代的四喜、燕子、秋月等人则受城市生活影响，离燕儿坡更远了。小说中的侯大娘是个爱吵架的人，“是母亲的死对头”，“她闲得难过，就把心思多用在我母亲身上。寻母亲吵架，毕竟方便得多，彼此住着邻居，鸡子越界拉泡屎，猫儿钻屋偷块腥，柴草撒落到对方阶沿，还有下雨天从对方门前过，鞋底下掉了块稀泥，如此等等，都可成为吵架的理由。加上逢我母亲那人，你不犯她，她说也有，笑也有，犯了，锣对锣，鼓对鼓，闻到雨气就是雷暴，半点儿也不饶人的。侯大娘真是找对了对手。自从和我母亲厮咬上，侯大娘的脸色滋润了许多，出出进进的，脚下带鼓”[1]。——这是只有在传统与闭塞的乡村环境中才会出现的人物，随着现代化和外出打工潮流的兴起，像侯大娘这样的人已经几乎不见了。

如果比较一下中年和青年一代的婚恋观念，我们对时代变化的剧烈或许会有更加清晰的认识。在中年一代的情感故事中，有大姐夫做工作时“没把床上的人关心起来，倒把他女人关心到床上去了”[2]，被大姐数说了一辈子；有二哥跟朱占惠之间充满世俗算计的

---

1. 罗伟章:《谁在敲门》，广西师范大学出版社 2021 年版，第 18 页。
2. 罗伟章:《谁在敲门》，广西师范大学出版社 2021 年版，第 220 页。

情人关系；有兄弟因缺乏母爱与初中女同学到床上诉说的奇怪情感关系；也有“在她跟丈夫睡的床上，一丝不挂地蜷着个女人。硬翘翘的，是个死去了的女人。那女人名叫鄢敏”[1]这样因偷情而死引发的家族矛盾。但是这些充满古典色彩的偷情故事，跟青年一代相比就小巫见大巫了。比如四喜，“四喜找过多少女人？不清楚，据他自己给几个兄弟老表讲，有好些演员，还有好些空姐，都跟他睡过。这无据可考，但有两个女人是大家都知道的，第一个是他妻子，确切地说是前妻，名叫冉晴……第二个名叫康芙蓉，没结婚，但也为他生了个女儿……现在又钻出第三个。大哥说，这第三个，名叫申晓菲，哈尔滨人。这不重要，重要的是，申晓菲是本科生，去年刚毕业。四喜他一个初中都没念完的，却找了个本科生。父亲听见这话，满意地笑着。大姐却把脸沉了：‘又是骗人家嘛。’大姐夫说：‘不靠骗，他还靠啥子？’”[2]小说中的申晓菲人长得很美，她来参加父亲的葬礼，连四喜的“姑妈”——大姐都觉得四喜做得太过分了，揭穿骗局，连夜劝说申晓菲回去，这是小说中一段颇为精彩的故事。如果说四喜欺骗的是外人，那么秋月面对的则是整个大家庭，“秋月发去的信息，有一条是这样说的：‘那天我终于做了女人，终于知道做个女人有多美满。那天是六月四号，我生生世世记得那日子。’新历六月四号，即旧历四月二十二，是安葬她外公的当天”[3]。这条消息的收信人任达友，就是秋月表姐燕子的第二任丈夫，这段故事的结局是秋月在安徽等达友一起私奔，而达友则“和燕子回了

1. 罗伟章：《谁在敲门》，广西师范大学出版社 2021 年版，第 209 页。
2. 罗伟章：《谁在敲门》，广西师范大学出版社 2021 年版，第 113—114 页。
3. 罗伟章：《谁在敲门》，广西师范大学出版社 2021 年版，第 520—521 页。

回龙镇”[1]。但小说并没有在道德上谴责秋月，作者指出，“女人分两种，一种是水，一种是火，水让人看不透，即便清澈的小溪，也有看不透的地方，火则不留余地，里外红，一旦点着，就直奔目标。火的目标就是焚烧。而秋月是团烈火”[2]。在这里，作者的态度是冷静而超然的。小说中还写到了李志不负责任的婚姻，燕子“结了离，离了结”的冲动等，甚至也没有回避叙述者“我”的隐秘情感，在医院陪护父亲时觉得程护士“真美”，在父亲葬礼期间看到申晓菲时感到，“这女子，像一束光，照得人眼花。……她的那种美，就是让整个院坝焕然一新”[3]。燕儿坡的传统价值和伦理观念，在时代的剧烈变化之中发生了巨大的变异。

小说中的回龙镇也在变化，既出现了闹婚这样的新风俗，“铜锣要不断地敲，打个喷嚏的工夫不敲，又扔一串鞭炮。回龙镇以前没这种风俗，是新近从外地学来的。新郎打头阵游过街，他父亲再背着新娘游街”[4]，也有几乎被人遗忘的老街，“多少年来，回龙人都当它是世上最热闹、最繁华的去处，生意买卖，打架斗殴，聚散离合，都在这里上演，而今是无人问津了，三几个老人，坐在昔日的店门、现在的家门前，衰朽地延捱着时光”[5]。

面对时代的沧桑巨变，作者更多采用的是冷静旁观的态度，这或许既来自小说叙述者“我”的无能与无力感，也来自传统中国的叙述态度——“白发渔樵江渚上，惯看秋月春风。一壶浊酒喜相

---

1. 罗伟章：《谁在敲门》，广西师范大学出版社 2021 年版，第 531、532 页。
2. 罗伟章：《谁在敲门》，广西师范大学出版社 2021 年版，第 462 页。
3. 罗伟章：《谁在敲门》，广西师范大学出版社 2021 年版，第 371 页。
4. 罗伟章：《谁在敲门》，广西师范大学出版社 2021 年版，第 59 页。
5. 罗伟章：《谁在敲门》，广西师范大学出版社 2021 年版，第 58 页。

逢。古今多少事，都付笑谈中”。在这里，叙述者既是时代的参与者，也是时代的旁观者，既在历史之中，又超然于历史之上。“渔樵主要关注的不是历史事件或历史人物的是非曲直，而是其中生成一种命运的历史性，或者说一种历史性所展开的命运：何者如水之逝？何者如山之固？在道的层次上，谁的得失都是得失，谁的成败都是成败，所有成败得失都是命运的一部分，都事关命运的秘密。”[1] 或许正是因此，作者才在小说中不厌其烦地详细记录了父亲葬礼的每一个环节——包括阴阳师刘显文的仪式和二哥的哭唱祭文，这是对“父亲”的告别，也是一种文明的最后挽歌。

漫谈的艺术、网状叙事与“人类文明新形态”

《谁在敲门》的叙述语言简洁流畅，节奏舒缓自然，娓娓道来，就像听作者摆龙门阵一样，他总是从一件事扯到另一件事，再从另一件事扯到其他的事，让更多的人和事在小说中不断涌现，但作者的“东拉西扯”也并非胡扯，而是围绕故事主线形成了一张巨大的网，众多的人和事纵横交织，结成了一个个小的节点，再由这些节点支撑起那张大网，这或许是这部小说在结构和叙述上的最大特点。

比如第一章第二十三节所写的“送鸡”，就很能说明作者的这种叙述特色。“送鸡”这一节本来就是从上一节“干儿子干女儿”这个话题蔓延过来的，“干儿子干女儿”的话题则是由儿媳青梅带

1. 赵汀阳：《渔樵与历史哲学》，《人文杂志》2018 年第 11 期。

孙女豆豆来家里吃饭，大姐去做饭看到鸡引起的，而青梅和豆豆到大姐家来，是父亲过生日前夕众人会聚在大姐家这条故事主线上的；由故事主线到青梅和豆豆，再到干儿子干女儿，再到“送鸡”，这是叙事之网的一个个节点，也是故事层层转折的内在逻辑。这一节开头写“村民和干儿干女给大姐送鸡，开始都是打整好，洗一洗就能下锅，但后来他们发现，大姐经常去送给别人”[1]。接下来就写大姐给大姐夫的司机杨津老婆黄二妹送，讲了一段黄二妹的故事（身世、来历）；又写给二哥的女儿小兰送，讲了一段小兰和她老公朱贵兵的故事（租房、买房，刷墙粉）；又写给二哥二嫂送，这一段写了二哥在镇上买房的状态和心态，“他们到镇上住，是因为在镇上买了房子，买了房子不住，就像买了车子不开，心里痒，同时也要表明：我们在镇上也是有住处的”[2]；又写，“自然也给大哥和兄弟送，但他们都是赶场天才来街上，且家里没冰箱，一次不能送多。再后来，李志结了婚，青梅的父母搬到了桥头，大姐下楼摘荷叶的时候，又会多摘一张”[3]。仅给谁送，就包含着这么多丰富的人情内容，但这还只是开始，接下来还有大姐和大姐夫关于将别人送的东西再送人会不会让别人寒心的争论，还有心里的犹豫，“大姐心里不烫热，却还是把鸡往二哥屋里送。外人都送了，亲人不送，那成什么样子”[4]，还有情况的新变化，“她正考虑是不是还要把鸡往外送，送给她的人就先改了套路：不再送她鸡肉，而是送来活鸡，

1. 罗伟章：《谁在敲门》，广西师范大学出版社 2021 年版，第 48 页。
2. 罗伟章：《谁在敲门》，广西师范大学出版社 2021 年版，第 49 页。
3. 罗伟章：《谁在敲门》，广西师范大学出版社 2021 年版，第 49 页。
4. 罗伟章：《谁在敲门》，广西师范大学出版社 2021 年版，第 51 页。

活鸡吃不过来，可以养着的”[1]。关于活鸡，后面还有不少故事和人物与之牵连，就这一段而论，作者拉拉杂杂写来，其对世道人心的体验和把握就跃然纸上了。

这样的叙述和结构方式，与作者的创作意图有关，作者说，“如果非要概括，《谁在敲门》写的是一个时代，以及这个时代下的人和时代下的情绪”[2]。作者想要写的不只是故事，更是世俗生活中的人情、人性及人际关系之微妙，及其在时代巨大变迁中的细微变化。正是这样的写作追求与“野心”，让作者专注于细节，专注于编织生活之网，并让我们看到这张生活之网在时光中的流变，所以当小说最后一章写到大姐夫银铛入狱、大姐上吊身亡的时候，我们不能不为之惋惜和感叹。

小说最重要的艺术成就是在生活之网中塑造了众多鲜明、立体、有血有肉的人物形象，比如大哥大嫂、二哥二嫂、兄弟弟媳，以及四喜、燕子、小兰、秋月等。作者塑造的人物不是单面的，而是“圆形人物”，是贴着生活本身塑造出来的。如小说中不受人待见的二哥，小说不仅追溯了他早年热爱读书及其受挫的历史，而且在父亲的葬礼上展示了他作为“礼生”不可替代的光彩，二哥这样一个复杂的多面体及其性格的内在逻辑，便鲜明地呈现在了我们面前。小说中塑造得最成功的人物是大姐、大姐夫这两个形象。大姐夫既是“公而忘私”的村支书，又是为领导分忧的底层官员；既是朋友众多的江湖中人，又是与朋友恩断义绝的性情之人；既是和蔼可亲的家族成员，又是高高在上的特殊人员。小说回溯了他早年在

---

1. 罗伟章：《谁在敲门》，广西师范大学出版社 2021 年版，第 51 页。
2. 罗昕：《罗伟章〈谁在敲门〉：它是乡土〈红楼梦〉吗？》，澎湃新闻 2021 年 6 月 15 日。

新疆的故事，展示了他做村支书的生活状态，以及“中了连环套”入狱前后的巨大变化，为我们塑造了一个可亲、可敬、可爱又可悯的生动形象，这是我们这个时代的生活和文化土壤中生长出来的典型人物。大姐是一个宛如地母的形象，但这个地母不是苦难生活中的“地母”，而是率先富裕起来、进入小康生活的“地母”，但她仍像母亲一样是大家庭生活的中心，仍然关心照顾着每一个小家庭及其每个成员，仍然有着强烈的家族意识和荣誉感，她为整个大家庭提供了一种难得的归属感和亲切感，但在这个大家庭日益分化、离心化和“原子化”的过程中，她又不能不感觉到无奈和无力，伤心和寒心。小说的最后，大姐因“红灯笼”被摘掉而自杀身亡，正是她的“自我”及其“脸面”被不断缩小,以致她无法接受所造成的。大姐的身亡和父亲的葬礼，都可以说是一种文明的挽歌。

《谁在敲门》以生活的逻辑、复杂的网络、人性的幽微让我们看到了一个时代的丰富性与复杂性。刘小波认为，“《谁在敲门》有着‘大河小说’的模态和品格，但在具体呈现上聚焦于个体命运叙事。时代的大潮与个体的生存交相辉映，大河小说与个体叙述构成了作品的‘经纬’”[1]。黄德海认为,“‘谁在敲门’可以理解为‘《红楼梦》在敲门’,也可以理解为‘时代在敲门’‘城市在敲门’”[2]。他们都从不同角度把握住了《谁在敲门》在艺术上的特色与追求，如果我们跳出“个体与时代”“传统与现代”“城市与乡村”等范畴，在一个更为宽广的视野中来看,也可以说是一种“人类文明新形态”

1. 刘小波:《罗伟章〈谁在敲门〉: 大河小说的“经”与个体叙事的“纬”》, 中国作家网 2021 年 9 月 23 日。
2. 罗昕:《罗伟章〈谁在敲门〉: 它是乡土〈红楼梦〉吗? 》, 澎湃新闻 2021 年 6 月 15 日。

在敲门。

“人类文明新形态”展示了一种新的整体性视野，从文明的角度来说，当代中国的一个特殊的境遇是，在我们的社会中，既有源远流长的传统农耕文明，也有门类齐全、独立完整的现代工业体系，更有飞速发展甚至在某些领域领先世界的信息技术与产业。在西方不同历史阶段相继出现的农业文明、工业文明与信息文明，被极大地压缩在一个特定时空中彼此共存、共生，我们的生活中既有传统文明与现代文明的冲突，也有工业文明与后工业文明的矛盾，包蕴着无限的丰富性、复杂性与可能性。从世界文学的角度来说，我们的时代所面临的不仅仅是19世纪劳伦斯、哈代等人所感叹与惋惜的工业文明的碾压和田园牧歌的消失，不仅仅是巴尔扎克、德莱赛等人所描绘的乡下人进城故事和资本所催生的各色人等，也不仅仅是托尔斯泰、陀思妥耶夫斯基等人笔下“上帝死了”这一西方传统价值观崩塌所带来的精神磨难和灵魂痛苦，而是更加丰富复杂、更加多元驳杂的时代图景，是不同历史阶段、不同文明体系的矛盾冲突混合杂糅在一起的新形态。

在《谁在敲门》中，罗伟章就为我们提供了这样一幅丰富、驳杂的整体画卷，在这个画卷中，“父亲”及其生活的燕儿坡、拐枣坪是一个世界，大姐、大姐夫的回龙镇是一个世界，张书记、郏县长的县城是一个世界；既有“父亲”与子女、孙子女的代际冲突，也有传统与现代、城市与乡村的矛盾，更有信息化所带来的新生活与新问题。作者将诸多丰富复杂的矛盾融为一体，为我们这个时代文明的新形态赋形，也为我们展现了一个新的艺术世界。